MALCOLM DARKER

SORROWVILLE

Band 1
DER KNOCHENFÜRST

in Farbe und Bunt

Originalausgabe | © 2020
in Farbe und Bunt Verlag
Am Bokholt 9 | 24251 Osdorf

www.ifub-verlag.de
www.ifubshop.com

Dieses Werk ist urheberrechtlich geschützt.
Alle Rechte, auch die der Übersetzung, des Nachdrucks und der Veröffentlichung des Buches, oder Teilen daraus, sind vorbehalten. Kein Teil des Werkes darf ohne schriftliche Genehmigung des Verlags und des Autors in irgendeiner Form (Fotokopie, Mikrofilm oder ein anderes Verfahren) reproduziert oder unter Verwendung elektronischer Systeme verarbeitet, vervielfältigt oder verbreitet werden.
Alle Rechte liegen beim Verlag.

Herausgeber: Björn Sülter
Lektorat & Korrektorat: Telma Vahey
Cover-Gestaltung: EM Cedes
Cover-Illustration & Vignetten: Terese Opitz
Cover-Gestaltung: EM Cedes
Satz & Innenseitengestaltung: EM Cedes

Print-Ausgabe gedruckt von:
Bookpress.eu, ul. Lubelska 37c, 10-408 Olsztyn

ISBN (Print): 978-3-95936-252-8
ISBN (Ebook): 978-3-95936-253-5
ISBN (Hörbuch): 978-3-95936-254-2

INHALT

Willkommen in Sorrowville	7
1 - Die Heimstatt des Todes	9
2 - Die Residenz des Ermittlers	15
3 - Die Stätte der Gebeine	23
4 - La Casa Familia	31
5 - Stadt der Engel und Teufel	37
6 - Die Nacht des Grauens	45
7 - Knochenarbeit	53
8 - Das Haus des Geldes	63
9 - Der Hort der Wahrheit	71
10 - Neurotische Romanze	79
11 - Erkenntnisse in Verwesung	87
12 - Der Fürst der Knochen	95
13 - Die Kathedrale des Untods	103
Vorschau Band 2	118
Über die Reihe	119
Der letzte Drink	120

Die Goldenen Zwanziger in Amerika – Gesellschaft, Kultur und Wirtschaft erblühen. Doch in manchen Städten sind selbst die Fassaden von Schmutz besudelt, und nicht einmal der Schein trügt. An diesen Orten haben Verbrechen und Korruption die Herrschaft ergriffen. Verborgen in den Ruinen der Rechtschaffenheit lauern überdies unsagbare Schrecken, welche die Vorstellungskraft schwacher Geister und krimineller Gemüter sprengen. Kaskaden des Wahnsinns, geboren aus einem zerstörerischen Willen zu allumfassender Macht, zerren am Verstand einst braver Bürger.

Dagegen stellt sich Zacharias Zorn, Privatermittler mit außergewöhnlichen Fähigkeiten. Er ist derjenige, der Licht in die Finsternis zu tragen imstande ist – unter Einsatz seines Lebens und seiner Seele.

WILLKOMMEN ... IN SORROWVILLE !

Kapitel 1

DIE HEIMSTATT DES TODES

Wolken verdeckten den Himmel und erlaubten keinen Blick auf die Sterne. Wo an anderen Orten die Augen in der Unendlichkeit des Kosmos schwelgten, manifestierte sich hier ein graues Wabern, das wie eine Glocke über der Stadt in der Black Hollow Bay hing.

Sorrowville ergab sich der Dunkelheit.

Das Licht des fast vollen Mondes drang nicht bis zum Boden durch, sodass die Schatten in den Parks und Avenues, in den Hinterhöfen der Lagerhäuser und Fabriken rund um den Hafen oder in den Winkeln der Main Street dunkler und bedrohlicher wirkten als gewöhnlich. Doch am finstersten war es auf dem Green Wood Cemetery am Rand von Sorrowville. Die Kleinstadt war weit entfernt, und ein dichter Tannenwald begrenzte das Feld der Toten an drei Seiten wie eine Mauer.

Ein einzelnes Licht durchdrang die Finsternis nahe der Tannen, eine Gaslampe, gehalten vom einzigen Menschen, der in der Nacht hier unterwegs war. Bernhard White, genannt

Bernie, war Friedhofswärter auf dem Green Wood Cemetery und sorgte seit dreißig Jahren dafür, dass es niemand wagte, den schmiedeeisernen Zaun zu überklettern, um sich an den letzten Ruhestätten der Bürger von Sorrowville zu schaffen zu machen. Nicht wenige hatten es versucht, kaum einer hatte je Erfolg gehabt.

Bernie absolvierte wie jede Nacht eine seiner Runden entlang des Zauns. Mit routinierten Handgriffen überprüfte er hier und da den Halt der Eisenstreben und die Beschaffenheit des Bodens. Es gab wenige Stellen, die für eine Überkletterung geeignet waren, und Bernie kannte sie alle. An vielen hatte er Fußangeln ausgelegt, doch außer einigen unglücklichen Tieren war seit Jahren kein Grabschänder mehr in seine Fänge geraten. Egal, welch niedere Instinkte man besaß, selbst die vielen Unglücklichen in Sorrowville, die den Verstand an Absinth oder Opiate verloren hatten und dringend Geld benötigten, wagten sich nicht mehr in Bernies Reich.

Bernhard White war der Wächter der Toten, und sein Ruf glich dem Sensenmann selbst. Wer ihm nachts begegnete, sah sich einem jähen Ende gegenüber, und diejenigen, die die Gerüchte über ihn für übertrieben gehalten hatten, lagen nun nahe jenen, deren letzte Ruhe sie hatten stören wollen.

Die Familiengrüfte der Reichen hatten einst ein lohnendes Ziel für den Abschaum der Stadt dargestellt, doch sie waren noch nie so sicher wie in den vergangenen Jahrzehnten gewesen. Die Totenruhe von Eltern und Großeltern, von zu früh verstorbenen Geschwistern oder der in die Heimat überführten Gefallenen des Großen Krieges war niemals so tief gewesen wie unter der nächtlichen Herrschaft des Totenwächters Bernhard White. Vom Bürgermeister über die Industriellen und die Oberhäupter der Familienclans bis hinunter zu den verbliebenen gottesfürchtigen Bürgern und Arbeitern wusste man seine Wacht zu schätzen und vergalt sie dem bald Sechzigjährigen reichlich. Es gab wohl keinen anderen Friedhofswächter in Maine oder Neuengland, der durch ihre Zuwendungen über ein ähnliches Einkommen verfügte wie er.

Bernie war jeden Cent wert, und das wusste er. Trotz der Finsternis entging ihm wenig, denn er verfügte über ein außerordentlich gutes Gehör. Zudem begleitete ihn sein Hund Reiver, eine meist schlecht gelaunte Bulldogge von grotesker Größe. Diejenigen, die den Zaun überwanden, sahen sich mit seinen dolchartigen Reißzähnen konfrontiert, und mehr als ein Halbstarker hatte bei einer nächtlichen Mutprobe den Tod zwischen seinen Kiefern gefunden. Die meisten von ihnen aber hatte Bernie mit der Winchester gerichtet, die er auch jetzt lässig über der Schulter trug, während er die Runde fortsetzte.

Er kehrte auf den zentralen Weg zurück, den so genannten ›Gräberboulevard‹, denn an beiden Seiten befanden sich die Krypten der wichtigsten Familien der Stadt. Dies war der einzige Weg auf dem gesamten Friedhof, der mit weißem Kies bedeckt und durchgehend beleuchtet war. Gaslampen auf kunstvoll gestalteten Ständern illuminierten den Boulevard der Toten mit schaurig flackerndem Licht. Sanderville, Marinelli, Felsburgh oder de Witt stand auf Messingschildern an den Portalen der Krypten geschrieben. Ihre Katakomben beherbergten die Leichen aus einem halben Dutzend Generationen Familiengeschichte und länger. Manche gingen zurück bis zum Unabhängigkeitskrieg. Die Verblichenen residierten in prunkvolleren Häusern als ein Großteil der Bevölkerung von Sorrowville.

Bernie war fast am Ende seiner Runde angelangt und wischte sich den Regen von der Halbglatze. Eine Flasche Bourbon wartete im Wachhaus nahe des Haupttors. Trotz des offiziellen Verbots von Alkohol durch die staatlichen Stellen verfügte er über regelmäßigen Nachschub von hoher Qualität, nicht zuletzt gewährleistet durch die Zuwendungen der genannten Familien. Die Prohibition mochte andernorts ein großes Thema sein, in Sorrowville hingegen existierte sie lediglich de jure.

Als Bernie die Runde geistig schon abgeschlossen hatte, schlug Reiver an.

»Was ist?«, fragte Bernie. »Hast du was gehört?«

Der Hund schnüffelte und bellte mehrmals. Bernie stellte die Lampe ab, um im Licht der Gaslaternen zu verfolgen, was Reiver alarmiert hatte. Schon sprang die Bulldogge auf eine der Grüfte zu. Wenn er es richtig sah, war es jene der Familie de Witt.

Bernie lud die Winchester durch und folgte Reiver zum Portal der verwitterten Grablege. War während seiner Runde jemand durch das Friedhofstor geschlüpft oder darüber geklettert? Er hatte erst vor kurzem die Eisensporne auf der Oberkante geschliffen. Jedem, der während der Überquerung nicht vorsichtig genug war, würden sich die Spitzen wie Speere in den Körper bohren.

Fast hoffte Bernie darauf. Er hoffte, dass Reiver einen Eindringling aus der Krypta zerrte, der um sein Leben bettelte, während der Hund ihm das Bein zerfetzte. Noch mehr hoffte er darauf, dass es eine Frau war, die sie erwischten, wie damals in '17, vielleicht ein Suchtopfer von Laudanum und Absinth, mehr tot als lebendig. Bernhard war zum Schein darauf eingegangen, sie mit dem Leben davonkommen zu lassen, als sie sich ihm hingab. Er erinnerte sich gerne an sie, an ihre weiche Haut. Mehr noch erinnerte er sich ihren ungläubigen Blick, bevor er ihr mit der Winchester ein Ende bereitet hatte.

Doch Reiver zerrte keine Frau hervor. Tatsächlich hatte er bis auf dieses eine Mal damals nie eine Frau aufgespürt. Bernies Hoffnung keimte dennoch jedes Mal aufs Neue auf, wenn jemand es wagte, sein Reich zu betreten. Ein triumphierendes Hochgefühl ergriff von ihm Besitz, das Gefühl, der Richter über Leben und Tod zu sein.

Doch unvermittelt kniff der Hund den Schwanz ein und entfernte sich langsam von der Krypta.

»Was machst du da, du Dreckvieh?«, brüllte Bernie, der nicht glauben konnte, was er sah. »Fass, du dreckige Töle!«

Schemenhaft sah er eine Gestalt, die sich langsam auf das Portal zubewegte, und er hörte ein schlurfendes Geräusch.

Bernie schoss ohne eine weitere Warnung. Wer sich hier herumtrieb, hatte nichts Gutes im Sinn und sein Leben in dem Augenblick verwirkt, in dem er über den Zaun kletterte.

Die Kugel der Winchester traf den Eindringling an der Schulter. Er wurde herumgeworfen, so dass er in den Schatten des Portals verschwand.

»Na bitte!«, murmelte Bernie zufrieden. Er lud das Gewehr nach und lief an Reiver vorbei auf das Grab zu, nicht ohne dem Hund einen Tritt zu verpassen. »Feiger Köter! Seit wann hast du Angst vor einem Strolch, der uns bestehlen will?« Vielleicht wurde die Bulldogge allmählich zu alt für ihre Aufgabe, denn schließlich diente sie Bernie schon seit mehr als einem Jahrzehnt.

Der Friedhofswärter war noch nicht ganz an der Grablege angekommen, als er erneut die Umrisse einer schmalen menschlichen Gestalt im diffusen Halblicht ausmachte. Dieses Mal bewegte sie sich schneller und kam auf Bernie zu. Er riss das Gewehr hoch und drückte sofort ab. Der Schuss verfehlte sein Gegenüber und schlug im Dach der Krypta ein.

Ihm blieb keine Zeit, um zu reagieren, dann war die Gestalt heran. Bernie gefror das Blut in den Adern, als er erkannte, was er sich gegenüber sah. Das Grinsen eines Totenschädels schlug ihm entgegen. Ein beinahe vollständig skelettierter Körper, dessen blanke Knochen im Licht der Gaslampen gut zu erkennen waren, stürzte sich auf ihn.

Der Tod trug weder Kapuzenmantel noch Sense, als er das Tor zu seinem Reich öffnete.

Knochige Finger packten Bernies Arme und gruben sich mit unnatürlicher Kraft in sein Fleisch. Der Friedhofswächter schrie auf und ging zu Boden, als die Knochenhände seine Oberarme zerfetzten. Sie wühlten sich durch Haut, Sehnen und Muskeln und fanden, wonach sie suchten. Wie um einen Ast schlangen sich die Hände um seine Oberarmknochen und rissen sie aus dem Schultergelenk. Erst den linken, dann den rechten.

Blut spritzte in Fontänen auf den Boulevard der Toten. Der Lebenssaft färbte den Kies im Schatten der Nacht tiefschwarz und versickerte dampfend im Acker jener, die lange vergangen waren.

Bernies Körper versank in Bewusstlosigkeit, während sich um ihn herum weitere Skelette erhoben. Die Erde wurde zerwühlt, und Grabplatten zerbarsten unter dem Ansturm des Untods, der sich den Weg in die Freiheit bahnte. Der Boulevard war bald von jenen bevölkert, die tot waren.

Während sie nach allem trachteten, was lebte, begannen die Wiedergänger der Familie de Witt den noch warmen Körper des Friedhofswärters auszuweiden. Sie labten sich an seinem Fleisch und seinen Innereien, zerrissen Gliedmaßen und nagten jeden einzelnen Knochen ab, bis sein Gerippe ebenso blank im Lichte der Gaslaternen schimmerte wie ihre eigenen. Sie zerschmetterten den Schädel und nahmen sein Hirn in sich auf, fütterten den finsteren Äther in ihrem Kern, der ihnen das unheilige Leben eingehaucht hatte, auf dass er an Stärke gewann.

Reiver, die Bulldogge, hatte sich längst aus dem Staub gemacht und in den hintersten Winkel des Green Wood Cemetery verzogen. Schier wahnsinnig vor Angst und Entsetzen angesichts des leibhaftigen wandelnden Tods kauerte sie in der Dunkelheit nahe des Tannenwalds. Dort war es ebenso still geworden wie auf dem Friedhof, denn jeder Waldbewohner spürte das Grauen, das dort die Herrschaft übernommen hatte, und flüchtete, so schnell er konnte.

Für Reiver jedoch gab es kein Entrinnen. Der Zaun war für den Hund zu hoch, um ihn zu überqueren. Die Stangen waren zu fest im Boden verankert und zu stabil geschmiedet, um sie zu durchbrechen.

Die Toten waren zu viele, als dass er ihnen entkommen konnte. Im Gegensatz zu dem Tier kannten sie keine Furcht oder Erschöpfung. Sie nahmen sich das, was lebte, und verleibten es dem finsteren Kern ihres Daseins ein.

Die lebendig gewordenen Gerippe hetzten den Begleiter des Friedhofswächters, der selbst so viele Leben gieriger Eindringlinge beendet hatte, zu Tode. Am Ende der Nacht blieb auch von ihm nicht mehr übrig als ein zerfetztes Skelett.

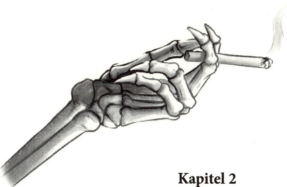

Kapitel 2
DIE RESIDENZ DES ERMITTLERS

Zacharias Zorn war alles andere als ein Frühaufsteher. Ganz im Gegenteil, er hasste den Morgen mit seiner charakteristischen Stimmung des Neubeginns. Auch die frische Luft der See oder die Geräusche der Stadt, die sein Haus auf den Klippen über der Black Hollow Bay erreichten, und nicht zuletzt der Krach, der von unten aus dem Flur zu ihm ins Schlafzimmer hinaufdrang, konnten seine Lebensgeister nicht wecken.

Seine Sekretärin Mabel Winters war wie jeden Morgen pünktlich auf die Minute um halb neun zur Arbeit erschienen, und sie legte großen Wert darauf, dass auch Zacharias sich halbwegs an einen normalen Tages- und Arbeitsrhythmus hielt. Immerhin hatte das Geklapper von Schüsseln und Tassen etwas Gutes: Sie kochte Kaffee, und das war der einzige Grund, warum Zack sich nicht umdrehte und das Kissen über die Ohren zog, um weiterzuschlafen.

Umständlich schwang er die Beine aus dem Bett und legte den Kopf in die Hände. Es war spät gewesen, wie üblich. Er hatte zu viel getrunken, wie immer. Die Kopfschmerzen waren vorhanden, aber nicht hämmernd – ebenfalls nichts Neues. Nach einer Weile gab er sich einen Ruck, stand auf und trottete zur Tür.

Der Kaffeegeruch auf dem Flur half zumindest ein bisschen. Nachdem er sich in dem winzigen Bad, das immerhin über einen Anschluss mit fließendem Wasser verfügte, frisch gemacht hatte, war er endgültig im Diesseits angekommen.

Mabel saß bereits an ihrem Schreibtisch, als er die Treppe ins Erdgeschoss seines Häuschens oberhalb der Klippen herunterkam. Neben ihrem Stuhl lag ihr Hund Trevor und schlief. Während die erste Etage mit Mühe und Not sein Schlafzimmer, das eher einer Kammer glich, und das Bad beherbergte, war es hier unten geräumiger. Neben dem Eingangsflur, der auch als Empfangszimmer diente, gab es drei weitere Räume. Nicht viel, um Wohnung und Arbeitsräume eines Privatermittlers unterzubringen, aber für Zack reichte es.

Die Kaffeetasse stand am üblichen Platz auf der Anrichte neben der Küchentür, und Zack nahm den ersten Schluck des dampfenden Gebräus dankbar zu sich.

»Guten Morgen, Mr. Zorn!«, sagte Mabel, blickte über ihre Lesebrille hinweg und deutete so etwas wie ein Lächeln an. Die Sekretärin wusste, dass man ihn vor dem ersten Schluck nicht ansprechen durfte, und in den sieben Jahren, die sie nun gemeinsam arbeiteten, hatte sich eine Routine zwischen ihnen entwickelt, die selten von der Norm abwich.

Dazu gehörte auch, dass Zack sich zum Kaffee eine Zigarette anzündete. Barfuß, nur mit der frisch gebügelten Hose und einem Unterhemd angetan, lehnte er sich an den Türrahmen und hörte dem zu, was Mabel ihm zu erzählen hatte.

»Zeit, mal wieder ein wenig zu arbeiten, Mr. Zorn, oder nicht? Es liegt eine Menge Papierkram an«, begann sie. »Sie haben die Berichte für Inspector Turner immer noch nicht unterzeichnet, er hat deswegen schon zweimal nachgefragt. Außerdem sollen Sie im Stadtarchiv vorbeikommen. Mrs. Stranger hat Ihnen die Sachen herausgesucht, nach denen Sie gefragt hatten. Ich fürchte außerdem, dass wir die Rechnung für die Reparatur Ihres Wagens nicht bezahlen können. Ehrlich gesagt können wir gerade überhaupt nichts bezahlen, da wir diesen Monat noch nichts eingenommen haben. Ich frage mich, wie Sie mir nächste Woche den Lohn auszahlen wollen, Mr. Zorn! Ich kann nicht schon wieder warten, das geht nun wirklich nicht, das verstehen Sie doch? Haben Sie die Beträge für die Carpenter-Sache angesetzt? Die würden Ihnen ein, zwei Monate Liquidität verschaffen – und dann könnten Sie auch das County Hospital bezahlen. Sie wissen schon, wegen der Schusswunden.«

Zack wusste nur zu gut, was sie meinte. Er kratzte sich an der Schulter. Es war noch keine drei Monate her, dass er sich zwei Kugeln eingefangen hatte. Bis heute wusste er nicht genau, wer auf ihn geschossen und ihn fast getötet hätte, aber es war nicht schwer, die Killer des Marinelli-Clans hinter dem Attentat zu vermuten. Der Familie, die in Sorrowville mehr Macht besaß als Bürgermeister und Polizei zusammen, war er schon zu oft in die Quere gekommen.

»War das alles?«, fragte er Mabel und schlürfte weiter am Kaffee. Wie meist war ihm die prekäre finanzielle Situation bewusst. Auch das Ignorieren seiner Verbindlichkeiten gehörte zum alltäglichen Pflichtprogramm, wenngleich sich der schlechte Umsatz des ausklingenden Jahres 1926 nicht mehr leugnen ließ.

»Bei allem Respekt, ich bin der Ansicht, das reicht vollkommen, Mr. Zorn!«, erwiderte Mabel in strengem Ton, der ihn an seine Mutter erinnerte. Die grauhaarige Angestellte war nur knapp fünfzehn Jahre älter als er, doch in Einstellung und Habitus trennte sie weit mehr als eine halbe Generation. »Sie sollten das alles ein wenig ernster nehmen, sonst geraten Sie bald in richtige Schwierigkeiten, Mr. Zorn. Ewig geht das nicht so weiter, das verstehen Sie doch?«

»Ich weiß, ich weiß«, murmelte Zack und löste sich vom Türrahmen. Es stand nichts Dringendes an, also musste er den Tag wohl oder übel mit den Papieren verbringen und liegengebliebene Dinge abarbeiten. Allein schon, damit er Mabel in der kommenden Woche auszahlen konnte und sich nicht allmorgendlich ihre Ermahnungen anhören musste.

»Bringen Sie mir die dringendsten Sachen in mein Büro«, sagte er im Vorbeigehen. »Als erstes kümmere ich mich um die Carpenter-Geschichte, damit Sie auch künftig was zu beißen haben, meine Teuerste. Aber dafür brauche ich definitiv mehr Kaffee.«

Zack öffnete die Tür zu seinem Büro, aus dem ihm abgestandene Luft und eine Mischung aus kaltem Rauch, Bourbon und vergilbtem Papier entgegenschlugen. Ein vertrauter Duft, ein Odem von Heimeligkeit und Sicherheit.

Als er eintreten wollte, wurde die Haustür aufgestoßen.

Während Mabel erschrak und zur Tür starrte, als rechne sie mit einem Raubüberfall, hielt Zack lediglich inne und zog betont lange an seiner Zigarette. Es gab nur eine Person, die außer Mabel so selbstverständlich bei ihm ein- und ausging.

»Lissy. Guten Morgen!« Zack drehte sich nicht einmal um.

»Keine Zeit für Höflichkeiten, Honey!«, kam es kurz angebunden von einer Frauenstimme zurück. »Zieh dir was an und komm mit. Auf dem Friedhof hat es einen Toten gegeben.«

»Auf dem Friedhof? Ist das denn ungewöhnlich?«

»Deinen Sarkasmus kannst du dir sparen. Ich rede hier nicht von einer Trauerfeier im familiären Kreis, sondern von einem Mord.«

»Einen Moment«, erwiderte Zack und winkte ab. Bevor er ein Mordopfer in Augenschein nahm, brauchte er vor allem eins.

Mehr Kaffee. Mit einem Schuss Bourbon.

Zack knöpfte sich erst im Wagen die letzten Knöpfe des Hemds zu, während er die Augen zu Schlitzen verengte, da ihm der Rauch der Zigarette, die im Mundwinkel hing, in die Augen stieg. Dass Lissy wie üblich fuhr wie eine Geistesgestörte, erschwerte die Sache zusätzlich.

»Also, was liegt an?«, fragte er irgendwann mit einem Seitenblick.

»Pass auf, das wird dir gefallen!«, antwortete sie, bevor sie ebenfalls an ihrer Zigarette zog. Wie immer war die Reporterin der Sorrowville Gazette perfekt geschminkt und frisiert. Ihre dunkelblonden Locken reichten ihr bis in den Nacken, das Gesicht war gepudert, und die streng gezeichneten Augenbrauen betonten grüne Augen, die auf die Straße gerichtet blieben, während sie sprach. »Ich war noch nicht wach, als Doyle mich angerufen hat. Sein Kontakt bei der Polizei hat ihm gesteckt, dass es einen Großeinsatz oben am Green Wood Cemetery gibt. Dort muss ein ziemliches Gemetzel stattgefunden haben. Stell dir vor, es hat den alten Bernie erwischt.« Das süffisante Grinsen, das den letzten Satz unterstrich, zeugte davon, dass Lissy keinerlei Bedauern ob dieser Tatsache empfand. Ihre dunkelrot geschminkten Lippen schlossen sich erneut um den Tabakstengel.

»Ist es das, was mir gefallen soll?«

»Vielleicht. Gibt wohl wenige, die ihm eine Träne nachweinen, aber ich glaube, es sind eher die ungeklärten Begleitumstände seines Ablebens, die dich interessieren dürften – und mich ebenfalls.«

»Wie geheimnisvoll«, murmelte Zack und starrte durch das Fenster des Cadillacs hinunter auf die Stadt. Die Schlote der Fabriken im Hafenviertel qualmten bereits. Ihr schwarzer Rauch verdunkelte den Himmel noch mehr als die Novemberwolken, die über der Bucht hingen.

»Viel weiß ich nicht, außer, dass man die kläglichen Überreste von ihm gefunden hat. Und ziemlich viel Blut.«

»Ist womöglich dieser gemeingefährliche Hund durchgedreht und hat ihn zerfleischt? Das wäre nicht unbedingt ungewöhnlich.« Zack befasste sich zwar auch mit Ermittlungen in ›normalen‹ Kriminalfällen, wenn die Bezahlung stimmte, allerdings hatte er sich vor allem auf Verbrechen und Zwischenfälle spezialisiert, bei denen es in den Augen normaler Menschen ›nicht mit rechten Dingen zuging‹. Die Interpretationen dieser Ereignisse besaßen jedoch einen weiten Spielraum, weshalb Zack es genauso häufig mit wahnsinnigen Gewalttätern oder Mördern, den Umtrieben von Möchtegern-Okkultisten wie mit Todesfällen und Abscheulichkeiten zu tun hatte, die das Vorstellungsvermögen der meisten Menschen bei weitem überstiegen.

»Es hat sich nicht so angehört«, sagte Lissy, zog ein letztes Mal an der Zigarette und drückte sie im Aschenbecher in der Mittelkonsole aus. »Steckt wohl mehr dahinter. Vielleicht hofft Doyle aber auch nur, dass ich ihm eine packende Geschichte liefere, um die Gazette morgen damit aufzumachen. Wir hatten länger keinen spektakulären Todesfall mehr, der über eine Leiche hinausgeht, die von einer Tommy Gun zersiebt wurde. Ich hoffe doch sehr, dass es was Schlimmeres ist, sonst können wir uns das Ganze sparen.«

Zack nickte. Sie sprachen eine Weile nicht, da die Straße hinauf zum Friedhof in erbärmlichem Zustand war und beide aufgrund der tiefen Schlaglöcher im Auto hin- und hergeworfen wurden.

Erst als sie auf den Platz außerhalb des Friedhofsgeländes fuhren, wurde es ruhiger. Dort standen mehrere Autos. Leute liefen aufgeregt hin und her.

»Oh mein Gott, was für ein Haufen Menschen!«, sagte Lissy. »Das hatte ich nicht erwartet. Anscheinend hat die Nachricht schnell die Runde gemacht.«

Zack nickte und stieg aus dem luxuriösen Roadster. »Ich habe sie nicht bestellt. Gebraucht habe ich sie erst recht nicht.«

Neben den Wagen der städtischen Polizei fanden sich dort Motorräder sowie eine Luxuskarosse, wie sie sich nur die reichsten Menschen in Sorrowville leisten konnten.

»Gottverdammt, was für ein Schlitten.« Zack blieb neben einer großen Maybach-Limousine stehen und betrachtete sie nachdenklich. »Das ist der Wagen von Manny de Witt. Was hat der hier zu suchen?«

»Vielleicht ein zufälliger Besuch in der Familiengruft? Um Mummy und Daddy trauern, bevor er den restlichen Tag im Puff verbringt?«, vermutete Lissy, zog den Mantel mit Pelzkragen enger um die Schultern und zündete sich die nächste Kippe an. »Verdammt, ist das kalt. Ich hoffe wirklich, es stimmt, was Doyle mir erzählt hat, sonst friere ich mir hier völlig umsonst den Hintern ab.«

»Dann wollen wir doch mal sehen, dass sie etwas möglichst Grauenvolles für uns haben.« Zack lächelte grimmig. »Um deiner Bekanntheit als Reporterin und meines leeren Bankkontos willen.«

Kapitel 3

DIE STRETTE DER GEBEINE

Lissy hatte nicht zu viel versprochen. Die Lache getrockneten Blutes, die sie und Zack auf der zentralen Passage des Green Wood Cemetery zu sehen bekamen, war enorm. Der Kies war in einem großen Bereich dunkelrot gefärbt, dazwischen fanden sich undefinierbare Brocken organischer Substanz sowie unzählige Knochensplitter.

»Beeindruckend.« Lissy blies eine Wolke blauen Rauch in die Morgenluft. »Sieht aus, als sei hier ein Schwein geschlachtet worden.«

»In gewisser Weise ist das tatsächlich geschehen«, bestätigte Zack. Er wusste um den Ruf, den sich der Friedhofswächter Bernhard White erworben hatte.

»Da hat jemand ganze Arbeit geleistet«, bestätigte der Polizist, der sie bis zu der Stelle geführt hatte. Weitere Uniformierte sorgten dafür, dass keine Menschen auf dem eingetrockneten Lebenssaft herumtrampelten.

Zack sah sich um. Neben den Polizisten und einigen weiteren Leuten, die er der Gerichtsmedizin zuordnete, waren auch viele Schaulustige vor Ort, die in einer größeren Gruppe abseits standen und über das Geschehene diskutierten. Trauernde passierten die Szene auf dem Weg zu den Gräbern ihrer Verwandten, und auch vor den Krypten der bekannten Familien der Stadt fanden sich Personen. Einige Gesichter davon kannte er. Für Zacks Geschmack waren hier viel zu viele Menschen vor Ort, die alles dafür taten, Spuren und Hinweise zu verwischen.

Auch Lissy war es aufgefallen. »Die halbe Stadt ist hier oben. Ich dachte, es wäre ein heißer Tipp von Doyle gewesen, dass hier etwas vorgefallen ist. Wen hat er noch alles angerufen? De Witt, Trasko, Felsburgh, Kuemmel – die reichen Säcke sind alle hier.«

Zack zuckte die Schultern und grunzte.

»Und?«, fragte Lissy und deutete auf das Blut »Was sagst du dazu?«

»Nicht viel. Ich weiß ja noch nichts über diese Sache.«

»Dort kommt der Inspector«, sagte der Polizist und wies den Kiesweg hinunter. »Er kann Ihnen alles erklären, Mr. Zorn.«

Tatsächlich traf kurz darauf Inspector Rudolph Turner bei ihnen ein. Der Ermittler mit dem markanten Schnäuzer sah besorgt aus, als er Lissy und danach Zack die Hand reichte. Dies stellte allerdings erst einmal nichts Ungewöhnliches dar, denn es war immer der Fall, wenn Zack ihn an einem Tatort antraf.

»'n Morgen, Rudy. Was habt ihr denn hier für eine Sauerei veranstaltet?«

»Sehr witzig. Ich hätte mir einen ruhigeren Morgen gewünscht.« Der Inspector schob den Hut in die Stirn und stemmte die Hände in die Hüften, was den recht üppigen Bauch noch mehr betonte. Er wies auf das Blut und kratzte sich mit der anderen Hand am Kopf. »Das ist … das war Bernie White, aber das wisst ihr wahrscheinlich ja bereits. Wir wurden heute Morgen gerufen, als er von der Tagesschicht abgelöst werden sollte.«

»Woher wisst ihr, dass es White ist?«, fragte Lissy und machte sich eine Notiz in einem Papierblock. »Für mich ist das erstmal nur eine Pfütze Blut.«

»Sein Gewehr lag hier, ebenso einige andere Gegenstände und Überreste seiner Kleidung. Mehr war nicht zu finden. Wir haben bereits einen großen Teil des Friedhofsgeländes abgesucht. Das ist alles, was von ihm übrig ist.«

»Warum wurden die Sachen weggeräumt?«, fragte Zack. »Man hätte den Tatort unangetastet lassen sollen, um weitere Erkenntnisse zu erlangen.«

»Die Gegenstände werden bereits untersucht, und das Gewehr hat die Friedhofsverwaltung verwahrt.«

»Sieht für mich so aus, als wäre er aufgefressen worden«, bemerkte Lissy.

Rudy nickte. »Haben wir auch gedacht. Aber welches Tier kann einen erwachsenen Mann anfallen und mit Haut und Haaren auffressen? Ein Bär? Wie soll der auf das Gelände gekommen sein? Bernie selbst hat dafür gesorgt, dass niemand, weder Mensch noch Tier, den Zaun durchdringen kann.«

»Was ist mit seinem Hund? Vielleicht hat er sein Herrchen angefallen«, überlegte Lissy.

»Kein Hund ist in der Lage, so etwas zu tun«, sagte Zack. Er holte die Tabaksdose hervor und begann sich eine Zigarette zu drehen.

»Nein, der Hund war es definitiv nicht«, bestätigte Rudy und holte etwas aus seiner Tasche hervor. Es handelte sich um ein blutverschmiertes Lederband. »Seine Überreste haben wir hinten am Zaun gefunden. Ist ungefähr genau so viel übrig davon. Oder besser gesagt: genau so wenig.«

»Was kann es dann gewesen sein?« Lissy sah Zack an.

Auch die Augen des Inspectors wanderten zu dem Privatermittler, von dem sie wussten, dass er Dinge sehen konnte, zu denen andere Menschen nicht in der Lage waren. Sie brauchten die Frage nicht zu stellen, denn die Antworten, die sie bereits gegeben hatten, wiesen darauf hin, dass die Vorgänge unter Umständen keine natürliche Ursache besaßen.

Zack ließ sich nicht aus der Ruhe bringen, sondern beschäftigte sich weiter mit dem Tabak. Er mochte zwar über eine bessere Wahrnehmung als gewöhnliche Menschen verfügen und hatte eine Gabe dafür, Dinge aufzuspüren, die nicht auf natürliche Weise erklärbar waren, dennoch war er zunächst genauso unwissend wie alle anderen.

»Es gibt noch mehr«, sagte Rudy, als er keine Antwort erhielt. »Die Grabmäler mehrerer großer Grüfte wurden beschädigt. Grabplatten wurden zerstört, Särge aufgerissen, Zugangstüren zertrümmert.«

Zack leckte an seinem Zigarettenpapier und blickte auf. »Da habt ihr eure Antwort.«

»Wie bitte?« Rudy war verwirrt. »Was hat das eine mit dem anderen zu tun? Du meinst doch nicht etwa, dass die Toten ihre Gräber verlassen haben, um den armen Bernie aufzufressen? Wir haben ja schon viel erlebt in Sorrowville, aber das scheint mir ein wenig zu abstrus zu sein. Eher haben wir es mit Grabräubern zu tun, die sich an den Grablegen der Reichen zu schaffen machen. Wäre ja nicht das erste Mal.«

»Und ihr meint, Bernie ist ihnen dabei in die Quere gekommen?«, fragte Lissy. »Das erklärt aber nicht, dass ihr keine Leiche gefunden habt.«

»Das muss nichts heißen«, wandte der Inspector ein. »Vielleicht haben sie sie mitgenommen.«

»Unwahrscheinlich«, sagte Zack, der nun endlich mit seiner Arbeit fertig war und den ersten Zug sichtlich genoss. »War das Tor aufgebrochen? Habt ihr Löcher im Zaun gefunden? Gibt es eine Blutspur? Wie sollen sie ihn hier weggeschafft haben? Warum überhaupt? Um Spuren zu verdecken? Ich behaupte, dass selbst einem äußerst dämlichen Grabräuber, der versehentlich zum Mörder wird, klar gewesen sein muss, das derartige Spuren nicht zu verwischen sind. Das ergibt keinen Sinn.«

»Mein Gott, das weiß ich doch!«, seufzte Rudy. »Aber wir müssen den Leuten eine halbwegs glaubhafte Erklärung liefern.«

»Dann solltet ihr euch etwas Besseres ausdenken«, merkte Lissy an. »Das glaubt euch kein Mensch.«

»Was soll ich machen? Ihnen erzählen, dass hier etwas geschehen ist, das wir uns nicht erklären können? Soll ich mir etwas ausdenken, das sich noch unglaubwürdiger anhört? Deshalb bin ich froh, dass ihr gekommen seid. Vielleicht findet ihr ja weitere Anhaltspunkte. Ich habe zu viel zu tun und kann mich nicht mit damit aufhalten, wenn gleichzeitig Leichen im Hafen schwimmen, deren Tod weit weniger geheimnisvoll ist.«

»Kommt drauf an …«, sagte Zack.

Rudy verdrehte die Augen. »Natürlich wirst du dafür bezahlt. Komm heute Nachmittag aufs Revier und berichte, was du herausgefunden hast. Je nach Ergebnis gibt es was auf die Hand.« Er blickte zu Lissy. »Und Ihnen wäre ich dankbar, wenn Ihr Artikel gegenüber der Polizei von Sorrowville etwas wohlwollender ausfiele als beim letzten Mal. Sie konnten sich aus erster Hand davon überzeugen, dass wir es hier mit einer kaum lösbaren Aufgabe zu tun haben, für die uns zur Zeit Kapazitäten fehlen. Vielleicht liefert Ihnen Mr. Zorn etwas besseren Stoff als ich.«

Lissy lachte auf und machte sich eine Notiz. »Wir werden sehen, Herr Inspector. Wir werden sehen.«

Damit verabschiedete sich der Inspector von ihnen.

»Und?«, fragte Lissy, als er außerhalb der Hörweite war. »Willst du wirklich mehr herausfinden?«

Zack nickte langsam. »Ganz abgesehen davon, dass ich gerade jeden Cent gebrauchen kann, spüre ich, dass etwas vor sich gegangen ist, das für die Polizei tatsächlich nicht zu erklären ist. Hier steckt mehr dahinter, als es den Anschein hat. Lass uns zuerst einen Blick in die Grabhäuser werfen. Ich will wissen, wie es dort aussieht, bevor ich Vermutungen anstelle.«

Lissy nickte und begleitete ihn zu der in der Nähe gelegenen Krypta der Familie de Witt. Zwei massige Männer standen vor dem Eingang. Ihr grimmiger Blick verriet, dass sie die beiden nicht einlassen würden.

»Zacharias Zorn, Sonderermittler im Auftrag des SVPD«, sagte Zack gelangweilt und zückte seinen Ausweis.

»Mr. de Witt hat verboten, irgendjemandem hineinzulassen«, kam es kurz angebunden zurück. Dann richtete der Schrank von einem Mann den Blick wieder an ihnen vorbei auf die Grabhäuser auf der gegenüberliegenden Seite.

»Ist Mr. de Witt gerade dort drin? Das ist ja interessant!« Lissy machte sich eifrig Notizen. »Oh, Entschuldigung. Elizabeth Roberts von der Sorrowville Gazette. Ich würde Mr. de Witt gerne einige Fragen stellen.«

»Vergessen Sie es gleich wieder, Miss«, sagte der Mann. »Sie bleiben ebenfalls draußen.«

Lissy wollte sich die Zurückweisung nicht bieten lassen, das erkannte Zack an der Falte, die sich auf ihrer Stirn bildete, doch er ahnte, dass sich die Leibwächter mit Beleidigungen oder Drohungen nicht erweichen lassen würden, sie durchzulassen.

Diese waren aber nicht notwendig, denn kurz darauf erschien ein kleiner korpulenter Mann in der Tür des Grabhauses. Er trug einen hellen Hut mit breiter Krempe, der im Kontrast zur dunkelbraunen Haut seines Gesichts stand. Manfredo de Witts Mutter war gebürtige Kolumbianerin gewesen, während sein Vater Jakob der niederländischen Hauptlinie der Familie entstammte. Beide waren zwei Jahre zuvor bei einem tragischen Unfall ums Leben gekommen, und der damals siebzehnjährige Alleinerbe schlug sich seitdem mehr schlecht als recht durchs Leben, soweit Zack wusste. Er galt als vergnügungssüchtig und aufbrausend. Kein Wunder bei einem pubertären Erben eines Millionenvermögens.

»Mr. de Witt! Mr. de Witt!«, rief Lissy. »Elizabeth Roberts von der Gazette. Darf ich Ihnen ein paar Fragen stellen?«

Der junge Mann schien in Gedanken versunken gewesen und überrascht zu sein, direkt angesprochen zu werden. Er blickte auf und wischte sich eine Träne aus dem Gesicht, dann kam er die Stufen zu ihnen hinauf und schob seine Männer beiseite.

»Was wollen Sie wissen?«, fragte er. »Dass die Krypta meiner Familie halb zerstört ist? Dass die Särge meiner Eltern geborsten sind? Dass die Ruhe unschuldiger Toter schändlich gestört wurde? Was soll ich Ihnen erzählen, Ms. Roberts?« Er war mit jedem Wort lauter geworden, und am Ende brüllte er fast.

Lissy war einen Augenblick lang sprachlos.

Zack zog an seiner Zigarette und wartete ab.

»Schreiben Sie doch einfach, was Sie wollen, es kümmert mich nicht.« De Witts Blick traf Zack. »Sie sind Zacharias Zorn, nicht wahr? Ich habe von Ihnen gehört. Sie sind immer dann zur Stelle, wenn etwas nicht mit rechten Dingen zugeht. Dann, wenn höhere Mächte mit im Spiel sind oder so etwas.«

»Mag sein, dass Sie das gehört haben«, gab Zack zurück.

»Gut, denn hier geht etwas ganz und gar nicht mit rechten Dingen zu, das sieht jedes kleine Kind! Aber die unfähige Polizei wird nichts dagegen tun und den Fall zu den Akten legen. Wie damals. Sie sind Privatermittler, das heißt, man kann Sie anheuern, nicht wahr?«

»Das ist möglich, ja.«

»Hervorragend. Sie werden für mich herausfinden, was hier geschehen ist und wer die Ruhe meiner Eltern gestört hat! Und wenn ich das weiß, sorge ich dafür, dass er es dreifach zurückgezahlt bekommt!«

»Ich kann das zwar versuchen, Mr. de Witt. Allerdings …«

»Ich zahle Ihnen eintausend Dollar, Mr. Zorn.«

Lissy atmete heftig aus.

Zack hingegen hätte sich beinahe am Tabakrauch verschluckt, so dass er schnaubte.

Manny de Witt verzog das Gesicht. »Gut, Sie haben recht, das war zu wenig. Eintausendfünfhundert, aber dafür präsentieren Sie mir den Arsch des Verbrechers, der das hier getan hat, auf dem Silbertablett.«

Zack ließ sich nichts anmerken und nickte. »Kein Problem, Mr. de Witt.«

»Machen Sie sich an die Arbeit. Sehen Sie sich auch in der Krypta um, drehen Sie den gesamten Friedhof auf links, wenn es sein muss! Ich will so schnell wie möglich Ergebnisse sehen. Sie wissen, wo Sie mich finden, Mr. Zorn.« Damit verschwand Manny de Witt mit seinen Leibwächtern in Richtung Friedhofstor.

Ungläubig blickte Zack ihm hinterher.

»Damit haben Sie wohl einen neuen Auftrag, Mr. Zorn«, hauchte Lissy in sein Ohr, als sie sich wieder gefangen hatte. »Es kommt offenbar Arbeit auf Sie zu.«

Zacks Mund verzog sich zu einem zufriedenen Grinsen. »Sieht ganz so aus. Aber das macht überhaupt nichts. Für so viel Geld würde ich bis in die Hölle und zurück gehen.«

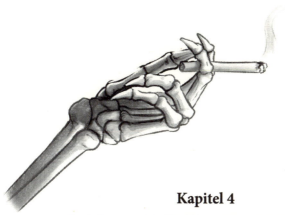

Kapitel 4

LA CASA FAMILIA

Zack und Lissy betraten das Grabmal der de Witts. Darin sah es aus wie nach einem Erdbeben. Säulen, Wände und Dach der kleinen Grabhalle waren zwar noch intakt, doch Geröll und Steinbrocken lagen auf den Marmorplatten und hatten sie teilweise beschädigt. Sie stammten von den Sarkophagen, die an den Seiten des Raums positioniert waren. Deren Platten waren komplett zerstört worden, als habe sie jemand gesprengt, und die Trümmer verteilten sich über den gesamten Raum. Im hinteren Bereich fand sich ein großes Kreuz mit dem Ebenbild des Gottessohns, darunter viele vertrocknete und einige frische Blumengebinde. Halblinks versetzt dazu führte innerhalb eines Geländers eine Wendeltreppe in die Katakomben der Grabhalle.

Zack betrachtete die steinernen Grablegen, an deren Seiten die gleichen Inschriften zu erkennen waren wie auf manchen Splittern am Boden. Lateinische Bibelzitate, wie Zack bemerkte, ohne dass er lesen konnte, was darauf geschrieben stand.

»Ganze Arbeit«, stellte Lissy fest. »Da hat sich jemand besondere Mühe gegeben, viel Schaden anzurichten.«

»Glaubst du immer noch an das Märchen von den Grabräubern?«, fragte Zack. »Ich weiß ja nicht, ob es sich nicht längst herumgesprochen hat, aber an wertvollen Grabbeigaben wird man auch bei den älteren Sarkophagen nichts finden. Alle, die nach so etwas suchen, sollten vielleicht lieber im Sand von Ägypten oder den Dschungeln von Mexiko danach suchen.«

»Bislang habe ich noch keine andere Begründung gehört, also halte ich es vorläufig so fest: Bernie White hat Eindringlinge aufgespürt, die ihn umgebracht haben. Sie haben mit Hilfe von Sprengstoff die Sarkophage aufgebrochen und sind mit dem geflohen, was sie gefunden haben. Hört sich doch plausibel an.«

Zack wiegte den Kopf hin und her. »Trotzdem unwahrscheinlich.« Er deutete auf den Korpus des Sarkophags. »Keinerlei Beschädigungen. Ich glaube, die Platten wurden angehoben und sind dann auf dem Boden zerschellt. Darauf deutet auch die Anordnung der Trümmer hin.«

Lissy betrachtete die Überreste der Grabplatten. »Aber dafür bräuchte es mindestens vier Männer. Meinst du, es waren so viele?«

»Nein, im Gegenteil. Ich glaube, dass sie von innen bewegt wurden, nicht von außen.«

»Du meinst das ernst, oder?« Lissy starrte ihn ungläubig an. »Das heißt …«

»Das heißt, dass hier heute Nacht der Untod sein Unwesen getrieben hat. Irgendetwas oder irgendjemand hat die Toten aus ihren Gräbern gelockt. Ich kann einen Hauch der dunklen Präsenz spüren, die hier die Herrschaft ergriffen hat.«

»Wenn ich nicht schon das eine oder andere gesehen hätte und weiß, dass du so etwas nicht dahersagst, weil du zu viele Opiate zu dir genommen oder von der Grünen Fee genascht hast, würde ich dich postwendend ins SMI einweisen lassen.«

Zack lachte bitter auf. »Manchmal wünschte ich mir, dass ich lediglich verrückt wäre, anstatt mit derartigen Dingen konfrontiert zu werden.« Er trat zu einem der Sarkophage. »Sieh einer an!« Er stieß einen kaum hörbaren Pfiff aus.

Lissy trat zu ihm und warf einen Blick in den Sarkophag. Dort starrte ihr ein grinsender Totenkopf entgegen, der auf einem Skelett prangte, das alles andere als würdevoll in seiner letzten Ruhestatt lag. Es sah eher so aus wie jemand, der sich auf sein Sterbebett geworfen hatte, dort verschieden und verwest war, bis nur noch das Gerippe übrigblieb.

»Wirkt nicht so, als sei das die übliche Form der Bestattung gewesen damals.« Lissy suchte nach einem Hinweis auf das Todesdatum. Auch sie wurde nicht aus der Inschrift am Rand schlau. Wenn überhaupt, dann hatte sich etwas auf der Platte befunden, die nun zerstört war. Tatsache war, dass die heiligen Worte nicht hatten verhindern können, dass an diesem Ort etwas Blasphemisches vorgefallen war.

»Nein, das sieht eher danach aus, als ob jemand überhastet zurückgekehrt ist, und zwar nicht vor Jahrhunderten, sondern erst vor ein paar Stunden.«

Wie sich schnell herausstellte, lagen auch die anderen Ahnen von Manny de Witt derart verrenkt in ihren Särgen.

Zack deutete auf die Wendeltreppe. »Lass uns nach unten gehen. Würde mich nicht wundern, wenn es dort ähnlich aussieht.«

Sie stiegen die schmalen Stufen hinab. Die Luft wurde schlechter, und nur die Tatsache, dass man für Manny de Witt offenbar Fackeln an Haltern entzündet hatte, sorgte für Licht.

Auch hier, in der Krypta der de Witts, in der der Großteil der Familienmitglieder seit den Tagen der Gründer bestattet worden war, bot sich ein Bild des Chaos. Steinerne und hölzerne Särge gleichermaßen ließen ebenfalls ihre Abdeckungen vermissen. In den Nischen und Erkern türmten sich Trümmer.

»Mein Gott, wie viele Leute liegen denn hier?«, fragte Lissy. »Das müssen ja vierzig Stück oder mehr sein.«

Zack nickte. »Und wenn mich mein Gefühl nicht täuscht, sind alle letzte Nacht erwacht, ganz gleich, ob sie zweihundert oder zwei Jahre hier lagen.«

»Das heißt, auch Mannys Eltern haben sich erhoben? Das ist ja … ich meine, ich habe die ja noch gekannt. Ich war bei ihnen zu Gast damals.«

»Lass uns einfach nachsehen«, schlug Zack vor.

Es dauerte nicht lange, bis er die beiden weißen Särge von Jacob und Gloria de Witt gefunden hatte. Auch ihr Deckel war geborsten, als habe sich eine unbändige Kraft von innen nach außen gekämpft. An den Rändern der Öffnung war das Holz gesplittert und stand senkrecht nach oben.

»Verdammt, der arme Manny!«, flüsterte Lissy und schluckte. Ihr schien die Vorstellung, dass sich die toten Körper von Menschen, die sie persönlich gekannt hatte, auf unnatürliche Weise erhoben hatten, Angst einzuflößen.

»Wenn er klug war, hat er keinen Blick hineingeworfen«, sagte Zack. »Der Anblick seiner skelettierten Mutter wird ihn sonst bis in alle Ewigkeit verfolgen.« Er beugte sich vor und blickte durch den geborstenen Sargdeckel ins Innere. »Dunkelblonde Locken, ein geblümtes Kleid, das wohl mal grün war – ist das Gloria de Witt?«

Lissy nickte. »Ich war nicht bei der Beerdigung damals, aber das kommt hin, wenn ich mich richtig erinnere.«

»Haare und Kleidung sind noch nicht endgültig verwest. Außerdem liegt sie auf dem Bauch. Falls Manny überprüft hat, ob sie sich in ihrem Sarg befindet, hat es für ihn fast so ausgesehen, als würde sie schlafen.«

»Hoffen wir es. Vielleicht hat er sie aber auch umgedreht, weil er den Anblick nicht ertragen hat.«

»Das glaube ich nicht.« Zack betrachtete den Haarschopf der Toten. Die Haare waren ausgeblichen und hingen dünn und fransig am Hinterkopf herunter. Da fiel ihm ein dunkler Fleck ins Auge, der ihm zunächst gar nicht aufgefallen war. Er griff der Leiche von Gloria de Witt an die Schulter und spürte die Knochen unter dem rissigen Seidenstoff. Vorsichtig drehte er die Leiche herum.

Der weit aufgerissene Mund des Totenschädels mit seinen halb verfaulten Zähnen lachte Zack regelrecht aus, als er überrascht innehielt. Mund, Kiefer und der obere Bereich des einst schicken Kleids waren über und über mit Blut besudelt. Blut, das erst wenige Stunden alt war.

»Was ist los? Hast du was entdeckt?«, fragte Lissy.

»Das kann man wohl sagen.« Zack drehte sich zu ihr um und holte seufzend den Tabak hervor. »Wir haben den Mörder des Friedhofswächters gefunden. Die Leiche von Gloria de Witt hat den alten Bernie mit Haut und Haaren aufgefressen.«

Ganz korrekt war Zacks Feststellung letztlich nicht. In der Krypta fanden sie beinahe ein Dutzend weitere Skelette, die zum Teil großflächig mit Blut besudelt waren. Teilweise waren Knochensplitter, Fellfetzen oder andere Überreste der Leichen von Mensch und Hund in den Särgen zu entdecken.

Lissy benötigte bald frische Luft, da sie den Anblick der blutigen Gerippe nicht länger ertragen wollte. Während sie sich an der Morgenluft erholte, untersuchte Zack die übrigen Särge in der Krypta, gelangte jedoch zu keinerlei weiteren Erkenntnissen.

Ein paar Minuten später folgte er ihr nach draußen. Ihre Gesichtsfarbe hatte sich merklich aufgehellt und verbesserte sich weiter, als Zack ihr einen Schluck aus seinem Flachmann reichte. Bourbon half zu jeder Tageszeit, das wusste auch Lissy zu schätzen.

»Es war ja nicht so schwierig. Du hast deine Story ja bereits vorliegen, meine Liebe«, schmunzelte Zack anschließend zwischen zwei Zigarettenzügen.

»Wirst du der Polizei melden, was wir entdeckt haben?«, fragte sie und deutete auf die Uniformierten nahe des Friedhofstors.

»Vorerst nicht«, sagte Zack und hielt inne. Ihnen schräg gegenüber, an der Stelle, an der sie sich mit Rudy Turner unterhalten hatten, stand ein Mann in einem schwarzen Mantel, der seine besten Tage bereits hinter sich zu haben schien. Der Kragen war hochgeschlagen, sodass man in Kombination mit dem breitkrempigen Hut sein Gesicht nicht erkennen konnte.

»Wer ist das? Noch ein Inspector?«, fragte Zack. »Offenbar haben sie uns einen Aufpasser geschickt. Kennst du ihn vielleicht?«

Lissy sah kurz von ihrem Notizblock auf, auf dem sie Seite um Seite vollschrieb. »Keine Ahnung, nie gesehen. Der gehört wahrscheinlich zu de Witt und soll sicherstellen, dass du deinem Job nachgehst.«

»Das kann ich mir nicht vorstellen«, erwiderte Zack. »Mannys Leute tragen nicht so schäbige Mäntel. Er legt bei seinen Angestellten Wert auf ein gepflegtes Äußeres.« Er ging auf den Mann zu und sprach ihn an. »Sir, kann ich Ihnen helfen?«

Doch der Angesprochene reagierte nicht, sondern drehte sich um und verschwand mit schnellen Schritten in Richtung Tor.

Zack erschien diese Reaktion zwar merkwürdig, dennoch sah er keinen Anlass dafür, dem Unbekannten hinterherzurennen, was er zweifellos tun musste, wenn er ihn einholen wollte. Also ließ er ihn gehen und kehrte zu Lissy zurück, die noch immer schrieb.

Aus der Entfernung sah Zack, wie sich der Mann auf dem Friedhofsvorplatz auf ein Motorrad schwang und sich rasch entfernte. Er seufzte und blickte ihm eine Weile hinterher. Wenngleich er nun die Ursache für den Tod von Bernhard White kannte – die Arbeit fing jetzt erst richtig an.

Allerdings wusste er genau, was er zu tun hatte.

Kapitel 5

STADT DER ENGEL UND TEUFEL

Es regnete in Strömen, als Lissy Zack gegen Mittag an seinem Häuschen neben dem alten Cliffside Lighthouse oberhalb der Black Hollow Bay absetzte. Sie wollte nicht mehr auf einen Kaffee hineinkommen, sondern ihren Artikel in der Redaktion der Gazette zu Ende schreiben.

Zack legte die wenigen Schritte über die Veranda ins Innere des Hauses im Laufschritt zurück, wurde dennoch klatschnass und stieß die Tür auf.

Im Flur wäre er beinahe mit Pedro zusammengestoßen.

Der Argentinier unterhielt sich gerade mit Mabel, während er ihren Hund Trevor streichelte. Er schreckte lautstark auf, als Zack ihn fast über den Haufen rannte.

»Sorry, du hast ganz schön blöd hier gestanden«, murmelte Zack und sah sich nach der Kaffeekanne um. Seine Hoffnung wurde nicht enttäuscht, denn Mabel hatte frisch aufgebrühten Kaffee bereitgestellt.

»Mr. Zorn, Sir, es tut mir leid! Wenn ich gewusst hätte, dann …«, stammelte Pedro mit seinem spanischen Akzent, der immer dann besonders heraustach, wenn er aufgeregt war.

»Ist schon gut, ist ja nichts passiert«, winkte Zack ab und goss sich eine Tasse ein. »War ja auch eher meine Schuld.«

Pedro nickte erleichtert und nahm sich ebenfalls Kaffee. Der Familienvater kam beinahe jeden Tag vorbei und sah nach dem Rechten. Er arbeitete für Zack nach Bedarf als Hausmeister und Mädchen für alles, war daneben aber hauptsächlich damit befasst, das Anwesen von Lissy instand zu halten. Ebenso kümmerte sich um das Haus von Mabel, da ihr Mann zu nichts mehr in der Lage war. Gäbe es Pedro nicht, wäre nicht nur ihr Haus, sondern auch das alte Haus des Leuchtturmwärters, das Zack seit einigen Jahren bewohnte, längst zusammengefallen. Zack besaß in handwerklicher Hinsicht zwei linke Hände und war absolut unfähig, auch nur die trivialsten Reparaturen durchzuführen. Spaß machte es ihm ebenfalls nicht, also bezahlte er lieber Pedro dafür.

Am meisten Freude bereitete es dem umtriebigen Argentinier, der in seiner Jugend nach Sorrowville gekommen war, allerdings, im Schuppen neben dem Leuchtturm an kleinen Erfindungen zu basteln. Zack hatte ihm das alte Gerätehaus vor einigen Jahren bereitwillig zur Verfügung gestellt, und Pedro hatte sich seitdem eine beeindruckende kleine Werkstatt darin eingerichtet, in der er manchmal regelrechte Wunderdinge vollbrachte. Oft zu seiner persönlichen Befriedigung, gelegentlich allerdings auch in Zacks Auftrag.

»Hat sich etwas aus der Geschichte auf dem Green Wood Cemetery ergeben?«, fragte Mabel und riss Zack aus den Gedanken. »Ich habe mittlerweile alles durchgearbeitet, und ich muss es nochmal deutlich sagen: Finanziell sieht es noch schlechter aus als befürchtet! Die Rechnungen habe ich übrigens unterdessen selber geschrieben – und noch einmal zwanzig Prozent aufgeschlagen. Sie arbeiten noch immer zum gleichen Satz wie vor ein paar Jahren, wenn man die Inflation abzieht. Das geht doch nicht, dann landen Sie eines Tages am Bettelstab, das wissen Sie doch! Ich übrigens ebenfalls, Mr. Zorn. Und was ist mit Pedro? Pedro hat Kinder, wollen Sie ihm etwa auch sein Gehalt vorenthalten? Mr. Zorn, so geht das nicht weiter!«

Zack nickte. »Sie haben recht, Mabel. Lassen Sie sich allerdings gesagt sein, dass es damit bald ein Ende hat. Ich habe heute einen überaus potenten Klienten gewinnen können. In finanzieller Hinsicht, wohlgemerkt.«

»Das ist erfreulich, Mr. Zorn. Sehr erfreulich! Wer ist es denn, wenn ich fragen darf?«

»Manny de Witt.«

»Oho!«, entfuhr es Pedro anerkennend. »Ein guter Junge. Etwas vom Weg abgekommen, seit die Eltern gestorben sind. Kein Wunder, wenn sich niemand mehr um ihn kümmert. Er geht ja nicht einmal mehr in die Kirche. Seine Mutter war eine nette Frau, eine gläubige Frau. Sie hatte immer etwas für die ärmeren Leute übrig. Sie wusste, wie es denen geht, die erst vor wenigen Jahren mit nichts in der Tasche in die Staaten gekommen sind. Sie stammte ja aus Kolumbien.«

»Mag sein, im Moment interessiert mich eher, dass er Geld für Mr. Zorn lockermacht, und das möglichst bald«, sagte Mabel. »Wann ist denn mit der Bezahlung zu rechnen? Sie wissen, Mr. Zorn, dass mein Mann nur seine kleine Rente bekommt, er kann ja nicht mehr arbeiten. Aber die reicht nicht mal für das, was er jede Woche versäuft.«

»Bald, meine Gute, bald.« Zack begann sich eine Zigarette zu rollen. »Mit ein bisschen Glück ist der Spuk heute Nacht schon vorbei, und ich kann die Rechnung stellen.«

»Oh, Dios mio, das ist schnell!«, stellte Pedro fest. »Ist es denn so einfach?«

»Das hoffe ich. Aber bis dahin wird es wohl noch eine ganz schöne Knochenarbeit.« Weder Mabel noch Pedro stimmten in Zacks plötzliches Gelächter ein. »Nein, im Ernst, ich erwarte, dass es nicht lange dauert, um die Sache aufzuklären, aber um es zu gewährleisten, muss ich nochmal mit dir sprechen, Pedro.«

»Mit mir, Mr. Zorn?«

»Trägt hier noch jemand diesen Namen? Natürlich mir dir.«

»Ja … nein, sorry, Mr. Zorn! Es tut mir sehr leid, ich wollte nicht …«

»Und entschuldige dich nicht dauernd!«

»Tut … tut mir leid, Mr. Zorn, aber ich dachte …«

»Egal, was es war, es war sicher das Falsche«, sagte Zack und wollte den erneut beschämten Pedro nicht weiter verunsichern. »Was ist denn aus dem Vorschlag geworden, den ich kürzlich gemacht habe? Bist du damit vorangekommen?«

Pedros Augen nahmen von einem auf den anderen Augenblick einen besonderen Glanz an. »Oh ja, Mr. Zorn! Ich habe mich jede freie Minute damit beschäftigt! Kommen Sie, kommen Sie! Ich zeige es Ihnen! Sie werden begeistert sein!«

Zack füllte schnell die Kaffeetasse auf und folgte Pedro hinaus in den Regen. »Wir sind in der Werkstatt, Mabel«, rief er auf der Türschwelle ins Haus zurück. »Bringen Sie das Mittagessen gerne hinüber.«

»Durch den Regen, natürlich. Mit mir kann er es ja machen. Kann bald sehen, dass er sich selber was kocht, der feine Herr Privatermittler, wenn ich mein Geld nicht bekomme«, murmelte Mabel und warf Trevor ein Häppchen zu, das dieser gierig verschlang.

Doch das bekam Zack schon nicht mehr mit.

Am späten Nachmittag war alles mit Pedro besprochen. Zack belud sein Auto mit der neuesten Konstruktion des Argentiniers und kehrte zufrieden ins Haus zurück. Schnell unterzeichnete er die Rechnungen des Carpenter-Falls, schmunzelte über Mabels Honorarerhöhung und gab die Briefe Pedro mit auf den Weg, der damit zurück in die Stadt fuhr und sie direkt beim Klienten einwerfen wollte.

Selbst damit würde Zack über die Runden kommen, was in gewisser Weise beruhigend war. Dennoch wollte er die Sache mit den Nachforschungen zu den Umtrieben auf dem Friedhof schnellstmöglich hinter sich bringen. Mit dem Geld von Manny hatte er in der nächsten Zeit Ruhe vor aufdringlichen Klienten und Mabels Gejammer.

Zack trank noch zwei Bourbon, bevor er sich am frühen Abend hinlegte. Er benötigte ein paar Stunden Schlaf, bevor er weitere Nachforschungen zu den Ereignissen auf dem Friedhof anstellen konnte.

Diese Nachforschungen führten ihn wenig überraschend erneut zum Green Wood Cemetery. Kurz nach 23 Uhr durchquerte Zack mit seinem klapprigen Oldsmobile die Innenstadt von Sorrowville. Die wenigen Lichter spiegelten sich in den Pfützen, und der unablässig herabfallende Regen tropfte durch das Verdeck des Zweisitzers.

Hie und da huschten Gestalten die Bürgersteige entlang. Den Kragen hochgeschlagen, die Hüte tief in die Stirn gezogen, beeilten sie sich, ins Trockene zu kommen. Zack wusste, was hinter den Fassaden der Stadt vor sich ging. Die meisten dieser Leute waren auf der Suche nach Rausch oder Befriedigung, die sie bis in den nächsten Tag trug, bevor sie sich ebenfalls mit der Aussicht auf neuerliche Vergnügungen durch diesen schleppten. Ob es die Sucht nach Erfolgen im Glücksspiel war, die Betäubung durch billigen Fusel, der in ganzen Wagenkolonnen von Kanada bis ins Hafenviertel von Sorrowville gekarrt wurde, ob die Grüne Fee ihre trügerischen Arme um eine gepeinigte Seele legte oder sich nach Lust Dürstende zwischen den Schenkeln einer Hure verloren – jeder fand, was er suchte, und vielen waren die Laster der gewöhnlichen Leute nicht genug.

Zack kannte die perversen Abgründe, in die sich viele Bewohner von Sorrowville Tag für Tag vorwagten. Ihm kam es dabei zu, diejenigen einzusammeln, die bei ihrem Tanz in der Dunkelheit Verstand, Seele oder Körper verloren und die unentschuldbare Grenze überschritten, hinter der Grauen und Tod lauerten.

Er wischte die Tropfen von der Stirn und bog auf die Green Wood Avenue ein, die an den Anwesen der betuchtesten Familien der Stadt vorbei zum Friedhof führte. Wenn er gedacht hatte, dass bereits die morgendliche Fahrt in Lissys Wagen unbequem gewesen war, erlebte er jetzt eine ganz neue Dimension von Schlägen, die auf seinen Wagen einprügelten. Einige Male befürchtete er sogar, dass die Achse brechen könnte, solche Kräfte wirkten auf das betagte Automobil ein. Vielleicht sollte er de Witts Honorar für einen neuen Wagen verwenden. Andererseits fielen ihm zahlreiche weitere Möglichkeiten ein, um das Geld auszugeben.

Doch dafür musste erst einmal der Auftrag erledigt werden, sagte er sich, als er auf den Vorplatz des Friedhofs einbog. Es wunderte Zack nicht, dass dort ein Wagen des Police Departments stand. Offenkundig hatte Rudy Turner Maßnahmen ergriffen, um die Sicherheit auf dem Friedhof zumindest heute Nacht zu erhöhen. Ob er damit den Bedürfnissen von Bernhard Whites Nachfolger als Nachtwächter oder eher den Sorgen der Reichen hinsichtlich ihrer Familiengrüfte entgegenkam, war allerdings eine andere Frage.

Zack parkte neben dem Polizeiwagen, der sich in keinem besseren Zustand befand als sein Oldsmobile, und stieg aus. Danach zerrte er umständlich eine Gerätschaft von der Rückbank und schnallte sich zwei Ledergurte um, an denen er das beinahe koffergroße Instrument befestigte, an dem Pedro einige Wochen gearbeitet hatte.

Zack lächelte grimmig. Er war alles andere als unvorbereitet mitten in der Nacht zum Friedhof hinauf gefahren.

Anscheinend war noch jemand auf die Idee gekommen, auf dem Totenacker nach dem Rechten zu sehen. Ein Wagen raste mit deutlich höherer Geschwindigkeit als Zack zuvor den Weg aus der Stadt hinauf. Einen Moment später bog er so schnittig auf den Parkplatz ein, dass Matsch und Kies aufspritzten, bevor er neben Zack zum Halt kam.

Der Ermittler seufzte. Er wusste ganz genau, wer ihn hier besuchte.

»Ich kenne dich, Zacharias Zorn«, hörte er eine Stimme, als sich die Tür öffnete. »Ich wusste, dass du dich heute Nacht hier auf die Lauer legen würdest. Du glaubst doch nicht, dass ich mir das entgehen lasse.«

»Lissy. Ich wusste es.« Zack rieb sich die Stirn. »Fahr wieder nach Hause. Ich muss dir nicht sagen, dass das hier für unbedarfte Journalistinnen zu gefährlich ist, oder? Aber wahrscheinlich kann ich es mir sparen, dir das Ganze auszureden, indem ich verspreche, einen genauen Bericht für dich abzuliefern, damit du einen schönen Artikel daraus bauen kannst?«

»Vergiss es, Zorn!« Die Reporterin stieg aus dem Auto und grinste ihn an. »Ist ja nicht das erste Mal, dass ich dich begleite. Ich habe meinen Teil merkwürdiger oder sogar unheimlicher Dinge gesehen, und daneben wahrscheinlich mehr Tote als jeder Pathologe in Sorrowville. Würde mich so etwas aus der Bahn werfen, könnte ich auch Kurzmeldungen in der Redaktion tippen.«

Lissy war ihrer Sache sicher, und Zack wusste, dass sinnlos war, länger mit ihr zu diskutieren. Ihr Äußeres unterstrich ihre Worte allerdings nicht gerade. Die Reporterin wirkte ungewöhnlich derangiert. Der Lippenstift war verschmiert, und die sonst so perfekt drapierten Locken guckten wirr unter der Wollmütze hervor. Ihre Alkoholfahne roch selbst der selten nüchterne Zack. Sie wirkte weniger wie die toughe Reporterin, die sich von nichts erschrecken ließ, sondern eher wie eine verwirrte Trinkerin, die sich verfahren hatte und den Friedhof für ein Tanzlokal hielt.

»Noch Besuch gehabt am Abend?«, fragte er und zog eine Augenbraue hoch. »Du siehst aus, als wärst du aus dem Bett direkt ins Auto gesprungen. Hat es sich wenigstens gelohnt?«

»Verdammt!« Lissy zückte sofort einen Handspiegel aus der Handtasche und begann, ihr Äußeres in Form zu bringen. »Darauf habe ich nicht geachtet, weil ich es so eilig hatte. Zum Glück ist es dunkel.«

»Lass es bleiben!«, sagte Zack. »Die Toten scheren sich nicht um Äußerlichkeiten.«

»Aber ich!«, gab sie zurück und schnürte den Mantel enger, als sie fertig war. Ein lasziver Augenaufschlag folgte. »Was ist, Mr. Zorn? Legen wir uns auf die Lauer?«

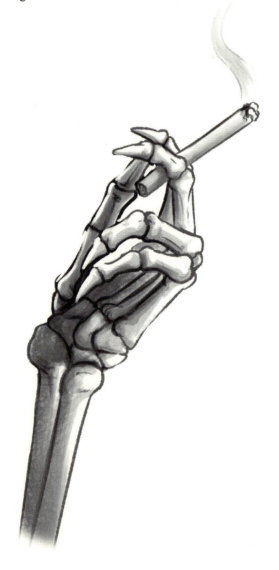

Kapitel 6
DIE NACHT DES GRAUENS

Zack und Lissy kamen nicht weit.

»Oh, scheiße!«, entfuhr es der Reporterin, kurz bevor sie den Durchlass etwas abseits des großen Friedhofstors erreichten.

Der Boulevard der Toten, an dessen Seiten sich die Grabhäuser der reichen Familien befanden, war innerhalb weniger Augenblicke derart bevölkert, als hätten die Anwohner beschlossen, einen nächtlichen Shoppingbummel zu unternehmen.

Durch die Gitterstäbe machte Zack ein Dutzend knochiger Gestalten aus. Mit jedem Atemzug gesellten sich weitere hinzu. Es waren leibhaftige menschliche Skelette, teilweise mit Fetzen vermoderter Kleidung angetan; hier und da hingen Haarsträhnen von kahlen Schädeln. Der eine oder andere offenbarte den Rest eines Bartes, wo die Gesichtshaut noch nicht endgültig verwest war. Sie wankten langsam über den Kies zum Tor hin.

»Was zur Hölle? Warum treiben die sich jetzt schon hier herum? Es ist nicht einmal Mitternacht!«, schimpfte Zack. »Hier stimmt was nicht!«

»Unsinn!«, erwiderte Lissy und winkte ab. »Hier ist alles in bester Ordnung. Dort drüben laufen zwei Dutzend gottverdammte Skelette durch die Gegend. Ganz normal, ist schließlich ein Friedhof.«

»Ihr Sarkasmus steht Ihnen ausgezeichnet, Ms. Roberts, aber das meine ich nicht. Die Gerippe scheinen aus de Witts Gruft zu kommen, allerdings hatte ich ein Ritual hinter ihrem Unleben vermutet, das an den fast vollen Mond oder den Tagwechsel gebunden ist. Offenbar habe ich mich getäuscht.«

»Mir war nicht klar, dass der handelsübliche Nekromant gemeinhin streng nach Handbuch arbeitet. Aber letztlich ist es egal, oder nicht? Dort drüben wandeln die Toten! Die eigentliche Frage ist: Was tun wir jetzt?«

Zack zog an einem Hebel des Mechanismus an seinem Arm. Ein Motor setzte sich ratternd in Bewegung, und der mechanische Fortsatz, der von seiner Hand nach vorne ragte, begann sich zu bewegen. Er grinste und blickte Lissy nicht ohne Vorfreude an. »Na, was schon? Wir machen sie nieder!«

Auch die Wachleute waren mittlerweile auf die untote Bedrohung aufmerksam geworden. Der Polizist, der im Empfangshäuschen neben dem Domizil des Friedhofswächters friedlich vor sich hingedöst hatte, sprang auf und rief die Kollegen panisch um Hilfe. Er hatte Zack und Lissy nicht bemerkt, die sich im Laufschritt näherten, aber noch nicht beim Tor angekommen waren.

Dann begann er wie ein Wilder auf die Skelette zu schießen. Von den acht Kugeln des Dienstrevolvers trafen immerhin drei, aber außer ein paar Rippen zu zertrümmern oder Knochensplitter aus Schädeln zu schlagen, richteten sie keinen nennenswerten Schaden an.

Allerdings kam durch den wirkungslosen, aber lautstarken Angriff Bewegung in die Horde Gerippe. Sie verdoppelten die Geschwindigkeit und hielten auf den Polizisten zu, der hektisch damit begann, die Waffe nachzuladen.

Kurz darauf traten zwei weitere Männer auf den Treppenabsatz neben ihm. Einer stürmte die Stufen hinab, begleitet von einem großen Hund, der andere legte eine Maschinenpistole an und eröffnete das Feuer. Die Kugeln aus der Thompson peitschten über den Vorplatz und zerfetzten die vorderen Skelette. Eine Wolke aus Knochensplittern und Kies hüllte die Untoten ein, während der Polizist mit der Pistole erneut in das Chaos hineinfeuerte.

Lissy und Zack waren unterdessen am Haupttor angelangt und hoben schützend den Arm vor das Gesicht, da Bruchstücke von Knochen bis zu ihnen hinüber geschleudert wurden.

Als das Magazin der Tommy Gun leer war, kehrte Ruhe ein. Lediglich das Gebell des Hundes überlagerte das Knacken von Knochen innerhalb der Staubwolke, die sich auf dem Friedhofsplatz gebildet hatte.

»Sind sie erledigt?«, fragte Lissy. Die Reporterin hatte ihren Ladysmith-Revolver gezogen, jedoch nicht abgefeuert.

Zack wiegte den Kopf hin und her. »Es würde mich wundern. Der Untod lässt sich nicht mit Kugeln bezwingen.«

Kaum dass er die Worte ausgesprochen hatte, waren Bewegungen auf dem Platz zu erkennen. Aus dem grauen Wabern rund um die zu Boden gegangenen Skelette schälten sich erneut unheilig beseelte Gebeine. Zack erkannte ein violettes Leuchten in ihren Augenhöhlen, und die Grausamkeit, die darin lag, war regelrecht körperlich zu spüren. Dieses Mal ließen sie dem MP-Schützen keine Zeit. Auf unnatürliche Weise beschleunigt, jagten sie über den Platz.

Sie erreichten die zurückweichenden Männer in dem Augenblick, als die Maschinenpistole erneut ihren Inhalt auf die Untoten spucken wollte. Zwei, drei Gerippe legten mühelos den Höhenunterschied zum Treppenabsatz zurück, warfen sich auf den Schützen und rangen ihn zu Boden, während sich sein Finger um den Abzug krümmte. Er verriss die Waffe, und eine Salve jagte quer über den Platz. Als Zack und Lissy sich zu Boden warfen, da ihnen die Kugeln um die Ohren flogen, erwischte es den unglücklichen Friedhofswächter im Rücken. Blutspuckend ging er zu Boden und war tot, bevor sich die Untoten auf ihn warfen.

Der Polizist mit dem Revolver hatte erneut alle Kugeln verbraucht. Er wusste, dass er keine Zeit mehr zum Nachladen hatte, und rannte zum Tor nahe Zack und Lissy. Hektisch kramte er einen Schlüsselbund hervor. Die Skelette waren ihm dicht auf den Fersen, während der Hund im Hintergrund das Weite in der Dunkelheit des Friedhofs suchte.

Der Polizist fand einen Schlüssel. Es war der falsche. Das Schloss bewegte sich keinen Millimeter, und als er einen anderen verwenden wollte, packten ihn knochige Arme.

Zack sprang vor und versuchte dem Mann zu helfen. Er streckte den Arm durch das Gitter und riss seine Apparatur von unten nach oben durch den Leichnam, der ihm am nächsten war. Seine motorbetriebene Knochensäge schnitt sich vom Becken aufwärts durch den Brustkorb und durchtrennte das Schlüsselbein. Der Arm, der den Polizist hielt, fiel herunter. Der übrige Körper verlor allerdings keinerlei Kraft, und so packten weitere knochige Finger den Hals des Polizisten und begannen, dessen Kehle zu zerquetschen.

Lissy nahm Maß und schoss dem Skelett drei Kugeln in den Schädel. Das Gesicht eines einstmals stolzen Familienoberhaupts der de Witts wurde zertrümmert, lediglich ein scharfkantiger Stumpf nebst den Überresten des Kiefers blieb auf dem Torso des Untoten übrig.

Erneut hatte es keine entscheidende Wirkung. Auch ohne Schädel versuchte das Gerippe, dem Ordnungshüter das Leben auszuwringen.

Zack presste sich an das Gitter und streckte den Arm so weit vor, wie er konnte. Wahllos zerschnitt er die Knochen des Untoten, bis er in der Wirbelsäule hängenblieb. Das Sägeblatt verhakte sich in den Wirbeln und blieb hängen.

»Verdammt!«, brüllte Zack. Mit aller Kraft riss er an der Apparatur. Das rotierende Metallblatt befreite sich und durchtrennte den dicken Knochen mit einem Kreischen.

Unvermittelt brach das Gerippe zu einem leblosen Haufen Knochen zusammen.

Doch das rettete den panischen Polizisten nicht mehr. Weitere Hände griffen nach ihm, zerrten an Kleidung, Haaren und Extremitäten. Mit einem brutalen Ruck wurde sein Waffenarm aus dem Gelenk gerissen und verschwand in hohem Bogen in der schier durchdrehenden Horde Untoter.

Zack zog die Knochensäge zurück, bevor ein Skelett nach ihm greifen konnte. Währenddessen wurde der Mann vor ihren Augen in Stücke gerissen. Sein Blut spritzte Zack und Lissy um die Ohren, und bald war lediglich eine leblose Masse Fleisch und Innereien übrig, an der sich die Untoten labten wie ein Rudel Wölfe.

»Oh, mein Gott!«, entfuhr es Lissy. Sie schoss die übrigen Kugeln in die Knochenleiber, doch es erzielte keine Wirkung.

Zack zog Lissy mit sich vom Zaun weg. »So können wir nichts gegen sie ausrichten«, schnaufte er. »Sie sind … Damit hatte ich nicht gerechnet.«

»Ich weiß ja nicht, womit du gerechnet hattest, aber ich hoffe, du hast trotzdem irgendeinen Plan, was man gegen diese Abscheulichkeiten unternehmen kann.« Lissy Gesicht war blutbesprenkelt, ihre Augen weit aufgerissen, doch angesichts des Grauens, das sich gerade vor ihnen abspielte, war sie erstaunlich ruhig. Bei den meisten Menschen bedurfte es weniger, um dem Wahnsinn anheimzufallen.

»Wir müssen ihnen das Rückgrat zertrümmern. Anders kann man sie anscheinend nicht unschädlich machen. Meine Knochensäge ist nicht besonders gut dafür geeignet, wenngleich Pedro mit dem Ding ganze Arbeit geleistet hat. Aber ihre Reichweite ist doch zu begrenzt, und sie ist zu schwach. Er muss mir eine größere Version mit stärkerem Sägeblatt bauen.«

»Was tun wir jetzt? Wir können da nicht hineingehen!«, sagte Lissy mit einem Blick auf die Skelette, die bald jedweden Überrest der drei Leichen beseitigt hatten. »Vielleicht sollten wir uns Handgranaten von den Marinellis besorgen und durch den Zaun werfen.«

»Keine schlechte Idee«, murmelte Zack. Ihm gab das Verhalten der Untoten sehr zu denken, denn es widersprach allem, was er über diese mit unnatürlichem Leben beseelten Kreaturen zu wissen glaubte. »Sie tun das Gleiche wie vergangene Nacht. Sie erwachen und fressen Mensch und Tier bis auf die Knochen auf, und deren Fleisch verschwindet in einem Äther. Wahrscheinlich werden sie in den kommenden Stunden jedes lebende Wesen innerhalb des Friedhofszauns jagen und töten.

Aber warum? Nach allem, was ich über unnatürlich belebte Leiber weiß, ist es völlig anormal. Zumindest für Gerippe, die nach Jahrhunderten aus den Gräbern aufstehen.«

»Glaubst du, dass das jetzt jede Nacht hier passiert?«, fragte Lissy.

Zack zuckte mit den Schultern. »Hier werden sie nicht mehr viel finden, denn spätestens nach heute wagt sich niemand mehr auf den Friedhof. Doch warum sollte es plötzlich enden? Ihr Ziel wird kaum sein, die Herrschaft über diesen Friedhof zu erlangen. Es wird weitergehen, solange die Ursache für ihr Erwachen nicht beseitigt wird, nehme ich an. Wenn sie in ihre Särge zurückgekehrt sind, müssen wir sie zerstören. Und wenn ich die gesamte Krypta der de Witts in die Luft jagen muss. Wenigstens bleibt es momentan auf den Friedhof beschränkt, das verschafft uns Zeit.«

»Da wäre ich mir nicht so sicher!«, sagte Lissy und wies auf das Tor.

Dort begannen blutbespritzte Skelette damit, die eisernen Streben zu erklimmen. Andere rissen am Tor und lösten es langsam aus der Verankerung. Wie zum Hohn begegneten ihnen bläulich glühende Augen und grinsende Totenschädel, als wollten sie ihnen sagen, dass Zack und Lissy mit ihren Vermutungen falsch lagen und die nächsten sein sollten, die zwischen ihren fauligen Zähnen zermalmt wurden.

»Ich sage am besten gar nichts mehr«, murmelte Zack. Er fasste Lissys Hand. »Zum Wagen! Zum Wagen, wir können hier nichts tun, außer die Leute in der Stadt zu warnen.«

Sie rannten los, doch Lissy schwang sich nicht auf den Fahrersitz, sondern öffnete den Kofferraum.

»Was machst du da? Wenn sie heran sind, ist es zu spät!«, brüllte Zack.

Die Reporterin wischte sich das Blut aus dem Gesicht, beugte sich unter die geöffnete Klappe des Kofferraums und tauchte einen Augenblick später mit einem grimmigen Lächeln wieder auf.

»Hier! Hilft uns das?«

Sie warf Zack einen länglichen Gegenstand zu, den er gerade so fangen konnte. Es war ein schwerer Baseballschläger, nagelneu und mit den Farben der Sorrowville Seahawks versehen, dem bekannten Team der Stadt.

»Ich soll ein Porträt über den Ausrüster schreiben. Sie haben mir zwei Sätze Ausrüstung zur Verfügung gestellt, um mich von der Qualität ihrer neuen Schläger, Handschuhe und Helme zu überzeugen«, erklärte Lissy und schulterte ebenfalls einen Schläger. »Ich habe keine Ahnung von Baseball, aber ich glaube, damit kann man ein paar Knochen zertrümmern.«

Zack grinste. »Lass es uns ausprobierern.

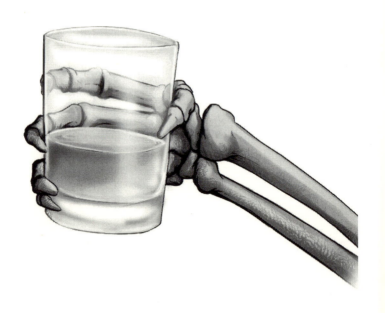

Kapitel 7
KNOCHENARBEIT

Zack stürmte vor und fing den ersten Untoten ab, als dieser den Zaun überwunden hatte. Mit aller Kraft schmetterte er den Baseballschläger in das Gerippe. Knochen zersplitterten, und das Rückgrat des Skeletts brach mit einem ekelhaften Knacken.

Sofort fielen die unnatürlich zum Leben erwachten Überreste einer vielleicht einst würdevollen Person in sich zusammen und blieben als jämmerlicher Haufen zu seinen Füßen liegen. Für den Bruchteil einer Sekunde glaubte Zack, ein bläuliches Glimmen in seinem Inneren erlöschen zu sehen.

»Es funktioniert!«, rief er in Lissys Richtung, die ihn kurz darauf einholte.

»Sag ich doch!«, bekräftigte sie und schob sich die Zigarette in den Mundwinkel.

Viel Zeit hatten sie allerdings nicht, um den ersten Sieg auszukosten. Die Meute Untoter bewegte sich von einem auf den anderen Augenblick schneller, als ob sie über ein Schwarmbewusstsein verfügte, das sie vor Gefahr warnte.

»Ich habe zum Glück ein bisschen mit dem Ding geübt.« Lissy nahm eine Position ein, als ob sie beim Baseball am Schlag stünde, blies lässig eine Wolke Rauch in Richtung der heranwankenden Corpi und zertrümmerte dem erstbesten mit einem kräftigen Schlag den Schädel.

»Auf das Rückgrat! Anders kommt man ihnen nicht bei!« Zack holte ebenfalls aus und wich bei seinem Schlag gierigen Knochenfingern aus, die sich in sein Fleisch graben wollten. Der aufwärts geführte Schwinger zerstörte erneut den Brustkorb, durchtrennte dieses Mal jedoch nicht das Kreuz des Gerippes.

Zack riss hastig den Schläger zurück, während ein weiterer Untoter auf ihn eindrang.

Umherfliegende Knochenteile verrieten, dass Lissy erneut getroffen hatte, diesmal erfolgreich. Zack duckte sich unter untoten Händen weg, die an seinem Mantel rissen, und holte aus, um ausreichend Kraft in den nächsten Schlag zu legen. Mit einer halben Drehung versuchte er beide Gegner gleichzeitig zu treffen. Doch sie waren zu nah an ihn herangekommen, um den schweren Schläger effektiv einzusetzen.

Immerhin richtete er überhaupt Schaden an, indem er die Schultern der untoten Kreatur zertrümmerte. Das zweite Gerippe allerdings stieß mit dem mit Hautfetzen bedeckten Schädel in Richtung seines Halses vor, um ihm mit ihren Zahnstümpfen die Kehle herauszureißen.

Zack war nicht imstande, ihn abzuwehren.

Das bösartige Funkeln, das in den Augenhöhlen des Totenschädels glitzerte, sorgte zusätzlich dafür, dass er einen Wimpernschlag lang wie gelähmt war. Er bekam eine Gänsehaut, blickte er doch direkt in den Abgrund der Verdammnis, die all jene ereilte, die noch lange nach dem Tod zu Sklaven eines höheren, grausamen Willens gemacht wurden.

Lissys Schläger beendete den Schrecken. Als sie die Wirbelsäule des Skeletts zerschlug, verschwand das Funkeln, und vor Zack lag lediglich ein zerstörter Haufen Knochen in der Wiese.

»Ball Game, Mr. Zorn!« Die Reporterin posierte triumphierend vor ihm und schulterte den Schläger. »Wenn ich dir den Arsch retten muss, kann ich deinen Job bald ganz übernehmen.« Sie zog an der Zigarette und schmiss sie weg.

»Ja, meinetwegen, ich reiße mich nicht darum«, murmelte er, blickte über ihre Schulter und deutete auf die heranahenden Untoten. »Es sind zu viele. Das sind fast zwanzig. Die können wir nicht alle erledigen.«

»Gibst du etwa auf? Schwach, Mr. Zorn, das hätte ich nicht von einem erfahrenen ... was bist du überhaupt? Ein Geisterjäger oder so etwas?«

»Völlig egal!«, winkte Zack ab und zerrte sie mit sich in Richtung Wagen.

»Jedenfalls hätte ich das von einem Profi wie dir nicht erwartet.«

»Red keinen Unsinn. Witze können wir später machen, es ist noch nicht vorbei. Gib mir deinen Schlüssel.«

»Wie bitte?«

»Den Autoschlüssel, na los!«

Lissy kramte kurz im Mantel und warf ihm den Schlüssel zu.

»Los, rein da!«, wies Zack sie an und warf sich auf den Fahrersitz.

Kurz bevor die Untoten heran waren, war der Motor gestartet, und Zack trat das Gaspedal durch.

»Oh nein, weißt du, was der Wagen gekostet hat?«, rief Lissy, als sie verstand, was er vorhatte.

Doch sie konnte ihn nicht mehr zurückhalten.

»Showtime, ihr Bastarde!«

Nasser Kies spritzte auf, als der Motor des Cadillacs aufheulte.

Zack hielt mitten auf die Toten zu und raste durch sie hindurch. Einige wurden von dem schweren Automobil zermalmt, drei, vier andere durch die Luft geschleudert.

Zack wendete kurz vor dem Friedhofstor und hielt an. Durch die Scheinwerfer des Wagens sahen sie, dass nicht alle Skelette wieder aufgestanden waren. Doch viele erhoben sich wieder, teilweise des Schädels oder einiger Extremitäten beraubt.

»Immerhin ein paar weniger«, stellte er grimmig fest und legte den ersten Gang mit solch einer entschlossenen Bewegung ein, als würde er eine Schrotflinte durchladen.

Lissy wurde in den Sitz gepresst, als Zack erneut alles aus dem Fünflitermotor des edlen Sportwagens herausholte. Die wenigen Dutzend Meter bis hinunter an den Rand der Wiese legten sie wie im Flug zurück. Als sie auf die Leiber der Untoten prallten, flogen ihnen die Knochen regelrecht um die Ohren.

Bis in den Wagen hinein konnte man das Brechen der Gerippe hören.

Dann gab es einen Schlag, der Zack und Lissy aus den Sitzen hob und gegen die Armatur warf.

Der Cadillac kam zum Stehen, und einen Moment lang herrschte Stille.

Zack und Lissy waren nicht imstande, sich zu bewegen. Währenddessen schlich der Untod lautlos um sie herum durch die Nacht. Die beiden wussten, dass dort draußen noch immer Gefahr drohte, denn sie hatten die Skeletthorde allenfalls um eine Handvoll Mitglieder dezimiert.

Lissy hielt sich den Kopf, an dem sich eine Beule bildete. »Das war's wohl. Lass uns verschwinden.«

Zack nickte. »Dreck!«, schimpfte er, als er den Rückwärtsgang einlegte und das Gaspedal durchtrat. »Wir hängen fest.«

»Was?«

Zack presste das Gaspedal durch wie ein Geistesgestörter, es führte jedoch lediglich dazu, dass er den Cadillac noch tiefer in die matschige Wiese grub als zuvor. Auch nach vorne ging nichts mehr, die Räder bewegten sich irgendwann überhaupt nicht mehr, so sehr waren sie bald im Schlamm eingegraben.

»Es hilft nichts, wir hängen fest. So kommen wir hier nicht weg!«

»Großartig, und dafür hast du meinen Wagen ruiniert?«, fragte Lissy, während sie skeptisch nach draußen spähte. »Wo sind die Arschgeigen? Ich entdecke nirgends einen. Sind sie in ihre Gräber zurückgekehrt?«

Zack runzelte die Stirn. »Glaube ich kaum.« Doch auch er konnte durch die verdreckten Fenster nichts erkennen. »Wir sollten nicht hier warten, bis sie kommen und uns holen. Das Verdeck haben sie in Sekundenschnelle zerstört, und danach sind wir ihnen ausgeliefert.«

»Also doch auf die harte Tour«, murmelte Lissy und umklammerte den Baseballschläger.

Zack nickte ihr zu und wollte schon die Tür aufstoßen, als sie ihn festhielt.

»Warte!« Sie griff ins Handschuhfach und holte ein kleines Metallgefäß hervor. Sie schraubte es auf, nahm einen langen

Schluck und reichte es dann Zack, der es ihr gleichtat. Das wohlige Brennen von Bourbon erfüllte seinen Rachen und breitete sich bald in seinem Inneren aus.

Als er ihn Lissy zurückreichte, traf er auf einen zu allem entschlossenen Blick.

»Tja, Zorn, jetzt heißt es: Die oder wir! Du bist wahrscheinlich an sowas gewöhnt, aber ich blicke dem Tod nicht ständig ins Auge – nicht einmal sprichwörtlich.« Sie lächelte grimmig. »Falls es das also gewesen ist …« Schneller als Zack reagieren konnte, beugte sie sich vor und küsste ihn. Drei, vier Sekunden nur, doch die reichten aus, um seinen Puls in ungeahnte Höhen zu katapultieren.

»Lass es uns angehen!«, sagte sie, als sei nichts gewesen und stieß die Tür auf.

Zack war kurz verwirrt, tat es ihr dann aber gleich und sprang geduckt nach draußen. Er blieb in der Hocke und schmiegte sich mit dem Rücken an die Flanke des Wagens, um wenigstens auf einer Seite geschützt zu sein.

Wider Erwarten griffen keine Knochenhände nach ihm. Um ihn herum war nichts zu sehen oder zu hören.

»Siehst du sie? Wo sind die hin?«, rief Lissy von der anderen Seite.

Zack war erleichtert, dass sie unversehrt war. Er stand auf und sah sich um.

Den Kiesplatz hinauf in Richtung Friedhofstor entdeckte er keine Gestalten, weder tot noch lebendig. Im Zwielicht des beleuchteten Eingangsbereichs hätte man zumindest die Umrisse der Untoten ausmachen müssen, falls sie sich auf den Rückweg zur Krypta gemacht hatten. Doch damit hatte Zack ohnehin nicht gerechnet.

»Auf meiner Seite ist keiner mehr«, konstatierte Zack und umrundete den Wagen. »Wie sieht's denn bei dir hier drüben aus?«

»Nichts zu hören, nichts zu sehen. Aber es ist viel zu dunkel, um sicher zu sein, dass sie weg sind.« Lissy stand knöcheltief im Schlamm und starrte den Hügel hinab in die Dunkelheit.

»Erkennst du was?«, fragte sie. Sie wusste als eine der wenigen Personen, dass Zacks Sinne außergewöhnlich gut waren, besser als die normaler Menschen. Für ihn war es nie etwas Besonderes gewesen, dass er damit weit über andere hinausragte. Er kannte es nicht anders, doch schon in der Jugend hatte er gelernt, dass er diese besondere Fähigkeit besser für sich behielt. Die Menschen misstrauten allem, was anders war. Meist zu Unrecht, meist aus Angst und Vorurteilen gegenüber dem Unbekannten, doch nachdem sich in den letzten Jahren Ereignisse gehäuft hatten, die den Albträumen abergläubischer Spinner entsprungen sein konnten, hatte er ein gewisses Verständnis für die Vorbehalte entwickelt.

Es war ihm nicht zuletzt in seinen Tätigkeiten als Privatermittler immer wieder zugute gekommen, erst recht, wenn er mit übernatürlichen Phänomenen zu tun hatte, was in Sorrowville in jüngster Zeit gehäuft vorkam. Lissy hatte es nie hinterfragt, und Zack ahnte, dass sie im Gegensatz zu vielen anderen Menschen fasziniert davon war.

Er bemühte sich, etwas zu erkennen, durchdrang das finstere Wabern der Nacht mit den Augen wie mit einem Röntgengerät. Es dauerte eine Weile, doch dann entdeckte er sie. Ein gutes Dutzend Untoter war nach den Attacken mit dem Cadillac übriggeblieben und wankte die Wiese hinunter. Die Skelette hatten bereits eine beträchtliche Strecke zurückgelegt.

»Da unten! Die Dreckskerle halten auf die Häuser zu!« Zack wies auf die entsprechende Stelle.

»Dort schlafen Menschen, die von alldem nichts ahnen. Wir müssen sie aufhalten!« Lissy riss die Füße aus dem Schlamm und lief los.

Zack hatte Mühe, ihr zu folgen. Er hielt es nicht für die beste Idee, der Horde einfach hinterherzurennen. »Selbst, wenn wir ein paar von ihnen erwischen, werden sie uns töten, bevor sie die Bewohner der Häuser abschlachten. Damit ist nichts erreicht.«

»Was willst du sonst tun? Für Hilfe ist es zu spät!«, keuchte Lissy.

Zack wusste, dass sie recht hatte. Sie waren die einzigen, die verhindern konnten, dass die Leichen in die Häuser vordrangen und die schlafenden Bewohner massakrierten.

Es war enorm anstrengend, auf dem tiefen Boden der Wiese zu laufen, so dass er das Gefühl hatte, dass sie kaum vorwärts kamen. Neben sich hörte er Lissys rasselnden Atem. Die Reporterin war nicht daran gewöhnt, länger als ein paar Meter am Stück zu rennen, und ihr exorbitanter Tabakkonsum tat sein Übriges dazu.

Zack versuchte die Untoten im Auge zu behalten, die glücklicherweise im gleichen gemäßigten Tempo unterwegs waren wie zuvor. Sie hielten jedoch nicht auf die nächstbesten Häuser unten am Rand von Sorrowville zu, sondern schienen einen Bogen zu laufen.

»Verdammt, was haben die vor? Sie haben offenbar ein konkretes Ziel.«

»Sag mir einfach, wohin sie laufen«, erwiderte Lissy. »Ich sehe sie immer noch nicht.«

»Rechts hinunter, an der Kapelle vorbei. Dahinter beginnt das Villenviertel.« Er wartete eine Weile, in der sie einfach nur liefen, und beobachtete sie weiter. »Wenn ich mich nicht täusche, wollen sie zum zweiten Haus mit der Mauer und den kubusförmigen Gebäuden.«

»De Witts Anwesen!«, entfuhr es Lissy. »Das ist das Haus von Manny.«

»Scheiße! Seine Vorfahren wollen Manny anscheinend das Fleisch von den Knochen reißen, damit er genauso aussieht wie sie.«

Zack beschleunigte die Schritte. Er merkte, dass Lissy nicht mehr folgen konnte, aber darauf konnte er keine Rücksicht nehmen. Wenn nur ein einziger Untoter in das Haus vordrang, war der junge de Witt verloren – und damit auch das Honorar, das Zacks Zukunft sicherte.

Zack bemühte sich, gleichmäßig zu atmen und nicht zu schnell zu rennen, um länger durchzuhalten. Auch er war schon besser in Form gewesen. Deutlich besser.

Es dauerte einige Minuten, dann war an den letzten Untoten heran. Mit einem Schrei warf er sich nach vorne und schwang den Baseballschläger. Er zerschmetterte die Wirbelsäule in ihre Fragmente, und das Gerippe fiel zusammen wie seine Leidensgenossen zuvor.

Das Gleiche gelang ihm mit zwei weiteren Skeletten.

Kurz darauf bekam er allerdings kaum noch Luft und musste innehalten. Die Schläge hatten seine letzten Kraftreserven aufgebraucht, und die Muskeln lechzten nach Sauerstoff. Er beugte sich vornüber und hoffte, sich nicht übergeben zu müssen.

Vor ihm ragte die weißgetünchte Mauer des Anwesens auf, im Innenbereich glomm Licht.

Zack begann zwischen den Atemzügen hektische Warnungen zu brüllen, um irgendjemand auf sich aufmerksam zu machen, doch er brachte nicht mehr als ein Krächzen hervor. Er konnte die verbliebenen Skelette nicht alleine aufhalten, aber vielleicht konnte er Manny Zeit verschaffen, um zu fliehen.

Seine Warnungen schienen ungehört zu verhallen. Die ersten Untoten begannen, die etwa drei Meter hoher Mauer zu erklimmen.

Zack wusste, dass es zu spät war. Wer innerhalb des Anwesens lebte und sich noch nicht auf der Flucht befand, würde von den untoten Horden gejagt und zur Strecke gebracht werden.

Verzweifelt holte er seinen Revolver hervor. Ungezielt jagte er die sechs Kugeln der 22er-Smith&Wesson in die Mauer. Vielleicht weckte er mit dem Krach wenigstens die Nachbarschaft. Mehr konnte er nicht mehr für Manny tun.

Grausige Bilder waberten in seinem Kopf umher. Die meisten bildeten ab, wie die Ahnen der de Witts ihren Stammhalter aus dem Bett zerrten und ihm das üppige Fleisch von den Knochen rissen, bis sich seine blutigen Überreste in die Knochenlegion einreihten.

Plötzlich jagten Schüsse durch die Nacht. Auf einem der Gebäudekubi innerhalb des Anwesens blitzte es auf, dann hämmerte ohrenbetäubendes Stakkatofeuer aus einer automatischen Waffe auf die Mauer ein.

Zack warf sich zu Boden und presste die Hände auf die Ohren. Bruchstücke aus dem Mauerwerk, Knochensplitter und Kugeln flogen ihm um die Ohren. Ohne Pause jagte das Dauerfeuer auf die Mauerkrone ein und zerfraß sie nach und nach. Jeder Untote, der darüber stieg, verging ebenfalls in dem Inferno aus Kugeln.

Das musste die menschengemachte Hölle sein, von der die Rückkehrer aus den Schützengräben des Großen Krieges in Europa berichtet hatten. Das Feuer schien aus mehr als einem Lauf zu kommen, wie Zack nach einer Weile heraushörte. Lissy hatte ihm berichtet, dass Manny die Sicherheitsvorkehrungen der Villa nach dem Tod seiner Eltern erhöht hatte, doch das hörte sich an wie ein schweres Maschinengewehr.

Zack wusste nicht, wie lange es anhielt, aber irgendwann war es vorbei.

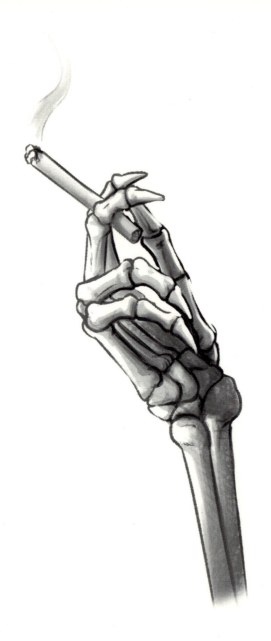

Kapitel 8

DAS HAUS DES GELDES

»Was zur Hölle war denn das gerade?«

Lissy stand neben Zack und ging in die Hocke. »Alles okay bei dir?«

Zack war erleichtert, sie wohlauf zu sehen. Ein Querschläger des Kugelhagels hätte ebenso leicht einen von ihnen treffen können, und er zweifelte daran, dass ein Mensch einen Schuss aus solch einer großkalibrigen Waffe überlebte.

Zack griff ihre Hand und ließ sich aufhelfen. »Danke, mir geht's gut.« Er blickte auf. Von der ehemals akkurat gestrichenen Mauer war nicht mehr viel übrig. Sie wirkte, als habe eine Schlacht um die Villa der de Witts getobt. Gewissermaßen entsprach es der Wahrheit.

»Lass uns nachsehen, was passiert ist«, sagte Lissy.

Zack nickte. »Wir sollten ausschließen, dass einer dieser Bastarde den Feuersturm überlebt hat.«

»Gleichzeitig müssen wir aufpassen, dass uns Mannys Leute nicht direkt den Kopf wegpusten, sobald wir die Nase über die Mauer stecken.« Lissy hatte ihren Humor auch im Angesicht von Untod und Zerstörung nicht verloren.

Sie zwinkerte Zack zu und lief zur Mauer, genau genommen zu deren Überresten. Zack erkannte schnell, dass sich zwischen den Trümmerteilen Knochenfragmente befanden, und davon nicht gerade wenige.

»Wenn überhaupt, haben nur wenige von ihnen überlebt«, stellte er fest.

»Überlebt ist wohl das falsche Wort«, merkte Lissy an.

»Dann eben: Haben es nur wenige überstanden.« Zack starrte in Richtung des Hauses. Über einem Wohnquader hing eine Rauchwolke. Er spähte in die Dunkelheit, um etwas zu erkennen. Nach einiger Zeit machte er die Umrisse eines Geschützstands aus. Dort war eine mehrläufige Maschinenkanone positioniert worden, an der sich Personen zu schaffen machten. An ihren Gesten erkannte er, dass sie sich stritten.

»Da oben steht das Geschütz, vielleicht ist es heißgelaufen. Die Leute drumherum sind definitiv keine Untoten, es sei denn, man spricht im Reich des Todes Spanisch.«

»Wenn noch Gerippe herumschleichen, hätten sie wohl zuerst versucht, die Bedrohung zu beseitigen«, vermutete Lissy. »Jedenfalls, wenn man das aus ihrem Verhalten am Friedhof schließen kann.«

Zack nickte. »Die Luft scheint rein zu sein. Lass uns nach vorne zum Haupteingang gehen. Manny ist sicher wach und wohl nicht traurig darüber, ein wenig moralische Unterstützung zu erhalten. Hoffe ich.«

»Außerdem wird die Polizei bald hier eintreffen. Wir wissen, wie lahmarschig sie gewöhnlich sind, erst recht mitten in der Nacht. Wenn einer mit einer Tommy Gun im Hafen durchlöchert wird, mag das kaum jemanden kümmern. Wenn es sich allerdings anhört, als würde hier oben die Schlacht von Gettysburg ausgetragen, sollte es sich anders verhalten«, sagte Lissy. »Hoffe ich.«

Wenig später standen sie vor der Haustür der de Witts. Es dauerte eine ganze Weile, bis ihnen jemand öffnete. Zack konnte es ihnen nicht verdenken. Wahrscheinlich wussten die Wachleute nicht einmal, auf was sie da zuvor geschossen hatten.

»Zacharias Zorn. Mr. de Witt bat mich, die Ereignisse auf dem Friedhof von vergangener Nacht aufzuklären. Ich muss ihn dringend sprechen.«

»Dafür klingeln Sie hier mitten in der Nacht?«, entgegnete ein dunkelhaariger Mann mit Vollbart und spanischem Akzent, der übernächtigt aussah.

»Sie ahnen vielleicht, dass unser Besuch mit dem kleinen Zwischenfall von gerade eben zusammenhängt. Glauben Sie mir, ich würde jetzt auch lieber im Varietétheater sitzen.«

Der Mann beäugte sie einen Augenblick lang misstrauisch und ließ sie dann auf das Gelände. Wie zu erwarten war, bestand das Innere des Areals aus einem halben Dutzend kubusförmiger, weißgetünchter Gebäude. Drei davon waren zweistöckig und besaßen Kuppeln, so dass sie an maurische Architektur erinnerten. Zack hatte keine Ahnung, ob darin ein Bezug auf die Familiengeschichte der de Witts lag, die seiner Kenntnis nach in den europäischen Niederlanden und jüngst in Kolumbien lagen, oder ob sie das Anwesen von jemand anderem erworben hatten.

Der Mann, der sich ihnen nicht vorgestellt hatte, führte sie zum größten Gebäude, dessen Fenster allesamt beleuchtet waren und vor dessen Eingang zwei grimmige Anzugträger mit Maschinenpistolen Wache hielten.

Der Mann nickte ihnen zu, und sie betraten das Haupthaus der de Witts.

Eine marmorgefliste Halle empfing sie, umlaufen von einer Balustrade, deren Geländer ebenfalls aus dem edlen Gestein bestand. Eine breite Treppe führte linker Hand hinunter, und von dort kam ihnen bereits Manny de Witt entgegen. Er hatte sich an beiden Seiten bei spärlich bekleideten Damen eingehakt, die lediglich knappe Unterhosen trugen und Paschminas über ihre Schultern geworfen hatten, die ihre Brüste halbwegs bedeckten. Er selbst trug einen Seidenbademantel, der nur lose geschlossen war und seinen jungen Wohlstandsbauch deutlich zur Schau stellte.

Immerhin sah er weder verängstigt noch aufgelöst aus.

»Mr. Zorn! Warum zur Hölle habe ich damit gerechnet, dass Sie heute Nacht noch hier auftauchen? Sie sehen übrigens beschissen aus. Haben Sie vielleicht etwas mit diesem ... Zwischenfall zu tun?«

»Guten Abend, Mr. de Witt. Ich bedaure mein Erscheinungsbild und ebenfalls, Sie stören zu müssen, aber ich fürchte, es ist unaufschiebbar«, grüßte Zack. »Um Ihre Frage zu beantworten: Ja, ich habe etwas damit zu tun.«

»Wusste ich es doch. Immerhin scheinen Sie Ihren Auftrag ernst zu nehmen«, stellte Manny de Witt fest und kam die restlichen Stufen herunter. »Also, was gibt es?«

»Manny, ich weiß ja nicht, was Sie mitbekommen haben, aber Ihnen ist bewusst, dass es keine Einbrecher waren, auf die ihre Leute draußen geschossen haben?«, fragte Lissy.

»Wie meinen Sie das? Wer soll es denn sonst gewesen sein? Marinellis Leute? Dann haben wir immerhin viele von ihnen erwischt!« Das Gesicht des jungen de Witt verdüsterte sich.

Offenbar wusste er nichts über die Hintergründe.

»Da haben Sie recht. Selbst die härtesten Schläger der Mafia hätten keinem mehrminütigen Beschuss einer automatischen Waffe standgehalten«, stimmte Lissy zu.

»Haben Sie sie gesehen? Das ist eine Vickers Gun aus dem Krieg. Hat schon Pickelhauben in Frankreich niedergemäht. Wunderbar, nicht wahr?«

»Mr. de Witt, ich halte es für das Beste, wenn wir Ihnen in Ruhe berichten, was geschehen ist«, sagte Zack so behutsam, wie er konnte. »Am besten alleine.«

»Wenn Sie meinen. Ich hoffe, Sie haben eine gute Erklärung für dieses Chaos. Das ist überhaupt nicht gut für meinen Kreislauf«, erwiderte Manny, hielt sich die Hand an die Schläfe und schloss kurz die Augen. Dann bedeutete er seinen Begleiterinnen mit einem Tätscheln der Pobacken, dass sie sich entfernen sollten. Beide hauchten ihm einen Kuss auf die Wangen, wobei einer von ihnen der Paschmina hinunterfiel. Sie scherte sich nicht darum und schien es eher zu genießen, als sie bemerkte, dass Zacks Blick für einen Augenblick auf ihre blanken Brüste fiel.

Kichernd zogen sich die beiden zurück, während Manny die nächtlichen Besucher in ein Hinterzimmer bat.

Zack seufzte. Es würde nicht einfach werden, ihm alles zu erzählen. Er hoffte, der junge de Witt besaß ein starkes Nervenkostüm.

Manny tupfte sich den Schweiß von der Stirn. »Sie wollen mir einen Bären aufbinden, Mr. Zorn!«, war die erste Reaktion, zu der er imstande war, nachdem Zack und Lissy ihm die Ereignisse der Nacht in Grundzügen geschildert hatten.

»Ganz und gar nicht, Mr. de Witt«, gab Lissy ungehalten zurück. »Sehen Sie mich an. Würde ich in einem derartigen Zustand hier auftauchen oder blutüberströmt durch die Wiesen stürzen, um Ihnen zu Hilfe zu eilen, wenn es nicht einen triftigen Grund dafür gäbe?« Sie deutete an sich hinunter, bevor sie wieder an ihrer Zigarette zog. Tatsächlich war ihr Mantel in beklagenswertem Zustand, ihr Gesicht geschwollen und von getrocknetem Blut bedeckt. Um ihre Worte zu unterstreichen, lehnte der Baseballschläger an der Lehne des Sessels, auf dem sie sich im Salon des Anwesen niedergelassen hatte.

»Wahrscheinlich nicht«, antwortete Manny kleinlaut. Er wirkte jetzt eher wie der verschüchterte junge Mann, der er eigentlich war, und nicht wie das Oberhaupt einer reichen Familie.

»Wir haben den Tod gesehen, Mr. de Witt. Das schreckliche Grinsen des Todes, der uns mit Häme übergießt, wenn er dem Grab entsteigt und die Lebenden in sein Reich locken will. Er hat sich allerdings nicht bloß erhoben, sondern er hat sich auf den Weg gemacht, um Sie zu holen, Manny.«

De Witt schluckte. »Danke, ich glaube, ich habe das jetzt verstanden, Mr. Zorn. Sie brauchen es nicht wieder und wieder so bildhaft zu beschreiben. Ich frage mich nur: Warum? Warum erheben sich meine Ahnen und haben es auf mich abgesehen?«

»Das ist die große unbeantwortete Frage. Gibt es etwas hier auf dem Anwesen, das die haben wollen? Oder haben Sie vielleicht das Andenken an ihre Vorfahren besudelt, auf welche Weise auch immer?«

»Niemals!« Manny sprang auf und begann noch mehr zu schwitzen als zuvor. »Die Familie ist mir heilig, jeder weiß das! Niemals würde ich mich gegenüber ihr versündigen, und erst recht nicht gegenüber dem Andenken der Väter und Mütter!«

Zack erkannte, dass ihn die Frage schwer getroffen hatte, also glaubte er ihm. »Das war nicht als Vorwurf gemeint, Manny. Es könnte ja auch unbeabsichtigt geschehen sein. Sie verstehen sicher, dass wir versuchen müssen, alles zu ergründen, das einen Anlass dafür bietet, dass sich die Toten auf den Weg zu Ihnen machen.«

»Ja, das verstehe ich. Aber ich kann Ihnen keine Antworten liefern, Mr. Zorn. Es ergibt schlichtweg alles keinen Sinn.«

»Atmen Sie durch!«, riet Lissy ihm und nahm seine Hand, die er sofort fest drückte, als sei sie ein Anker, der ihn bei Verstand hielt. »Wir alle sind aufgewühlt und übermüdet. Wir sollten ein paar Stunden schlafen und dann erneut darüber sprechen. Vielleicht gibt es bis dahin weitere Erkenntnisse.«

»Ist es denn jetzt ungefährlich?« Manny und Lissy blickten Zack an, als wüsste er darauf die letztgültige Antwort.

»Ich nehme es an. Einen Teil der Gerippe hatten wir schon nahe des Friedhofs erledigt, weitere konnte ich außerhalb der Villa abfangen, und den Rest hat dann Ihr Maschinengewehr erledigt. Das heißt allerdings nicht, dass es nicht nächste Nacht von Neuem beginnen kann – falls sich überhaupt noch Überreste Ihrer Familie in der Krypta befinden. Auch das müssen wir herausfinden.«

Manny schluchzte auf und drohte Lissys Hand zu zerquetschen. Sie tätschelte ihn ein wenig und blickte Zack hilflos an, doch er wusste ebenfalls nicht, wie er mit dem Gefühlsausbruch des jungen de Witt umgehen sollte.

Glücklicherweise hatte sich Manny schnell wieder im Griff. Er atmete tief durch, lehnte sich zurück und benutzte dann ein Glöckchen, das neben ihm auf einem Beistelltisch stand. Sekunden später erschienen die Damen von zuvor und halfen ihm umständlich hoch.

»Ms. Roberts, Mr. Zorn«, sagte er. »Ich benötige jetzt Schlaf. Wir treffen uns am Mittag wieder.«

Zack und Lissy verabschiedeten sich und verließen dann das Anwesen de Witts. Es war noch immer dunkel, und Zack spürte allmählich, wie müde er war.

»Geht es dir gut?«, fragte er Lissy, als sie sich ein Zigaretten anzündeten und hinauf zum Friedhof liefen.

Die Reporterin klemmte ihren Glimmstengel in den Mundwinkel, schob die Wollmütze aus der Stirn und lächelte spöttisch. »Mir fehlt nichts. Aber Sie schulden mir ein neues Auto, verehrter Mr. Zorn!«

Kapitel 9

DER HORT DER WAHRHEIT

Es war Mittag, als Zack aufwachte. Ihm tat der gesamte Körper weh, und er fühlte sich alles andere als erholt. Kurz dachte er darüber nach, sich einfach umzudrehen und weiterzuschlafen, doch der Gedanke an die nächtlichen Ereignisse weckte seine Lebensgeister.

Er wusch sich, trottete nach unten und stellte fest, dass Mabel in der Küche zugange war. Sie sagte nichts, als er eintrat und sich Kaffee nahm. Es war nicht ungewöhnlich, dass er erst mittags aufstand, so dass die Sekretärin bis dahin immer etwas Kaffee auf dem Kristallstövchen bereithielt. Erst nach einer halben Tasse des heute besonders starken Gebräus und einem in viel zu viel Trasko-Sirup getränkten Toast räusperte er sich.

»Guten Morgen, meine Liebe.«

Zack erntete einen Schulterblick inklusive hochgezogener Augenbraue. »Sie sind offenbar besonders guter Laune, Mr. Zorn. Hatten Sie eine schöne Nacht? Ich hoffe es, bei Gott. Wer weiß, wo Sie sich wieder herumgetrieben haben! Ach, eigentlich möchte ich es gar nicht wissen. Freut mich. Nein, wirklich, freut mich ja für Sie. Unglücklicherweise hatte ich eine wirklich beschissene Nacht. Sie werden sich nun fragen, warum das so war, und ich gebe Ihnen die Antwort: Wenn man nicht weiß, ob man seinen nächsten Lohn erhält, ob man die Miete zahlen kann, ob man dem Gatten etwas zu essen auf den Tisch stellen kann, dann schläft man schlecht. Andere Leute amüsieren sich nachts, oh ja, das weiß ich, ich war auch einmal jung, doch wenn man von Sorgen geplagt ist, kommen mit der Dunkelheit die düsteren Gedanken, und man wird sie nicht mehr los, bis der Morgen graut und man zu der Arbeit aufbricht, von der man nicht weiß, ob man sie überhaupt noch leisten soll, wenn die Lohntüte am Ende des Monats leer bleibt.«

»Jetzt machen Sie aber mal halblang«, unterbrach Zack den Redeschwall. »Ich verstehe Sie, und ich habe Ihnen gesagt, dass ich mich darum kümmere. Tatsächlich habe ich letzte Nacht gearbeitet, und zwar für den neuen Auftraggeber, der Ihr Gehalt der nächsten Monate sichert.«

»Und? Konnten Sie ihn zufriedenstellen?«

Zack dachte nach. »Wie man's nimmt. Wir haben so etwas wie einen Zwischenschritt absolviert. Es gestaltet sich … etwas komplizierter als erwartet.« Zack nahm sich den Tabakbeutel und begann eine Zigarette zu drehen. »Vielleicht ist die Sache heute Abend erledigt. Dann schlafen wir beide ruhiger, Mabel. Glauben Sie mir, es war nicht gerade mit einer Tanzshow im Wild Orchid zu vergleichen.« Unvermittelt tauchten tanzende Skelette mit Rüschenkostümen und Federboas vor Zacks geistigem Auge auf. Er schüttelte den Kopf und vertrieb die absurde Vorstellung.

»Strengen Sie sich an!«, sagte Mabel, lud etwas auf ein Tablett und drehte sich zu ihm um. »Ich habe hier ein spätes Frühstück für Sie vorberei…« Schockiert starrte sie ihn an.

»Was?«, fragte er irritiert.

»Nehmen Sie es mir nicht übel, aber Sie sehen …«

»Beschissen aus? Das weiß ich.«

»Tut mir leid, ich wollte Sie nicht beleidigen.«

»Das tun Sie nicht, keine Sorge.« Zack suchte Streichhölzer und entzündete die Zigarette. »Ich sage ja: Es ist harte Arbeit und kein Spaß.«

»Doch hoffentlich nichts allzu Gefährliches?«, hakte Mabel nach. »Ich weiß, diese Frage kann ich mir eigentlich sparen.«

»Können Sie. Aber keine Sorge, ich mache der Sache bald ein Ende.«

Während Zack das Frühstück zu sich nahm, dachte er fieberhaft darüber nach, wie er das bewerkstelligen sollte.

Eine Stunde später fuhr er vor dem Redaktionshaus der Sorrowville Gazette vor. Er warf seufzend einen Blick nach draußen und öffnete dann die Tür des Oldsmobile. Sofort prasselten Tropfen auf ihn hinab, und er zog den Kragen des Trenchcoats höher.

Glücklicherweise musste er nicht weit durch den Regen laufen, denn er hatte beinahe direkt vor der Redaktion in der Main Street gehalten. Im Gegensatz zu Boston oder Portland war der Verkehr in der Innenstadt von Sorrowille sehr überschaubar, und man hatte selten Probleme, einen Parkplatz zu finden.

Zack überquerte den breiten Bürgersteig und lief auf die Eingangstür des Stadthauses aus der Gründerzeit der Gemeinde zu. Er trat durch eine Drehtür, nahm den Hut ab und schüttelte das Wasser vom Mantel, bevor er an einem breiten Schreibtisch von der Empfangsdame begrüßt wurde.

»Mr. Zorn, nicht wahr? Wie schön!«, begrüßte sie ihn mit allzu offensichtlich aufgesetzter Freundlichkeit. »Wie kann ich Ihnen helfen? Es ist eine Weile her, dass Sie hier waren.«

»Das ist es, Daisy«, gab er zurück. »Ist Ms. Roberts im Haus? Ich habe einen Termin mit ihr.«

»Lissy ist beim Chef, Sie müssen sich einen Moment gedulden«, sagte die junge Blondine. »Sie wissen ja, wo Sie warten können.«

Zack nickte und durchquerte die Redaktionsräume. An einem knappen Dutzend Schreibtischen fanden sich die Redakteure von Sorrowvilles einziger Tageszeitung. Es wurde telefoniert und disputiert, dazwischen huschten Mitarbeiter aus dem Sekretariat mit eiligen Telegrammen oder anderen Anweisungen hinein und hinaus. Aus den aufgeregten Gesprächen hörte Zack heraus, dass die neuerlichen Todesfälle am Greenwood Cemetery und die merkwürdigen Ereignisse im Villenviertel das heißeste Tagesthema waren. Die halbe Stadt schien in Aufruhr zu sein, nach dem, was er mitbekam. Man hatte bereits Stimmen von Bürgermeister Stevens und Commissioner Westmore eingeholt.

Als ob die auch nur die leiseste Ahnung davon hätten, was dort passiert ist, dachte Zack.

Als er die Schreibtische passierte, verstummten einige Gespräche. Es schien offensichtlich für die Zeitungsleute, dass sein Auftauchen in der Redaktion mit dieser Sache zu tun haben musste, nach allem, wofür er in Sorrowville bekannt war. Also grüßte er freundlich in die Runde und setzte den Weg bis zu der Handvoll Stühle fort, die an der Wand der Bürokabine des Chefredakteurs standen. Er hoffte, dass ihm niemand folgte, um ihn auszufragen.

Um den Zeitungsleuten erst gar keine Gelegenheit dazu zu geben, wandte er sich dem Büro zu. Die Innenrollos waren halb zugezogen, doch Zack erkannte, dass dahinter gerade zwei Personen hitzig miteinander diskutierten. Er musste nicht genauer hinsehen, um zu wissen, dass es Lissy und Ronan E. Doyle waren, ihr Chefredakteur. Ebenso musste er sich nicht einmal bemühen, zu lauschen, denn er konnte dem Gespräch ohne Weiteres folgen.

»Das kann einfach nicht dein Ernst sein!«, echauffierte sich Doyle. »Du hast ja schon einige halbseidene Storys abgeliefert, aber das geht jetzt zu weit. Ich habe selten deine Quellen hinterfragt oder ihren Wahrheitsgehalt angezweifelt, weil die Leute deine Geschichten mögen, aber was ich hier lese, ist einfach nur Unfug. Glaubst du, die Leser nehmen dir das ab, nur weil du Elizabeth Roberts bist, gut aussiehst und mit der Hälfte der Stadt im Bett warst?«

»Unfug ist deine ignorante Einstellung«, gab Lissy zornig zurück. »Ich habe mich sogar zurückgehalten, weil mir bewusst ist, dass sich das Ganze unglaublich anhört. Aber ich habe es mit eigenen Augen gesehen, und das kann ich nicht ignorieren.«

»Du hast es mit eigenen Augen gesehen!«, erwiderte Doyle sarkastisch. »Gibt es dafür Zeugen? Natürlich nicht! Wahrscheinlich hat dir die Grüne Fee den Geist vernebelt, oder eine deiner Affären hat dich wieder so hart rangenommen, dass dir Hören und Sehen verging. Anders kann man einfach nicht auf die Idee kommen, dass erst der Friedhofswächter und jetzt die Polizisten von wandelnden Toten aufgefressen wurden. Aufgefressen! Was für eine absurde Märchengeschichte!«

Lissys Stimme wurde gefährlich leise. Zack wusste, dass sie kurz davor war, zu explodieren, und dann musste Doyle um seine Gesundheit fürchten. »Sei doch nicht so ein Arschloch! Du tust gerade so, als sei ich irgendein Praktikant, der mit einer Fabel auf Weltruhm aus ist. Meinst du, ich habe es nötig, mir so etwas für euer verschissenes Provinzblatt auszudenken? Aber es war ja klar, dass du wieder einen Aufstand machst. Hätte ich nicht um mein verdammtes Leben rennen müssen, hätte ich Fotos davon gemacht. Hätte ich mir das Ganze hingegen ausgedacht, dann würde ich ein Buch darüber schreiben.«

»Erzähl mir, was du willst, jedenfalls kommt dieser Quatsch nicht ins Blatt, haben wir uns verstanden? Keine Bilder, keine Stimmen, keine Quellen – was soll ich damit? Du fährst jetzt nochmal zum Friedhof und sprichst mit der Polizei. Außerdem will ich hören, was ein Pathologe dazu sagt, also guckst du bei Gericht vorbei oder im WCH. Und zu de Witt fährst du auch – es muss doch herauszufinden sein, was der kleine Fettsack mit der Sache zu tun hat, dazu finde ich nämlich auch nichts in deinem Text vor lauter Skeletten.«

»Ich ...«

»Du weißt, was du zu tun hast, Herzchen. Ich bin es leid, jedem von euch zu erklären, wie er seinen Job zu machen hat. Solange diese Fragen nicht beantwortet sind, will ich keinen Buchstaben mehr von dir lesen.«

Lissy schwieg.

Zack hätte sich nicht gewundert, wenn sie gleich damit begonnen hätte, auf Doyle einzuprügeln. Stattdessen öffnete sich kurz darauf die Tür, und eine Sekunde später stürmte sie an ihm vorbei.

»Komm mit, ich muss raus hier!«, zischte sie im Vorbeigehen.

Zack seufzte, erhob sich und wollte Lissy folgen.

»Mr. Zorn!«, hörte er hinter sich. Er drehte sich um und blickte in das Gesicht von Ronan Doyle, der im Türrahmen stand. »Warum überrascht es mich nicht, dass ausgerechnet Sie an dem Tag hier auftauchen, an dem die ganze Stadt verrückt spielt und meine beste Reporterin den größten Dünnschiss ihrer Karriere in die Tasten haut?«

»Wenn Sie das meinen«, erwiderte Zack. Er konnte den übergewichtigen Chefredakteur der Gazette nicht leiden, ebensowenig wie Lissy das tat. Doyle war arrogant und anzüglich, rechthaberisch und mitunter verlogen, allerdings besaß er ein gutes Gespür für Geschichten und ein großes Netzwerk an Kontakten in der gesamten Stadt, weshalb er irgendwie doch geeignet für seinen Posten war.

»Lassen Sie mich raten: Sie erzählen mir jetzt sicher, dass Sie das alles bezeugen können und es der Wahrheit entspricht, dass sich die Toten erheben, um sich die Lebenden einzuverleiben, nicht wahr? Ersparen Sie mir den Scheiß, Zorn. Wahrscheinlich haben Sie ihr das Ganze ohnehin eingeflüstert, ihr wieder eine Ihrer phantastischen Geschichten dunkler Schrecken erzählt, um sie ins Bett zu bekommen. Falls es nicht sowieso passiert ist, nachdem Sie sie abgefüllt und gef…«

»Noch einen schönen Tag, Mr. Doyle!«, unterbrach Zack ihn und drehte sich um.

»Also hatte ich recht!«, rief Doyle ihm hinterher. »Erzählen Sie doch mal, Mr. Zorn: Wie ist denn unsere Lissy in der Kiste? Ist sie laut? Ist sie vulgär? Das würde mich mehr interessieren als Ihre Schauermärchen.«

Zack reagierte nicht darauf, sondern verließ das Gebäude. Er war ein wenig stolz auf sich, nicht auf die Provokation eingegangen zu sein und Doyle wenigstens ein paar Zähne aus dem Gesicht geschlagen zu haben. Vor einigen Jahren wäre so etwas nicht gut für den Chefredakteur ausgegangen.

Draußen entdeckte er Lissy, die bereits einige Meter die Straße hinuntergegangen war. Sie stand nun rauchend unter dem Vordach eines Gemischtwarenhändlers und betrachtete die Auslage durch ein Schaufenster.

»Dieses Arschloch!«, sagte sie zur Begrüßung. »Tut so, als hätte ich mir das alles ausgedacht.«

»Ich habe es gehört. Allerdings musst du zugeben, dass es mehr als nur ein wenig unglaublich klingt, wenn man überhaupt nichts davon weiß oder noch nie mit etwas konfrontiert war, das auch nur annähernd in diese Richtung geht.«

»Ach, ich muss doch mit dem Klammerbeutel gepudert sein, wenn ich das alles nicht wahrhaben will«, winkte sie ab. »Seit ein paar Jahren mehren sich solche Fälle. Es gibt ungelöste, grauenhafte Morde, mit denen selbst die Mafia nichts zu tun hat. Immer mehr Patienten, die in das SMI eingewiesen werden und von denen keiner weiß, warum sie wahnsinnig geworden sind. Sichtungen von Dingen oder Wesenheiten, die sich keiner erklären kann und die die Menschen in Angst und Schrecken versetzen, und jetzt die wandelnden Toten von Green Wood. Das ist doch alles kein Zufall!«

»Mir brauchst du das nicht zu erklären«, antwortete Zack. Tatsächlich hatte er fast alle genannten Dinge ebenfalls gesehen oder war damit befasst gewesen. Zudem hatte er im Unterschied zu vielen anderen Texte über Machenschaften von Okkultisten und Mystikern gelesen, die vor Jahren in der Stadt ihr Unwesen getrieben hatten. Im Gegensatz zur Polizei hielt er die Auswirkungen ihrer Taten nicht für Humbug. »Natürlich hast du dir das alles nicht ausgedacht, was geschehen ist. Aber versetz dich doch mal in Doyles Lage: So offensichtlich wie jetzt hat es sich noch nie geäußert, und wir sind die einzigen lebenden Personen, die davon berichten können. Du bist die Journalistin. Du weißt, dass die Quellenlage ein wenig dünn ist.«

»Na und? Als ob ich nicht glaubwürdig wäre.«

»Vielleicht will Doyle den Leuten einfach nicht noch mehr Angst machen, als sie in diesen Zeiten ohnehin schon haben.«

»Das hat damit nichts zu tun, sondern er ist einfach ein Arschloch.«

»Das wollte ich damit nicht in Abrede stellen«, stimmte Zack ihr lächelnd zu. »Was hast du vor? Fahren wir hoch zum

Friedhof? Oder zu de Witt? Mal abgesehen davon, was Doyle von der Sache hält, gibt es tatsächlich noch Fragen, die einer Antwort bedürfen. Ich habe wenig Lust, mich nächste Nacht schon wieder mit Untoten zu prügeln, sondern würde lieber gerne einen Haufen großer grüner Scheine von Manny in Empfang nehmen.«

»Ja, ich wollte ohnehin …« Lissy brach den Satz ab und starrte auf die andere Straßenseite.

»Was ist los? Hast du eine Eingebung?«

»Nein, eher eine Begegnung. Siehst du den Kerl dort?« Sie deutete zum Postgebäude hinüber. »Als ich hier ankam, stand er gegenüber der Redaktion, so, als beobachte er sie. Ich habe mir zuerst nichts dabei gedacht, aber jetzt weiß ich, woher ich ihn kenne.«

Zack folgte ihrem ausgestreckten Arm mit den Augen und sah, dass sich dort ein Mann entfernte, der ihm vage bekannt vorkam. »Wo habe ich denn den schon einmal gesehen?«

»Jetzt weiß ich es! Es war gestern Vormittag!«, entfuhr es Lissy. »Auf dem Friedhof gegenüber der Krypta.«

»Tatsache!« Es handelte sich tatsächlich um den Mann, der Zack dort oben bereits aufgefallen war. Der Kerl mit dem abgerissenen Mantel, der mit seinem Motorrad abgehauen war. »Was treibt der hier? Dieses Mal lassen wir ihn nicht einfach verschwinden. Jetzt wird er Antworten liefern, warum er uns beobachtet.«

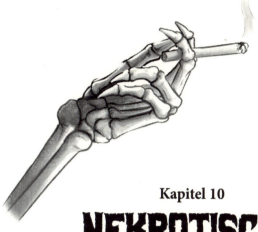

Kapitel 10
NEKROTISCHE ROMANZE

Es war gar nicht so einfach, dem Unbekannten zu folgen. Er hatte bereits einen beträchtlichen Vorsprung, und Zack und Lissy mussten sich beeilen, um ihn nicht aus den Augen zu verlieren.

»Schon wieder diese Rennerei. Wir hätten den Wagen nehmen sollen«, keuchte Lissy zwischen zwei Zigarettenzügen. »Ich bin gleich klatschnass, und am Ende entwischt er uns dennoch.«

Zack beschleunigte die Schritte. Seine müden und malträtierten Gliedmaßen sträubten sich gegen die neuerliche Belastung, doch es blieb ihnen nichts anderes übrig, als ihm zu gehorchen. Er starrte an einem der Strommasten vorbei, die sich an beiden Seiten der Main Street befanden und die Gebäude mit Energie versorgten. Daran waren Laternen befestigt, die die Straßen beleuchteten und die Main Street in ein diffuses und meist flackerndes Licht tauchten.

»Er biegt ab«, stellte Zack fest.

»Dreck! Wohin?«, fragte Lissy.

»Biddington Street. Schnell, komm mit, sonst ist er tatsächlich gleich verschwunden.«

»Immerhin weiß er nicht, dass wir ihm folgen.«

Sie rannten die Main Street hinunter. Zack hielt den durchnässten Hut fest, der mittlerweile kaum noch den Regen abhielt, während die Tropfen von Lissys Pelzmantel abperlten.

Vorbei an den Backsteingebäuden der Elementary School und der Waldo County Handwerkskammer bogen sie endlich um die Ecke und blickten die Biddington Street hinunter. Zunächst schmal und dicht bebaut, öffnete sich die Straße nach wenigen hundert Metern und wurde an den Seiten von kleinen Einfamilienhäusern beherrscht. Diese grenzten nicht mehr unmittelbar aneinander an, sondern besaßen schmale Grünstreifen an den Seiten, was einen gewissen Vorstadtcharakter erweckte, obwohl sie so nahe der Main Street errichtet worden waren. Es war nicht das schlechteste Wohngebiet der Stadt, wenngleich es seine Glanzzeiten hinter sich hatte, wie Zack wusste.

Der Mann hatte die Häuser beinahe erreicht. Er bewegte sich nach wie vor zügig voran, wahrscheinlich, um dem Regen zu entkommen. Offenkundig ahnte er noch immer nicht, dass Zack und Lissy ihm auf den Fersen waren.

»Verfluchter Mist!«, stöhnte Lissy, als sie erkannte, wie weit er von seinen Verfolgern entfernt war. »Mir reicht es jetzt. Gib mir den Schlüssel, ich laufe zurück und hole deinen Wagen.«

»Nichts da!«, zischte Zack und zog sie mit sich. »Den greifen wir uns jetzt. Ist mir egal, wie lange es dauert.«

Erneut verfielen sie in den Laufschritt, und der Abstand verkürzte sich ein wenig. Zack hoffte, dass sich der Kerl nicht zufällig umdrehte, bevor sie nahe genug heran waren, um ihn aufzuhalten. Für eine anhaltende Verfolgungsjagd zu Fuß reichten auch seine Kräfte nicht mehr.

Stattdessen bog der Unbekannte auf ein Grundstück ab und verschwand in einem Haus.

»Großartig, wirklich großartig!«, schimpfte Lissy. »Was machen wir jetzt?«

»Das ist doch hervorragend. Dort können wir ihn in die Enge treiben.« Zack lächelte. »Und du kannst ein wenig Atem schöpfen.«

»Vielleicht lockt er uns in eine Falle, weil er gemerkt hat, dass wir ihm folgen.«

»Unwahrscheinlich. Falls er uns wirklich entdeckt hat, war er sehr geschickt darin, es sich nicht anmerken zu lassen.«

Sie legten die restliche Distanz langsamer zurück und warteten zunächst im Schatten eines Ahorns ab. Das Haus hatte vor Jahren sicher über ein recht mondänes Äußeres verfügt und vielleicht einer wohlhabenden Familie gehört, die in der Nähe in der Innenstadt lebte. Jetzt allerdings erkannte man, dass seit langem nichts mehr daran gemacht worden war. Wind und Wetter hatten ihren Tribut von der stumpfgrauen Verkleidung gefordert, und niemand machte sich offenbar mehr die Mühe, verwitterte Holzlatten oder abplatzende Farbe zu erneuern.

»43 Biddington St.«, sagte Lissy. »An sich eine Adresse, an der man rechtschaffene Leute aus dem Bürgertum erwarten würde.«

»Wer weiß? Vielleicht haben wir es tatsächlich mit einem ehrbaren Mann zu tun, der seine Nase in die falschen Dinge steckt«, erwiderte Zack. »Jedenfalls will ich wissen, wer er ist und was er auf dem Friedhof getrieben hat. An Zufälle glaube ich in dieser ganzen Sache nicht mehr. Gehen wir rein?«

»Wie stellst du dir das vor? Klopfen wir an? Oh, seien Sie gegrüßt, Mr. Doe. Wie geht es Ihnen an diesem regnerischen Tag? Wir wollten uns nur kurz danach erkundigen, was Sie mit den Untoten auf dem Green Wood Cemetery zu schaffen haben und warum Sie uns verfickt nochmal beobachten!«

Zack schmunzelte. »So macht ihr Reporter das vielleicht, aber ich hatte einen indirekten Weg im Sinn. Diese Häuser haben meist einen Hintereingang. Wir gehen hinein und werden unser Kommen nicht ankündigen.«

»Das ist selbstverständlich viel diskreter, als ich es vorhatte. Ich weiß nicht, Zack. Dieser Typ wird alles andere als begeistert sein, wenn er uns entdeckt.«

»Ein wenig hoffe ich darauf!«, sagte Zack und löste sich von dem Ahorn. »Wut führt zu unbedachten Handlungen, die mehr über die Menschen verraten als eine direkte Befragung mit wohlüberlegten Antworten. Glaub mir, der Kerl hat Dreck am Stecken. Mein Gefühl trügt mich selten.« Er winkte Lissy hinter sich her und huschte am Zaun zum Nachbargrundstück entlang, bis er die Flanke des Gebäudes erreichte. Sie folgte ihm auf dem Fuß, und sie schlichen gebückt bis zur Hausecke auf der Rückseite.

»Scheiße, ich weiß nicht, was ich hier überhaupt mache!«, murmelte Lissy. »Ich sollte irgendwo anders sein und die richtigen Fragen stellen, anstatt in Häuser von Leuten einzubrechen, von denen ich nicht einmal weiß, ob sie etwas mit der Sache zu tun haben.«

»Es liegen Indizien vor, und die werden wir überprüfen. Wie nennt sich so etwas? Investigativer Journalismus?«, fragte Zack und spähte um die Ecke. Im Hinterhof befanden sich ein mannshoher Zaun sowie einige Mülltonen und Schrott. Niemand war zu sehen, und aus dem Haus war nichts zu hören.

»Die Luft scheint rein zu sein. Warte hier!«

Zack schlich um die Ecke. Rechter Hand entdeckte er tatsächlich eine schmale Tür, die nur über ein einfaches Schloss verfügte. Er holte einen Dietrich hervor, und in Sekundenschnelle hatte er die Tür geräuschlos geöffnet.

»Wenn die Dame bitte eintreten möchte.«

Die Reporterin fluchte kaum hörbar und folgte Zack ins Innere. Sie fanden sich in einer Küche wieder, in der große Unordnung herrschte. Die Schränke waren staubbedeckt und dreckig, überall lag benutztes Geschirr herum, dazwischen leere Flaschen sowie mehr oder weniger vergammelte Lebensmittel. Ein fauliger Geruch lag in der Luft, und man musste nicht über Zacks überlegene Sinne verfügen, um es als überaus unangenehm zu empfinden. Allerorten war zudem

Ungeziefer zu entdecken, das sich freudig an verfaulten Essensresten labte.

»Offenbar das Haus eines Junggesellen«, stellte Lissy fest und rümpfte die Nase. »Ekelhaft.«

»Ich muss doch sehr bitten. Bei mir sieht es nicht so schlimm aus.«

»Ohne Mabel würde es sich wahrscheinlich in diese Richtung entwickeln«, erwiderte Lissy.

»Frechheit!«

Zack versuchte das Chaos zu ignorieren und schlich durch die Küche, die sich zu einem Ess- und Wohnzimmer öffnete. Ihnen gegenüber befand sich die Haustür. Das Haus besaß nur eine geringe Grundfläche. Zu ihrer Linken führte eine schmale Treppe in das Obergeschoss, während sie im Erdgeschoss lediglich eine einzelne Tür zu einem weiteren Raum entdeckten.

Die Wände waren mit einer grauschwarzen Tapete mit einem obskuren Muster bedeckt, das Zack an orientalische Schriftzeichen erinnerte. Teilweise hing sie in Fetzen an der Wand, an anderen Stellen fanden sich dunkle oder helle Verkrustungen, als sei etwas dagegen gespritzt.

Finster dreinblickende Masken starrten von Regalbrettern in den Raum, teilweise mit Hörnern angetan. In einem großen Schaukasten befand sich gleich eine ganze Kollektion verstaubter Urnen sowie eine Auswahl Knochen, deren Herkunft Zack sich nicht auf den ersten Blick erschloss.

Neben dieser Vitrine stand ein Lesepult, auf dem ein großer aufgeschlagener Foliant lag, darüber ein Oktavband.

»Ich hatte nicht erwartet, dass es noch schlimmer werden könnte«, presste Lissy zwischen zwei flachen Atemzügen hervor.

Hier stank es nicht mehr nach vergammeltem Essen, dafür mischte sich ein anderer Geruch unter den verschiedener Duftmittel, die sich auf dem Couchtisch befanden. Heruntergebrannte Räucherstäbchen, dunkelrote Kerzen und etwas, das aussah wie die Überreste getrockneter Pilze lagen auf der

Tischplatte, und Zack hatte Mühe, die verschiedenen auf ihn einstürmenden Gerüche voneinander zu unterscheiden.

Der menschliche Unterkiefer, der sich zwischen diesen Dingen befand, ließ allerdings keine Missverständnisse aufkommen.

»Offenbar haben wir einen Volltreffer gelandet. Der Kerl ist besessen vom Tod, so wie es hier aussieht«, sagte Zack.

Lissy verzog das Gesicht. »Es ist ein Wunder, wie man hier drin leben kann.«

An einem Haken neben der Tür hing der nasse Mantel des Mannes, auch seine Schuhe hatte er dort abgestellt. Rund um die Tür war alles nass und verdreckt. Offenbar machte er sich nicht die Mühe, den Boden sauber zu halten.

Abgesehen davon fand sich von dem Unbekannten keine Spur im Zimmer.

Zack lauschte und glaubte, von oben etwas zu hören, das sich wie das Schließen einer Tür anhörte. »Unser Junggeselle befindet sich oben.«

»Dann kann er uns nicht entkommen. Wir sollten uns beeilen, denn ich will keine Sekunde länger hier drin zubringen als nötig«, erwiderte die Reporterin und holte ihren Ladysmith hervor, einen kleinen Revolver, den sie wie immer in der Manteltasche mit sich führte. »Nur für den Fall. Zumindest weiß ich, dass das Ding seine Wirkung bei diesem Kerl im Gegensatz zu den erwachten Skeletten nicht verfehlen wird.«

Zack nickte und setzte den Fuß auf die erste Treppenstufe. Obwohl er vorsichtig war, knackte das Holz sofort laut unter der Belastung.

»Verdammt!«, entfuhr es ihm. Sein Plan, unbemerkt an den Mann heranzukommen, war damit wohl zum Scheitern verurteilt. Also entschloss er sich, keine weitere Zeit zu verlieren und wenigstens das Überraschungsmoment zu nutzen. Er stürmte die Stufen hinauf und erreichte einen kleinen Flur, von dem zwei Türen abgingen. Er hatte das Geräusch von der rechten Seite der Hauses gehört und stieß die verschlossene Tür ruckartig auf.

Im gleichen Moment wurde ihm bewusst, was der beißende Odem war, der mit jedem Schritt nach oben stärker auf seine Sinne einstürmte.

Der Geruch einer Leiche.

In einem Schlafzimmer stand der Mann, den sie verfolgt hatten. Er zog sich gerade um, denn er trug lediglich Unterwäsche. Er starrte Zack völlig entgeistert an. Dünnes aschfahles Haar fiel ihm über die Ohren bis zum Kinn, sein Gesicht war von einem Ekzem entstellt, und auch der Körper wies ranzige Verschorfungen und eitrigen Ausschlag auf. Kurz dachte Zack, dass erneut ein Untoter vor ihm stand, doch diese Gestalt lebte und atmete zweifellos.

In dem Zimmer herrschte die gleiche Unordnung wie im restlichen Haus, doch zwischen Haufen verdreckter Kleidung und löchriger Decken machte Zack einen Körper in einem Bett aus. Er war leblos, und ihm entsprang ein derart widerwärtiger Geruch, dass selbst dem hartgesottenen Privatermittler der Magensaft aufstieg.

Der Mann löste sich urplötzlich aus seiner Schockstarre und griff hinter sich, doch Zack war schneller. Geistesgegenwärtig sprang er vor und schlug ihm den Revolver ins Gesicht, sodass er zu Boden ging. Der Mann rührte sich nicht mehr.

Zack war erleichtert, dass der Kerl so wenig ausgehalten hatte, und steckte die Waffe ein.

Dann betrachtete er das Bett genauer.

Dort lag die Leiche einer Frau. Sie war sicherlich schon einige Wochen tot, ihr Körper zum Teil aufgedunsen. Würmer fraßen sich durch ihr faulendes Fleisch. Sie trug die Überreste eines dreckigen und halb vergammelten Hochzeitskleides, dessen Rock allerdings gerafft und auf die Hüfte hochgezogen war. Ihr verwesender Schoß war erfüllt von Maden, getrocknetem Blut und verschimmeltem Samen.

Zack benötigte einen Augenblick, um zu erkennen, was er vor sich erblickte. Dann wandte er den Blick ab und würgte.

»Du perverse Ratte!«, stieß er hervor, während er mit sich kämpfte. »Du widerlicher, abnormaler Hurensohn.«

»Was zur Hölle …?« Weiter kam Lissy nicht, als sie hinzutrat. Ungläubig starrte sie auf die Leiche. Offenbar brauchte auch ihr Verstand einen Moment, um zu realisieren, was sie sah und was hier geschehen war. Kurz darauf erbrach sie sich geräuschvoll neben Zack auf den Boden.

Kapitel 11

ERKENNTNISSE IN VERWESUNG

Draußen zog langsam die Dunkelheit auf, als das Oldsmobile vorfuhr. Kurz darauf kam Lissy auf die Tür des Hauses in der Biddington Street zu und trat ein.

»Hast du alles?«, fragte Zack, der im Wohnzimmer auf sie gewartet hatte.

»Jawohl«, bestätigte sie und hielt den Kasten hoch, den sie mit sich schleppte. »Meine beste Kamera. Damit werden wir alles in diesem Dreckloch festhalten, bevor mir wieder irgendjemand unterstellen will, dass ich mir das alles ausgedacht habe.« Sie sah sich nach einem Platz um, an dem sie den Kasten abstellen konnte, fand jedoch außer dem zerschlissenen Sofa nichts. Also begann sie dort damit, den Apparat auszupacken und aufzubauen. »Was Neues von unserem Freund?«

»Nein, schlummert noch.«

Zack wies auf den Stuhl neben dem Lesepult. Sie hatten den Bewusstlosen hinuntergeschleppt und an den Stuhl gefesselt, um dem Leichengestank im Obergeschoss zu entkommen. Er hing wie ein nasser, infektiöser Sack auf dem Stuhl. Blut lief ihm aus dem Mund, und Zack vermutete, dass er ihm einige Zähne ausgeschlagen hatte. Doch das war das geringste Problem dieses Bastards. Wenn er aufwachte, würden sie ihm Fragen stellen, und falls ihnen die Antworten nicht gefielen, freute sich Zack darauf, sie aus ihm herauszuprügeln.

»Allerdings habe ich ein paar Dinge herausgefunden, während du weg warst«, sagte er. »Der Kerl scheint tatsächlich besessen vom Tod zu sein. Ich habe ganze Ordner voller Zeitungsausschnitte von Morden, Unfällen und anderen Todesfällen gefunden, die sich in den letzten fünfzehn Jahren in Sorrowville ereignet haben. Daneben weitere Bücher und Schriften, die mehr oder weniger etwas mit dem Ableben von Menschen zu tun haben, ganz gleich ob aus religiöser, philosophischer oder medizinischer Sicht. Außerdem finden sich überall Knochenstücke, Teile ausgestopfter Tiere und andere Überbleibsel von Lebewesen. Ich kann nicht bei allen sagen, ob es sich um tierische oder menschliche Überreste handelt.«

Lissy verzog das Gesicht. »Was für ein ekelhaftes, nekrophiles Arschloch!«

»Du wirst lachen, so ähnlich wurde es tatsächlich schon medizinisch diagnostiziert. In einem Schreibtisch im zweiten Zimmer oben habe ich das hier gefunden.« Zack hielt einige Kladden hoch. »Darin finden sich Unterlagen zu seiner Person. Zwar nicht sortiert, aber das Wesentliche konnte ich mir erschließen. Er heißt Oswald Brooks und war ehemals als Prokurist in der Reederei von Galen Kuemmel beschäftigt. Kurz nach Ende des Krieges starben seine Eltern, sie hinterließen ihm ihr Haus und vererbten ihm eine kleine Summe Geld. Lohnabrechnungen finden sich nach 1922 keine mehr. Stattdessen hat er aber mehrere Aufenthalte im SMI hinter sich.«

»Sieh mal an!«, sagte Lissy. Im Sorrowville Mental Institute landeten diejenigen, die ihren Verstand an Alkohol oder Drogen verloren oder durch sonstiges abnormes Verhalten aufgefallen waren. In den vergangenen Jahren gab es immer mehr Fälle von Verbrechen, die man sich nicht anders als durch eine Geisteskrankheit des Täters erklären konnte. Das SMI war ständig überbelegt, soweit Zack wusste. Den einen oder anderen Insassen hatte er persönlich dort hineinbefördert, indem er ihre Verbrechen aufgedeckt hatte. Offenbar hatten sie es bei Oswald Brooks mit einem weiteren, ganz besonderen Kandidaten zu tun, der sich künftig dauerhaft in den Mauern des SMI einfinden würde.

»Die Unterlagen sind unvollständig, aber die Diagnose lautete auf abnormes Triebverhalten in Kombination mit Gewaltausübung.«

»Bezeichnet man das so, wenn man Leichen fickt?«, zischte Lissy. »Wäre nekrophiler Wichser nicht passender?«

»Ich nehme an, dass dies keine gängige medizinische Bezeichnung für eine derartige Verhaltensstörung darstellt.«

Die Reporterin schnaubte. »Wie auch immer, jedenfalls habe ich auch etwas in Erfahrung gebracht. Ich habe kurz in den Akten zu ungeklärten Mordfällen in der letzten Zeit gestöbert. Bei der Toten oben könnte es sich um Ginger Felsburgh handeln. Du erinnerst dich?«

»Natürlich!« Zack hatte rasch den Eindruck gehabt, dass ihn die Leiche im Brautkleid an etwas erinnerte, war allerdings nicht darauf gekommen, an was. »Die Mafia hat sie und ihren Mann bei der Hochzeitsfeier erschossen. Noch vor der Bestattung ist ihre Leiche verschwunden, so dass sie einen leeren Sarg beerdigen mussten.«

»Jetzt wissen wir, was mit ihr passiert ist.«

»Damit haben wir immerhin schon ein Geheimnis der jüngeren Vergangenheit gelöst. Das ist ein Anfang. Mich würde dennoch mehr interessieren, ob Brooks etwas mit den Untoten auf dem Friedhof zu tun hat, die es auf Manny de Witt abgesehen hatten.«

»Und mich erst!« Lissy hatte den Fotoapparat zusammengebaut und wickelte sich ein Tuch um Mund und Nase. »Ich gehe jetzt rauf und mache Fotos. Danach trinke ich mindestens eine halbe Flasche Bourbon, und dann nehmen wir uns den Nekrowichser vor.«

Auf dem Treppenabsatz drehte sie sich noch einmal um. »Gnade ihm Gott, wenn er die falschen Antworten gibt!«

Zwanzig Minuten später kam Lissy die Treppe hinunter. Zack saß auf dem Sofa und blickte von den Papieren auf, die er in Brooks' Schreibtisch gefunden hatte. Die Reporterin war kreidebleich. Ein leichter Grünstich um die Nase herum ließ sich ebenfalls nicht verleugnen.

»Ich gehe nochmal kotzen!«, brachte sie gerade noch hervor und riss die Haustür auf. Sie machte sich nicht die Mühe, die

Stufen hinunterzugehen, sondern erbrach sich direkt vor den Eingang.

Die frische Luft tat auch Zack gut, der gar nicht bemerkt hatte, wie vernebelt sein Verstand durch den nekrotischen Odem im Inneren des Hauses war. Er stand auf, streckte sich und wartete darauf, dass Lissys Magen sich entleert hatte.

»Ich habe noch ein paar Sachen gefunden«, sagte er nachdenklich.

Lissy war noch immer fahl wie ein Leichentuch und hielt sich am Türrahmen fest. »Geht gleich wieder«, erwiderte sie auf Zacks besorgten Blick. »Ich brauche noch ein bisschen Luft und danach Whiskey. Was hast du denn entdeckt?«

»Leider nichts Gutes: Unser Freund Oswald hier hat sich mit den Schriften von Mariah Burnham befasst.«

Lissys Augen wurden groß. »Oh, sch…«

»Sie sagen es, Ms. Roberts.«

Bald erwachten die Lebensgeister des Hausbesitzers. Sein Kopf ruckte hin und her, und ein Schwall mehr oder weniger getrockneten Bluts schoss in einem Hustenanfall aus dem Mund. Er würgte, und Zack hoffte, dass er nicht an der Blutung, ausgeschlagenen Zähnen oder gar seiner Zunge erstickte, doch gerade, als er aufstehen wollte, um ihm zu helfen, beruhigte er sich wieder. Zack hatte ihm tatsächlich die Zähne eingeschlagen, und seine Lippen waren aufgesprungen. Weitere Schäden schien er jedoch nicht davongetragen zu haben.

Als seine Augen klarer wurden, kam Lissy zurück und starrte ihn hasserfüllt an. »Man sollte dir krankem Hurensohn direkt den Schädel einschlagen!«

Zack stand auf und legte ihr beruhigend die Hand auf die Schulter. »Verdient hätte er es, dennoch werden wir das nicht tun«, sagte er leise. »Er muss uns das eine oder andere erklären, bevor wir die Polizei rufen. Wenn die sehen, was hier passiert ist, weiß ich ohnehin nicht, wie lange unser Freund deren Behandlung überlebt.« Er verabscheute diesen Dreckskerl zwar ebenfalls, doch er hatte in seinem Leben wahrlich schon zu viel gesehen, um sich dauerhaft aus der Bahn werfen zu lassen. Sie waren aus einem anderen Grund hier, und wenngleich sie durch die Befragung eines oder mehrere weitere Verbrechen aufklären würden, hätte sie das ihrer ursprünglichen Frage kein Stück weitergebracht.

»Fangen wir doch am besten gleich an«, sagte Lissy und holte ihren Flachmann hervor. Sie nahm einen langen Schluck und fixierte den Mann mit einem eisigen Blick. »Warum bist du uns gefolgt? Was hast du auf dem Friedhof getrieben? Warum hast du mich beobachtet? Hattest du es etwa als nächstes auf mich abgesehen?«

Die glasigen Augen des Mannes verrieten, dass er Lissys Fragen überhaupt nicht oder allenfalls teilweise erfasst hatte.

»Gehen wir es erst mal langsam an«, ergriff Zack das Wort. Lissy war in ihrer Wut nicht in der Lage, konzentriert nach Antworten zu suchen, also übernahm er das lieber. »Warum haben Sie sich nach dem Tod von Bernhard White auf dem Friedhof herumgetrieben?«

Der Mann starrte nun ihn an, und Zack hatte den Eindruck, dass er jetzt zumindest verstanden hatte, was sie von ihm wollten.

»Seine Zeit ist nah!«, flüsterte er. »Er ist hier. Er ist unter uns. Sein Wirken hat begonnen!«, fügte er nach einer Weile mehr oder weniger deutlich hinzu.

»Von wem sprechen Sie? Wer ist unter uns?«, fragte Zack.

»Der großer Vereiner! Der Fürst der Knochen. Der Erheber. Er, der über die Ewigkeit herrscht!«

»So ein dummes Zeug!«, entfuhr es Lissy.

»Still jetzt!«, zischte Zack in ihre Richtung. »Sind Sie ein Diener dieses Knochenfürsten? Sind Sie für die Wiedergänger auf dem Friedhof verantwortlich?«

»Nein, nein, niemals! Ich bin unwürdig!«, brachte Brooks stammelnd hervor. »Niemals habe ich ihn erblickt, ihn, der über den Hades herrscht. Mein Leben lang wandle ich auf seinen Spuren, deute die Zeichen und folge seinem Pfad, um dereinst erwählt zu werden, an seiner Seite zu dienen!«

»Was für ein lächerliches Gestammel. Der hat sie doch nicht mehr alle!« Lissy stellte sich neben Zack und verschränkte die Arme vor der Brust. »Wo befindet sich denn dieser ominöse Fürst der Knochen? Etwa auf dem Friedhof? Wahrscheinlich ist er so etwas wie ein Nekro-Houdini! Besucht er ihn nachts und erweckt die Toten mit seinem Zauberstab?«

Brooks starrte sie an. So etwas wie Trauer stahl sich in seine wässrigen Augen. »Ich … weiß es nicht!« Dieses Eingeständnis schien ihm schwer zuzusetzen. Er begann zu zittern. Erneut liefen ihm Blut und Sabber aus dem Mund. Die Erkenntnis schien ihn regelrecht vor ihrem Angesicht weiter in die Abgründe des Wahnsinns zu treiben, in denen er sich ohnehin schon verloren hatte.

»Großartig, der ist völlig verrückt. Und was machen wir jetzt?«, fragte Lissy.

»Woher wissen Sie vom Knochenfürsten? Hat er sich Ihnen offenbart?«, fragte Zack in der Hoffnung, wenigstens noch etwas Verwertbares aus dem Mann herauszubekommen.

»Es steht geschrieben! Geschrieben in Blut in den Prophezeiungen von Nazarene.«

Zack seufzte.

»Was ist? Kennst du diese Prophezeiung?«, fragte Lissy.

»Ja, ich bin immer mal wieder damit konfrontiert worden. Sie kursieren in verschiedenen Versionen seit zwei Jahrzehnten in okkulten Kreisen. Sie gehen auf Mariah Burnham zurück und umfassen insgesamt wohl tausend Seiten. Angeblich wurden sie nach einer Eingebung durch ihre dunkle Gottheit auf dem Mount Nazarene in einer einzigen Nacht mit dem Blut von Burnham niedergeschrieben.«

»Burnham ist doch diese wahnsinnige Mystikerin, die man hingerichtet hat? Also basiert das alles auf komplettem Unfug.«

»Viele tun es als Unfug ab, aber wenn man sich mit den übernatürlichen Vorfällen der letzten Jahre beschäftigt, wird man feststellen, dass es sich nicht bloß um das Geschreibsel einer Schwachsinnigen handelt. Zu viele Dinge, die sie in ihren

Schriftwerken niedergelegt hat, lassen sich daraus ableiten – mal mit mehr, mal mit weniger abstrakten Interpretationen.«

»Hast du sie etwa gelesen? Die kompletten tausend Seiten?«

»Nein, nur Teile davon. Die meisten ihrer Anhänger besitzen jeweils nur die Abschrift, die ihren jeweiligen Zwecken dienlich ist. Ich besitze eine davon, habe aber nur zu Teilen darin gelesen. Der Knochenfürst ist mir darin auch schon einmal begegnet. Ich kann mich allerdings nicht genau daran erinnern.«

»Dann sollten wir uns diese Abschrift vornehmen. Vielleicht erfahren wir darin mehr als von dem nekrophilen Irren hier.« Lissy blickte zu Brooks, der sich mittlerweile in ein schluchzendes Delirium geflüchtet hatte. Dem Geruch nach hatte er auch die Kontrolle über die übrigen Körperfunktionen verloren.

Auch Zack bezweifelte, noch mehr aus ihm herauszupressen als den Inhalt seiner Darmwindungen. »Dann lass uns die Polizei rufen und dann verschwinden. Wir haben lange genug in diesem Irrenhaus zugebracht.«

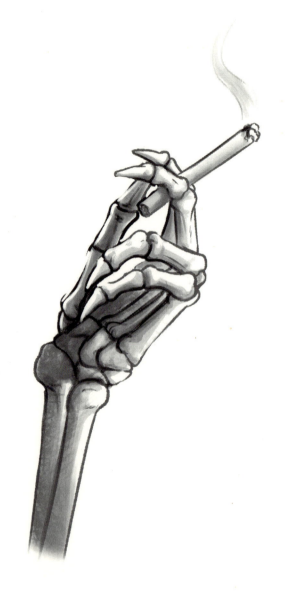

Kapitel 12

DER FUERST DER KNOCHEN

Zack erstattete dem Inspector einen kurzen Bericht, als die Polizei eingetroffen war, überließ es dann aber der Spurensicherung, sich des Horrorhauses anzunehmen. Die Akten und Schriften betreffend Mariah Burnham nahm er allerdings in einem unbeobachteten Augenblick an sich, um sie selbst durchzuarbeiten. Er spürte, dass mehr hinter dem Gestammel steckte als die perversen Vorlieben eines Wahnsinnigen, und erhoffte sich darin Hinweise auf das grauenvolle Geschehen der letzten Tage.

Lissy hingegen wollte zunächst einen ausführlichen Artikel über den Leichenschänder aus der Biddington Street verfassen. Die Story bot ihrer Meinung nach genug Stoff, um eine ganze Seite in der Gazette zu füllen, und dürfte auch den Chefredakteur milder stimmen als noch am Morgen. Der Tod und das Verschwinden der Leichenbraut und Industriellentochter Ginger Felsburgh hatte weithin für Aufsehen gesorgt, so dass sie sich Hoffnungen machte, in weiteren großen Blättern der Ostküste abgedruckt zu werden, vielleicht sogar in Boston. Spekulationen hinsichtlich der Verbindung zum Friedhofsgeschehen wollte sie zumindest anschieben, aber noch nicht sonderlich befeuern, um genügend Stoff für weitere Texte in den nächsten Tagen zu behalten.

Zu Hause angekommen, verzog sich Zack mit einer Flasche Bourbon an den Schreibtisch und vertiefte sich in die Schriftstücke aus dem Besitz von Brooks. Bald nahm er auch seinen persönlichen Karton mit den Unterlagen zum Wirken der Mystikerin Mariah Burnham zur Hand, um sie mit den neuen Fundstücken abzugleichen. Das Werk der Okkultistin, die von vielen längst vergessen worden war, von manchen als Beispiel einer Verrückten mit zu viel Einfluss herangezogen wurde, aber unter der Hand von mehr Menschen, als man glaubte, als eine Art Prophetin einer neuen Zeit angesehen wurde, wirkte immer stärker in die Gegenwart hinein, wie Zack schnell bewusst wurde. Er las eine Reihe Zeitungs- und Polizeiberichte, die ungeklärte Ereignisse immer wieder in den Zusammenhang mit ihrem Wirken brachten, was jedoch nie nachgewiesen worden war. Auch Zack konnte keine direkte Verbindung zu ihr ziehen, obwohl er wahrscheinlich in den vergangenen eineinhalb Jahrzehnten mehr übernatürlichen Ereignissen und Verbrechen begegnet war als jeder Polizist in Sorrowville.

Burnham war vor mehr als dreißig Jahren hingerichtet worden, nachdem sie mehrerer Ritualmorde überführt worden war. Nicht nur Zack glaubte, dass sie damals lediglich als Sündenbock hatte herhalten müssen, um die aufkeimenden Gerüchte über dunkle Kulte, übernatürliche Phänomene und immer wieder auftretende obskure Todesfälle zu ersticken.

Er wusste, dass die Zeit gegen ihn spielte, denn es war nicht gesagt, dass der von Brooks so betitelte ›Knochenfürst‹, oder wer auch immer hinter der Erhebung der Gebeine auf dem Greenwood Cemetery stand, sich damit begnügte, lediglich die Ahnen von Manny de Witt in den Untod zu rufen. Eine weitere Nacht voller nekromantischer Schrecken war nicht ausgeschlossen und musste um jeden Preis verhindert werden.

Irgendwann sackte Zack mit dem Kopf auf den Schreibtisch und nickte ein. Der Schlafmangel der vergangenen Nacht machte sich endgültig bemerkbar.

Als er wegen eines Geräuschs hochschreckte, dämmerte es bereits. Vor seinem Schreibtisch standen zwei Personen. Die größere davon richtete einen länglichen Gegenstand auf ihn.

Zack wusste, was das bedeutete, und warf sich instinktiv zur Seite. Mitsamt dem Stuhl fiel er um und landete hart auf dem Fußboden neben dem Bücherregal.

Doch die Rückwand wurde wider Erwarten nicht von einem Magazin Patronen aus dem Lauf einer Tommy Gun zerfetzt.

Stattdessen beugte sich ein dunkelhaariger Mann über den Tisch und starrte ihn fragend an.

Es war Pedro.

»Geht es Ihnen gut, Senhor Zorn?«

Kurz darauf tauchte auch Lissys Antlitz im Halbdunkel neben dem argentinischen Handwerker auf. »Mein Gott, Zack, was ist denn in dich gefahren?«

Zacks Herz klopfte bis zum Hals, und er musste ein paar Mal tief durchatmen, um sich zu beruhigen. Er wollte sich den Schreck nicht anmerken lassen. »Nach was sieht es denn aus? Ich habe ein Nickerchen gemacht. Wenn mich die Toten schon nicht kriegen, reihe ich mich bei ihnen aufgrund des Herzinfarkts ein, den ihr verursacht, wenn ihr euch hier so hineinschleicht.«

»Wir haben zweimal geklingelt.«

»Und Sie mehrmals angesprochen, Senhor.«

»Du hast geschnarcht wie ein Zuchtbulle nach getaner Arbeit«, spottete Lissy.

»Na und? Ich werde mich in meinen eigenen vier Wänden doch wohl einen Augenblick ausruhen dürfen.« Zack rappelte sich auf, stellte den Stuhl wieder gerade und suchte nach dem Tabak. »Was wollt ihr hier? Ich muss weiterarbeiten.«

»Ich habe die neue Knochensäge fertig, Senhor Zorn!«, sagte Pedro stolz und deutete auf das Gerät, das er umgeschnallt hatte. Jetzt erst fiel Zack auf, dass es sich um ein ausladendes Geschirr mit einer Art mechanischem Arm handelte. Am Ende der künstlichen Gliedmaße prangte eine längliche Metallscheibe mit umlaufendem Sägeblatt. Sie ähnelte der kleineren Version, die Zack bereits ausprobiert hatte, war aber deutlich größer und wirkte zudem robuster. »Vielleicht kommt das Ihrem Vorhaben besser entgegen als das erste Gerät.«

Zack nickte anerkennend und zündete sich eine Zigarette an. »Sieht zumindest so aus, Pedro. Sag bloß, du hast dieses Ding jetzt in der kurzen Zeit gebaut?«

»Ich hatte Zeit. Eigentlich war es zum Stutzen der Hecke bei Senhorina Roberts gedacht. Ich habe es ein wenig modifiziert.

Es sollte jetzt durch ein wenig mehr schneiden als nur durch Dornenzweige.«

»Durch Bein und Knochen, durch den Torso und ein kräftiges Rückgrat«, murmelte Zack.

»Ich kann es Ihnen gerne vorführen, Senhor Zorn.«

»Ich habe gerade keine Leiche zur Hand, Pedro. Später gerne. Ich muss hier zunächst noch etwas beenden.« Zack betrachtete ein wenig hilflos den Stapel Notizen und Zeitungsausschnitte, der nahezu den kompletten Schreibtisch bedeckte. »Ich hoffe, es dauert nicht zu lange.«

»Nicht, wenn ich dir helfe«, sagte Lissy. Sie legte den Mantel ab und ließ sich ihm gegenüber auf dem Stuhl nieder. Darunter trug sie ein knapp geschnittenes Kostüm mit Nadelstreifen. Zudem war sie perfekt geschminkt, wenngleich das ihre in der Nacht davongetragenen Wunden nicht komplett verdeckte. Dennoch wirkte sie, als hätte sie die Ereignisse der vergangenen achtundvierzig Stunden abgestreift wie den Pelzmantel. »Nach was suchst du?«, fragte sie und holte ihre Tabaksdose hervor.

»Ach, ich weiß es nicht genau«, gab Zack zu. »Ich habe mein etwas angestaubtes Wissen über Mariah Burnham aufgefrischt. Meine Erinnerung hat mich getrogen. Irgendwie meinte ich mich erinnern zu können, dass mir der Begriff des Knochenfürsten dort schon begegnet ist. Außerdem hat Brooks einige Abschriften aus ihren Werken in seinen Unterlagen gehabt.«

Lissy feuchtete das Zigarettenpapier an und blickte ihn unter den langen dunkeln Wimpern ungläubig an. »Du glaubst doch nicht ernsthaft an Burnhams wirres Gefasel?«

»Eigentlich nicht. Aber ich bin mir nicht mehr so sicher, ob ihre Texte wirklich so wirr waren, wie man immer angenommen hat. Wir haben sie vielleicht bislang nur nicht verstanden und sie einfach zur Wahnsinnigen erklärt. Noch einmal: Nach ihrem Tod haben okkulte Riten, das Erscheinen ungeklärter Phänomene und schreckliche Todesfälle eher zu- als abgenommen. Genau das hatte sie vorhergesagt.«

»Du meinst, dass sie aus dem Tod heraus dunkle Kräfte entfaltet?« Lissy zog an der Zigarette. »Himmel, was frage ich hier für komische Sachen? Ich höre mich ja selber an wie ein Verrückte!«

»Nicht nach allem, was wir mitangesehen haben.«

»Ich verdränge es gerne«, winkte sie ab und blies Zack den Rauch ins Gesicht. »Also, glaubst du, es könnte so sein?«

»Dass sie es ist, die hinter dem Knochenfürst steckt? Möglich. Ausschließen sollten wir zumindest nichts.«

»Hast du denn die Passage gefunden, in der sie diesen Namen nennt?«

»Nein.«

»Das ist schlecht. Außer einer vagen Erinnerung daran und den Papieren von Brooks besitzen wir kein Indiz, dass das Ganze mit ihr in Zusammenhang steht.« Lissy schenkte Whiskey nach und stürzte ihn hinunter, ohne mit der Wimper zu zucken. »Zeig mir doch mal die Texte, die du bei Brooks gefunden hast.«

»Das müsste da drin sein«, sagte Zack und deutete auf die Kladde aus dem Haus des Nekrophilen.

Lissy las einige Minuten darin, schüttelte ein paarmal den Kopf, nahm dann aber zwei mittels einer Büroklammer zusammengehaltene Blätter heraus. »Das hier stammt nicht von dem Leichenschänder. Das hat jemand anderes geschrieben.«

Zack nickte. »Das war mir auch aufgefallen. Darin fand sich die Passage, von der ich sprach.«

»Ein Flüstern in der Dunkelheit, jenseits der letzten Pforte, gefangen im großen Unbekannten, wird entfesselt werden. Die Verlorenen werden geeint, reichen die Hände durch das Portal, im Streben nach Freiheit, verlangend nach Führung unter dem Willen des Einen. Der Fürst der Gebeine ist ihr Herr, und er wird jene richten, die ihre Seelen auf immer verdammten«, las Lissy vor. »Hört sich für mich durchaus irrsinnig an, aber wenn ich an die wandelnden Gebeine denke …«

»… bekommt es eine andere Substanz«, bestätigte Zack. »Genau das meinte ich.«

»Das geht derartig salbadernd seitenlang so weiter, aber viel mehr ist daraus wahrscheinlich nicht zu schließen.«

»Auch zu dieser Erkenntnis war ich bereits gelangt, Ms. Roberts.«

Die Reporterin überlegte einen Augenblick. »So kommen wir zu keinem Ergebnis. Wir müssen nach etwas anderem suchen. Lass mich nochmal genauer lesen.«

Zack und Lissy vertieften sich eine ganze Weile in die Texte, doch je länger er die oftmals ziemlich pathetischen und schwülstigen Worte von Mariah Burnham las, desto mehr hatte Zack das Gefühl, überhaupt nicht mehr durch den Nebel vermeintlicher Prophezeiungen blicken zu können.

Draußen wurde es unterdessen bereits dunkel, und er schaltete die elektrische Beleuchtung an, die den Raum weitestgehend erhellte, immer wieder von unstetem Flackern unterbrochen.

»Schau mal einer an!«, entfuhr es Lissy in dem Augenblick, als er ihr vorschlagen wollte, zum Friedhof zu fahren, um dort nach Hinweisen zu suchen.

»Hast du was gefunden?«

»Nicht direkt«, antwortete sie und widmete sich kurz Tabak und Bourbon. »Dem Text kann ich nicht mehr entlocken, als wir schon wissen, und ich habe keine Ahnung, was darin auf tatsächliche Ereignisse der vergangenen Jahre zu beziehen und was lediglich opiumgeschwängerte Träume sind. Aber an dem Papier ist mir etwas aufgefallen.«

»Was denn?«

»Es handelt sich um eine recht neue Abschrift, das habe ich gleich gesehen. Sie stammt keinesfalls aus der Zeit vor der Jahrhundertwende.«

»Sondern?«

»Das Papier wurde erst nach dem Krieg produziert. Interessanter ist aber die Tatsache, dass es ein Wasserzeichen aufweist.«

»Tatsächlich?«

»Hast du eine Lupe?«

Zack reichte Lissy ein Lupenglas, das er von einem Uhrmacher geschenkt bekommen hatte und das sie sich daraufhin unter die scharf gezeichnete Augenbraue klemmte. »Und?«

»Dachte ich es mir doch. Das ist das Briefpapier eines Unternehmens. Es kam mir gleich bekannt vor, aber mit bloßem Auge konnte ich es nicht richtig erkennen. Trasko Ltd. steht dort.«

»Moment mal, das ist doch der Sirupproduzent hier aus der Stadt?«

»Ja, Trasko war einer der größten Produzenten der Ostküste. Selbst in New York haben die Leute das Zeug auf ihre Pancakes geschüttet. Vor zwei Jahren haben sie Buster Keaton als Werbefigur gewonnen und kamen für kurze Zeit ganz groß raus. Allerdings hat sich Keaton bei einem Filmdreh wohl den Magen verdorben und zwei Tage lang derart gekotzt, dass Traskos Sirup dafür verantwortlich gemacht wurde. Er musste Keaton ein hohes Schmerzensgeld zahlen. Seitdem ist das Unternehmen ziemlich am Ende, wie man hört.« Lissy lehnte sich zurück und nahm einen tiefen Zug Tabakrauch in ihre Lungen auf. »Und jetzt rate, wo sich das Fabrikgebäude von Trasko befindet.«

»Draußen vor der Stadt, wenn ich mich nicht irre.«

»Richtig, mein Lieber. Ein Stück östlich des Green Woods und damit gar nicht so weit entfernt vom Friedhof. Ich könnte meinen Verstand gar nicht genug benebeln, um dabei an einen Zufall zu glauben.«

Zack ballte die Faust und zog die Augenbrauen zusammen. »Wenn also die Schrift nicht von Brooks stammt, das Papier aber von Trasko oder aus dessen Firma …«

»… kommen wir im Anwesen des Ahornsirupbarons dem Knochenfürsten von Sorrowville auf die Spur.«

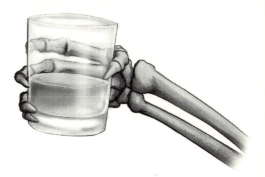

Kapitel 13

DIE KATHEDRALE DES UNTODS

Die Dunkelheit hatte sich längst über den Wald oberhalb der Stadt gelegt, als Zack und Lissy das Firmenareal von Trasko erreichten. Der Innenhof war schwach beleuchtet und von einer Mauer umgeben. Am Stacheldraht auf ihrer Krone wurde auf den ersten Blick deutlich, dass es wenig Sinn hatte, an eine heimliche Überquerung zu denken. Allerdings war die Mauer in keinem besonders gepflegten Zustand. Teilweise war der mit Efeu bewachsene Putz abgebröckelt, und stellenweise erweckte sie nicht den Eindruck, besonderen Belastungen standhalten zu können.

Die Sirupfabrik war nicht besonders groß, und Zack hatte sich bei Lissys Bericht über deren Renommee mehr darunter vorgestellt. Wie vieles in Sorrowville kam sie eher provinziell daher und ließ allenfalls eine vage Ahnung vom Glanz der vergangenen Jahre aufkommen. Im Innenhof waren zwei längliche Gebäude mit abgeschrägten Dächern sowie ein dreigeschossiges Haus mit zum Teil beleuchteten Fenstern an allen vier Seiten auszumachen, in dem offenbar die Verwaltung untergebracht war. Das eigenartige Art-Déco-Dach mit seinem turmartigen Aufbau und in der Dunkelheit zu erahnenden verspielten Elementen an den Giebeln zeugte allerdings tatsächlich von ein wenig Weltläufigkeit.

»Da drüben wird der Sirup hergestellt«, sagte Lissy und deutete auf die linke Seite des Geländes. »Das Gebäude daneben ist die Lagerhalle. Von dort fahren sie die Lieferungen runter zum Bahnhof oder Hafen.«

»Du kennst dich hier aus?«

»Ein wenig. Vor zwei Jahren habe ich ein Unternehmensporträt über Trasko für die Gazette geschrieben, kurz nach dem Keaton-Deal. Deswegen weiß ich auch das mit New York.«

»Hast du diesen Trasko damals kennengelernt?«

»Flüchtig, denn er war sehr beschäftigt, und Lokalzeitungen haben ihn nicht mehr interessiert. Ich kann mich kaum an ihn erinnern. Er gab sich großspurig, schmiedete Pläne für die weitere Expansion und wollte zum Weltmarktführer in der Sirupproduktion aufsteigen oder so etwas. Hier sehen wir, wohin derartiger Hochmut führt. Seit einiger Zeit gehen sogar Gerüchte um, dass Trasko zahlungsunfähig ist und er seine Leute nicht mehr bezahlen kann. Die Produktion steht seit ein paar Wochen still, und die letzten Abnehmer werden nur noch mit Lagerbeständen versorgt, heißt es. Soweit ich weiß, hat er sich gegenüber der Gazette aber sämtlichen Anfragen verweigert und zwei meiner Kollegen vom Gelände seines Privathauses jagen lassen, als sie ihn damit konfrontieren wollten.«

»Nicht der erste Träumer in einer goldenen Zeit, dessen Visionen im Dreck von Sorrowville enden. Wie auch immer, lass uns hineingehen.« Zack deutete auf das Firmentor. Es bestand aus schweren eisernen Streben und wies auf beiden Seiten der Doppelflügel die geschmiedeten Buchstaben des Firmennamens auf. »Sieht so aus, als wäre bereits alles geschlossen. Anscheinend produzieren sie wirklich nichts mehr.«

»Ganz dichtgemacht hat er angeblich nicht. Noch nicht. Aber es kann uns nur recht sein, dass niemand da ist, wenn wir Trasko konfrontieren. Es könnte zu unschönen Szenen kommen.«

»Wir haben uns darauf geeinigt, dass wir uns erst einmal umsehen. Abgesehen von dem Wasserzeichen haben wir keine Beweise, dass wirklich Trasko dahintersteckt. Es könnte einer seiner Mitarbeiter sein, oder jemand hat das Papier mitgehen lassen und für seine Schriften verwendet.«

»Ich weiß«, seufzte Lissy. »Du brauchst es mir nicht zu erklären.«

»Ich will sichergehen, dass du nichts Unüberlegtes tust!«

»Niemals!« Ihr Zwinkern verriet, wie ernst sie es meinte.

Zack prüfte das Tor und stellte fest, dass es nicht abgeschlossen war. »Offenbar ist doch noch kein Feierabend!«, bemerkte er zufrieden. Sie schoben das Tor auf und durchquerten den Innenhof. Zack konnte trotz seiner überlegenen Sinne kein Geräusch ausmachen. Es war still auf dem Firmengelände, beinahe totenstill. Der finstere Green Wood in der Nähe verschluckte das flackernde Licht der wenigen Gaslampen auf dem Betriebsgelände und ließ den Horizont noch schwärzer erscheinen als ohnehin schon.

»Wenn überhaupt, dann finden wir ihn in seinem Büro. Vielleicht haben wir aber Pech und müssen Trasko in seinem Privatanwesen aufsuchen.«

Sie traten an die Eingangstür des Gebäudes und stellten fest, dass die Tür abgeschlossen war. Allerdings war hinter den schmutzigen Scheiben Licht zu sehen.

»Und jetzt?«

»Warte.« Zack betrachtete das Schloss. »Pin-Tumbler, gewöhnliche Bauart.« Er holte einen merkwürdig aussehenden Schlüssel mit fünf gleichmäßig langen Stiftaufsätzen heraus und nestelte ihn vorsichtig in das Schloss hinein. Er ruckelte ein wenig daran herum, dann war er imstande, den Zylinder zu drehen, und die Tür ging auf.

»Eindrucksvoll!«, konstatierte Lissy.

»Hübsche kleine Sonderanfertigung von Pedro«, erwiderte Zack mit einem Nicken.

Sie hielten sich nicht weiter auf, sondern betraten das Innere des Gebäudes. Zack lauschte erneut. Noch immer war nichts zu hören. »Ich glaube nicht, dass jemand hier ist.«

»Wie kannst du dir da sicher sein?«

»Sicher bin ich mir nicht, aber es ist dieses Gefühl, das mich selten trügt. Wie auch immer ich es beschreiben soll. Gleichzeitig spüre ich, dass hier etwas nicht stimmt, und es hat mit mehr als lediglich einem insolventen Sirupsteller zu tun.«

»Dann lass uns herausfinden, ob an deiner Vermutung etwas dran ist.«

Lissy und Zack begannen, sich systematisch durch das Gebäude zu arbeiten. Im Erdgeschoss befanden sich Räume, in denen Versand- und Verpackungsmaterial gelagert wurde. Holz- und Pappkisten, ein Vorrat an gefüllten Sirupflaschen mit einer speziellen Etikettierung und ein Büro mit vier Arbeitsplätzen und modernen Royal-Schreibmaschinen, das offenbar der Buchführung ausgehender Waren diente, brachten nichts von Interesse für ihre Nachforschungen zutage.

Am anderen Ende des Gebäudes mit seinem quadratischen Grundriss befand sich das Treppenhaus. Lissy schlug vor, zunächst oben in der Vorstandsetage zu überprüfen, ob Trasko anwesend war. Zack wollte ihr gerade zustimmen, als sich das ungute Gefühl, das er seit dem Betreten des Firmengeländes spürte, verstärkte. Es war nicht bloß ein Gefühl, wie es normale Menschen beschleicht, wenn sie eine böse Vorahnung haben, sondern ein untrüglicher Instinkt, dass sich etwas Grauenhaftes auf dem Gelände der Trasko-Sirupfabrik verbarg.

»Warte, lass uns runtergehen«, sagte er und blickte ins Treppenhaus, dessen Stufen sich in die dunkle Tiefe erstreckten. »Er ist dort unten. Oben werden wir nichts finden, glaub mir.«

Lissy wusste, dass sie sich in derartigen Situationen auf Zacks Gefühl verlassen konnte und stellte keine weiteren Fragen. Sie folgte ihm die Treppe hinunter, und beide zogen die Waffen.

Genau zwanzig Stufen führten bis in einen weitläufigen Gang. Unten fand Lissy einen Lichtschalter und drehte ihn, so dass flackerndes Licht in einem Kellerflur aufleuchtete.

Wie zu erwarten war, fanden sich hier vor allem Lagerräume mit Verpackungsmaterial, ausrangierten Maschinen oder Möbelstücken. Vieles davon war in einem beklagenswerten Zustand und stand offenkundig schon jahrelang herum. An der Staubschicht, dem Mäusekot und den wabernden Spinnweben war zu erkennen, dass die Räume seit langem von niemandem mehr betreten worden waren.

Zack konzentrierte sich auf den Boden. Auch dort lag Staub, und es war seit langer Zeit nicht mehr gereinigt worden. Doch Spuren in der Mitte des Gangs verrieten, dass hier regelmäßig Personen entlangliefen. Er folgte dem Gang bis an die Vorderseite des Gebäudes und stellte fest, dass er sich unter dem Hof bis in das Kellergewölbe der Produktionseinrichtung fortsetzte.

»Die Gebäude sind miteinander verbunden«, sprach Lissy das Offensichtliche aus. »Nicht die schlechteste Idee, um bei dem ständigen Regen trocken zu bleiben.«

Zack nickte, richtete die Sinne allerdings auf das, was vor ihnen lag. An weiteren Durchgängen zu Lagerräumen mit Paletten voller Flaschen und Kisten vorbei endete der Gang an einer Stelle, die die Außenmauer der Fertigungshalle sein musste. Hier gab es keinen Durchbruch. Stattdessen befanden sie sich am Rand des Trasko-Areals.

»Was habe ich übersehen?«, murmelte Zack und sah sich um. Die Spuren führten in den letzten Lagerraum, doch sie verloren sich zwischen Regalen, auf denen Rollen von Industriefiltern abgestellt worden waren.

Selbst für Zacks Augen war es kaum möglich, die Spuren im Staub zwischen den Regalen weiterzuverfolgen, zumal das Licht noch schlechter war als im Flur. Dennoch gelang es ihm nach einer Weile.

»Hier.« Er wandte sich an Lissy, erntete aber einen verständnislosen Blick. »Siehst du das nicht?« Er deutete auf eine winzige Aussparung in der Wand. Die feine Linie war für ihn offensichtlich, doch Lissy kniff die Augen zusammen und schüttelte den Kopf. »Es muss einen Mechanismus geben, um die Tür zu öffnen.«

»Wenn du das sagst. Für mich sieht die Wand hier genauso aus wie überall.«

Zack begann, die Wand rund um die rechteckige Einbuchtung abzutasten. Es dauerte tatsächlich nicht lange, bis er ein loses Element gefunden hatte, das sich bewegen ließ. Nach einigen Versuchen erklang das erhoffte Klicken.

Zunächst geschah nichts, dann löste sich ein etwa türgroßes Teil aus der Wand und schwang fast lautlos nach außen auf.

»Beeindruckend!«, konstatierte Lissy.

»Loben kannst du mich später noch, jetzt müssen wir uns beeilen.«

»Das bezog sich eigentlich auf den Mechanismus«, merkte sie an, während sie in einen Gang vordrangen, in dem sich der Geruch von feuchter Erde mit dem von Leichen mischte. »Ich fürchte, wir sind auf dem richtigen Weg.« Lissys Lächeln erstarb.

»Sieht ganz so aus.« Zack deutete auf die Wände. »Dieser Gang ist keines natürlichen Ursprungs.« Tatsächlich war der Tunnel fast kreisrund und wies außergewöhnlich glatte Wände auf. Wurzelwerk und selbst Steine waren wie von einem scharfen Messer glatt abgetrennt worden, und die Oberfläche war von einem zähen Schleim bedeckt. Von diesem ging der überwältigende Verwesungsgeruch aus.

Der Gang schien kein Ende zu nehmen. Er vollzog eine leichte Biegung und führte dann lange Zeit geradeaus weiter. Einzig die abgetrennten Wurzeln bedeckten bald den Großteil von Wänden und Decke.

»Wenn ich nicht völlig verwirrt bin, befinden wir uns unter dem Green Wood«, überlegte Lissy. »Dir ist klar, was das heißt?«

»Natürlich.« Zack umfasste den Griff der Waffe fester. »Wir nähern uns dem Friedhof.«

Das Gewölbe glich in seiner Form einem riesigen menschlichen Gerippe. Tausende Knochen fassten die Halle aus, von der das Unheil auf dem Green Wood Cemetery ausgegangen war. Vier Säulen aus menschlichen Schädeln trugen das Rundgewölbe, in dessen Mitte sich der Podest des Untods befand, von dem der Knochenfürst über das Reich jenseits des Portals menschlichen Verstandes herrschte.

Verdorbene Worte aus den dunkelsten Zeiten der Menschheitsgeschichte erfüllten den Raum und spien ihre unheilvolle Kraft in die Krypten von Sorrowville. Ohne Zweifel hatte das Magnum Opus begonnen, und der Ruf des Knochenfürsten zerrte an den Leibern jener, die tot waren.

Zack und Lissy kauerten am Ende des Ganges, der sie von der Sirupfabrik bis unter den Green Wood Cemetery geführt hatte. Sie waren kaum imstande, dem Entsetzen standzuhalten, das sie packte, als Kantaten des Unlebens aus der Halle auf sie einstürmten und versuchten, ihre Seelen in den Wahnsinn zu reißen. Gleichzeitig beobachteten sie beinahe schon fasziniert den Mann, der in den Schriften der Mariah Burnham prophezeit worden war und der nun in der Kathedrale der Gebeine seine Bestimmung erfüllte.

James L. Trasko, der Sirupbaron von Neuengland, war der Knochenfürst und für die nekromantischen Schrecken verantwortlich, die Sorrowville seit Tagen heimsuchten.

Der großgewachsene Unternehmer trug einen zerfetzten Mantel, auf dem Symbole prangten, die Zack noch nie gesehen hatte. Sie übten einen ungeahnten Schrecken auf ihn aus, so dass er sie kaum länger als wenige Sekunden betrachten konnte. Gleichzeitig bemerkte er ein tiefblaues Wabern um Trasko herum, so, als befände sich der Totenbeschwörer in einer Globule, die der Welt entrückt war.

Zack merkte, dass Lissy leise zu wimmern begann. Die Reporterin hatte schon viel in ihrem Leben gesehen, sicher mehr als die meisten hartgesottenen Journalisten zwischen New York und Los Angeles, aber das hier war selbst für sie zuviel.

Auch Zack spürte, dass seine Hände zu zittern begannen, während der Schrecken der großen Beschwörung unvermindert auf ihn eindrang. Er schüttelte den Kopf und biss die Zähne aufeinander, bis es weh tat.

»Lass uns … den Bastard erledigen!«, zischte er.

»Wir ... sind verloren«, flüsterte Lissy. »Wir sind ...«

»Erzähl keinen Quatsch!« Zack kniff ihr in die Wange, und der Schmerz holte sie zurück in die Wirklichkeit.

»Au, verdammt, das hat wehgetan!«

»Das sollte es auch. Wenn wir weiter hier auf der Lauer liegen, erreichen wir gar nichts, außer, dass wir irgendwann vor Angst erstarren und uns im schlimmsten Fall in seine Legion willenloser Sklaven einreihen.«

»Was willst du tun?«

»Ich knall den Wichser ab, ganz einfach.« Zack legte auf Trasko an. Erneut schauderte es ihn beim Anblick der Zeichen auf dem dunklen Stoff. Am liebsten hätte er vor Panik aufgeschrien, doch er zwang seinen gemarterten Geist unter Kontrolle und drückte ab.

Einmal.

Zweimal.

Dreimal.

Die Kugeln aus dem Lauf der Smith&Wesson jagten auf Trasko zu. Als sie in das Wabern um den Nekromanten eindrangen, verlangsamten sie ihren Flug, bis sie bewegungslos in der Luft verharrten und dann wie Federn zu Boden sanken.

»Verdammt, Zack! Es war doch klar, dass es nicht so einfach werden würde!«, entfuhr es Lissy.

Einen Wimpernschlag später verstummte der unheilige Choral, und Trasko drehte sich zu ihnen um. Ein hohles Lachen erklang, mehr in ihren Köpfen als tatsächlich im Knochentempel zu vernehmen. Eine Stimme, ganz nah und doch aus weiter Ferne, wie aus einer anderen Welt von den Ebenen des Untods, schien zu ihnen herüber zu hallen. Sie verhieß nichts als Verderben.

»Wir haben euch erwartet, doch ihr seid zu spät. Die Herrschaft des Todes ist unendlich und wird das Leben im Namen von jenem, der unfassbar ist, dem Tetrarch der unsterblichen Seelen, von Agon'i'Toth, dem Großen, fordern. Ihr seid nichts als Staub, der in unseren Händen zu Höherem geformt werden wird.«

Trasko fuhr in seinem Sermon fort, doch Zack hörte nicht länger zu. »Solche Ansprachen habe ich schon zu oft gehört.«

»Er scheint sich seiner Sache ziemlich sicher zu sein«, erwiderte Lissy und bemühte sich um eine feste Stimme. Ihre Fingerknöchel am Griff des Ladysmith traten weiß hervor, als umfasse sie den kleinen Revolver, um darin Sicherheit zu finden, wenngleich Kugeln gegen den Herrn des Untods nichts auszurichten vermochten.

»Der Hochmut derer, die alle Grenzen überschritten haben.« Zack deutete auf den nunmehr verstummten Trasko. »Er mag sich seiner Sache sicher sein, doch wir müssen trotzdem an ihn heran und verhindern, dass er weitermacht.«

»Aber wie?«

»Zur Not schneide ich ihm die Kehle durch.« Zack machte sich bereit loszusprinten, bevor Trasko eine neue Beschwörung intonierte.

Er kam nur wenige Schritte weit, den stoßweisen Atem von Lissy hinter sich spürend, als etwas nach seinem Fuß griff. Eine knochige Hand schloss sich um seinen Knöchel. Bevor er reagieren konnte, wurde auch der andere Fuß festgehalten, und er fand sich in einem knöchernen Schraubstock wieder, in dem er sich keinen Fingerbreit bewegen konnte.

Ein abgehacktes Lachen erklang in der Knochenhalle. Es fuhr Zack und Lissy durch Mark und Bein und erschütterte ihre gerade wiedererlangte Zuversicht.

Zack riss mit aller Kraft an den unnatürlich belebten Gliedmaßen, doch vergebens.

Plötzlich erklang ein Schuss, unmittelbar darauf ein weiterer.

Lissy hatte abgedrückt und die Armknochen mit ihren Kugeln zerfetzt.

»Weiter!«, zischte sie entschlossen und gab dem erstaunten Zack keine Gelegenheit, sich zu bedanken.

Ab sofort achteten sie auf den Boden, auf dem sich allerorten Fragmente von Skeletten bewegten und vermoderte Finger nach ihnen greifen wollten wie Ertrinkende nach einem rettenden Ast.

Während Zack und Lissy erneut darauf schossen, schien sich Trasko nicht daran zu stören. Er hielt sich offenbar für unverwundbar. Ein dunkler Choral erfüllte den Raum und sorgte nicht unbedingt dafür, dass ihr Mut gesteigert wurde. Zack fühlte sich an die Gesänge erinnert, die er einst bei einem katholischen Gottesdienst mitangehört hatte. Es fehlte eigentlich nur noch, dass jemand Orgel dazu spielte. Eine ansprechende Akustik wäre hier zweifellos vorhanden gewesen.

Ein knappes Dutzend Meter trennte sie von Trasko. Zack hatte nach wie vor keinen blassen Schimmer, wie er den selbsternannten Knochenfürsten aufhalten sollte.

Gerade als er sich Gedanken darüber machte, ob er die Sphäre rund um den Totenbeschwörer betreten konnte, ohne Schaden zu nehmen, spürte er, dass etwas von der Decke fiel. Er blickte hektisch auf seine Schulter und entdeckte eine Made, die sich durch seinen Trenchcoat fraß. Einen Wimpernschlag später spürte er einen stechenden Schmerz in der Haut. Zack zuckte zusammen und wischte das daumengroße Vieh vom Mantel. Es blieb kurz hängen, als habe es sich in der Haut verhakt, wurde dann aber zu Boden geschleudert, wo es mit einem ekelhaften Geräusch zerplatzte.

»Nekrophagen!«, brüllte Zack über das Tosen der Globule hinweg.

In Lissys Haaren hatten sich bereits zwei Maden verfangen. Sie ähnelten jenen, die sie in der Leiche von Ginger Felsburgh im Haus von Oswald Brooks gesehen hatten und denen jeder Pathologe regelmäßig begegnete. Diese hier waren jedoch viel größer und fraßen sich offenbar ebenso durch lebendiges wie nekrotisches Fleisch.

Lissy schüttelte die Locken, doch nur einer der Parasiten wurde herabgeschleudert. Überall im Raum begannen sie nun herabzuregnen, gruben sich durch den gemarterten Boden des Friedhofs in die Knochenhalle hinein. Von Traskos Globule prallten sie ab und vergingen ebenso wie jene, die nicht auf weichen Körpern landeten, in einer Pfütze aus grünbraunem Schleim.

Erneut ließ das Lachen des Knochenfürsten den Raum erzittern.

Zack wollte Lissy helfen, die sich damit abmühte, das Vieh loszuwerden, das sich in ihren Haaren festgebissen hatte, während sie weiteren Maden auswich, die rund um sie zu Boden fielen. Ihm wurde bewusst, dass dieses Grauen erst dann enden würde, wenn sie Trasko zu Fall brachten. Es war nur eine Frage der Zeit, bis er weitere untote Diener zu sich rief, und diesen würden sie nicht standhalten können.

So schwer es ihm auch fiel, er musste Lissy sich selbst überlassen. Sie hatte bewiesen, dass sie nicht so schnell zu Fall zu bringen war. Also wandte er sich der Globule zu, in der Trasko tief in einer neuen Incantatio versunken war.

»Du Bastard!«, brüllte Zack und stürmte auf das Wabern zu. Er hatte den Revolver am Lauf gepackt und zum Schlag erhoben, als er in das blaue Glimmen eintauchte, das James L. Trasko umgab.

Von einer auf die andere Sekunde schien die Zeit stillzustehen. Mehr noch: Sie schien nahezu keine Rolle mehr zu spielen. Das Jetzt war alles, und alles war jetzt. Gedanken und Emotionen des Augenblicks schienen weit entrückt zu sein. Was zählte, war die Ahnung eines Daseins, das kein Ende hatte. Wohl aber einen Anfang.

»Der Anfang ist immer der Tod, und er kennt kein Ende.«

Es war Traskos Stimme, die an sein Ohr drang. Direkt neben ihm oder endlos entfernt am Horizont der Ewigkeit ragte die Gestalt des Unternehmers auf, der Sorrowville als Knochenfürst terrorisierte. Sein Körper war verschwunden; lediglich ein Gerippe war übriggeblieben, das den zerfetzten Todesumhang aus der Gebeinhalle trug. Auf seinem Knochenschädel prangte eine nachtschwarze Krone, geschaffen aus dem Leiden tausender gequälter Seelen.

Zack versuchte die Lähmung zu überwinden, die von seinen Gliedern Besitz ergriffen hatte, und auf den Nekrolord zuzustürmen. Obwohl er ihn sofort erreichte, kam er ihm keine Spanne näher. Chöre gefallener Engel begleiteten das triumphale Lachen des Todes, als er Zack in seine Arme schloss. Endlose Agonie riss an Zacks Geist, Verwesung an seinem Fleisch. Der Hauch der Unendlichkeit verhieß Freiheit von allen irdischen Zwängen. Schmerzen und Leid, die seine Seele gemartert hatten, solange er denken konnte und deren einziger Ausweg die Betäubung durch Alkohol und Drogen gewesen war, wurden unbedeutend angesichts der endgültigen Befreiung, die ihm versprochen wurde.

Eine Freiheit in den Ketten des Untods bedeutete allerdings nichts weiter als Versklavung. Die Ketten würden enger als je zuvor sein, geschmiedet aus endlosen Gliedern, die niemals zu sprengen sein würden. Kontrolliert von keinem Gott, sondern vom Knochenfürsten des Agon'i'Toth.

Einem Menschen.

Dem verdammten Sirupbaron von Neuengland!

Die Erkenntnis des immerwährenden Betrugs traf Zack wie ein Keulenschlag. Von einem auf den anderen Augenblick war er wieder vollkommen Herr seiner Sinne und seines Körpers.

Die Illusion des allmächtigen Todes verblasste zu einem gehässigen und gescheiterten Mann, der neben ihm stand und ihn mit der Kraft seines dunklen Rituals blendete.

Zack holte aus und schlug mit aller Kraft zu.

Der Griff des Revolvers traf auf Widerstand und zerschmetterte James L. Traskos Schädel.

Damit endete es. Der Knochenfürst war vergangen. Er regte sich keinen Zentimeter mehr, und die Verheißung des Untods machte ihn ebenso zum Betrogenen wie alle Sklaven, über die er im Namen seines dunklen Herrn geboten hatte.

Die Überreste der Gebeine lagen nun so tot da, wie es die Natur vorgesehen hatte, und die Nekrophagenplage endete in dem Augenblick, als ihr Herr sein letztes bisschen Leben aushauchte.

Zack sah Lissy einige Meter neben sich liegen. Mit einem Wutschrei entledigte sie sich unzähliger toter Maden auf ihrem Körper. Dann starrte sie ihn an, und Zack fragte sich, ob sie aus Verwirrung nun auch auf ihn einprügeln würde.

Stattdessen blickte sie sich um. »Gottverdammt nochmal! War's das endlich?«

Zack nickte.

»Dann lass uns gehen. Es ist spät, ich habe keinen Tabak mehr und muss noch eine Geschichte über diese Sauerei schreiben.«

Epilog

Zack wollte sich am liebsten nur noch ausruhen, doch nach dem Sieg über den Knochenfürst gab es einiges nachzubereiten. Zunächst musste er die Polizei unter der Leitung von Rudy Turner in die Knochenhalle führen, von der aus Trasko seine dunkle Magie gewirkt hatte.

Obwohl hier alles so tot war, wie es nur sein konnte, und nichts mehr an die unheilig belebten Kreaturen erinnerte, schauderte es den erfahrenen Inspector und seine Begleiter, als sie Zack folgten und die Leiche von Trasko in Augenschein nahmen.

Lissy hatte bereits Fotos angefertigt, und beide bemühten sich, ihre Berichte möglichst knapp und präzise zu Protokoll zu geben.

Zusätzlich zu ihren Aussagen wurde weiteres Material entdeckt, das Trasko belastete und Rudy davon überzeugte, in seinem Bericht für den Commissioner die Ereignisse so darzulegen, wie sie ihm geschildert worden waren.

Später sollte sich herausstellen, dass Trasko einst bei Manny de Witts Mutter abgeblitzt war, als er ihr einen Heiratsantrag gemacht hatte. Jahrelang hatte ihn diese Demütigung zerfressen, und er hatte nach einem Weg gesucht, sich an der Familie, in die sie schließlich stattdessen eingeheiratet hatte, zu rächen. Mit den Verheißungen der Mariah Burnham über den Knochenfürsten war ihm ein dunkles Portal geöffnet worden, durch das er bereitwillig geschritten war.

Zudem fand Zack in der Gebeinhalle ein Buch, das offenbar aus dem Besitz von Mariah Burnham selbst stammte, wie er an verschiedenen handschriftlichen Bemerkungen feststellte. Es war in einer Sprache verfasst, die ihm unbekannt war, die er aber aus dem Mund Traskos während dessen Anrufungen vernommen hatte. Es würde viel Zeit, Expertise und geistige Robustheit benötigen, um herauszufinden, was tatsächlich darin geschrieben stand, wenngleich Zack es nach den Recherchen in den Unterlagen von Brooks, den Papieren, die er aus dem Stadtarchiv erhalten hatte, sowie seinem eigenen Fundus erahnen konnte.

Einen ähnlichen Bericht wie bei der Polizei lieferten sie bei Manny de Witt ab und schilderten ihm Traskos Beweggründe, sich zunächst vor allem an dessen Ahnen zu vergehen, bevor ihn die alles umfassende Machtgier zu dem Versuch getrieben hatte, Sorrowville in ein Reich des Untods zu verwandeln.

Das Honorar, das der zufriedene Manny Zack auf die Hand ausbezahlte, freute vor allem die schlecht gelaunte Mabel Winters, als sie am folgenden Morgen an ihren Schreibtisch in Zacks Büro zurückkehrte. Zack beglich die ausstehenden Gehaltszahlungen und gab ihr noch einen fetten Bonus obendrauf. Sie beschloss, sich umgehend einen neuen Hund anzuschaffen, nachdem Trevor in der vorherigen Nacht an einem Hühnerknochen erstickt war.

Lissy besuchte ihn am folgenden Nachmittag, mittlerweile mit einem modischen Kurzhaarschnitt angetan, nachdem ein Teil ihrer Lockenpracht den Nekrophagenmaden zum Opfer gefallen war. Sie saßen zum ersten Mal seit Tagen gemütlich in Zacks Büro zusammen und genossen einen Bourbon – ausnahmsweise einmal den guten, den er nur zu besonderen Gelegenheiten herausholte.

Lissy sog scharf die Luft ein, als sie das zweite Glas geleert hatte. »Gott, was für ein Tropfen! Ein angemessenes Getränk zum Triumph über den Knochenfürsten.«

Zack nickte und goss ihr nach, während sie sich eine Zigarette drehte.

»Wir sind nach wie vor ein gutes Team«, stellte er fest, während er sie beobachtete. »Vielleicht solltest du mir öfter bei derartigen Fällen helfen.«

Lissy feuchtete das Zigarettenpapier an und winkte ab. »Du hast zwar recht, aber wenn das dein Alltag ist, bleibe ich lieber bei Mafiamorden und Porträts über Sirupweltmarktführer.«

Zack lachte. »Alltag nicht gerade, aber ich fürchte, es war nicht das letzte Mal, dass ich mich mit so etwas herumschlagen musste. Ein finsterer Name aus alter Zeit taucht in den Aufzeichnungen von Trasko und Burnham immer wieder auf. Ich fürchte, die Probleme haben mit dem Treiben des Knochenfürsten erst begonnen.«

»Welcher Name?«

»Agon'i'Toth, der Herr allen Lasters, der Tetrarch der unsterblichen Seelen.«

FORTSETZUNG FOLGT IN
SORROWVILLE

BAND 2
DIE TODES-APOTHEKE

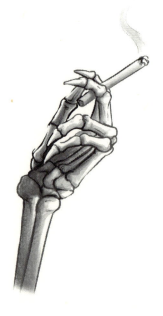

Über *Sorrowville*

In der Novellenreihe *Sorrowville* tauchen fünf bekannte Autorinnen und Autoren in eine Welt voller merkwürdiger Begebenheiten, unerklärlicher Verbrechen und albtraumhafter Bedrohungen ein.

Sie stehen dabei in Tradition von Horror-Großmeistern wie H.P. Lovecraft, erschaffen ein düsteres und facettenreiches Bild des Amerikas der 1920er-Jahre und verbinden Elemente von Pulp Horror und Noir Crime miteinander.

Sorrowville: Die unheimlichen Fälle des Zacharias Zorn liefert geheimnisvolle Geschichten vor dem Hintergrund einer albtraumhaften Bedrohung.

Autor / Band 1: Malcolm Darker alias Henning Mützlitz

Hinter dem Pseudonym Malcolm Darker verbirgt sich der Autor Henning Mützlitz. Er durchwandert bereits seit seiner Kindheit phantastische Welten, bis er beschloss, seine eigenen zu erschaffen.

Seit einem Redaktionsvolontariat ist er als freier Journalist und Schriftsteller tätig. Dabei widmet er sich u. a. als stellv. Chefredakteur des Genre-Magazins *Geek!* verschiedenen Formen der Phantastik in Wort und Bild. Daneben schreibt er phantastische und historische Romane.

Freuen Sie sich auf weitere spannende Geschichten der Reihe von Naomi Nightmare, Sheyla Blood, Chastity Chainsaw und Scarecrow Neversea.

Sorrowville ist als Print, Ebook und Hörbuch erhältlich.

NAOMI NIGHTMARE

SORROWVILLE

Band 2
DIE TODESAPOTHEKE

(in Farbe und Bunt)

Originalausgabe | © 2021
in Farbe und Bunt Verlag
Am Bokholt 9 | 24251 Osdorf

www.ifub-verlag.de
www.ifubshop.com

Dieses Werk ist urheberrechtlich geschützt.
Alle Rechte, auch die der Übersetzung, des Nachdrucks und
der Veröffentlichung des Buches, oder Teilen daraus, sind
vorbehalten. Kein Teil des Werkes darf ohne schriftliche
Genehmigung des Verlags und des Autors in irgendeiner
Form (Fotokopie, Mikrofilm oder ein anderes Verfahren)
reproduziert oder unter Verwendung elektronischer Systeme
verarbeitet, vervielfältigt oder verbreitet werden.
Alle Rechte liegen beim Verlag.

Herausgeber: Björn Sülter
Lektorat & Korrektorat: Telma Vahey
Cover-Illustration & Vignetten: Terese Opitz
Cover-Gestaltung: EM Cedes
Satz & Innenseitengestaltung: EM Cedes

Print-Ausgabe gedruckt von:
Bookpress.eu, ul. Lubelska 37c, 10-408 Olsztyn

ISBN (Print): 978-3-95936-267-2
ISBN (Ebook): 978-3-95936-268-9
ISBN (Hörbuch): 978-3-95936-269-6

INHALT

Willkommen in Sorrowville	7
1 - Dunkle Bedürfnisse	9
2 - Nackte Tatsachen	19
3 - Zorn einer Verschmähten	31
4 - Erwachen des Grauens	41
5 - Spiel mir das Lied vom Tod	51
6 - Das verräterische Herz	61
7 - Gefährliches Geschenk	71
8 - Zorn und Wahrheit	81
9 - Der Ruf des Meisters	87
10 - Geschenk der Apothekerin	97
Vorschau auf Band 3	102
Über die Reihe *Sorrowville* und Band 1	104
Der letzte Drink	106
Weitere Bücher aus dem *Verlag in Farbe und Bunt*	108

Die Goldenen Zwanziger in Amerika – Gesellschaft, Kultur und Wirtschaft erblühen. Doch in manchen Städten sind selbst die Fassaden von Schmutz besudelt, und nicht einmal der Schein trügt. An diesen Orten haben Verbrechen und Korruption die Herrschaft ergriffen. Verborgen in den Ruinen der Rechtschaffenheit lauern überdies unsagbare Schrecken, welche die Vorstellungskraft schwacher Geister und krimineller Gemüter sprengen. Kaskaden des Wahnsinns, geboren aus einem zerstörerischen Willen zu allumfassender Macht, zerren am Verstand einst braver Bürger.

Dagegen stellt sich Zacharias Zorn, Privatermittler mit außergewöhnlichen Fähigkeiten. Er ist derjenige, der Licht in die Finsternis zu tragen imstande ist – unter Einsatz seines Lebens und seiner Seele.

WILLKOMMEN ... IN SORROWVILLE !

Kapitel 1

DUNKLE BEDUERFNISSE

Die Hässlichkeit der Menschen war nur schwer zu ertragen, doch Drogen machten sie erträglich und farbenfroh. Man könnte vom Leiden und Leben des Individuums sprechen, doch das war prosaisch. So prosaisch, dass es ihn zu verspotten schien, wie er unter dem Dach des Pavillons stand und auf seine Kunden wartete. Mit einem Seufzen zog er den Kopf ein und die Mütze tiefer ins Gesicht. Niemand sollte ihn erkennen, denn was er hier tat, würde kein ehrbarer Bürger Sorrowvilles jemals tun. Nicht, dass es viele solcher Bewohner in dieser verkommenen Stadt gab. Wäre dies der Fall, würde sein Geschäft nicht so florieren. Spöttisch schnaubend schüttelte er den Kopf, nicht ohne dabei die Mütze festzuhalten. Es wäre fatal, wenn sie offenbarte, was er darunter versteckte.

Nicht, dass es sowieso schon gefährlich war, allein um diese Uhrzeit im Park zu sein, doch mit dem Inhalt seiner Taschen erhöhte sich das Risiko direkt noch einmal ungemein. Bei dem Gedanken, was passieren könnte, fröstelte es ihn, und er verschränkte die Arme. Die Blöße, sich die Arme warm zu rubbeln, wollte er sich nicht geben. Er wollte stark und unbeeindruckt von der Kühle der Nacht und den lauernden Gefahren im Schatten wirken, wenn seine Kunden auftauchten. Dass diese sich auf Suggestion und Wunschdenken verließen, war sein Vorteil. Sie waren so süchtig nach dem, was er ihnen bot, dass sie in Kauf nahmen, völlig unbekannte Substanzen zu konsumieren. Zumindest hatte er aus vergangenen Fehlern gelernt und konnte nun auf nahezu jede Anfrage reagieren. Wollten sie Pillen, reichte er ihnen ein Päckchen mit Tabletten. Wollten sie Gras, bekamen sie genau das. Wollten sie den magischen weißen Schnee, war auch das kein Problem für ihn. Die ersten Male waren ihm eine Lehre gewesen – nicht nur aufgrund des entgangenen Geldes, sondern auch, weil seine potentiellen Kunden dementsprechend harsch, wenn nicht schon aggressiv reagiert hatten. Da er ein Freund der Unversehrtheit seines Körpers war, war ihm keine andere Möglichkeit geblieben. Zwar war die Herstellung der Varianten nicht einfach gewesen, doch es hatte sich gelohnt. In sorgfältig verpackten Tütchen befanden sich nun Imitate von Koks, Gras und Amphetaminen, mit dem Unterschied, dass sie eben auf rein pflanzlicher, natürlicher Basis entstanden waren und keinerlei schädliche Wirkung auf den Körper besaßen.

Eigentlich.

Die Sucht seiner Kunden gaukelte ihnen aber feinste Qualität und Wirkung vor, sodass es zu den wohl berauschendsten Trips kam, die sie je erlebt hatten. Doch das war nicht seine Schuld. Er gab ihnen, wonach sie verlangten. Nicht mehr, nicht weniger.

Heute blieb es außergewöhnlich ruhig. Kaum Kundschaft, auch die Laute einer Schlägerei oder anderer körperlicher Aktivität, wie er sie normalerweise hörte, blieben aus. Es verwunderte ihn, sorgte ein wenig für Unruhe, doch vielleicht gab es dafür eine Erklärung. Möglicherweise feierten sie wieder irgendein Fest, oder jemand war Vater geworden, hatte geerbt oder im Lotto gewonnen, und man betrank sich sinnlos und besinnungslos. Natürlich illegal, sodass der Nervenkitzel der Gefahr die Wirkung vervielfachte und verstärkte.

Dabei wäre es für sie besser, sie würden sich nicht dem Alkohol ergeben, sondern sich mit seinen kleinen Mittelchen eindecken und berauschen. Doch offensichtlich sahen die Bürger der wohl verkommensten Stadt der gesamten USA das anders. Unauffällig warf er einen Blick auf die Uhr, die am Rathausturm befestigt war und dicke, widerlich anzusehende Rostspuren auf der Fassade hinterließ. Es war kurz vor Mitternacht. Er stand also bereits zwei Stunden hier im Park und hatte noch nichts verkauft. Das hatte es noch nie gegeben. Würde er heute wirklich ohne einen Dollar nach Hause gehen müssen?

Schritte näherten sich. Schlurfend und unregelmäßig. Misstrauisch, aber auch belustigt hob er eine Augenbraue und den Blick, spähte unter seiner Mütze hervor. Eine Gestalt, offensichtlich dermaßen betrunken, dass sie nicht mehr geradeaus laufen konnte oder wusste, welcher Fuß auf den Boden gesetzt werden musste, um sich vorwärts zu bewegen, kam auf den Pavillon zu. Angst kroch in sein Herz, beschleunigte seinen Puls. Letzten Endes war er nur ein schmächtiger Kerl ohne Kampferfahrung. Wenn es hart auf hart kam, wusste er nicht, ob er sich wehren konnte.

Dennoch hoffte er ein ums andere Mal, dass alles gut gehen würde. Immerhin versuchte er, den Bürgern dieser Stadt das Leben zu erleichtern und zu verbessern, indem er ihnen etwas gab, das ihre selbstzerstörerische Sucht linderte. Seine Finger krallten sich in die Ärmel der Jacke, und er hoffte, dass man ihnen das Zittern nicht ansah. Die Gestalt näherte sich; sie schien nicht mehr ganz Herr über die eigenen Sinne zu sein, als sie schlussendlich schwankend und stinkend vor ihm stehen blieb.

»Was willst?« Er bemühte sich, seine Stimme ruhig und abgebrüht klingen zu lassen.

Sein Gegenüber lallte etwas, aber er verstand es nicht.

»Komm, sag's noch mal, ohne Kotze im Maul«, gab er sich mutiger, als er war.

Wieder kam ein sehr undeutliches Wort aus dem Mund des Besoffenen.

Er verdrehte die Augen – sollte das ein grausamer Scherz des Schicksals sein, oder was? Sein einziger Kunde war zu betrunken, um sich klar auszudrücken? Großartig, einfach großartig. Neugierig und auch abfällig musterte er den Mann vor sich. Sein Gesicht kam ihm nicht bekannt vor, was nicht ungewöhnlich war. Manchmal verirrten sich einige in diese verkommene Stadt oder besuchten Verwandte, um dann erst wieder ein Jahr später auf der Bildfläche zu erscheinen, wenn der nächste Anstandsbesuch zu erledigen war. Sein Blick wanderte über die Kleidung des Typen. Sie war fein, wirkte teuer, wies aber Flecken und Brandlöcher auf, was eine Einschätzung erschwerte. Koks oder Amphetamine? Schnee oder Ampulle? Wahrscheinlich eher Ampulle, für alles andere mangelte es an Koordination. Sein Gegenüber nicht aus den Augen lassend, angelte er in einer seiner Jackeninnentaschen nach eine Ampulle mit durchsichtiger Flüssigkeit und streckte die Hand aus.

»Ohne Moos nichts los, ne?« Dass das einer der dümmsten Sprüche gewesen war, die man einem Kunden an den Kopf werfen konnte, wenn man Geld verlangte, war ihm bewusst, allerdings auch egal.

Der Betrunkene zog ein Bündel Geldscheine hervor und warf sie ihm entgegen, was ihn dazu veranlasste, jenem das Tütchen vor die Füße zu werfen. In dem Moment, in dem die Ampulle durch die Luft segelte, wusste er, dass er einen Fehler gemacht hatte. Wenn der Typ umfiel, musste er ihm helfen, aufzustehen. Das gebot die Höflichkeit und der gegenseitige Respekt einer Geschäftsbeziehung. Abgesehen davon war es schädlich für's Geschäft, wenn er ihn vor dem Pavillon liegen ließe. Mit dem Gestank würde er alle potentiellen Kunden vertreiben.

Doch der Mann überraschte ihn. Erstaunlich sicher auf den Beinen bückte dieser sich, nahm die Ampulle an sich und schlurfte von dannen.

Mit spitzen Fingern hob er das Geldbündel auf – die Scheine waren feucht von Schweiß und anderen Dingen, die er sich lieber nicht vorstellen wollte. Angewidert steckte er das Geld in die Hosentasche. Hoffentlich waren die anderen Kunden etwas weniger widerlich.

Der nächste Interessent ließ nicht lange auf sich warten. Ein großer, fast schon riesiger Kerl kam hocherhobenen Hauptes auf ihn zu. Im Mondlicht schimmerte sein Haar hell – er musste also blond sein oder früh ergraut. Angesichts der fehlenden Falten wohl eher Ersteres. Seine Nase war dabei so hoch in den Himmel gereckt, dass bei Regen jegliche Nasenspülung obsolet war. Das würde Mutter Natur erledigen. Oder hatte Goldilocks Angst, dass sein Gehirn aus dem Nasenloch rutschen könnte, wenn er den Kopf wie ein normaler Mensch hielt? Musste wohl ein ziemliches Erbsenhirn sein!

Argwöhnisch musterten die beiden sich – Blondie schien nicht sonderlich beeindruckt von ihm zu sein. Nicht, dass es ihn kümmerte.

»Hast du Stoff?«

Täuschte er sich, oder verstellte Blondie die Stimme, damit er ihn nicht erkannte? Himmel, in dieser Stadt kannte jeder jeden! Und solange sie sein Gesicht nicht sahen, konnte ihn keiner des Dealens bezichtigen und anzeigen. Das war der einzige Grund für seine Maskerade. Es gab hier nur einen Unterschied: Ihm fiel beim besten Willen der Name des Idioten nicht ein, der vor ihm stand.

»Ich bin kein Schneider, musst dich schon präziser ausdrücken«, gab er zurück, wenn auch mehr durch Verärgerung angestachelt als durch Mut.

»Alter, willst du mich verarschen? Ich bin nich hier, weil ich nen Nachtspaziergang so schätz. Hast du jetzt was oder nich? Man erzählt sich, bei dir gibt's den besten Stoff der Stadt!«

Beinahe hätte er gelacht. Bester Stoff der Stadt? Warum waren seine Taschen dann noch so voll? Weil sie ihm den Pavillon einrannten? Sicher nicht. Doch er würde sich hüten, diese

Pfeife nach dem Grund des Ausbleibens seiner Kundschaft zu fragen. So tief war er noch nicht gesunken.

»Was willst haben?«, fragte er zurück, bevor Blondie etwas noch Bissigeres antworten konnte und er seinen Kunden verlor.

»Was haste?«

»So funktioniert das nich. Du sagst mir, was du willst, und ich geb dir das.« Langsam verlor er die Geduld mit Goldilocks. Was war mit diesem Kerl? War sein Schwanz so klein, dass er sich anderweitig profilieren musste?

»Ich würd's gern schneien lassen«, sagte Blondie. Er wackelte mit den Augenbrauen. »Geht dich zwar nichts an, aber ich lass es heut Abend noch krachen, und da dacht ich, weiß und weiß gesellt sich gern. So ne verschneite Spitze soll schon was hermachen, hab ich gehört.«

Kurz stutzte er, wusste nicht, was Goldilocks meinte, bis er das anzügliche Grinsen auf dessen Visage bemerkte. Widerlich, wenn auch nicht uninteressant. Für einen Moment wünschte er sich den Betrunkenen zurück, der wenigstens nicht so einen verachtenswerten Blödsinn von sich gegeben hatte. Um die Sache schnell hinter sich zu bringen, zog er ein Beutelchen mit weißem, feinen Pulver hervor und reichte es dem jungen Mann. Der drückte ihm schon beinahe gönnerhaft mehrere Geldscheine in die Hand und ging mit derselben hocherhobenen Haltung davon, wie er gekommen war.

Nachdenklich blickte er ihm nach. Bei ihm war es nicht schade, wenn das Zeug ihn töten würde, fand er. Wobei er dann einen Kunden verlieren würde – was aber nicht viel änderte. Es kam kaum einer zweimal zu ihm, geschweige denn dreimal. Seine Mittelchen mussten also wirken und sie von ihrer Sucht befreien. Und das war es ja letzten Endes auch, was er wollte.

Schiefer Gesang und eine Wolke süßen Parfums drangen zu ihm herüber. Der Pavillon war das Zentrum des Stadtparks, mitten am See. Im Mondlicht leuchtete er weiß durch die

Dunkelheit und war nicht zu verfehlen – wohl auch der einzige Grund, warum ihn die Menschen dieses Sündenpfuhls fanden.

Das Geklacker von hohen, aber abgelaufenen Absätzen klang von dem gepflasterten Weg herüber. Ab und zu knirschte es, wenn die Frau vom Weg abkam und auf den Kies trat – kein schönes Geräusch. Dazu der Gesang, der von keinem großen Talent zeugte. Da man so etwas auch als psychologische Waffe nutzen konnte, wappnete er sich gegen das Schlimmste. Eine junge Frau mit völlig zerzausten Haaren und verschmierten Make-up kam auf ihn zugestöckelt. Nüchtern war sie sicher nicht mehr, aber dafür sehr gut gelaunt. Er kniff die Augen zusammen, versuchte sie zu erkennen, doch ihr Gesicht kam ihm nicht bekannt vor. War sie eine der Damen des Varietés? Das wäre zumindest eine schlüssige Erklärung, warum er sie nicht kannte. Er verkehrte immerhin nicht in solchen Etablissements!

»Halloooo Süßer«, hauchte sie und versuchte die Treppen des Pavillons hochzusteigen. Doch da sie nicht mehr ganz klar war, rutschte sie schon an der ersten Stufe ab und landete im Rosenstock nebenan. Er verdrehte die Augen. Kein Wunder, dass er sich nicht mit diesen Damen abgab!

Ihre Beine wurden von den Dornen zerkratzt, doch sie lachte, als würde sie gekitzelt werden. Ein wenig amüsiert lächelte er auf sie herab.

»Brauchst du Hilfe?«, fragte er und hoffte auf ein Nein. Er wusste ja nicht, ob sich Geschlechtskrankheiten auch über Hautkontakt übertragen konnten. Wer konnte wissen, was dieses Fräulein schon alles berührt hatte? Da ging er kein Risiko ein. So weit reichte seine Nächstenliebe nun wirklich nicht.

»Neiein«, kicherte sie. Ihre Beine wackelten dabei, und sie verlor einen Schuh. Genervt stöhnte er auf. Heute Nacht war der Wurm drin, eindeutig.

»Sicher?«

»Ich will fliiiiiiiiegen!« Sie kicherte wieder und verlor den zweiten Schuh. Nicht, dass es seiner Meinung nach ein Verlust war. Die Schuhe hatten ihre besten Tage lange hinter sich, und bequem sahen sie auch nicht aus. Der rote Lack war an vielen Stellen abgeplatzt und abgeschmackt. Die Pfennigabsätze waren so heruntergelaufen, dass das Metall nicht mehr durchschimmerte, sondern dominant hervorstach. Und wenn er es richtig gesehen hatte, hatten sie vorne an den Zehen kleine Löcher. Vielleicht sollte er ihr seine Halbschuhe hinstellen. Die waren vielleicht einige Nummern zu groß, aber immerhin keine Mordwerkzeuge! Sie kicherte immer noch, und er seufzte. Möglicherweise war es besser, die Nacht einfach zu beenden und abzuschreiben. Die Aussicht auf sein Bett war verlockend, und seine Nerven würden es ihm danken.

»Willst du nicht erstmal aus diesem Rosenbusch herauskommen, bevor du fliegen möchtest?«

»Ooooh, ich möchte auf Rooooosen fliiiiiegen«, hauchte sie, und ein hohes, albernes Kichern folgte. Das war definitiv nicht die Wirkung von Alkohol, nicht nur. Er fühlte sich nicht wohl dabei, ihr noch etwas zu geben, was ihr Bewusstsein auf andere Weise erweitern würde – nachher glaubte sie wirklich noch, sie könne fliegen, und sprang vom Dach des Rathausturms! Allerdings konnte er sie auch schlecht so überdreht liegen lassen, oder? Auch wenn seine Mittelchen keinerlei Wirkung haben sollten, man durfte die Macht der Suggestion nicht unterschätzen, und ein Placeboeffekt war immerhin nicht von schlechten Eltern, wie er selbst schon oft beobachtet hatte.

»Willst du dich vielleicht ein wenig … abkühlen und runterkommen?« Er musste ihr einfach helfen. Vielleicht ein Bad im See?

»Oh, ja! Ich möchte im Moooondliiiiicht baden.« Sie kicherte erneut und rülpste undamenhaft. Er verdrehte die Augen. Großartig. Einfach großartig.

Mit einem Sprung war er unten bei ihr – es waren ja nur wenige Stufen, und die konnte man ohne High Heels problemlos überspringen – und griff nach ihren Armen. Sie fühlte sich kalt an, ein leichter Schweißfilm lag auf ihrer Haut. Zusammen mit ihrem sehr süßen, sehr schweren Parfum sorgte das für Gänsehaut, aber nicht die angenehme Art. Sie widerte ihn an, wie die meisten Frauen ihrer Art. Immerhin leistete sie keinen Widerstand, als er sie auf die Beine zog. Wacklig und desorientiert klammerte sie sich an ihn und strich ihm über die Brust. Sowohl sie wie er keuchten überrascht auf. Als sie Anstalten machte, ihre Hände unter seine Jacke und sein Hemd zu schieben, stieß er sie von sich. Erneut landete sie im Rosenbusch, doch dieses Mal würde er ihr nicht hochhelfen.

»Ekelhaftes Weib!«, grunzte er. Er angelte in seiner Tasche nach einem Tütchen voller Gras und schüttelte es. Sollte er ihr das einfach zustecken? Oder sollte er ihr helfen, sich damit zu entspannen? Nachdenklich musterte er die junge Frau, die nun jegliche Hemmungen verloren zu haben schien und ihm viel mehr Einblick in gewisse Regionen gewährte, als er jemals haben wollte.

»Das haaaaast du siiiiicher noch niiiiie so gesehen«, giggelte sie. »Außer du hast einen Spiegel hiiiingehalten.« Ihr irres Kichern nahm ihm die Entscheidung ab. Kurzerhand warf er ihr das Päckchen auf die entblößte Stelle ihres Bauches, denn durch den zweiten Sturz war ihre Bluse verrutscht, und beschloss, nach Hause zu gehen. Diese Nacht war eine Verschwendung gewesen: an Zeit, an Nerven, an Ressourcen.

Hoffentlich wurde es morgen besser.

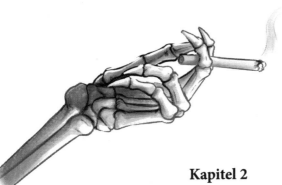

Kapitel 2

NACKTE TATSACHEN

Staub tanzte durch die Luft, erleuchtet vom Sonnenlicht. Er kitzelte sie in der Nase, doch Josephine versuchte, nicht zu niesen. Sie kannte sich. Wenn sie das tat, würde sie den Tee verschütten, auf den ihre Mutter wartete. Ein weiterer Beweis ihrer Unfähigkeit – zumindest wenn es nach der Frau ging, die ihr die letzten Jahre zu erklären versucht hatte, dass sie niemals alleine ohne ihre Mutter überleben konnte. Seit ihr Vater verstorben war, konzentrierte sich die komplette Aufmerksamkeit auf Josephine, was ihr nicht gerade gefiel. Ihre Mutter legte ihr die Kleidung zurecht, die sie morgens anzuziehen hatte, bestimmte ihre Frisur, das wenige, leichte Make-up und vor allem, wo sie wann hinging. Insgeheim bezeichnete sich Josephine als Porzellanpüppchen ihrer Mutter, denn genauso wurde sie behandelt.

Abgesehen von den Aufgaben, die sie ihr zuteilte. Alles, was ihre Mutter nicht mochte, musste Josie erledigen: Kräuter mahlen, zu Pillen drehen, Säfte und Tinkturen anrühren sowie die Inventarlisten aktuell halten.

Ihre Mutter hingegen plauderte und schäkerte mit den Kunden, flirtete hier und da mit einem Mann – gelegentlich auch mit einer der Damen des Varietés – und schien zu einer völlig anderen Person zu werden. Josephine gegenüber lächelte sie nicht oft, sprach kaum ein nettes Wort, wenn es nicht sein musste, doch sobald ein Kunde den Laden betrat, war sie wie die strahlende Sonne an einem verregneten Sonnabend. Es war unfair, doch es ließ sich nicht ändern.

»Wo bleibt mein Tee? Bis du mir den gebracht hast, hätte ich ihn selber zubereiten, aufbrühen und trinken können! Ich hoffe für dich, dass er nicht schon kalt geworden ist! Dann kannst du ihn direkt noch mal machen!«, keifte ihre Mutter Dorothy, kaum dass Josephine den Ladenbereich des Hauses betreten hatte. Ihre Eltern hatten die Apotheke ihres Großvaters geführt, als dieser in den Ruhestand gegangen war. Sie war laut Erzählungen ihres Vaters schon seit Jahrzehnten, wenn nicht schon seit Jahrhunderten in Familienbesitz und sollte es auch bleiben.

Wenn es nach ihrer Mutter ging, war sich Josephine nicht so sicher. Sie konnte sich nicht vorstellen, dass ihre Mutter ihr erlauben würde, jemals etwas alleine zu tun, geschweige denn eine Apotheke zu führen. Mit bemüht ausdrucksloser Miene reichte sie ihrer Mutter die Tasse und dankte stumm allen Heiligen, dass es noch aus dem Becher dampfte.

»Der Tee ist lauwarm.«

War das jetzt eine Feststellung? Ein Vorwurf? Josie kniff die Augen zusammen, während sie über die Aussage ihrer Mutter nachdachte.

»Kneif die Augen nicht so zusammen, das gibt nur Falten und macht hässlich.« Die kalte Stimme ihrer Mutter hätte den letzten Rest Wärme aus dem Tee ziehen können, doch natürlich zerbrach nur etwas in ihrem Inneren. Bevor Josie etwas sehr Dummes sagen oder sich anderweitig in Schwierigkeiten bringen konnte, ertönten draußen laute Martinshörner. Mehrere Polizeiautos schossen an der Apotheke vorbei. Die Menschen strömten aus den Gebäuden und versammelten sich auf dem Gehweg. Ihre Blicke und Mienen zeugten von Sensationsgier und Angst – eine gefährliche Mischung. Josie sah sich nach ihrer Mutter um, die das alles kalt zu lassen schien.

Ruhig trank sie ihren Tee. Ein Schaudern durchlief Josie. Das war nicht normal – weder die vielen Polizeiwagen noch die Reaktion ihrer Mutter.

Der grelle Schrei hätte den Toten in seinem Bett wecken können. Zack strich sich über die Bartstoppeln, während er nachdenklich an der Zigarette zog, die im Mundwinkel hing. Sie waren überrascht gewesen, wie schnell er am Ort des Geschehens aufgetaucht war – Kunststück, wenn man die Nacht drei Zimmer weiter verbracht hatte. Danach fragte aber natürlich keiner. Die Polizisten, unfähig wie sie nun mal waren, suchten nach Indizien, nach etwas, das sie auf die Spur des Mörders brachte. Ausnahmslos gingen sie davon aus, dass es sich um einen Mord handelte. Am liebsten hätten sie auch die junge Frau verhaftet, die mit weit aufgerissenen Augen und grotesk verschmiertem Make-up auf dem Boden kauerte und wimmerte. Immerhin schrie sie nicht mehr wie am Spieß, das konnte er nur begrüßen. Wahrscheinlich war ihr die Puste ausgegangen und sie deshalb verstummt. Zack nahm noch einen tiefen Zug der Zigarette, drückte sie dann an der schäbigen Holzverkleidung der Wand aus – wobei er den Stummel einfach zu Boden fallen ließ – und näherte sich dem Toten auf dem Bett. Prüfend wanderte sein Blick über den nackten, viel zu weichen Körper des Mannes. Abgesehen davon, dass er nichts von körperlicher Ertüchtigung zu halten schien, besaß er einen klassischen Wohlstandsbauch und darüber hinaus offenkundig Bedürfnisse, die zuhause nicht gestillt wurden. Belustigt fiel Zacks Blick auf das kleine Etwas zwischen seinen Beinen, das verklebt war und weißlich schimmerte.

»Zumindest ist er nicht unbefriedigt gestorben«, murmelte er. Anzeichen von Gewalteinwirkung konnte er nicht erkennen, aber auch sonst nichts Auffälliges. Das war mehr als nur merkwürdig. Vielleicht hatte sein Herz versagt und war stehen geblieben – sollte ja vorkommen, wenn man es mit der Fitness nicht so genau nahm.

»Haben Sie was gesagt, Sir?«, fragte ihn einer der Polizisten, der unter dem Bett nach Spuren suchte. Was hoffte er dort zu finden? Ein benutztes Präservativ? Eine Waffe mit Schild, das darauf verwies, die Tatwaffe zu sein? Zack schnaubte verächtlich. Kein Wunder, dass die letzten Morde nicht von der örtlichen Polizei aufgeklärt worden waren.

»Nein.« Es war ihm nicht möglich, dabei neutral oder nett zu klingen. Zack beugte sich über die Leiche und öffnete ihren Mund.

»Sir! Sie können die Leiche nicht ohne Handschuhe anfassen!«, rief ein anderer Polizist entsetzt.

Zack verdrehte die Augen und hob die Hand, mit der er gerade den Mund geöffnet hatte. Sie steckte in einem schwarzen Lederhandschuh, der zwar schon bessere Tage gesehen hatte, aber seinen Zweck erfüllte. Ein Blick reichte, und der Polizist wandte sich geschäftig wieder der Suche nach Spuren zu.

Immer wieder klickte die Kodak-Kastenkamera der Spurensicherung. Nervig, einfach nur nervig, wenn man Zack fragte. Tat aber natürlich keiner. Er beugte sich noch weiter nach vorne, so dass er in den Rachen hineinriechen konnte. Tief sog er die Luft ein, konnte aber nichts Verdächtiges feststellen. Nichts, was sich einem Gift zuordnen ließ.

»Haben Sie etwas entdeckt?«, fragte ihn der Polizist, der noch immer unter dem Bett nach Spuren suchte.

»Mehr als du wahrscheinlich«, gab Zack leise zurück. Er drehte eine neue Zigarette und steckte sie an. Qualmend trat er einige Schritte zurück und nuschelte undeutlich durch die Kippe. »Was dagegen, wenn ich mir die Fotos ausleihe, wenn sie fertig sind? Dann kann ich mir das sparen. Also macht sie sorgfältig und gut.«

Ohne eine Antwort abzuwarten, ging er hinüber zu der jungen Frau und kniete sich neben sie. Ihr blondes Haar war zerzaust, sie wirkte desorientiert und noch immer etwas benebelt. Zacks Blick wanderte erneut zum Bett. Nicht, dass er es nicht verstehen konnte, dass man sich bei so jemanden zudröhnen wollte, um das über sich ergehen zu lassen; dennoch warf es einfach kein gutes Licht auf sie. Er musterte sie – und runzelte die Stirn. Ihre roten Schuhe waren abgetragen und schon lange bereit, aussortiert zu werden. An vielen Stellen war das Leder abgeplatzt, auch die Sohle hatte schon bessere Tage gesehen. Hatte sie doch die Finger im Spiel, um an das Geld ihrer nächtlichen Gesellschaft zu kommen? Oder war sie unschuldig und einfach nur zur falschen Zeit am falschen Ort gewesen?

»Wie heißt du?«, fragte er sie leise. Die junge Frau wiegte sich mittlerweile wimmernd vor und zurück. In ihren Augen konnte er abgrundtiefes Entsetzen lesen. Er streckte die Hand nach ihr aus – doch kaum berührten die Finger ihren Arm, schrie sie wieder. Zacks Ohren klingelten, als ihre Stimme in ihnen schrillte. Ob er seine Sekretärin Mabel bitten sollte, die Befragung zu übernehmen? Gewöhnlich übernahm sie derartige Tätigkeiten nicht, doch sie war sensibler als er – und fähiger als die Polizei allemal.

»Olga.«

Zack stutzte. Was?

»Olga. Ich heiße Olga.« Sehr leise, fast nur ein Wispern. Die junge Frau starrte ihn an, schien auf eine Reaktion zu warten. Zack schluckte, rückte seinen Kragen zurecht. Mit einem Mal fühlte er sich überfordert. Unter der dicken Schicht Schminke schimmerte ein unschuldiges Mädchen durch, nun, so unschuldig man bei dieser Art Beruf nun einmal sein konnte.

»Hallo, Olga.« Er versuchte ein Lächeln. »Ich bin Zack.«

Er hob nur die Hand und winkte. Sie zu berühren, wagte er nicht. Nicht, dass sie wieder losschrie. »Möchtest du mir erzählen, was hier passiert ist?«

»Ich ... wir ...« Ihr Blick huschte zum Bett, Abscheu huschte durch ihre Augen. »Er ist tot.«

»Schlaues Mädchen, das sehen wir selbst«, grunzte der Polizist, der schon wieder unter dem Bett lag – oder immer noch?

»Erzähl mir, wie es dazu kam«, bat Zack sie.

»Was soll schon passiert sein?«, mischte sich eine laute, leicht rauchige Stimme ein.

Zack schloss die Augen. Lissy hatte ihm gerade noch gefehlt! In einer Wolke leichten, süßlichen Parfums schwebte sie herein. Burschikos gekleidet und doch auf ihre Weiblichkeit bedacht – sofort war sie sich aller Männerblicke sicher. »Sie haben gevögelt und entweder ist ihm das Herz auf natürliche Weise stehen geblieben oder sie hat nachgeholfen. So einfach ist das.« Für die Reporterin der Sorrowville Gazette schien der Fall klar zu sein, noch bevor sie sich Einzelheiten gewidmet hatte.

»Eben nicht. Genau das glaube ich nicht«, gab er verärgert zurück. Es gefiel ihm nicht, dass sie sich einmischte. Ihr Verhältnis war in den vergangenen Wochen etwas abgekühlt, und sie hatten sich nur selten gesehen. Rund um die schauderhaften Ereignisse auf dem Green Wood Cemetary waren sie sich so nahe gekommen wie seit Jahren nicht, doch kurz darauf war sie auf Distanz gegangen. Unter dem Deckmantel der Berichterstattung für die Gazette lief sie ihm dennoch oft genug über den Weg. Aber nur, weil sie ihm bei der Sache mit den Untoten geholfen hatte, bedeutete das nicht, dass sie von nun an Partner waren, weder in beruflicher noch in privater Hinsicht. Zack wusste nicht, ob er das bedauern sollte. Lissys perfektes Styling stand in einem solchen Gegensatz zu Olgas derangiertem Erscheinungsbild, dass Zack das Bedürfnis verspürte, die junge Frau aus dem Raum zu schaffen und dafür zu sorgen, dass sie sich besser fühlte.

Leider war sie aber nun einmal die Haupttatverdächtige der Polizei und somit waren ihm die Hände gebunden. Zumal er sie nicht einmal vernehmen konnte und darauf hoffen musste, vom Inspector Olgas Aussage zum Lesen zu bekommen.

»Zack, ich weiß nicht, warum …«

»Sei doch einfach mal still, Lissy! Hier stimmt etwas nicht, das spüre ich.« Zack erhob sich und spürte, wie das Blut langsam in die Beine zurückkehrte, nachdem er so lange gekniet hatte. Kein angenehmes Gefühl. »Ich kann es noch nicht genau benennen. Lass uns das woanders besprechen – die Herren Polizisten wissen ja, dass ich die Fotos anschließend gerne sehen würde, also bleibt für mich nicht mehr viel zu tun.«

Die Reporterin musterte ihn argwöhnisch, hielt seinen Blick gefangen. Mit großen Schritten ging sie voraus, sodass ihm nichts anderes übrig blieb, als ihr zu folgen. Dass sie immer den Ton angeben musste, nervte ihn gewaltig. Als sie vor der Tür standen, wollte sie etwas sagen, doch Zack legte einen behandschuhten Finger an die Lippen. Er bedeutete ihr, die Treppen hinunterzugehen und mit ihm das Haus zu verlassen, bevor sie sich über den Fall unterhielten.

Auf der Straße war die Luft rein und frei von jeglichem süßen Duft, der das Innere des Hauses olfaktorisch als Sündenhöhle deklariert hatte. Das Varieté war so viel mehr als nur das, doch das durfte offiziell niemand wissen. So wurden die Frauen und Männer, die dort beschäftigt waren, hinter vorgehaltener Hand verurteilt und automatisch mit allem Schlechten in Verbindung gebracht, das sich in der Stadt ereignete. Besonders, wenn man sie im Hotel nebenan mit einer Leiche vorfand.

»Du hast also eine Spur? Des Weiteren nehme ich an, dass du mein unglaubliches Talent und Knowhow benötigst, um das Rätsel zu lösen?«, kam Lissy ohne Umschweife auf den Punkt.

Zack verdrehte die Augen und aschte ab, bevor er einen Zug von der Zigarette nahm.

»Irgendwie schon.«

»Und du wirst mir davon erzählen?«

»Natürlich. Während wir uns auf den Weg machen.«

»Auf den Weg?«, fragte Lissy erstaunt und sah sich fragend um. »Aber wohin?«

»Das wirst du schon sehen«, grunzte Zack, und zum ersten Mal an diesem Morgen behielt er gegenüber Lissy die Oberhand.

»Wohin gehen wir?«, fragte Lissy etwas atemlos zwischen zwei Zigarettenzügen, während sie den Gehweg entlangeilten. Ihre High Heels waren nicht für einen solchen Marsch geeignet, doch das war Zack egal. Niemand zwang sie, sich ständig einzumischen, und dennoch tat sie es. Also durfte sie auch mit den Konsequenzen ihrer Besserwisserei leben. »Was willst du denn hier?«, stieß sie hervor, als er vor der Apotheke stehen blieb. »Eine Kopfschmerztablette kaufen?«

Zack bemerkte, wie schwer es Lissy fiel, die Hände nicht auf den Oberschenkeln abzustützen, um keuchend zu Atem zu kommen. Sie versuchte im Gegenteil, krampfhaft Haltung zu bewahren, was ihm imponierte, zumindest ein wenig.

»Hier werden wir erste Antworten erhalten.«

Zack stieß die Tür auf, und der Geruch von verschiedenen Kräutern medizinischer Verwendung empfing ihn. Lissy atmete immer noch schwer, als sie ihm folgte. Die ältere Frau hinter dem Tresen ließ ihre Tasse fallen und nur dem raschen Eingreifen der jungen Frau neben ihr war es zu verdanken, dass sie nicht auf dem Boden zerschellte.

»DU!«

»Hallo, Dorothy. Hast du etwas Zeit, um dich mit mir zu unterhalten?« Ohne sich von dem hasserfüllten Gesichtsausdruck der Frau beeindrucken zu lassen, ging er auf den Tresen zu. Ihre Blicke begegneten sich, und Zack erinnerte sich daran, warum er sich damals einen Platz in ihrem Bett erlogen hatte.

»Niemals!« Ihre Stimme zitterte. Vor Hass? Vor Verlangen? Vor Angst? Zacks Jagdtrieb war geweckt.

»Entschuldigen Sie bitte diesen unhöflichen Kerl«, drängelte sich Lissy an ihm vorbei. »Er denkt manchmal vorwiegend mit einem Körperteil und das nicht erfolgreich.« Das strahlende Lächeln erreichte weder Lissys Augen noch Dorothy. »Wir bräuchten Ihre Expertenmeinung oder besser gesagt Ihre Hilfe. Wir würden Sie natürlich nicht stören, wenn es nicht absolut dringend und wichtig wäre.« Lissys Stimme war immer weicher und schmeichelnder geworden. Sie machte eine ausschweifende Bewegung und sah sich um. Rund um sie herum befanden sich Schränke mit Schubfächern, auf denen allerlei Abkürzungen geschrieben standen. Auf den Oberflächen befanden sich neben pharmazeutischen Produkten auch allerlei Hausmittelchen wie auf Kräutern basierende Mundspülungen, Rheumasalben und Magenbitter. »Einen schönen Laden haben Sie hier! Beeindruckend, gegen was es alles Pillen und Tinkturen gibt!« Lissy war sichtlich darum bemüht, die Situation zu entspannen, während sie mit einem Stirnrunzeln eine Flasche mit Anti-Flatulenz-Tropfen zurück auf einen Schrank stellte, auf dem ein kaum zu übersehendes ›No smoking!‹-Schild stand.

Zack ließ Dorothy nicht aus den Augen, während sie unbeeindruckt und mit verschränkten Armen am Tresen stand. Sie waren hier alles andere als willkommen, und er plante, diesen Umstand auszunutzen. Sein Blick wanderte zu der jungen Frau an ihrer Seite, die aussah, als wäre sie Dorothys sehr viel jüngere Kopie. Ihre Augen weiteten sich, als sie bemerkte, dass er sie beobachtete. Hastig senkte sie den Kopf. Ein Hauch Rosa verfärbte ihre Wangen. Ein gutes Zeichen, fand Zack.

»Lass bloß meine Tochter in Ruhe, du Hurenbock!«, keifte Dorothy und schlug mit der flachen Hand auf den Tresen. Die kleinen Glasfläschchen in der Vitrine erzitterten und klirrten.

»Vorsicht, Vorsicht! Nicht, dass noch was kaputt geht. Das wollen wir ja nicht, nicht wahr?« Er lächelte anzüglich und dachte an jenen Abend zurück, als Dorothy alle Hemmungen verloren und mit ihm auf genau diesem Tresen gevögelt hatte, bis einige Fläschchen umgefallen und zerbrochen waren. Zack grinste breiter, als er erkannte, dass auch sie daran denken musste und bei der Erinnerung schluckte. Eine dunkle Röte kroch ihren Hals hinauf, und um sie zu ärgern, leckte er sich über die Lippen. Dorothys Finger krallten sich in den Arm, den sie noch immer mit der anderen Hand umschlossen hielt. Zack genoss diesen Anblick mehr, als er gedacht hatte. Langsam beugte er sich vor.

»Zack! Lass das, du Spinner! Das ist weder der richtige Ort noch die richtige Zeit! Außerdem sind Kinder anwesend!«, rief Lissy und verpasste ihm eine leichte Ohrfeige.

»Hey! Warum schlägst du mich? Was soll das?« Er rieb sich die Wange. Beide wussten, dass es ihm nicht sonderlich weh getan haben konnte, dafür war zu wenig Kraft im Spiel gewesen. Es sollte ihn erschrecken, und das war wohl gelungen.

»Reiß dich zusammen!«, zischte sie. »Du hast es verdient – Gott weiß, dass du eine ordentliche Tracht Prügel verdient hättest – und sei froh, dass es nur eine leichte Ohrfeige war. Nächstes Mal schlag ich wirklich zu. Will ich eh schon eine Weile.«

»Nicht nur Sie möchten das«, murmelte Dorothy, die ihre Finger noch immer in ihren Arm gekrallt hielt. »Was wollt ihr hier?« Offensichtlich war sie nicht bereit, sich auf Höflichkeiten zu berufen.

»Mit dir über Gift sprechen, was sonst?« Zack kramte den Tabak hervor und drehte eine Zigarette, die er kurz darauf anzündete. »Was sollten wir sonst von dir wollen, Dorothy? Kannst du mir das sagen? Hast du vielleicht eine Idee? Denk mal genau darüber nach.«

Lissy runzelte die Stirn, nahm ihm die Zigarette ab und zerdrückte sie in ihrer Hand. »Wenn du dich weiter so benimmst, frag ich sie, ob sie mir Gift gibt, um dich lahmzulegen. Dein Benehmen ist ja kaum auszuhalten.«

Auf Dorothys Gesicht erschien ein schwaches Lächeln. Zack konnte sehen, wie viel Kraft es sie kostete, sich beherrscht zu geben – ihre Pupillen waren geweitet, ihre Finger zitterten – und als sie auf einen Raum nebenan deutete, konnte er sich erneut ein anzügliches Grinsen nicht verkneifen. Er kannte auch diesen Raum nur zu gut.

Lissy stieß ihm ihren Ellbogen in die Seite. »Komm jetzt und benimm dich!«

Die Apothekerin öffnete die Tür und verschwand im Nebenraum. Ihre Tochter blieb hinter dem Tresen stehen, sichtlich verwirrt, doch Zack schenkte ihr keine weitere Beachtung. Er hatte Dorothy da, wo er sie haben wollte. Verunsichert und nervös, sodass sie kaum in der Lage sein würde, ihn glaubwürdig anzulügen, wenn er die richtigen Fragen stellte.

Dorothy lehnte am Schreibtisch im Nebenraum, der als Büro fungierte und mit dem Zack Erinnerungen ganz anderer

Art verband, als die Papiere, Bücher und sonstigen Utensilien vermuten ließen. Er verschränkte die Arme und sah sie abweisend an.

»Also?«

»Nun …«, begann Lissy etwas unschlüssig und sah Zack fragend an. »Wir sind hier, weil es … weil heute Nacht erneut jemand gestorben ist und wir Gift als Todesursache vermuten.« Ihre Stimme hob sich am Ende des Satzes leicht, als hätte sie ihn gewissermaßen auch als Frage an Zack formuliert.

Er schwieg weiterhin, obwohl Lissy genau den richtigen Riecher gehabt hatte, und beobachtete Dorothys Reaktion.

»Ist das so?«, gab diese lediglich zurück. Dorothys Stimme war ruhig und kalt.

Zack runzelte die Stirn. Er hatte gedacht, sie bereits mehr aus der Reserve gelockt zu haben.

»Ja, so ist das.« Er setzte sich auf das Sofa, das an der Wand gegenüber des Schreibtisches stand. Es sah noch genauso aus wie damals, fiel ihm auf. »Wer sonst könnte besser mit Gift umgehen, als die Witwe des berühmtesten Apothekers der Stadt?«

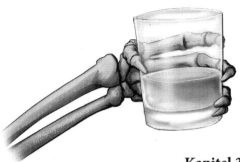

Kapitel 3

ZORN EINER VERSCHMAEHTEN

»Was soll das heißen? Was willst du mir damit sagen?«

Zack konnte sehen, wie Dorothy sich innerlich verschloss und die Augen zu Schlitzen verengte. Seine Taktik war nicht so ideal aufgegangen, wie er sich das vorgestellt hatte. Früher war sie auf seine Frechheiten und kleinen Beleidigungen angesprungen, hatte sie sogar als charmant bezeichnet. Jetzt begegnete sie ihm ausschließlich mit Abweisung, gar unverhohlenem Hass. Was hatte sich geändert?

»Vielleicht sollte eine Erwachsene das Reden übernehmen und der kleine Junge die Klappe halten, was meinst du?«, fauchte Lissy. Sie wirkte alles andere als begeistert.

Zack schüttelte kaum merklich den Kopf und wollte sich eine neue Zigarette drehen, als etwas seine Hände mit dem Tabaksbeutel und danach sein Gesicht traf.

»Was zur …?«, fluchte er und spuckte verärgert auf den Boden. Dorothy hatte ihm mit einem Wassersprüher ins Gesicht gespritzt.

»Hier wird nicht geraucht! Was bei Katzen funktioniert, funktioniert auch bei Idioten!«, kommentierte sie seine Empörung trocken und wedelte mit der Siphonflasche. »Wischst du das da weg?« Angewidert deutete sie mit einem Nicken auf den Spuckefleck am Boden. »Oder muss ich dich so lange anspritzen, bis du es tust?«

Neben ihm kicherte Lissy und schien sich nur mühsam zusammenreißen zu können. Zack verschränkte die Arme, als erneut Wasser sein Gesicht traf.

»Ich habe Zeit. Ihr wollt schließlich etwas von mir. Ich kann das den ganzen Tag machen«, erklärte Dorothy. »Josie kann die Apotheke auch mal ein paar Stunden ohne mich betreuen. Das bisschen Kundschaft schafft sie schon.« Dass dabei ihr Blick nervös zur Tür des Verkaufsraums huschte, strafte ihre Worte Lügen.

Zack beschloss, Dorothy nicht weiter zu reizen. Er traute ihr zu, dass ihre Tochter es am Ende ausbaden musste, wenn er sie zu sehr in Wut versetzte. Er machte eine beschwichtigende Handbewegung, steckte den nassen Tabak ein und bemühte sich um einen versöhnlichen Gesichtsausdruck. »Keine Spielchen mehr, Dorothy. Wir sind tatsächlich hier, weil wir Fragen haben.«

Sie schien sich darauf einzulassen. Offenbar war er doch imstande, Menschen für sich einzunehmen, wenn er wollte. »Möchtet ihr einen Tee? Oder einen Kaffee?«, wurden sie auf einmal gefragt, was Zack und Lissy gleichermaßen verwunderte. Trotz Zacks Waffenstillstandsangebot passte diese gastfreundliche Geste nicht zu Dorothys bisherigem Verhalten und weckte erneut sein Misstrauen. Dass sie auf einmal ihre Zuneigung für ihn wiederentdeckt hatte und ihr Höschen bei seinem Anblick feucht geworden war, glaubte er nicht. Dahinter musste also mehr stecken – nur was? Allerdings würde sie sicherlich nicht so gedankenlos sein und sie vergiften. Das wäre nicht nur sehr auffällig, sondern auch schwierig abzustreiten oder zu verleugnen. Lissy und Zack tauschten einen verunsicherten Blick. Dorothy kannte sich nicht nur mit Giften aus, sondern auch mit Gegengiften – es wäre für sie sicher ein Leichtes, ihnen etwas unterzujubeln und selbst ungeschoren davonzukommen. Dennoch blieb Zack dabei: Es wäre für sie nicht einfach abzustreiten, wenn die Apothekerin sie beide vergiftete.

Dorothy schenkte ihnen ein unechtes Lächeln, bevor sie kurz im Verkaufsraum verschwand, ein »Dann also Tee« murmelte, und Josie Anweisungen zu geben schien. Kurz darauf kam sie zurück und lächelte erneut unaufrichtig. »Josie bringt uns gleich ein wenig Tee. Ihr habt Fragen zu einem Todesfall, der auf Gift zurückzuführen ist? Mit einer Tasse Tee lässt sich so ein bedrückendes Thema doch viel entspannter besprechen. Wie Zack ja vorhin so taktvoll erwähnt hat, kenne ich mich als Frau des berühmtesten Apothekers der Stadt durchaus mit Kräutern und ihrer Wirkung aus.« Sie betonte die letzten Worte auf eine Art und Weise, die Zack einen Schauer über den Rücken jagte. Sein Gefühl sagte ihm schon jetzt, dass Dorothy mehr wusste, als sie bereit sein würde, ihnen zu offenbaren. Vielleicht schaffte er es, dass sie unvorsichtig wurde und sich dazu verleiten ließ, sich zu verplappern. Es wäre ja nicht das erste Mal, dass Wut sie unvorsichtig werden ließ. Zack beobachtete angespannt, wie sie sich den Stuhl am Schreibtisch zurecht zog, sich setzte, die Beine elegant übereinanderschlug und sie auffordernd ansah. Etwas Hochmütiges blitzte in ihren Augen auf – und zugleich ein unergründlicher Schimmer in der Tiefe ihrer Pupillen, den er nicht zuordnen konnte und der zuvor nicht dort gewesen war.

»Also? Worum geht es genau?«

»Vielen Dank für den Tee. Doch woher der Sinneswandel?«, stellte Lissy die Frage, die auch Zack auf der Zunge lag. Auch ihr Misstrauen schien geweckt zu sein – kein Wunder. So feindselig, wie Dorothy seit ihrem Erscheinen in der Apotheke aufgetreten war, mutete ihr Verhalten mehr als merkwürdig an.

»Darf man nicht nett sein, nachdem man endlich den Mann gedemütigt hat, der einem die große Liebe vorgegaukelt und die emotionale Instabilität ausgenutzt hat?« Dorothy verschränkte die Finger ineinander. »Wie würden Sie reagieren, wenn jemand Ihnen den Himmel auf Erden verspricht, nachdem Ihr Ehemann gestorben ist, nur, um dann mit der nächstbesten Hure ins Bett zu steigen. Ach ja, übrigens nachdem er davor noch in Ihren Vorräten gewühlt hat, um ein … Aufputschmittel zu finden?«

»Das hast du nicht wirklich getan, oder?«, wandte sich Lissy an Zack. Er begegnete ihrem Blick, der voller Abscheu und Vorwürfe war, doch das interessierte ihn nicht großartig. Als ob sie eine blütenreine Weste hatte! Lissy ließ doch selbst nichts anbrennen, wenn sich die Möglichkeit ergab. »Das ist widerlich, Zack, selbst für dich.«

»Nun, ich sehe, Sie verstehen meine anfängliche Abneigung, Ihnen zu helfen.« Dorothy seufzte. »Doch ich möchte natürlich nicht, dass Sünder ungestraft davonkommen, daher bin ich nun bereit dazu. Was kann ich also für Sie tun?« Sie hatte die ganze Zeit nur mit Lissy gesprochen, wie Zack auffiel. Wollte sie ihn nun ignorieren? Das hielt sie niemals durch!

»Wir haben … ich weiß nicht, ob Sie schon etwas von den Ereignissen der vergangenen Tage mitbekommen haben, aber es sind nun schon mehrere Leichen gefunden worden, deren … Todesursache nicht eindeutig geklärt werden konnte. Die letzte davon heute Morgen.« Lissy selbst hatte die Nachrichten über die Leichenfunde für die Gazette verfasst und mit jeder die wilden Spekulationen, die sie bereits bei der ersten Meldung in den Raum geworfen hatte, weiter angeheizt. »Wir hatten gehofft, Sie könnten uns ein Gift oder ein Kraut nennen, das einen sofortigen Herzstillstand verursacht oder zumindest einen, der plötzlich eintritt.«

Dorothy lachte. »Natürlich kann ich das. Eine Menge sogar. Allerdings sind diese alle nachweisbar und daher sollte es hierbei keinerlei Probleme für die Polizei geben, sie im Labor aufzuspüren.«

Das war nicht das, worauf sie beide gehofft hatten. Sie wären nicht hier, wenn bereits etwas gefunden worden wäre.

»Sind Sie sicher, dass es nichts gibt, was im Labor übersehen werden kann?«, bohrte Lissy nach. Ihre Fragestellung war schwammig, das merkte Zack, doch er wusste ebenso, dass ihnen langsam die Optionen ausgingen. Er wusste nicht, wie weit sich die Methoden der Labore weiterentwickelt hatten und was man mittlerweile alles nachweisen konnte, doch er wusste, dass es sehr viele Möglichkeiten gab, jemanden umzubringen und die Tat zu vertuschen. Erfolgreich. Das lag zwar hauptsächlich an der Polizei in dieser Stadt, doch das war ja nebensächlich.

»Es kann immer etwas übersehen werden, das ist nur menschlich. Doch ich wüsste nicht, welches Gift mit diesen fatalen Auswirkungen sich nicht nachweisen lassen würde. Jede Substanz, die dem Körper schadet, hinterlässt Spuren. Es müsste Magie im Spiel sein, damit man nichts nachweisen kann. Doch dafür bin ich definitiv die falsche Anlaufstelle.« Der selbstzufriedene Ausdruck in Dorothys Gesicht reizte Zack. Er war ziemlich sicher, dass sie etwas verschwieg – er konnte nur nicht sagen, was es war.

»Mutter? Der Tee ist fertig.« Josie wartete im Türrahmen, den Blick gesenkt. Ihre Hände zitterten, das Tablett schwankte ein wenig. Chocolate Chip Cookies lagen auf einem Teller dabei, was Zacks leerer Magen mit einem Knurren kommentierte. Dorothy schürzte die Lippen, bedeutete ihrer Tochter aber, das Tablett auf dem Tisch abzustellen.

Zack konnte dabei im Prinzip einen genaueren Blick auf Josies Kehrseite nicht verhindern, als diese den Tee eingoss und ihnen dabei den Rücken zukehrte. Der Schlag, der seine Seite traf, ließ ihn erschrocken aufkeuchen, allerdings vor Schmerzen, nicht vor Wollust. Die war so schnell verschwunden, wie sie aufgewallt war.

»Du willst es dir doch nicht endgültig mit ihr verderben?« Lissys Kopf ruckte in Richtung Dorothy. Als Josie ihnen den Tee reichte, bedankte sich Lissy artig und schenkte ihm erneut einen warnenden Blick.

Zack verdrehte die Augen.

Der Tee schmeckte eigenartig, ganz anders als die üblichen Sorten, die er sonst so trank – Earl Grey und irgendwas anderes Schwarzteemäßiges. Mabel versuchte zwar häufig, ihn zu mehr Tee und weniger Kaffee zu überreden und auch mal einen Eistee, Früchtetee oder einfach nur heißes Wasser mit Zitrone probieren zu lassen, doch Zack konnte sich nur mit tiefschwarzem Gebräu anfreunden, das so stark war, dass es die Toten wiederbelebte, außerdem so dunkel wie die Seelen der meisten Bewohner Sorrowvilles. Dennoch nahm er einen Schluck und versuchte, sich seinen Abscheu nicht anmerken zu lassen. Tee. Ekelhaft.

Doch zu einem Keks sagte er nicht Nein. Josie reichte ihm den Teller, was Dorothy ein missbilligendes Schnalzen entlockte, und eilte wieder in den Verkaufsraum.

»Magie also?«, beeilte sich Lissy, das Gespräch wieder in Gang zu bringen, kaum dass Josie außer Hörweite war. »Das ist doch ein bisschen weit hergeholt, oder nicht?«

»Sind Sie sicher? Gerade Sie müssten es doch besser wissen, nicht wahr? Oder sind die Berichte über Ihr letztes Abenteuer mit unserem Möchtegern-Casanova übertrieben?«

Zack wusste, worauf Dorothy anspielte, doch er würde diesen Köder nicht schlucken und hoffte, Lissy ebenfalls nicht. Es war definitiv nicht der richtige Ort, um über diese Art von Erlebnissen zu sprechen. Nicht, wenn Josie jederzeit wieder hereinkommen konnte. Man mochte ihn für lüstern oder seinetwegen auch widerlich halten, doch eine zarte, unschuldige Seele würde auch er nicht leichtfertig zerstören. Trotz seines oft bewusst ungehobelten oder chauvinistischen Auftretens war er doch so etwas wie ein Gentleman. Zumindest in manchen Dingen.

»So etwas wie Magie gibt es nicht. Es gibt für alles eine Erklärung«, behauptete Lissy, doch ihre Stimme klang weniger fest als sonst. Man hörte den leisen Zweifel heraus. Dorothy tat genau das. Mit einem spöttischen Lächeln war für die Apothekerin das Gespräch an dieser Stelle beendet. Elegant stand sie auf. »Damit habt ihr eure Antworten. Ihr könnt die

Tassen stehen lassen, wir räumen sie nachher weg. Versucht keine allzu große Unordnung zu hinterlassen, wenn ihr in den Unterlagen wühlt.«

»Warum ... also, ich meine ...« Lissy blinzelte.

Zack winkte ab und erhob sich ebenfalls. »Lass gut sein, Lissy. Dorothy kennt mich. Sie weiß genau, dass ich ihr nicht glaube und nur zu gern in ihren Unterlagen nach Hinweisen suchen würde, dass es Gifte gibt, die sich tatsächlich nicht nachweisen lassen.« Zack gähnte und trank seine Tasse in einem Zug leer. »Aber ich glaube nicht, dass wir etwas finden werden. Nicht ohne besondere Vorkenntnisse oder Wissen – du weißt, was ich meine.« Er streckte sich. »Ich glaube, ich werde stattdessen nachfragen, ob unsere Freunde von der Polizei die Fotos schon bei Mabel abgegeben haben. Oder hast du einen anderen Vorschlag?«

»Nicht wirklich. Ich begebe mich jetzt schnellstmöglich in die Redaktion, um dich bei neuen Erkenntnissen auf dem Laufenden zu halten«, antwortete Lissy so liebenswürdig, dass es sogar für einen Idioten offensichtlich war, dass sie log. Er ließ ihre Aussage unkommentiert und schlug den Kragen des Trenchcoats hoch. Heute stand ihm einfach nicht der Sinn nach Frauen, die ihn nicht ernst nahmen. Wie gut, dass Mabel sich von ihnen unterschied – wenn sie nicht gerade schimpfte, dass er sich um unerledigte Dinge kümmern solle. Das leise Lachen Lissys folgte ihm, genauso wie der wütende Blick Dorothys, als er die Apotheke verließ.

»Mutter, was war denn das?« Josie blickte Lissy nach, unverhohlene Bewunderung in ihrem Blick.

Dorothy schürzte die Lippen. Es gefiel ihr nicht, dass ihre Tochter sich von dieser Reporterin beeindrucken ließ. Nicht, weil sie nicht wollte, dass ihre Tochter irgendwann einmal eigenständig wurde, sondern weil ihr diese Elizabeth Roberts einfach zu emanzipiert und zu selbstgefällig war. Die Apothekerin wollte nicht, dass ihre Tochter zu solch einer Art Mensch werden würde.

»Warum waren diese Leute hier?«

»Unwichtig. Es ist nichts, worüber du dir Sorgen machen musst.« Dorothy strich sich den Rock glatt. »Sie haben nur meine Hilfe gesucht.«

»Die du ihnen aber ... du wolltest ihnen nicht helfen, oder?« Die Stimme ihrer Tochter klang zaghaft. Dorothy musterte Josie, die keinerlei Anzeichen von Aufsässigkeit zeigte. »Du hast mir versprochen, netter zu den Menschen zu sein, wenn sie unsere Hilfe benötigen. Auch zu jenen, die einen zweifelhaften Ruf haben. Daddy hätte das so gewollt.«

Woher willst du wissen, was dein Vater gewollt hat?, dachte Dorothy und schloss für einen Moment die Augen, um sich zu sammeln. Ihre Tochter hatte nicht ganz unrecht, denn sie hatte ihr dieses Versprechen gegeben, nachdem es zu einem Eklat gekommen war. Warum kamen so viele Leute in die Apotheke? Natürlich, sie waren krank oder litten unter Schmerzen, doch Dorothy fühlte sich nach wie vor nicht wohl dabei, eine ungewollte Leibesfrucht zu entfernen oder dabei zu helfen, gegen das Gebot der Ehe zu verstoßen, geschweige denn vorehelichen Sex zu unterstützen. Da Josie aber nahezu hysterisch geworden war, als sie eines dieser gefallenen Mädchen abweisen wollte, hatte sie ihr versprochen, ihr Bestes zu geben, um diese Art Frauen zu unterstützen. Viele von ihnen waren Opfer gewalttätiger Ehemänner oder ruchloser Freier, die sich nahmen, was ihnen behagte, und sich nicht um die Folgen scherten.

Dass ihre Hilfe nun jedoch auch Zack mit einschloss, war ihr allerdings neu.

»Mommy, es schadet nicht, wenn du anderen hilfst. Jede gute Tat, die wir vollbringen, sorgt dafür, dass auch andere sich mehr um das Wohl ihrer Mitmenschen kümmern. Damit machen wir die Welt zu einem besseren Ort.« Josies Augen strahlten, und Dorothy schaffte es mit Müh und Not, nicht über ihre Tochter zu lachen. Woher Josie dieses Gottvertrauen nahm und den Glauben an das Gute im Menschen, konnte sie sich beim besten Willen nicht erklären. Doch wenn sie genauer darüber nachdachte, war das der Einfluss ihres Mannes gewesen, der stets darauf bedacht war, Josie zu einem ›einzigartigen Licht in der Dunkelheit‹ zu formen. Offensichtlich mit Erfolg.

»Weißt du, mein Schatz, diese beiden vorhin waren nicht sonderlich nett. Der Mann ist ein gemeiner Lügner und Betrüger. Ihm zu helfen, macht uns zu Komplizen.« Sie gratulierte sich insgeheim zu diesem Einfall. »Du willst doch nicht wirklich einem bösen Menschen helfen?«

»Nein, Mommy, natürlich nicht.« Josie biss sich auf die Unterlippe. Sie schien über die Worte nachzudenken. »Hast du mich deswegen um den Tee gebeten?«

»Ja, mein Kind. Vielleicht wird die Wirkung der Kräuter ihnen helfen, klar zu sehen und zu erkennen, dass sie sich auf dem falschen Pfad befinden. Ansonsten kann ihnen nur noch Gott helfen. Du solltest heute Abend für die beiden beten.« Dorothy strich ihrer Tochter über die Haare und drückte ihr einen Kuss auf die Stirn. Es war eine für sie sehr untypische, zärtliche Geste, die Josie offensichtlich noch mehr verwirrte als ihre Worte. Dorothy lächelte und hoffte, dass ihre Tochter nicht erkannte, dass sie aufs Glatteis geführt worden war. Doch sie konnte nicht zulassen, dass Zack ungestraft davonkam, und der kleine Schock, der ihn erwartete, würde seinem Ego vielleicht genau den Schlag verpassen, den er benötigte, um aufzuhören, so ein mieser, verlogener Hurenbock zu sein. Wenn es darüber hinaus half, dass diese Reporterin, die aus jeder Pore nach Sex und Lust stank, ihre Beine künftig zusammenhielt, hatte sie immerhin zwei Seelen wieder auf den Pfad der Tugend geführt.

Und falls nicht, nun, dann wusste sie zumindest, dass es noch einen anderen Weg gab, um ihnen zu helfen, wieder aus dem Abgrund der Sünde emporzusteigen.

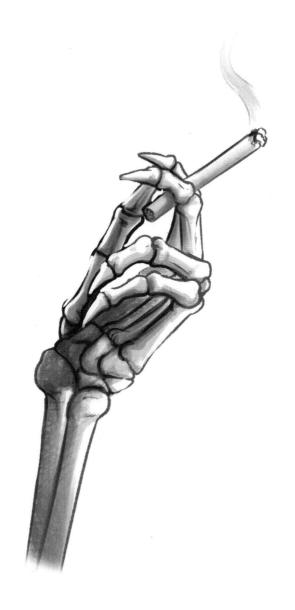

Kapitel 4
ERWACHEN DES GRAUENS

»Verfluchte Scheiße!« Zack stöhnte. Der Geschmack in seinem Mund ließ darauf schließen, dass etwas darin verendet war. Seine Zunge fühlte sich pelzig an, und als er aufstoßen musste, kam ein wenig Mageninhalt mit hoch. Angewidert spuckte er aus und wischte sich über den Mund. Was zur Hölle war passiert? Sein Schädel brummte, sein Unterleib schmerzte, und sobald er zu lange über den Geschmack in seinem Mund nachdachte, wollte er sich übergeben.

Großartige Voraussetzungen für einen guten Start in den Tag.

Das seidige Laken, auf dem er lag, und der schwere Geruch von Parfum und Schweiß ließ ihn schaudern. Ihm war kalt und warm zugleich, er fror an einer Stelle, an der ein Mann nicht frieren wollte. Was war geschehen?

Die Schritte auf dem Flur – das Klackern von abgelaufenen High Heels – machten ihn nervös und verstärkten das Pochen in seinem Kopf. So viel hatte er gestern doch gar nicht getrunken, oder? Mühsam versuchte er, sich an den vorherigen Abend zu erinnern, aber da war nichts, woran er sich festhalten konnte. Bunte Schlieren, die sich zu nichts Sinnvollem formen ließen. Zack stöhnte und rülpste leicht.

Nur um sich direkt danach neben dem Bett zu übergeben.

Egal, was er gestern gesoffen hatte, er hatte es übertrieben, das war klar. Doch er reagierte normalerweise nicht so heftig auf Alkohol. Oder Drogen. Oder die Mischung aus beidem.

Was also stimmte nicht?

Und dann fiel es ihm ein. Dorothy.

Diese verfluchte Apothekerin hatte ihm etwas in den Tee getan – aber wie? Sie hatte die ganze Zeit vor ihnen gesessen, als der Tee eingeschenkt worden war. Dorothy hatte sich nicht bewegt. War es Josie gewesen? Auf Anweisung ihrer Mutter? Nein, das traute er der Kleinen nicht zu, dafür erschien sie zu unschuldig. Unter Ächzen richtete er sich nun doch auf, lehnte sich gegen das Kopfteil des Bettes und spielte mit dem Gedanken, sich eine Zigarette anzuzünden.

Erneut musste er aufstoßen – nur um sich direkt wieder zu übergeben. Somit schied die Zigarette aus. Nach Teer und verwesendem Aas schmeckend zu kotzen war nicht seine Lieblingsvorstellung. Zumal er nun erst einmal klären musste, was er alles am Abend vorher getan hatte, denn immerhin war er ins Varieté gelangt. Er konnte sich allerdings nicht daran erinnern, das Etablissement betreten zu haben – wie konnte das sein?! Ihm fehlten einfach zu viele Stunden! Hatte er mit einer der Damen geschlafen? Dinge getan, die er normalerweise ablehnte, weil selbst er noch einen Rest Würde besaß?

Er schlug die Decke zurück und stellte fest, dass er nackt war. Nackt bis auf seine Schuhe. Zack schüttelte den Kopf, nur um es im gleichen Augenblick wieder zu bereuen. Das war keine gute Idee gewesen. Sein Kreislauf schien noch nicht stabil genug zu sein, um solche ruckartigen Bewegungen hinzunehmen. Zack schloss die Augen. So fertig war er schon lange nicht mehr gewesen. Dass er nicht einmal seine Schuhe ausgezogen haben sollte, brachte ihn aus dem Konzept. Das war nicht seine Art. Wenn er auf etwas achtete, dann darauf, dass die Füße nackt waren, sein bestes Stück aber nicht. Eine ungewollte Schwangerschaft war eines der Dinge, die er nie einer Frau antun würde. Angstschweiß trat auf seine Stirn. Mit pochendem Herzen wanderte sein Blick zu der Gegend, an der er fror, obwohl eine Decke darüber lag – oder bis eben gelegen hatte.

Ein Seufzer der Erleichterung entwich ihm, als er sah, dass weder Spuren von diversen Körperflüssigkeiten daran klebten noch irgendwo ein Präservativ herumlag. Letzte Nacht hatte ihn nur der Alkohol gefickt, aber sonst wohl niemand. Das war auch gut so, befand Zack und schwang die Beine aus dem

Bett. Sofort meldete sich sein Kreislauf und die Welt begann sich zu drehen.

»Verdammte …« Zack ließ den Kopf hängen und spuckte erneut etwas Kotze aus. Im Selbstmitleid suhlend überlegte er, was er tun sollte. Vielleicht erst mal herausfinden, wie spät es war?

Ein schriller Schrei nahm ihm die Entscheidung ab. Sein Kopf ruckte so schnell hoch, dass der Schmerz ihn beinahe ohnmächtig werden ließ. Schwankend stand er schließlich auf den Beinen und taumelte zur Tür. Als er sie aufriss, wunderte er sich kurz über den kalten Luftzug, der ihn am ganzen Körper traf und mit Gänsehaut überzog, doch der zweite Schrei ließ ihn das alles schnell vergessen. Zack runzelte die Stirn und orientierte sich. Er war sich nicht sicher, aus welcher Richtung der Schrei gekommen war, doch als eine halbnackte Matrone an ihm vorbeirannte, folgte er ihr einfach. Erneut schrie jemand – dieses Mal aber eine andere Person.

Zack befürchtete das Schlimmste. Diese Art von Schrei bedeutete oft nur eines: Jemand war tot.

Als er den Raum betrat, traf ihn die unerwartete Helligkeit wie ein Schlag. Die Vorhänge waren aufgezogen; unbarmherzig fiel das Sonnenlicht durch das große Fenster zur Straße herein. Zack hob eine Hand vor die Augen, um sie zu schützen und wieder etwas sehen zu können. Er hatte sich noch immer nicht erholt, wenngleich ihn das nicht davon abhielt, sich in diese Angelegenheit einzumischen. Langsam gewöhnten sich die Augen an die Lichtverhältnisse und er konnte Schemen und Umrisse erkennen. Zwei junge Frauen standen nebeneinander, hielten sich fest umklammert, weinten und wimmerten. Sie mussten geschrien haben, dachte Zack. Die Matrone, der er gefolgt war, stand einen Meter vor ihm und hatte die Hände in blankem Entsetzen vor den Mund geschlagen, die Augen groß und angstvoll geweitet. Er seufzte. Die Reaktionen sprachen definitiv für einen Mord. Aus Gewohnheit wollte er nach seinen Zigaretten greifen, doch seine Hände klopften nur auf seine nackte Brust anstatt in seine Jackentasche.

»Gottverdammt«, fluchte er leise.

Die Matrone drehte sich zu ihm um und zog verwundert die Augenbrauen hoch. Zack war noch immer nackt. Nackt bis auf die Schuhe. Außerdem stand er mit blankem Hintern vor einem Fenster zur Straße. Zur Hauptstraße.

Die in diesem Moment einsetzenden Martinshörner untermalten seine Lage auf lächerlichste Weise.

Lissy streckte sich gemütlich und seufzte zufrieden. Gestern Abend war sie wie berauscht durch den Club Noir getanzt, hatte sich der in der Prohibition verbotenen Frucht namens Alkohol hingegeben und sich den wohl heißesten Kerl des Abends geangelt. Zumindest, wenn man sie fragte. Nach dem Besuch in der Apotheke war alles bunt und wild in ihrem Kopf. Als hätte sie gleich mehrere Substanzen eingeworfen, die sich nicht wirklich miteinander vertrugen. Allerdings war sie mit einem dermaßen guten Gefühl aufgewacht, dass sie die große Lücke in ihrem Gedächtnis in Kauf nahm. Hieß es nicht immer, dass ein wirklich großartiger Orgasmus welterschütternd wirkte? Nun, offensichtlich war an dieser These mehr dran, als sie erwartet hatte.

Mit einem zufriedenen Lächeln streckte sie die Hand nach dem Menschen aus, der neben ihr lag. Lissys Finger strichen über kalte Haut.

»Baby, ist dir nicht kalt?«, gurrte sie und richtete sich auf, auf die Seite gestützt, so dass ihre Brustwarzen neckisch von der kalten Luft aufgerichtet wurden und lockend ins Auge sprangen. Als die Person neben ihr nicht reagierte, runzelte Lissy die Stirn. Schlief er noch so tief und fest? Ihre Finger wanderten weiter über seine Haut, hinterließen aber keine Spuren, auch als sie die Fingernägel zum Einsatz brachte. Auch dann nicht, als sie ihre Nägel mit mehr Druck über seine Haut zog.

Keine Reaktion.

Lissy setzte sich auf, ihr Blick wanderte prüfend über den Körper, suchte nach einem Zeichen, dass er noch lebte.

Seine Brust hob sich nicht.

Er lag still und reglos neben ihr.

Kalt.

»Nein! Nein, nein, nein, nein!«, rief sie entsetzt und tastete nach seinem Puls. Nichts.

Hilflos starrte sie auf den leblosen Körper neben sich. Was sollte sie jetzt tun? Was konnte sie überhaupt tun? Fahrig wanderten ihre Hände über seinen Brustkorb. Lissy versuchte sich erfolglos an die Lektionen zur Wiederbelebung zu erinnern, doch sie war in ihrer Schulung damals mit anderen Dingen beschäftigt gewesen – hauptsächlich damit, nicht aufzufallen, während diese schnuckelige Krankenschwester mit der Hand unter dem Rock gezeigt hatte, was wahre Fingerfertigkeit war, während der Arzt erklärte, wie man jemanden wiederbeleben konnte. Ihr Kopf war leer, und sie fluchte verhalten. Das brachte sie in Schwierigkeiten. In wirklich ernste Schwierigkeiten.

Ihren Bruder konnte sie schlecht fragen, auch wenn dieser ihr helfen würde. Doch er befand sich in einem ganz anderen Bundesstaat und es war vielleicht besser, wenn man sie nie wieder zusammen sah. Doch irgendetwas musste sie tun! Sie konnte doch nicht einfach so neben einer Leiche liegen bleiben – oder einen Toten in ihrem Bett behalten!

Und im Müll entsorgen war auch keine Option. Das würde selbst in Sorrowville auffallen. Auch wenn die Stadt ein Sumpf aus Verfehlung, Verderbnis und Verbrechen war, konnte man sich darauf verlassen, dass einem im unpassendsten Augenblick jemand mit einer guten Seele und reinem Gewissen einen Strich durch die Rechnung machte.

»Zack!« Natürlich! Warum war sie nicht sofort auf ihn gekommen? Er würde ihr helfen. Er musste ihr einfach helfen. Lissy stolperte mehr aus dem Bett, als dass sie kletterte, und griff nach dem Telefon. Ihre Finger zitterten, als sie Zacks Nummer wählte. Quälend lange Sekunden lauschte sie dem Freizeichen. Dann endlich meldete sich Mabel Winters, Zacks Sekretärin.

»Mabel? Hier Lissy. Ich brauche Zacks Hilfe. Dringend! Ist er da?« Lissys Herz schlug so heftig, dass sie Mabels Antwort fast nicht verstand. »Nein? Scheiße. Können Sie … können Sie ihn zu mir schicken, sobald Sie ihn sehen? Ich stecke in Schwierigkeiten und brauche dringend, wirklich dringend seine Hilfe!«

Sie legte auf, erstarrte. Wie konnte ihr das nur passieren? Wie konnte es sein, dass eine Leiche in ihrem Bett lag und sie sich an nichts mehr erinnerte? Dass die letzte klare Erinnerung der Besuch in der Apotheke gewesen war?

Hatte die Apothekerin etwas damit zu tun? Hatte sie sie vergiftet?

Lissy schüttelte den Kopf. Nein, nicht vergiftet. Aber unter Drogen gesetzt. Hatte sie deshalb diesen Mann getötet? War er gestorben, weil sie unter dem Einfluss von etwas stand, das ihr den Verstand zerstört hatte?

Entsetzt sank sie zu Boden – entsetzt nicht nur aufgrund des Toten in ihrem Bett, sondern vor allem ihres Filmrisses wegen.

Zacks Schamgefühl war nicht sonderlich stark ausgeprägt, doch auch für ihn gab es eine Grenze. Sie war in dem Augenblick überschritten worden, als er der Stadt seinen nackten Hintern präsentiert hatte, während er eine Leiche musterte. Wenigstens waren die Fensterscheiben so dreckig, dass nur die aufmerksamsten Passanten den Anblick seiner Kehrseite ertragen mussten.

Ja, es hatte schon bessere Tage in seinem Leben gegeben.

Bevor es für ihn und die anwesenden Damen des Varietés noch unangenehmer wurde, hatte er die Matrone, eine der Frauen, die sich um die jungen Mädchen kümmerte und für sie eine Art Mutterersatz bildete, angewiesen, die Polizei zu rufen und eindringlich darauf zu bestehen, dass möglichst viele Fotos geschossen wurden. Sein Gefühl sagte ihm zwar, dass hier etwas im Gange war, das nicht durch übliche Polizeiarbeit aufzuklären sein würde, doch das zu beweisen, war schwierig. Mehr und mehr verfestigte sich die Vermutung, die er schon seit einiger Zeit hatte: Dunkle Mächte waren hier am Zug, das spürte er nun deutlich.

Wenn er nicht zusah, dass er sich anzog und aus dem Staub machte, würde er keine Gelegenheit erhalten, dem Geheimnis der Toten auf die Spur zu kommen. Sittenhaft war nichts, was er jetzt gebrauchen konnte. Mit großen Schritten überquerte er den Flur, warf immer wieder suchend einen Blick in die Zimmer, um seine Kleidung zu finden, und seufzte erleichtert, als er den Raum fand, der nach Erbrochenem stank, obwohl es ihm beinahe den Magen umdrehte.

Noch ein Grund, möglichst schnell in sein Haus oberhalb der Black Hollow Bay zu fliehen und sich von Mabel umsorgen zu lassen.

Mit eingezogenem Kopf schlich er aus dem Varieté. Nicht weit entfernt stand sein Auto, also konnte er bei seiner Ankunft noch nicht völlig benebelt gewesen sein. Er startete den Oldsmobile und fuhr aus der Innenstadt hinaus, hinüber zu seinem Haus oberhalb der Klippen der Bucht. Der Lärm des Motors und das Geruckel des Kieswegs zu seinem Haus zerrte an seinen Nerven. Auch stach ihm das Sonnenlicht noch immer unangenehm in die Augen, aber zumindest war er nicht mehr nackt und zeigte Sorrowville, was ihm Gott geschenkt hatte. Wenn es denn überhaupt einen Gott gab.

Mabel blickte nicht einmal auf, als er wenig später unbeholfen und derangiert in den Flur stolperte. »Lissy hat angerufen.« Das war die wohl merkwürdigste Begrüßung, die er seit langem von seiner Sekretärin bekommen hatte. »Sie hat angerufen und klang so, wie Sie aussehen, Mr. Zorn.«

Täuschte er sich, oder hörte er da Kritik aus ihrer Stimme? Nichts anderes hatte er erwartet, obwohl sie den Anblick mittlerweile gewöhnt sein dürfte.

»Ich habe Ihnen Kaffee gemacht, von dem Sie sehr viel trinken sollten, bevor Sie zu ihr gehen. Auf dem Schreibtisch steht ein Glas mit Bourbon und eine Kopfschmerztablette liegt daneben – beides sollten Sie ebenfalls zu sich nehmen, bevor Sie sich auf den Weg zu Elizabeth machen. Sie braucht Hilfe, und es scheint wirklich dringend zu sein.« Mabel stemmte die Fäuste in die Hüften. »Ich nehme an, dass Sie ohnehin nicht im richtigen Zustand sind, um sich um einen neuen Fall zu kümmern. Da können Sie dann gerne Ihren Rausch bei Lissys unliebsamem Liebhaber abreagieren und herausschwitzen, indem Sie ihn verprügeln.«

»Wie kommen Sie auf die Idee, dass ich jemanden verprügeln will?« Zack wollte nicht reden. Sein Hals schmerzte so sehr wie sein Kopf, und jedes Wort quälte sich über seine Lippen.

»Weil sie sich mal wieder den Falschen angelacht hat und deshalb einen großen, bösen Beschützer benötigt, nehme ich an.« Der missbilligende Blick seiner Sekretärin sprach Bände. »So wie Sie aussehen und wie sie klang, habt ihr es gestern Abend krachen lassen. Also, bitte sehen Sie zu, dass Sie dem armen Mädchen helfen.«

Zack seufzte. Er kannte Mabels Einstellung zu Lissy und auch, dass sie der Ansicht war, die junge Frau bräuchte die Gesellschaft einer anderen Frau oder zumindest einer Art Anstandsdame. In ihren Augen war Elizabeth zu freizügig, unabhängig und zu sehr darauf bedacht, ihren Willen mit allen Mitteln durchzusetzen. Dennoch wies Mabel ihn immer wieder an, Lissy zu helfen und ihr beizustehen, wenn sie sich wieder mal den falschen Typ ins Bett geholt hatte. Aber immerhin würde eine kleine Prügelei ihm vielleicht helfen, sich abzureagieren, bevor er Dorothy die Leviten las und sie büßen ließ, ihn unter Drogen gesetzt zu haben. Außerdem konnte es helfen, weniger ungehobelt mit den unfähigen, korrupten Bastarden der Polizei zu reden. Hoffte er zumindest.

Der Weg zu Lissy war mit dem Auto schnell bewältigt, auch wenn Zack nicht sicher war, ob er sich schon wieder hinters Steuer setzen sollte. Allerdings hatte Mabel ihm klar gemacht, dass er gar keine andere Wahl hatte, als auf schnellstem Weg zu Elizabeth zu fahren, wie sie gern betonte – ja, auch ihr Spitzname war ihr ein Dorn im Auge – und so hatte er sich mit flauem Gefühl im Magen ins Auto gesetzt und war losgefahren. Bei Lissy angekommen, verstärkte sich das Gefühl noch, und beinahe wäre ihm der Kaffee samt Whiskey wieder hochgekommen. Schlecht gelaunt klingelte er.

Und wartete.

Quälend lang.

»Dafür, dass es so dringend ist, lässt sie sich echt Zeit damit, die Tür aufzumachen«, murmelte er. Er wollte schlafen oder zumindest Dorothy zur Rede stellen. Wenn Lissy nicht gleich die Tür aufmachte, würde er verschwinden, egal, ob Mabel damit einverstanden war oder nicht. Dann hatte er zumindest guten Willen gezeigt.

»Zack!« Die Heftigkeit, mit der Lissy seinen Namen aussprach, brachte ihn ins Straucheln. Das war nun wirklich nicht das, was er erwartet hatte. Wenn er davon absah, dass sein Kopf durch die Lautstärke ihrer Stimme zu explodieren drohte, war auch ihr Anblick ein ganz anderer, als er gewohnt war. Ihr Morgenmantel war offen, darunter trug sie einen knappen Seidenslip, der mehr betonte als verbarg, und ansonsten war sie nackt. Zack schluckte. Welches Spiel spielte Lissy hier mit ihm? Und welche Rolle spielte Mabel dabei? Wollte seine Sekretärin ihn mit Lissy verkuppeln?

»Zack, ich bin so froh, dass du da bist!« Zu seinem Erstaunen entwich Lissy ein Schluchzen. »Ich stecke in Schwierigkeiten. In wirklich ernsten Schwierigkeiten.« Ohne eine Antwort abzuwarten, griff sie nach seiner Hand und zog ihn hinter sich her. Zack war zu überrascht, um sich zu wehren. Er musste sich konzentrieren, um nicht über seine Füße zu stolpern, als sie ihn unbarmherzig die Treppen hinauf führte und dabei seine Hand nicht losließ.

»Lissy, was ist denn …« Er brauchte den Satz nicht zu beenden. Als sie ihn atemlos ins Schlafzimmer schubste, selbst aber im Türrahmen stehenblieb, brauchte er zwar einen Augenblick, doch er erkannte die Lage unzweifelhaft: In Lissys Bett lag ein Toter.

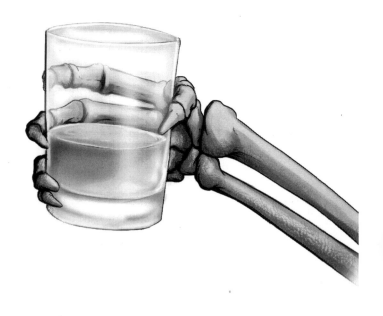

Kapitel 5

SPIEL MIR DAS LIED VOM TOD

Zack untersuchte die Leiche. »Der ist tot.«

Trotz der prekären Lage, in der sich Lissy befand, schaffte sie es, verächtlich zu schnauben. »Du sagst Sachen!«

»Willst du jetzt, dass ich dir helfe oder nicht?« Zack hob eine Augenbraue und steckte sich eine Zigarette in den Mund. »Ich nehme nicht an, dass du ihn zu Tode ...«

»Nein!« Empört stemmte Lissy die Fäuste in die Hüfte. »Was denkst du denn von mir? Er hat noch gelebt, als wir ... eingeschlafen sind.«

Zack nahm einen tiefen Zug seiner Zigarette und erhob sich. »Sieht aus wie bei allen anderen. Keine Gewalteinwirkung, kein Blut ...« Er schwieg und blies den Rauch durch die Nase. »Mein Gefühl sagt mir, dass das hier nicht mit rechten Dingen zugeht. Hier ist etwas im Spiel, das nicht normal ist.«

»Mach doch nicht immer solche Andeutungen. Wie meinst du das?« Lissys Stimme zitterte und aus dem Augenwinkel konnte er sehen, wie sie ihren Morgenmantel enger um sich raffte. »Etwa Magie? Das ist doch lächerlich.« Ihre Stimme brach beim letzten Wort, und ein ungesagtes »Oder?« schwang mit. Zack warf ihr einen vielsagenden Blick zu. »Du zweifelst noch immer daran? Nach allem, was wir erlebt haben?« Bellend lachte er auf, sodass seine Kippe fast aus dem Mundwinkel gefallen wäre. »Ich sag's dir – das hier hat wieder mit diesem Kult zu tun. Mit den Anhängern von Mariah Burnham.«

Lissy schnaubte erneut verächtlich. »Du willst mir weismachen, dass hier schwarze Magie am Werk ist? Ist das dein Ernst? Müsste sich die Leiche dann nicht erheben und damit anfangen, mich aufzufressen? Oder sich wenigstens auf den Weg zu Manny de Witt machen?«

Lissy spielte auf die Machenschaften des Knochenfürsten an, der Sorrowville vor einigen Wochen in Atem gehalten und viele Tote gefordert hatte. »Was weiß ich? Der Nachlass von Burnham enthält mehr als nur die Weissagungen zum Herrn des Untods. Hast du eine bessere Erklärung?«, wollte Zack wissen und schnippte die Zigarette zielsicher in das leere Glas auf Lissys Nachtisch. Der Qualm, der aufstieg, schien ein Gesicht zu zeigen, doch das bildete er sich gewiss nur ein. Die letzte Nacht war noch nicht ganz aus seinen Knochen verschwunden – so viel Alkohol durfte er bei weitem nicht mehr trinken, das stand fest. Nicht, wenn er zuvor bei Dorothy gewesen war und dort etwas angeboten bekommen hatte.

»Nun«, begann Lissy und biss sich auf die Unterlippe. Er bemerkte, dass sie um die Nasenspitze herum bleich geworden war und den Blick auf die Leiche mied. Nicht, dass er es ihr verübeln konnte – wenn er nicht schon so lange im Geschäft gewesen wäre, würde ihn die Brutalität einiger Morde immer wieder aufs Neue erschrecken. Allerdings musste er sich eingestehen, dass er sie für abgebrühter gehalten hatte. Immerhin wirkte sie stets so taff und gefestigt, dass er nicht erwartet hatte, dass sie so etwas leicht aus der Bahn werfen würde. In ihm kam das Bedürfnis auf, Lissy in den Arm zu nehmen und zu trösten.

Doch dann würde sie ihm wahrscheinlich dort hintreten, wo es ihm richtig weh tun würde.

»Ich glaube langsam, dass dein Verdacht mit Dorothy nicht so weit hergeholt war, wie ich anfangs dachte. Wir sollten unserer Apothekerin noch einmal einen Besuch abstatten.« Sie schauderte. »Mein Gefühl sagt mir, dass sie mehr weiß, als sie zugeben wollte. Sehr viel mehr.«

Zack schaffte es nicht, seinen Gesichtsausdruck im Zaum zu halten. Nur allzu deutlich konnte man das »Ach was?!« daraus ablesen. Er konnte die Wut in Lissys Augen auflodern sehen und zuckte mit den Achseln. Was hatte sie denn erwartet?

Zack hatte sie darauf hingewiesen, dass Dorothy ihnen etwas verschwieg, doch sie hatte nicht hören wollen.

»Wir rufen jetzt mal die Polizei und sagen, dass er hier …«

»Können wir ihn nicht anderweitig ablegen? Irgendwo an einem See oder unter einer Brücke? Zack, ich kann es mir nicht leisten, in einen Skandal hineingezogen zu werden. Nicht, wenn ich dir helfen soll, die Morde aufzuklären! Ich gelte als Zeugin und Tatverdächtige gleichermaßen, und im Unterschied zu einem namenlosen Freudenmädchen bin ich in der Stadt bekannt.« Lissy strich sich über das Gesicht. Diese fahrige Bewegung erschütterte ihn. So von der Rolle hatte er sie selten erlebt. Vorsichtig führte er sie zur anderen Seite des Zimmers, zu ihrem Schminktisch, und drückte sie sanft auf den Stuhl. Lissy sank etwas gegen das Polster; für einen kurzen Augenblick erlaubte sich die junge Frau, schwach zu sein. Zack neigte den Kopf – sein Blick huschte prüfend über ihr Gesicht. Spielte sie ihm nur etwas vor? Wusste sie wirklich nicht, was mit diesem Typen passiert war? Zack fiel es schwer, dass zu glauben. Allerdings traute er ihr keinen Mord zu, höchstens Alkoholmissbrauch und Anstiftung zur Körperverletzung. Nein, Lissy war keine Mörderin, und gerade hier war sie unschuldig, das spürte er.

»Wie stellst du dir dieses Ablegen vor? Meine Erfahrung in Sachen Leichen verstecken ist nicht besonders groß. Ich bin besser darin, sie zu finden.« Zack stöhnte, und sein Blick wanderte zum Fenster. Eine dunkel gekleidete Person war mittlerweile im Garten erschienen und schnitt routiniert die Hecken. Pedro. Natürlich – warum hatte er nicht gleich an den freundlichen Argentinier gedacht? »Wir fragen Pedro.«

»Was?

»Wir fragen Pedro.« Zack nickte, wie um sich selbst noch einmal den Vorschlag zu bestätigen. »Er wird uns sicher helfen. Pedro mag dich, und gegen ein wenig Entgegenkommen deinerseits wird er alles daran setzen, die Leiche zu verstecken oder woanders abzulegen. Pedro hat auch einen Wagen, der groß genug ist und auch das Werkzeug, notfalls …«

»Wir werden ihn nicht zwingen, ein Grab auszuheben!«, fuhr Lissy empört auf.

»Dann bitten wir ihn und Mabel um Hilfe. Außer du möchtest der Polizei erklären, warum hier ein Toter liegt.« Zack gähnte, verzog dabei das Gesicht. Die Kopfschmerzen seines Katers machten ihn launisch. »Nicht, dass unsere Polizei groß was ausrichten kann, doch unangenehm wird es trotzdem.« Das Glimmen seiner Zigarette spiegelte sich in Lissys Augen, die ihn unentwegt ansah. Zack verschwieg ihr, dass Rudolph Turner, der Inspector der Polizei, ihnen eher noch helfen würde, als Steine in den Weg zu legen – auch wenn es mehr um Zacks willen war. Der Inspector hoffte immer noch, dass Zack mehr aus sich machen würde, wie er es nannte und da ganz einer Meinung mit Mabel war. Verzwickte Lage, in der sich Elizabeth befand, das war auf jeden Fall klar. Er kratzte sich am Kopf. »Irgendwas sollten wir unternehmen, oder willst du den da«, er ruckte mit seinem Kopf zur Leiche, »einfach so liegen lassen?«

»Nein, natürlich nicht!« Mit einer fahrigen Bewegung ordnete sie ihre Haare und wirkte schon mehr wie die Lissy, die er kannte. »Du hast natürlich recht, Zack.« Ihre Stimme hatte einen gurrenden Unterton angenommen, als sie sich erhob und zu ihrem Kleiderschrank ging. »Vielleicht ist es nicht die dümmste Idee, Pedro um Hilfe zu bitten. Nur – wie willst du ihm das erklären?«

»Ich?« Zack lachte bellend. »Nein, meine Liebe. Das ist deine Aufgabe. Du bist die mit den unübersehbaren weiblichen Reizen.« Sein anzügliches Grinsen schien ihr alles zu sagen. Mit hocherhobenem Haupt suchte sie sich etwas zum Anziehen aus und verschwand im Badezimmer. Zack seufzte und versenkte auch die zweite Zigarette in einem der Gläser. Ein letzter prüfender Blick auf den Leichnam, dann ging auch er.

Vergeblich hatte er in Elizabeths Kühlschrank ein Bier gesucht. Alles, was er gefunden hatte, waren Weine und Champagnerflaschen gewesen, also nichts, was er gewöhnlich trank.

Angewidert ließ er sich ein Glas Wasser ein – wann hatte er das letzte Mal nur Wasser getrunken? –, setzte sich auf einen Rattansessel und wartete. Dafür, dass Lissy stets betonte, nicht kochen zu können, besaß sie eine der luxuriösesten Küchen, die er jemals betreten hatte. Sogar einer dieser modernen Pump-Perkolatoren, mit denen man auf einfache Weise Kaffee zubereiten konnte, war hier vorhanden.

»Wasser?«

Zack zuckte zusammen und hätte beinahe das Glas fallen lassen.

»Bist du so verzweifelt? Du weißt, ich habe mehrere Badezimmer, in denen du dich waschen kannst.« Der unverhohlene Spott in Lissys Stimme ließ jegliches Mitleid, das er für sie und ihre Lage empfand, verschwinden. Sie hatte sich nicht nur umgezogen, wie er mit einem schnellen Blick auf sie feststellte, sondern auch durch Make-up hinter einer Maske versteckt. Durch und durch der Inbegriff eines Flappers, lehnte sie ihm Türrahmen. Ihre Augen funkelten, und versteckt unter all dem Spott und der Häme glaubte Zack, Unsicherheit hervorblitzen zu sehen.

»Hast du dir überlegt, wie du Pedro dazu überreden kannst, den Kerl da oben woanders abzulegen? Wer ist das überhaupt?« Zack gähnte und rülpste leise. Eine schwere Geruchswolke aus Alkohol, Magensäure, Kaffee und Zigaretten schwebte in der Luft und ließ sie beide die Gesichter verziehen.

»Das geht dich gar nichts an.«

»Ist das so?«, erwiderte er auf Lissys trotzige Aussage. »Dann brauchst du ja meine Hilfe nicht weiter, wenn mich das nichts angeht.« Er erhob sich und rülpste erneut. Das musste eindeutig das Glas Wasser gewesen sein. Sein Magen vertrug das nicht!

Lissy verdrehte die Augen, schien aber nicht weiter auf den Kommentar eingehen zu wollen. Offensichtlich war sie wieder ganz die Alte – was Zack mit einem Stirnrunzeln quittierte. Hatte sie doch ihre hübschen Finger im Spiel? War sie doch nicht so unschuldig? Hatte sie ihm die ganze Zeit etwas vorgespielt? Er folgte ihr, den Blick unablässig auf sie gerichtet. Auch wenn es ihm nicht gefiel, er würde die Reporterin wohl besser im Auge behalten müssen, als er gehofft hatte. Auf der Veranda blieb er stehen, gegen das Geländer gelehnt, und beobachtete Elizabeth und Pedro. Die Art und Weise, wie sie ihn bezirzte, immer wieder ihre Hand über seinen Oberarm gleiten ließ und das Lächeln mit den kaum unterdrückten Tränen – gegen seinen Willen war er von ihrer Schauspielkunst beeindruckt. Sollte sie keine Lust mehr haben, Journalistin zu sein, so könnte sie sicher jederzeit am Broadway für ein Theaterstück vorsprechen. Als sie wieder zu ihm getänzelt kam – gehen konnte man das, was Lissy da vollführte, nicht nennen –, hob er eine Augenbraue und schenkte ihr einen kritischen Blick: »Was hast du ihm denn für ein Märchen erzählt?«

»Dass ich einen liebreizenden Mann kennengelernt habe, der sich mit einigen Mittelchen hochgeputscht hat und jetzt nicht wach zu bekommen ist. Ich hab ihn gebeten, uns zu helfen, ihn dort abzulegen, wo es besonders peinlich werden kann, denn immerhin ist er ja im Liebesspiel mit mir eingeschlafen, und diese Schande kann ich nicht ungesühnt lassen.«

»Das ist nicht dein Ernst, oder?« Zack schüttelte den Kopf. »Du weißt, dass Pedro den Typen anfassen muss? Der wird doch sofort merken, dass da was nicht stimmt, wenn der Körper eiskalt ist. Außerdem hat die Leichenstarre längst eingesetzt.«

»Ich sag ja: Der hat ganz hartes Zeug eingeworfen! Deswegen wird Pedro ihn an den Füßen packen und du an den Armen. So können wir Pedro versichern, dass es nur kalte Füße sind.« Lissy lachte glockenhell und gekünstelt auf. Zack runzelte die Stirn, wollte schon fragen, was das nun schon wieder zu bedeuten hatte, doch dann fiel sein Blick auf Pedro, und er verstand. Das sollte den freundlichen Gärtner täuschen, nicht mehr, nicht weniger. Als Zack den Blick aus Pedros dunklen Augen auffing, wusste er allerdings, dass dieser nicht so ahnungslos war, wie sie geglaubt hatten. Vielleicht sollte er Pedro reinen Wein einschenken – bisher hatte ihn der talentierte

Handwerker nicht enttäuscht. Weder mit seinen Erfindungen noch mit seinem Vertrauen. Zusammen gingen sie wieder hinauf zu Lissys Schlafzimmer. Dort, auf dem Bett, mit blankem Arsch der Tür zugewandt, lag ein Exemplar Mann, das wohl den Zorn irgendeiner dunklen Macht auf sich gezogen haben musste. Zumindest war das wohl der Fall, wenn Zack auf sein Bauchgefühl hörte.

»Ist das Mann, der nicht bekommt hoch?« Pedros gebrochenes Englisch sorgte stets dafür, dass sich auch die noch so ernsten Situationen auflockerten – auch welche, in denen man es mit einer Leiche zu tun hatte, die auf unbekannte Weise gestorben war.

»Ja, Pedro. Das ist der Mann, der sich so schändlich aufgeführt hat«, schluchzte Lissy und Zack nickte anerkennend. Sie war wirklich voll und ganz in der Rolle der beleidigten, verschmähten Geliebten. »Schafft ihn hier raus! Er soll dort aufwachen, wo sein Ego den größtmöglichen Schaden erleidet!« Sie verschränkte die Arme. Zack blinzelte. Ihr Spiel war wirklich beeindruckend. Sogar er nahm ihr beinahe die zutiefst verletzte Frau ab, deren Stolz auf niederträchtigste Weise gelitten hatte. Zusammen mit Pedro hob Zack den Körper auf, bemerkte den wissenden Ausdruck in den Augen des Argentiniers, und trug ihn die Treppe hinunter zu Pedros Auto. Pedro stieg in seinen Wagen ein, während Zack sich mit Lissy in sein Oldsmobile setzte, und so fuhren sie in die Stadt.

Immer wieder warf er der jungen Frau auf dem Beifahrersitz prüfende Blicke zu, doch sie schien ungerührt von alldem zu sein. Zack wusste nicht, ob er so abgebrüht bleiben würde, wenn eine Leiche neben ihm im Bett gelegen hätte, aber vielleicht wurde man so, wenn man alleine in einem riesigen Anwesen wohnte und daran gewöhnt war, nichts als beklemmende Stille um sich zu haben. War das Elizabeths Motivation, die Leere in ihrem Herzen und ihrem Zuhause mit belanglosem Sex zu füllen? Nicht, dass er es ihr verübeln konnte – das Loch, das Soraya in seinem Herzen und Leben hinterlassen hatte, ließ sich ebenfalls nur bedingt durch Alkohol und Sex auffüllen. Nichtsdestotrotz hörte Zack nicht damit auf, ungeachtet der Tatsache, dass er sich danach meist noch schlechter fühlte. Doch Elizabeth war sich offenbar nicht darüber im Klaren, welche Gefahren immerzu wechselnde Bettgefährten mit sich brachten, und dass es einem nicht die Befriedigung verschaffte, die man erhoffte, zumindest nicht auf Dauer.

»Ich hab sie nicht nur mit in mein Bett genommen«, kam es leise von Lissy.

Zack hob irritiert eine Augenbraue. »Was meinst du damit?«

»Ich hab sie auch in meinen Salon genommen, in den Wintergarten, in den Garten … überall, wo man sich … austoben kann.« Lissy lehnte sich im Sitz zurück. »Ich habe dir deine Gedanken von der Nasenspitze ablesen können. Du hast mich verurteilt, weil ich gedankenlos immer neue Spielgefährten gesucht habe.« Die Art und Weise, wie sie Spielgefährten aussprach, jagte ihm einen Schauer über den Rücken. »Bevor du mich verurteilst, oder meine Eltern – irgendein Gott möge ihrer Seelen gnädig sein – solltest du vor deiner eigenen Haustür kehren. Du bist keinen Deut besser darin, deinen Schwanz in der Hose zu lassen, als ich darin, meine Beine zusammen zu halten.«

Zack schluckte. Nicht, dass sie unrecht hatte, nur war er diese direkten Worte nicht gewohnt – weder von Elizabeth noch einer anderen Frau. Sogar Mabel verpackte Tadel in blumigere Worte. Gekränkt und ein wenig verunsichert schwieg er deshalb, bis Pedro schließlich am Stadtpark hielt und somit das Zeichen gab, den leblosen Körper nicht zu auffällig, aber eben doch auffällig genug zu drapieren.

Zack fühlte sich nicht wohl. Dass sie eine Leiche einfach so abgelegt hatten, um den Eindruck zu erwecken, dass sich jemand beim Feiern mit Drogen eine Überdosis verabreicht hatte, gefiel ihm nicht. Allerdings sah er ein, dass ihre Möglichkeiten eingeschränkt waren und es nicht hilfreich war, wenn Lissy von der Polizei als Mordverdächtige unter Beobachtung, oder noch schlimmer, unter Arrest gestellt werden würde. Solange sie nicht mit den Toten in Verbindung gebracht werden konnte und die meisten glaubten, dass es sich hierbei um natürliche Todesfälle handelte – irgendeine mysteriöse Krankheit, die noch nicht genau identifiziert worden war –, konnte er sie immerhin dazu benutzen, Dorothy auf den Zahn zu fühlen. Mittlerweile war auch Lissy davon überzeugt, dass die Apothekerin mehr wusste, als sie ihnen hatte weismachen wollen.

»Wir gehen direkt zur Apotheke, nicht wahr?« Lissy steckte sich eine Zigarette an, indem sie Zacks Glimmstengel nahm und ihn zum Anzünden verwendete. »Die Indizien sprechen eindeutig gegen die gute Dorothy. Immerhin hatten wir beide einen Blackout, nachdem wir bei ihr waren und diesen Tee getrunken haben.« Aus ihren Worten troff Gift, was ihr Zack nicht verübeln konnte. Dorothy hatte ihnen beiden übel mitgespielt.

»Hast du Pedro ...«

»Pedro wird schweigen. Das tut er immer.« Sie blies den Rauch aus und formte dabei mehrere Ringe. Eine Spielerei, die er selbst nicht beherrschte. »Vielleicht sollte ich ihm einen Bonus bezahlen oder das Gehalt erhöhen. Als Zeichen meiner Anerkennung und Dankbarkeit.«

»Was natürlich weder verdächtig noch auffällig wirkt«, murmelte Zack.

Sie schwiegen, bis Lissy verärgert die Zigarette zu Boden warf und austrat. »Wenn sie uns wieder an der Nase herumführt, kann sie was erleben!«

»Darauf bin ich gespannt«, erwiderte er amüsiert. »Verschieß dein Pulver nicht zu früh. Dorothy ist zäher, als sie aussieht. Die wirst du so schnell nicht klein bekommen.«

»Das werden wir ja sehen!« Mit diesen Worten stieß Lissy die Tür zur Apotheke auf.

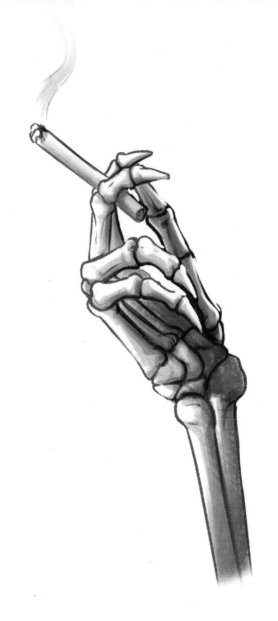

Kapitel 6
VERRAETERISCHES HERZ

»Guten Tag, wie kann ich helfen?« Die freundliche, schon fast zu liebliche Stimme Josies drang an Zacks Ohr. »Oh. Sie sind es.« Einige Spuren weniger enthusiastisch als zuvor kamen diese Worte über ihre Lippen. »Ich werde ... Mommy!«

Zack verzog das Gesicht und schloss die Augen, als Josephine nach ihrer Mutter rief. Ihre hohe Mädchenstimme war einfach nicht mit seinen Kopfschmerzen zu vereinbaren. Neben ihm reckte Lissy den Hals und richtete sich noch etwas weiter auf. Das würde jetzt gleich wirklich interessant werden, fand er. Vielleicht sollte er einfach durch den Laden schlendern und die beiden Frauen streiten lassen. Möglicherweise würde ihm so auch erst sehr spät auffallen, dass sie sich prügelten – verdient hätten es beide gleichermaßen, wenn man ihnen mal den Hintern versohlte.

Bei diesem Gedanken schob sich ein Bild vor sein inneres Auge, das er schon lange vergessen geglaubt hatte. Dorothy war durchaus bezähmbar, aber das musste er ja Elizabeth nicht verraten. Die brachte es fertig und legte Dorothy auf andere Weise übers Knie.

»Was gibt es denn? Warum schreist du so?«, kam es übellaunig aus dem hinteren Zimmer. Dorothy schritt energisch zu ihrer Tochter hinter den Tresen und stemmte die Fäuste in die Hüfte. »Was wollt ihr schon wieder hier? Habe ich euch nicht gesagt, dass ich nichts weiß und nichts damit zu tun habe?«

»Du hast uns unter Drogen gesetzt!«, brüllte Lissy ohne Rücksicht auf Zack oder Josie. Beide hielten sich augenblicklich die Ohren zu. »Du hast uns verdammt noch mal unter Drogen gesetzt!«

»So laut, wie du das beim ersten Mal gesagt hast, kann ich mir nicht vorstellen, dass es jemanden im Umkreis von zehn Meilen gibt, der es nicht verstanden hat. Also besteht keine Notwendigkeit, es zu wiederholen.« Dorothy verschränkte die Arme vor der Brust. Ihr Gesicht verriet nichts darüber, was sie dachte, ganz im Gegensatz zu ihrer Tochter. Josie schien ein wenig zu schrumpfen und kleiner zu werden. Zack runzelte die Stirn.

»Du Hure hast uns unter Drogen gesetzt!«

Diplomatisch wie ein Stein, schoss es Zack durch den Kopf. Da hätte er auch alleine herkommen können. Wahrscheinlich würde es selbst unter diesen Umständen besser laufen.

»Kannst du das denn auch beweisen?«, fragte Dorothy ruhig. Josie wurde noch ein wenig kleiner.

»Das muss ich dir nicht beweisen, du Fotze! Streite es nicht ab: Du hast mich unter Drogen gesetzt, und Zack ebenfalls!« Lissys Augen waren dunkel vor Zorn. »Du hast uns mit voller Absicht …«

»Jetzt reicht es mir aber!«, keifte nun auch Dorothy lautstark zurück. »Von uns beiden bin ich nicht diejenige, die ihre Beine für ein wenig Schnaps öffnet und einen stärkeren Durchgangsverkehr hast als jeder Bahnhof.« Das süffisante Lächeln auf Dorothys Gesicht verlieh ihr etwas Raubtierartiges. »Wir wissen beide, dass du bisher nur Glück hattest, glimpflich davongekommen zu sein. Wer weiß, wie viele Bastarde aus deinem Schoß die Welt ertragen würde.«

»Mutter!«, keuchte Josie entsetzt auf. »Wie kannst du so etwas sagen?«

»Mein Schatz, du solltest es mittlerweile besser wissen, anstatt schockiert zu sein. Es gibt Menschen, die sollten sich besser nicht fortpflanzen. Ihre Verderbtheit ist der Untergang der Menschheit und diese Dirne hier ist ein gutes Beispiel dafür. Sie und dieser Hurenbock, der sich köstlich zu amüsieren scheint.«

»Nein, amüsieren würde ich es nicht nennen. Ich versuche lediglich, euer Gekreische zu ignorieren. Das ist ja nicht auszuhalten!« Zack rieb sich die Schläfen. »Mädchen, hast du ein Mittel gegen Kopfschmerzen?«

Josie war schon im Begriff, etwas herauszusuchen, als Dorothy sie am Handgelenk festhielt und daran hinderte. »Diesem Abschaum wirst du nichts verkaufen. Er leidet nicht unverdient!«

Eine Bewegung, ein Schatten – Zack konnte gar nicht so schnell reagieren, wie es geschah. Lissy stürmte vor, holte aus und wollte Dorothy eine Ohrfeige verpassen, die sich gewaschen hatte.

Das war zumindest ihre Absicht gewesen. Stattdessen war es Josie gelungen, sich vor ihre Mutter zu schieben – oder hatte Dorothy sie vor sich gezogen? –, sodass der Schlag das Mädchen traf. Der Kopf der jungen Frau flog zur Seite, und sie taumelte. Aufjaulend und mit Tränen in den Augen hielt sich Josie die Wange. Ein wenig Blut sickerte aus der Lippe, die aufgeplatzt war.

Zack fluchte leise, als er das sah.

Lissy stand mit erhobener Hand vor den beiden Apothekerinnen, ihre Brust hob und senkte sich. Aufgewühlt und mit vor Zorn Funken sprühenden Augen beobachtete sie Dorothy, die die Zähne fletschte.

»Wie kannst du es wagen?!«, kreischte die Apothekerin und schien größer zu werden. Zack schloss erneut gequält die Augen. Warum mussten Frauen nur immer so schreien? Vor allem dann, wenn sie sich schlugen? Konnten sie das nicht wie Männer vor der Tür regeln, bis einer weinte oder nicht mehr aufstand? Damit wäre ihnen allen viel mehr geholfen. Stattdessen kreischten und keiften sie wie alte Waschweiber und schienen immer lauter zu werden.

»Du hast uns mit Absicht ...«

»Natürlich habe ich euch mit Absicht unter Drogen gesetzt! Du tauchst hier mit ihm auf und erwartest, dass ich euch wie alte Freunde begrüße? Dieser Casanova für Arme hat mir das Herz gebrochen! Er hat meine Gefühle ausgenutzt! Mit mir gespielt! Mich ...«

»Wenn er der Schürzenjäger für Arme ist, sagt das viel über dich aus!«, gab Lissy süffisant zurück.

Sofort schrie Dorothy vor Wut auf und hob ihrerseits die Hand.

Zack verdrehte die Augen. Das war wirklich nicht auszuhalten. Ja, er hatte all die Schimpfwörter verdient, mit denen Dorothy ihn bedachte, das sprach er ihr nicht ab, doch dieses kindische Verhalten musste nicht sein. Sein Blick huschte hinüber zu Josie. Mit der Tochter ließ sich vielleicht vernünftig reden, wenn ihre Mutter nicht dabei war. Vorsichtig, möglichst ohne Aufmerksamkeit auf sich zu lenken, huschte er zu Josie hinüber und ergriff ihre Hand.

»Josie, lass uns verschwinden. Sollen sich die beiden doch die Köpfe einschlagen, wenn sie das glücklich macht. Mich würde es nicht stören. Beiden würde eine Abreibung wirklich gut tun, findest du nicht?« Er zwinkerte ihr zu, doch Josies Blick blieb tränenverhangen und unsicher. »Ich bin nicht so übel, wie deine Mutter glaubt. Gut, ich hab nicht die besten Entscheidungen in meinem Leben getroffen, und besonders nett war ich auch nicht zu ihr, aber … hast du ihr mal zugehört? Das ist bei so einem Verhalten auch echt schwer.«

Über Josies Gesicht huschte ein leichtes Lächeln.

»Komm, wir gehen ein Eis essen. Das tut gut, und wenn wir beide am Ende einen kühlen Kopf bewahren, ist zumindest nicht so viel verloren. Abgesehen davon geht Eis immer.« Er reichte ihr die Hand und seufzte erleichtert, als sie diese ergriff. Leise schlichen sich die beiden an den streitenden Frauen vorbei – nicht ohne ein schrilles »Pomuschelkopf!« zu hören – und Zack ließ vorsichtig die Tür zur Apotheke ins Schloss fallen.

»Nun«, sagte Zack etwas verunsichert, ohne sich Gedanken darüber gemacht zu haben, wie er am besten das Gespräch mit Josie anfangen konnte. Irgendwie hatte er sich das sehr viel einfacher vorgestellt. »Schmeckt dir das Eis?«

Der lange Blick, mit dem sie ihn bedachte, widersprach ihrer geduckten Haltung, wenn Dorothy dabei war. Seine

Mundwinkel zuckten. Er hatte also recht gehabt! »Die Frage erübrigt sich. Wir haben noch gar nicht bestellt.«

Zack musste schmunzeln. So schlagfertig hätte er sie nicht eingeschätzt – gut, er hätte überhaupt nicht erwartet, dass sie kontern würde. Er winkte einer Kellnerin, versuchte dabei, die letzten Schatten seines Alkoholkonsums zu ignorieren, und behielt mühsam die junge Frau im Auge. Josephine glich ihrer Mutter, aber irgendwie auch wieder nicht. Allerdings ließ sich Zack nicht länger täuschen. Unter der augenscheinlich ruhigen Oberfläche schien ein wildes Temperament zu brodeln, und hoffentlich war es weniger garstig als das ihrer Mutter.

Nachdem sie ihre Bestellungen aufgegeben hatten und Zack sich etwas sammeln konnte, versuchte er es erneut. »Ich …«

»Kommen Sie auf den Punkt. Sie möchten etwas wissen, sonst hätten Sie mich nicht hierher gebracht.« Sie verschränkte die Arme und ihr kühler Blick ruhte auf ihm. »Meine Mutter hat mich eindringlich vor Ihnen gewarnt. Sie sind kein guter Umgang für mich und überhaupt für niemanden. Also, was wollen Sie wissen?«

Zack hob eine Augenbraue und kratzte sich am Hinterkopf. Dass sie so direkt auf den Punkt kam, war unerwartet, ersparte ihm aber unnötigen Smalltalk, den er nicht wirklich beherrschte. Er beugte sich vor, die Arme auf den Tisch gelegt, die Finger ineinander verschränkt. »Gut, dann ohne Nettigkeiten. Du weißt, dass wir ermitteln?«

Ohne eine Miene zu verziehen, nickte sie.

»Du weißt, dass es zu vielen unerklärlichen Todesfällen gekommen ist?«

Wieder nickte sie. Zack musterte sie eindringlich. Er konnte ihren Gesichtsausdruck nicht lesen.

»Wo war deine Mutter gestern Abend?«

Die unvermittelte Frage nach dem Aufenthaltsort ihrer Mutter brachte Josies Haltung ins Wanken. Mit einer nicht geringen Portion Genugtuung bemerkte Zack, dass sich ihre Augen weiteten und ein Schatten über ihr Gesicht huschte.

»Also? Wo war deine Mutter gestern Abend?«

»Ich glaube nicht, dass Sie das etwas angeht.« Ihre Stimme zitterte kaum spürbar, doch es entging ihm nicht.

»Das denke ich doch, Josie. Immerhin hat sie mir etwas in den Tee gemischt. Mir fehlt ein Abend in meiner Erinnerung.« Unwillkürlich war seine Stimme lauter geworden und hatte schärfer geklungen. »Es ist ganz einfach: Du sagst mir, wo sie war, oder ich erzähle der Polizei von meinem Verdacht. Dann stehen nicht mehr die nette Lissy und ein unzuverlässiger Liebhaber im Laden, sondern Inspector Turner mit seiner Bande. Und glaub mir, dass sie nur zu gerne einen Sündenbock hernehmen, wenn ich ihnen die entsprechenden Hinweise gebe. Die Polizei mag unfähig und korrupt sein, aber dass sie momentan wie die Idioten dastehen, während die ganze Stadt auf den nächsten Toten wartet, gefällt ihnen gar nicht. Sie werden sehr schnell überzeugt davon sein, dass deine Mutter etwas damit zu tun hat, dafür werde ich sorgen.«

»Trotzdem müssten Sie das erst einmal beweisen!« Josie funkelte ihn wütend an. »Meine Mutter war zuhause. Sie hat den gleichen Tee getrunken wie Sie. Sie ist ohnmächtig geworden, und ich habe sie ins Bett gebracht, nein, geschleppt. Können Sie sich vorstellen, wie schwer meine Mutter ist?« Sie atmete tief durch, wie um sich wieder zu beruhigen. »Sie unterstellen ihr doch nicht ernsthaft, etwas mit den ungeklärten Todesfällen zu tun zu haben?! Meine Mutter würde so etwas nicht tun. Sie ist eine gottesfürchtige Frau.«

»Ja, sie hat schon oft zu Gott gefunden, wenn ich dabei war«, murmelte Zack. Amüsiert beobachtete er, wie eine dunkle Röte über Josies Wangen kroch. Er räusperte sich, beide lehnten sich zurück, als die Kellnerin mit den Bestellungen an ihren Tisch kam. Zack griff dankbar nach der großen Tasse schwarzen Kaffees, während ihm der süße Duft von Josies Milchshake in die Nase stieg. Der Shake war so himmelschreiend rosa, dass es sich nur um künstliche Zusätze handeln konnte, die das Getränk gefärbt hatten. Eine Schande, so etwas seinem Körper zuzuführen, fand er – und ignorierte dabei die Tatsache, dass er sich vorwiegend Nikotin und Alkohol einverleibte. Ihr Schlürfen zerrte an seinen Nerven, und Zacks Kopfschmerzen kehrten mit voller Wucht zurück.

»Also, wo war deine Mutter wirklich?«, presste er hervor. Konnte sie nicht endlich mit diesen widerlichen Geräuschen aufhören? Oder zumindest dabei leise sein?

»Sagte ich doch«, kam es undeutlich von Josie zurück, bis sie geschluckt hatte. »Im Bett. Allein. Und sie hat sicher auch keinen Mann hereingeschmuggelt, falls Sie so etwas vermuten.«

Zack verschwieg lieber, dass er das oft genug getan hatte, als Josie jünger gewesen war. Etwas sagte ihm, dass er so nicht bei ihr weiterkam. »Also war sie die ganze Nacht in ihrem Bett?«

»Ja! Wo soll sie denn hin? Nach Daddy hatte sie keinen anderen Mann mehr, den sie geliebt hat!« Josie sprang so schnell und heftig auf, dass die Tasse mit dem Kaffee umkippte und ihr Milchshake ebenfalls. Pinke Flüssigkeit mischte sich mit Kaffee und lief über den Tisch. Bevor er die Sauerei auf die Hose bekam, beeilte Zack sich, ebenfalls aufzustehen.

»Führ dich nicht so auf. Deine Mutter wird das mitbekommen, und diesen Ärger willst du dir sicher ersparen, oder?«

»Sie haben mir gar nichts zu sagen! Das geht Sie alles gar nichts an!« Josie kämpfte mit den Tränen.

Zack erkannte, dass diese junge Frau im Wesen noch ein Kind war. Dorothy musste sie streng, aber behütet aufgezogen haben, denn in ihrem Alter – Zack schätzte sie auf achtzehn Jahre – dürfte sie nicht mehr so naiv sein, wie sie sich gab.

»Mag sein, dass ich dir nichts zu sagen habe, dennoch gehört sich so ein Benehmen für eine junge Dame deines Alters nicht.« Zack konnte nicht fassen, was er da sagte. »Du wirst dich bei der Kellnerin für die Sauerei entschuldigen und mir endlich die Wahrheit sagen. Wo war deine Mutter letzte Nacht?«

Josie starrte ihn aus tränenverschleierten Augen an. »Meine Mutter lag in ihrem Bett und war ohnmächtig, kapieren Sie das doch endlich!« Mit einem Ruck riss sie sich los, Zack hatte nicht bemerkt, dass er sie am Arm gepackt hatte, und rannte aus dem Diner. Verdutzt und ein wenig beschämt blickte er ihr nach.

Als er einige Zeit später wieder in die Apotheke zurückkam, sah er sich sofort nach Josie um. Sie stand hinter dem Tresen und hielt den Kopf gesenkt. Weder Lissy noch Dorothy wiesen sichtbare Verletzungen auf – abgesehen von zerzausten Haaren und roten Wangen – und schienen eine Art Waffenstillstand geschlossen zu haben. Vorsichtig näherte sich Zack den beiden, die sich nicht aus den Augen ließen und ein Blickduell lieferten.

»Ladies, haben wir uns wieder beruhigt und sind für vernünftige Gespräche offen?« Zack begann eine Zigarette zu drehen, hauptsächlich um Dorothy zu provozieren. Doch die Apothekerin reagierte nicht. Sie schien beschlossen zu haben, ihn zu ignorieren. »Wollt ihr mir einfach sagen, was ihr getan habt, oder legen wir den Mantel des Schweigens darüber?« Er steckte die Zigarette an, nahm einen tiefen Zug und blies den Rauch in Richtung Verkaufstresen.

»Mommy, der Mann …«

»Ich sehe ihn. Außerdem weiß ich, was im Diner vorgefallen ist.« Dorothys Stimme klirrte. »Du hast mich blamiert, Tochter.«

Josie schien erneut in sich zusammenzuschrumpfen und kleiner zu werden. Zack wollte etwas sagen, doch er wusste nicht, was. Im Grunde ging ihn die Erziehung nichts an, und das Verhältnis zwischen Mutter und Tochter sowieso nicht.

»Du gehst jetzt auf dein Zimmer, während ich unsere Gäste nach draußen begleite. Nach Feierabend sprechen wir über dein Verhalten.« Die Kälte in Dorothys Augen ging Zack durch Mark und Bein. Mittlerweile glaubte er nicht mehr, dass Dorothy Herrenbesuch empfangen oder sich zu einem anderen Mann ins Bett geschlichen hatte. Mit ihrem Wissen über Gifte und andere Tinkturen kam sie aber nach wie vor in Frage, die Menschen ermordet zu haben, wenngleich ihm kein plausibles Motiv dafür einfiel. Zudem standen die Toten untereinander nach seiner Kenntnis in keinem Zusammenhang.

»Hier.« Dorothy reichte ihm und Lissy ein Tütchen. »Das ist Beruhigungstee. Der sorgt dafür, dass eure Kopfschmerzen besser werden und sich der Magen beruhigt. Quasi ein

Anti-Kater-Tee.« Sie versuchte, zu lächeln, doch es sah mehr nach gruseliger Clownsgrimasse aus. »Eigentlich möchte ich euch nicht helfen, doch wenn ich es tue, glaubt ihr mir vielleicht endlich, dass ich nichts mit den Todesfällen zu tun habe und hört auf, mich und meine Tochter zu belästigen.«

Zack und Elizabeth tauschten einen Blick aus. Sollten sie das annehmen? Konnten sie sicher sein, dass sie nicht wieder unter Drogen gesetzt wurden?

Dorothy schien ihnen ihre Gedanken anzusehen, denn sie stöhnte genervt auf und verdrehte die Augen. Sie ergriff den Teebecher auf dem Tresen und nahm einen großen Schluck daraus. »Bitte schön. Überzeugt? Das ist der gleiche Tee.« Sie reichte die Tasse an Lissy weiter, die erst an der Flüssigkeit und dann am Inhalt des Beutelchens schnupperte.

»Ja, es riecht genauso«, bemerkte Lissy.

»Dann nimm einen Schluck. Wir haben dann beide das Gleiche getrunken, und was euch passiert, passiert dann auch mir. Schon wieder.« In Dorothys Blick lag eine unausgesprochene Herausforderung.

Zack knirschte mit den Zähnen, dann schnappte er sich die Tasse und trank einen großen Schluck, gerade groß genug, dass noch etwas übrigblieb. »Josephine hat mir gesagt, du warst gestern ohnmächtig. Ich bin gespannt, ob es dir wieder so ergeht.«

Lissy rümpfte die Nase, trank aber den Rest aus dem Becher und schauderte. »Kalter Tee. Widerlich.« Sie kniff die Augen zusammen und beugte sich vor. »Wenn ich wieder einen Abend verliere, mache ich dich dafür verantwortlich.«

»Das kannst du gerne machen. Hoffentlich dann aber ohne Mundgeruch. Und jetzt raus!« Mit ausgestrecktem Arm bedeutete Dorothy den beiden, die Apotheke zu verlassen. Zack und Lissy folgten ihrer Aufforderung, nicht ohne jeweils einen letzten, warnenden Blick zurückzuwerfen.

»Mommy?«

»Josie, ich habe gesagt, du sollst in deinem Zimmer bleiben!« Dorothy drehte sich um, die Fäuste geballt. »Du hast mir schon genug Schande bereitet. Verärgere mich nicht noch zusätzlich.«

»Mommy, hast du ihnen etwas gegeben, wovon sie sterben werden?« Die Stimme ihrer Tochter hatte einen kindlichen Tonfall angenommen. »Mommy, du machst nichts, was dich mir wegnimmt, oder?« Ein leises Schluchzen schwang in den Worten mit. »Ich hab doch nur noch dich.«

Mit großen, schnellen Schritten war Dorothy bei ihrer Tochter und nahm sie in den Arm. »Keine Sorge, mein Schatz. Du wirst mich niemals verlieren. Ich werde immer bei dir sein.«

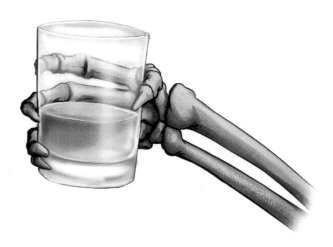

Kapitel 7

GEFAEHRLICHES GESCHENK

Das dämmrige Licht im Varieté und die laute Musik waren nicht das, was seine Laune hob. Zack legte den Kopf in den Nacken und schloss die Augen. Was für ein merkwürdiger Tag in dieser verfluchten Stadt!

»Na, Schätzchen, willst du noch was trinken?« Lucretia strich ihm liebevoll und eindeutig auffordernd über den Arm.

Zack öffnete die Augen ein wenig, schielte zu ihr hinauf.

»Du siehst etwas fertig aus und hast deinen eigenen Stoff mitgebracht! Wie ungewöhnlich.« Der rote, glitzernde Nagellack auf ihren Fingern brach das wenige Licht, als sie nach der Tasse griff.

Zack hinderte sie nicht daran – wozu auch? Als ob er diesen Tee trinken würde! Wenn es denn überhaupt Tee war. Dorothy traute er zu, ihm ein Mittel unterzujubeln, das ihn entweder impotent werden ließ oder ihm stattdessen einen Dauerständer bescherte. Langsam senkte er den Kopf und richtete sich auf, die Arme lässig über die Lehne gelegt.

Lucretia musterte unterdessen den Inhalt des Tütchens aufmerksam. Etwas schien sie zu stören. Mit allen Sinnen erforschte sie den Inhalt: Sie schnupperte daran, sog den Duft tief ein und tauchte einen Finger hinein, den sie danach ableckte.

»Und?« Zack kratzte sich zwischen den Beinen. »Wie schlimm ist die Teemischung?«

»Das ist kein Tee.« Lucretia bedachte ihn mit einem Blick, der ihm wohl bedeuten sollte, nicht die hellste Kerze auf dem Kronleuchter zu sein. »Das ist aber auch kein Gras. Das ist nichts anderes als Heu. Wer immer dir das angedreht hat, hat dich definitiv verarscht. Das ist nichts anderes als getrocknetes Wiesengras.« Sie kicherte. »Du hast mehr davon, wenn du Zitronenmelisse rauchst.«

Zack beugte sich ruckartig nach vorne. »Was sagst du da?«

»Das ist kein Tee, aber auch kein Gras. Schätzchen, wenn du was Neues ausprobieren möchtest, ...«, es schien sie viel Überwindung zu kosten, das konnte er ihr ansehen, »... dann gibt es im Park diesen neuen Dealer. Der verkauft dieses neumodische Zeug, das sie sich in Boston reinziehen. Bevor du dich über den Tisch ziehen lässt, gehst du lieber zu dem.« Sie seufzte, und aller Schmerz der Welt schien darin zu liegen. »Wenn du schon zur Konkurrenz gehst, dann wenigstens zur ehrlichen.«

Zack hob eine Augenbraue.

»Glotz mich nicht so an, das gibt nur Falten! So wie dein Gesicht aussieht, solltest du das nicht riskieren. So hübsch bist du heute nicht.« Sie tätschelte seine Wange. »Die letzte Nacht muss hart gewesen sein, auch wenn nichts passiert ist, was dich ausgelaugt haben könnte, wie mir zugetragen wurde.«

Zack räusperte sich. »Was soll das für ein Dealer sein?«

»Der ist noch nicht lange in der Stadt, ein, vielleicht zwei Monate. Er soll jung sein, aber sein Gesicht nie zeigen. Macht ihn natürlich verdächtig, scheint aber jemand von hier zu sein, der seinen Ruf wahren will. Auch die Marinellis haben ihm noch nicht zugesetzt, vielleicht gehört er auch zu ihnen, wer weiß.« Sie war richtig in Plauderlaune und somit nicht aufzuhalten. Zack verkniff sich ein Grinsen. Auf Lucretia war Verlass. Innerhalb kürzester Zeit würde er alle Informationen bekommen, die er benötigte, um sich dem Neuankömmling vorbereitet zu stellen. »Er ist bestens auf alle Vorlieben vorbereitet – und ein echter Gentleman. Olga hatte sich die Tage ein wenig verausgabt, und er hat dafür gesorgt, dass sie nicht einfach irgendwo liegen blieb, sondern sich um sie gekümmert.«

»Höre ich da etwa Hochachtung für deinen Konkurrenten?«

»Ein wenig Konkurrenz hat noch nie geschadet – und wenn es ein netter junger Mann ist, kann das nur gut sein.« Lucretia zwinkerte. »Vielleicht kann ich ihn mir ja mal zur Brust nehmen und einen Geschäftspartner in ihm finden.« Oder anderes, was sie nur andeutete, aber nicht aussprach. Wie er und Lissy genoß Lucretia die Vorzüge der Gesellschaft anderer und machte dabei keine Unterschiede in Geschlecht oder Alter – lediglich dann, wenn es eine Einverständniserklärung der Eltern benötigte. Dort zog sie ihre Grenze, wie sie stets betonte. Volljährig sollten sie sein, dann war Lucretia offen für alles.

Sie übertrieb nicht, das wusste Zack aus eigener Erfahrung.

»Das Frischfleisch macht anscheinend gute Preise – aber nicht so gut, dass er mir die komplette Kundschaft abspenstig macht.« Lucretia strich ihm über die Innenseite des Oberschenkels. »Du kannst dich ja davon überzeugen. Letzten Endes gewinnt die Qualität. Neue Dinge sind ohnehin nur so lange interessant, wie sie neu sind.«

Der Widerspruch ihrer Worte, die anfängliche Begeisterung und jetzt die Herablassung, das passte für Zack nicht recht zusammen. Doch wenn er richtig darüber nachdachte, war es typisch Lucretia: Ein wandelnder Widerspruch zu sein war das, was sie als ihr Lebensziel zu betrachten schien. Nachdenklich richtete er die Aufmerksamkeit wieder auf das Tütchen. Profanes Wiesengras, hatte Lucretia gesagt. Er zweifelte nicht daran, dass sie recht hatte. Immerhin wusste er aus ihren Erzählungen und den Erlebnissen mit ihr, dass sie ziemlich alles schon probiert hatte, was man rauchen, trinken, spritzen, einnehmen oder schnupfen konnte. Und wenn es eine andere Methode der Einnahme gab, dann auch das. Immerhin war sie dafür bekannt, ihren Liebhabern »die weißen Schneegipfel« zu zeigen und »Berge zu besteigen, sodass der Schnee schmilzt«, wie sie die Tatsache umschrieb, dass sie Koks auf der Eichel ihrer Bettgefährten verteilte, um es beim Sex tief in sich aufzunehmen. »Tiefenwahrnehmung«, nannte sie es auch. Was sie bei ihren Gespielinnen machte, würde ihn zwar interessieren, doch Zack war überzeugt, dass es ihn schockieren würde.

»Gib dir einen Ruck und sitz hier nicht nutzlos rum.« Lucretia erhob sich. Eine Mischung aus Schweiß, Moschus und Vanille umhüllte beide. »Du weißt so gut wie ich, dass du neugierig genug bist und dich nicht davon abhalten lässt, den Frischling aufzusuchen. Also tu nicht so, als würdest du meine Gefühle schonen wollen und verschwinde.« Mit einem dunklen Lachen griff sie ihm beherzt in den Schritt. »Sonst pack ich dich nicht nur bei den Eiern, sondern mach sie mir zu eigen, damit du mir gehorchen musst.«

Zack schluckte schwer. Dass sie ihre Finger fest um seine wertvollen Weichteile gelegt hatte, bereitete ihm schon ein wenig Sorge.

»Ich lass dich erst los, wenn du mir versprichst, in den Park zu gehen und etwas von dem neuen Zeug auszuprobieren.« Ihre Augen schienen so dunkel geworden zu sein, dass er sich darin zu verlieren glaubte. »Am besten bringst du mir etwas davon mit.«

»Ja, ich geh hin. Lass einfach nur los jetzt!« Zack wand sich, doch Lucretias Finger drückten zu. Schweiß trat ihm auf die Stirn. Mit einem heiseren Lachen ließ sie los und drehte sich mit schwingenden Hüften um.

Zack rückte den Kragen seines Hemdes zurecht, dann eilte er aus dem Varieté, hinüber zum Stadtpark.

Zack fröstelte. Die Nachtluft war heute außergewöhnlich kühl, fand er, oder lag es vielleicht daran, dass er immer noch die Nachwirkungen des Alkohols und der Droge von Dorothy spürte? Die Atmosphäre, die ihn hier im Park umfing, rief die unterschiedlichsten Gefühle hervor – vor allem aber Unbehagen.

»Du findest ihn beim Pavillon, hat Lucretia gesagt. Pavillon. Welcher anständige Drogendealer verkauft sein Zeug auf einem Präsentierteller?« Zack spuckte aus. Er war nicht sicher, was er davon halten sollte, doch die Neugier trieb ihn an. Was auch immer dieser Dealer vertickte, er musste es wissen. Vielleicht konnte er ihm einen Hinweis darauf geben, was ihm Dorothy untergejubelt hatte und ob das Zeug im Tütchen wirklich nur Wiesengras war.

Sein Gefühl sagte nämlich etwas anderes. Doch warum sollte Lucretia ihn belügen? Das ergab überhaupt keinen Sinn! Wenn er es allerdings genau bedachte, ergab fast nichts in dieser Stadt Sinn. Ständig schien irgendetwas Dunkles in den Schatten zu lauern, und die Menschen wandelten sich nach und nach zum schlechtesten Abbild ihrer selbst. Stand ihm das ebenfalls bevor, oder blieb er davon verschont? War das der Grund, warum Elizabeth ihren Liebhaber ermordet hatte? Weil die Stadt auch sie langsam in den Sumpf aus Verderbtheit und Boshaftigkeit zog? Befand er sich auf dem besten Weg dahin, weil er geholfen hatte, einen Mord zu vertuschen?

Zack rieb sich den Nacken. Mit solchen Gedanken wollte er sich eigentlich nicht beschäftigen. Es reichten ihm ja schon die Morde, die es aufzuklären gab. Da brauchte er jetzt ganz sicher nicht auch noch eine Sinneskrise!

»Für Sinneskrisen würde ich einen Psychiater empfehlen und keine Drogen«, kam es unvermittelt aus dem Nichts – was natürlich Schwachsinn war. Zack hob den Kopf und stellte fest, dass er am Pavillon angekommen war, konnte sich aber beim besten Willen nicht daran erinnern, wie er diesen Weg gegangen war. In seiner Erinnerung befand er sich noch immer am Parkeingang und haderte mit seinem Schicksal.

»Zeit und Raum sind Illusionen, die wir uns zu eigen machen sollten«, erklärte der Mann vor ihm, dessen Stimme erahnen ließ, dass er sich wohl noch nicht im Stimmbruch befunden hatte.

Zack hob eine Augenbraue. Dieser ominöse neue Dealer war am Ende doch wohl kein kleiner Junge, der noch keine drei Haare am Sack hatte?

Wenn doch, würde er das auf alle Fälle sehr lustig finden. Wahrscheinlich nutzte der Junge das Geld, um sich ein finanzielles Polster zuzulegen und aus Sorrowville abzuhauen. Verübeln konnte ihm das niemand.

»Haste was Gutes für mich?«, fragte Zack, ohne auf die hochphilosophischen Weisheiten seines Gegenübers einzugehen. Dafür war nicht der richtige Zeitpunkt, nicht der richtige Ort und definitiv nicht der richtige Alkohopegel.

»Was willst du denn haben?«

Mumm hatte er, befand Zack. Er ließ den Blick umherwandern, suchte nach etwas Verdächtigem, aber was sollte er schon finden? In den Büschen wurde wahrscheinlich hemmungslos gehurt oder gesoffen, wahlweise beides, und sonstiges Illegales getrieben, um das er sich nicht kümmern wollte. Das war Aufgabe der Polizei, die davor die Augen verschloss, denn sich um derlei Dinge zu kümmern, bedeutete Arbeit.

»Was haste denn?«

»Hör mal, Freundchen, so funktioniert das nicht. Du musst mir schon sagen, was du haben willst. Ich bin kein Hellseher und weiß nicht, mit welchem Zeug du dir einen Kick verpasst! Entweder du rückst mit der Sprache raus oder machst Platz für Kunden, die wissen, was sie wollen!« Klare, direkte Worte – ein ganzer Mann. Zack nickte langsam, gegen seinen Willen war er vom Mumm des Jungen beeindruckt. Den Blick nicht von dem Jüngling abwendend, griff er in die Jackentasche und holte das kleine Tütchen hervor. »Was hältst du von einem Tauschhandel? Du kriegst meinen Stoff, ich krieg was von dir. Wenn es taugt, haste nen neuen Stammkunden gewonnen.«

»Und wenn nicht, hab ich guten Stoff verschenkt und irgendeinen Billigscheiß bekommen, den du gestreckt hast!« Der junge Mann verschränkte die Arme. »Sicher nicht.«

»Dachte eigentlich, du wärst so was wie die gute Seele der Dealer, zumindest wurde mir das so verkauft. Und jetzt stellst dich so an.« Zack warf ihm das Tütchen entgegen. »Kannst es auch behalten, ich kauf dir deinen Scheiß ab.« Auch wenn er eigentlich nicht die Kohle dafür besaß. Doch er würde sich sicher nicht von so einem Rotzbengel bloßstellen lassen. Oder seinen Ruf anzweifeln. So weit würde es noch kommen!

Der Junge neigte den Kopf, bevor er das Tütchen, das durch die Luft gesegelt war und nun auf dem Boden lag, aufhob. Er drehte sich um, hielt es gegen das Mondlicht, als würde er wirklich etwas erkennen, und starrte auf den Inhalt.

Quälend lange Sekunden.

Dann öffnete er es, roch daran und verschloss es wieder.

»Einverstanden. Wir tauschen.« Zack beobachtete, wie der Junge in seiner Jackentasche etwas suchte, und bekam kurz darauf ebenfalls ein Tütchen zugeworfen. Ohne darüber nachzudenken, fing Zack es auf und stand für einen Moment ratlos da. »Wie jetzt?«

»Du wolltest doch tauschen? Beschwer dich nicht. Komm aber nicht wieder.« Damit schien das Gespräch für den Jungen erledigt zu sein. Er drehte sich wieder zum See und ignorierte Zack.

»Was ist jetzt? Was soll das?« Zack mochte es nicht, ignoriert zu werden. »Sprich mit mir!«

»Wozu? Hast du etwas Sinnvolles zu sagen oder stiehlst du anderen nur die Zeit, weil du selbst nichts mit dir anzufangen weißt?« Der Junge drehte sich um.

Zack konnte sein Gesicht noch immer nicht sehen und daher nicht sagen, wessen verkommener Sohn er war, was ihn fuchste. Er mochte es nicht, mit Menschen zu sprechen, die ihr Gesicht verbargen, denn immerhin verriet die Mimik oft so viel, dass seine Ermittlungen dadurch einfacher wurden. Hier aber schien der Junge es genau darauf angelegt zu haben: Dass man ihm nicht ansehen konnte, was er dachte, bevor er sich im Griff hatte. Zack schluckte eine bösartige Bemerkung hinunter, die nichts gebracht hätte außer bösem Blut, ballte die Faust um das Tütchen und drehte sich um. Er konnte spüren, wie der Blick des Jünglings ihm folgte, doch er würde sich davon nicht provozieren lassen.

Nicht heute Nacht.

In der Bibliothek war es warm und gemütlich – zumindest um diese Zeit. Lissy streckte die langen Beine aus, als sie sich die vergilbenden Zeitungen genauer ansah. So viele ungeklärte Morde und merkwürdige Ereignisse – sie wusste gar nicht, wo sie anfangen und aufhören sollte. Vieles drehte sich um Mariah Burnham, die sich einer höheren, dunklen Macht verschrieben hatte. Mariah Burnham. Jeder spektakuläre Mord, jedes absurde Ereignis größeren Ausmaßes führte unweigerlich zu ihr zurück. Lissy rieb sich den Nasenrücken. Es war alles viel komplizierter und mysteriöser, als sie gedacht hatte. Mariah Burnham hatte eine Art neuer Religion ins Leben gerufen. Elizabeth und Zack waren erst vor Kurzem bei den Ereignissen um den Knochenfürsten auf sie gestoßen. Seitdem wusste Lissy, dass von den Hinterlassenschaften Burnhams sowie von ihren Jüngern eine enorme Gefahr ausging. Zuvor hatte sie immer gedacht, die Geschichten um die wahnsinnige Mystikerin seien erfunden gewesen. So ausgiebig wie jetzt hatte Lissy auch noch nie über sie recherchiert. Es gab regelrechte Fanbriefe und Lobeshymnen, Fotostrecken und Gruppenbilder ihrer Anhänger.

Lissy schüttelte den Kopf. Vor dreißig Jahren waren ihr die Bewohner Sorrowvilles gefolgt, als wäre sie der Rattenfänger von Harlem oder eine Art Sirene. Burnham war zwar längst tot, aber seitdem hatte jedes Jahr neue Anhänger hervorgebracht, die sich ihrer wahnsinnig erscheinenden Idee verschrieben hatten: ihrem dunklen Meister zu dienen. Doch wer war damit gemeint? Was sollte das bedeuten? Warum endete jedes Ritual, jeder Plan, den diese Leute schmiedeten, in einem Blutbad?

Noch etwas anderes fiel Lissy auf, während sie die Berichte abglich: Warum war davon nie etwas aufgeklärt, sondern praktisch immer als Unfall oder ungelöst deklariert worden?

Lissys Hände zitterten, als sie weiterlas. Eines der Gruppenbilder zeigte viele junge Menschen, die sich gegenseitig im Arm hielten, lachten und voller Leben und Freude in die Kamera strahlten. Die Reporterin beugte sich vor und betrachtete das verblichene Foto genauer. Jemand hatte eine Notiz dazu verfasst, dass alle auf dem Foto unter Verdacht standen, Mariah Burnhams Anhänger zu sein, aber selbst angegeben hatten, lediglich einen Ausflug unternommen zu haben. Sie waren in einer Kirchenruine dabei erwischt worden, wie sie Blut, Fleisch und Knochen in einem Pentagramm aus Salz, Algen und schwarzem Wachs verbrannt hatten. Der damalige Ranger, so war zu lesen, hatte es für einen dummen Scherz gehalten, jugendlichen Leichtsinn, wie er immer mal wieder vorkam. Sie waren allesamt ermahnt worden, es nie wieder zu tun, und waren nach Hause geschickt worden. Lissy runzelte die Stirn. Die Notiz ging noch weiter. Der Verfasser hatte Theorien aufgestellt, was in dieser Ruine alles passiert sein mochte, weil er als Kind selbst einem Ritual wie diesem beigewohnt hatte. Was sie las, jagte ihr einen Schauder über den Rücken und Angst ins Herz. Ihr Blick wanderte wieder zum Foto. Sie erkannte nicht viele Gesichter. Den ehemaligen Bürgermeister, einige Polizisten, einen ihrer Kollegen aus der Redaktion und – ihr Atem stockte – das Apothekerehepaar Dorothy und Jonathan Harsen. Schnell schaltete sie das einer großen Lupe gleichende Gerät aus, mit dessen Hilfe sie die Zeitung besser lesen hatte können, und raffte ihre Sachen zusammen. Das musste sie Zack erzählen. Ganz dringend!

Kapitel 8
ZORN UND WAHRHEIT

»Mr. Zorn!«
Jemand schrie.
»Mr. Zorn!«
Noch immer schrie jemand.
Zack stöhnte. Sein Umfeld war zu laut. Warum musste immer jemand herumbrüllen, wenn er für einen Augenblick die Augen schloss? Durfte ein Mann denn nicht schlafen, wenn er müde war?
»Zack, verdammt noch mal!« Ein schwerer, süßer Duft umhüllte ihn.
Er versuchte, die Augen zu öffnen, doch sein Körper gehorchte ihm nicht.
»Zack, jetzt mach endlich die Augen auf!«, mischte sich eine zweite Stimme ein, nicht weniger laut. Er versuchte, etwas zu sagen, doch kein Laut drang aus seinem Mund. Was zur Hölle war hier los?
»Zack, beim Hodensack Gottes, was hast du getan? Steh auf! Mach deine Augen auf! Furz von mir aus auch, aber zeig uns, dass du noch bei uns bist!« Unflätige Ausdrucksweise, hohe, leicht schrille Stimme – das musste Lissy sein. Aber warum drehte sie so durch? Er hatte sich doch nur aufs Sofa gelegt und ein wenig geruht. Nachdem er sich etwas von dem Tütcheninhalt gegönnt hatte, war er sehr müde geworden – die Anstrengung der letzten Tage hatte ihren Tribut gefordert, da war es völlig normal, sich hinzulegen und auszuruhen. Abgesehen davon, dass dieses spezielle Nickerchen alles andere als normal war.
»Mabel, was ist mit ihm los? Seit wann ist er in diesem Zustand?« Lissys Stimme war vor Aufregung schrill geworden, was sie äußerst unangenehm machte. »Was hat er sich reingefahren? Sollen wir einen Arzt rufen?«

»Nein, Ms. Roberts, der gute Mr. Zorn ist so robust wie ein Schwein. Der stirbt nicht mal, wenn man es ihm befiehlt.«

Das war Mabel, aber wie kam sie zu so einer Aussage über ihn? Zack wollte sich empört aufrichten, schaffte es aber nicht. Mit einem Mal begriff er: Er war ein Gefangener seines eigenen Körpers.

»Von allein gerät man nicht in so einen Zustand. Also, was hat er genommen?«, verlangte Lissy zu erfahren.

Zack hätte ihr liebend gern eine Antwort darauf gegeben, konnte es aber nicht. Er bemühte sich, eine Hand zu heben, einen Finger zu rühren, doch nichts geschah. Seine Augen öffneten sich nicht, sein Körper blieb starr und steif. Frust, Angst und Trotz vermischten sich und entzündeten ein Feuer in ihm. Zack wurde es so heiß wie damals, als er Pedros selbstgebrannten Chilischnaps probiert hatte. Ein Feuer, das sich durch seine Organe brannte und ihn zu zerstören, zu verschlingen, nichts mehr übrig zu lassen drohte. Es bereitete ihm Schmerzen, er wollte sich winden, krümmen, schreien. Doch so sehr er sich auch anstrengte, er konnte sich nicht bewegen. Sein Körper blieb regungslos, gehorchte ihm nicht. Nicht einmal Schweiß trat auf seine Stirn. Es war, als hätte man ihn einfach ausgeschaltet. Als wäre er in Leichenstarre gefallen.

Ein Verdacht drängte sich auf.

War es so den anderen ergangen? Waren so die anderen gestorben? Weil ihre Körper aufgehört hatten zu funktionieren? Weil nach der Regungslosigkeit des Körpers auch die Organe irgendwann ihren Dienst versagten? Waren sie zu lebenden Leichen geworden, bis sie schlussendlich vom Tod eingeholt worden waren, weil sie nicht in der Lage gewesen waren, auf sich aufmerksam zu machen? War es deshalb erst so viel später aufgefallen, dass sie tot waren?

Zack wollte schlucken, um den Kloß im Hals zu verdrängen. Wollte schreien und den beiden Frauen mitteilen, was hier geschah, doch er konnte nicht. Panik verdrängte die Angst, ließ sein Herz gegen das ankämpfen, was ihn qualvoll langsam sterben lassen würde.

»Was sollen wir tun?« Lissy schien jetzt leiser, aber verzweifelter zu sein. Offenbar sorgte sie sich ernsthaft um ihn.

»Sein Herz schlägt kaum noch. Wir müssen ...« Mabel sprach nicht weiter. »Wir müssen ihn unter Strom setzen. Ich habe mal gelesen, dass elektrischer Strom das Herz wieder zum Schlagen bringt.«

»Was heißt das?«

»Bringen Sie mir das Radio und die Flasche Wasser vom Tisch.« Mabels Ton ließ keinen Widerspruch zu.

Zack bekam noch mehr Angst. Hatte sie das vor, von dem er glaubte, dass sie es vorhatte? Das konnte nicht ihr Ernst sein.

Andererseits: Was hatte er zu verlieren? Er lag sowieso schon im Sterben.

Dorothy strich ihrer Tochter lächelnd eine Strähne aus dem Gesicht. »Was ist los? Kannst du nicht schlafen? Du bist so unruhig.«

»Du doch auch nicht, sonst wärst du ja nicht wach«, gab Josie erstaunlich widerspenstig zurück.

Dorothy hob eine Augenbraue, woraufhin die Tochter den Blick senkte.

»Komm, ich mach dir einen Tee. Dann können wir uns ein wenig nach draußen setzen, in Ruhe den Tee genießen und beruhigt, mit einem warmen Gefühl im Bauch, einschlafen.« Das Misstrauen im Blick ihrer Tochter entging ihr nicht. Sie war wohl seit dem Tod ihres Mannes wirklich zu streng zu Josie gewesen. Aber was hätte sie tun sollen? Sie war das Kostbarste und Einzige, das ihr geblieben war. Sie würde mit Sicherheit nicht zulassen, dass ihrer Tochter etwas zustieß, wenn sie sie in diese verdorbene Welt entließ.

Was vielleicht schneller passieren würde, als sie dachte. Doch das durfte sie Josie nicht verraten. In der Küche kochte sie Wasser auf, lauschte der Stille der Nacht, in der vereinzelt Grillen zirpten und in der Ferne ein Wolf jaulte. Als Kind hatte sie die Geschichte über einen Werwolf im Green Wood oberhalb von Sorrowville gelesen und sich fürchterlich geängstigt, wann immer sie nachts einen Wolf gehört hatte. Mittlerweile wusste sie, dass es grausamere und gefährlichere Monster in der Welt draußen gab und nicht alle einer Legende oder Geschichte entsprangen. Mit routinierten Griffen goss sie das heiße Wasser über die Teemischung, die sie für solche Fälle zubereitet hatte, und ging mit den dampfenden Tassen zu Josie auf die Terrasse. Der Mond stand hoch am Himmel, leuchtete hell und tauchte die Welt in silbernes Licht. Dorothy lächelte, als sie ihre Tochter betrachtete. Ja, Josie war ihr kostbarstes Gut.

»Danke, Mommy.« Josie blies ein wenig auf die Oberfläche, um den Inhalt abzukühlen. Vorsichtig nahm sie einen Schluck. Dorothy sparte sich den Hinweis, dass sie sich verbrühen würde. Das würde Josie auch ohne einen Kommentar merken.

»Ein wenig warm, nicht wahr?« Dass sie sich anders benahm als sonst, war ihr durchaus bewusst. Doch Dorothy war es leid, immer streng und harsch zu ihrer Tochter zu sein, auch wenn sie versprochen hatte, sie auf das Leben in der Welt da draußen vorzubereiten und wie es war, ohne den Schutz der Mutter zu überleben. Denn Josie würde eines Tages ohne diesen auskommen müssen, ob sie wollte oder nicht.

»Mommy?«, kam es undeutlich von Josie. Dorothy hob eine Augenbraue. Entweder hatte sich ihre Tochter verausgabt und war müder als sonst, wenn sie ihr den Schlummertee aufkochte, oder sie hatte ihn falsch dosiert. So oder so war das Ergebnis dasselbe, nur eben schneller. Sie strich ihr sacht über die Haare, bevor sie sie mit einer Stärke auf die Arme hob, die man ihr nicht zugetraut hätte. Doch sie war mit Gaben gesegnet, die man nicht auf den ersten Blick sah: körperlicher Stärke, Widerstandskraft, einer erhöhten Regenerationsfähigkeit. Kurzum konnte man sagen, dass sie mit enormen Fähigkeiten beschenkt worden war, für das, was nun bald getan werden musste. Vorsichtig brachte sie Josie zu ihrem Bett. Bemüht, sie nicht zu wecken, legte sie sie ab. Ihre Tochter wirkte schmal und zerbrechlich, wie sie so da lag. Dorothy strich ihr noch einmal über die Stirn, bevor sie die Fesseln um die Handgelenke und Knöchel ihrer Tochter befestigte.

»Du hast dir Zeit gelassen!«, ertönte eine Stimme, dumpf und wütend. »Wir haben gewartet! Wir sind hungrig.«

»Natürlich, das verstehe ich«, antwortete Dorothy leise und ehrerbietig. Sie wusste, dass sie stets beobachtet wurde und niemals alleine war. Nicht mehr seit jener Nacht, als sie in dieser Kirche dem Ritual beigewohnt hatte. Damals hatte sie ihre Seele, ihren Leib und die Früchte, die sie in dieser Welt ernten würde, dem Meister versprochen.

»Du hast mir Nahrung versprochen. Du hast mir eine Braut versprochen. Du hast mir Freiheit versprochen!«

»Ihr werdet diese auch bekommen.« Dorothy konnte nicht verhindern, dass Ungeduld ihre Stimme färbte. »Es ist nur … nicht so einfach. Eine Seele pro Nacht, mehr kann ich nicht ernten.«

»Weil du dich dagegen sträubst!«, dröhnte es von den Wänden.

»Nein, weil ich nicht kann. Offensichtlich ist die Stadt noch nicht so verdorben, wie ich gedacht habe.« Dorothy prüfte die Fesseln. Sicherheitshalber knebelte sie ihre Tochter – das Letzte, was sie gebrauchen konnte, waren Schreie, die die Nachbarn anlockten. »Ich habe Euch einst ein Versprechen gegeben, und das halte ich auch.« Dorothy schlüpfte in ihre Robe. »Allerdings muss ich zugeben, dass die Ernte nun ein Ende haben muss. Sie kommen mir auf die Schliche.«

»Du bist unvorsichtig geworden!«

Dorothy rümpfte die Nase und wollte widersprechen, allerdings war es die Wahrheit. Hätte sie sich nicht von altem Groll hinreißen lassen, wäre das alles anders verlaufen, und sie hätte mehr ernten können. So war es ein wenig unbefriedigender gewesen, als sie geplant gehabt hatte. »Ja. Das stimmt.«

»Was hast du nun vor, Dienerin?«

Bei dieser Bezeichnung zuckte sie zusammen. Dorothy hatte sich nie damit anfreunden können, von den Schattententakeln, die ihre Verbindung zum Meister sicherten, so bezeichnet zu werden.

»Ich werde Euch mein kostbarstes Gut opfern. Ihr werdet mit diesem Opfer an Macht gewinnen, an Stärke. Sie wird Euch den Weg in unsere Welt bereiten!«

»Ist sie würdig?«

»Mehr als das.« Wie konnte er es wagen, Josephine anzuzweifeln? Nach allem, was sie getan hatte, um ihre Tochter auf dieses Ereignis vorzubereiten? Sie war ein Juwel, einmalig und kostbar. Das Wertvollste, was sie an Frucht in diese Welt gebracht hatte.

»Dann hoffe ich, dass wir erfreut sein werden.« Die Schattententakel tanzten über die Wände. Dorothy biss die Zähne zusammen und begann, Kerzen in einem Pentagramm um den Altar aufzubauen und anzuzünden. Sie zeichnete Runen mit Blut, Knochen und Salz.

»Dass die Menschen noch immer glauben, uns mit Salz abwehren zu können!« Das bellende Lachen, das auf diese Worte folgte, war spöttisch und hart – Dorothy lächelte nur schwach darüber. Sie wusste, dass die Anhänger Mariah Burnhams wesentlich daran beteiligt waren, allerlei Aberglauben unter den Menschen zu verbreiten. Ohne auf die Schatten an den Wänden zu achten, begann sie mit dem Opferritual.

Kapitel 9

DER RUF DES MEISTERS

Zack hustete. Ein wilder Schmerz jagte durch seinen Körper. Langsam öffnete er die Augen, sein Körper gehorchte ihm noch immer nicht, doch es wurde langsam besser. Das lähmende Gefühl war noch da, und auch das Feuer, das seine Innereien verbrennen wollte, war noch nicht verschwunden. Immerhin schien er wieder Herr seiner Sinne zu sein – zumindest, was sehen, hören und sich bemerkbar machen anging.

»Mabel, es scheint ihm besser zu gehen«, bemerkte Lissy. Zack wollte eine Augenbraue heben, doch so weit gehorchte sein Körper ihm noch nicht.

»Wie kommen Sie …« Mabel sog die Luft ein, blähte die Nasenflügel auf und würgte. »Ich verstehe. Nun, dann scheint das Schlimmste ja überstanden zu sein.« Zu Zacks Beruhigung legte sie das Radio beiseite, das irgendwie deformierter aussah. Was hatte sie damit getan? Hatten sie ihm wirklich einen Elektroschock verpasst? Mit dem Kabel des Radios?

Moment – bedeutete das jetzt, dass er kein Radio mehr besaß?

»Er scheint wirklich über den Berg zu sein, ich sehe schon, wie die Erbse in seinem Kopf rollt und er sich darüber Gedanken macht, dass wir sein Radio zerstört haben, mit dem er gerne den Polizeifunk abgehört hat. Dank Pedro hat er das ja irgendwie geschafft, sie zu belauschen.« Lissy erhob sich und strich ihre Hose glatt. »Es ist wichtig, dass er wieder zu sich kommt. Ich habe etwas Wichtiges entdeckt, das ich ihm unbedingt zeigen muss.«

Zack versuchte die Zähne zu fletschen, doch die Zunge bewegte sich nicht. Was war in diesem Tütchen gewesen? Was war mit ihm geschehen?

Mabel zog ihm ein Augenlid nach dem anderen auf, um zu prüfen, ob er nicht erneut das Bewusstsein verloren hatte, dann erhob sie sich. Dass sie wenig Rücksicht darauf genommen hatte, sanft zu sein oder ihm nicht weh zu tun, würde er ihr spätestens dann erklären, wenn er wieder Herr seines Körpers war.

»Was haben Sie denn entdeckt, Ms. Roberts?«, hörte er Mabel sagen, während ihre Schritte sich entfernten. Eis klirrte, ein Kühlschrank wurde geöffnet, und der warme, beruhigende Duft eines Bourbon erfüllte die Luft. Jetzt wurde ihm auch noch der Whiskey weggesoffen! Zack ballte die Fäuste – was ihm überraschenderweise gelang. Das Feuer wurde schwächer und durch Wut ersetzt. Ein hohes Grunzen erklang, das sich mehr nach einem Fiepen anhörte, doch immerhin war es ein Laut aus seiner Kehle. Beide Frauen drehten sich um, und er hörte ein Platschen. Hatten sie jetzt etwas von dieser Köstlichkeit verschüttet? Lissy musste doch wissen, wie teuer das Zeug war.

»Mr. Zorn, können Sie aufstehen? Geht es Ihnen besser?« Mabel war schneller bei ihm, als er gedacht hatte. Wenn er erst einmal in ihrem Alter war, würde er sich definitiv nicht mehr so flott bewegen, da war er sicher. Wobei er nicht einmal wusste, ob er so alt werden würde wie Mabel. Zumindest nicht, wenn es nach Dorothy ging. Doch er korrigierte diesen

Gedanken schnell wieder. Der neue Dealer in der Stadt hatte ihm den Stoff mitgegeben, der ihn ausgeknockt und beinahe getötet hatte. Eine Hand fuhr unter seinen Körper, legte sich zwischen seine Schulterblätter. Mabel wollte ihm aufhelfen! Ausgerechnet die gute, alte Mabel! Doch sie war nicht allein. Schlanke Finger schlossen sich um sein linkes Handgelenk und zogen ihn nicht sonderlich geschickt auf die Beine. Er schwankte, griff nach Halt. Seine Finger schlossen sich um etwas Rundes, Weiches.

Zu weich, um etwas Unverfängliches zu sein.

Die schallende Ohrfeige, die ihm Mabel verpasste, ließ ihn zurückstolpern. Die Welt drehte sich, sein Büro schien kopf zu stehen, und Zack befürchtete, erneut das Bewusstsein zu verlieren. Sein Körper krachte gegen das Sofa, auf dem er dieses verhängnisvolle Nickerchen gemacht hatte. Immerhin konnte er nun halbwegs stabil dort sitzen; die Welt um ihn kam wieder zur Ruhe. Schwer atmend und noch immer etwas kraftlos hob er den Kopf, um die beiden Frauen anzusehen. Mabel stand mit erhobener Hand und hochrotem Kopf vor ihm, während Lissy das Gesicht in den Händen verbarg.

»Es tut mir leid?«, brachte er mühsam hervor.

Lissys Schultern zuckten.

»Wirklich, Mabel. Es tut mir leid.«

»Ist das eine Frage oder eine Aussage? Mr. Zorn, ich muss doch sehr bitten!«, polterte Mabel los.

Lissys Schultern zuckten wilder, heftiger. Besorgt lag Zacks Blick auf der jungen Frau. Hatte er sie unsittlich berührt und ihre angeknackste Seele endgültig zerbrochen? Oder hatte er etwa ... Mabel dort berührt, wo sie nicht von ihm berührt werden wollte? Zack spürte, wie ihm Hitze in die Wangen stieg.

Eine andere Hitze, als sie von seiner Brust ausging. Langsam senkte er den Kopf und bemerkte, dass sein Hemd offen stand. Sie mussten es rabiat aufgerissen haben, um ihn zu schocken, vermutete er. Doch was war das für ein seltsamer Fleck auf seiner Haut? Es sah aus wie ... wie der Deckel des Portaphones! Da war der Abdruck seines Radiodeckels auf der verkohlten Stelle seiner Haut! Die verbrannte Fläche tat weh, und Wundwasser sickerte heraus. Doch sie hatten ihm damit das Leben gerettet, vermutete er. Auch wenn er nun wohl den Rest seines Lebens eine Narbe mit sich herumtrug. Allerdings durfte er ihnen das nicht vorwerfen, das wäre nicht fair.

»Es tut mir wirklich leid. Ich wollte mich nur abstützen«, murmelte er kleinlaut. Was sollte er anderes sagen? Herausreden war nicht möglich, und ungeschehen konnte er es jetzt auch nicht mehr machen.

»Suchen Sie sich nächstes Mal eine bessere Stelle zum Zupacken!«, schimpfte Mabel und richtete ihre Bluse. »So etwas machen wir hier nicht!« Sie drehte sich um und ging zum Sideboard mit eingebautem Kühlschrank, um ihm ebenfalls etwas einzuschenken. Wasser, wie er bemerkte. Großartig.

»Also, was hast du herausgefunden?«, fragte Zack, nachdem ihm Mabel das Glas Wasser gereicht hatte. Mit spitzen Fingern hielt er es fest und nippte immer nur daran, was Mabel mit einem bösen Blick quittierte.

Lissy hielt ihr Gesicht immer noch in den Händen verborgen.

»Lissy?« Sein Blick wanderte nervös zu Mabel, die ihn ausdruckslos ansah. »Ist alles in Ordnung?«

Die Reporterin senkte die Hände und brach in hemmungsloses Lachen aus.

Nachdem sich Lissy gefangen hatte und Zack sich nicht mehr ganz so zerschlagen fühlte, konnte er sich auch auf das konzentrieren, was sie erzählte. Lissy schien selbst nicht fassen zu können, was sie entdeckt hatte, doch gab es keinen Zweifel mehr: Dorothy steckte in der Geschichte irgendwie mit drin.

»Und wenn sie lediglich davon weiß, was das für ein Teufelszeug ist, das dieser Typ vertickt«, mutmaßte Zack. »Immerhin ist sie Apothekerin, war bei diesen Ritualen dabei und ist eine Anhängerin von Burnham.« Er trank das Glas Wasser in einem Zug leer.

»In den Aufzeichnungen oder Notizen zu den Ritualen wird von betäubenden Kräutern gesprochen, die dafür sorgen, dass der Körper stirbt, so dass die Seele geerntet werden kann«, erwiderte Lissy leise, die Finger fest um das Glas geschlossen. Ihr Blick zeugte davon, dass das, was sie gelesen hatte, sie noch immer erschütterte. »Sie haben diese Kräuter jenen verabreicht, die sie ihrem Meister opfern wollten.«

»Dann wird Dorothy sie sicher kennen. Dieses Mal wird sie uns helfen müssen, oder ich jubel die Kräuter ihrer Tochter unter. Dann hat sie keine andere Wahl, als uns zu helfen.« Zack verschränkte die Arme. »Danach schnappen wir uns den Dealer, liefern ihn der Polizei aus und hoffen, dass die Morde dann aufhören.«

»Also sind Sie tatsächlich der Ansicht, dass es sich um Morde handelt?« Mabel klang nicht überzeugt. »Wären dann nicht viel mehr Menschen gestorben? In Sorrowville nehmen ja nicht nur ein, zwei Leute pro Nacht Rauschmittel zu sich, wenn ich mich nicht irre.«

»Da ist was dran.« Zack raufte sich die Haare. »Vielleicht wäre es einfacher gewesen, sich einem neuen Knochenfürsten zu stellen, als so im Dunklen zu tappen.«

»Mabel hat recht. Es steckt mehr dahinter. Es trifft anscheinend immer nur einige wenige, wenn nicht sogar pro Nacht nur einen. Das ist zu merkwürdig, um dahinter kein gezieltes Vorgehen zu vermuten. Der Mörder muss einen Plan haben. Aber welchen?«

»Das muss uns jetzt Dorothy sagen. Selbst wenn sie nicht mehr zu den Anhängern Burnhams gehört, wird sie sicher wissen, was das für ein Zeug ist, wo man es herbekommt und was für irre Pläne damit verfolgt werden könnten.« Zack klopfte seine Hose nach Tabak ab. Der Beutel war verschwunden.

»Worauf warten wir dann noch? Die Kavallerie? Als ob die kommen wird.« Lissys Meinung über die städtische Polizei war nicht wirklich besser als die seine, allerdings würde Zack dem Inspector Rudolph Turner dennoch Bescheid geben. Backup konnte nie schaden.

Er nickte Mabel unauffällig zu, als er Lissy aus dem Büro folgte, und sah noch, dass sie nach dem Telefon griff, als die

Tür ins Schloss fiel und sie vor das Haus traten, das oberhalb der Klippen in der Black Hollow Bay lag.

Die Atmosphäre hatte sich verändert. Zacks Bauchgefühl sagte ihm sehr deutlich, dass hier etwas ganz und gar nicht stimmte. Er verzog das Gesicht und hielt sich den Bauch.

»Lass die Darmflöte ruhen!«, zischte Lissy. »Du solltest dich beherrschen!«

»Aber was raus muss, muss raus.« Zack nahm einen tiefen Zug von der Zigarette.

Der böse Blick, den ihm Lissy zuwarf, sprach Bände, doch er glaubte, etwas Angst in ihren Augen aufblitzen zu sehen, in Anbetracht dessen, was ihnen bevorstand. Sie spürte es ebenso wie er. Hier war etwas ganz und gar nicht in Ordnung, und wenn man wusste, dass die Ereignisse mit dem Vermächtnis der Mariah Burnham zu tun hatten, verhieß das schlimmere Dinge, als sich die meisten Leute vorstellen konnten.

»Spürst du das? Der Wind. Er ist zu still, so als wäre er gar nicht da. Keine Geräusche, nichts. Kein Vogelgezwitscher, dicke Wolken vor der Sonne …« Lissy hob den Kopf und sah in den Himmel. »Zack, ich befürchte, wir haben hier gleich ein massives Problem.«

Zack zog die Schultern hoch und den Kopf ein. »Das glaube ich auch.« Er streckte die Hand aus, um die Tür zur Apotheke zu öffnen, doch sie war verschlossen. Stirnrunzelnd spähte er durch das Fenster, doch er konnte weder Josie noch Dorothy sehen.

»Seit wann ist die Apotheke um diese Zeit geschlossen? Rühmt sich Dorothy nicht immer damit, dass ihre Apotheke nie schließt?« Lissy stellte sich auf die Zehenspitzen, um ebenfalls in den Laden zu spähen. »Wo sind sie?«

Zack stöhnte, sein schlechtes Bauchgefühl verstärkte sich. Schmerzhaft zog sich sein Magen zusammen, und es kostete ihn alle Willenskraft, sich nicht zu krümmen.

»Was machen wir jetzt?«

Zack kreiste mit den Armen. »Wir verschaffen uns Zutritt.«

Lissy starrte ihn einen Augenblick lang an.

»Keine Sorge, wir brechen nicht die Vordertür auf. Das ist zu auffällig. Wir gehen durch den Hintereingang rein. Ich befürchte ohnehin, dass wir zu spät kommen.« Er sah sich um, doch die Straße war menschenleer. Als wüssten die Einwohner Sorrowvilles instinktiv, dass sie sich besser nicht hinauswagen sollten. Etwas lag in der Luft, das in seinen Verstand eindringen wollte. Warnte ihn, weiterzugehen. Warnte ihn, ums Haus zu laufen. Warnte ihn davor, in die Apotheke einzubrechen.

Doch Zack ließ sich davon nicht beirren. Mit aller Kraft, die er besaß, trat er die Tür ein.

»Ging es nicht noch ein wenig auffälliger, Zack?«

»Lissy, ob du's glaubst oder nicht, ich nehme nicht an, dass Dorothy das gehört hat. Falls doch, wissen wir wenigstens, wenn sie gleich wutentbrannt angerannt kommt und ihre Unschuld beteuert, dass sie nicht mit dem Dealer unter einer Decke steckt, sondern einfach einen Tag frei genommen hat.«

Lissys skeptischer Blick entging ihm nicht, doch was hätte er anderes sagen sollen? Er glaubte ebenso wenig an Dorothys Unschuld, nicht mehr, nachdem Lissy ihm erzählt hatte, dass die Apothekerin mit ihrem Mann Ritualen beigewohnt hatte, die dermaßen verachtenswert waren, dass es ihm einen kalten Schauer über den Rücken jagte. Er wollte nicht wissen, wie viele Kinder Dorothy auf dem Gewissen hatte – oder wie viele Menschen damals in ihrer Gegenwart geopfert worden waren. Vielleicht bereute sie es mittlerweile und dachte anders darüber. Möglicherweise ging sie deshalb so hart mit ihrer Tochter um, weil sie wusste, wie schnell man ein Kind verlieren konnte.

Oder es war nur Show, um sie zu täuschen.

Zack konnte es nicht mit Gewissheit sagen, allerdings würden sie das jetzt herausfinden.

»Hörst du das?«, wisperte Lissy, als sie durch die zerborstenen Türüberreste stiegen. »Ich glaube, ich höre ... eine Stimme. Aber sehr leise und dumpf.«

Zack konzentrierte sich und lauschte. Ja, sie hatte recht. Leise, kaum hörbar, drangen Wörter zu ihnen, in einer Sprache, die sie nicht verstanden. Zack schluckte. Sein Gefühl hatte ihn nicht getäuscht. Hier stimmte etwas nicht.

»Rufen wir die Polizei?«

»Nein.« Zack entsicherte seinen Revolver und schenkte ihr einen auffordernden Blick. »Wir versuchen erst mal herauszufinden, was hier los ist.«

Lissy fing seinen Blick auf, verstand aber offensichtlich nicht, was er von ihr wollte. Mit dem Kopf ruckte er in Richtung seiner Waffe und wartete darauf, dass sie ihren Ladysmith hervorholte und entsicherte. Möglichst lautlos und mit gezückten Revolvern schlichen sie aus dem Flur an den Lagerräumen und dem Hinterzimmer mit Kochnische vorbei zur Kellertür.

Die Stimme wurde lauter. Die Worte klangen bedrohlicher, unheilvoller.

Zack bedeutete Lissy, hinter ihm zu bleiben. Vorsichtig öffnete er die Tür, achtete darauf, lautlos zu bleiben und sie sacht zu öffnen. Auf Zehenspitzen stiegen sie die Treppen hinunter, die Stufen erhellt von Kerzenschein, je weiter sie hinabstiegen. Die Stimme schwoll weiter an, und endlich erkannte Zack sie als jene Dorothys.

»Verdammte Scheiße!«, entfuhr es ihm lauter als beabsichtigt, als er den Treppenabsatz erreicht hatte.

Josie lag gefesselt und geknebelt auf einem Altar, und Dorothy stand in dunkler Robe blutverschmiert über ihr. Die Apothekerin hatte die Arme zur Decke erhoben und sprach in einer Art Singsang Worte in einer Sprache, die er nicht kannte und nicht verstand.

»Scheiße!«, entfuhr es nun auch Lissy.

Beim Klang ihrer Stimme hielt Dorothy inne und drehte den Kopf zur Seite, um über ihre Schulter nach den Eindringlingen zu sehen. Die Augen der Apothekerin leuchteten in sattem, grellem Rot. Dunkle Schatten waberten wie dicke Tentakel in den Ecken des Raumes, näherten sich bedrohlich leckend über die Wände.

Lissy rückte näher an Zack heran.

»Ihr hättet nicht herkommen sollen. Ihr hättet euch nicht einmischen dürfen!«, grollte Dorothy in einer Stimme, in der Zack ein dunkles, böses Echo herauszuhören glaubte.

Die Schattententakel kamen näher, krochen über die Wände auf sie zu. Dunkelheit legte sich über den Raum.

»Nun werdet ihr sterben. Der Meister lechzt nach Dienern.«

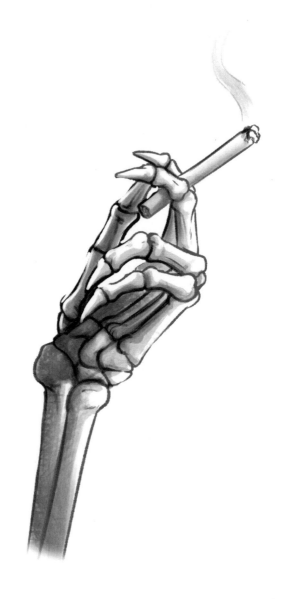

Kapitel 10

DAS GESCHENK DER APOTHEKERIN

Zack zögerte einen Moment zu lange. Einen kurzen Augenblick war er von der Szenerie irritiert und verharrte in der Bewegung. Diese Sekunden reichten Dorothy offensichtlich. Mit einem entsetzlichen Aufjaulen stürzte sie mit der Athame in der Hand auf ihn zu. In ihren Augen erkannte er pure Mordlust.

»Nein! Zack!«, schrie Lissy. Ein Schuss ertönte, doch ein Schattententakel warf sich dazwischen. Er sprang direkt von der Wand der Kugel entgegen. Ein weiterer Tentakel löste sich von der Wand und schlug nach Lissy. Mit einem Hechtsprung konnte sie sich gerade noch retten. Als der Tentakel aufprallte, hinterließ er einen tiefen Krater im Boden. Ein Klirren verriet, dass über ihnen in der Apotheke Regale umgefallen waren.

Dorothy gab nicht auf. In ihrer Raserei stach sie wild nach Zack, der nur mühsam ausweichen konnte. Er löste die Waffe aus, hoffte aber, Dorothy nicht schwer zu verletzen, sondern sie lediglich außer Gefecht zu setzen. Gegen die Tentakel und die rasende Frau zu kämpfen, war nicht einfach. Er wusste nicht, welcher Zauber dafür sorgte, dass die Schatten materialisieren und zuschlagen konnten. Es reichte ihm, dass hier etwas vor sich ging, was jenseits des Natürlichen lag.

»Zack, pass auf!« Die Stimme Lissys brach, als sie ihn warnte, und ging in einem schmerzerfüllten Laut über. Er sah sich nach ihr um, bemerkte das Blut auf ihrem Gesicht. Offensichtlich hatte sie nicht allen Schlägen ausweichen können.

»Rette das Mädchen!«, befahl er und schoss erneut auf Dorothy. »Und dann verschwindet.«

»Und du?«, schrie Lissy auf. »Was ist mit dir?«

»Ich komm zur…«, er stöhnte, »…recht. Seht nur zu, dass ihr rauskommt. Dann sehen wir weiter.« Er sprang zur Seite, dennoch streifte ihn der Tentakel. Brennender Schmerz jagte durch seinen Körper. Jeder Knochen schmerzte, die Stelle auf seiner Brust brannte. Zack war nicht in der besten Verfassung, um zu kämpfen.

»Du kannst nicht gegen mich gewinnen, Zack. Ich habe IHN auf meiner Seite.« Dorothy keuchte, gab aber offensichtlich nicht auf.

Zack suchte nach Lissy, die zum Altar kroch und sich immer wieder aus der Reichweite der Tentakel rollte.

»Du wirst sie mir nicht wegnehmen. Sie ist dazu bestimmt!«

»Dazu bestimmt, von ihrer Mutter geopfert zu werden? Du krankes Miststück!« Zack blockte Dorothy mit dem Arm, versuchte ihr das Messer zu entwinden, ohne dabei auf sie oder sich oder Lissy zu schießen.

»Sie wird so viel mehr sein! Ihr versteht es nicht. Niemand versteht es, der nicht erleuchtet wurde durch die Dunkelheit.« Dorothy lachte. »Ihr Unwissenden werdet erzittern! Sie wird dem Meister den Weg bereiten. Sie wird seine Braut sein. An seiner Seite wird sie herrschen!«

»Was?« Zack glaubte, sich verhört zu haben. Sie wollte ihre Tochter nicht nur opfern, sondern als Braut anbieten? Erneut versuchte er unauffällig nach Lissy zu sehen, die sich mittlerweile an den Fesseln zu schaffen machte. Ihr Gesichtsausdruck deutete darauf hin, dass es sich schwieriger als erwartet gestaltete.

Dadurch unaufmerksam, bemerkte er erst, dass Dorothy auf ihn zugesprungen war, als sie gegen ihn prallte. Das Messer glitt in seine Seite, als wäre er aus Butter, doch Zack ignorierte den Schmerz, so gut es ging. Stattdessen holte er aus und schlug ihr mit der Faust gegen die Schläfe, um sie außer Gefecht zu setzen. Sie brach zusammen und rührte sich nicht mehr.

Schwer atmend und blutend stand er über ihr.

»Ist es … vorbei?«, fragte Josie mit trockener Stimme. »Ist Mommy tot?«

»Nein, sie ist nicht tot. Aber es ist vorbei.« Zack sank zu Boden und hielt sich die Seite. Blut quoll zwischen seinen Fingern hervor. »Es ist vorbei.«

Die Verhaftung war unspektakulär. Mabel hatte die Polizei kurz nach ihrem Aufbruch alarmiert, und Rudy Turner hatte schnell reagiert. Nicht so schnell, dass es ernste Verletzungen verhindert hätte, aber immerhin schneller, als man es von der Polizei in Sorrowville gewohnt war. Dem Inspector steckten wohl noch die Erinnerungen an die Ereignisse auf dem Green Wood Cemetary in den Knochen, sodass er Prioritäten setzte, wenn eine Gefahr drohte, die nicht von dieser Welt war.

Zack saß am Einstieg des Krankenwagens und ließ sich verarzten. Er wandte die Augen nicht von Josie ab, die unter Schock stand. Ihr Blick war unstet.

»Sie wird es schaffen«, murmelte Lissy und reichte ihm eine Zigarette. Die Lippenstiftspuren stachen hervor, leuchtend rot wie sein Blut auf dem Boden. »Sie ist zäher, als man denkt.«

»Sie hat keine andere Wahl.« Zack stöhnte, als er sein Gewicht verlagerte. Das Gezeter, das erklang, bedeutete ihnen, dass Dorothy wieder zu Bewusstsein gekommen war.

»Nehmt eure Hände von mir! Ihr könnt nichts beweisen! Mein Meister wird kommen und euch bestrafen!«

»Natürlich wird er das«, spottete einer der Polizisten und lachte. Grob zerrten sie sie mit sich zum Polizeiwagen, um sie fortzuschaffen. Zack runzelte die Stirn. Sein Bauchgefühl sagte ihm, dass das keine gute Idee war. Dass es nicht ausreichen würde, Dorothy sicher wegzusperren; zumindest so lange, bis sie im SMI, der Einrichtung für geisteskranke Straftäter gelandet war, wo sie voraussichtlich den Rest ihres wahrscheinlich kurzen Lebens verbringen würde. Als Dorothy an ihrer Tochter vorbeikam, lächelten sich die beiden an: ehrlich, voller Liebe und zum Abschied.

Man hätte es regelrecht rührend finden können, wenn man nicht wusste, was passiert war. Zack zog an seiner Zigarette und beobachtete Mutter und Tochter. Josie war von nun an auf sich alleine gestellt. Niemand glaubte mehr an die Unschuld ihrer Mutter, dafür waren die Beweise zu eindeutig, die sie gefunden hatten. Mehrere Päckchen, kleine Beutelchen mit Drogen waren gefunden worden – der gleiche Inhalt wie in dem, den er erhalten hatte.

Dorothy hatte ihn verhöhnt und damit geprahlt, die Substanzen zusammen mit Josie hergestellt zu haben – unter dem Deckmantel, den Menschen von Sorrowville etwas Gutes zu tun. Dass sie ihre Tochter dabei lediglich als »Erntehelferin« benutzt hatte, um ihren dunklen Meister zu stärken, verschwieg sie Josie natürlich. Bei ihrer Festnahme allerdings tat sie es laut und deutlich kund, gab alles zu und freute sich über ihren erfolgreichen Beutezug. Damit war die Beweisführung für die Polizei, und wenn er ehrlich war, auch für ihn, abgeschlossen.

»Das wird keinen guten Ausgang nehmen«, murmelte Lissy. Sie war seinem Blick gefolgt und schien seine Gedanken erraten zu haben. »Wie viele Menschen hat sie auf dem Gewissen? Fünf? Sechs? Noch viel mehr, von denen wir nicht wissen? Sie werden sie hinrichten. Todesstrafe. Genau wie damals Mariah Burnham.«

»So ist es.« Mehr gab es dazu nicht zu sagen.

Lissy lehnte sich gegen die offene Tür. Beide blickten hinüber zu Josie, die mit einer Decke um die Schultern die Augen auf ihre Mutter gerichtet hatte.

Dorothy legte den Kopf in den Nacken und sprach erneut in der unverständlichen Sprache, die niemand verstand.

»Meister! Meister, komm und rette deine Dienerin!« Nach einigen Augenblicken sprach sie wieder verständlich. »Rette mich und schlage meine Feinde mit Blindheit!«

Zack und Lissy wechselten einen Blick.

»Schon gut, verrückte Lady. Einfach einsteigen.« Dorothy wurde rüde in den Wagen gedrückt und die Tür hinter ihr zugeschlagen. Augenblicklich lag ihr Gesicht in tiefster Finsternis, als hätten die Schatten sich einzig und allein über ihr Gesicht gelegt.

Josie beugte sich nach vorne, suchte den Blick ihrer Mutter, doch da war nur Schwärze. Nichts war zu erkennen.

Lissy seufzte und stieß sich ab. Mit großen Schritten ging sie hinüber zu dem Mädchen und wollte es offenbar trösten.

Zack beobachtete, wie Lissy Josie in den Arm nahm und ihren Rücken streichelte. Ein wissendes Lächeln umspielte seine Lippen; wahrscheinlich würde das Mädchen gleich weinen.

Aus rot leuchtenden Augen fing er Josies Blick auf.

Und plötzlich wusste er: Es war noch nicht vorbei.

FORTSETZUNG FOLGT IN
SORROWVILLE
BAND 3
HORRORSTREIK IM ALBTRAUMHAFEN

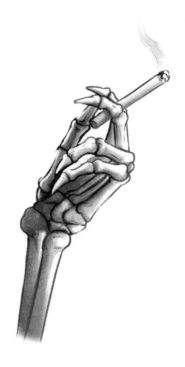

Über *Sorrowville*

In der Novellenreihe *Sorrowville* tauchen fünf bekannte Autorinnen und Autoren in eine Welt voller merkwürdiger Begebenheiten, unerklärlicher Verbrechen und albtraumhafter Bedrohungen ein.
Sie stehen dabei in Tradition von Horror-Großmeistern wie H.P. Lovecraft, erschaffen ein düsteres und facettenreiches Bild des Amerikas der 1920er-Jahre und verbinden Elemente von Pulp Horror und Noir Crime miteinander.
Sorrowville: Die unheimlichen Fälle des Zacharias Zorn liefert geheimnisvolle Geschichten vor dem Hintergrund einer albtraumhaften Bedrohung.

Autor / Band 2: Naomi Nightmare alias Michaela Harich

Hinter dem Pseudonym Naomi Nightmare steckt die Autorin Michaela Harich. Ihre Liebe für das Wort zeichnet sich durch ihr Multitalent in Sachen Textwerk aus: Lektor, Autor, Verleger, Inkartist.
Wenn sie nicht gerade mit Tinte experimentiert oder an Texten teilt, erschafft sie düstere, fantastische Welten, in denen nicht selten humorvolle Übertreibungen mit Gesellschaftskritik und Misantrophie eine große Rolle spielen.
Die meisten ihrer Romane sind ein Spiel der Emotionen, Ängste, Klischees und Hoffnungen. Ohne viel Schnickschnack wirft sie ihre Leser ins Geschehen.

Freuen Sie sich auf weitere spannende Geschichten der Reihe von Malcolm Darker, Sheyla Blood, Chastity Chainsaw und Scarecrow Neversea.

Sorrowville ist als Print, Ebook und Hörbuch erhältlich.

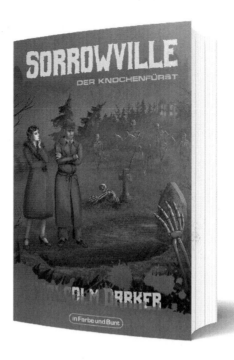

Henning Mützlitz alias Malcolm Darker

Sorrowville #1: Der Knochenfürst

Auf dem Green Wood Cemetary am Rande von Sorrowville wird der Friedhofswächter Bernard White auf grausame Weise getötet. Die Polizei tappt im Dunkeln, doch Zacharias Zorn und Elizabeth Roberts finden nach einem weiterem Massaker heraus, dass sich die Toten einer reichen Familie erhoben haben, um sich an ihrem jungen Erben zu rächen. Als sie sich auf die Spur eines nekrophilen Mörders setzen, erfahren sie vom ominösen „Knochenfürst" aus den Prophezeiungen einer Wahnsinnigen. Im Namen des finsteren All-Einen will er Sorrowville unter die Herrschaft des Untods zwingen.

(in Farbe und Bunt)

www.ifub-verlag.de
www.ifubshop.com

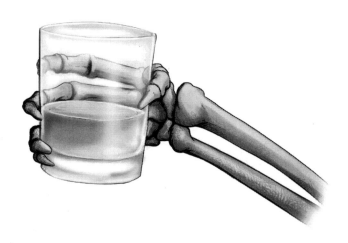

ÜBER DEN
Verlag in Farbe und Bunt

Lesen ist wie Fernsehen im Kopf!

So lautet ein Slogan, den wir für uns aufgegriffen haben.

Seit fünf Jahren ist es unser Anliegen, Ihnen ein spannendes Programm in diesem "Kopf-Fernsehen" zu bieten, das im Gegensatz zu den schwarzen Zeichen auf weißem Grund in Ihrem Kopf gerne *in Farbe und* so *bunt* wie möglich ablaufen darf.

Richtig bunt sollen die Welten also sein, in die wir Sie mit unseren Büchern entführen wollen. Nicht beliebig, nicht von der Stange. Unsere Geschichten sind nicht durch die Marktforschung gegangen, aber kommen von Herzen.

Entdecken Sie unsere Visionen.
   Folgen Sie uns in fantastische Welten. In Farbe und Bunt.

Der V*erlag in Farbe und Bunt* bietet Romane, Biografien, Sachbücher, Comics, E-Books, Kinder-, Jugend- und Hörbücher aus allen Bereichen und für jedes Alter.

(in Farbe und Bunt)

www.ifub-verlag.de
www.ifubshop.com

Björn Sülter

Beyond Berlin

Nominiert für den *Deutschen Phantastik Preis* 2019 als *Beste Serie!*

Mit **Beyond Berlin** tauchen Sie ein in eine erschreckende Dystopie, die unser Land in die Dunkelheit geführt hat. Zwar haben die Menschen die Sterne erreicht, ihre Heimat aber vernachlässigt.

Aus den Ruinen West-Berlins macht sich Yula in den blühenden Osten der Stadt auf, um ihre Familie zu vereinen, beginnt damit aber eine Reise, die ihr eigenes Schicksal und das der gesamten Menschheit beeinflussen könnte ...

Teil 1+2 der Trilogie erschienen, Teil 3 folgt 2021.
Auch als Hörbuch erhältlich.

(**in Farbe und Bunt**)

www.ifub-verlag.de
www.ifubshop.com

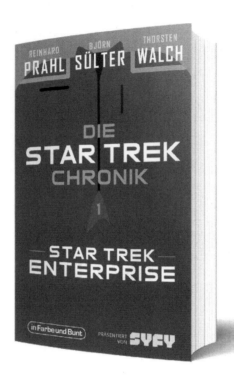

PRAHL, SÜLTER & WALCH

Die Star-Trek-Chronik #1

Star Trek: Enterprise

Die umfassende Sachbuchreihe zu jeder Trek-Serie startete 2020 mit dem ersten Prequel des Franchises. Die Autoren Prahl, Sülter und Walch präsentieren in ihrem Buch alles Wissenswertes über die Serie, Episoden, Macher, Schauspieler und die deutsche Synchronisation.

(in Farbe und Bunt)

www.ifub-verlag.de
www.ifubshop.com

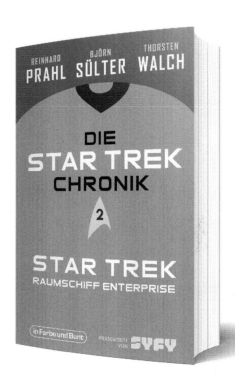

PRAHL, SÜLTER & WALCH

Die Star-Trek-Chronik #2

Star Trek (Raumschiff Enterprise)

Die umfassende Sachbuchreihe zu jeder Trek-Serie
geht 2021 mit der klassischen Star-Trek-Serie in die zweite Runde.
Das Autorenteam reist dabei durch die Abenteuer von
Kirk, Spock & McCoy und folgt den Spuren, die von Gene
Roddenberrys Serie in der Fernsehgeschichte hinterlassen wurden.

(in Farbe und Bunt)

www.ifub-verlag.de
www.ifubshop.com

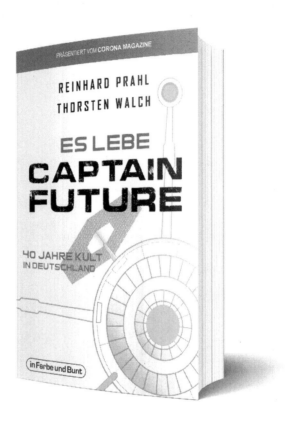

Reinhard Prahl & Thorsten Walch

Es lebe Captain Future

Zum 40. Geburtstag der Serie in Deutschland liefert dieses umfassendste Werk in deutscher Sprache Hintergründe, Fakten, Interviews, Rezensionen aller Episoden und Funfacts für Nerds. "Es lebe Captain Future" beinhaltet alles, was es über die Serie, seine Geschichte und ihr Nachleben zu wissen gibt.

(in Farbe und Bunt)

www.ifub-verlag.de
www.ifubshop.com

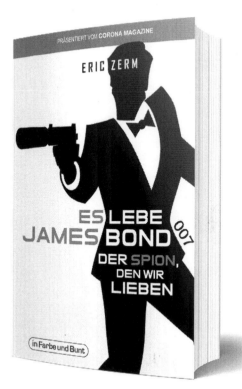

Eric Zerm

Es lebe James Bond 007

Er ist eines der größten Kino-Phänomene der vergangenen sechzig Jahre: James Bond 007. Begleiten Sie Autor Eric Zerm in diesem vollständig aktualisierten und umfassendsten Sachbuch in deutscher Sprache zum James-Bond-Phänomen auf seiner Reise vom ersten Roman »Casino Royale« bis zum neuesten Film »No Time To Die« und machen Sie es sich mit einem Martini gemütlich. Geschüttelt, nicht gerührt, versteht sich.

(in Farbe und Bunt)

www.ifub-verlag.de
www.ifubshop.com

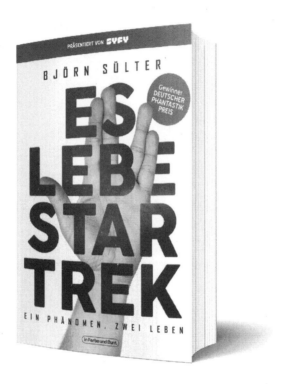

Björn Sülter

Es lebe Star Trek

Ein Phänomen, zwei Leben

Ausgezeichnet mit dem *Deutschen Phantastik Preis* 2019!

Das umfassendste Sachbuch in deutscher Sprache zu 52 Jahren Star-Trek-Franchise beleuchtet allen Serien, Filme und Geschichten rund um die Produktion des langlebigen SF-Phänomens. Auch als Hörbuch erhältlich!

(in Farbe und Bunt)

www.ifub-verlag.de
www.ifubshop.com

Björn Sülter

Es lebe Star Trek - Teil 2

Discovery, Picard, Lower Decks & mehr

Der erste Fortsetzungsband zum Sachbuch von 2018!

Im Jahr 2021 erscheint der erste von mehreren geplanten Ergänzungsbänden zu *Es lebe Star Trek*. Autor Björn Sülter reist darin durch die neuen Staffeln der verschiedenen Serien, spricht über das aktuelle Universum & präsentiert spannende Interviews!

(in Farbe und Bunt)

www.ifub-verlag.de
www.ifubshop.com

Peter R. Krüger

Es lebe Raumpatrouille Orion

Autor Peter R. Krüger wirft einen genauen Blick auf die Serie, die Romanreihe und noch einiges mehr, das mit dem schnellen Raumkreuzer in Verbindung steht. Das Format darf schließlich zurecht als absolute Kultserie des deutschen Fernsehens bezeichnet werden. Hier ist ein Märchen von Übermorgen!

(in Farbe und Bunt)

www.ifub-verlag.de
www.ifubshop.com

Thorsten Walch

Es lebe Star Wars

Autor & Journalist Thorsten Walch läd Sie ein auf eine spannende Zeitreise und berichtet neben all den faszinierenden Fakten und Anekdoten auch über seine ganz persönliche Verbindung zum Phänomen "Star Wars".

(in Farbe und Bunt)

www.ifub-verlag.de
www.ifubshop.com

Lieven L. Litaer nach Antoine de Saint-Exupéry

Der kleine Prinz auf Klingonisch

Ausgezeichnet mit dem *Deutschen Phantastik Preis* 2019!

Erleben Sie eines der beliebtesten Kinderbücher aller Zeiten erstmals »im klingonischen Original«, samt neuer deutscher Rückübersetzung.

(in Farbe und Bunt)

www.ifub-verlag.de
www.ifubshop.com

Peter R. Krüger & Pia Fauerbach

KOLONIE 85

Teil 1: Der Aufbruch (Print/Ebook)

Teil 2: Die Verschwörung (mehrteiliges Ebook)

2238 – Als erstes bemanntes Langstreckenschiff der Erde ist die Voyager auf einem fünfjährigen Flug nach Proxima Centauri. Beim Einschwenken in die Umlaufbahn des Planeten erwacht die Crew aus ihrem Kälteschlaf. Doch Captain Scott und ihre Crew ahnen nicht, was sie erwartet. Die friedliche Forschungs- und Kolonisierungsmission wird zu einem brutalen Überlebenskampf!

(in Farbe und Bunt)

www.ifub-verlag.de
www.ifubshop.com

SCARECROW NEVERSEA

SORROWVILLE

Band 3
HORRORSTREIK IM ALBTRAUMHAFEN

(in Farbe und Bunt)

Originalausgabe | © 2021
in Farbe und Bunt Verlag
Am Bokholt 9 | 24251 Osdorf

www.ifub-verlag.de
www.ifubshop.com

Dieses Werk ist urheberrechtlich geschützt.
Alle Rechte, auch die der Übersetzung, des Nachdrucks und der Veröffentlichung des Buches, oder Teilen daraus, sind vorbehalten. Kein Teil des Werkes darf ohne schriftliche Genehmigung des Verlags und des Autors in irgendeiner Form (Fotokopie, Mikrofilm oder ein anderes Verfahren) reproduziert oder unter Verwendung elektronischer Systeme verarbeitet, vervielfältigt oder verbreitet werden.
Alle Rechte liegen beim Verlag.

Herausgeber: Björn Sülter
Lektorat & Korrektorat: Telma Vahey
Cover-Illustration & Vignetten: Terese Opitz
Cover-Gestaltung: EM Cedes
Satz & Innenseitengestaltung: EM Cedes

Print-Ausgabe gedruckt von:
Bookpress.eu, ul. Lubelska 37c, 10-408 Olsztyn

ISBN (Print): 978-3-95936-290-0
ISBN (Ebook): 978-3-95936-291-7
ISBN (Hörbuch): 978-3-95936-292-4

INHALT

Willkommen in Sorrowville	7
Prolog	9
1 - Schlechte Nachrichten	17
2 - Das Riff des Teufels	23
3 - Der Tod wirft seine Schatten voraus	27
4 - Das Geisterschiff der Deutschen	31
5 - Im Bauch der Bestie	35
6 - Captain´s Dinner	41
7 - Wo sind all die Toten hin?	53
8 - Kalter, toter Fisch	61
9 - Bring mir den Kopf von Ronald D.	73
10 - In vollen Zügen	81
Epilog	99
Vorschau auf Band 4	104
Über die Reihe *Sorrowville* und Band 1 bis 3	106
Der letzte Drink	110
Weitere Bücher aus dem *Verlag in Farbe und Bunt*	112

Die Goldenen Zwanziger in Amerika – Gesellschaft, Kultur und Wirtschaft erblühen. Doch in manchen Städten sind selbst die Fassaden von Schmutz besudelt, und nicht einmal der Schein trügt. An diesen Orten haben Verbrechen und Korruption die Herrschaft ergriffen. Verborgen in den Ruinen der Rechtschaffenheit lauern überdies unsagbare Schrecken, welche die Vorstellungskraft schwacher Geister und krimineller Gemüter sprengen. Kaskaden des Wahnsinns, geboren aus einem zerstörerischen Willen zu allumfassender Macht, zerren am Verstand einst braver Bürger.

Dagegen stellt sich Zacharias Zorn, Privatermittler mit außergewöhnlichen Fähigkeiten. Er ist derjenige, der Licht in die Finsternis zu tragen imstande ist – unter Einsatz seines Lebens und seiner Seele.

WILLKOMMEN ... IN SORROWVILLE !

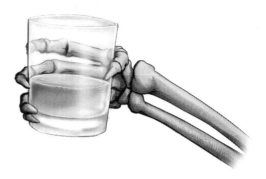

PROLOG

Das dumpfe Dröhnen der vierzylindrigen Vierfach-Expansions-Dampfmaschine hallte durch den Schiffsrumpf. Genieteter Stahl warf den Schall zurück, wie ein industrielles Echo in einem canyongleichen Schiffsbauch. Unaufhörlich arbeiteten die Kolben, um das Gesamtgewicht von fünfeinhalbtausend Bruttoregistertonnen über den Atlantik zu schieben.

Nicht wenige Schiffe fanden in diesen Tagen ihre letzte Ruhe tausende Fuß tief in den stockfinsteren Abgründen des Ozeans. Selbst die modernste Bathymetrie, die Wissenschaft der Meeresvermessung, konnte nicht genau angeben, wie tief die Schiffe und die armen Seelen an Bord in den Schlund gezogen wurden. Selten überlebte einer der tapferen Seeleute eine Havarie auf hoher See. Manche Stimmen, meist nur geflüsterte Worte hinter vorgehaltener Hand, gingen von noch schlimmerem Übel in den Gräben am Grund des Atlantiks aus, als der Tod bereits darstellte.

Heftige Stürme machten die Überfahrt nach Amerika zu einer kaum überwindbaren Herausforderung für die Mannschaft des Frachters. Immer wieder peitschte der Regen über das Deck, als wolle er ihnen zu verstehen geben, es sei besser, umzukehren. Doch wer waren sie, dass sie die Entscheidungen der Reederei in Frage stellten?

Drei Seelen waren vor zwei Tagen bereits über Bord gegangen und nicht mehr gesehen worden. In einem Moment waren sie noch an Deck gewesen und im nächsten Augenblick auf Nimmerwiedersehen verschwunden. Selbst bei vergleichsweise mildem Seegang, wie in dieser Nacht, konnten solche Unfälle immer wieder passieren.

Wann immer Kapitän Otto Brunkahl und seine Offiziere nicht zugegen waren, raunten die fünfzig Matrosen, die an Bord der *Lothar von Trotha* ihren Dienst schoben, einander zu: Diese Überfahrt war verflucht und stand unter dem dunkelsten Stern, der sich am Firmament abzeichnen konnte.

Friedrich zog die Wollmütze tiefer in die Stirn. Er war froh, dass es ihn noch nicht erwischt hatte und sein noch junges Leben weiterhin Bedeutung hatte. Mit schwieligen Händen wischte er das Regenwasser aus dem Gesicht. Ein Frösteln erfasste ihn und ließ ihn schaudern.

Er mochte die anderen Matrosen und wünschte den wenigsten von ihnen etwas Schlechtes. Sie waren seine Kameraden, und zusammen hatten sie in den letzten fünf Jahren der See getrotzt. Wann immer das launische Meer die Hand aufhielt und Wegzoll in Form von menschlichen Leben einforderte, hatten sie dem Tod ein Schnippchen geschlagen und dem Verderben die Stirn geboten. Keiner von ihnen hätte je gedacht, dass sich das Blatt einmal wenden und der Einsatz, den sie von Überfahrt zu Überfahrt aufbrachten, verbraucht sein könnte.

Genauso kam es Friedrich diesmal vor. Sie hatten ihr Glück überstrapaziert und wurden einzeln in die Hölle geschickt, für das Unheil, das sie der Menschheit angetan hatten.

Curt hatte er noch nie leiden können. Genau wie Friedrich war er Schiffsmechaniker dritten Ranges und für die einfachen Arbeiten an den Zylindern der von Wigham Richardson & Co. Ltd. erbauten Dampfmaschine zuständig. Dennoch goss er dem Toten zu Ehren einen Becher Rum ins

Meer, als feststand, dass Curt nicht mehr unter ihnen weilte und die See auch sein Leben gefordert hatte. Auch Emil und Fritz verschwanden spurlos im nächtlichen Unwetter irgendwo zwischen den Kapverdischen Inseln und Sorrowville, mitten im Atlantik, wo das Meer dunkel und ebenso tief war. Eben noch hatten sie ihren Dienst als Deckwache verrichtet, und kurz danach waren sie nicht mehr. Drei Briefe hatte Kapitän Brunkahl mit zittrigen Fingern an die Familien der Verstorbenen geschrieben. Dreimal hatte er seine Trauer und sein Beileid ausgesprochen für das schwere Schicksal, das sie erleiden mussten.

Jeder, der zur See fuhr, wusste, dass er nicht nur monatelang von seinen Lieben getrennt war, sondern auch, dass jede Fahrt über das Meer die letzte sein konnte. Matrosen sprachen gemeinhin wenig von solchen Dingen, aber Friedrich erkannte in ihren Augen, dass sie alle die Gefahren auf hoher See und die Möglichkeit, niemals mehr zurückzukehren, nur zu gut kannten.

»Nun los, du Faulpelz! Was stehst du hier an der Reling und starrst Löcher in die Wellen?«

Friedrich zuckte zusammen. Leutnant Alfred Burmeister stand zu seiner vollen Größe von fast zwei Metern aufgerichtet vor ihm. Burmeister war ein harter Hund, der den Männern häufiger die Knute zeigte, als es für einen anständigen Seemann angemessen wäre. Immer wenn er mit dem sandgefüllten Lederknüppel ausholte, um jemanden zu maßregeln, sah man das freudige Leuchten in seinen Augen. Ganz so, als sei jeder Schlag ein Vergnügen, wie für normale Menschen der Genuss eines scharfen Schnapses.

»Tschuldigung, Leutnant«, stammelte Friedrich. »Ich mach mich schon an die Arbeit.« Er sah, wie der Offizier die Schlaufe lockerte, die den Knüppel an seinem Gürtel hielt.

Ein finsterer Blick aus den Untiefen des menschlichen Sadismus erreichte ihn, wie der strafende Bannstrahl des Erzengels Michael. »Dein Platz ist unter Deck, im Maschinenraum, wenn ich mich recht entsinne, oder etwa nicht?«

Umgehend zog Friedrich den Kopf ein und machte sich kleiner, als er war. »Ja, Leutnant! Ich wollte nur etwas kühle Nachtluft schnuppern. Unten ist es stickig und heiß.«

»Na, das ist ja was ganz Neues.« Mit einer schnellen Bewegung löste er den Knüppel und zog ihn Friedrich in einer raschen Bewegung über das Gesicht. Dumpfer, harter Schmerz durchzog seine Wange und ließ Friedrichs Zähne knirschen.

Oh, wie gerne hätte er sich revanchiert und dem brutalen Kerl das Maul gestopft! Links und rechts eine ordentliche Backpfeife verpasst, bis ihm die Grausamkeit ausgetrieben war. Jedoch galt eine erhobene Hand gegen einen Offizier als eine erhobene Hand gegen den Kapitän selbst und hätte zu einer drakonischen Strafe geführt, die Friedrich wahrscheinlich nicht überlebt hätte. Also nahm er den Schlag hin und hoffte, dass diesem keine weiteren folgen würden. Tatsächlich hatte er Glück, denn Burmeister schien heute gut aufgelegt zu sein und verzichtete auf weitere Züchtigungen. »Wenn ich dich heute Nacht noch einmal an Deck erwische, setzt es eine richtige Tracht Prügel.«

Unter zahlreichen Entschuldigungen zog sich Friedrich zurück und wandte sich schnellen Schrittes dem Schott zu, das ihn auf direktem Weg zum Maschinenraum führte. Keinesfalls hatte er vor, Leutnant Burmeister heute Nacht noch einmal vor den Knüppel zu kommen. Lieber verbrachte er seine Stunden im lärmerfüllten Maschinenraum und kümmerte sich für die sichere Überfahrt nach Sorrowville um genügend Kraft in den Maschinen. In einem, höchstens zwei Tagen sollten sie die Kleinstadt an der Ostküste der Vereinigten Staaten erreicht haben. Er würde für den nötigen Dampf sorgen, sodass sie, sobald die Sonne aufging, sicherlich die Küste Amerikas sehen konnten.

Friedrich schloss das schwere Schott hinter sich. Ein düsterer Gang aus verschweißtem und genietetem Stahl eröffnete ihm den Abstieg in den Bauch des Schiffs. Ab hier traf er für gewöhnliche keine Menschenseele mehr, die nicht explizit für den Dienst im Maschinenraum eingeteilt war. Der Kapitän und Burmeister achteten penibel darauf, dass sich jeder nur dort aufhielt, wo er laut dem kaiserdeutschen Schiffshandbuch sein sollte. »Die Beibehaltung preußischer Tugenden« nannten sie es. Für Friedrich stellte vieles davon allerdings nichts anderes als üblen Sadismus dar sowie die Freude daran, Macht brutal auszuüben. So, wie er es immer erlebte, wenn sie vor Windhoek vor Anker gingen und die feinen Herren sich ordentlich austobten, als wären sie Herrenmenschen.

Die Schritte hallten blechern von den Wänden wider, und das Gefühl von Einsamkeit ergriff ihn. Nicht zum ersten Mal. Immer wenn er den Ozean überquerte, fühlte er sich verloren in den Weiten der Wellen. Je tiefer er in die Eingeweide des Schiffes vordrang, desto mehr kam er sich wie Jona im Bauch des Wals vor. Friedrich war nicht sonderlich religiös, besuchte aber immer eine christliche Kirche, sobald sie Landgang hatten, für ein Dankesgebet. Eine sichere Anlandung war auch in diesen modernen Tagen nicht immer selbstverständlich. Dennoch fühlte er sich der Erzählung von Jona sehr nahe und dachte häufig an ein einsames Leben im Bauch des Wals, wenn sein Herz schwermütig wurde.

Die biblische Geschichte von Jona und dem Wal berichtete von der Einsamkeit des Mannes, als er vom Giganten der Meere verschlungen worden war. Jona war ebenso wie Friedrich ein Seemann, und beide verband das Gefühl des Verlorenseins, wie es Friedrich oft schon nach ein paar Tagen auf hoher See ereilte. Im Gegensatz zu ihm war Jona auserwählt worden, im Namen Gottes in die Stadt Ninive zu reisen und ihr den gottgewollten Untergang zu verkünden. Die Menschen Ninives waren erfüllt von Boshaftigkeit und hatten nichts anderes verdient als den Tod. Auf der Überfahrt zur Stadt soll sein Schiff in schwere Stürme geraten sein und die Mannschaft, abergläubisch wie sie war, hatte Jona als Symbol der unheilvollen Verheißung ausgemacht und ihn kurzerhand über Bord geworfen, um ein düsteres Schicksal von dem Schiff abzuwenden. So war Jona in den Bauch des Wals geraten, zufällig verschluckt vom König der Meere. Ob er jemals Ninive erreicht hatte oder die Stadt ihrem Untergang entgehen konnte, wusste Friedrich nicht. Wahrscheinlich war Jona gar kein Seemann gewesen, und Friedrich verfügte lediglich über Halbwissen, wie es in vielen Lebensbereichen der Fall war, aber das störte den jungen Mann nicht. Irgendwann würde er schon noch herausfinden, ob die Stadt tatsächlich durch Gottes Zorn vernichtet worden war.

Dumpfes Dröhnen schallte aus der Richtung des Maschinenraums durch die Eingeweide des einhundertfünfzehn Meter langen Frachters. Peter musste wieder das Schott offengelassen haben, um etwas Sauerstoff in den heißen und stickigen Raum zu bekommen, wie er es häufig tat. Wenn ihn Burmeister dabei ertappte, setzte es eine ordentliche Tracht Prügel. Peter sollte es eigentlich besser wissen. Bereits kurz nachdem sie Afrika verlassen hatten, war er mit dem Offizier aneinandergeraten und hatte drei volle Tage benötigt, bis er wieder schmerzfrei sitzen konnte.

Die Deckenbeleuchtung flackerte, als Friedrich den Gang entlang in die Tiefen des Frachters schritt. Nichts Ungewöhnliches an Bord des Schiffes und kein Grund zur Sorge. Spannungsschwankungen waren alltäglich. Als das Licht vollends erlosch und absolute Dunkelheit ihn einhüllte, wurde es Friedrich jedoch etwas mulmig zumute. Er hielt inne und lauschte in die Dunkelheit. »Peter? Soll das einer deiner dummen Witze sein?«

Keine Antwort. Nur das immerwährende Dröhnen der zweitausendfünfhundert PS starken Maschine war zu hören.

»Peter?«

Friedrich breitete die Arme aus, um sich voran zu tasten. Da vernahm er ein Geräusch in der Dunkelheit, das sich rasch und entschlossen näherte. Es hörte sich an wie nackte Füße auf verschweißten Metallplatten. Pitsch, patsch. Irgendetwas kam direkt auf ihn zu, anscheinend mit der Geschwindigkeit eines Rennpferds.

»Peter, ich paddel dir eine, wenn du mich erschreckst!«, rief Friedrich mit zitternder Stimme und ballte die Fäuste. Das

Geräusch der Schritte stoppte unmittelbar vor ihm. Eiseskälte erfasste Friedrich, ein Schauer lief vom Nacken aus bis tief hinab über den Rücken. Von einem Moment auf den anderen hatte sich die Temperatur im Bauch des Schiffs sicher um mehr als dreißig Grad abgekühlt. Die kleinen Härchen an seinen Unterarmen stellten sich auf. Er merkte, wie Schwindel ihm die Sinne vernebelte, und es erforderte viel Kraft, um sich aufrecht zu halten und nicht am Metallgeländer abzustützen.

Das Licht flammte auf. Für einen kurzen Moment wurde es taghell im Gang zum Maschinenraum. Das Licht brannte sich unangenehm in seine Augen. Noch ehe Friedrich mehr erkennen konnte als schemenhafte Konturen, die sich ihm näherten, erstarb die Beleuchtung in einem erneuten Flackern. Doch die Zeit hatte ausgereicht, um einen Blick auf klauenartige Finger zu erhaschen. Rasiermesserscharf, gebogen und viel zu lang für einen Menschen. Nichts hätte Friedrich auf die grässliche Fratze vorbereiten können, die er für einen Wimpernschlag kaum einen Meter vor sich gesehen hatte. Der Geruch nach Tod breitete sich aus.

Ein Schrei entfuhr der Kehle des Maschinisten. Er machte auf dem Absatz kehrt und rannte davon, so schnell ihn die Beine trugen. Wenngleich seine Augen keine Hilfe in der Finsternis waren, so kam ihm die mehrjährige Erfahrung an Bord dieses Schiffes zugute, die ihm präzise aufzeigte, wann das nächste Schott kam und er einen Schritt über den Rand des metallischen Türrahmens am Boden machen musste. Wie ein Schlafwandler bewegte er sich voran, jedoch ungleich schneller. Eine Biegung nach links, acht Schritte voraus, dann erneut ein Schott. Friedrich kannte die *Lothar von Trotha* fast besser als sein schlesisches Heimatdorf, in dem er so viele Jahre verbracht hatte.

Die Kälte ließ etwas nach, und er hatte den Eindruck, als hätte er das, was aus der Dunkelheit auf ihn zugekommen war, hinter sich gelassen. Was auch immer es war, er wollte wirklich keine nähere Bekanntschaft mit diesem Ding machen.

Keine zwanzig Meter lagen zwischen ihm und dem Oberdeck. Er musste Leutnant Burmeister finden und umgehend Meldung machen. Vielleicht hatte diese grässliche Kreatur der diensthabenden Besatzung im Maschinenraum etwas angetan. Wenn er sich richtig erinnerte, waren Blutflecken an den langen, knochigen Fingern auszumachen gewesen.

»Wenn der verdammte Leutnant mir nicht glaubt«, schimpfte er vor sich hin, »kann er gefälligst selbst da runter gehen und sich ein Bild machen. Ich setze keinen Schritt mehr in diese Finsternis!«

Eine säuselnde Stimme erklang direkt neben seinem Ohr. »Dann kommt die Finsternis eben zu dir.«

Kälte senkte sich über Friedrich, während sein Blut an die Innenwände des Schiffs spritzte. Es gefror binnen kurzer Zeit zu betörenden Mustern auf dem Stahl des Schiffs. Der schlesische Maschinist konnte sich jedoch nicht mehr an der Schönheit des morbiden Kunstwerks erfreuen.

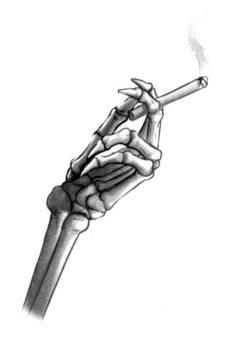

Kapitel 1
SCHLECHTE NACHRICHTEN

Das unscheinbare Haus am Rande des großen Platzes hatte bereits bessere Zeiten gesehen. Wie alles in Sorrowville schien es dem Verfall ausgesetzt zu sein. Mag es an dem permanenten Regen liegen oder den durchweg klammen Kassen der Gazette, das Ergebnis blieb sich gleich. Niemand kümmerte sich ernsthaft um das einstmals prächtige Gebäude, von dem die Farbe abgespült wurde und der Putz blätterte. Dabei war handelte es sich um ein durchaus bedeutendes Gebäude, beherbergte es doch seit vielen, vielen Jahren die altehrwürdige Zeitung.

Die Gazette war eine Institution in der Region, was weniger an ihrer Qualität, als an der Monopolstellung lag. Wollte man erfahren, was die Bürgerinnen und Bürger Sorrowvilles umtrieb, half der tägliche Blick in das Blatt ungemein.

Elizabeth Roberts war freie Angestellte der Zeitung und steuerte zahlreiche Artikel bei. Der Job war alles andere als Pulitzer-Preis verdächtig, aber er bezahlte ihr die eine oder andere Rechnung und füllte ihre Speisekammer. Viele ihrer Abenteuer, die sie mit Zacharias Zorn erlebte, fanden sich in abgewandelter Form in der Gazette wieder.

Wahrscheinlich wären es weitaus mehr Artikel mit ihrem Kürzel davor, die ihren Weg in die Zeitung finden würden, wenn nicht Ronan E. Doyle der Gralshüter der Gazette gewesen wäre. Auch an diesem Tag zeigte sich der Chefredakteur nicht von seiner liebenswürdigsten Seite.

»Das ist schon ein starkes Stück, das du mir da aufbinden willst, Lissy. Selbst für eine Frau hast du eine blühende Phantasie, was solche Sachen angeht.« Der Redakteur klappte den

Aktendeckel ihrer Mappe zu und warf die Rechercheergebnisse und Textentwürfe achtlos neben sich auf den Fußboden.

Wütend funkelte Elizabeth Roberts ihren Vorgesetzten an, Ronan E. Doyle, seines Zeichens Chefredakteur der *Sorrowville Gazette*. Wie ein Herrscher aus vergangenen Zeiten thronte er auf seinem altersschwachen Drehstuhl hinter dem großen Schreibtisch, der sich vor Aktenbergen zu biegen drohte. Der Mann mit der Halbglatze und den schlechten Zähnen eines irischen Amateurboxers lockerte den Hosenbund etwas, um seinem massigen Torso mehr Platz zum Atmen zu bieten. Dabei konnte sie einen unliebsamen Blick auf die nackte Haut seines Bauchs werfen. »Lass mich dir mal was sagen: Das ist doch keine Story, Schätzchen! Zumindest nicht in diesem Zustand. Da muss ein richtiger Redakteur noch einiges an Arbeit reinstecken, bis man einen Artikel draus formen kann. Und du wolltest was? Einen Leitartikel nebst Kommentar schreiben? Süße, dafür musst du wirklich noch ein wenig üben, bis du dir die Fähigkeiten einer echten Journalistin angeeignet hast. Schaurige Lesegeschichten für Boston, naja, die schreibt man mal so runter. Aber in der Gazette wollen wir doch bitte richtigen Journalismus sehen.«

Seit Elizabeth in der Provinzredaktion tätig war, versuchte sie ein gewisses Niveau in die veröffentlichten Artikel zu bekommen, doch Doyle erwies sich jedes Mal als veritabler Bremsklotz. Egal wie sorgfältig sie arbeitete, welche Sekundärquellen sie heranzog und durch wie viele Zeugenaussagen ihre Reportagen gedeckt waren, der Chefredakteur fand immer einen Grund, ihr Werk als eine mittelschwere Katastrophe abzutun. Ihr war klar, dass sie lediglich einmal seinen schmierigen Avancen nachzugeben brauchte, um eine Titelstory zu erhalten, aber so billig würde sie sich niemals verkaufen. Lieber schrieb sie weitere zehn Jahre die Schiffsmeldungen oder berichtete über die Rettung von Katzen aus Baumkronen, als auch nur einmal auf Doyles übergriffiges Verhalten einzugehen. Allein der Gedanke verursachte ihr Übelkeit.

Mittlerweile hatte sie einen Riecher dafür entwickelt, Nischen für ihre journalistische Arbeit zu schaffen, die er ihr nicht madig machen konnte. Teils hatte sie bereits ihre Kollegen der Redaktionskonferenz auf ihrer Seite, noch bevor Ronan Doyle überhaupt verstanden hatte, welche Art von Story sich hinter der Meldung verbarg. Dann wieder waren die Ereignisse selbst so bizarr und nachdrücklich, dass selbst ihr Chefredakteur erkannte, es sei besser, ihre Geschichte zu bringen, bevor sich selbst die Hände schmutzig machen müsste. Meist waren es jedoch ihre Erlebnisse mit dem Privatdetektiv Zacharias Zorn, die derart viel Staub aufwirbelten, dass ein Artikel aus ihrer Feder unerlässlich wurde. Niemals hätte sie Zack gegenüber eingeräumt, dass er ihr beruflich weiterhalf. Dem arroganten Säufer wären solche Komplimente nur zu Kopf gestiegen, dachte sie schmunzelnd.

»Schätzchen, du solltest die journalistische Arbeit lieber denen überlassen, die etwas davon verstehen. Wie lange arbeitest du jetzt bei uns? Zwei Jahre?«

»Fünf«, entgegnete sie mit verkniffenen Lippen.

»Irgendwann findest du schon den richtigen Dreh, Fräulein. Bis dahin, will ich mal nicht so sein.« Er deutete mit seiner stinkenden Zigarre auf die am Boden liegende Mappe. »Ich werde mal schauen, dass ich aus diesen Schnipseln einen waschechten Artikel schustern kann.«

»Damit du dann deinen Namen unter meine Arbeit setzt? Ich strample mich hier ab und besorge dir eine Story nach der anderen. Verdammt, du siehst ja nicht mal Qualität, wenn man dich direkt darauf stößt.«

»Na, jetzt hör aber mal ...« Die Kränkung stand ihm ins Gesicht geschrieben.

»Nein, jetzt erzähle ich mal eine hübsche Geschichte!« Die Wut der letzten Jahre schoss wie ein Champagnerkorken in die Höhe. Mit zitternder Hand zeigte sie ebenfalls auf die Mappe. »Da stecken drei Monate Arbeit drin. Drei! Ich habe die letzten Wochen damit zugebracht, mich an die Gewerkschaftsvertreter im Hafen heranzuschmeißen, um ...«

»Klar, das kann ich mir vorstellen.« Sein Blick glitt lüstern ihren Körper entlang.

»… und habe investigativ bei den Arbeitgebern nachgeforscht. Die Sache spitzt sich zu. Dort stinkt es förmlich nach Schmuggel und Korruption.«

»Willst du etwa den guten Geschäftsleuten von Sorrowville etwas unterstellen?«

»Allen vielleicht nicht! Aber einigen von ihnen auf jeden Fall.« Lissy ging auf die Knie und hob die Mappe auf, suchte die entsprechende Seite und hielt sie dem Chefredakteur vor die Nase. »Beatrix von Herrmann. Sie hat in jedem halbseidenen Unternehmen im Hafenviertel ihre Finger im Spiel. Ihre Leute waren es, die vorige Woche Peter McAniston ins Hafenbecken geworfen haben. Mit Beton in den Schuhen!«

»Gerüchte! Gibt es Beweise dafür?«, brüllte Doyle, dem die Art und Weise, wie sie mit ihm redete, immer mehr zu missfallen schien. Spuckefäden tanzten an seiner Unterlippe und drohten, sich zu lösen.

»Bin ich die Polente? Ich halte nur den Finger in die Wunde, verhaften müssen andere. Ach ja, noch was: Wusstest du, dass Beatrix von Herrmann der Rassenlehre anhängt? Ich habe Belege, die aufzeigen, dass sie regelmäßig an ein deutsches Institut spendet, das sich mit so ekelhaftem Zeug befasst wie das Leben der niederen Rassen.«

»Na und? Dann ist sie eben eine Rassistin. Das tut niemanden weh, und mit ihrem Geld kann sie machen, was sie will. Das ist noch lange keine Story.«

»Aber vielleicht ist es einen Artikel wert, dass sie sich regelmäßig mit den Marinellis trifft. Emilio Marinelli hat ihr erst vor wenigen Tagen ein nagelneues Automobil geschenkt.« Die Erwähnung des Namens des hiesigen Mafiadons weckte Doyles Aufmerksamkeit, auch wenn er alles daransetzte, sich dies nicht anmerken zu lassen. Doch Lissy erkannte sofort die Gier nach einer leichten Story in seinen Augen. Just in dem Moment, da sie ihren Artikel so leidenschaftlich verteidigte, wurde ihr bewusst, dass sie damit genau das Gegenteil erreichte. Zu spät fiel ihr auf, dass Doyle ihr die Geschichte wirklich wegnehmen würde und drei Monate Arbeit in einen schlecht formulierten Artikel mit seinen Namen darunter verfassen würde.

»Du bist ja ganz aufgewühlt, meine Liebe. Das liegt bestimmt an deinem flatterhaften Lebenswandel. Ich würde vorschlagen, du überlässt die Arbeit einem Profi und kühlst dich erst einmal ab. Vielleicht hilfst du Jerry bei den heutigen Schiffsmeldungen. Boote fahren rein, Boote fahren raus. Das ist Routinearbeit, nicht zu schwer für dich. Irgendwann wird schon eine richtige Journalistin aus dir!« Mit verschwitzten Händen nahm er die Mappe mit ihren Rechercheergebnissen und Texten aus ihrer Hand und deutete mit einem Nicken in Richtung Tür an, dass sie gehen solle.

Hätte Doyle geahnt, dass Elizabeth keine Stunde später auf einem Trawler in Richtung Devil's Riff unterwegs sein würde, hätte er sie vielleicht doch lieber den Artikel über den sich zuspitzenden Konflikt am Hafen schreiben lassen.

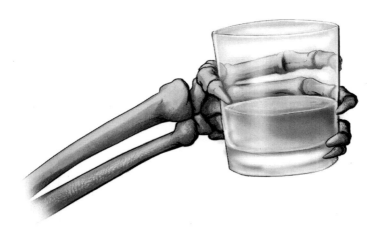

Kapitel 2
DAS RIFF DES TEUFELS

Elizabeth Roberts zog den Tulpenhut enger über den Bubikopf und schlug den Kragen ihres Mantels hoch, um dem rauen Wetter der offenen See zu trotzen. Die Gischt der Wellen, die an die Außenwand des kleinen Fischtrawlers schlugen, fegten über das Deck und durchnässten alles und jeden an Bord.

Am liebsten hatte sie nach Hause gehen wollen, Doyle konnte ihr als freier Journalistin nicht einfach niedere Aufgaben in der Redaktion übertragen. Das wusste er, dennoch versuchte er es nahezu täglich, um sie zu demütigen und als vermeintliche Anfängerin darzustellen. Als sie eine Stunde zuvor dennoch Jerry aufgesucht hatte, um sich, mehr aus Langeweile als aus Gehorsam, die Schiffsmeldungen anzusehen, hatte ihr Kollege etwas viel Besseres auf Lager. Kurz zuvor hatte eine Meldung die *Gazette* erreicht, dass ein Frachter am Devil's Riff havariert sei und ein vorbeifahrendes Schiff deshalb einen Notruf abgesetzt hatte. Die Küstenwache benötigte allerdings mindestens einen Tag für eine großangelegte Rettungsmission, sodass sich ein Zeitfenster für Lissy eröffnete, als eine der ersten an Bord zu gehen.

Immer wieder verunglückten Schiffe in der Black Hollow Bay, und das war nicht die Riesenstory, die sie erhoffte. Aber als Jerry ihr berichtet hatte, dass die eingetragene Besitzerin des Frachters Beatrix von Herrmann war, hatte er damit Lissys Interesse geweckt. Vielleicht konnte sie einen Blick auf die Frachtpapiere werfen, während sie den Kapitän des schiffbrüchigen Frachters interviewte. Aus erster Hand von Bord eines havarierten Seelenverkäufers der von Herrmann zu berichten – solch eine Story konnte sie bis nach Boston verkaufen. Dann konnte Doyle ihr gepflegt den Buckel herunterrutschen. Vielleicht kam sie also doch wieder einmal an eine Story, die zu ihrer Reputation beitrug, dachte sie.

Kurzerhand bestach sie den Fischer Bobby Finkelstein, einen alten Bekannten von ihr, der gerade seinen Fang am Hafen von Sorrowville verladen hatte, mit einem stattlichen Bündel Dollars und befand sich wenig später einige Seemeilen vor den Felsen des Devil's Riffs.

Der Atlantik war aufgewühlt, und unheilvoll erscheinende Wolken zogen tief über das Wasser hinweg. Der Wind wollte den kleinen Trawler mit aller Macht zurück ins Hafenbecken drücken und machte jeden Meter gegen die Urgewalt der See zu einem Kampf des tuckernden Dieselmotors. Wie durch ein Wunder schaffte es Bobby, den Kurs zu halten und sie näher an das Devil's Riff heranzubringen. Nur geübte Seeleute sowie die hiesigen Fischer nahmen es mit dem Riff auf. Es galt als unberechenbar und hatte bereits manche Seele dem Meer zugetragen. Die Strömung änderte sich hier ständig, und nur wenige konnten vorhersagen, wohin die Wellen schlugen und ob das eigene Schiff nicht plötzlich mitten in die Felsen gedrückt werden würde.

Finkelstein spie einen braungrauen Brocken Kautabak in einen extra dafür angebrachten Eimer nahe des Steuerrades. »Sie machen sich gut, Lady! Schon häufiger zu See gefahren?«

»Nicht häufig genug«, entgegnete Lissy und wurde sich gewahr, dass ihr Magen nicht ewig gegen das Schaukeln des Trawlers ankämpfen konnte. »Wie lange dauert es denn noch?« Sie hielt sich an der Türklinge der Kabinentür des kleinen Steuerhauses fest und versuchte, durch die regennassen Scheiben etwas zu erkennen.

Ein gutturaler Laut war alles, was der Fischer ihr als Antwort zugestand.

So leicht wollte sie nicht aufgeben. Eine Unterhaltung lenkte ihren Magen vielleicht davon ab, seien Inhalt nach oben zu befördern. »Wie können Sie bei diesem Wetter überhaupt etwas sehen? Geschweige denn durch ein Riff steuern?«

»Mit etwas, das ihr jungen Leute nie verstehen werdet.«

»Und das wäre?«

»Erfahrung. Es braucht Zeit, die Dinge kennenzulernen.

Die See weiß das, und sie lässt keine andere Einstellung zu.«

Eine schnippische Erwiderung lag ihr auf den Lippen. Doch im gleichen Moment schälte sich die unscharfe Silhouette eines Schiffs aus dem Dunst, der über allem hing, und ließ sie ihre Antwort vergessen.

»Da haben wir ihren Frachter, Ms. Roberts.«

Kapitel 3

DER TOD WIRFT SEINE SCHATTEN VORAUS

Die Wellen türmten sich mehrere Meter in die Höhe. Donnernd brachen sie ineinander, und Wasser schlug auf Wasser, während das Dröhnen des Sturms das Tosen noch übertönen wollte. Unaufhaltsam trieb der Wind die Gischt über das offene Meer. Sie verfing sich an den höchsten Stellen des Devil's Riffs und bildete schäumende Kronen in der aufgewühlten See. Bobby Finkelstein hatte Mühe, das Fischerboot durch die Wellen zu steuern, ohne endgültig zum Spielball der Elemente zu werden. Es verlangte offenkundig sein gesamtes Können aus dreißig Jahren zur See, um den Kutter auf Kurs zu halten.

Lissy vertraute auf ihre Menschenkenntnis und darauf, den richtigen Skipper für diese Höllenfahrt ausgesucht zu haben. Bisher enttäuschte er sie nicht, sondern machte einen verdammten guten Job, auch jetzt, da er seinen Trawler längs an den Frachter heranbrachte, der kurz zuvor in der aufschäumenden Gischt aufgetaucht war. Fast erweckte es den Eindruck, als würde das sicher über dreihundert Fuß lange Schiff seelenruhig inmitten des Chaos verharren.

Unheilvolle Wolkenmassen drückten vom Himmel auf sie herab und tauchten den Tag in Finsternis. Trotz der Dunkelheit konnte Lissy am Bug des Schiffs den Namensschriftzug erspähen. In großen Lettern stand *Lothar von Trotha* auf dem Schiffsrumpf. Die Reporterin musste schlucken, da ihr der Name ein Begriff war.

Wer benannte sein Schiff nur nach diesem Mann? Freudlos musste sie lachen. *Natürlich, Beatrix von Herrmann, wer sonst?*

General von Trotha war nicht nur stellvertretender Gouverneur von Deutsch-Südwestafrika gewesen, sondern Kommandeur der dort stationierten Schutztruppen. Es war noch keine zwei Wochen her, dass sie einen ausführlichen Artikel im Boston Globe über diesen Mann gelesen hatte. Auf seinen Befehl hin war ein brutalen Massenmord an den Herero verübt worden, um sie auszubeuten, so wie Europa schon immer die Menschen auf dem afrikanischen Kontinent ausgebeutet hatte. In einem beispiellosen Genozid vernichtete er achtzigtausend Leben von Töchtern, Söhnen, Vätern und Müttern. Nur eine Anhängerin der Rassenlehre konnte diesen Schlächter ehren, indem sie ein Schiff nach ihm benannte. Wenn es Lissy nicht bereits zuvor übel gewesen wäre, hätte sie nun am liebsten über die Reling gespien.

Mächtig ragte der Rumpf vor ihnen in die Höhe. Aus dem breiten Schornstein drang kein Dampf mehr empor. Lediglich eine kleine Rauchfahne war zu erkennen. Bug- und Hecktakelage schienen intakt zu sein. Sie überragten den höchsten Punkt um einige Meter. Auch die übrigen Aufbauten hatten anscheinend kaum Schäden vom Sturm oder der Havarie davongetragen, und der Rumpf schien auch nicht leck geschlagen zu sein. Kein Licht erhellte die vereinzelten Bullaugen. Gespenstisch war das Schiff den Wellen preisgegeben, wie ein schwimmender, einsamer Sarg.

»Ich bringe sie mittschiffs in Stellung«, rief Finkelstein über den Wind hinweg, der mit unverminderter Härte gegen das Glas der Kabine drang. »Mir ist allerdings schleierhaft, wie sie das Monstrum besteigen wollen.«

Darüber hatte sich die Reporterin tatsächlich bislang keine Gedanken gemacht. Sie hatte keine Ahnung von Schiffen dieser Größe. Weder hatte sie damit gerechnet, hier einen derart großen Frachter vorzufinden, noch hatte sie geahnt, dass dessen Rumpf haushoch emporragen würde. Natürlich gab es keine Leiter oder etwas Vergleichbares, mit der sie an Bord gelangen könnte. Sie kam sich unsagbar dumm vor, und ihr war bewusst, dass der Fischer ihr genau das in wenigen

Augenblicken unter die Nase reiben würde. Dennoch überzog ein entschlossenes Lächeln ihr Gesicht. »Machen Sie das einfach, Finkelstein. Ich gehe an Bord.«

»Wie zum Klabautermann wollen Sie denn so einen Trick hinlegen, Lady?«

Mit breitem Grinsen deutete sie auf den Frachter. »Wenn Sie mich nah genug heranbringen, würde ich die Strickleiter dort vorne nehmen.«

Finkelstein blickte in die Richtung, in die ihr ausgestreckter Arm wies, und nickte verblüfft. Am Rumpf des Schiffes hing tatsächlich eine Strickleiter, die bis hinunter ins Wasser reichte. »Da haben sie aber verdammt viel Glück, Lady.«

»Da bin ich mir nicht so sicher ...«, entgegnete Lissy mit weichen Knien und schluckte.

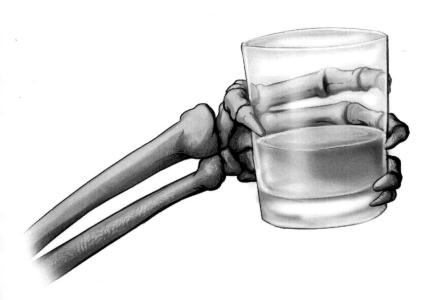

Kapitel 4

DAS GEISTERSCHIFF DER DEUTSCHEN

Tatsächlich hatte Finkelstein das Kunststück vollbracht und den Trawler neben den Frachter manövriert, ohne dass er an dem wesentlich größeren Schiff zerschellt war. Der Abstand zwischen den Außenwänden betrug selten mehr als eineinhalb Meter, und doch kam es zu keiner Kollision. Fast erweckte es den Anschein, als wäre das Wasser um das Schiff herum ruhiger und wollte Lissy einladen, an Bord zu kommen.

Doch dafür hatte sie jetzt keinen Blick mehr. Der Aufstieg zum Deck war mühsam und dauerte doppelt so lange, wie gedacht. Mühsam zog sie sich eine glitschige Sprosse nach der anderen in die Höhe, und bereits vor der Hälfte ihres halsbrecherischen Aufstiegs wäre sie am liebsten wieder umgekehrt.

Doch sie hielt durch. Durchnässt und entkräftet erreichte die Reporterin irgendwann die Reling, zog sich mit letzter Kraft hinüber und ließ sich auf das Deck fallen. Schwer atmend blieb sie eine Zeitlang auf dem Rücken liegen. Ihr Brustkorb hob und senkte sich rasch, während sie das Blut in ihren Ohren rauschen hörte. Kälte drang in ihre Glieder.

Mit Finkelstein hatte sie die Absprache getroffen, dass er auf Sichtweite blieb. Zur rechten Zeit würde sie ihm ein Leuchtsignal senden, damit er sie wieder einsammeln konnte. An Bord sollten genug Abblendlampen vorrätig sein, um das Zeichen zu geben. Doch zuvor musste sie sich auf dem Schiff umsehen. Warum brannten keine Lichter, nicht einmal, um die Position aufzuzeigen? Wieso war niemand von der Besatzung zu sehen? Eigentlich hatte sie erwartet, auf mindestens fünfzig Männer zu treffen, die sich freuten, dass jemand bei ihnen eintraf. Stattdessen lag das Deck still und verlassen vor ihr. Weder hörte sie einen Laut, noch konnte sie in der Dunkelheit eine Bewegung ausmachen. Die *Lothar von Trotha* glich einem Geisterschiff, bar jeden Lebens und jeder Hoffnung.

Der Wind wehte über Deck, und doch schlich sich das Gefühl ein, als spaziere Lissy durch das Auge eines Hurrikans. War der Trawler noch Spielball der Elemente, wirkte der Frachter hingegen wie ein Hort bedrohlicher Stille. Sie ließ den Blick über das Deck schweifen, ohne auf eine besondere Resonanz zu treffen. Ein paar Kisten standen vertäut an der Bordwand, große Rettungsboote hingen unberührt gegenüber, ein mächtiges Gitter führte in den Bauch des Schiffes. Daneben ragte ein Frachtkran in die Höhe, der sich vor den hinteren Aufbauten abzeichnete. Dort sollten sich die Mannschaftsunterkünfte befinden, wie auch zu der hochgelegenen Brücke. Da wollte Lissy mit ihrer Suche beginnen.

Sie überquerte mit entschlossenen Schritten das Deck. Falls noch jemand an Bord war, sollte die Brücke der Ort sein, an dem sie mit Sicherheit jemanden von der Besatzung auftreiben konnte. Wenn nicht, was sie im Hinblick auf die noch vorhandenen Rettungsboote wirklich überraschen würde, sollten sich dort zumindest Aufzeichnungen finden, welche die aktuelle Situation erklären konnten.

Auch wenn sie sich freute, nicht wie Jerry die Schiffsmeldungen zur nächsten Ausgabe der *Gazette* beizusteuern, war ihr Ausflug auf die offene See weitaus merkwürdiger als gedacht. In ihrer Vorstellung hätte sie ein paar Worte mit dem Kapitän des Frachters gewechselt, hätte sich ein bis zwei Details eingeprägt, um ihre Story authentischer wirken zu lassen, und wäre mit dem Fischer Finkelstein zurück in den Hafen von Sorrowville gefahren. Der Gedanke, dass es nicht ganz so reibungslos ablaufen würde, kam ihr spätestens, als ein Licht die schmutzigen Scheiben der Brücke

erhellte und ihr flackernd aufzeigte, dass sie nicht alleine an Bord war.
Die Quelle war sicherlich nicht mehr als eine einzelne Laterne, aber für Details war sie noch zu weit entfernt.

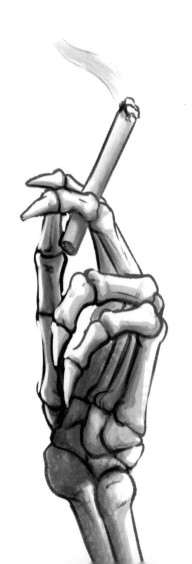

Kapitel 5
IM BAUCH DER BESTIE

So leicht ließ sie sich nicht ins Bockshorn jagen. Sie näherte sich den Schiffsaufbauten. Vorsichtiger als zuvor und mit zittrigen Knien öffnete sie das Schott, das sie – zumindest vermutete es Lissy – zur Brücke führen würde. Ein düsterer Gang aus genieteten Stahlplatten lag vor ihr. In einer Halterung unweit des Eingangs fand sie eine moderne Taschenlampe, die dort arretiert war. Lissy nahm das elektrische Gerät an sich und ließ einen Lichtkegel die nahegelegenen Stufen entlangfahren. Schmale Metallstufen bildeten eine Treppe, welche hinauf in die Aufbauten des Frachters führten. Zweimal atmete sie tief durch, ehe sie sich einen Ruck gab und möglichst leise die Treppe erklomm. Noch immer lag eine Grabesstille über dem Schiff. Das Einzige, das sie vernahm, war ihr eigener Atem, der stoßweise ging. Zum wiederholten Male schalt sie sich, dass sie nicht einfach nach Hause gefahren war, sondern stattdessen nun auf einem Geisterschiff mitten im Devil's Riff herumspazierte. Allein! Aber lieber wollte sie für immer auf diesem Gruselschiff herumwandern, als Ronald Doyle auch nur einen Deut nachzugeben. Sonst endete sie wirklich irgendwann beim Schreiben von Meldungen, um überhaupt etwas zu veröffentlichen.

Nach der Hälfte der Stufen hörte sie ein Klappern aus einem höhergelegenen Bereich. Metall auf Metall. Danach ein kaum verständliches Fluchen. Es handelte sich um eine tiefe Männerstimme. Sie hielt sofort inne.

Weitere Geräusche, augenscheinlich von der gleichen Person, drangen an ihr Ohr. Lissy rückte den Tulpenhut zurecht und griff die Lampe so, dass sie sie notfalls als Schlagwerkzeug einsetzen konnte. Angst legte sich auf ihr Herz und zwang es, immer schneller zu schlagen. Was konnte fast die gesamte Mannschaft dazu bewegt haben, das Schiff zu verlassen oder sich irgendwo zu verstecken? Und wer lief eine Etage über ihr in der Kommandobrücke des Frachters auf und ab? Lebte der Kapitän vielleicht noch? Es gab nur einen Weg, um diese Fragen zu beantworten.

Lissy erreichte den nächsten Treppenabsatz. Das Schott zum kurzen Gang dahinter, der direkt in die Brücke des Frachters überging, stand halb geöffnet. Licht fiel in das Treppenhaus und vertrieb zumindest hier die Finsternis. Die Quelle der Beleuchtung befand sich, wie sie bereits von Deck aus gesehen hatte, auf der Brücke. Vorsichtig, um nicht frühzeitig entdeckt zu werden, warf sie einen verstohlenen Blick in den vor ihr liegenden Raum.

Ein mächtiges Steuerrad befand sich im Zentrum des langgezogenen Raumes, dessen Längsseite aus zahlreichen Fenstern bestand, um dem Steuermann einen Rundumblick zu ermöglichen. Daneben gab es allerlei nautische Apparaturen, deren Funktionsweise Elizabeth nur erahnen konnte. Feines Messing wechselte sich mit Holz und Metall ab. Sie erkannte Hebel, die zur Regulierung der Geschwindigkeit dienten. Ein Rohr mit einem Trichter ragte aus dem Boden. Darüber führte der Kapitän sicherlich die Kommunikation mit dem Maschinenraum viele Meter unterhalb der Brücke. Noch während sie sich weiter in die Abläufe an Bord eines Frachters dieser Größe hineindenken konnte, ergriff eine Hand ihren Nacken und zerrte sie brutal in den Raum. Ein erstickter Schrei entfuhr ihrer Kehle, und kurz blieb ihr die Luft weg, denn die Hand hatte sie so fest wie ein Schraubstock ergriffen.

»Lissy?«, vernahm sie eine ungläubige Stimme, ohne darauf noch reagieren zu können. Sie hatte bereits die Taschenlampe erhoben und schwang sie in weitem Bogen, um sie mit möglichst viel Schwung auf den Kopf ihres Peinigers niedersausen zu lassen. Hart traf sie ihr Gegenüber, das vor Schmerzen aufschrie. Scheppernd ging der empfindliche Mechanismusder Lampe zu Bruch, und Splitter regneten auf den Boden. Umgehend löste sich der Griff um ihre Kehle. Ein Mann taumelte schwer getroffen zurück und fiel hart auf den Allerwertesten.

»Zack?« Sie ließ die Reste der Taschenlampe vor Schreck fallen und hielt sich erschrocken die Hände vor die Lippen. »Was zum Teufel machst du hier?«

Doch der ihr bestens bekannte Privatdetektiv mit der ewigen Alkoholfahne und dem messerscharfen Verstand war nicht in der Lage zu antworten. Augenscheinlich drehte sich in seiner Welt gerade alles. Er saß benommen auf dem Boden, ohne sich zu rühren.

»Na, das ist ja eine schöne Bescherung«, sagte sie und versuchte ihm vergeblich aufzuhelfen. Zack strich sich die vor Pomade glänzenden Haare zurück und befühlte zum wiederholten Male die rasch anwachsende Beule. »Musste es unbedingt die Taschenlampe sein?«

»Musstest du mich unbedingt packen? Eine freundliche Nachfrage, ein fröhliches »Hallo!« hätte gereicht, und ich hätte dich nicht außer Gefecht gesetzt.«

»Wehe, das erzählst du jemandem«, entgegnete er schärfer als gewollt und mühte sich schwerfällig auf die Beine. Seinen zerknautschten Hut hielt er in der einen Hand, während er mit der anderen ein Päckchen Zigaretten aus der Tasche fischte. Er klopfte mit einem Finger an die Unterseite, sodass ein Glimmstängel einen Satz aus der Packung machte und Elizabeth erwartungsvoll entgegenragte. Dankbar griff sie zu und entzündete die Zigarette an Zacks Sturmfeuerzeug, das er mit einem hörbaren Schnappen wieder schloss und in der Tasche des Trenchcoats verstaute. Lissy blies den Rauch in die Luft und genoss das raue Gefühl in ihren Lungen. In den letzten Monaten war das Verlangen nach Nikotin und Stärkerem in ihr gewachsen, und erst jetzt merkte sie, dass sie seit dem Aufbruch aus dem Hafen abstinent gewesen war. Sie musterte den Privatdetektiv und wurde sich bewusst, dass sie wohl noch einige Fässer Bourbon würde trinken können, ehe sie derart beschissen aussah wie Zacharias Zorn. »Das kannst du vergessen. Dieses Ereignis wird der Aufmacher auf der Titelseite der Gazette«, gab sie grinsend zurück. »*Die Presse schlägt zurück!* Wie gefällt dir das?«

»Lass den Quatsch, die Sache hier sieht finster genug aus, da musst du mir nicht auch noch mit schlechter Presse drohen.«

»Dann klären Sie mich auf, Mr. Zorn!« Sie verschränkte die Arme vor der Brust und sah ihn aufmerksam an.

Misstrauisch blickte er sie an. »Zuerst einmal: Was zur Hölle machst du überhaupt hier?«

»Schiffe fahren rein, Schiffe fahren raus«, entgegnete sie knapp. »Manchmal auch nicht. Jemand muss darüber berichten.« Zack lachte. »Du willst mir doch nicht weismachen, dass du Schiffsmeldungen schreibst? Dafür hättest du im Hafen bleiben können. Hat Doyle dich dazu verdonnert? Warum sonst sollte eine Starreporterin wie du einfachen Schreibkram erledigen? Bist du ihm wieder auf die Füße getreten?«

Lissy verzog das Gesicht. »Dieses Schwein. Ich hatte monatelang recherchiert, nur damit der miese Typ sich meine Story über die kriminellen Machenschaften an den Docks unter den Nagel reißt.«

»Den Gewerkschaftsstreit? Die Bullen sind ganz schön nervös deswegen.«

Sie nickte. »Das ist ein regelrechtes Pulverfass, Zack. Halt dich in den nächsten Stunden lieber von den Docks fern. Die Mafia hat sich mit Beatrix von Herrmann zusammengetan, um eine Horde Streikbrecher anzuheuern. Das sind üble Schläger, und die werden keine Kompromisse machen.«

Sie sah das Aufblitzen in seinen Augen, das ihr unmissverständlich klarmachte, dass er anfing, Eins und Eins zusammenzuzählen. »Von Herrmann? Bist du deswegen hier?«

»Du weißt offenbar um die Besitzverhältnisse des Frachters.«

»Nur die Vorzeigerassistin von Sorrowville könnte so unangenehm sein und ein Schiff nach einem Schlächter benennen.«

»Du weißt, wer Lothar von Trotha war?« Nun war Lissy beeindruckt. Manchmal war Zack belesener, als man es bei seiner derangierten Erscheinung vermutete.

Zack schob den Hut zurück, setzte eine preußische Miene auf und zitierte: »*Gewalt mit krassem Terrorismus und selbst mit Grausamkeit auszuüben, war und ist meine Politik. Ich vernichte die aufständischen Stämme in Strömen von Blut und Strömen von Geld. Nur auf dieser Aussaat kann etwas Neues entstehen.«*

»Du hast also deine Hausaufgaben gemacht.« Lissy ließ sich ihre Überraschung nicht anmerken.

»Der Schlächter steht relativ weit vorne im Buch der größten Wichser der Welt. Den kann man schwer übersehen, wenn man einen Frachter mit diesen beschissenen Namen aufsucht.« Er holte sein Zigarettenpäckchen aus der Tasche und entzündete sich ebenfalls einen Glimmstängel.

»Lass uns nicht mehr über solche Drecksäcke sprechen. Sie genießen ohnehin zuviel falschen Ruhm. Warum bist du hier? Mein Chefredakteur wird dich kaum engagiert haben.« Zack zog den Rauch tief in die Lungen, ehe er ihn wieder ausblies. »Die Bullen haben mich geschickt. Sie wollen, dass ich einen ersten Blick auf das havarierte Schiff werfe. Die Coast Guard braucht noch ein paar Stunden, und die Polizei bereitet sich gerade auf den Einsatz an den Docks vor. Sie sollten alle Hände voll zu tun haben, um ein Blutbad mit den Schlägern zu verhindern. Oder sie zählen bereits das Geld von Marinelli, um sich schön aus allem herauszuhalten. Schließlich wissen wir, dass die Gewerkschafter auch keine Kinder von Traurigkeit sind. Wenn die Prügelei losgeht, wird am Ende nicht jeder von ihnen wieder aufstehen.«

»Und?«, fragte sie ungeduldig und blickte sich demonstrativ auf der Brücke um.

»Und was?«

»Hast du schon etwas herausgefunden?« Lissy schlenderte durch den Raum. »Wo ist die Mannschaft?«

Er nahm einen weiteren Zug der Zigarette. »Was weiß ich? Das ist ein verdammtes Geisterschiff. Niemand hier ist noch am Leben. Scheint immer so zu laufen, wenn der Name Lothar von Trotha im Spiel ist.«

Lissy drehte sich zu ihm um. »Du glaubst, dass die Mannschaft tot ist? Hast du Leichen gefunden?«

»Ich habe bisher keine Menschenseele an Bord getroffen. Sie werden aber kaum freiwillig über Bord gegangen sein oder den Frachter ins Devil's Riff gesteuert haben. Was also immer passiert ist, es dürfte nicht gut für die Mannschaft ausgegangen sein.«

»Vielleicht halten sie sich noch irgendwo im Schiff auf«, versuchte es Elizabeth. »Warst du schon im Frachtraum?«

Zack lachte auf. »Was sollten sie dort tun? Eine Party feiern? Kann ich mir nicht vorstellen.«

»Ninive«, drang eine verzerrte Stimme an ihre Ohren. Sie zuckten erschrocken zusammen. Eine Sekunde später hatte Zack seine Modell .22 in der Hand.

»Was zur Hölle …«, setzte er an, doch Lissy bedeutete ihm zu schweigen.

Sie lauschte, wusste jedoch nicht genau, woher die Stimme kam. Sie hatte es kaum verstanden, so blechern war der Ruf gewesen.

»Ninive!« Diesmal hatten beide keinen Zweifel daran, woher das Wort erklang. Die Quelle lag am anderen Ende des Rohres, welches direkt neben ihnen in dem Trichter endete.

»Wohin führt dieses Ding?«, fragte Zacharias.

»In den Bauch des Schiffs. Vermutlich in den Maschinenraum.« Lissy musste schlucken.

Sie waren nicht allein.

Kapitel 6
CAPTAIN'S DINNER

Das Licht der Petroleumlampe vertrieb die Dunkelheit unter Deck nicht annähernd so, als dass Lissy sich hätte entspannen können. Sie hörte das Blut in ihren Ohren rauschen und war immer bereit, zur Seite zu springen, sollte es nötig werden. Sie freute sich tatsächlich darüber, an diesem unwirtlichen Ort auf Zack gestoßen zu sein und in seinem Windschatten durch die schmalen Gänge des Frachters schleichen zu können. Sie wusste nicht, ob sie alleine den Mut gehabt hätte, sich dieser Situation zu stellen.

Den Mut vielleicht nicht, aber die Neugier schon. Bei diesem Gedanken musste sie unwillkürlich schmunzeln.

»Was ist so komisch?«, wollte Zack von ihr wissen.

»Ich stelle mir vor, was für Augen der Arsch Doyle machen wird, wenn ich eine fette Story mit nach Sorrowville bringe.«

Er drehte sich kurz zu ihr um, während sie tiefer in den Frachter vordrangen. »Noch gibt es keine Story, Lissy.«

»Nicht? *Geisterschiff vor Küste? Das Devil's Riff fordert 52 Seelen?* Mir fallen gleich eine ganze Reihe Titelzeilen ein.« Leichtigkeit erfasste sie, da sie nun nicht mehr alleine durch die finsteren Gänge des Frachters schleichen musste. An Zacks Seite hatte sie schon manch krudes Abenteuer bestritten, bei den es nicht mit rechten Dingen zugegangen war. Und noch waren sie mehr oder weniger unbeschadet auch aus dem größten Schlamassel wieder herausgekommen. Beim Gedanken an die Dinge, mit denen sie schon konfrontiert gewesen waren, schauderte es sie allerdings. Dennoch tat es gut, den Privatdetektiv an ihrer Seite zu wissen, auch wenn sein Zynismus manchmal schneidend war.

Er warf ihr einen skeptischen Blick zu. »Wenn auf der ersten Seite nicht in blutroten Lettern *Massaker an Streikenden* steht.«

»Ach Zack, wir haben doch gar keine Farbe bei der Zeitung.« Lissy lachte auf, und fast wäre ein wenig von ihrer Unbeschwertheit auf ihn übergesprungen.

Kurz darauf erreichten sie eine Abzweigung. Ein Blechschild wies auf die beiden möglichen Richtungen hin. Links führte der Gang in Richtung Treppenhaus, das sie zum Maschinenraum bringen sollte. Rechts schloss sich nach wenigen Metern das Schott zum Frachtraum an.

Elizabeth wandte sich nach rechts.

Erstaunt rief Zacharias ihr nach: »Das ist die falsche Richtung. Hier geht es entlang.«

Ohne sich umzudrehen, antwortete sie: »Lass mich nur einen kurzen Blick auf die Fracht werfen. Vielleicht braucht die Story noch etwas Futter.« Wenngleich sie es nicht sah, wusste sie, dass er die Augen verdrehte. Eine Reaktion, die sie an ihm nicht im Geringsten leiden konnte und die sie regelmäßig auf die Palme brachte. »Komm einfach mit!«, trieb sie ihn an. »Schließlich sind wir hier, um uns umzusehen. Die geheimnisvolle Stimme mitsamt ihres Protagonisten wird nicht so rasch von Bord verschwinden.« Zumindest hoffte sie das.

Widerwillig folgte er ihr, und gemeinsam betraten sie nach wenigen Metern den riesigen Frachtraum durch ein Schott. Die Tür führte zu einem Steg in zweieinhalb Metern Höhe, der sich U-förmig an den Rändern des Frachtraums entlang zog, wie die Balustrade in einem feinen Landsitz. Von der Decke hingen Seilzüge und weitere Verlademechanismen, während der eigentliche Raum über und über mit großen Kisten beladen war. Sie türmten sich zu einem unübersichtlichen Labyrinth. Dennoch war höchstens die Hälfte des Stauraums gefüllt. Sie fanden einen Lichtschalter und entflammten eine spärliche Beleuchtung.

»Das Schiff kommt wohl aus Afrika, nicht wahr?«, fragte Zack.

»Das hast du wieder messerscharf erkannt«, entgegnete Lissy und wandte ihre Schritte zu einer der Leitern, die in die Tiefe des Frachtraums führten.

»Ist 'ne lange Fahrt dafür, dass man den Laderaum nicht einmal komplett füllt.«

Sie hielt auf halber Höhe inne und sah ihn interessiert an. »Was willst du damit andeuten?«

»Dass mir so ein Vorgehen nicht besonders wirtschaftlich erscheint. Hier ist mehr im Busch, als es den Anschein hat. Vielleicht hattest du recht.«

Sie strahlte ihn freudig entgegen. »Darf ich dich zitieren?«

Er zog eine Grimasse. »Warum ist man wochenlang auf See und trägt nicht einmal dafür Sorge, möglichst effektiv den Laderaum zu füllen?«

»Vielleicht ist der Inhalt der Kisten verderblich?« Lissy erreichte den Fuß des Laderaums. Ihr widerstrebte es, ihre Theorie von sinistren Machenschaften zu torpedieren, hatte aber früh in ihrem Beruf gelernt, dass es der Kern des journalistischen Vorgehens war, Fragen zu stellen und nicht auf vorgefertigte Antworten zu vertrauen. Auch wenn sie noch so abwegig sein mochte, brachte jede Frage ein Stück der Wahrheit hervor.

»Oder so wertvoll, dass sich selbst bei geringer Ladung die Reise lohnt. Es könnte Elfenbein oder so etwas sein.« Zack folgte ihr hinab, während sie bereits die an die Kisten genagelten Frachtpapiere prüfte. Er trat zu ihr und blickte ihr über die Schulter.

»Du scheinst dich geirrt zu haben. Hier steht, dass in den Kisten elf bis sechsundzwanzig Ersatzteile für die Fischkonservenfabrik transportiert werden«, stellte Lissy fest.

»Unterschätz nicht den Wert moderner Fließbandtechnik. Henry Ford hat da einiges losgetreten.«

Sie sah ihn mit einem breiten Grinsen an.

»Was?«

»Einen Zollbeamten oder einfältigen Privatdetektiv kann man damit sicherlich täuschen. Mich jedoch nicht.«

Zack runzelte die Stirn. »Wovon sprichst du?«

»Letztes Jahr habe ich die Konservenfabrik besucht, weil mein geliebter Chefredakteur Doyle meinte, es sei eine klasse Story, etwas über die Modernisierung des Ladens zu bringen.

Beatrix von Herrmann hatte seinerzeit die gesamte Anlage grunderneuern lassen und mächtig viele Dollar in die Fabrik gesteckt.«

»Klingt nicht so, als würde man ein Jahr später neue Maschinen brauchen.«

»Exakt!« Sie klatschte in die Hände. »Wenn du ein Brecheisen auftreiben kannst, werfen wir doch einfach mal einen Blick hinein.

Wenige Minuten später hatten sie Seitenteile von drei Kisten entfernt. Der Inhalt war jedes Mal identisch, wenn es sich auch um alles andere als Maschinenteile handelte.

»Darum geht es also.« Zack pfiff anerkennend durch die Zähne und überprüfte die Funktionsweise des Gewehrs in seiner Hand. »Mauser Modell 98. Eine gute Schusswaffe.« Er zog den Schlagbolzen zurück und betrachtete den Lademechanismus. »Gut geölt und eingelagert.« Alle drei Kisten waren randvoll mit Schusswaffen gefüllt.

»Hier müssen hunderte von den Gewehren sein«, sagte Elizabeth. »Was zum Teufel hat Beatrix von Herrmann mit all diesen Waffen vor? Möchte sie den Vereinigten Staaten den Krieg erklären?«

»Nicht ganz. Wobei sie es mit all der dazugehörigen Munition wahrscheinlich könnte. Jetzt stell dir doch einmal vor, ihre Streikbrecher und Schläger würden den Gewerkschaften und Arbeitern nicht nur ordentlich die Fresse polieren und ihnen Angst machen, sondern wären mit diesem Gerät hier ausgerüstet.« Er deutete auf das Gewehr in seinen Händen. »Was dann wohl passieren wird?«

Lissy wurde eiskalt bei dem Gedanken daran. Ihre Lockerheit war wie fortgeweht. »Deine Schlagzeile wäre dann wohl zutreffend. *Massaker an den Docks*. Ich glaube, dass die Arbeiter nicht weichen würden. Von Herrmann hat sie in den vergangenen Jahren bis aufs letzte Hemd ausgequetscht. Wenn diese Ladung ihr Ziel erreicht, gibt es dutzende Tote. Die Stimmung in Sorrowville ist in den letzten Monaten ohnehin hitziger denn je.«

»Wir könnten es verhindern«, schlug Zacharias vor. »Mit gefälschten Frachtpapieren und einem Frachtraum voller Gewehre kommt Beatrix nicht durch, wenn wir die Coast Guard verständigen. Sie würden die Ladung sicher nur zu gerne konfiszieren.«

»Wir könnten auch alles auf dem Grund des Riffs versenken«, schlug Lissy vor.

Bevor Zack widersprechen konnte, ließ ein Geräusch sie beide zusammenzucken. Es war nicht mehr als ein kurzes Poltern, als wäre jemand zwischen den Kisten gegen etwas getreten.

Zacharias und Lissy wechselten einen Blick. Sie bedeutete ihm zu schweigen und wandte sich leise in Richtung des Geräuschs. Zack griff nach einem der großen Projektile, die er einer Munitionspackung entnommen und neben sich gestellt hatte, und lud das Gewehr, ohne den Blick zu senken. Er wies auf einen schmalen Durchgang inmitten der Kisten, und Lissy verstand, was er meinte. Sie hob die Lampe und vertrieb die Schatten zwischen den Kistentürmen.

So leise wie möglich legte er das Gewehr an und ging vorsichtig auf den Durchgang zu. Weder blinzelte er, noch wandte er den Blick ab.

Lissy kramte in der Handtasche und brachte ihren Ladysmith zum Vorschein. Eine vorbereitete Frau hatte den Revolver stets griffbereit.

Eine Silhouette löste sich aus dem Schatten zwischen den Kisten. Die Gestalt hielt den Kopf gesenkt, setzte Fuß vor Fuß und kam auf sie zu.

»Okay Mister, das reicht fürs erste!«, sprach sie den Unbekannten an. »Wir sind hier, um ihnen zu helfen.« Doch der Unbekannte reagierte nicht, sondern schlurfte ihnen entgegen. Seine Kleidung hing in Fetzen an seinem Leib herab. »Sir?«

»Sie haben doch die Lady gehört«, sagte Zacharias mit Nachdruck. »Zwei Schritte weiter, und ich brenne Ihnen ein Loch in den Pelz.«

»Oh mein Gott!«, entfuhr es Elizabeth, als sie sah, dass der Oberkörper des Fremden über und über mit Blut besudelt war. In zähen Fäden tropfte es zu Boden. »Geht es Ihnen gut?«

Anspannung lag in Zacks Stimme. »Ich glaube nicht, dass es sein Blut ist, Lissy. Geh zurück!«

Die Reporterin blieb jedoch wie angewurzelt stehen und wollte sich nicht zurückziehen, ohne einen besseren Blick auf den Unbekannten erlangt zu haben. Sie hob die Lampe an, um besser sehen zu können.

»Lissy. Weg da!«, drängte Zacharias.

Doch es war zu spät.

Im selben Moment, da sie die spitzen Reißzähne im Gesicht des blutüberströmten Mannes sah, stürzte sich dieser mit unmenschlicher Schnelligkeit auf sie. Seine Bewegungen verwischten, als er einen Fuß auf den Rand einer Kiste stellte, sich blitzschnell abstieß und in hohem Bogen auf sie zusprang.

Ein Schuss jagte aus dem Gewehr in Zacks Händen und zerriss die Stille. Der Mann wurde von der Kugel getroffen. Die kinetische Energie ließ ihn herumwirbeln, und er verpasste den richtigen Winkel, um Lissy mit seinen krallenartigen Fingern zu greifen. Hart prallte er auf und schlitterte einige Meter über den Schiffsboden, bis ein Kistenstapel seine Rutschpartie stoppte.

»Das war knapp!«, sagte Zacharias und lud das Gewehr nach, während er besorgt nach Elizabeth schaute. »Ist alles in Ordnung bei dir?«

Bevor Lissy antworten konnte, sah sie eine Bewegung des Mannes am Boden. Ein kurzes Zucken des Unterschenkels, und im nächsten Moment stand er wieder auf beiden Beinen.

»Verfluchte Scheiße! Nicht schon wieder!«, stieß sie aus, riss ihren Revolver in die Höhe und gab zwei Schüsse ab, die das Ziel präzise trafen. Die Durchschlagskraft der Ladysmith war begrenzt und nicht mit der Wucht eines Gewehrs zu vergleichen. Dennoch war die Pistole gewöhnlich ausreichend, um einen Menschen auszuschalten.

Nicht in diesem Fall.

Der Mann mit den spitzen Zähnen und der blonden Kurzhaarfrisur taumelte zwar einen Schritt zurück, als ihn die Kugeln in Schulter und Brust trafen, schien sich abgesehen davon jedoch nicht an den tödlichen Verwundungen zu stören. Lissy war nicht sicher, ob sein Zähnefletschen ein Grinsen sein sollte oder nur die Vorfreude auf ihr Blut, aber sie wollte nicht bleiben und es herausfinden. Gerade als sie auf dem Absatz kehrtmachen wollte, sprang Zacharias voran. Er hatte das Gewehr am Lauf gegriffen und holte wie mit einem Baseballschläger in einer ausladenden Bewegung aus. Mit großer Wucht traf der Kolben den Schädel des Ungeheuers und schleuderte ihn zu Boden. Zur Sicherheit holte Zacharias ein weiteres Mal aus und ließ das Gewehr wie ein Fallbeil hinabsausen.

»Hans!«, erklang ein Ruf aus ihrem Rücken. Wut und Angst lag in den Worten. »Der Meister braucht dich noch! Wehr dich!«

Lissy wirbelte herum und erkannte eine weitere Gestalt, die frappierende Ähnlichkeit mit dem ersten Scheusal hatte. Leichtfüßig sprang sie von einem Kistenturm zum nächsten und kam mit wutverzerrtem Gesicht auf sie zu. Im selben Moment griff Hans nach Zacks Knöchel und riss ihm das Standbein weg. Der Privatermittler stürzte, und sein Kopf machte unliebsame Bekanntschaft mit dem stählernen Boden des Frachtraums. Sofort sprang Hans auf und wollte sich in einem Satz auf den benommenen Zack stürzen.

Geistesgegenwärtig holte Lissy aus und schleuderte ihm die Petroleumlampe entgegen, die sie in der Linken gehalten hatte. Anscheinend waren die zahlreichen Stunden, die sie als Kind mit ihrem Vater Baseball gespielt hatte, nicht umsonst gewesen. Die Lampe traf Hans am Oberkörper. Das Behältnis zersprang und übergoss ihn mit der leicht brennbaren Flüssigkeit. Die Flamme entzündete das Petroleum, und Hans verwandelte sich in derselben Sekunde in eine humanoide Fackel.

»Nein!«, schrie das zweite Wesen und beschleunigte die ohnehin schon rasanten Bewegungen, sodass sie mit bloßem Auge kaum noch zu erkennen war, während Zack versuchte, die Benommenheit abzuschütteln und zur Seite zu rollen. Hans kreischte wie am Spieß, als sich die Flammen in seine Lungen brannten und die Augäpfel kochten.

Elizabeth entleerte ihren Revolver in Richtung des brennenden Ungetüms und versuchte, ihn von seinen Qualen und seinem Unleben zu befreien.

Noch bevor Zack wieder auf den Füßen war, stand das zweite Wesen zwischen ihnen und fauchte bösartig. Mit Wut und Trauer starrte es auf seinen Gefährten, der unter Schmerzensschreien auf die Knie sackte, als das Feuer seinen Leib verzehrte.

»Dafür werdet ihr bezahlen!«, knurrte der Neuankömmling mit hartem Akzent. »Niemand stellt sich Karl Schreck und seinen Plänen in den Weg. Ihr werdet sterben.«

»Du redest zuviel«, sagte Zack, zog seine Pistole und feuerte fünf Kugeln in den Kopf des Wesens. Knochensplitter stoben auf, und die Schädeldecke wurde größtenteils perforiert. Selbst wenn es das Wesen nicht töten sollte, wären zumindest seine sensorischen Fähigkeiten massiv eingeschränkt. »Wehe, du kannst auf Augen und Ohren verzichten!«

Lissy wollte es lieber nicht herausfinden. Sie rannte los und rammte dem Monstrum die Schulter gegen den Brustkorb. Zacharias sah kommen, was Lissy vorhatte, und unterstützte ihre Bemühungen, indem er das Monster mit beiden Armen wegstieß und es auf den brennenden Hans warf. Es kam aus dem Tritt, fand keinen sicheren Stand und fiel auf seinen untoten Kumpanen. Sofort fing auch er Feuer. Erschrocken wichen Elizabeth und Zacharias zurück, als die Flammen in die Höhe stiegen und sich dunkle Qualmwolken im Frachtraum verteilten.

»Gottverdammte Scheiße!«, keuchte Zack.

Kreischend ging auch der zweite Unhold zu Boden.

»Hans und Franz brennen ja wie Zunder!«, stellte Lissy fest.

»Was zum Teufel waren das für Scheusale? Das war anders als damals am Green Wood Cemetary.«

Die Schreie verstummten, und die Körper lagen reglos übereinander, während sie zu Asche verbrannten.

»Ich würde von Vampiren ausgehen. Blutsaugende Untote, die nachts ...«

»Verdammt, Zack, ich weiß, was Vampire sind!« Ihre Nerven lagen blank. »Die Frage war rhetorisch gemeint.«

Er verzog das Gesicht, hielt sich aber ob ihres gereizten Tonfalls wohlweislich zurück. Binnen kürzester Zeit waren die Flammen niedergebrannt, und die Rauchschwaden verflogen in dem weitläufigen Laderaum.

Der Privatdetektiv entzündete sich an dem letzten Glutnest eine Zigarette und wandte sich wieder Elizabeth zu. »Okay, wir wissen, dass sich von Zeit zu Zeit das Tor zur Hölle öffnet und die monströsesten Kreaturen ausspuckt, die selbst der Teufel nicht mehr an seinem Tisch sitzen haben möchte. Soweit, so schlecht. Ich hatte lange Zeit die Hoffnung, dass sich das Phänomen lokal auf Sorrowville begrenzt.«

»Wie eine Art regionaler Höllenschlund? Ach komm schon, das wäre zu schön, um wahr zu sein. Hast du den Akzent vernommen?«

Zacharias nickte. »Es waren Deutsche.«

Lissy rümpfte angewidert die Nase. »Deutsche Rassistenvampire aus der Alten Welt. Was treibt sie nach Sorrowville?«

»Ich schätze«, er inhalierte den Rauch der Zigarette tief in seine Lungen, »das könnten wir mal Beatrix von Herrmann fragen. Es ist ihr Schiff, es ist ihre geschmuggelte Ware, und es müsste ein wirklich, wirklich großer Zufall sein, wenn die beiden deutschen Vampire an Bord nichts mit der Rassistenlady zu tun hätten.«

»Sie erwähnten einen Meister«, warf Lissy ein. »Karl Schreck. Kennst du ihn?«

»Nie von ihm gehört.«

»Ich auch nicht, aber wenn es eine Art Obervampir sein sollte, müssen wir auf der Hut sein. Bei Hans und Franz hatten wir Glück. Ich möchte ihrem Herrn nicht unvorbereitet gegenübertreten.«

Zack trat den Glimmstängel aus. »Also gut, was wissen wir über die Blutsauger?«

Lissy überlegte kurz. Ihr Wissen über Fabelwesen und Horrorgestalten hatte sich in den letzten Monaten stark erweitert. Nach den Ereignissen, die ihr und Zack widerfahren waren, hatte sie viel daran gesetzt, mehr darüber zu lernen. Alte Bücher, die sie verstaubt in der Bibliothek gefunden hatte, gaben Auskunft über Wissen, welches besser verboten wäre. Ihr Spezialgebiet war es jedoch noch lange nicht. Nach Skeletten und Schattententakeln standen nun offensichtlich Vampire an. »Feuer scheint zumindest gut zu funktionieren«, sagte sie lapidar.

»Wenn sich zwischen den Gewehren nicht noch ein Flammenwerfer verbirgt, wird das sicherlich nicht die leichteste Übung. So viele Petroleumlampen haben wir nicht, und ich bin zwar ein guter Schütze, aber ein lausiger Werfer.«

»Halten wir es mit Stoker und versuchen Holzpflöcke?«

»Schon besser. Aber wenn man dessen Erzählungen Glauben schenken darf, dann müssen sie durchs Herz gestoßen werden. Nicht ganz leicht, wenn Karl so schnell sein sollte wie seine Untergebenen. Ich habe das dumpfe Gefühl, dass die beiden lediglich Handlanger waren und die wahre Macht eines Vampirs uns erst noch bevorsteht.«

»Vielleicht war er so etwas wie ihr Vater, sprich, Erschaffer.«

»Hörte sich ganz danach an. Er wird nicht gerade froh darüber sein, dass wir seine Bengel gegrillt haben.« Nach einer kurzen Pause fügte er an: »Weihwasser soll auch helfen.«

Elizabeth verdrehte die Augen. »Wo sollen wir denn hier einen Priester herbekommen? Selbst bei dem Exemplar in Sorrowville wäre ich skeptisch, ob der versoffene Bastard noch in der Lage wäre, genug Christenpower zu bündeln, um einer Kreatur der Nacht beizukommen«.

Resigniert schüttelte Zack den Kopf. »Da hast du wohl recht. Diese Stadt geht wirklich vor die Hunde.«

Lissy stemmte die Hände in die Hüften und blickte ihn herausfordernd an. »Also, was machen wir?«

»Lass uns versuchen, das eine oder andere Kreuz aus Holz zu improvisieren. Danach machen wir uns in den Maschinenraum auf und schauen, wer mit uns über das Sprachrohr gesprochen hat. Vielleicht haben wir dann bereits unseren Obervampir ausfindig gemacht. Dieses Wort, das er gesagt hat ...«

»Ninive«, half Lissy ihm aus.

»Genau! Was bedeutet dieser Begriff?«

»Ich habe da so eine Ahnung, und es wird dir überhaupt nicht gefallen.«

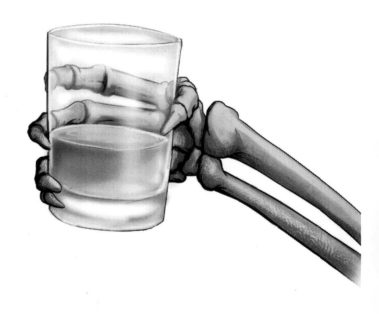

Kapitel 7

WO SIND ALL DIE TOTEN HIN?

Die Wärme nahm stetig zu. Auch wenn die *Lothar von Trotha* sich nicht vom Fleck rührte, waren die Kessel noch unter Dampf. Die Hitze strömte in die unteren Flure, die den Bauch des Frachters durchzogen. Lissy setzte einen Fuß auf die letzte Stufe des Treppenhauses und lauschte in die Dunkelheit. Nur das Dröhnen der Kolben war zu hören, keine Bewegungen, keine Rufe.

Sie hob die Taschenlampe und leuchtete den Gang aus.

»Verdammte Scheiße«, entfuhr es Zack, der hinter ihr stand und zwei gekreuzte Besenstiele in die Höhe hielt. Er hoffte, dass sein improvisiertes Kruzifix weitere Vampire in Schach halten würde.

Ein Fingerbreit Blut bedeckte den gesamten Boden und lief in gemächlichem Tempo aus Richtung des Maschinenraums durch den Frachter, als wäre es ein gewöhnliches Rinnsal.

»Sie dir das an. Das muss das Blut von Dutzenden Toten sein.«

Zack musste schlucken. »Ich tippe auf mindestens das dreifache.«

Lissy drehte sich mit aufgerissenen Augen zu ihm um. »Du meinst, die gesamte Mannschaft ist tot? Von Vampiren getötet?«

»Vermutlich.« Gerne hätte er etwas anderes geantwortet.

Sie blickte verwirrt drein. »Das macht doch keinen Sinn. Vampire trinken das Blut von Lebewesen, um sich davon zu ernähren, und nicht, um es zu vergeuden. Warum sollten sie es nicht getrunken haben?«

Zack wich instinktiv einen Schritt von dem gemächlich fließenden Blut zurück. »Wahrscheinlich sind selbst diese Ausgeburten der Hölle irgendwann einmal satt.«

»Oder sie haben es gesammelt«, überlegte Lissy. »Vielleicht für ihren Meister.«

»Um es dann den Flur hinunter fließen zu lassen?«

»Ich weiß es doch auch nicht. Es gibt nur eine Möglichkeit, es herauszufinden«, erwiderte sie und stieß die Luft hörbar aus, um sich zu sammeln.

Zack belegte sie mit einem prüfenden Blick. »Du willst wirklich durch diesen Blutfluss waten?«

»Jetzt sind wir hier, und irgendjemand ist dort unten, und ich werde die Chance auf einen Überlebenden nicht verschwenden. Wir müssen die Person retten.«

Zack hob eine Augenbraue und blickte sie skeptisch an.

»Du brauchst nichts dazu sagen«, entgegnete sie gereizt. »Natürlich wäre ein Augenzeuge toll für die Story. Verurteile mich deswegen, wenn du willst. Aber wir können jetzt nicht einfach verschwinden und die Sache auf sich beruhen lassen. Die ganze Mannschaft ist wahrscheinlich tot, ein gewisser Karl Schreck läuft noch frei herum, und irgendwer ist da unten.«

Sein Gesicht nahm weichere Gesichtszüge an. »Ich habe schon lange aufgehört, über Menschen zu urteilen. Lass uns nachsehen, wer oder was im Maschinenraum ist, und dann nichts wie runter von diesem Todesfrachter.«

Lissy nickte ihm zu und setzte den Fuß in den roten Bach. Sie hatte mit Kälte gerechnet, doch das Blut, das durch ihre Schuhe sickerte, war warm und zähflüssig. »Verdammter Mist. Wenn ich das überlebe, werde ich nichts mehr für dieses Dreckblatt machen und Doyle ordentlich in den Arsch treten.«

»Zweiteres«, warf Zacharias ein. »Bitte nur zweiteres. Ich will mir nicht vorstellen, wie du dich als Hausfrau machen würdest. Außerdem bist du die einzige, die der Gazette so etwas wie Weltläufigkeit verleiht und nicht nur Possen aus der Provinz zum Besten gibt. Oder Schiffsmeldungen verfasst.«

Lissy funkelte ihn wütend an, erkannte aber umgehend, dass er sie aufzog. »Vielleicht bindest *du* dir die Schürze um und bügelst meine Wäsche. Vielleicht engagiere ich auch Mabel, ich zahle sicher besser als du.«

Zack winkte lächelnd ab und setzte sich in Bewegung.

Sie folgten dem Gang. Bei jedem Schritt gab es ein plätscherndes Geräusch, als das Blut zu allen Seiten spritzte. Mehrmals musste Lissy einen Würgereiz unterdrücken und versuchte angestrengt, an angenehme Dinge wie eine duftende Blumenwiese oder eine volle Flasche Gin zu denken, um zu verdrängen, worin sie gerade watete. Zack ging es nicht besser, und sie hörte hinter sich mehr als einmal, wie er seinen Mageninhalt zwang, unten zu bleiben.

Zu allem Überfluss wurde der Bach aus Lebenssaft immer tiefer, und ihre Schätzung, dass das Blut von fünfzig erwachsenen Männern stammen musste, wurde mehr und mehr ad absurdum geführt. Sie konnte es nicht beziffern, aber wie viele auch immer für diesen roten Fluss ihr Leben hatten lassen müssen, es waren verdammt viele.

Sie bogen rechts ab, und nicht weit entfernt stand das Schott zum Maschinenraum einen Spalt offen. Lissy zögerte und wechselte einen Blick mit Zack.

»Noch können wir umkehren«, sagte er. Selbst seine Stimme war nicht mehr so fest wie gewöhnlich. Gemeinsam hatten sie bereits manches Abenteuer bestritten, dem Knochenfürst die Stirn geboten und allerlei Grausamkeiten erlebt. Dennoch war ein Funken gesunder Menschenverstand übrig, der sie innehalten ließ. Alle Instinkte schrien sie an, kehrtzumachen, zu fliehen und sich weit, weit entfernt unter einem großen Stein zu verstecken. Lissy räumte ein, dass das sicherlich die klügste Entscheidung gewesen wäre … und ging dennoch voran.

Zack folgte ihr auf dem Fuß, als sie die letzten Meter des Ganges überbrückten, ehe der Schein der Taschenlampe die Grausamkeit aufdeckte, die vor ihnen lag.

Der Maschinenraum war kleiner, als sie erwartet hatten. Zwar immer noch ein großer Bereich, vollgestopft mit Rohren, Kesseln und großen Maschinenteilen, deren Funktionsweise sie nicht kannte, jedoch kein Vergleich mit dem riesigen Frachtraum. Eine dreisprossige Leiter führte in den tiefergelegenen Bereich. Zumindest vermutete sie, dass es nicht noch tiefer hinab ging, denn das Blut füllte den gesamten Raum und schwappte ihnen über die Kante hinweg entgegen. Doch das war es nicht, was ihre Hand zittern ließ und Zack ein entsetztes Schnaufen entlockte.

Von der Decke hingen dichtgedrängt die Leiber der Matrosen. Dutzende Männer, nahezu unbekleidet und kopfüber. Wie auf einer Wäscheleine hatte man sie aufgehängt, um den letzten Tropfen Blut aus ihren Körpern zu quetschen und dem roten Bassin anzuvertrauen. Sie hingen derart dicht beieinander, dass ihre Körper kaum voneinander zu unterscheiden waren. Ein Knäuel menschlichen Fleisches, beraubt ihrer Individualität, betrogen um ihr Leben.

»Ninive.«

Das Flüstern ließ Lissy zusammenzucken. Erschrocken blickte sie sich um und sah auf der gegenüberliegenden Seite des blutroten Sees eine Bewegung auf einem höhergelegenen Absatz. Zack schob sich rasch an ihr vorbei und erhob drohend die zusammengebundenen Besenstiele. »Weiche, Kreatur der Finsternis!«

»Warte!«, sagte Lissy und hielt ihn zurück. »Das sieht nicht gerade wie ein Vampirlord aus.« Tatsächlich erkannten sie eine zusammengesunkene Gestalt, die sich mit Mühe an einen kleinen Tisch klammerte, um nicht zu Boden zu fallen. Sie war leichenblass unter ihrer Wollmütze. Selbst aus der Entfernung sah Lissy, wie Blut langsam durch ihren Pullover sickerte.

»Glückwunsch. Da hast du deinen Überlebenden.« Zack schien erleichtert zu sein.

Kurzerhand sprang Lissy in das rote Nass und war erschrocken, dass es ihr fast bis zum Hals reichte. Panik ergriff sie, die sie nur mit größter Kraftanstrengung niederkämpfen konnte. Sie hielt die Taschenlampe über den Kopf und watete, so schnell sie es sich zutraute, durch den See aus Blut.

»Keine Sorge, wir sind hier, um Sie zu retten. Halten Sie durch, ich komme zu Ihnen. Wir bringen Sie hier raus.« Die Hoffnung in ihren Worten klang auch für sie selbst wenig überzeugend. Zack folgte ihr und schimpfte unablässig über seinen ruinierten Trenchcoat.

Jeder besaß Fähigkeiten, um mit der Situation umzugehen, dachte Lissy. Bei ihr war es Ekel, der sich ungebremst in ihr ausbreitete, während Zack gerne mit Aggressivität konterte, um sich die Widrigkeiten seines Lebens vom Halse zu halten.

Wenige Augenblicke später hatte sie den Absatz erreicht und zog sich in die Höhe. Ihre Kleider waren vollgesogen mit Blut und lasteten im gleichen Maße schwer auf ihren Schultern wie auf ihrer Seele. Sie machte zwei schnelle Schritte und erreichte den schwerverletzten Matrosen.

Behutsam legte sie ihm die Hand auf die Schulter. »Sie haben es überstanden, wir bringen Sie an Land zu einem Arzt.«

Der Mann zitterte am ganzen Leib. Nur noch wenig Leben steckte in dem geschundenen Körper.

Zacharias trat zu ihnen. »Wie heißen Sie?«

Der Matrose musste lange überlegen. »Wahrscheinlich Friedrich.«

»Wahrscheinlich?«

Der Mann blickte sie mit blutleeren Augen an. Er wirkte schwach und war kaum dazu in der Lage, den Kopf zu heben. »Früher war das mein Name. Denke ich. Viele Jahre lang. Früher.« Er sprach ein hartes, gebrochenes Englisch, das von seiner deutschen Herkunft zeugte.

Die Reporterin wandte sich wieder an den Überlebenden. »Ich glaube, Sie sind etwas verwirrt.«

Der Mann lachte, was ein rasselndes Geräusch hervorrief. »Oh nein, ganz und gar nicht. Ich sehe klarer denn je. Mein Leben hat endlich einen Sinn.«

»Komm, Mann, wir bringen dich nach Hause«, sagte Zack, doch der Matrose, der einst Friedrich geheißen hatte, schüttelte lediglich den Kopf.

Lissy versuchte es auf die sanfte Tour. »Wie heißen Sie denn jetzt, wenn Friedrich lediglich früher Ihr Name war?«

»Jona.« Seine Stimme war brüchig und kaum zu vernehmen.

Lissy erstarrte.

Zacharias bemerkte ihre Anspannung und sah sie besorgt an. »Was ist los?«

»Das ist ein schlechter Scherz, nicht wahr?«, sagte sie ernst zu dem Überlebenden.

Jona blickte zu ihr und schenkte ihr ein schiefes Lächeln. »Sehe ich aus, als würde ich Witze machen?« Ein kräftiger Husten schüttelte seinen Körper durch. »Kennen Sie die Erzählung? Wissen Sie um den Wal?«

Lissy nickte.

»Kann mir mal einer sagen, was hier gespielt wird?«, verlangte Zack. »Ich verstehe überhaupt nichts mehr. Jona, Wal? Und was hat es mit Ninive auf sich?«

Lissy wandte sich ihm zu. »Du bist nicht besonders bibelfest, oder?«

Jetzt war es an ihm zu lachen. »Na, was denkst du?«

»Ich erspare uns beiden die Antwort.«

»Wer ist Jona? Und von was für einem Wal redet ihr?«

»Das Buch Jona. Dort steht geschrieben, dass Gott Jona erwählte, um der Stadt Ninive den Untergang zu verkünden. Sein Schiff kam in einen Sturm, und er wurde von einem Wal verschluckt. Erst, als er Ninive erreichte und den Untergang verkündete, war er von seinem göttlichen Auftrag erlöst.«

»Ich kapiere es immer noch nicht. Warum Ninive? Warum hast du das durch das Sprechrohr gesagt, Friedrich oder Jona oder wie immer du dich nennst?«

Ein erneutes Husten erklang. »Ihr seid nun die Erwählten. Ich habe euch die Botschaft übergeben, sodass mein Auftrag von Gott erfüllt ist. Sendboten des Herrn!«

»Der dreht ja völlig durch!«

»Zack …?« In Lissys Stimme lag ein Unterton, der ihn hätte aufhorchen lassen sollen. Stattdessen redet er sich mehr und mehr in Rage.

»Wir sind hier, um dich zu retten, nicht um deinen Glauben zu diskutieren. Sendboten des Herrn, so ein Schwachsinn!«

»Zack!«, versuchte sie ihn erneut zu unterbrechen, doch der Privatdetektiv nahm gerade verbal Fahrt auf.

»Ich bin nicht durch dutzende Liter Blut marschiert und habe mir meinen Lieblingsmantel versaut, damit ich mir diesen religiösen Schwachsinn anhören muss.«

»Verdammt, Zack, nun hör endlich zu!«, unterbrach ihn Lissy rüde. »Ninive! Verstehst du nicht?«

»Kein Wort.«

»Ninive ist ein sumerisches Wort. Du weißt schon, Mesopotamien? Alte Welt?« Sie sah ihm an, dass er nicht die geringste Ahnung hatte, wovon sie sprach. Zacharias Zorn war ein smarter Kerl, hatte aber niemals die höhere Bildung erfahren, die ihr zuteil geworden war.

»Was soll das bedeuten? Unsere Namen kommen alle aus der alten Welt, das ist nichts Besonderes.«

Elizabeth sah ihm tief in die Augen, um seine Aufmerksamkeit auf das Wesentliche zu lenken, und hielt kurz inne. »Ninive heißt übersetzt so viel wie Trauer.« Zack verstand noch immer nicht und sah sie ratlos an.

»Traurige Stadt«, sagte sie mit Nachdruck. »Sorrowville.«

»Ach du Scheiße!«

»Das Ende ist nah!«, sagte Jona. Sie waren nicht sicher, ob er Sorrowville oder sein eigenes Ableben meinte.

»Also haben wir Jona gefunden, damit er uns den Untergang von Sorrowville prophezeit?«, fragte Zack mit Unglauben in der Stimme.

»Im Bauch des stählernen Wals«, fügte Jona hinzu.

Wütend sprang Lissy auf. »Was weiß ich? Ich bin genauso wenig religiös wie du. Vielleicht. Vielleicht ist Friedrich auch nur verrückt geworden, kein Wunder angesichts dieses Blutbeckens. Aber wenn zwei bis drei Vampire die Besatzung dieses Schiffes massakriert haben, dann möchte ich nicht sehen, was passiert, wenn dieser Obervampir Karl Schreck auf die Stadt trifft. Dann war das hier nur eine Pfütze Blut. Das könnte tatsächlich eine Katastrophe biblischen Ausmaßes werden.«

»Er ist bereits dort …«, flüsterte Jona, der einst Friedrich gewesen war. »Karl ist an Land gegangen.«

»Wie bitte?«, entfuhr es Lissy und Zack wie aus einem Mund.

»Die göttliche Strafe für eure Sünden wird reiche Ernte für ihn bedeuten.«

Ein letztes, kräftiges Husten quälte seinen geschundenen Körper, bis er blutspuckend seine letzten Worte herauspresste. »Sorrowville wird fallen.«

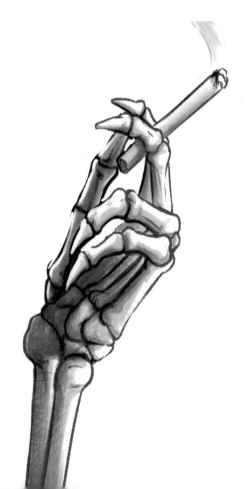

Kapitel 8

KALTER, TOTER FISCH

Der Fischtrawler hüpfte über die hohen Wellen und trotzte dem Sturm, der ihm stetig entgegenblies. Zack und Lissy hatten sich kurzerhand für Finkelsteins Kutter entschieden und das Boot des Privatdetektivs zurückgelassen. Mit einem erfahrenen Seemann am Steuer war die Rückkehr bei diesem Wetter wahrscheinlicher, als wenn sie sich auf ihr eigenes seemännisches Geschick verlassen mussten.

Der Fischer stellte keine Fragen und erkannte das Gehetzte in ihren Augen, die Furcht und das Entsetzen. Nicht einmal ihre vollkommen blutdurchtränkten Kleider entlockten ihm eine Nachfrage. Sorrowville war ein besonderer Ort mit mitunter besonderen Menschen, die gelernt hatten, besser keine Fragen zu stellen, auch wenn das Gegenüber aussah, als habe es gerade einen Massenmord begangen. Mit größtmöglicher Geschwindigkeit hielt er auf Sorrowville zu.

»Wo fangen wir an?«, fragte die Reporterin.

Zack wischte sich mit einem öligen Lappen das Blut aus dem Gesicht. Sie hatten von Finkelstein Kleidung bekommen, die er zwar nicht als sauber bezeichnen würde, an der jedoch kein Menschenblut klebte. Dafür stanken sie jetzt elendig nach Fisch. Man konnte eben nicht alles haben. »Mal überlegen: Wo würdest du denn als mordlustiger Vampir hingehen, wenn dir eine ganze Stadt als Menü präsentiert werden würde?«

»Dort, wo ich die meisten Leute erwische? Heißt es nicht, dass sich Menschen, sollten sie von einem Vampir gebissen werden, sich ebenfalls in einen verwandeln?« Lissy zog ihren Tulpenhut, das einzige, das nicht besudelt war, tiefer ins Gesicht, als könne er sie vor dem Unbill der Welt schützen.

»Ich weiß es nicht. Lass es uns nicht hoffen, denn wenn das stimmt, haben wir in wenigen Stunden fünfzigtausend Vampire aus Sorrowville, die sich quer durch Neuengland metzeln werden. Sie würden fressen und weitere infizieren und dann wieder weitere. Niemand könnte einer solchen Welle Einhalt gebieten.« In Zacks Gesicht wechselten sich Hoffnungslosigkeit und Angst ab.

»Dann sollten wir Karl Schreck möglichst rasch stellen und ihn unschädlich machen«, sagte Lissy entschlossen. »Wir sollten bei Beatrix von Herrmann anfangen. Schließlich war es ihr Schiff.«

»Ja und nein. Ich denke auch, dass die Rassistin hinter all dem steckt. Aber wäre es wirklich der erste Ort, den ich als dürstender Vampir aufsuchen würde? Würde ich mich nicht viel mehr einem Ort zuwenden, an dem das Blut in Wallung ist?«

»Klingt plausibel. Wenn wir mal scharf nachdenken, wissen wir sogar, wo demnächst Blut fließen wird. Ganz ohne Vampire.«

»Ja, vermutlich treibt er sich bei den Docks herum. Der Streik ist ja noch in vollem Gange!«

»Einen besseren Ort gibt es derzeit vermutlich kaum in Sorrowville. Ich würde es sogar noch weiter eingrenzen. Die Fischkonservenfabrik von Beatrix von Herrmann ist das Hauptquartier der Streikbrecher. Das habe ich bei meinen Recherchen zum Artikel, den mir Doyle abgeluchst hat, herausgefunden. Dort sammeln sie sich, dort lagert ihr Material.«

»Alles gut und schön, aber warum sollte es ausgerechnet dort zur Konfrontation kommen?«

Lissy sah ihn mit gespielter Unschuld an. »Vielleicht weil diese klitzekleine Information zufällig den Weg zur Gewerkschaft gefunden hat, kurz bevor ich den Trawler bestiegen habe.«

»Du hast Öl ins Feuer gegossen? Ich dachte, die Presse, sei neutral.« Zack starrte sie überrascht an.

Elizabeth verschränkte die Arme vor der Brust und legte sich in Kreuz. » Ist sie auch. Normalerweise. Meistens jedenfalls. Aber ich wollte den Arbeitern eine faire Chance geben, um sich gegen die Pistoleros der Streikbrecher zur Wehr zu setzen.« Sie klang deutlich wütender, als sie eigentlich war. »Was würde denn passieren, wenn die in einer Nacht-und-Nebel-Aktion über die Streikenden herfallen? Sie haben zwar ihre Schiffsladung Gewehre nicht erhalten, das macht die Streikbrecher aber kaum weniger gefährlich. Wer weiß, mit welchen Waffen sie noch von Marinelli und seinem Clan versorgt worden sind? Nein, ich konnte diese Information nicht zurückhalten und dabei zusehen, wie die Gewerkschafter niedergemacht werden. Jetzt haben sie zumindest eine Chance, sich zu wehren und dort zuzuschlagen, wo es von Herrmann weh tut.«

Zack nickte verstehend. »Also gut. Dann haben wir ein Ziel. Die Fischkonservenfabrik am Ende des Piers. Bis wir dort eintreffen, wird es sicherlich schon dämmern. Nicht gerade einladend.«

»Die Dunkelheit wird uns helfen. Wir schleichen uns hinein, suchen Karl Schreck und rammen ihn einen Pflock ins Herz. So einfach ist das.«

»Sehr gut. Optimismus ist dein zweiter Vorname.« Zack meinte das vollkommen humorfrei und war dennoch nicht davon überzeugt. Andererseits – derart aussichtslose Unterfangen waren schon mehr als einmal gut gegangen.

***

Mit der Abenddämmerung liefen sie in den Hafen von Sorrowville ein. Tiefe Wolken hingen über dem Pier, und der Himmel hatte seine Schleusen geöffnet. Der Regen prasselte auf das Deck des Trawlers und verwandelte Sorrowville in einen noch trostloseren Ort, als die Stadt ohnehin schon war. Ein Sündenpfuhl, zerrissen zwischen der Hingabe an unzählige Laster auf der einen Seite sowie einer tiefen Depression auf der anderen. Nirgendwo in der Welt lagen Rausch und Verfall so eng beieinander wie in der Stadt an der Mündung des Passagassawaukeag River. Fast hatte es den Anschein, als wäre die

Hälfte der Bevölkerung – den strengen Rauschmittelgesetzen der Prohibition zum Trotz – permanent umnebelt von Absinth, Kokain und Schnaps, während die andere Hälfte voller Schwermut auf den Regen starrte und sich fragte, wie sie den nächsten Tag überstehen sollte. Als sie sich dem schmutzigen Pier näherten, auf dem noch immer blutige Fische zerlegt wurden, stellte Zack sich ernsthaft die Frage, ob es nicht vielleicht sogar besser wäre, wenn Sorrowville nicht mehr existierte. Vielleicht würde den Menschen der Umgebung eine Last von den Schultern genommen, wenn diese Stadt nicht mehr auf den Landkarten erschien und man ihren Namen lediglich hinter vorgehaltener Hand als graue Erinnerung aus der Vergangenheit vernahm. Als Exempel, als Fanal für den Fall in ein babylonisches Verderben. Er hatte innerhalb der Stadtgrenzen Sorrowvilles so viel Trauer und Schmerz gesehen, dass es für halb Nordamerika reichen würde.

Die Menschen hier waren anders als in den umliegenden Städten. Nur die wenigsten schafften es, die Stadt hinter sich zu lassen und sich an einem besseren Ort eine Zukunft aufzubauen. Dennoch trugen viele weiterhin Sorrowville in ihren Herzen, sodass kein Lebensglück dort Einzug halten konnte. Fenster und Türen waren fest vernagelt.

Ja, dachte Zacharias, vielleicht war es besser, diese verfluchte Stadt mit all ihren Sündern auszuradieren. Er war nicht sonderlich religiös und glaubte Friedrich kein Wort seiner apokalyptischen Prophezeiungen. Wenn ein Gott jemals einen Blick auf die Welt geworfen hatte, würde er ihn niemals wieder auf dieses Drecksloch wenden. Wahrscheinlicher wäre noch, dass er seinen gefallenen Engel Luzifer zum Statthalter erklären würde, als dass auch nur ein Funken Göttlichkeit sich mit Sorrowville besudeln konnte.

»Was ist los?«, fragte Lissy und lehnte sich an die Reling, während sie die letzten Meter der Black Hollow Bay durchfuhren, ehe sie am Hafen anlegen konnten. »Zweifel, ob wir das richtige tun?« Sie ahnte nicht, wie nah sie damit an der Wahrheit lag.

»Nein«, log er und riss sich aus den trüben Gedanken. »Lediglich angespannt angesichts der Dinge, die da kommen mögen.«

»Müssen wir uns noch vorbereiten, bevor wir uns Karl Schreck vorknöpfen?«

Zack lachte auf. »Man kann sich immer besser vorbereiten. Vielleicht ein paar Bourbon trinken? Vielleicht ein letztes Mal ins Varieté und danach einige Stunden in betörender Gesellschaft verbringen? Gibt es jemanden, dem du noch ein paar Worte sagen möchtest? Es könnte gefährlich werden, und vielleicht ist es die letzte Chance, jemandem deine geheime Liebe zu gestehen oder noch einmal richtig Schulden zu machen, die du nie zurückzahlen musst.«

»Niemandem, den ich länger als ein paar Tage kenne. Die Menschen hier waren nie besonders gesellig, zumindest nicht für mich.« Sie überlegte kurz. »Was ist eigentlich mit Rudy Turner? Sollten wir den Inspector nicht um Hilfe und Unterstützung bei diesem Unterfangen bitten?«

»Rudy wird uns kein Wort glauben. Selbst wenn, seine Polizeitruppe hat gerade ganz andere Sorgen. Was sollte er auch machen? Uns eine Handvoll Bullen mitschicken, um einen Vampir zu jagen? Seit den Geschehnissen rund um den Friedhof und die Apotheke will er noch weniger mit Dingen zu tun haben, die über den Verstand eines normalen Menschen hinausgehen. Nein, Lissy. Ich fürchte, wir sind auf uns selbst gestellt.«

»Du hast wahrscheinlich recht. Wenn wir merken, dass wir überhaupt nicht vorwärtskommen, können wir immer noch ihn und die Kavallerie rufen.«

Der Trawler wurde langsamer, als Finkelstein die Geschwindigkeit drosselte und in eine ausladende Kurve überging, um sie seitlich an den Pier zu steuern. Das Tuckern des Motors beruhigte sich.

»Ihr Landratten«, rief der Fischer ihnen zu. »Endstation. Wann kriege ich mein Geld für die Fahrerei im Sturm? Ein Gefahrenaufschlag wäre übrigens auch nicht schlecht.«

Lissy sah Zack an, der lediglich mit den Schultern zuckte. »Ich habe ein paar Tage nicht mit Mabel gesprochen. Ich glaube, sie hat gerade wieder einen neuen Hund, da kommt sie nicht täglich ins Büro. Ich habe keine Ahnung, ob noch Kröten auf dem Bankkonto sind.«

Lissy wandte sich Finkelstein zu. »Vielen Dank für Ihre Dienste. Das übernimmt die Zeitung. Allerdings müssten Sie mir noch einen Gefallen tun, ja? Suchen Sie bitte die Coast Guard auf und sagen Sie dort, dass man den Frachter durchsuchen und beschlagnahmen soll. Ich werde denen morgen alles erklären«, rief sie über den Lärm des Regens hinweg, der unnachgiebig auf das Wasser des Hafenbeckens schlug. »Stellen sie einfach eine Rechnung an die Gazette.«

»Eine Rechnung. Sie sind witzig, Lady. Und wer soll die schreiben?«, antwortete er zähneknirschend. »Ich will das cash auf die Hand, verstehen Sie?«

»Kommen Sie Montag in die Redaktion. Dann regeln wir das«, erwiderte sie und fügte kaum hörbar an. »Wenn wir dann noch leben.«

»Aber nur, weil Sie es sind und ich Ihre Geschichten in der Gazette immer gerne lese.« Missmutig grunzte der Fischer und legte kurz darauf am Pier an. Zack reichte Lissy die Hand, um ihr vom Bord zu helfen, doch die Reporterin lachte nur. »Du willst mit mir eine monströse Scheußlichkeit töten und denkst, dass ich nicht einmal alleine von einem Boot runterkomme? Zacharias Zorn, ich fürchte, wir müssen noch mal etwas an deinen Manieren arbeiten.«

»Vielleicht töten wir einfach nur diesen Vampir und lassen uns danach volllaufen.«

Lissy zwinkerte ihm zu. »An genau so etwas hatte ich gedacht.«

Kurz darauf durchquerten sie das Hafenviertel der Stadt. Während der Hafen selbst prosperierte, waren die nahegelegenen Gebäude meist dem Verfall preisgegeben. Viele Lagerhäuser standen leer, und nur wenige Bewohner Sorrowvilles wollten freiwillig in den düsteren Gassen nahe des Hafenbeckens leben. Dort, wo so mancher sein Ende auf dem Grund fand und die Matrosen in den Spelunken ihre Heuer verprassten, war kein guter Ort, um seine Kinder großwerden zu lassen. So schloss sich der Kreis, denn meist bewohnten Halsabschneider und andere Halunken die Häuser des Hafenviertels und trugen Sorge dafür, dass dieses Viertel genauso verrucht blieb, wie es zu einer Stadt wie Sorrowville passte.

Zacharias war erleichtert, dass sie nicht allzu tief in dieses Gebiet vordringen mussten, sondern es auf ihrem Weg zur Fischkonservenfabrik lediglich streiften. Auf der anderen Seite, so wie sie mit den geborgten Klamotten des Fischers aussahen, würde niemand sie für einen guten Fang halten. Die Blutreste unter den Fingernägeln und in den Haaren taten ihr Übriges, um die Raubtiere der Gosse fernzuhalten.

Das weitläufige Areal des Fabrikkomplexes schloss sich an den Rand des Hafenviertels an und war von einem hohen Bretterzaun umgeben. Verrostete Blechschilder wiesen darauf hin, dass das Betreten unter Strafe verboten war. Zack war überzeugt, dass Zuwiderhandlungen nicht mit einer Anzeige, sondern mindestens mit einer Tracht Prügel enden würden.

Bereits von weitem erkannten sie, dass das Gelände erleuchtet war. Zahlreichen Lampen warfen Schatten auf das hohe Gebäude des fischverarbeitenden Betriebs. Im Schein der Lichter sahen sie Gestalten auf dem Gelände. Obwohl sie niemanden aufgrund des umgebenden Zauns direkt ausmachen konnten, war zu erahnen, dass sich eine größere Gruppe Menschen auf dem Hof der Fabrik aufhalten musste. Als Zacharias und Elizabeth näherkamen, hörten sie zahlreiche Stimmen, auch wenn diese hörbar bemüht waren, gedämpft zu sprechen.

»Die halten eine Versammlung ab«, stellte Zack fest. »Vielleicht sind es die ersten Vorboten einer ausgewachsenen Vampirparty, für die der Hauptgang noch etwas an die frische Luft darf, ehe man ihn zur Schlachtbank führt.«

»Natürlich. Eine gute Durchblutung an der frischen Luft ist sicher nahrhafter.« Lissy verzog das Gesicht. »Ich hatte wohl recht, dass sie hier ihre Kräfte zusammenziehen, um den Streik koordiniert niederzuschlagen.«

»Das macht es nicht einfacher«, knurrte er. »Ich wünschte, du würdest dich mal irren.«

»Das willst du lieber nicht erleben!«, lachte sie. »Lass uns die Sache genauer ansehen.«

Sie umrundeten das Gelände auf der Suche nach einer Stelle, an der die Schatten tiefer und die Stimmen weiter entfernt waren als anderorts. Tatsächlich wurden sie nach einigen Minuten fündig. Ein brüchiger Bereich zwischen zwei morschen Brettern war der Ort, an dem sie den Zaun überwinden konnten. Der Privatdetektiv stellte sich mit dem Rücken zur Wand und faltete die Hände. »Vielleicht möchtest du ja diesmal meine Hilfe.«

»Touché«, entgegnete sie und stieg mit einem Fuß auf seine Hände. Er unterstützte ihre Bemühungen und hob sie an, so dass Lissy problemlos über den Zaun steigen konnte. Leichtfüßig landete sie auf der anderen Seite.

»Alles in Ordnung?«, fragte er mit leiser Stimme.

»Warte einen Augenblick!«, gab sie zurück.

Es dauerte sicher eine volle Minute, ehe er sie wieder hörte. »In Ordnung, die Luft ist rein. Komm rüber.«

Zack sprang in die Höhe, umgriff den Rand des Zauns und zog sich darüber hinweg. Mit einem dumpfen Geräusch kam er auf und hielt die Luft an, doch niemand schien ihn gehört zu haben. Zunächst kauerten sie sich in die tiefen Schatten der Umzäunung und beobachteten das Gelände. Im Zentrum erhob sich eine große Halle, in der nicht nur ein hochgelegenes Fließband verschwand, sondern an die noch weitere Lagerhallen angeschlossen waren. Dominiert wurde der Gebäudekomplex durch einen Turm an der Südwestseite. Hinter dessen Fenstern brannte genauso Licht wie in der Haupthalle. Von dort aus konnte man sicher das gesamte Gelände überblicken. Die auf dem Gelände verstreuten Laternen erhellten mehrere Dutzend Personen, der überwiegende Teil von ihnen Männer. Grobschlächtige Typen, die weniger aufgrund ihres ausufernden Intellekts an diesen Ort gebeten worden waren, sondern vielmehr wegen ihrer niedrigen Hemmschwelle und einer daraus resultierenden Brutalität.

»Jetzt stell dir noch vor, diese Schläger hätten die Gewehre in den Händen, die wir auf dem Schiff gefunden haben. Kaum auszudenken, was das für ein Schlag gegen die Gewerkschaft gewesen wäre. Wahrscheinlich hätte die gesamte Ostküste Jahre gebraucht, um sich davon zu erholen«, flüsterte Lissy.

»Das Massaker wäre ein gefundenes Fressen für Karl Schreck gewesen. Dann wäre ihm die Arbeit kurzerhand abgenommen worden«, entgegnete Zack. »Sind wir sicher, dass er sich dort aufhält?« Er deutete auf die Fabrik.

Lissy schüttelte energisch den Kopf. »Nein, ganz und gar nicht sicher. Aber haben wir irgendwo eine bessere Chance als hier, verprügelt zu werden?«

»Wenn das unser Ziel ist, sind wir hier mit Sicherheit am richtigen Ort.«

»Lass uns links herum gehen und die Lagerhalle an der Ostseite inspizieren. Wäre doch gelacht, wenn wir nicht noch größere Risiken eingehen würden, damit sich der Schlamassel auch wirklich lohnt.«

»Das ist also dein ganz spezielles Ziel?«, wollte Zack wissen, aber Lissy hatte sich bereits in gebückter Haltung auf den Weg gemacht.

Raschen Schrittes folgte er ihr. Leise und zügig überquerten sie das Gelände. Der Lehmboden hatte sich durch den Dauerregen in eine matschige Seenlandschaft verwandelt. Wohlbedacht, um nicht in einen der zahlreichen Lichtkegel zu treten, erreichten sie kurze Zeit später die Außenwand der Lagerhalle. Der omnipräsente Gestank nach Fisch kroch ihnen immer stärker in die Nase. Lissy deutete auf ein Fenster über ihnen, welches nach oben hin aufklappbar und nicht verriegelt war.

»Heb mich nochmal hoch. Ich möchte einen Blick hineinwerfen.«

Zack nickte. »Sei vorsichtig, es brennt Licht. Wenn man dich sieht, haben sie uns. So schnell kommen wir von dem Geländer nicht mehr runter. Dann können wir nur noch beten, dass es lediglich die Streikbrecher sind, die uns zu Brei schlagen und wir uns im Hinblick auf Karl Schreck geirrt haben.«

Lissy kletterte auf seine Schultern und schaffte es mit Mühe, das Gleichgewicht zu halten. Zack machte einen Schritt auf das Fenster zu, sodass sie hineinblicken konnte. Fast wäre sie vor Schreck hinuntergefallen. »Heilige Scheiße.«

»Verdammt, was ist los?«

Vor Lissy lag ein weitläufiger Lagerraum, der jedoch bis auf wenige gestapelte Kisten am Rand völlig leer war. Von der Decke hingen Lampen und erleuchteten die Szenerie. In der Mitte stand ein einzelner Stuhl, auf den eine Person gefesselt war.

Lissy traute ihren Augen nicht, als sie in dem Gefangenen ihren Chefredakteur Ronan E. Doyle erkannte.

Seine Halbglatze würde sie unter hunderten wiedererkennen. Doch damit nicht genug. Ihm gegenüber stolzierte Beatrix von Herrmann auf und ab und bedachte ihn mit wütenden Blicken. An ihrer Seite stand ein hagerer Mann von fast zwei Metern Größe. Seine Haare waren mit Pomade nach hinten gelegt, und die Wangenknochen waren eingefallen. Sofort fiel Lissy die unnatürliche Blässe auf.

»Karl Schreck!«, flüsterte sie unwillkürlich. »Der verdammte Obervampir!«

»Bist du dir sicher?«, hörte sie Zacks Stimme von unten.

Im gleichen Moment wandte der hagere Mann seinen Kopf in ihre Richtung, und Lissy duckte sich derart schnell, dass Zacharias sie nicht mehr halten konnte und sie gemeinsam zu Boden gingen.

»Verdammt, was machst du da?«, schimpfte er.

»Ich glaube, er hat mich gesehen«, flüsterte Lissy.

»Wer? Wie soll das bei der Dunkelheit gehen?«

»Schreck. Er ist es, da bin ich mir sicher.«

»Es ist stockdunkel, und er steht da drin in voller Beleuchtung. Ich denke nicht, dass er dich gesehen hat. Lass mich einen Blick hineinwerfen.«

»Sei vorsichtig«, wies sie ihn an und mühte sich auf die Füße.

Zacharias zog sich am Fensterrahmen hoch und spähte in die Halle. Er sah gerade noch, dass Beatrix von Herrmann gemeinsam mit dem vermeintlichen Karl Schreck die Halle verließ. An ihrer statt betraten zwei Schläger mit hässlichen Knüppeln den Raum. Mit finsterem Grinsen kamen sie auf den gefesselten Doyle zu.

Zacharias ließ sich fallen und blickte Lissy tief in die Augen. »Dreck, ist das nicht dein Boss dort auf dem Stuhl?«

»Ich fürchte ja«, sagte sie. »Wahrscheinlich wollte er der Story nachgehen und hat sich sehr geschickt darin angestellt, dem Bösen direkt in die Arme zu laufen.«

Zack sah sie mit versteinerter Miene an.

»Was hast du?«

»Wir haben ein Problem, und du musst eine Entscheidung treffen«, entgegnete er mit ruhiger Stimme.

»Wie bitte?«

»Schreck und von Herrmann haben gerade die Lagerhalle verlassen. Falls er dich wirklich gesehen hat, wird er wahrscheinlich innerhalb von Minuten über alle Berge sein. Oder noch schlimmer, sie hetzen ihre Leute auf uns.«

»Dann sollten wir ihnen rasch folgen«, drängte sie ihn und wollte schon aufstehen.

Zack hielt sie zurück. »Wie viel genau liegt dir an deinem Chef?«

»An Doyle? Nicht viel, aber ich fürchte, ich verstehe dich nicht ganz.«

»Die beiden Typen, die gerade hereingekommen sind, wollen keine alten Geschichten mit ihm austauschen. Ich kenne dieses Leuchten in den Augen, die Prise von Gewalt, die schon Minuten vorher in der Luft liegt.«

»Vielleicht sollen sie ihm Angst einjagen oder befragen«, vermutete Lissy. »Auch eine Tracht Prügel würde Doyle wahrlich nicht schaden.«

»Nein, die sind gekommen, um zu töten. Ich kenne den Blick zu gut. Wenn wir ihm helfen, verpassen wir vielleicht unser Zeitfenster, um uns Karl Schreck zu schnappen. Lissy, es tut mir leid, aber ich fürchte, wir müssen eine Entscheidung fällen. *Du* musst eine Entscheidung fällen.«

Die Reporterin dachte über seine Worte nach und erkannte das Dilemma. Sie wägte sie einige Sekunden ab. »Doyle ist ein mieses Schwein, der mir mehr Steine in den Weg gelegt hat, als du dir vorstellen kannst. Niemand wird ihm eine Träne nachweinen, wenn er morgen nicht mehr in der Redaktion auftaucht. Es würde ein Aufatmen geben, und die Angestellten würden sich freuen, endlich wieder offen sprechen zu können, ohne Angst zu haben, dass Doyle unverhofft um die nächste Ecke biegt. Ganz zu schweigen von den Kolleginnen, die die Sektkorken knallen lassen würden, wenn sie nicht mehr seinen Blicken ausgesetzt wären. Jesus, ich wäre glücklich, wenn es ihn nicht mehr geben würde.«

Wie zur Untermalung hörten sie einen dumpfen Schlag aus dem Gebäude, gefolgt von einem Schmerzensschrei.

Kapitel 9

BRING MIR DEN KOPF VON RONALD D.

Lissy sah den Privatdetektiv finster an. »Dennoch müssen wir ihm da raushelfen, Zack. Wir sind keine Tiere wie Hans und Franz. Einzig unsere Menschlichkeit kann uns vor dem letzten Schritt in den Abgrund bewahren. Ich habe weiß Gott schlimme Dinge in meinem Leben getan, genauso wie du.« Sie erkannte, dass er ihr widersprechen wollte. »Bestreite es nicht! Das Register unserer Sünden ist mindestens genauso lang wie bei allen anderen Bewohnern dieser Scheißstadt. Sorrowville ist kein Ort, an dem man ohne schmierige Flecken auf der Weste überleben kann. Jeder macht sich hier die Hände schmutzig, ob er es will oder nicht. Wir beide haben es sogar oft genug aus freien Stücken getan. Doch umso wichtiger ist es, hier und heute eine Trennlinie zwischen uns und den Schlägern da drin zuziehen. Wir sind nicht wie die oder wie diese Rassistin von Herrmann, dieses widerliche Miststück. Humanität steht zwar nicht gerade auf meiner Visitenkarte, aber kann ich den Arsch von einem Chefredakteur nicht einfach verrecken lassen.«

Zacharias nickte grimmig und zog den Revolver. »Dann wollen wir mal.«

Kurzerhand nahmen sie die nächstgelegene Tür. Für Subtilitäten war keine Zeit mehr, wollten sie nicht, dass Doyle bleibende Schäden erlitt. Die Schläger nutzen in der Zwischenzeit jegliche Form von Gewalt, um Doyle die letzten Augenblicke seines Lebens so unangenehm wie möglich zu gestalten.

Lissy riss die Tür auf, und Zacharias machte zwei schnelle Schritte in die Halle. Mit dem Revolver zielte er auf die Männer. »Schluss jetzt mit den Spielereien!«

Die Reporterin folgte ihm auf dem Fuß und schloss die Tür rasch hinter ihnen, sodass möglichst niemand von außerhalb bemerkte, was in der Lagerhalle vor sich ging.

»Was seid ihr denn für Clowns?«, wollte der breitere der beiden Männer wissen. Er war Mitte Vierzig, unrasiert und hatte den Körperbau eines Fasses. Sein Kumpan war deutlich jünger, wirkte aber nicht minder brutal. In beiden Händen hielt sie kurze Knüppel mit breitem Kopf.

»Wenn ich dir das sagen würde, müsste ich dich im Anschluss auf jeden Fall erschießen«, knurrte Zack und ging schnellen Schrittes auf die beiden zu, ehe sie sich überlegten, Widerstand zu leisten.

Lissy folgte ihm und wandte sich dem Gefangenen zu.

Ronald E. Doyle war in einem bedauernswerten Zustand. Blut lief an seinen gefesselten Händenhinunter, tropfte auf den Boden und vermischte sich dort mit einer Pfütze Urin. Die Augen waren zugeschwollen, und die Kleidung wirkte derangiert. Seine Lippen waren aufgeplatzt, und mindestens zwei Zähne konnte Elizabeth unweit des Stuhls auf dem Boden liegen sehen. Sie lief zu ihm und machte sich daran, seine an die Lehne gefesselten Hände zu befreien.

»Lissy?«, fragte er verwundert und mit kraftloser Stimme. Schon im nächsten Moment schlugen seine Worte in Wut um. »In was für eine Scheiße hast du mich hier hineingezogen? Ich hätte draufgehen können, nur damit du deine Geschichte hast! Wie konntest du mich ohne Vorwarnung da hineinziehen? Das ist alles deine Schuld!«

Zacharias trat an ihre Seite und hielt die Schläger in Schach.

»Meine Geschichte also?« Lissy funkelte ihn wütend an. »Ich dachte, du hast sie übernommen?«

»Du bringst nichts als Ärger! Das war das letzte Mal, dass du mich bloßgestellt hast.«

Zacharias zielte mit seiner Pistole auf Doyles Kopf. »Darf ich? Dann wären wir dieses Problem ein für alle Mal los.«

»Hör auf mit den Späßen«, tadelte sie ihn und knöpfte sich Doyle vor. »Was sollte mich davon abhalten, dich an diesen

Stuhl gefesselt zu lassen, den beiden Jungs hier einen schönen Tag zu wünschen und hinter mir die Tür zuzuziehen? Was glaubst du eigentlich, wer du bist? Bist du besser als andere? Besser als ich? Oh nein, da muss ich dich enttäuschen. Du bist genauso ein Wichser wie all die anderen Typen, die ihre Position ausnutzen, um den Frust und den Schmerz über die vergebenen Chancen und ihr vergeudetes Leben an anderen abzureagieren. Ist der Schmerz des Älterwerdens so groß, dass die Verbitterung dich zu einem cholerischen Versager gemacht hat?« Sie packte ihn am Kragen und zog ihn rüde zu sich heran. »Natürlich lasse ich dich nicht sterbend zurück. Weißt du auch, warum? Weil ich nicht so ein Arschloch bin wie du! Und ich sag dir noch was: Vielleicht hat ihr bescheuerter Auftritt das Schicksal dieser Stadt besiegelt. Dafür darfst du dich dann woanders verantworten als vor mir.«

Doyle wehrte sich gegen ihren Griff. »Lass mich los! Wovon redest du überhaupt?«

»Ich rede von Beatrix von Herrmann und Karl Schreck.«

»Der Typ an ihrer Seite? Was wird denn hier gespielt? Hier geht es doch um mehr als einen Streik, oder?«

»Blitzmerker«, sagte Zacharias. »Wir haben es hier mit einem Vampir zu tun. Doch anstatt ihn auszuschalten, kaspern wir hier herum und verschwenden Zeit. Ja, bedank dich bei deiner Reporterin. Ich hätte dich hier verrotten lassen, Mann.«

»Pass auf, Doyle. Ich schneide deine Fesseln durch und gebe dir eine Waffe. Als kleines Dankeschön bewachst du diese Typen und erschießt sie, wenn sie Ärger machen.«

Zack funkelte sie finster an. »Soll ich sie nicht direkt umlegen?«

Lissy wusste nicht, ob die Frage ernst gemeint war oder nicht. Zwar vermutete sie, dass Zack den Schlägern nur Angst einjagen wollte, damit sie nichts Dummes anstellten, hielt aber dennoch dagegen. »Das macht zuviel Lärm. Bleib hier, Doyle, halt den Kopf unten, und wir knöpfen uns Schreck vor, ehe er über die Stadt herfallen kann.«

Sie kappte das Seil, mit dem der Chefredakteur an den Stuhl gefesselt war. Doyle massierte sich die lädierten Handgelenke und genoss die neugewonnene Armfreiheit. »Ich befürchte wirklich, dass ihr zu spät seid.«

»Was heißt das?«, fragte Zack.

Ronald Doyle mühte sich mit wackligen Knien auf die Beine und wischte sich das Blut aus dem Gesicht. »Beatrix von Herrmann und ihr Begleiter. Sie machten keinen Hehl daraus, dass sie gleich losfahren wollen.«

Zacharias kniff die Augen zusammen. »Also ist ihr Ziel doch nicht Sorrowville? Worauf haben sie es dann abgesehen, wenn es nicht darum geht, sämtliche Einwohner zu Vampiren und die Stadt dem Erdboden gleich zu machen?«

»Ich glaube … ich glaube, sie wollten nach Boston«, antwortete Doyle.

»Das haben sie also vor. Warum klein denken? Wir müssen ihn aufhalten, bevor er die ganze Stadt infiziert. Boston ist um ein Vielfaches größer als Sorrowville!«

»Dafür ist es längst zu spät«, erklang eine süffisante Stimme von der anderen Seite der Halle. Beatrix von Herrmann stand in der geöffneten Tür, umringt von bewaffneten Schlägern. Mehr als ein Dutzend grobschlächtiger Frauen und Männer warfen ihnen bedrohliche Blicke zu.

»Zacharias Zorn. Privater Ermittler mit zu viel Durst auf Whisky und zu großem Hunger auf leibliche Freuden, dafür mit zu wenig Geld. Ernsthaft? Sie und diese kleine nymphomane Schnepfe wollen mir tatsächlich ins Handwerk pfuschen? Possierlich.« Belustigung lag in der Stimme der deutschstämmigen Unternehmerin. »Dann sollten Sie sich lieber nicht so dilettantisch anstellen wie bei Ihrem Einbruch in meine Fabrik. Das ist Hausfriedensbruch, und so etwas sehe ich gar nicht gerne. Ich bin eine große Freundin des freien Unternehmertums und weiß meine geschäftlichen Tätigkeiten zu schützen. Die gehen weder degenerierte Schnüffler noch geltungssüchtige Schreibtanten des Lokalblatts etwas an. Glauben Sie mir, dieses Mal haben Sie Ihre neugierigen

Nasen in die falschen Angelegenheiten gesteckt. Sie haben ja keine Ahnung, mit wem Sie sich hier angelegt haben.«

Zack ließ den Revolver sinken und hob die Hände. »Von Herrmann, Sie intrigante Schlange!« Elizabeth tat es ihm gleich. »Was haben Sie vor?«

»Sie haben tatsächlich keine Ahnung, nicht wahr? Ist es nicht offensichtlich?« Selbstsicher durchquerte sie die Lagerhalle und kam gemäßigten Schrittes auf sie zu. Im Schlepptau folgten ihre Handlanger und ließen keinen Zweifel daran, dass die Situation hoffnungslos war. »Es geht um eine Säuberung. Eine Reinigung des Blutes gewissermaßen. Ich werde diese degenerierte Rasse das Fürchten lehren, so wie es mein Gatte damals an der Seite von General von Trotha und Karl Schreck tat, als sie die Wilden nahezu auslöschten. Wäre die verdammte Politik nicht dazwischengekommen, hätten wir damals ein tausendjähriges Reich errichtet, in der die Herren die Herren und die Diener die Diener gewesen wären. Ganz wie es uns die Vorsehung prophezeit hat. Nun mussten wir uns ein paar Jahre gedulden, aber glauben Sie mir, Sie werden an etwas Großem teilhaben. An der Geburtsstunde eines Reiches, das selbst Karl den Großen vor Neid erblassen würde. Eine neue Herrenrasse erhebt sich, und sie fordert Land und Blut!«

»Was für eine gottverdammte Scheiße! Die Alte ist vollkommen wahnsinnig«, fauchte Zacharias, doch von Herrmann lachte nur, während sie sich vor ihnen aufbaute wie eine Gutsbesitzerin vor ihren Leibeigenen.

»Wahnsinnig? Wohl kaum. Wissenschaft, mein Lieber! All mein Wissen basiert auf Wissenschaft. Haben Sie Kant gelesen? Nicht nur der große Philosoph aus Königsberg stellt unmissverständlich klar, dass die amerikanischen Ureinwohner auf der niedrigsten Stufe der Evolution stehen, während Weiße die Krönung der Schöpfung darstellen. Ich mache nichts anderes, als seine Lehren in die Praxis umzusetzen«, sagte sie mit unschuldiger Stimme. »Ich nehme mir, was mir in der Weltordnung zusteht. Die weiße Rasse ist dazu auserwählt, um zu herrschen, und daran gibt es keinen Zweifel.«

»Dafür verbünden Sie sich mit den Ausgeburten der Hölle«, warf er ihr vor. »Ist die weiße Rasse alleine zu schwach?«

»Oh, ich bitte Sie, nicht so melodramatisch! Ich rede von Wissenschaft, und Sie kommen mir mit diesem jüdischen Getue von Himmel und Hölle. Ich hatte mehr von Ihnen erwartet, Mister Zorn.«

»Schön, dass ich Sie enttäuschen kann«, entgegnete er trotzig.

»Mrs. von Herrmann, es ist doch ganz einfach. Da ich ja zur Herrenrasse gehöre, könnten Sie mich jetzt auch einfach gehen lassen«, schlug Doyle vor, was ihm einen Schlag an den Hinterkopf einbrachte.

Lissy funkelte ihn wütend an, ehe sie sich wieder an Beatrix von Herrmann wandte. »Sie wollen also einen Völkermord in Neuengland begehen? Sie wollen alle noch lebenden Ureinwohner der Penopscot vernichten? Geht es Ihnen darum?«

»Oh nein, meine Teuerste, ich gebe mich nicht mit ein paar Eingeborenen zufrieden. Ich denke größer als mein Gatte. Er hatte seine Pläne auf einen läppischen Volksstamm in Südwest begrenzt, wenngleich nur als Beginn von etwas Größerem. Meine Pläne gehen viel weiter, als Sie sich vorstellen können. Bisher haben Sie Karl noch nicht kennengelernt, oder?«

Lissy schüttelte den Kopf. »Wir hatten noch nicht das Vergnügen. Allerdings haben wir seine Handlanger Hans und Franz zu Asche verbrannt. Es war ein regelrechtes Freudenfeuer«, entgegnete sie trotzig.

»Sie waren offenbar auf dem Frachter. Ich verstehe.« Beatrix von Herrmann wirkte wenig überrascht, wenn auch etwas angespannter als zuvor. Sie erkannte die Gefahr, in der ihre Waffenladung schwebte. »Bilden Sie sich bloß nichts darauf ein, Sie einfältige Pute. Die beiden Vampire, die sie dort angetroffen haben, waren Kinder. Nicht mehr als Welpen. Karl hatte sie kurz vor der Überfahrt erweckt und zu dem gemacht, was sie gesehen haben. Er selbst ist ungleich mächtiger. Jahrhunderte alt, stark und überlegen. Dominant.«

»Dann seien Sie mal vorsichtig, dass Sie nicht selbst plötzlich zu etwas Minderwertigen erklärt werden«, gab Lissy zurück. »Ihr Plan ging doch von Anfang an schief – das Schiff hat Sorrowville nie erreicht. Was ist geschehen, Bea? Der Frachter sollte doch eigentlich unbeschadet in Sorrowville einlaufen. Hat der gute Karl auf der Überfahrt Hunger bekommen und wollte sich ein wenig überlegenes weißes Blut einverleiben?«

Von Herrmann presste die Lippen zu einer Grimasse zusammen. »Ein Versehen. Eine unbedeutende Verzögerung. Nichts, was uns von unserem Plan abbringen könnte. Alles läuft perfekt. Absolut perfekt!«

»Wirklich? Müssten ihre Jungs dann nicht Gewehre vom Typ Mauser 98 in den Händen halten? Stattdessen interessiert sich zurzeit die Coast Guard sehr für den Frachter«, sagte Lissy und funkelte von Herrmann kampflustig entgegen.

Als Antwort fing sie sich einen Schlag mit der flachen Hand ein, ganz auf die Art, wie Beatrix von Herrmann wohl auch ein Dienstmädchen gemaßregelt hätte, das einen Fleck auf dem Sonntagsgeschirr übersehen hatte.

Wütend starrte die Industrielle sie an und konnte ihr Temperament offenbar kaum noch zügeln, um Lissy nicht weiter zu malträtieren.

»Es ging alles ganz gehörig schief«, versuchte Zack sie abzulenken. »Nichts läuft hier nach Plan, habe ich recht? Karl erwachte zu früh und fiel über die Mannschaft her. Die Waffen sind futsch, und dann taucht auch noch dieser idiotische Chefredakteur der *Gazette* hier auf und beginnt Fragen zu stellen.«

»Das habe ich gehört!«, beschwerte sich Doyle, ohne dass ihm jemand Beachtung schenkte.

»Und am Ende auch noch wir«, fuhr Zack fort. »Perfekt ist nicht ganz der Begriff, den ich bei der genaueren Betrachtung ihres genozidalen Plans im Kopf habe. Fiasko passt wohl besser.«

»Lügnerischer Lump!«, schrie Beatrix von Herrmann und drohte Zack mit erhobenem Zeigefinger. »Passen Sie auf, was Sie sagen, Herr Zorn, sonst lasse ich Sie an Ort und Stelle zu Tode prügeln.«

»Wissen Sie was? Ihr schlechter Tag ist noch nicht vorbei.« Zack riss den Revolver hoch und zielte aus nächster Nähe auf ihren Kopf.

Verdutzt starrte sie ihn an, während ein Ruck durch ihre Handlanger ging und sie sich kampfbereit machten. Sie sahen nicht so aus, als würden sie einer Prügelei, selbst gegen jemanden mit einem Revolver, aus dem Weg gehen wollen. Ganz im Gegensatz zu Beatrix von Herrmann.

Zacharias grinste breit. »Bei aller vermeintlichen rassischen Überlegenheit haben Sie übersehen, dass ich in der Trommel sechs kleine Freunde habe, die besser zu Fuß sind als Sie! Wenn Sie also in Ihrer Arroganz nicht spontan kugelsicher geworden sind, sagen Sie Ihren Gorillas besser, dass sie die Knüppel fallen lassen sollen und wir dann gemeinsam auf die Bullen warten.«

Entsetzten spiegelte sich auf von Herrmanns Gesicht wieder. Sie hatte sich dermaßen in ihrer vermeintlichen Überlegenheit gesonnt, dass sie das Offensichtliche außer Acht gelassen hatte. Nicht die äußeren Umstände, sondern sie selbst war das schwächste Glied in der Kette ihres famosen Plans. Ihr Überlebenswille war nicht durch falsche Loyalität gebunden, sondern stand ihr im Weg, was dazu führte, dass Zacharias sie mit einem einfachen Kniff hatte aushebeln können.

Lissy baute sich vor ihr auf. »Jetzt verraten Sie mir eins, wenn sie noch einen Funken Menschlichkeit in sich haben oder dem Richter so etwas wie Kooperationsbereitschaft vorgaukeln wollen: Wie kommt Karl Schreck nach Boston? Wo können wir ihn abfangen?«

Resigniert ließ Beatrix den Kopf senken. »Die Eisenbahn. Er hat den Nachtzug genommen.«

Zack seufzte. »Vampire im Nachtzug – und ich dachte immer, diese Blutsauger können fliegen.«

Kapitel 10

IN VOLLEN ZUEGEN

Wählerisch konnten sie bei der Wahl des Fahrzeugs nicht sein. Die Zeit lief ihnen davon, wollten sie noch eine Chance haben, um die Katastrophe abzuwenden. Lissy und Zack rissen sich also den nächstbesten Wagen auf dem Fabrikgelände unter den Nagel. Bei dem Gefährt handelte es sich um Beatrix von Herrmanns Maybach W5, einen schnittigen Luxusschlitten in Nachtschwarz, der aussah, als hätten ihre Schergen ihn die ganze Nacht poliert.

Zack rannte auf die Fahrerseite zu, wurde jedoch von Elizabeth eingeholt.

»Diesmal nicht, Cowboy! Ich erinnere mich noch daran, wie du beim letzten Mal gefahren bist. Mein schöner Cadillac war danach nur noch ein Haufen Schrott. Rutsch rüber!«

Zack hatte keine Zeit zu streiten, verzichtete auf Widerspruch und rutschte auf die Beifahrerseite. Lissy ließ sich hinter dem Steuer nieder und startete den einhundertzwanzig PS starken Motor. Röhrend und kraftvoll erwachte er zum Leben.

Ronald Doyle hatten sie zurückgelassen, jedoch nicht, ohne vorher die Polizei über das Fernsprechgerät der Fabrik zu verständigen und die gefesselte Beatrix ihres Autoschlüssels zu berauben. Von weitem hörten sie bereits die Sirenen eines Polizeitransporters und mehrerer Einsatzwagen. Zack hatte Inspector Rudy klargemacht, dass er nicht mit zwei donutliebenden Spezialbeamten hier aufzutauchen brauchte, sondern besser die Ladefläche eines LKWs mit all seinen Leuten vollmachen sollte. Automatische Waffen seien ebenfalls angebracht. Das Ganze dauerte eine halbe Ewigkeit, aber nur so konnten sie sicher sein, dass Beatrix und ihre Schläger nichts wirklich Dummes anstellten.

Als der erste Polizeiwagen durch das Tor der Fischkonservenfabrik brach, trat Lissy das Gaspedal des Maybach durch.

Die schmalen Räder drehten auf dem lehmigen Boden durch, bis sie Halt fanden und der Wagen nach vorne schoss. Noch immer waren zahlreiche Streikbrecher auf dem Gelände verteilt und stoben rasch auseinander, als die Polizisten von der Ladefläche des LKWs sprangen und mit Knüppeln auf sie einschlugen. In der Zwischenzeit hatte der Maybach das Gelände bereits verlassen.

»So macht das alles doch gleich viel mehr Spaß!«, bekundete Lissy mit einer Zigarette im Mundwinkel, während sie wie eine Geistesgestörte zur Main Street hinaufjagte. Sie beschleunigte derart schnell, dass Zack sich festhalten musste. »Bring uns nicht um!«

»Stell dich nicht so an. Es eilt. Wir haben zuviel Zeit mit der Rassistenbraut vergeudet. Wie spät ist es? Schaffen wir es noch rechtzeitig zum Bahnhof, um den Nachtzug nach Boston abzufangen?«

Zack beugte sich zu ihr hinüber und warf einen Blick auf ihre Cartier Tank am Handgelenk. Er verzog das Gesicht. »Das wird verdammt knapp.«

»Okay, andere Idee.« Lissy riss das Steuerrad überraschend herum, und Zacharias wurde gegen das Seitenfenster gepresst, während der Maybach in letzter Sekunde in einen Feldweg einbog. Die Scheinwerfer tanzten über den holprigen Untergrund, während sie halsbrecherisch durch die Nacht rasten.

»Was zum Teufel tust du da? Der Bahnhof liegt in der anderen Richtung!« Nur mit Mühe schaffte es Zack zurück in eine aufrechte Sitzposition.

»Das weiß ich. Aber was sollen wir am Bahnhof, wenn der Zug schon abgefahren ist? Der nächste Halt ist die Burnham Junction, nicht wahr?«

»Ich schätze schon. Dort trifft die Bahn auf die Hauptstrecke Richtung Portland und Boston.«

»Dann sind wir genau richtig. Hinter diesen Feldern«, sie deutete mit dem Kopf in die Dunkelheit vor ihnen, »liegt die Burnham Junction. Mit diesem schicken deutschen Gefährt sollten wir vor der Eisenbahn am Bahnhof sein. Dort schnappen wir uns den stinkenden Blutsauger.«

Die Scheinwerfer des Maybachs tanzten über die Wiesen, während Elizabeth den Wagen so schnell wie eben möglich durch die Felder jagte. Zack und sie wurden derartig durchgerüttelt, dass sich Übelkeit in ihren Mägen breitmachte. Aber Lissy ließ nicht locker, sondern beschleunigte noch weiter. Sie mussten den Vampir aufhalten, bevor er sich ohne Einschränkungen in Boston bewegen und die Stadt mit seinem Blut infizieren konnte.

Nach wenigen Meilen erreichten sie die Landstraße von Sorrowville in Richtung Burnham Junction. Um diese Uhrzeit war nur wenig Verkehr, sodass sie ungebremst auf die breite und gut befestigte Straße abbiegen konnte. Der Wagen legte sich bedenklich in die Kurve, und Zack wurde erneut hin und her geschleudert, ehe Lissy den Maybach wieder unter Kontrolle brachte.

»Das war recht knapp«, stellte sie fest und zündete sich eine weitere Zigarette an.

»Du willst uns wirklich umbringen! Reicht es nicht, dass es heute schon genug andere versucht haben?«

»Stell dich nicht so an! Diese Kiste hat eine Menge Kraft unter der Haube. Lass uns mal testen, wieviel so ein Luxusschlitten tatsächlich draufhat.«

Lissy trat das Gaspedal bis zum Boden, und die Nadel im Tachometer machte einen Satz nach oben. Ohne sich von diesem Hüpfer irritieren zu lassen, stieg sie kontinuierlich weiter. Sechzig Meilen pro Stunde hatten sie leicht hinter sich gelassen und steuerten rasch auf achtziger Marke zu.

»Wow, ich bin beeindruckt. Kein Vergleich zu meinem alten Oldsmobile.«

»Gegenüber deiner Kiste ist jeder andere Wagen schnell wie der Blitz!« Lissy schenkte ihm einen herausfordernden Blick. »Wir können noch eine Schippe drauflegen.«

Tatsächlich erreichten sie nach einer knappen Minute die Marke von neunzig Meilen pro Stunde, und Lissy bekam Probleme, den Wagen ruhig zu halten. In der Ferne sah sie eine Kurve, der sie sich zu schnell näherten, und musste schweren Herzens abbremsen. Trotz des Bremsmanövers neigte sich der Maybach aufgrund der überhöhten Geschwindigkeit bedenklich zur Seite und presste sie fast auf Zacks Schoß. Das Quietschen der Reifen drang an ihre Ohren, und der gesamte Wagen schien unter der Belastung kurz zu ächzen, bis sich das teure Gefährt einen Wimpernschlag später wieder gefangen hatte.

»Nichts für ungut«, sagte sie. »Aber wenn wir das alles überleben, kaufe ich mir auch einen Maybach.«

Zack grinste gequält und nickte ihr zu, während sie durch die Nacht in Richtung Burnham Junction rauschten.

***

Mit qualmenden Reifen kam der Maybach neben dem steinernen Bahnhofsgebäude zum Stehen, jedoch nicht, ohne zuvor den hohen Bordstein zu touchieren und einen Satz in den Bretterzaun zu machen, welcher die Straße von den Schienen teilte. Laut splitterte das Holz, und einzelne Bretter flogen in hohen Bogen über den Platz. Die wenigen Reisenden, die vor dem Gebäude auf den Nachtzug warteten, zuckten erschrocken zusammen und versuchten, sich in Sicherheit zu bringen.

»Dreck, jetzt ist er hinüber!«, schimpfte Lissy. Sie sprangen nahezu zeitgleich aus dem Wagen und eilten auf die Menschen zu. Eine Familie wich erschrocken vor ihnen zurück, und die Mutter hielt schützend ihre Arme um ihre Tochter, um sie vor den wildgewordenen Crashfahrern zu beschützen.

Zack nahm keine Rücksicht auf die Befindlichkeiten und wandte sich an den Vater der Familie. »Ist der Zug aus Sorrowville schon durch?«

Der Mann blickte ihn verständnislos an, augenscheinlich zu sehr von dem rüden Auftritt und alles andere als ungefährlich wirkenden Auftreten geschockt. Zack startete einen zweiten Versuch. »Boston! Die Eisenbahn nach Boston?«

Seine Frau mischte sich ein. »Auf diese Verbindung warten wir ebenfalls. Der Zug hat Verspätung.«

Lissy und Zack nickten sich zu. »Dann sind wir nicht zu spät.«

»Hören Sie mal«, rief eine aufgeregte Stimme von der Seite. »Ich bin hier für die Ordnung zuständig. Sie dürfen hier nicht parken!« Gekleidet in eine schmucke Uniform bahnte sich der Bahnhofsvorsteher einen Weg durch die kleine Ansammlung von Menschen, die sie mittlerweile umringt hatte. »Ich muss Meldung darüber machen. Sie haben fremdes Eigentum zerstört und Menschenleben mit ihrer rücksichtslosen Fahrweise gefährdet. Stellen Sie sich vor, Sie hätten ein Kind überfahren. Und überhaupt: Was hat eine Frau am Steuer zu suchen? Kein Wunder, dass das schiefgeht.« Er holte einen Notizblock sowie einen Bleistift hervor und sah Zack erwartungsvoll an. »Warum lassen Sie Ihre Frau fahren, was sind das für neumodische Sitten? Also, wie lautet Ihr Name, Mister?«

Genervt spuckte der Privatdetektiv aus. »Mein Name ist Hans, und es geht dich einen Scheißdreck an, wenn ich eine Frau ans Steuer lasse. Wenn du nicht umgehend diesen Bahnhof räumen lässt, gibt es ein Blutbad, und Burnham Junction wird als der Ort in die Geschichte eingehen, an dem alles begann.«

»Ich verstehe nicht«, entgegnete der Mann gereizt. »Wollen Sie mir etwa drohen?«

»Er nicht«, mischte sich Lissy ein und zog ihren Ladysmith-Revolver und hielt ihn dem Bahnhofsvorsteher vor die etwas zu groß geratene Nase. »Aber dafür ich.« Sie gab zwei Schüsse in die Luft ab. Schreie ertönten, die Mutter ergriff ihr Kind, hob es in die Höhe und lief über die Straße davon. Die Umstehenden taten es ihr gleich, rannten in alle denkbaren Himmelsrichtungen und riefen um Hilfe.

Lissy grinste und steckte die Waffe ein.

Lediglich der Bahnhofsvorsteher schien nicht verstanden zu haben, was gerade um ihn herum geschah, und blieb regungslos stehen. »Sind Sie ... sind Sie etwa verrückt geworden? Sie können doch nicht ... Sie haben mich gerade ... Ich werde die Polizei rufen!«

Lissy sah ihn beeindruckt an. »Wow, Sie nehmen Ihren Job aber wirklich ernst, Mister. Rufen Sie gerne die Polizei – wir bitten sogar darum. Mein Name ist Elizabeth Roberts.« Sie deutete auf seinen Notizblock. »Mit einem S am Ende.«

In diesem Moment hörten sie das entfernte Pfeifen der sich rasch nähernden Eisenbahn. Wie ein Signal aus der Hölle rief der schrille Ton des entweichenden Dampfes eine Warnung über den Bahnsteig, als wolle er sagen: Flieht, so lange ihr noch könnt!

»Na endlich!«, sagte der Bahnhofsvorsteher und überprüfte die Zeit anhand seiner Taschenuhr. »Acht Minuten zu spät. Dafür wird mir der Lokführer Rechenschaft ablegen müssen.« Er wandte sich wieder zu Zacharias und Elizabeth. »Sie bleiben, wo Sie sind. Das hat ein Nachspiel. Ich werde eine Anzeige schreiben, und Sie werden sich für ihr Verhalten und die Zerstörung verantworten müssen. Und natürlich für das unberechtigte Abfeuern einer Pistole auf einem Grundstück der staatlichen Eisenbahn. Wir sind hier schließlich nicht im Wilden Westen oder Kalifornien oder wo auch immer. In Maine weiß man sich zu benehmen, und wenn nicht, hat man Bahnhofsvorsteher wie mich, die die Menschen daran erinnern.«

»Jaja, tun Sie das, was Sie müssen«, winkte Lissy ab und starrte in Richtung der langsamer werdenden Eisenbahn, die in den beleuchteten Bahnhofsbereich der Burnham Junction einfuhr. Ihre Gesichtszüge entglitten ihr von einem auf den anderen Augenblick. Ohne den Blick von dem sich nähernden Grauen abzuwenden, sagte sie mit entrückter Stimme: »Ich glaube, es ist besser, wenn Sie jetzt gehen, Mister. Es wird gleich ganz schön hässlich hier.«

Zacharias folgte ihrem Blick und sah die von Dampf eingehüllte Eisenbahn näherkommen. Grauer Qualm wurde in rauen Mengen aus dem Schornstein der Lok gepumpt und umhüllte die Bahn. Doch das war es nicht, was Elizabeth Sorgen bereite. Aus den Fenstern der Waggons hingen die Leiber Dutzender Menschen. Blutige Gliedmaßen, verdrehte Arme und Beine. Manches Mal fehlten sie komplett, und nur die Hälfte eines Torsos war zu sehen, der auf dem Fensterrahmen im Fahrtwind baumelte. Die Flanken der Waggons waren rotverschmiert; frisches Blut lief in Mengen daran hinunter.

Der Bahnhofsvorsteher schluckte schwer und wurde kreidebleich. »Ms. Roberts, ich ... ich ... verstehe nun, was Sie meinen«, sagte er steif und verstaute mit zitternden Fingern seine Taschenuhr in der Westentasche. Er schlug die Hacken aneinander, schien dabei aber kurz davor zu sein, in Ohnmacht zu fallen. »Vielleicht wäre das der angemessene Zeitpunkt für uns alle, um zu fliehen.«

Lissy schüttelte den Kopf. »Ich fürchte, dafür ist es zu spät. Jetzt ist die Zeit für blutiges Handwerk gekommen.« Sie holte den Ladysmith hervor und lud zwei Kugeln nach.

»Keine Sorge«, beruhigte Zack den Bahnhofsvorsteher. »Wir nehmen uns der Sache an.« Er klang überzeugter, als er es war.

Das Kreischen der Räder erfüllte ihre Ohren und schallte über den Bahnhofsvorplatz hinweg. Qualmwolken stoben über den Bahnhof und hüllten alles in dichten Nebel. Zwei Menschen schälten sich aus dem Dunst und rannten, so schnell sie konnten, panisch schreiend von der Eisenbahn fort. Ohne Zweifel handelte es sich dabei um den Lokführer sowie den Heizer, die wie durch ein Wunder das Massaker an Bord des Zuges überlebt hatten.

Ein tiefes Grollen erklang aus dem Nebel heraus, das eher an ein Rudel Bären erinnerte als an einen Menschen. Tief, kehlig und hungrig schallte es von den Wänden der Waggons wider und ging ihnen durch Mark und Bein.

»Ich ... werde die Behörden informieren und mich empfehlen«, sagte der Bahnhofsvorsteher und tippte sich zum Abschied an seine Mütze, ehe er umgehend und mit großen Schritten Reißaus nahm.

»Dann liegt es wieder allein an uns«, sagte Lissy mit einem aufmunternden Lächeln.

»Als hätten wir nicht schon genug erlebt«, erwiderte Zacharias und nahm seinen Hut ab, um ihn vorsichtig auf den Bahnhofsbank zu legen. »Es könnte etwas holprig werden, wenn ich Karl Schreck richtig einschätze.«

»Das Zugmassaker spricht dafür. Ich hoffe sehr, dass wir ihn nicht unterschätzt haben. Es hat schon vielzuviele Opfer gegeben, die wir hätten verhindern können, wenn uns die alte Rassistin im Hafen nicht so viel Zeit gekostet hätte.«

»Lass ihn uns erledigen, bevor er sich die ganze Stadt einverleibt oder am Ende noch lernt, wie man eine Lokomotive steuert.«

Schnellen Schrittes verschwanden sie in dem dicken Qualm, der unbeirrt aus der Lokomotive drang und den Zug in einen rauchigen Kokon hüllte. Bereits nach wenigen Metern konnten sie kaum noch die Hand vor Augen sehen, geschweige denn tief einatmen. Mit Taschentüchern vor den Mündern erreichten sie den ersten Waggon und rissen die Tür auf. Der Körper einer alten Dame stürzte den kurzen Tritt hinab und blieb verdreht zwischen Schienen und Bahnsteig kopfüber liegen. Sie hatten keine Zeit, um ihr eine würdevollere Lage zu verschaffen, kletterten kurzerhand in den Wagen und zogen die Tür hinter sich zu, um den Qualm auszusperren. Noch immer drangen die Schwaden durch die Ritzen in den Zug, aber lange nicht so schlimm, wie sie befürchtet hatten.

»Es riecht zwar wie normaler Qualm aus den Kesseln der Eisenbahn und sieht auch nicht anders aus, aber er verhält sich nicht so«, sagte Lissy. Es wirkt fast so, als kontrolliere Schreck den Dunst und dirigiere ihn, wie ein Orchester gelenkt wird.«

»Du hast recht«, stimmte Zack zu. »Jemand hilft mit Kräften nach, die ein gottesfürchtiger Mensch nicht besitzt, um den Zug zu schützen.«

»Unser Freund Karl hat wohl verstanden, dass er zwar reihenweise Leute aussaugen kann, aber in dieser modernen

Welt nicht unverwundbar ist. Mit der rohen Gewalt, mit der er über die Passagiere des Zugs hergefallen ist, wird er nicht ganz Boston unterjochen können.«

»List und Täuschung waren schon immer bewährte Mittel der Blutsauger«, sagte Zacharias und kramte ein kleines Kreuz aus der Tasche. Elizabeth warf ihm einen anerkennenden Blick zu.

»Stand im Büro der Konservenfabrik. Ich wollte nicht ganz unvorbereitet sein.«

»Kann ich gut verstehen«, sagte sie, kramte unter ihrem Kleid ein unterarmlanges Stück Holz hervor, das provisorisch am Ende angespitzt war, und hielt es ihm triumphierend unter die Nase.

»Habe ich aus der Fabrikhalle. Mit freundlichem Gruß von Beatrix.«

»Eins zu null für dich«, räumte Zack ein und wandte sich dem Gang des Waggons zu, der sie in den hinteren Teil des Zugs führte.

»Lass uns dem Rassistenvampir in den Allerwertesten treten, bevor er sich aus dem Staub macht.«

Der Waggon vor ihnen lag in Dunkelheit gehüllt. Ein schmaler Flur führte an immer wieder gleich aussehenden Abteiltüren vorbei. Einige waren geschlossen, andere standen einen Spalt offen, und wieder andere wurden durch einen blutigen Arm oder Bein offengehalten. Aus manchen Abteilen drang der Schein von Nachttischlampen in den Gang und tauchte einzelne Stellen auf dem Boden in diffuses Licht.

Lissy bedeutete Zack, leise zu sein, und sie lauschten in die Dunkelheit. Weder konnten sie verräterische Schritte noch das Atmen von Überlebenden vernehmen. Nichts außer den Geräuschen der Dampfkessel der Eisenbahn war noch zu hören. Ein unnatürliches Schweigen lag über allem und erinnerte unwillkürlich an die Grabesstille eines Friedhofs bei Nacht.

Langsam gingen sie den Flur entlang und mussten dabei immer wieder über leblose Körper steigen. Bei jedem Abteil warfen sie erst einen prüfenden Blick hinein, ehe sie die Tür mit der Waffe im Anschlag aufzogen und gründlich nachsahen, ob es nicht Schreck als Versteck diente oder sie jemanden fanden, der das Massaker überlebt hatte. Ähnlich wie auf dem havarierten Frachter hatte der Vampir auch hier ganze Arbeit geleistet. Mit biblischer Perfektion hatte er jedes Leben innerhalb des Zugs auf bestialische Art ausgelöscht.

Der gesamte Waggon roch nach Exkrementen, Blut und Tod. Die Teppiche waren blutgetränkt und von anderen Körperflüssigkeiten verunreinigt.

»Ich bin verwundert, dass so viele den Nachtzug aus Sorrowville genommen haben«, sagte Elizabeth, ohne die Banalität ihrer Worte zu bemerken.

»Wer will schon über Nacht in dieser Stadt bleiben, wenn er die Chance hat, irgendeinen anderen Ort auf dieser Welt zu erreichen? Gut, heute Nacht war es eher die falsche Entscheidung. Allgemein kann ich aber jeden nur zu diesem Weg beglückwünschen.«

Lissy nickte und öffnete die Abteiltür, die sie zum nächsten Waggon führte.

Auch dort bot sich kein anderes Bild als die sich immer wiederholenden Gräueltaten. Der Vampir musste wie ein Derwisch über die Passagiere des Todeszugs hergefallen sein. Niemand hatte die Chance gehabt, ihm und seinen Zähnen zu entkommen. Wie im Rausch musste er sich am Leben der anderen gelabt haben, es in sich aufgenommen und sich gestärkt haben. Hätten sie ihn noch auf dem Frachter stellen können, wäre er sicherlich ein mächtiger Gegner gewesen, der ihnen alles abverlangt hätte. Doch durchsetzt mit dem pulsierenden Blut unzähliger Menschen, dass durch seine niederträchtigen Adern schoss, würde er übermenschlich stark und kaum zu überwinden sein.

Lissy und Zack stießen während ihrer Suche auf Familien, Paare und sogar ein komplettes Baseballteam, das noch versucht hatte, sich mit ihren Schlägern zur Wehr zu setzen, wie die Spuren verrieten. Vergeblich hatten sie sich im hinteren

Teil des Waggons verschanzt und sich mit den ihnen zur Verfügung stehenden Mittel gegen das Unausweichliche aufzubäumen. Niemand konnte der Vernichtungswut des Vampirs entgehen, und so war von ihnen nicht mehr übriggeblieben als ein Haufen massakrierter Leiber, die in bunten Leibchen über die gesamte Fläche eines Wagens verteilt waren.

Ein Geräusch ließ sie zusammenzucken. Der Ursprung lag in dem vor ihnen liegenden Waggon. Weder Elizabeth noch Zacharias hatten Hoffnung, einen Überlebenden zu finden. Nicht nach dem, was sie bisher entdeckt hatten. Niemand war der Hölle entkommen, in die das Monstrum den Nachtzug verwandelt hatte. Das ließ einzig den Schluss zu, dass sie *ihn* ausfindig gemacht hatten.

In Lissys und Zacks Augen lag mehr Angst als Zuversicht. Der Weg durch das Schlachthaus, das Karl Schreck etabliert hatte, ging nicht spurlos an ihnen vorbei und streute Zweifel, ob sie dieser Herausforderung tatsächlich gewachsen waren. Was hatte eine Reporterin und ein Privatdetektiv schon solch einem Fürst der Finsternis entgegenzusetzen?

Für eine Umkehr war es jedoch zu spät, also nahmen sie all ihren Mut zusammen und stießen die Tür zum nächsten Abteil auf.

Dabei handelte es sich um den Speisewagen des Zuges. Dunkles Holz und kleine Tischchen mit integrierten Schirmlampen wechselten sich ab. Zwischen toten Kellnern und zusammengesackten Reisenden saß eine Gestalt an einem der Bistrotische und hatte ihnen den Rücken zugedreht. Seine schmalen Schultern steckten in einem altmodischen Anzug. Das lange Haar war grau und nach hinten gekämmt. Sie hörten das metallische Geräusch von Besteck, wenn das Messer über die Gabel glitt, und dabei Fleisch zerteilte. Der Mann legte, ohne sich dabei umzudrehen oder sich auch nur im Geringsten anmerken zu lassen, dass er sie bemerkte, das Besteck feinsäuberlich auf den Tisch. Er hob das Weinglas in seiner Rechten in die Höhe, als wolle er die Neuankömmlinge grüßen, ehe er den Inhalt in einem Zug austrank und das Glas achtlos fallen ließ. Das Kristall zerbrach klirrend auf dem harten Boden. Die Reste der Flüssigkeit zogen rote Schlieren über den Boden.

Wenngleich Lissy hoffte, es handle sich um Rotwein, war sie überzeugt, dass es sich um das Blut eines der Verstorbenen des Abteils handelte.

»Treten Sie näher, meine Herrschaften«, erklang eine Stimme wie Schleifpapier auf rauer Oberfläche und mit starkem deutschem Akzent. »Ich habe Sie erwartet. Wie Sie sehen, wurde bereits angerichtet.« Herablassende Ironie tropfte aus jeder Silbe, wie der Lebenssaft aus den unzähligen Toten, die seinen Weg durch den Zug nachzeichnete.

»Das war nicht der Satz, den ich hören wollte«, erwiderte Zack. »Ich hätte Sie lieber überrascht, wenn ich ehrlich bin.«

Ein raues Lachen schallte durch den Speisewagen. »Wie sagt man in meiner Heimat so vortrefflich: Wo gehobelt wird, da fallen Späne.«

Lissy richtete sich auf und setzte alles daran, nicht vor lauter Angst zu zittern. »Woher wussten Sie, dass wir kommen?«

»Frau Roberts, das war nicht sonderlich schwer.« Karl Schreck drehte sich zu ihnen um und erhob sich elegant mit der gleichen Bewegung. Ein hageres Gesicht, dessen Mund blutverschmiert war und sich zu einem gehässigen Grinsen verzerrt hatte, blickte ihnen entgegen. Die oberen Eckzähne waren verlängert wie bei einem Raubtier und schimmerten ebenfalls vor Blut. Alles an diesem uralten Gesicht spiegelte Boshaftigkeit und raubtierhaften Hunger wider. Es war, als blickten sie dem Teufel persönlich in die Augen, die bereits jedes erdenkliche Leid gesehen haben. »Ein Vögelchen hat es mir gezwitschert.«

»Natürlich, er massakriert nicht nur Menschen, sondern redet auch mit Vögeln.« Zack zielte auf die Stirn des Vampirs und drückte ab. Der Schuss hallte durch den Waggon, doch die Kugel fand nicht ihr Ziel. Karl Schreck lächelte, und erst jetzt sahen sie das Projektil vor ihm in der Luft schweben, ehe es nutzlos zu Boden fiel. Er hob beschwichtigend die Hände.

»Ich fürchte, Sie missverstehen mich, Herrn Zorn.« Er seufzte tief, als fühlte er sich häufig unverstanden. »Frau von Herrmann. Sie ist mein Vögelchen, und ich stehe mit ihr in permanentem Kontakt, seit wir uns trafen. Eine beachtliche, eine bewundernswerte Dame vom alten Schlage.«

»Nichts weiter als eine miese Rassistin aus dem alten Europa«, widersprach Zack.

»Ein Charakterzug, der bei dieser ansonsten sehr anständigen Frau sehr ausgeprägt ist, da haben Sie recht. Mich jedoch interessieren derartige Dinge nicht. Früher oder später werden diese Leute merken, dass diese Lehren völliger Unfug sind. Vielleicht wird sogar Beatrix die Güte dieser Erkenntnis zuteil, wobei ich es bei ihr kaum glauben kann. Sie alle gehören einer Spezies an, und ebendiese Spezies diente schon immer einem einzigen Zweck. Nämlich meinesgleichen als Nahrung zu dienen.«

»Bullshit!«, setzte Elizabeth an. »Wir sind selbstbestimmt! Niemand dient hier irgendjemanden.«

Ein rasselndes Lachen schallte durch den Speisewagen. »Es war nicht meine Idee, die Welt so zu gestalten, wie sie ist. Bedanken sie sich bei Ihrem Gott«, er nickte abfällig in Richtung des Kruzifixes in Zacharias' Hand.

»Wohl eher dem Teufel«, sagte Zacharias und umfasste das Kreuz fester.

»Das würde gut in Ihren Blick auf die Welt passen, nicht wahr? Der gütige Gott, der seine Schäfchen vor allem Unbill beschützt, während der Teufel – der große Verführer – sie alle zu Sünden animieren möchte? Leider muss ich Sie enttäuschen. Es war nicht Luzifer, der mich einst auf die Welt losließ. Beileibe, es hätte ihm gut gestanden, und wahrscheinlich grämt er sich noch immer, dass es ihm nicht eingefallen war, wenn er keinen Schlaf mehr findet. Ihr müsst wissen, auch seine Augen vertragen nur eine gewisse Dosis Grausamkeit in all den tausend Jahren.« Er stellte sein blutiges Glas auf den Tisch. »Aber nein, nicht der gefallene Engel erschuf mich und löste meine Ketten, auf dass ich der Welt zeigen kann, was wahre Demut bedeutet. Es war euer geliebter Gott! Sein Zorn, seine Enttäuschung über euch Menschen ließ mich seine Rache ausführen.«

»Ninive!«, hauchte Elizabeth atemlos. In ihrem Kopf drehte sich alles.

»Bravo, Ms. Roberts«, bestätigte Karl Schreck ihre Worte. »Ja, ich war der Rächer, der Sendbote des Terrors, der die Stadt das wahre Fürchten lehren sollte.«

»Wir dachten, es sei Friedrich gewesen«, entfuhr es Elizabeth, doch Schreck quittierte ihre Worte nur mit einem kehligen Lachen. »Er sollte doch als Bote Gottes vom Untergang künden.«

»Welch absurde Narretei!«, feixte Schreck voller Freude. »Ich war es schon immer. Jona, so wurde ich einst genannt. Viele, viele hundert Jahre in der Vergangenheit. Damals war es mein Weg, meine engelsgleiche Mission nach Ninive.«

»Aber es gelang nicht«, warf Zacharias ein. »Ihr habt euren göttlichen Auftrag nicht erfüllt, oder? Ninive fiel nicht. Ihr seid gescheitert. Was kam dazwischen, Schreck?«

»Barmherzigkeit.« Der Vampir spuckte das Wort förmlich aus. Ein Schaudern erfasste seinen schlanken Körper und ließ ihn erbeben. »Sie winselten und beteten, und Gott, in seiner allumfassenden Dummheit, hatte ein Einsehen mit so viel Kriechertum. Er hielt mich zurück, noch ehe ich mich über die Stadt hermachen konnte. Ninive blieb verschont, aber die Welt bekam durch mich Zuwachs.«

»Der erste Vampir.«

Karl Schreck lächelte, als wäre er von der Formulierung geschmeichelt. »Ja, Gottes Werk. Das bin ich wohl, ein Geschöpf der Barmherzigkeit in einer grausamen Welt.«

»Dann hat Gott Sie also erneut ausgesandt, um Sorrowville zu vernichten?«, wollte Lissy wissen.

Ein lautes Lachen, das ihr durch die Seele schnitt, war die Antwort. Es dauerte seine Zeit, bis Karl Schreck sich wiederfand. »Oh nein, Gott ist schon seit Jahrtausenden nicht mehr mein Herr. Er schämt sich seiner Schöpfung und setzt alles daran, mich zu vergessen. Aber nicht heute. Ich werde ihn daran erinnern, dass es sein Werk war, dass er die Vampire auf die Welt sandte, um den ultimativen Rächer und Vollstrecker in seinen Reihen zu wissen. Schließlich ist Güte nur ein stumpfes Schwert, um Herrschaft zu erhalten. Angst und Terror sind die Säulen der Religion. Sie lassen die Menschen in Furcht auf dem Boden kriechen. So wird es mein Weg sein, ihn daran zu erinnern und erneut meinen Namen in die Geschichtsbücher schreiben zu lassen. Doch bin ich diesmal kein Bote des Zorns Gottes. Ich selbst bin der Zorn.«

»Vielleicht bist du auch einfach nur ein armer Irrer«, warf Zack ein, bereute seine Worte aber bereits im nächsten Augenblick.

»Was wohl euer Gott dazu sagen würde, wenn er euren Lebenswandel bewerten würde? All das Saufen und Rauchen, dass Berauschen an niederen Vergnügungen, der abartige Sex in allen Variationen. Dazu die Frechheit, mich zu beleidigen. Ich glaube, es würde eurem Gott ganz und gar nicht gefallen, oder? Aber wisst ihr was, fragt ihn doch einfach selbst, wenn ihr ihm begegnet.«

Schneller als ein Wimpernschlag bewegte sich Schreck über die Sitzbank hinweg. Seine Bewegungen verschwammen mit der Umwelt. Zack hatte nicht einmal Zeit zum Blinzeln, da stand Schreck bereits vor ihnen und schlug ihm das Kruzifix aus der Hand. »Nettes kleines Spielzeug«, quittierte er Zacks Bemühungen, eine adäquate Waffe gegen den Vampir zu finden. »Aber völlig nutzlos.«

Den Moment des Innehaltens nutzte Elizabeth und riss den Holzpflock in die Höhe. Schreck starrte sie überrascht an, als sie in einer schnellen, brutalen Bewegung den Pflock in den Bauch des Vampirs rammte. Die Spitze durchdrang seinen Körper und durchfuhr das Fleisch, ehe sie aus seinem Rücken wieder herausdrang.

»Nimm das, du Möchtegernfürst der Finsternis«, brüllte ihm Lissy entgegen und schien bereits zu triumphieren, als erneut schallendes Gelächter Schrecks Kehle entfuhr. Unbeeindruckt blickte er an sich herunter und auf den Spieß, der in seiner Körpermitte steckte.

»Schlecht gezielt, Lissy«, tadelte sie Zack. »Ins Herz! Der Pflock muss in das verdammte Herz!«

»Verflucht!«, war alles, was sie noch sagen konnte, ehe der Handrücken des Vampirs sie im Gesicht traf und sie durch den Speisewagen schleuderte. Wie eine Puppe, die von einem frustrierten Kind durch ein Zimmer geworfen wurde, flog sie im hohen Bogen über Tische und Stühle. Der Aufprall war hart und raubte ihr die Sinne.

»Jetzt zu Ihnen, Herr Zorn«, jubilierte Karl Schreck und wandte sich Zacharias zu. Dieser wusste sich nicht besser zu helfen, griff nach seinem Revolver und schoss die Trommel leer. Die Projektile trafen den Körper des Vampirs und schoben ihn einige Schritte zurück, ohne dass Schreck eine ernsthafte Verletzung davontrug.

»Eure Versuche sind die eines aufmüpfigen Kindes. Ihr seid genauso Futter wie die anderen Menschen in diesem Gefährt. Glaubt doch nicht wirklich, dass ihr die Fähigkeit besitzt, jemanden wie mich aufzuhalten. Ich bin der Regen, das Erdbeben und die Pest zugleich. Niemand kann mich davon abhalten, mein Ziel zu erreichen.« Er fletschte seine spitzen Zähne, und Zacharias wusste, dass der Vampir sich jeden Moment auf ihn stürzen würde.

»Nein, warte!«, brüllte er.

Zu seiner Überraschung hielt Karl Schreck tatsächlich inne und blickte ihn interessiert an. »Nun bin ich aber gespannt, mit welchen armseligen Worten du dich noch an diese Welt klammern willst, ehe ich dich in die nächste sende.«

Zacks Stimme bebte. »Eines solltest du noch über unsere Welt wissen, ehe ich sterbe.«

»Was ist so wichtig, dass ich die Flamme deiner Lebenskerze noch einen Augenblick länger brennen lassen sollte?«

Zacharias Zorn hatte nicht die geringste Ahnung, was er antworten sollte. Nichts, was er sagen könnte, würde seinen Tod noch länger als wenige Sekunden hinauszögern. Sein

Bluff gab ihm zwei, vielleicht drei Atemzüge, dann war es um ihn geschehen.

Plötzlich erhellte sich seine Miene. »Dass auch Spielzeuge töten können.« Sein Blick fiel auf etwas im Rücken von Karl Schreck. Dieser wirbelte herum und sah in das blutverschmierte Gesicht von Lissy, die das Kruzifix hoch erhoben hielt. Mit großem Schwung rammte sie es an der Wirbelsäule vorbei in das Herz des Vampirs. Erschrocken blickte er auf das hölzerne Kreuz, das aus seiner Brust ragte. Im nächsten Moment ging er schreiend zu Boden und drehte sich rasend schnell um die eigene Achse. Wieder und wieder, wie ein diabolischer Kreisel, rollte er kreischend dahin, ohne noch die geringste Kontrolle über seinen untoten Körper zu besitzen. Rauch stieg auf, und Elizabeth und Zack wichen rasch zurück, als Karl Schreck in Flammen aufging und nach mehreren tausend Jahren Unleben zu Asche verging.

Nach Luft schnappend blickte Lissy Zack an und wischte sich das Blut einer Platzwunde an der Stirn aus dem Gesicht. »Immer ins Herz. Immer in das verdammte Herz.« Sie deutete auf ihre Brust. »Ich denke, ich habe es jetzt kapiert.«

EPILOG

Die Wolken über Sorrowville hingen tief. Selbst die aufgehende Sonne, die sich mit aller Kraft abmühte, an diesem Sonntagmorgen etwas Lebensfreude zu versprühen, musste sich ob des andauernden Regens geschlagen geben. Als Zack und Lissy auf dem Rücksitz eines Streifenwagens des Sorrowville Police Department in Richtung der Stadt aufgebrochen waren, hatte das Leben noch freundlicher gewirkt. Vielleicht war es der Erfahrung geschuldet, dem Tod ein weiteres Mal von der Schippe gesprungen zu sein, aber die bedrückende, alltägliche Schwere war an der Bahnhofsstation der Burnham Junction für ein paar Augenblicke vergessen gewesen. Kaum hatte der Wagen die Countygrenze überschritten, spürte Elizabeth den Sog erneut, das ständige Kribbeln, das vor Gefahr warnte und sie in die Tiefe zu reißen drohte. Sorrowville rief nach ihr und Zack, so wie die Stadt es mit all jenen armen Seelen tat, die nur lange genug an diesem Ort verweilt hatten. Der einsetzende Regen passte perfekt zu dieser Emotion, die sie gefangen hielt.

Lissy kramte ihren Tabak hervor und drehte für sich und Zacharias zwei schlanke Glimmstängel. Freudig nahm er ihr Angebot an und revanchierte sich mit einem Schluck aus seinem verbeulten Flachmann, der ihm ein ständiger Begleiter war. Sie wusste, dass es in den nächsten Tagen viel Bourbon brauchen würde, um mit den Ereignissen fertigzuwerden.

Der Fahrer drehte sich ein wenig zu ihnen um, ohne den Blick von der nassen Straße zu nehmen, und sprach über die Schulter. »Wo soll es denn hingehen, Herrschaften? Der Sheriff an der Junction meinte lediglich, dass ich Sie zurück nach Sorrowville bringen soll.«

Elizabeth überlegte kurz. »Biegen Sie an der nächsten Kreuzung links ab.«

Zacharias blickte sie erstaunt an. »Du willst nochmal zur Fischkonservenfabrik? Ich hatte eher an eine Bar oder das Varieté gedacht.«

»Vertrau mir«, entgegnete sie lediglich.

Keine zwanzig Minuten später rollte das Automobil über den Kies der Auffahrt, die durch das offenstehende Tor auf den großen Hof der Fabrik führte. Überall standen weitere Streifenwagen, und dunkle Uniformen prägten das Bild.

Elizabeth bedankte sich für die Fahrt und stieg gemeinsam mit Zack aus. Nach kurzer Suche fanden sie Rudolph Turner, den Inspector der hiesigen Polizei, der augenscheinlich die Ermittlungen leitete. Unter einem viel zu kleinen Regenschirm, den ein hagerer Polizist missmutig hielt, stand der Mann mit dem graumelierten Schnauzer, dessen Bauch sein Hemd arg spannte.

»Teufel nochmal, was haben Sie denn hier wieder angerichtet, Zorn? Und verdammt, wie sehen Sie überhaupt aus?«, begrüßte er sie in seiner gewohnt freundlichen Art.

»Keine Sorge, Rudy, wir sind diejenigen, die hier zusammengekehrt haben. Sprich mal mit den Kollegen drüben an der Burnham Junction, da sieht es noch eine Spur blutiger aus.«

»Geringfügig«, merkte Lissy an und blies Rudy den Zigarettenrauch ins Gesicht.

»Verdammt, ich finde Sie in letzter Zeit immer häufiger an den merkwürdigsten Tatorten wieder. Offenbar ziehen Sie diesen ganzen Dreck magisch an. Vielleicht sollte ich Sie einfach mal ein paar Monate ins Kittchen werfen, damit dieser Mist endlich aufhört«, sagte er scherzhaft, doch Lissy konnte einen Hauch Ernsthaftigkeit heraushören.

»Und wer klärt dann all die Verbrechen auf, denen Sie nicht gewachsen sind?«, erwiderte Zack. Er kannte das Spiel und wusste, dass er Rudy nicht ernst nehmen musste.

»Ich denke auch«, warf Lissy ein, »dass es hin und wieder ganz gut ist, wenn wir unsere Nase in Dinge stecken, die uns angeblich nur bedingt etwas angehen.«

Der Inspector hob beschwichtigend die Hände. »Da möchte ich nicht widersprechen. Letztlich stellen Sie Ihren Nutzen und Ihre Fähigkeiten doch immer wieder unter Beweis. Gerade kam übrigens ein Funkspruch der Coast Guard herein. Sie haben diesen havarierten Frachter endlich unter Kontrolle gebracht und offenbar einen riesigen Berg Waffen gefunden. Wissen Sie zufällig etwas darüber?«

Lissy nickte. »Allerdings. Beatrix von Herrmann wollte die Gewehre heimlich nach Sorrowville schmuggeln, um unbemerkt ihre Schläger und Streikbrecher damit auszurüsten. Gewissermaßen wollte sie sich damit eine Privatarmee schaffen. Es hätte ein Massaker gegeben, wenn sie auf die Gewerkschafter getroffen wären, und wer weiß, wozu sie diesen bewaffneten Haufen noch eingesetzt hätte.«

»Dabei hatte sie noch eine ganz andere Fracht an Bord«, ergänzte Zack. »Einen Wahnsinnigen namens Karl Schreck. Er hat nicht nur die Mannschaft ausgelöscht, sondern drüben im Nachtzug zur Burnham Junction blutige Ernte gehalten. Ich weiß gar nicht, ob man die Leichen schon gezählt hat, aber es dürften einige sein. Immerhin haben wir ihn zur Strecke gebracht, bevor er noch mehr Menschen umbringen konnte.«

»Ein schwacher Trost«, murmelte Lissy und nahm einen Schluck Bourbon zu sich.

»Oh verdammt, ich hasse diese Scheiße! Wie soll ich das nun wieder Commissioner Westmore erklären? Mir ist das alles zuviel. Ein schöner, einfacher Bankraub. Damit kann ich etwas anfangen. Von mir aus auch mal eine Geiselnahme. Aber das hier, und dazu ihre letzten Geschichten? Wir haben immer noch nicht alle Knochen oben am Green Wood Cematary bestattet, und jetzt kommen dutzendweise weitere Leichen dazu? Ich hasse diesen Bullshit!«

Bevor er sich in weiteren Wiederholungen verstricken konnte, vernahm Elizabeth plötzlich die im gleichen Maße bekannte wie auch unangenehme Stimme ihres Chefredakteurs. »Lissy!«, brüllte er über den halben Hof und kam mit stampfenden Schritten auf sie zu. »Lissy!«

Sie atmete zweimal tief durch und wandte sich Ronan E. Doyle zu, der mit hochrotem Kopf zu ihnen trat.

»Sie!« Er presste seinen dicken Zeigefinger auf ihren Brustkorb. »Sie sind schuld an alledem. Erst treten Sie Ihre gescheiterte Story an mich ab, weil Sie es nicht hinbekommen. Und kaum schleuse ich mich hier ein, starten Sie eine so verrückte Rettungsaktion. Sie hätten uns alle umbringen können!«

»Ich verstehe«, sagte Zack. »Sie hatten sicherlich alles unter Kontrolle, als Sie gefesselt auf einem Stuhl saßen und umgebracht werden sollten. Sehe ich das richtig?«

»Absolut! Das nennt man investigativen Journalismus!« Doyles Stimme hallte unangenehm in ihren Ohren wider, bis er etwas weniger erregt fortfuhr. »Hören Sie, Lissy. Sie sind noch jung und eine Frau, Sie können so etwas vermutlich schwer nachvollziehen. Ich kann auch gut verstehen, wenn Sie dabei von ihren Gefühlen geleitet werden. Das ist nicht ungewöhnlich. Männer können sich besser kontrollieren, während Frauen lediglich von ihren Emotionen geleitet werden. Sie können sich nicht dagegen wehren. Deshalb verstehe ich natürlich, wie sehr Sie sich um mich gesorgt haben und diesen wilden Plan mit diesem Privatschnüffler ausgeheckt haben, um mich zu befreien. Ich weiß Ihre Loyalität und die Angst um mich durchaus zu schätzen, aber überlassen sie diese Arbeit vielleicht besser den Profis, die wissen, was sie tun.«

Elizabeth hob eine der perfekt geschwungenen Augenbrauen. Ihr Gesicht glich einer Maske, doch innerlich wollte sie Doyle am liebsten anspringen. In ihrer Phantasie schlug sie mit der Faust immer und immer wieder auf seine Nase ein. Sie wollte schreien, die Contenance fahren lassen und ihm in den deutlichsten Worten, die ihr einfielen, erklären, was für ein mieses Schwein er war. Sie ballte die Fäuste, und ihre Augen wurden zu funkelnden Schlitzen, doch sie schaffte es, sich zu beherrschen.

Ronan Doyle kam hingegen ein weiterer Gedanke, während er nachdenklich sein Doppelkinn massierte. »Da ist noch etwas, das ich nicht ganz verstanden habe. Ein Begriff, ein merkwürdiger Name, wenn ich es richtig deute. Von Herrmann und dieser hagere Deutsche sprachen darüber. Agi… Aga… Tod?«

»Agon'i'Toth«, fragte Elizabeth vorsichtig, und ihre Wut war im selben Moment verraucht.

Doyle nickte. »Ja, genau, so ähnlich klang es!«

Zack und Lissy wechselten einen verstohlenen Blick.

»Wissen Sie, was das zu bedeuten hat? Ist das vielleicht Latein oder gar Altgriechisch oder so etwas?«

Zack räusperte sich. »Diesen Namen haben wir schon einmal gehört, und ich bin mir sehr sicher, dass wir ihn heute nicht zum letzten Mal gehört haben werden.«

Lissy sah ihn besorgt an. »Dann glaubst du, dass es noch nicht vorbei ist?«

»Karl Schreck ist vernichtet, und Beatrix von Herrmann wird lange, lange Jahre in einer Zelle verbringen. Von dort droht keine Gefahr mehr. Aber ich fürchte, das, was wir in letzter Zeit in Sorrowville erlebt haben, ist nicht beendet, es ist lediglich der Anfang von etwas Unaussprechlichen, das die Welt mehr und mehr in Atem halten wird«, prophezeite Zack mit düsterer Miene.

»Ich hasse diese Scheißstadt!« Lissy zündete sich eine Zigarette an und fasste den festen Entschluss, sich umgehend ganz fürchterlich zu betrinken.

FORTSETZUNG FOLGT IN

SORROWVILLE

BAND 4

GEISTER DER VERGANGENHEIT

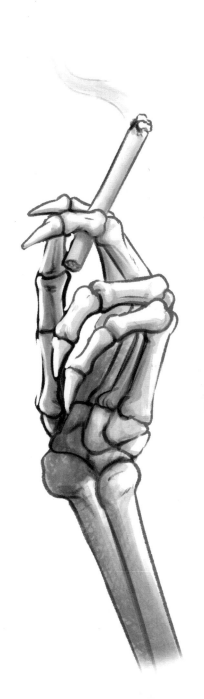

Über *Sorrowville*

In der Novellenreihe *Sorrowville* tauchen fünf bekannte Autorinnen und Autoren in eine Welt voller merkwürdiger Begebenheiten, unerklärlicher Verbrechen und albtraumhafter Bedrohungen ein.

Sie stehen dabei in Tradition von Horror-Großmeistern wie H.P. Lovecraft, erschaffen ein düsteres und facettenreiches Bild des Amerikas der 1920er-Jahre und verbinden Elemente von Pulp Horror und Noir Crime miteinander.

Sorrowville: Die unheimlichen Fälle des Zacharias Zorn liefert geheimnisvolle Geschichten vor dem Hintergrund einer albtraumhaften Bedrohung.

Autor / Band 3: Mike Krzywik-Groß alias Screcrow Neversea

Mike Krzywik-Groß lebt gemeinsam mit seiner Frau in der Hansestadt Lüneburg. Dort schreibt er fantastische Kurzgeschichten, Beiträge zu Rollenspielen, Sachbücher und Essays. Darüber hinaus verfasst er regelmäßig Artikel im Geek!-Magazin und gibt Workshops rund um das Thema Kreatives Schreiben. Krzywik-Groß hat bisher fünf Romane veröffentlicht, der sechste mit dem Titel *Trümmerland* erscheint im Herbst 2021.

Freuen Sie sich auf weitere spannende Geschichten der Reihe von Malcolm Darker, Sheyla Blood, Chastity Chainsaw und Naomi Nightmare.

Sorrowville ist als Print, Ebook und Hörbuch erhältlich.

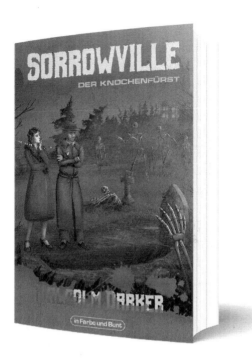

Henning Mützlitz alias Malcolm Darker

Sorrowville #1: Der Knochenfürst

Auf dem Green Wood Cemetary am Rande von Sorrowville wird der Friedhofswächter Bernard White auf grausame Weise getötet. Die Polizei tappt im Dunkeln, doch Zacharias Zorn und Elizabeth Roberts finden nach einem weiterem Massaker heraus, dass sich die Toten einer reichen Familie erhoben haben, um sich an ihrem jungen Erben zu rächen. Als sie sich auf die Spur eines nekrophilen Mörders setzen, erfahren sie vom ominösen „Knochenfürst" aus den Prophezeiungen einer Wahnsinnigen. Im Namen des finsteren All-Einen will er Sorrowville unter die Herrschaft des Untods zwingen.

(in Farbe und Bunt)

www.ifub-verlag.de
www.ifubshop.com

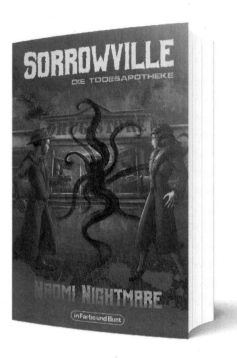

Michaela Harich alias Naomi Nightmare

Sorrowville #2: Die Todesapotheke

In Sorrowville kursieren seit einiger Zeit Ersatzdrogen aus naturbasierten Kräutermischungen, die der Mafia Konkurrenz machen. Doch bald sterben mehrere Abhängige auf unerklärliche Weise, grausam ihrer Seelen entraubt. Zacharias Zorn und Elizabeth Roberts glauben nicht an einen Zufall, und die Familie einer Apothekerin scheint mehr zu wissen, als sie zugibt. Bei ihren Nachforschungen stoßen der Privatermittler und die Reporterin auf Diener der Finsternis, deren Pläne weiter gediehen sind, als sich die beiden vorzustellen vermochten.

(in Farbe und Bunt)

www.ifub-verlag.de
www.ifubshop.com

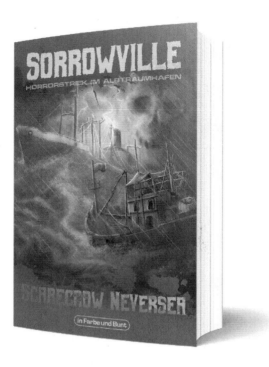

Mike Krzywik-Groß alias Scarecrow Neversea

Sorrowville #3: Horrorstreik im Albtraumhafen

Ein deutscher Frachter havariert im Devil's Riff unweit von Sorrowville, wo der Regen immer fällt und die Menschen kein freundliches Wort miteinander wechseln. Während ein Streik der Hafenarbeiter die Stadt in Atem hält, machen sich Elizabeth Roberts und Zacharias Zorn auf den Weg, um das gestrandete Geisterschiff zu untersuchen. Sie ahnen nicht, in welcher Gefahr Sorrowville schwebt: Eine dunkle Macht hat ihren hässlichen Schädel erhoben und zeichnet Bilder eines blutigen Untergangs der Stadt.

in Farbe und Bunt

www.ifub-verlag.de
www.ifubshop.com

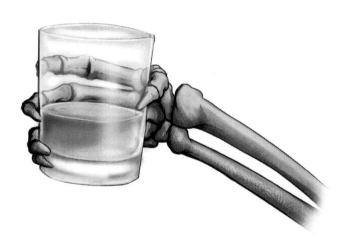

ÜBER DEN
Verlag in Farbe und Bunt

Lesen ist wie Fernsehen im Kopf!

So lautet ein Slogan, den wir für uns aufgegriffen haben.

Seit fünf Jahren ist es unser Anliegen, Ihnen ein spannendes Programm in diesem "Kopf-Fernsehen" zu bieten, das im Gegensatz zu den schwarzen Zeichen auf weißem Grund in Ihrem Kopf gerne *in Farbe und* so *bunt* wie möglich ablaufen darf.

Richtig bunt sollen die Welten also sein, in die wir Sie mit unseren Büchern entführen wollen. Nicht beliebig, nicht von der Stange. Unsere Geschichten sind nicht durch die Marktforschung gegangen, aber kommen von Herzen.

Entdecken Sie unsere Visionen.
   Folgen Sie uns in fantastische Welten. In Farbe und Bunt.

Der *Verlag in Farbe und Bunt* bietet Romane, Biografien, Sachbücher, Comics, E-Books, Kinder-, Jugend- und Hörbücher aus allen Bereichen und für jedes Alter.

(in Farbe und Bunt)

www.ifub-verlag.de
www.ifubshop.com

Björn Sülter

Beyond Berlin

Nominiert für den *Deutschen Phantastik Preis* 2019 als *Beste Serie!*

Mit **Beyond Berlin** tauchen Sie ein in eine erschreckende Dystopie, die unser Land in die Dunkelheit geführt hat. Zwar haben die Menschen die Sterne erreicht, ihre Heimat aber vernachlässigt.

Aus den Ruinen West-Berlins macht sich Yula in den blühenden Osten der Stadt auf, um ihre Familie zu vereinen, beginnt damit aber eine Reise, die ihr eigenes Schicksal und das der gesamten Menschheit beeinflussen könnte …

Teil 1+2 der Trilogie erschienen, Teil 3 folgt 2021.
Auch als Hörbuch erhältlich.

(**in Farbe und Bunt**)

www.ifub-verlag.de
www.ifubshop.com

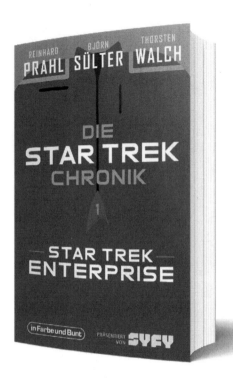

PRAHL, SÜLTER & WALCH

Die Star-Trek-Chronik #1

Star Trek: Enterprise

Die umfassende Sachbuchreihe zu jeder Trek-Serie startete 2020 mit dem ersten Prequel des Franchises. Die Autoren Prahl, Sülter und Walch präsentieren in ihrem Buch alles Wissenswertes über die Serie, Episoden, Macher, Schauspieler und die deutsche Synchronisation.

(**in Farbe und Bunt**)

www.ifub-verlag.de
www.ifubshop.com

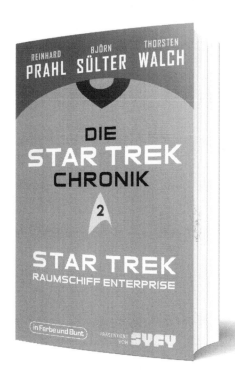

PRAHL, SÜLTER & WALCH

Die Star-Trek-Chronik #2

Star Trek (Raumschiff Enterprise)

Die umfassende Sachbuchreihe zu jeder Trek-Serie
geht 2021 mit der klassischen Star-Trek-Serie in die zweite Runde.
Das Autorenteam reist dabei durch die Abenteuer von
Kirk, Spock & McCoy und folgt den Spuren, die von Gene
Roddenberrys Serie in der Fernsehgeschichte hinterlassen wurden.

(in Farbe und Bunt)

www.ifub-verlag.de
www.ifubshop.com

Reinhard Prahl & Thorsten Walch

Es lebe Captain Future

Zum 40. Geburtstag der Serie in Deutschland liefert dieses umfassendste Werk in deutscher Sprache Hintergründe, Fakten, Interviews, Rezensionen aller Episoden und Funfacts für Nerds. "Es lebe Captain Future" beinhaltet alles, was es über die Serie, seine Geschichte und ihr Nachleben zu wissen gibt.

(in Farbe und Bunt)

www.ifub-verlag.de
www.ifubshop.com

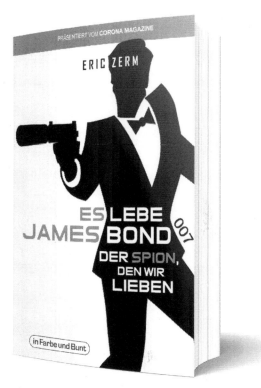

Eric Zerm

Es lebe James Bond 007

Er ist eines der größten Kino-Phänomene der vergangenen sechzig Jahre: James Bond 007. Begleiten Sie Autor Eric Zerm in diesem vollständig aktualisierten und umfassendsten Sachbuch in deutscher Sprache zum James-Bond-Phänomen auf seiner Reise vom ersten Roman »Casino Royale« bis zum neuesten Film »No Time To Die« und machen Sie es sich mit einem Martini gemütlich. Geschüttelt, nicht gerührt, versteht sich.

(in Farbe und Bunt)

www.ifub-verlag.de
www.ifubshop.com

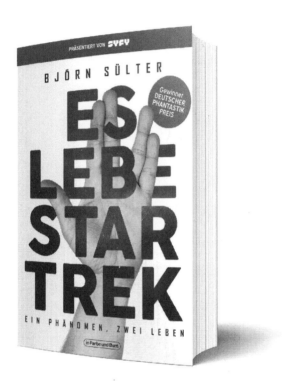

Björn Sülter

Es lebe Star Trek

Ein Phänomen, zwei Leben

Ausgezeichnet mit dem *Deutschen Phantastik Preis* 2019!

Das umfassendste Sachbuch in deutscher Sprache zu 52 Jahren Star-Trek-Franchise beleuchtet allen Serien, Filme und Geschichten rund um die Produktion des langlebigen SF-Phänomens. Auch als Hörbuch erhältlich!

(in Farbe und Bunt)

www.ifub-verlag.de
www.ifubshop.com

Thorsten Walch

Es lebe Star Wars

Autor & Journalist Thorsten Walch läd Sie ein auf eine spannende Zeitreise und berichtet neben all den faszinierenden Fakten und Anekdoten auch über seine ganz persönliche Verbindung zum Phänomen "Star Wars".

(in Farbe und Bunt)

www.ifub-verlag.de
www.ifubshop.com

Peter R. Krüger

Es lebe Raumpatrouille Orion

Autor Peter R. Krüger wirft einen genauen Blick auf die Serie, die Romanreihe und noch einiges mehr, das mit dem schnellen Raumkreuzer in Verbindung steht. Das Format darf schließlich zurecht als absolute Kultserie des deutschen Fernsehens bezeichnet werden. Hier ist ein Märchen von Übermorgen!

(in Farbe und Bunt)

www.ifub-verlag.de
www.ifubshop.com

SHEYLA BLOOD

SORROWVILLE

Band 4
BLUTRACHE
DER GEISTERARMEE

(in Farbe und Bunt)

Originalausgabe | © 2022
in Farbe und Bunt Verlag
Am Bokholt 9 | 24251 Osdorf

www.ifub-verlag.de
www.ifubshop.com

Dieses Werk ist urheberrechtlich geschützt.
Alle Rechte, auch die der Übersetzung, des Nachdrucks und der Veröffentlichung des Buches, oder Teilen daraus, sind vorbehalten. Kein Teil des Werkes darf ohne schriftliche Genehmigung des Verlags und des Autors in irgendeiner Form (Fotokopie, Mikrofilm oder ein anderes Verfahren) reproduziert oder unter Verwendung elektronischer Systeme verarbeitet, vervielfältigt oder verbreitet werden.
Alle Rechte liegen beim Verlag.

Herausgeber: Björn Sülter
Lektorat & Korrektorat: Telma Vahey
Cover-Illustration & Vignetten: Terese Opitz
Cover-Gestaltung: EM Cedes
Satz & Innenseitengestaltung: EM Cedes

Print-Ausgabe gedruckt von:
Bookpress.eu, ul. Lubelska 37c, 10-408 Olsztyn

ISBN (Print): 978-3-95936-345-7
ISBN (Ebook): 978-3-95936-346-4
ISBN (Hörbuch): 978-3-95936-347-1

INHALT

Willkommen in Sorrowville	7
1 - Heißer Kaffee und Unheil im Anmarsch	9
2 - Die Stimme von Sorrowville	15
3 - Geisterhafte Kontrolle	25
4 - Unheilvolle Recherche	35
5 - Fehlende Anhaltspunkte, Rachsucht und Hass	43
6 - Wendungen und geisterhafter Terror	55
7 - Konsequenzen der Vergangenheit	67
8 - Dunkle Familiengeheimnisse und Machenschaften	79
9 - Das letzte Puzzleteil	95
10 - Exorzismus	107
Epilog	113
Vorschau auf Staffel 2	119
Über die Reihe *Sorrowville* und Band 1 bis 4	120
Der letzte Drink	125
Weitere Bücher aus dem *Verlag in Farbe und Bunt*	126

Die Goldenen Zwanziger in Amerika – Gesellschaft, Kultur und Wirtschaft erblühen. Doch in manchen Städten sind selbst die Fassaden von Schmutz besudelt, und nicht einmal der Schein trügt. An diesen Orten haben Verbrechen und Korruption die Herrschaft ergriffen. Verborgen in den Ruinen der Rechtschaffenheit lauern überdies unsagbare Schrecken, welche die Vorstellungskraft schwacher Geister und krimineller Gemüter sprengen. Kaskaden des Wahnsinns, geboren aus einem zerstörerischen Willen zu allumfassender Macht, zerren am Verstand einst braver Bürger.

Dagegen stellt sich Zacharias Zorn, Privatermittler mit außergewöhnlichen Fähigkeiten. Er ist derjenige, der Licht in die Finsternis zu tragen imstande ist – unter Einsatz seines Lebens und seiner Seele.

WILLKOMMEN ... IN SORROWVILLE!

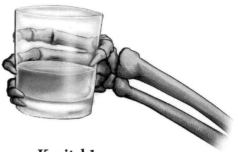

Kapitel 1

HEISSER KAFFEE UND UNHEIL IM ANMARSCH

»Moment!«, unterbrach Zacharias Zorn den Redeschwall seiner Sekretärin. Mabel Winters hielt ihm soeben eine ihrer berüchtigten Moralpredigten über die laufenden Kosten sowie ihre Sorge darüber, dass er ihren Lohn nächsten Monat nicht würde bezahlen können. Dabei hätte Zack jetzt viel lieber ein paar Minuten Ruhe gehabt, um den heißen Kaffee gebührend zu genießen, den Mabel ihm zubereitet hatte. Die Ereignisse der vergangenen Wochen steckten ihm schwer in den Knochen. Es hatte den Anschein, als würde das Unheimliche, das Sorrowville nun schon seit Längerem heimsuchte, keine Pause benötigen. Im Gegensatz zu ihm.

»Ja, Mr. Zorn? Wollten Sie etwas sagen?«, fragte Mabel, während sie hinter ihrem Schreibtisch saß und den flauschigen Kopf eines Hundes kraulte, der Zack – er war noch halb dösend aus seinem Schlafzimmer heruntergekommen – gar nicht aufgefallen war.

Er nahm einen flüchtigen Schluck Kaffee. »Ich verstehe Ihre Sorgen, aber die letzten Aufträge waren doch sehr lukrativ, oder täusche ich mich?«

Mabel rückte ihre Lesebrille zurecht. »Das stimmt schon, aber Ihre Rechnungen lassen sich davon nicht sonderlich beeindrucken.« Sie legte die freie Hand auf einen Berg Papiere. »Außerdem wartet dieser Stapel noch auf Ihre Durchsicht. Ich benötige Ihre Unterschrift auf mindestens der Hälfte davon.«

Zack unterdrückte ein wenig begeistertes Brummen und hätte den wärmenden Kaffee am liebsten mit einem Glas Gin oder Bourbon getauscht. Für seine Verhältnisse war er ohnehin viel zu früh aufgestanden. Mabel schien das allerdings nicht zu kümmern. Bevor sie jedoch mit ihrer Rüge fortfahren konnte, beeilte sich Zack, ihr zu antworten.

»Ich sehe die Unterlagen sofort durch, wenn ich erst einmal …« Weiter kam er nicht. Aus einem undefinierbaren Grund hielt Mabel Winters' neuer Hund es für angebracht, sich von seiner Besitzerin zu lösen und auf Zack zuzustürmen. Er sprang Zack geradezu an, stemmte dabei seine Vorderpfoten auf dessen Oberschenkel und wedelte eifrig mit dem Schweif.

»Was ist denn das?«, fragte Zack, wenig angetan von dem rötlichbraunen Geschöpf. Dennoch tätschelte er das Tier und erhielt als Antwort einige feuchte Küsse auf die Hand.

»Das, Mr. Zorn, ist ein Hund.«

»Danke, das habe ich auch schon bemerkt!« Er zog eine Augenbraue hoch, während die Fellnase bellte, von ihm abließ und durch das Büro lief. Sie suchte nach einem Spielzeug, fand einen großen Knochen und begann darauf herumzukauen. Das stete dumpfe Knacken forderte Zacks Geduld heraus.

»Connor ist ein Shiba Inu, eine äußerst seltene Rasse aus Japan. Stellen Sie sich vor, jemand hat so einen kostbaren Schatz wie ihn einfach im Tierheim abgegeben.« Mabel warf Connor verliebte Blicke zu.

Zack enthielt sich jeglicher Antwort, trank die Tasse leer und schnappte sich seinen Mantel.

»Wo wollen Sie hin, Mr. Zorn? Sie müssen mir doch die Unterlagen unterschreiben. Außerdem hat sich Mr. Helsworth gemeldet, dass er Sie gerne bezüglich eines Auftrags sprechen wolle. Und Aufträge inklusive des dazugehörigen Geldes können wir immer gebrauchen, nicht wahr? Die Berichte, die Sie vor drei Tagen hätten abgeben sollen, sind ebenfalls noch unvollständig.«

Zack setzte den Hut auf, strich über die Krempe und warf einen Blick zu dem Shiba Inu, der immer noch vergnügt auf dem Knochen herumbiss und es beinahe schaffte, Mabels Worte zu übertönen.

Fort. Er musste hier raus, sonst platzte ihm der Kopf. »Gönnen Sie mir ein paar Stündchen auswärts, ich habe noch etwas zu erledigen. Danach gehöre ich ganz Ihnen, versprochen.«

»Aber Mr. Zorn! Das ist wichtig!«

Zack schenkte ihr ein schiefes Lächeln und griff bereits nach der Klinke, als die Tür von allein aufsprang und ihm entgegenknallte. Danach ertönte ein dumpfes Poltern, und Zack stöhnte leise.

»Mr. Zorn!«, rief Pedro Betancourt aufgeregt. »Verzeihen Sie, das wollte ich nicht.«

»Kein Problem, normal ist es ja umgekehrt«, antwortete Zack und betrachtete den Argentinier gutmütig. Er wartete darauf, dass Pedro den Weg freimachte, damit er das Haus und somit sein Büro verlassen konnte. Vermutlich wollte er Mabel wieder unter die Arme greifen, oder Lissy hatte ihn geschickt. Pedros Blick nach zu urteilen, war wohl eher Letzteres der Fall.

»Der Inspector wartet vor dem Haus auf Sie, Mr. Zorn. Ich komme gerade von Ms. Roberts, wollte hier nach dem Rechten sehen und bin zufällig draußen auf ihn gestoßen.«

Was wollte denn der Inspector von ihm? Zack beugte sich an Pedro vorbei und warf einen Blick über die Veranda nach draußen. »Danke, Pedro.« Er klopfte ihm beim Vorbeigehen auf die Schulter, während Mabel laut seufzte, ging die Stufen hinunter und wurde sogleich vom trüben Regen erfasst. Tatsächlich stand dort draußen Inspector Rudolph Turner, der sich nervös vor seinem Wagen umsah. Wenn Rudy persönlich hier aufkreuzte, bedeutete das definitiv einen neuen

Auftrag. So etwas kam höchst selten vor. Meist musste Zack sich der Polizei von Sorrowville regelrecht aufdrängen, wenn diese wieder einmal von einem Fall überfordert war.

So unruhig, wie Rudy wirkte – abgesehen davon, dass seine Anwesenheit allein schon Antwort genug auf Zacks Spekulation war –, handelte es sich mit Sicherheit um etwas Ungewöhnliches.

»Guten Morgen, Rudy!«

Der Inspector wandte sich an Zack und kam ihm entgegen. »Gut, dass ich dich gleich erwische.«

»Wo brennt's denn?«

»Wo brennt es nicht? Das ist eher die entscheidende Frage, oder?«

Zack unterdrückte den Impuls, nach seinem allzeit bereiten Flachmann in der Brusttasche des Mantels zu greifen, um einen Schluck des die Sinne betäubenden Bourbons zu nehmen, und wartete ab.

Rudy fuhr fort. »Ich weiß nicht, was wirklich dahintersteckt. Vielleicht ist es auch nur dummes Gerede, man weiß ja nie. Aber nach den Ereignissen der letzten Zeit bin ich lieber übervorsichtig. Und den Commissioner will ich damit nicht behelligen. Hat ohnehin keinen Sinn. Am Ende denkt die Mafia noch, ich mache mich über sie lustig.«

Zack, der die Art des Inspectors gewohnt war und auch wusste, wie leicht es sein konnte, diesen zu überfordern, blieb ruhig und konzentrierte sich auf das Wichtigste. »Du musst mir schon ein wenig mehr verraten. Was ist denn nun eigentlich los, Rudy?«

Der Polizist seufzte laut. »Im SMI gehen wieder mal sonderbare Dinge vor. Ja, an sich nicht ungewöhnlich, ich weiß.« Rudy hob abwehrend die Hände, aber Zack hatte ohnehin nicht vorgehabt, ihn zu unterbrechen. »Dieser Fall stach mir allerdings besonders ins Auge. Vielleicht steckt nichts dahinter, doch das zuständige Pflegepersonal einer Patientin hielt es für angemessen, die Polizei zu verständigen. Bis der Fall schließlich bei mir landete.« Kurz blickte sich Rudy um, als müsse er Zacks Vorgarten unter Beobachtung halten, dann fuhr er fort. »Die Patientin spricht ständig von einem Fluch des Graveyard Hills, wo die Gebeine amerikanischer Ureinwohner begraben liegen. Wegen der Sache kürzlich am Green Wood Cemetary, von der die Pflegerin immer noch meint, Skelette oder was auch immer des Nachts vom Schlafzimmerfenster aus durch die Stadt rennen gesehen zu haben, wollte sie lieber auf Nummer sicher gehen.«

Zack speicherte sämtliche Informationen im Gedächtnis ab und versuchte, aus Rudys Worten die richtigen Schlüsse zu ziehen. Wenn das Sorrowville Mental Institution ins Spiel kam, konnte er davon ausgehen, dass die Sache höchstwahrscheinlich auf die Verrücktheit der Insassin zurückzuführen war. Um festzustellen, ob er es lediglich mit einer Irren zu tun hatte oder ob vielleicht ein übernatürlicher Schrecken hinter ihrem wahnhaften Verhalten steckte, blieb ihm nichts anderes übrig, als ihr einen Besuch abzustatten. Er bezweifelte allerdings, dass dabei etwas Erhellendes zutage treten würde.

»Lässt du mir über den Commissioner einen Scheck für den Auftrag ausstellen? Ich brauche das Geld wie immer baldmöglichst.«

Der Inspector nickte. »Natürlich. Ich verbuche deine Investigationen einfach wie üblich als privaten Detektiveinsatz für abnorme Fälle.«

»Gut, danke.« Zack schmunzelte und wollte sich bereits auf den Weg machen, als Rudy ihn zurückhielt. »Warte kurz, bitte.«

Er hielt inne.

»Ich hätte nicht gedacht, dass du den Auftrag so schnell annimmst, ohne weitere Fragen zu stellen.«

»Nun, ich gehe davon aus, im SMI genug Antworten auf meine Fragen zu finden. Oder hältst du es für angebracht, mich weiter zu unterrichten?«

Der Inspector trat von einem Fuß auf den anderen und wich Zacks Blick aus.

»Rudy?«

»Nun ja«, begann dieser. »Die Patientin spricht ständig davon, dass Geister der Verstorbenen rachsüchtig ihr Unwesen auf dem Graveyard Hill treiben. In Verbindung damit, dass er auferstanden ist.«

»Er?«

»Ja.« Rudy rieb sich den korpulenten Bauch unter der Uniformjacke. Das Hemd war bereits vom Regen in Mitleidenschaft gezogen worden. Genauso wie Zacks Mantel und Hut, doch noch hielten die Kleidungsstücke dem kühlen Nass stand, das der Himmel in Sorrowville immerzu weinte.

»Sie meint, eine dämonenhafte Wesenheit stecke hinter der Sache mit den Geistern.«

Nun wurde Zack hellhörig. »Hat sie einen Namen genannt?«

»Ja. Irgendwas mit Agonie oder so.«

Spätestens jetzt fühlte Zack einen Druck in seiner Brust – ein Gefühl, das ihn vor dem Auftrag warnte, ihn gleichermaßen jedoch auch anzog. Er würde nun alles andere tun, als das irre Gebrabbel der Insassin des SMI zu ignorieren. Ob die Sache mit dem Graveyard Hill stimmt oder nicht, die Frau musste auf die eine oder andere Weise von Agon'i'Toth gehört haben. Das war Grund genug, dem Auftrag mehr Gewicht beizumessen, als er noch vor wenigen Augenblicken für angebracht gehalten hatte.

»Ich mache mich gleich auf den Weg«, sagte Zack und schritt unverzüglich zu seinem Oldsmobile, das schon bessere Tage gesehen hatte, wie er ein ums andere Mal feststellte. Es wurde bei jedem Einsatz mehr in Mitleidenschaft gezogen.

»Soll ich dich lieber mitnehmen?«, fragte Rudy zögernd mit einem Seitenblick auf die Rostlaube.

Zack bemerkte erst jetzt, dass er soeben – in seinen Grübeleien versunken – einen kräftigen Schluck Bourbon zu sich genommen hatte. Er hielt noch einmal inne und drehte sich zum Inspector um. »Nicht nötig, danke. Ich mache noch einen kleinen Umweg. Wir treffen uns vor dem SMI.«

»Die Reporterin?«

»Goldrichtig.«

Kapitel 2
DIE STIMME VON SORROWVILLE

Zack klopfte erneut. Als nach längerer Zeit immer noch keine Antwort erfolgte, wurde sein Pochen gegen das hübsch verzierte Türblatt energischer. Er klopfte so lange, bis er lautes Poltern aus dem Inneren des Hauses vernahm, gefolgt von eiligen Schritten. Kurze Zeit später schob jemand einen Vorhang an einem der vorderen Fenster beiseite. Dieser Jemand lief anschließend zur Tür und öffnete sie einen Spaltbreit.

»Zack!« Elizabeth Roberts war außer Atem und wirkte ertappt, worüber auch ihr vermeintlich charmantes Lächeln nicht hinwegtäuschte. Das Rot ihres Lippenstifts war verschmiert und ihr kurzes, lockiges Haar zerzaust.

»Störe ich? Habe ich dich vielleicht bei einem Stelldichein unterbrochen, Lissy?«

Die Reporterin zwinkerte ihm zu. »Warte hier, ich such mal eben meine Kleidung zusammen. Dann empfange ich dich gern.«

»Nicht nötig. Ich warte im Garten.«

»Wie du willst.« Lissy schloss die Tür, und Zack lauschte dem Rumpeln aus dem Inneren. Er stieg die schmale Treppe in den Garten hinunter und lehnte sich an den Zaun vor dem Haus, wo sein Oldsmobile, an dem unzählige Regentropfen hinabliefen, am Straßenrand auf ihn wartete. Er zückte den Flachmann und nahm einen Schluck zu sich. Langsam ließ er den Whiskey die Kehle hinabrinnen, betrachtete die Bäume in seiner Umgebung und lauschte dem Rascheln ihrer Blätter. Regen tropfte von seinem Hut auf seine Ärmel. In der Ferne bellte ein Hund, was ihn an Mabels überdrehtes Etwas in seinem Haus erinnerte.

Zack wusste nicht, wie viel Zeit vergangen war, in der er von dem Shiba Inu über Agon'i'Toth bis hin zu den letzten vergangenen Ereignissen rund um das Massaker an der Burnham Junction nachgedacht hatte, als erneut Schritte erklangen und die Tür sich öffnete. Er spähte zu seiner Rechten, wo sich gerade ein Mann in dunkler Jacke mit einem knappen Nicken aus dem Garten davonmachte. Fast gleichzeitig erschien Lissy, der man nicht mehr ansah, wobei Zack sie gestört hatte. Ganz im Gegenteil. Sie war so bildhübsch wie immer und trat mit einer glühenden Zigarette neben ihn.

»Wo drückt der Schuh? Du würdest mich nicht ohne Grund einfach so überraschend aufsuchen«, stellte sie fest, während sie den Rauch in seine Richtung blies.

»Natürlich würde ich deine Zeit nicht mit etwas Unwichtigem verschwenden, da hast du recht. Ich hab da einen neuen Fall, der dich interessieren und dir vielleicht mehr als ein paar Zeilen in der Sorrowville Gazette bringen könnte«, begann Zack mit aufmerksamem Blick auf Lissy.

»Klingt gut. Wird ohnehin Zeit, dass ich Doyle mal was Neues liefere, sonst will er mich wieder Schiffsmeldungen schreiben lassen, und ich muss mich wie so oft fürchterlich mit ihm anlegen. Schieß los.«

Zack grinste bei der Erwähnung des chauvinistischen Chefredakteurs der Gazette, mit dem Lissy seit Jahren einen Kleinkrieg führte. »Du wirst nicht enttäuscht sein. Am besten erkläre ich dir alles auf dem Weg zum SMI. Komm, brechen wir auf!«

Lissy nahm einen tiefen Zug von ihrer Zigarette und deutete in die Richtung, in der ihr Cadillac stand. »Aber bitte in meinem Wagen.«

Zack lächelte. »Ich habe keinerlei Einwände, Ma'am!«

Lissy parkte gegenüber vom SMI. Sie und Zack verließen das Auto, überquerten die Straße und steuerten auf die Anstalt für unheilbar psychisch Kranke, Besessene und Abnorme zu. Rudy erwartete sie bereits vor dem Eingang des pompösen Gebäudes, das aus mehreren Flügeln mit dutzenden Fenstern bestand. Vor manchen waren Gitter befestigt, damit sich die Insassen nicht zu Tode stürzen konnten, weder unabsichtlich noch aus einem wahnhaften Zwang heraus, der sich den wenigsten erschloss. Das war in der Nervenheilanstalt immer so eine Sache.

Als der Inspector die beiden erblickte, kehrte die Unruhe, die Rudy Turner in letzter Zeit offenkundig wie ein Schatten zu begleiten schien, in sein Antlitz zurück. Er eilte ihnen einige Schritte entgegen. »Da seid ihr ja endlich! Kommt, ich bring euch am besten gleich zu Anstaltsleiterin Amanda Dorothea. Sie wartet schon auf euch.« Er kehrte wieder zum Eingang zurück und stieß dessen schwere Torflügel auf.

Zack ließ seinen Blick über die hohen und penibel zurechtgestutzten Hecken schweifen, die das SMI und eine gepflegte Gartenanlage dahinter umgaben, in der sich manche Patienten tagsüber gelegentlich aufhalten durften. Danach folgte er dem Inspector die wenigen Stufen hinauf und betrat die Nervenheilanstalt. Lissy eilte Zack hinterher und zündete sich eine Zigarette an, während Rudy das massive Tor hinter ihnen wieder zufallen ließ. Auf dem Areal folgten sie einem schmalen Weg, der zum Empfangszimmer führte. Hinter der dicken Glasscheibe war ein gelangweilt wirkender Mann zu erkennen, der gerade Unterlagen sortierte. Emsiges Personal ging schnellen Schrittes und mit kurzen Begrüßungen an ihnen vorbei und verschwand in den Korridoren aus ihrem Blickfeld. Wie schon von außen wirkte das Anstaltsgebäude auch von innen wie einem Gemälde aus der blühendsten Epoche des Barocks entnommen. Zack, der bereits zu oft hier gewesen war und noch öfter dafür gesorgt hatte, dass Insassen eingeliefert wurden, bewunderte jedes Mal aufs Neue das Interieur. Das fing bei den ebenen, gekachelten Fliesen an und endete bei den Wänden, deren Ecken mit Verzierungen bestückt waren, die mit ihrer Kunstfertigkeit vergessen ließen, in welcher Art von Einrichtung sie sich eigentlich befanden.

Sie passierten Anstaltsschwestern – allesamt in weiß gekleidet, oftmals mit einem Klemmbrett unter dem Arm oder mit einem psychisch Kranken im Schlepptau, der sich in ihrer Begleitung ein wenig die Beine vertreten durfte. Die Schwestern hatten strenge Gesichter, die jedem bewusst machten, dass innerhalb dieser Mauern keine Freude herrschte. Dennoch spürte Zack inmitten des anstaltsüblichen Alltags sofort den Blick, der auf ihm ruhte. Er wandte sich um und begegnete einem freundlichen, wenngleich zurückhaltenden Lächeln.

»Mr. Zorn«, begrüßte ihn eine Frau mittleren Alters, deren schwarzes Haar wie bei ihren Kolleginnen fest zu einem Dutt zusammengebunden war, was sie noch strenger wirken ließ.

Rudy stand neben ihr – er hatte sie offensichtlich herbei gewunken. Lissy hatte eine Hand in der Manteltasche vergraben, stieß bläulichen Rauch aus und beobachtete schweigend die Szene.

»Hier darf nicht geraucht werden!« Die Anstaltsleiterin zog die Augenbrauen zusammen und fixierte Lissy.

Diese ließ sich davon nicht beeindrucken, sondern nahm einen betont langsamen Zug von ihrem Glimmstängel. »Keine Sorge, bin gleich fertig.«

Zack kam einer scharfen Entgegnung der Leiterin zuvor. »Dorothea, schön, Sie zu sehen. Es ist ein paar Tage her«, sagte er höflich und streckte ihr die Hand entgegen.

Die Frau schien kurz irritiert zu sein, wandte die Augen von Lissy ab, deren Grinsen Zack nicht übersah, und schüttelte seine Hand. »Ja, seit dieser Sache damals ... habe ich nichts mehr von Ihnen gehört.« Wieder schenkte sie ihm ein freundliches Lächeln, doch Zack erkannte Zweifel und Sorge in ihren Augen. Sie schien sich nicht gerade wohlzufühlen. Um es ihr leichter zu machen, beschloss er, mit der Tür ins Haus zu fallen. »Wir haben von den ... Ereignissen gehört. Wären Sie so nett, uns gleich zur Patientin zu führen?«

Dorothea nickte, nicht ohne Lissy mit einem Seitenblick zu bedenken, der durchaus als geringschätzig interpretiert werden konnte, und machte auf dem Absatz kehrt. »Folgen Sie mir, bitte. Merediths Zimmer befindet sich im zweiten Stockwerk im Westflügel.«

Als sich Zack zusammen mit Lissy in Bewegung setzen wollte, die ihm einen kritischen Blick mit hochgezogener Augenbraue zukommen ließ, stellte sich ihnen Rudy in den Weg. »Dorothea weiß über alles Bescheid, was für euch interessant sein könnte. Ich komme gleich nach, hab hier noch was zu erledigen.«

»Kein Problem«, antwortete Zack und nickte dem Inspector zu. Rudy wandte sich an den Mann im Empfangsbereich, während Zack und Lissy der Leiterin wortlos die Stufen hinauf in den zweiten Stock folgten. Sie schritten durch einen langen, grauen Korridor. Die Gemälde an den Wänden, die ihren Weg säumten, wirkten allesamt, als stammten sie aus einem lange vergangenen Jahrhundert. Schließlich blieb Dorothea am Ende des Flurs stehen und griff nach dem großen Schlüsselbund, der am Gürtel ihrer Uniform hing. Routiniert sortierte sie die verschiedenen Schlüssel – fast so, als zähle sie sie ab – und steckte einen davon ins Schloss. Es klickte und die Tür öffnete sich.

»Hallo, Meredith. Du hast heute Besuch«, rief sie, während sie den Kopf ins Zimmer streckte. Lissy trat ihre Kippe aus, nestelte am Pelzkragen herum und strich sich eine Locke aus dem Gesicht.

»Nervös?«, fragte Zack in leisem Plauderton an die Reporterin gewandt.

Sie schmunzelte bloß und machte Anstalten, erneut nach ihrem Zigarettenetui zu greifen, bis ihr einzufallen schien, dass sie im SMI nicht rauchen sollte. Also ließ sie ihre Hand wieder sinken.

»Ich bitte Sie, Mr. Zorn«, begann sie süffisant. »Es mit einer Irren zu tun zu haben, ist wohl das geringste Übel, dem ich mich in letzter Zeit an Ihrer Seite habe stellen müssen.«

»Gib es zu, du liebst den Adrenalinrausch!«

Lissy zwinkerte ihm zu und betrat anschließend als Erste das Zimmer der Patientin, nachdem die Leiterin ihnen ein Zeichen gab, dass Meredith bereit war, sie zu empfangen. Zack folgte ihr, während Dorothea draußen wartete. Also schloss er die Tür hinter ihnen und nahm sämtliche Eindrücke binnen Sekunden in sich auf. Es handelte sich um einen kleinen Raum, in dem sich lediglich ein mit Papier, Stiften und Büchern bedeckter Arbeitstisch, ein schmales Bett und ein großer Schrank befanden. Am Bettrand vor vergitterten Fenstern saß eine zarte junge Frau mit hellblondem Haar. Die beigefarbene lockere Kleidung betonte ihre dünnen Glieder.

Als sich Meredith zu ihnen herumdrehte, begegneten ihnen große, grüne Augen, die von dunklen Ringen unterlegt waren.

»Hallo, Meredith«, grüßte Zack.

»Ich bin Lissy, das hier ist mein Freund Zacharias. Dürfen wir dir ein paar Fragen stellen?«, fügte Lissy hinzu und zückte einen Block samt Füller. Zack stellte mit einem Seitenblick fest, dass der Toledo-Füllfederhalter, mit dem Lissy eine erste Notiz in ihr kleines Lederbuch schrieb, wahrscheinlich teurer war als sein Auto. Wie so oft fragte er sich, warum Lissy es überhaupt nötig hatte, sich mit ihm herumzutreiben, wenn er ein paar Dollar mit obskuren Fällen verdienen wollte. Er dachte nicht weiter darüber nach, sondern wandte sich wieder Meredith zu.

Die Frau – deutlich jünger, als Zack es erwartet hatte, wahrscheinlich Mitte zwanzig – zeigte ein manisches Grinsen, drehte sich auf dem Bett zu ihnen herum und zog die Beine hoch. Sie umfing sie mit ihren Armen und nickte mehrmals. »Hallo! Gern. Sie erlauben es, dass ich Fragen beantworte.«

Zack wusste nicht, woher das Gefühl kam, das ihn heimsuchte, doch irgendetwas schien in diesem Raum nicht zu stimmen. Es hatte absolut nichts damit zu tun, dass die arme Meredith vermutlich geistesgestört war. Nein, sie verströmte eine Aura, die darüber hinausging und die ihn augenblicklich an die übernatürlichen Ereignisse der letzten Zeit denken ließ. Ein beklemmendes Gefühl kroch seinen Nacken hinauf, und seine Augen huschten in jede Ecke des Raumes, als lauere dort etwas Verborgenes, das sich bei der erstbesten Gelegenheit auf ihn stürzen würde.

»Von wem sprichst du, Meredith? Wer sind sie? Anstaltsleiterin Amanda Dorothea sagte ...« Zack wurde von einem schrillen Kichern unterbrochen, das auch Lissy zusammenzucken ließ.

»Natürlich spreche ich von ihm! Er ist auferstanden. Und das gefällt ihnen nicht.« Fettige Haarsträhnen hingen ihr ins Gesicht, ein wenig Speichel lief ihr aus dem Mundwinkel.

»Wem gefällt das nicht?«, fragte Lissy. Erneut verzog sich Merediths Gesicht zu einem wahnsinnigen Grinsen. Sie kratzte sich übertrieben lange an der Nasenspitze. »Den Toten.«

»Bitte?«, fragte Zack nach, was die arme Seele nur dazu brachte, sich intensiver zu kratzen – so lange, dass sie zu bluten begann. Besorgt warf er einen Blick auf Lissy, die mit ihren Notizen innegehalten hatte und die Stirn runzelte. Er konnte ihr den Nicht-schon-wieder-Ausdruck regelrecht vom Gesicht ablesen.

Zack trat einen Schritt auf Meredith zu und streckte vorsichtig die Hand nach ihr aus. Eindringlich sagte er: »Alles ist gut. Beruhige dich, Meredith.« Obwohl er wusste, dass gar nichts gut war – ganz gleich, ob ihre Aussage der Wahrheit entsprach oder ihrem Wahn entstammte.

»Sie erheben sich! Die Toten! Weil er auferstanden ist! Das tolerieren sie nicht! Nein!« Sie kratzte noch intensiver. Ein dünnes rotes Rinnsal lief ihre Nasenspitze, die Lippen und schließlich das Kinn hinab.

»Wir sollten Dorothea holen«, schlug Lissy vor. Anhand ihrer gepressten Tonlage war Zack klar, dass sie sich nicht wohl in ihrer Haut fühlte. Zwar war sie von dem Hauch des Übernatürlichen, der Meredith eindeutig anlastete, fasziniert – wenngleich sie ihn im Gegensatz zu Zack nicht bewusst wahrnehmen konnte –, dennoch mussten sie die Frau vor sich selbst schützen.

»Meredith! Hör mich an!«, versuchte Zack es erneut. Er berührte sie zaghaft an der Schulter. Die Frau zuckte daraufhin so heftig zusammen, dass er die Finger lieber wieder zurückzog. Sie riss sich binnen Sekunden mehrere Haarbüschel aus und kreischte schrill auf. Dann verfiel sie in ein manisches Wahnverhalten und murmelte gleich einer rezitierten Formel: »Und wenn er wiederkehrt, wird er uns zu dem Ort des Reichtums führen, immer mehr zu uns überleiten! Doch sie – nein, sie tolerieren seine Auferstehung nicht! Schlimmes ist geschehen! Und er ist trotzdem auferstanden. Auferstanden. Auferstanden!« Sie wurde immer lauter. Die letzten Worte schrie sie wieder.

Bevor Zack oder Lissy etwas tun konnten, um dem hysterischen Crescendo der armen Seele entgegenzuwirken, wurde die Tür hinter ihnen aufgerissen. Dorothea stürmte herein, stieß die beiden zur Seite und kniete sich aufs Bett. Sie fasste die kreischende und immer wieder vor sich hinmurmelnde Meredith an den Schultern und hielt sie fest.

»Beruhige dich! Alles ist in Ordnung. Ruhe, Meredith. Du bist in Sicherheit!«

Die Geisteskranke verdrehte die Augen und lachte dunkel. »Er ist auferstanden! Und es gefällt ihnen nicht! Rache! Die Geschändeten am Graveyard Hill wollen Rache. Sie wollen Rache! Er darf nicht bleiben. Nein. Er muss gehen ... Gehen!«

Lissy machte auf dem Absatz kehrt und verließ das Krankenzimmer. Zack folgte ihr mit zusammengezogenen Augenbrauen. Er schloss die Tür hinter sich.

Lissy holte eine Zigarette aus ihrem Mahagoni-Etui hervor und reichte auch Zack eine. Er entzündete beide und sog den Rauch tief in die Lungen. Es dauerte einige Augenblicke, bis er spürte, dass sich seine Sinne und sein Puls beruhigten.

»Was bitte geht da drin vor sich?«, fragte Rudy, der den Flur heruntergerannt kam, eine Spur blasser als sonst. Die schrillen, hysterischen Schreie drangen bis in den Korridor.

»Nichts, was diesen ganzen Stress gelohnt hätte!«, murmelte Lissy, ging am Inspector vorbei und klackerte auf ihren hohen Absätzen den Gang entlang.

Zack seufzte. Er legte Rudy eine Hand auf die Schulter und murmelte: »Meredith hat sich bezüglich nützlicher Informationen leider als Sackgasse herausgestellt.«

»Und jetzt? In Sorrowville ist so viel passiert in letzter Zeit – ich darf mal kurz an diese Apotheke oder das Massaker an der

Burnham Junction erinnern. Da kann ich nicht glauben, dass es sich nur um das Gerede einer Schwachsinnigen handelt. Du musst das doch auch sehen, Zack! Wenn wir nicht rechtzeitig reagieren, sucht uns vermutlich noch Schlimmeres heim, als es schon die letzten Male der Fall war.«

Zack zog seine Hand wieder zurück und unterdrückte den Impuls, nach seinem Flachmann zu greifen. »Keine Sorge, Rudy, das ist mir alles bewusst. Auch ich denke, dass mehr dahintersteckt. Deshalb werde ich der Sache auf den Grund gehen. Ich fahre zum Graveyard Hill.«

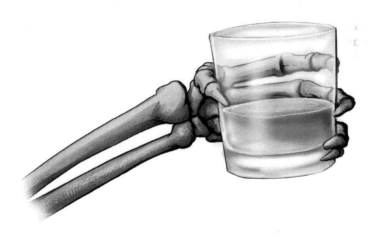

Kapitel 3

GEISTERHAFTE KONTROLLE

Lissy, die vor dem SMI eine Zigarette nach der anderen geraucht hatte, um ihre aufgewühlten Nerven zu beruhigen, war zunächst überhaupt nicht von Zacks Vorschlag angetan gewesen, dem Graveyard Hill einen Besuch abzustatten. Da sie es aus leidvoller Erfahrung jedoch besser wusste und jederzeit Schlagzeilen gebrauchen konnte, hatte sie es sich nicht nehmen lassen, Zack zu begleiten. Die Autofahrt in ihrem Cadillac war eher schweigsam verlaufen, was Zack einmal mehr als Zeichen dafür wahrnahm, wie ausgelaugt die Reporterin allmählich von den schrecklichen Ereignissen in Sorrowville war. Er hatte Mitleid mit ihr, denn wo er vom Grauen regelrecht magisch angezogen wurde und keine andere Wahl hatte, als sich ihm zu stellen, hatte Lissy sehr wohl eine. Dennoch wollte er ihre Gesellschaft nicht missen, ganz davon abgesehen, dass die attraktive Reporterin einem geladenen Revolver glich, im Unterschied zu einer echten Waffe jedoch niemals nachgeladen werden musste.

Als sie schließlich in der Nähe des Graveyard Hills den Wagen parkten, stellte Lissy den Motor ab und legte ihre Hände in den Schoß. Sie konzentrierte sich auf Zack. »So, du und die Leiterin des SMI also?«

Zack unterdrückte ein Seufzen. Ihm war klar gewesen, dass einer aufmerksamen Reporterin wie Lissy nicht entgehen würde, wie Dorothea und er aufeinander reagierten – obwohl sie beide versucht hatten, sich nichts anmerken zu lassen. »Wie das Leben so spielt, nicht wahr?«

Lissy grinste. »Wie das Leben so spielt.«

»Es war ohnehin nur eine kurze Affäre. Wir haben uns beide eben zu sehr unseren Jobs verschrieben.«

»So oft, wie du im SMI aufkreuzt, wundert mich das nicht. Aber gleich die Leiterin?« Sie blickte in den Rückspiegel und strich über ihre in Form gezupften Augenbrauen.

»Man mag es nicht glauben, aber sie hat durchaus ihre Vorzüge.« Nun war es an Zack, zu lächeln. Danach breitete sich drückendes Schweigen zwischen ihnen aus, während sie dem Schotterweg entgegenstarrten, der nach oben zum Hügel mit den Gebeinen der amerikanischen Ureinwohner führte.

»Der nächste Grabhügel und vermutlich weitere Tote, die aus der Ruhe erweckt wurden. Glaubst du, es stecken tatsächlich wieder die Machenschaften der Jünger des Agon'i'Toth dahinter? Oder ist Meredith nur eine seiner irren Anhängerinnen, die bei was auch immer ihren Verstand verloren hat?«, fragte Lissy.

Zack atmete tief ein und seufzte anschließend. »Ich weiß es nicht. Möglich ist alles.« Er langte nach seinem Flachmann und nahm einen kräftigen Schluck Bourbon. Danach hielt er ihn Lissy hin. Die zuckte mit den Schultern, nahm sein Angebot an, gönnte sich ebenfalls einen Schluck und reichte ihn wieder zurück.

Nachdenklich griff Zack nach der Wagentür. »Ganz gleich, was uns hier erwartet. Fest steht, dass Mariah Burnham reichlichen und dauerhaften Schaden verursacht hat, den wir nun ausbaden dürfen.«

Die Reporterin ließ ein Lachen hören. »Wäre sonst auch langweilig, oder etwa nicht?«

Nun schmunzelte auch Zack. »Die eine oder andere Nacht würde ich mir doch gerne mal wieder ungestörten Schlaf genehmigen.«

»Seien Sie nicht so zimperlich, Mr. Zorn!«, zog sie ihn auf, bevor sie aus dem Cadillac stiegen. Zack zog seinen Hut tiefer ins Gesicht und schlug den Mantelkragen höher, damit der ständige Regen nicht sofort auf seine Haut gelangte. Es war kühl, und in der Ferne war der schlimmste Katzenjammer zu vernehmen, den er seit langem gehört hatte. Vögel stoben aus einer der dichten Baumkronen auseinander. Am Fuß des

Graveyard Hills befanden sich zahlreiche Bäume, darunter etliche Trauerweiden, die das neblige Bild, das sich ihnen bot, atmosphärisch untermalten. Es roch nach frisch aufgeschütteter Erde einer Gartenanlage in der Nähe und nach nassen Baumwipfeln.

»Dann mal an die Arbeit«, sagte Zack, um die Stille dieses Ortes zu durchbrechen, die nunmehr lediglich vom Seufzen des Windes und leise raschelnden Blättern begleitet wurde. Ohne Eile, dafür mit feinen Wölkchen vor ihren Mündern, die bei jedem ihrer Atemzüge aufwirbelten, marschierten sie den Pfad hinauf zum Hügel. Je höher sie gelangten, desto kälter wurde es. Der Nebel nahm zu, und der Wind malträtierte ihre Gesichter. Eine Sache, die keinen Sinn machte. Oder Zack fühlte sich von dem übernatürlichen Hauch dieses Ortes bereits beeinflusst. Lissy schien jedenfalls weniger angestrengt nach oben zu blicken als er.

Zack zog den Mantelkragen noch etwas höher und vergrub seine Hände in den Taschen. Lissy ließ einen Laut des Unmuts hören, während sie hinaufstiegen. Als sie auf der Kuppe ankamen, breitete sich die weitläufige Hügellandschaft des Graveyard Hills vor ihnen aus. Grabsteine waren hier und dort zu sehen, und ein großes Epitaph aus Granit blickte ihnen aus dem Zentrum entgegen. Darauf eingemeißelt stand: In Gedenken an die Opfer, die für die Freiheit ihr Leben gaben.

»Wir hätten uns keinen besseren Tag aussuchen können, um dem Graveyard Hill einen Besuch abzustatten«, murmelte Lissy mit sarkastischem Unterton. Sie hatte recht. Heute war es besonders verregnet, klirrend kalt und bedrückend neblig, als manipuliere die finstere Entität des Agon'i'Toth ihre Ermittlung höchstselbst von seinem Thron aus.

»Wann war es denn schon mal einfach?«, fragte Zack, bevor er sich dem großen Grabstein mit der Gedenkschrift näherte. Seine Schuhe sanken bei jedem Schritt ein wenig in die schlammige Erde ein, die geräuschvoll unter seinen Sohlen hervorquoll. Sanft strich Zack über das verwitterte Gestein des Epitaphs.

Lissy folgte ihm und verschränkte die Arme vor der Brust, während sie sich fröstelnd in den Pelzkragen ihres Mantels kuschelte. »Fällt dir was auf?«

»Sinne funktionieren nicht auf Knopfdruck, Ms. Roberts.«

»Dann strengen Sie sich an, Mr. Zorn. Ich hab nicht den ganzen Tag Zeit.«

»Du wolltest doch mitkommen?« Zack zog eine Augenbraue hoch und widmete Lissy mehr Aufmerksamkeit. Sie fühlte sich aus irgendeinem Grund unwohl. Beinahe gehetzt ließ sie ihren Blick über die Gräber schweifen und schien etwas zu suchen.

»Ja, in der Hoffnung, eine brauchbare Story zu finden. Aber hier gibt es nichts als Einöde. Nichts. Vermutlich handelt es sich diesmal tatsächlich bloß um den Wahnsinn einer Patientin. Wir sind zu paranoid geworden.«

Gerade als Zack, der darauf nichts erwidern wollte, sich wieder auf den Gedenkstein konzentrierte, fiel ihm im Augenwinkel eine Bewegung auf, direkt hinter Lissy. Hastig hob er den Kopf. Zwar konnte er nichts Genaues erkennen, doch mit einem Mal überfiel ihn ein schreckliches Gefühl, das seine Brust krampfhaft zusammenzog. Ein alarmierender Druck in der Magengegend gesellte sich dazu, ließ Warnungen und Drohungen in seinen Sinnen geradezu aufschreien. Etwas schien an ihm zu zerren, seine Eingeweide gewaltsam durch die Bauchdecke aus dem Körper reißen zu wollen. Zack taumelte einen Schritt zurück und keuchte abgehackt.

»Zack! Was ist los?«, fragte Lissy erschrocken.

»Ich weiß ... es nicht«, stieß er hervor, während weitere Empfindungen auf ihn einprasselten. Ihm war, als riefe ihn jemand – als wolle dieser Jemand ihn aber gleichzeitig auch vertreiben. Zack spürte, wie sich Angst und Beklemmung in ihm ausbreiteten.

Hier stimmte etwas ganz und gar nicht. Der Hauch des Bösen beherrschte den Grabhügel, und aus irgendeinem Grund war die fremde Macht ... zornig. So zornig und gehässig, dass sie keine Lebenden an diesem Ort duldete.

Eindringlinge, flüsterte es in seinem Kopf. Unwürdige!

Zack keuchte erneut. Er fühlte, wie alles in ihm danach schrie, den Graveyard Hill zu verlassen. Fast glaubte er, sein Körper wolle jeden Augenblick ohne sein Zutun die Flucht ergreifen, aber er wehrte sich dagegen und behielt die Oberhand.

»Zack?«

»Wir sind nicht willkommen«, ächzte er, während er mit den Blicken die Umgebung abtastete. Wieder erfasste er eine Bewegung aus dem Augenwinkel. Blitzschnell fuhr Zack herum und konzentrierte sich auf die Stelle, an der er sie wahrgenommen hatte. Kurz darauf materialisierte etwas vor ihnen. Zuerst war es nur schemenhaft zu erkennen, schien sich nicht im Diesseits halten zu wollen. Dann jedoch konnte er eindeutig sehen, dass sich eine durchsichtige, teilweise von Nebel umwölkte Gestalt herauskristallisierte, die knapp über dem Boden schwebte. Ihre langen Haare flatterten im unsichtbaren Wind. Hellgrüne Schlieren gingen von der Erscheinung aus, die gemächlich wieder im Nichts verschwanden.

»Oh, mein Gott!«, stieß Lissy erschrocken aus. Auch Zack traute seinen Augen kaum, bis er sich darauf besann, dass es stets Steigerungen dessen gab, was er an Übernatürlichem zu kennen glaubte.

Der Geist hob die Hand und deutete auf sie. »Ihr werdet dafür bezahlen!« Seine akzentuierte Stimme klang wie Kreide, die über eine Tafel schrammte, und fuhr ihnen durch Mark und Bein. Zack hatte mit einem Mal das Gefühl, seine Haut würde ihm zu eng, denn eine Gänsehaut überzog seinen Körper.

»Seine Auferstehung ist wider jegliche Natur!«

Schon wieder war die Rede von der Auferstehung. Das hatten sie doch bereits im SMI gehört. Meredith war also nicht einfach nur eine psychisch Erkrankte, die wirres Zeug plapperte. Auf irgendeine Weise hatte sie ebenfalls Kontakt mit diesen Geistern aufgenommen – oder die Geister mit ihr.

Zack riss sich endlich wieder zusammen. »Wer ist auferstanden? Agon'i'Toth?«

Der Geist nahm immer mehr Form an. Es war eindeutig zu erkennen, dass die verschwommenen Gesichtszüge jenen von amerikanischen Ureinwohnern glichen. Hinter ihm erschienen zwei weitere, die an seiner Seite verharrten.

Noch.

Lissy stieß ein Keuchen aus. »Skelette, Vampire und jetzt Geister! Das darf doch einfach nicht wahr sein!« Sie zückte ihren Ladysmith-Revolver.

Zacks Hand zuckte vor. Er wollte die Reporterin vor Dummheiten bewahren. Abgesehen davon glaubte er nicht, dass eine herkömmliche Waffe Geistern etwas anhaben konnte.

Die Erscheinung hatte nun die Form eines kräftig gebauten Mannes im mittleren Alter angenommen. Er fixierte die Reporterin aus glühenden Augen und deutete auf sie. »Der Herr der Tiefe sorgt für den Dienst der Gerechtigkeit! Er wird gegen die falschen, blutdürstenden Amerikaner vorgehen – und sie ist eine von denen!«

Zack stellte sich direkt vor Lissy, um den Sichtkontakt zwischen dem Geist und der Reporterin zu unterbrechen, der das übernatürliche Wesen deutlich aufzubringen schien. »Wir werden euch nichts tun, wenn ihr uns in Ruhe lasst«, begann er. »Etwas plagt euch – benötigt ihr Hilfe?« Zwar ging er nicht davon aus, dass der tote Ureinwohner sein Angebot annehmen würde – Geister hatten meist verdammt gute Gründe, wenn sie sich aus dem Jenseits erhoben und ins Diesseits zurückkehrten –, doch einen Versuch war es wert. Und wenn er nur dazu diente, den erzürnten Verstorbenen von Lissy abzulenken, die mit einer unbedachten Geste wohl jegliche Hoffnung auf eine friedliche Lösung zunichte gemacht hatte.

»Eure Hilfe?«, erklang es nun von dem Geist neben dem Mann. Es handelte sich eindeutig um eine Frau. Ihre Stimme war heller und noch durchdringender. Ein Schauer jagte Zack über den Rücken.

»Wir genießen bereits die Hilfe des All-Einen. Er wird dafür sorgen, dass die Schlächter in Sorrowville für das bezahlen, was sie uns angetan haben. Zu lange haben wir darauf gewartet.«

»Mehr als einhundert Jahresläufe«, ergänzte die dritte Erscheinung, die wesentlich kleiner war als die beiden anderen, wie Zack erst jetzt auffiel. Aber nicht nur das: Es handelte sich aller Wahrscheinlichkeit nach tatsächlich um ein Kind.

Zacks Magen verkrampfte sich. »Ihr wollt Rache, nicht wahr?«, fragte er und erinnerte sich an Merediths Worte.

Der Geist vor ihm ließ so etwas wie ein Grinsen erkennen. Seine Augen glühten von einem Moment auf den anderen hellgrün. »Solange er wieder in unseren Landen wandelt, wird jeder dafür bezahlen, der sich uns in den Weg stellt. Die Hügel der Ahnen werden vom Blut der Eindringlinge getränkt werden.«

»Wer wandelt in euren Landen? Von wem sprecht ihr?«, versuchte Zack es erneut, doch der Geist schenkte ihm kein Gehör mehr. Ohne das leiseste Anzeichen einer Vorwarnung schoss die Erscheinung auf ihn zu. Zack fühlte ein Ziehen und Reißen in seinem Körper, das wenige Sekunden später bereits nachließ. Doch kaum dass er sich von einer fremden Macht übernommen fühlte, verschwand dieser Eindruck auch schon wieder. Aus reiner Intuition heraus wandte er sich zu seiner Begleiterin um. Lissy taumelte und zuckte heftig. Krämpfe schienen ihren schlanken Leib zu malträtieren. Sie schüttelte den Kopf, raufte sich das Haar und zuckte wie wild. Und dann ... war es plötzlich vorbei. Lissy schloss die Augen und richtete den Kopf gen Himmel. Der Regen perlte von Wangen und Kinn ab.

»Lissy?«, fragte Zack zaghaft.

Langsam senkte sie wieder den Kopf, griff wie in Trance abermals nach dem Ladysmith, den sie zuvor weggesteckt haben musste, und öffnete ihre Augen. Sie waren von einem grünen Schimmer durchsetzt. Bevor Zack reagieren konnte, richtete sie die handliche Waffe auf ihn und entsicherte sie.

»Scheiße!« Er warf sich zur Seite, und der Schuss peitschte an ihm vorbei. Hinter ihm krachte es. Hastig wandte er sich um. Die Kugel hatte das Epitaph getroffen, mitten ins O des Wortes Opfer. Wohin der Querschläger geflogen war, konnte Zack nicht feststellen, aber er hatte auch keine Zeit dazu.

»Verfluchter Mist!«, stieß er hervor. Er musste sich wieder auf Lissy konzentrieren, die erneut auf ihn zielte. Sie war besessen. Gelächter erklang zu seiner Linken von der geisterhaften Ureinwohnerin. Das Kind klatschte in die Hände, als freue es sich über ein unterhaltsames Spiel. Erneut sprang Zack zur Seite, als der nächste Schuss krachte.

Verdammt! Was sollte er tun? Er konnte nicht einfach auf Lissy schießen. Sie wusste nicht einmal, was sie tat!

Abermals zielte Lissy auf ihn, und wieder musste Zack ausweichen. Dabei näherte er sich ihr beständig. Währenddessen preschte nun die Geisterfrau auf ihn zu. Erneut fühlte er ein Ziehen, ein Reißen – dann war es vorbei. Die Frau glitt durch ihn hindurch und drehte ruckartig den Kopf in seine Richtung. »Er versagt sich der Übernahme?«, zischte sie bösartig.

»Er mag sich uns versagen, ja«, meldete sich Lissy mit dämonenhafter, dunkler Stimme zu Wort, die Zack durch Mark und Bein ging. »Weltlichem Einfluss ist er jedoch nicht gewachsen.« Sie drückte ab.

Zack warf sich geistesgegenwärtig zu Boden und atmete heftig aus. »Lissy!«, rief er, während er sich im Schlamm wieder hochrappelte. »Kämpf dagegen an! Lass nicht zu, dass er dich kontrolliert!«

Die besessene Reporterin grinste sardonisch. »Dafür ist ihr verdorbener Geist viel zu schwach«, drang die gutturale, verzerrte Antwort aus ihrem Mund. Erneut zielte sie auf Zack. Der jedoch schnaubte und stand auf. »Ich werde dir nichts tun, Lissy.«

Höhnisches Lachen und die bösen Blicke der Geister waren die einzigen Reaktionen auf seine Worte. Dafür manifestierten sich noch mehr Erscheinungen über der hügeligen Landschaft des Graveyard Hills. Sie hoben zeitgleich ihre Hände und begannen eine alte Formel zu rezitieren, deren Worte

Zack nicht verstand. Die geisterhaften Schlieren, die sich langsam von ihnen absonderten und einem Miasma gleich gen Himmel stiegen, glühten in einem intensiven Grün.

Die Geister wollten ihm wohl nun ernsthaft an den Kragen.

Er sprintete auf Lissy zu, die erneut auf ihn anlegte. Bevor sie jedoch abdrücken konnte, warf er sich mit aller Kraft gegen sie. Beide prallten auf das nasse, schlammige Gras. Hektisch griff Lissy nach ihm und machte Anstalten, ihm die Augen auskratzen zu wollen, doch Zack fing ihr Handgelenk ab, packte ebenso ihre andere Hand und entwaffnete sie. Keuchend saß er jetzt auf ihr und versuchte sie zu bändigen. Die Besessene wand sich unter ihm, versuchte sich loszureißen und knurrte wie ein wildgewordener Wolf.

»Lissy! Komm zu dir! Du kannst dich dagegen wehren. Verdräng seine Kontrolle über dich!«, presste Zack stoßweise hervor, doch seine Worte zeigten keine Wirkung. Mit aller Kraft versuchte sie ihn zu verletzen und von sich zu stoßen.

Das hatte keinen Sinn. Zudem versammelten sich immer mehr der toten Ureinwohner um ihn herum und schlossen sich der Kakophonie der unheimlichen Beschwörung an.

Zack fasste einen Entschluss. Er stieß sich von Lissy ab und sprang auf, wobei diese nach ihm trat und ihn beinahe zu Fall gebracht hätte. Sofort packte er sie wieder am Handgelenk und riss sie hoch. Sie strampelte und wehrte sich, knurrte und brüllte, doch Zack brachte das Kunststück fertig, die Reporterin auf seine Schulter zu werfen. Hektisch machte er sich daran, die Grabstätte zu verlassen. Zwar war das gar nicht so einfach, da Lissy sich so vehement wehrte, dennoch vermochte er den Schotterweg hinunterzulaufen.

Lissy schrie weiter, schlug gegen seinen Rücken, verursachte eine Schmerzensflut nach der anderen, doch Zack hielt ihr stand. Schwer atmend kam er beim Wagen an und überlegte bereits, wie er die besessene Reporterin in den Cadillac bekommen sollte, als sie erschlaffte. Verwundert darüber ließ Zack sie sachte von seiner Schulter heruntergleiten. Lissy sank kraftlos gegen den Wagen. Ihre Arme hingen herab, und ihre Beine schienen unter ihr nachgeben zu wollen. Ihr Kinn lag schwer auf ihrer Brust.

Dann entdeckte Zack einen Schimmer. Der Geistermann, der von ihr Besitz ergriffen hatte, wurde von einer unsichtbaren Kraft aus ihrem Körper gerissen. Sein Gesicht wirkte schmerzhaft verzerrt, der Mund war zu einem umgekehrten U verzogen, die glühenden Augen weit aufgerissen. Er streckte seine klauenhaften Finger noch nach der Reporterin aus, doch er konnte der Macht, die an ihm zerrte, nicht widerstehen, fegte den Hügel hinauf und verschwand.

Schweiß rann in Zacks Augen, was ein Brennen verursachte, das ihn wieder ins Hier und Jetzt zurückholte. Kurz darauf kam auch Lissy zu sich und strich sich fahrig über die Stirn. »Was ist los?«, fragte sie, als wäre sie soeben aus einem Albtraum erwacht. Dann zuckte ihr Blick hinauf zum Hügel. Zack folgte ihr mit den Augen. Dutzende von Erscheinungen standen dort oben, starrten zu ihnen hinunter und rezitierten weiter die dunkle Formel, die sogar den abgebrühten Zack mit Grauen erfüllte.

»Bin ich froh, dass du wieder du selbst bist«, murmelte er und strich Lissy über die Wange.

»Was zur Hölle ist hier gerade passiert, Zack? Du blutest ja! Du ...«

»Später. Lass uns von hier verschwinden.«

»Aber ...«

»Nicht jetzt. Und ganz nebenbei: Diesmal fahre ich!«

Kapitel 4

UNHEILVOLLE RECHERCHE

Zack ließ den aus dem Stadtarchiv entlehnten Stapel an Unterlagen und Dokumenten geräuschvoll auf die Arbeitsfläche seines Bürotisches fallen, was Lissy und Connor gleichermaßen aufschrecken ließ. Lissy, immer noch von den Ereignissen der letzten Stunden angeschlagen, saß auf dem Stuhl ihm gegenüber, während sich der Shiba Inu zu ihren Füßen auf den Rücken gerollt und seinen Bauch präsentiert hatte. Nun richtete er sich auf und drehte den Kopf, um Zack neugierig mit seinen dunklen Hundeaugen zu begutachten.

»Was macht der Hund eigentlich in meinem Büro?«, fragte er anstelle einer Begrüßung.

»Mabel ist zusammen mit Pedro einkaufen gegangen, um uns etwas zu Mittag zu zaubern. Da er ganz allein war, hat er dein Haus erkundet und mich dann hier hinten im Zimmer entdeckt«, antwortete Lissy mit einem Lächeln auf den knallroten Lippen. Sie hatte nur eine sehr vage Erinnerung daran, was während ihrer Besessenheit geschehen war. Aktuell litt sie an Kopf- und Gliederschmerzen und fühlte sich fürchterlich ausgelaugt. Also war Zack nichts anders übrig geblieben, als sie in Mabels Obhut zu geben, wenngleich sie vehement dagegen protestiert hatte. Wenn jemand in der Lage war, die taffe Reporterin aufzupäppeln, dann seine Sekretärin. Sie hatte eindeutig Erfolg gehabt, wie man sah.

»Hat er diesen riesigen, knackenden Knochen im Flur gelassen?« Zack suchte den Boden nach dem Knochen ab, auf dem Connor so geräuschvoll herumgekaut hatte, stellte aber mit Erleichterung fest, dass der Köter ihn nicht mitgebracht hatte. Da Lissy nicht wusste, wovon er sprach, lachte sie bloß und streichelte das flauschige, orangefarbene Haupt des Tieres. Connor wedelte zufrieden mit dem Schweif.

»Es ist noch Kaffee übrig, wenn du welchen haben möchtest.«

Zack blickte brummend auf die Unterlagen, die er mitgebracht hatte. »Den werde ich brauchen.«

»Und Tee.«

»Was soll ich mit Tee anfangen?«

Diese Frage ließ Lissy wieder aufblicken, während sie Connor weiter kraulte. »Er stärkt die Lebensgeister.«

»Und das aus deinem Mund?«

Lissy schmunzelte sachte. »Mit einem kräftigen Schuss Rum wird Tee durchaus genießbar.«

Nun verstanden sie sich. Zack grinste, dann seufzte er, während er das erste Konvolut an Unterlagen in die Finger nahm. Langsam erhob sich auch Lissy, immer noch etwas blass um die Nase, und kam um den Tisch herum zu ihm. »Ist das alles, was du über den Vorfall damals gefunden hast?« Sie inspizierte einen dicken Ordner mit Dokumenten.

»Nein, es gibt noch viel mehr. Aber Mrs. Stranger meinte, dass das die wichtigsten Unterlagen sind, die den Mord an den amerikanischen Ureinwohnern festgehalten haben. Und alles, was eben dazugehört.«

»Die Archivarin muss es ja wissen.« Lissy sah Zack an. »Vielleicht finden wir tatsächlich einen Anhaltspunkt dafür, warum die Geister nach so langer Zeit gerade jetzt wiederauferstanden sind. Vor allem interessiert mich, wer er ist, von dem nicht nur Meredith im SMI gesprochen hat.«

Zack nickte und ließ sich auf den Stuhl fallen. Er war müde und fühlte sich kraftlos, aber sie konnten sich jetzt keine Pause gönnen. »Zumindest wissen wir mittlerweile, dass sie zu keiner größeren Bedrohung werden können, da sie offenbar lediglich in einem unmittelbaren Radius um den Graveyard Hill von anderen Besitz ergreifen können. Dieses Gebiet erstreckt sich ungefähr bis zum Parkplatz, denn dort musste der Geist wieder zu seinen Gebeinen zurückkehren.«

Als Lissy ihm nicht antwortete, blickte Zack neugierig auf. Die Reporterin war bei der Erinnerung an die Ereignisse wieder etwas bleicher geworden, nahm sich aber sofort zusammen und spielte die Starke. »Nur du bist wieder einmal immun dagegen.«

»Stimmt. Ich habe aber keine Erklärung dafür, wie das sein kann.«

»Hat mit Sicherheit mit deinem Gespür für Übernatürliches zu tun.« Lissy blätterte betont ruhig durch die Unterlagen und sah ihm dabei nicht in die Augen. Ganz so leicht hatte sie ihre Besessenheit wohl doch noch nicht weggesteckt.

»Wie dem auch sei. Sicherheitshalber habe ich Rudy darum gebeten, den Bereich für ahnungslose Besucher abzusperren. Wer weiß, wozu die erzürnten Geister fähig sind, wenn sie mehr Opfer finden, die sie kontrollieren können.«

»Ich möchte es mir gar nicht erst vorstellen.«

»Ich auch nicht.« Zack stürzte hastig einen Schluck Tee mit Rum hinunter. Danach kehrte Stille ein, die einzig durch das rhythmische Geräusch des Hundes unterbrochen wurde, der sich eifrig hinter dem Ohr kratzte. Zack wusste nicht, woran es lag, aber Connors Anwesenheit zerrte an seinen Nerven. Dabei hatte er eigentlich nichts gegen Hunde – im Gegenteil.

»Dann mal ran an den Spaß«, murmelte er. Auch Lissy begann damit, sich durch die Unterlagen zu wühlen, nachdem sie den Stuhl herangezogen und sich zu Zack gesetzt hatte. »Das alles erinnert mich gerade daran, als wir ebenfalls nach Informationen gesucht haben, während die Untoten vom Green Wood Cemetary für Unruhe gesorgt haben.«

»Ja, ich habe auch schon daran gedacht. Diesmal haben wir es allerdings wohl mit keiner Beschwörung von lebenden Toten, sondern mit rachelüsternen Geistern zu tun, die aus irgendeinem Grund dem Jenseits entrissen wurden.«

Lissy nippte ebenfalls am Tee. »Manchmal frage ich mich, ob es in dieser beschissenen Stadt noch irrer zugehen kann, als es bereits der Fall ist.«

Zack lachte leise. »Sie sorgt immerhin für gute Storys, nicht wahr?«

Nun schmunzelte auch Lissy wieder. »Erklär das mal meinem Boss.«

»Wir wissen ja beide, dass Doyle ein Fall für sich ist. Dem braucht man nichts mehr zu erklären.«

»Da hast du recht.«

Wieder verfielen sie in Schweigen, das bloß vom Rascheln der Blätter und Unterlagen durchbrochen wurde. Connor hatte sich mittlerweile einen Platz einige Meter abseits auf dem Teppich gesucht, das flauschige Haupt auf die Pfoten gelegt und beobachtete Zack neugierig. Er zuckte mit einem Ohr, um eine lästige Fliege zu vertreiben, die sich ins Büro verirrt hatte.

Wie viel Zeit wirklich verstrichen war, bekam Zack gar nicht mit, so versunken war er in die Unterlagen gewesen. Erst als vorne von der Eingangstür Lärm ertönte, schoss Connor empor, bellte und stürmte wie ein geölter Blitz hinaus. Sofort ertönte das laute Knacken seines Knochens bis zu ihnen ins Arbeitszimmer.

Zack unterdrückte einen Fluch, ging zur Tür und schlug sie donnernd zu. Lissy warf ihm daraufhin einen Blick zu, den er nicht recht deuten konnte. In jedem Fall wirkte es so, als wundere sie sich über sein Verhalten und lehne seine Reaktion ab. Sie sagte allerdings nichts dazu. Stattdessen versanken beide wieder in den Unterlagen.

Lange, nachdem das gedämpfte Knochenkauen ertönt war – wie auch immer der überdrehte Köter es anstellte, so zu klingen, als würde er auf Steine beißen –, wurde Zack fündig. Mittlerweile konnte er sich getrost als Experte über das Leben der amerikanischen Ureinwohner an der Küste von Maine bezeichnen. Sie hatten außer- und innerhalb von Sorrowville überall in Stämmen zusammengelebt, waren jedoch zum größten Teil vertrieben, versklavt oder getötet worden. Grund genug, rachelüstern zu sein, aber nicht genug, um aus dem Jenseits wiederzukehren. Zack hatte etwas viel Überzeugenderes gefunden.

»Ich hab da was«, sagte er, und Lissy blickte auf. Das Büro war mittlerweile von Rauch geschwängert, und die Reporterin drückte soeben eine weitere Zigarette aus. Die Archivarin würde es gar nicht begrüßen, wenn sie wüsste, wie sehr Lissy die alten Unterlagen einqualmte.

»Ein Zeitungsbericht aus dem Jahr 1777.«

»Was steht darin?«

Zack schüttelte den Kopf. »Nichts Gutes.« Er atmete tief ein, nahm einen Schluck von dem torfigen Whiskey, den er sich mittlerweile gönnte, und setzte Lissy ins Bild. »Der Bericht sagt, dass es hier in der Umgebung seit Generationen einen alteingesessenen Stamm von Ureinwohnern gab, der einst dem Mi'kmaq-Stamm angehörte, sich jedoch von diesem gelöst und als Splittergruppe in Sorrowville niedergelassen hatte. Entgegen den verschiedenen Regionalvarianten, die die Mi'kmaq sprachen, entschied dieser Stamm sich für den Namen Ista – ein Wort, das zur irokesischen Sprache gehört, also sozusagen dem Stamm der Mohawks zuzuordnen ist. Es bedeutet Mutter. Sie wählten diesen Namen wohl, weil sie sich Mutter Natur so verbunden fühlten und mit den Mohawks gute ...«

»Zack«, unterbrach ihn Lissy entschieden. »Nette kleine Geschichtsstunde – trotzdem: Komm zum Punkt. Mir dröhnt noch immer der Schädel, und du machst es nur schlimmer.« Ihre Finger zuckten nervös zu ihrem Zigarettenetui, doch noch griff sie nicht zu.

Zack runzelte die Stirn. Sie hatte recht. Wenn sie weiterkommen wollten, mussten sie sich auf das Wichtigste konzentrieren. »Gut. Auf Befehl eines gewissen Armeegenerals namens Eduard Gustave Dormwell wurde der Stamm der Ista 1777 gnadenlos abgeschlachtet.«

»Wieso?«, hakte sie mit bedrückter Stimme nach.

»Angeblich wollte man den Sorrowville City Park weiter ausbauen, um das städtische Naherholungsgebiet zu vergrößern. Der Stamm wollte seine Heimat nicht aufgeben, sich nicht vertreiben lassen, also sorgte Dormwell dafür, dass man sie zugunsten des Ausbaus exekutierte, wenn sie nicht freiwillig das Feld räumten.«

»Das ist schrecklich.«

Zack nickte. »Wie so oft erwächst Wohlstand aus dem Leid anderer.« Er blätterte auf die nächste Seite des Artikels, wobei das Papier in seinen Fingern spröde und zerbrechlich knisterte. Kaum vorstellbar, dass das Blatt über hundert Jahre alt war. »Auf Anregungen der früheren Gemeinde sowie der Gegner Dormwells wurden die Gebeine der Opfer auf dem Graveyard Hill begraben, um zumindest dort ihr Andenken zu wahren. Warum sie jedoch ausgerechnet jetzt zurückkehren und an wem sie sich rächen wollen, ist mir schleierhaft. Ihr Mörder ist seit mindestens hundert Jahren tot – und er ist ganz sicher nicht der einzige gewesen, der amerikanischen Ureinwohnern in alten Zeiten Unrecht angetan hat.«

Lissy zündete sich nun doch eine weitere Zigarette an. »Vielleicht wird diese Gegend schon viel länger von dem Grauen heimgesucht, mit dem wir in letzter Zeit konfrontiert sind. Kann Agon'i'Toth schon damals seine Finger im Spiel gehabt haben?«

»Es würde mich nicht wundern. Die Erscheinungen meinten doch, dass er ihnen bei ihrer Rache zur Seite steht. Also muss es sich um jemand anderes handeln, der ihnen – und vielleicht auch Agon'i'Toth selbst – ein Dorn im Auge ist. Wenn jetzt schon tote Ureinwohner Sorrowville heimsuchen, bin ich mir sicher, dass es nicht nur auf diese beschränkt bleiben wird. Dahinter steckt mehr.«

»Ganz toll. Erst eine Armada von Skeletten, dann Abhängige, deren Seelen geraubt wurden, ein rassistischer Vampir und nun Geister, die Rache für Verbrechen aus der Vergangenheit fordern. Was kommt als nächstes?«, fragte Lissy und nahm einen kräftigen Zug von ihrem Glimmstängel, der feurig aufglühte und Zack sofort an die Augen der Geister des Graveyard Hills denken ließ.

»Nichts, was ich mit unbedachten Aussagen herausfordern möchte«, gab er schließlich zur Antwort und fuhr sich durchs Haar.

»Und jetzt?«, fragte Lissy müde.

»Jetzt, würde ich sagen, essen wir zu Mittag, ruhen uns aus und sortieren unsere Gedanken.«

»Guter Plan.« Lissy kratzte sich an der Wange. »Meinst du, dass es sich bei den Erscheinungen am Graveyard Hill tatsächlich um den von Dormwell abgeschlachteten Stamm der Ista von 1777 handelt?«

»Da bin ich mir ziemlich sicher, ja.«

Lissy seufzte schwer. »Essen klingt gut.«

»Sehe ich auch so.«

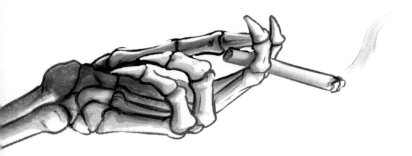

Kapitel 5

FEHLENDE ANHALTSPUNKTE, RACHSUCHT UND HASS

Zwei Tage später fuhr Zack mit seinem Oldsmobile die holprige Main Street entlang. Gegenüber dem SMI parkte er, schaltete den Motor ab und stieg schließlich aus dem Wagen. Aus einer Gewohnheit heraus, die er nicht mehr bewusst wahrnahm, richtete er Hut und Kragen, um sich vor dem Regen zu schützen. Danach überquerte er die Straße und hielt auf die Anstalt für unheilbar psychisch Kranke zu. Kurz bevor er den Eingang erreichte, musste er schmunzeln.

»Wieso wusste ich, dass ich dich hier treffen würde?«, fragte Lissy, die gerade ihre Zigarette auf dem Boden mit dem Schuh ausdrückte.

»Wer hat gesungen?«, wollte er grinsend wissen, auch wenn er es bereits ahnte.

»Der Inspector erwähnte etwas darüber, dass du der Patientin einen weiteren Besuch abstatten möchtest.«

»Das gibt er natürlich brühwarm an dich weiter.« Zack blieb vor der Reporterin stehen. »Wie läuft es mit deiner Story?«

Lissy zog verärgert die Augenbrauen zusammen und strich sich eine ihrer voluminösen Locken aus dem Gesicht. »Was denkst du denn? Doyle meint wieder einmal, dass ich ihm ohne stichhaltige Beweise mit keiner Gespenstergeschichte anzutanzen brauche und dass die Sorrowville Gazette ein seriöses Blatt sei, das nichts auf Schreckensmärchen gibt.«

»Nach allem, was geschehen ist? Sogar jemand wie der engstirnige Chefredakteur müsste allmählich begreifen, dass hier erneut Dinge vor sich gehen, die rein gar nichts mit Spukgeschichten zu tun haben.«

Lissy schnaubte böse. »Tja. Du kennst Doyle ja.«

»Besser, als mir lieb ist.« Zack dachte an die Ereignisse kürzlich im Hafen der Stadt zurück, bei denen der Chefredakteur der Gazette unbeabsichtigt eine größere Rolle gespielt hatte.

»Eben.« Sie zuckte mit den Schultern und deutete auf die Tür. »Wollen wir? Ich werde noch ganz nass.«

Zack nickte. Zum zweiten Mal innerhalb kurzer Zeit betraten sie das SMI und fragten an der Rezeption nach Anstaltsleiterin Amanda Dorothea. Der Mann am Empfang lächelte ihnen höflich zu, kontaktierte eine Kollegin, und wenige Minuten später kam ihnen die Leiterin mit dem strengen Dutt entgegen. Sie hielt ein Klemmbrett an ihre Brust gepresst.

»Mr. Zorn«, sagte sie und behielt Zack einen Moment länger im Blick, als es wohl nötig gewesen wäre. Dann wandte sie sich an Lissy. »Ms. Roberts.«

Beide erwiderten die knappe Begrüßung.

»Was kann ich für Sie tun?«

»Wäre es möglich, Meredith noch einmal zu sprechen?«, fragte Zack, was ihm einen zunächst überraschten, kurz darauf jedoch misstrauischen Blick der Frau einbrachte.

»Ist es wichtig? Wir haben die Patientin mit Medikamenten ruhiggestellt. Sie befindet sich in einem tranceartigen Zustand. Alles zu ihrem eigenen Wohl, nachdem sie sich selbst zu verletzen begann und ihren Kopf immer fester gegen die Wand schlug, um angeblich den Stimmen und ihrem Hass zu entfliehen.«

Zack fühlte einen Anflug von Mitleid mit der jungen Frau, sagte diesbezüglich aber nichts. »Ich fürchte schon. Wir werden behutsam sein – versprochen.«

Dorothea runzelte die Stirn, behielt Zack abermals im Auge und nickte dann schließlich so knapp, dass er es fast übersehen hätte. »Nun gut, es scheint ja mal wieder um etwas Wichtiges zu gehen.« Sie atmete betont langsam aus. »Überfordern Sie die Insassin aber nicht wieder. Ihre Psyche ist derzeit äußerst instabil, und Ihre Befragung wird sie so oder so aufregen.«

»Werden wir nicht«, antwortete Zack und hoffte, dass er das Versprechen halten konnte. Wortlos folgte er zusammen mit Lissy der Leiterin des SMI hinauf in den zweiten Stock, doch diesmal ging es nicht in Merediths Zimmer. Stattdessen marschierten sie den langen Korridor zum gigantischen Ostflügel entlang, während ihre Schritte in der Stille von den Wänden widerhallten. Irgendwann blieb Dorothea vor einer weißen Tür stehen und drehte sich zu ihnen um.

»Halten Sie sich bitte an Ihr Wort, Mr. Zorn. Die Insassin ist derzeit schwer beeinträchtigt.«

»Ich halte mich immer an mein Wort, Dorothea. So gut es mir jedenfalls möglich ist.«

»In Ordnung.« Sie zog den dicken Schlüsselbund von der Hüfte und steckte den passenden Schlüssel ins Schloss. Mit einem Klicken öffnete sie die Tür und wartete, bis Zack und Lissy eingetreten waren. Nachdem sie sich im Inneren des kleinen Zimmers befanden, schloss die Leiterin von draußen die Tür. Obwohl Zack ihre Anwesenheit dahinter noch fühlen konnte, wog jene des Übernatürlichen schwerer auf ihm.

Das Zimmer maß lediglich vier Meter an Länge und Breite, so schätzte er jedenfalls. Die Wände waren wie der Boden mit weißen Fliesen gekachelt. Inmitten des Raumes befand sich ein lederner Stuhl, der mit dem Boden verschraubt war. Darauf saß Meredith mit gesenktem Kopf. Sie schien zu schlafen. Ihre Arme und Beine waren mit Riemen an die Stuhllehnen gefesselt.

»Das ist unmenschlich«, flüsterte Lissy an Zacks Seite. Aus seinen eigenen Überlegungen gerissen, wandte er sich an sie und musterte sie einige Sekunden lang. »So sorgen sie wohl dafür, dass sie sich nicht selbst verletzt.« Er atmete langsam aus. »Aber ja, ich könnte mir dafür Besseres vorstellen.« Ohne sich von der unheimlichen Aura ablenken zu lassen, die Meredith von allen Seiten umgab und aus jeder einzelnen ihrer Poren zu strömen schien, ging Zack auf die junge Frau zu.

»Meredith? Bist du wach?«

Die Augen der Insassin zuckten unter ihren geschlossenen Lidern heftig hin und her. Ihre Atmung ging schneller. Zack konnte regelrecht fühlen, wie sich Lissy hinter ihm anspannte. Sie hatte diesmal nicht einmal daran gedacht, ihr kleines Lederbuch zu zücken, so eingenommen war sie von dem Anblick.

»Meredith?«, versuchte Zack es noch einmal und berührte die blonde Frau sanft an der Schulter. Sofort ruckte ihr Kopf hoch, und sie riss die blutunterlaufenen Augen auf. Meredith sah sich gehetzt um, analysierte ihre Umgebung blitzschnell. Dann lächelte sie manisch, während ihr fettige Haarsträhnen ins Gesicht hingen. Ihre Lippen waren spröde und blutig gebissen.

Zack hatte schon mit Wesenheiten unterschiedlicher Art zu tun gehabt, doch aus einem undefinierbaren Grund setzte ihm der Geisteszustand dieser Frau übel zu. Es fühlte sich nicht richtig an.

Unfair, flüsterte es in seinen Gedanken. Gezwungen.

Zack runzelte die Stirn und konzentrierte sich wieder auf das, weshalb sie hier waren. »Du hast uns erzählt, dass die verstorbenen Ureinwohner des Graveyard Hills zurückgekehrt sind, nicht wahr?«, fiel er mit der Tür ins Haus. »Und dass sie Rache wollen.«

Meredith grinste breit. »Oh ja.«

»Wofür?«

»Für die Ungerechtigkeit, die ihnen angetan wurde.«

Nun war es an Lissy, einen Schritt auf die junge Frau zuzugehen. Sie schenkte ihr ein einnehmendes Lächeln. »Sag mal, Meredith, sprichst du vielleicht von der Rache dafür, dass sie alle ermordet wurden?«

Zack spannte sich an. Nach allem, was sie bislang erfahren hatten, musste es sich eindeutig um diese Art von Rache handeln. Vielleicht hatten sie diesmal mehr Erfolg bei der armen Frau, wenn sie ihrerseits schon über einen Wissensstand verfügten, der ausschloss, dass sie in einer Sackgasse landeten.

Meredith wandte den Blick von der Reporterin ab und starrte auf ihre nackten Füße. »Er ist auferstanden, und das heißen sie nicht gut. Ich sehe, was er ihnen angetan hat. In meinen Träumen. Es ist so grausam und ungerecht. Ich verstehe ihren Wunsch nach Vergeltung. Er sollte nicht unter uns wandeln. Seine Auferstehung widerspricht jedweder Vernunft. Auch wenn sie mir anderes mitteilen.«

»Die Ureinwohner?«, fragte Zack.

Meredith schloss die Augen und schüttelte den Kopf. »Nein. Sie. Die anderen. Jene, die in mir sind.«

Lissy verschränkte die Arme vor der Brust und schien zu erschauern. Auch Zack fühlte ein drückendes Gefühl im Magen. »Wer ist in dir?«

»Das ist nicht wichtig. Wichtig ist, dass er auferstanden ist – und das dulden sie nicht. Sein Unleben muss ein Ende finden. Diese Grausamkeit, die er ihnen angetan hat ...«

Sie drehten sich im Kreis. Es war für Zack offensichtlich, dass Meredith besessen war. Doch wer waren sie, wenn nicht die toten Ureinwohner? Und wer war er, wenn ... Augenblick! Konnte sie wahrhaftig von Eduard Gustave Dormwell sprechen, dem Armeegeneral von 1777? Sollte sich etwa der Erzfeind der hiesigen Ureinwohner erhoben haben?

»Ich sehe, wie Mütter ihre Kinder schützend an die Brust drücken«, fuhr Meredith fort, bevor Zack oder Lissy ihr noch eine weitere Frage stellen konnten. »Wie sie sich zu verteidigen versuchen und um ihre Freiheit kämpfen. Schüsse. Viele Schüsse. Messerstiche. Schreie.« Meredith schüttelte heftig den Kopf. »Sie sind hier.«

»Wer?«, fragte Lissy mit bebender Stimme.

»Die Toten. Ich spüre sie. Könnt ihr sie auch fühlen?«, fragte die Frau mit irre funkelnden Augen. Zack warf einen Blick zu Lissy hinüber, auf deren Stirn sich eine tiefe Sorgenfalte gebildet hatte. Der Odem des Paranormalen wuchs im Zimmer an. Doch woher kam er? Aus Meredith? Oder suchte diesen Ort hier und jetzt tatsächlich eine höhere Macht heim?

»Sie raunen mir dunkle Prophezeiungen zu. Sorrowville wird untergehen – mit ihm.«

»Wer ist er?«

»Ihr Mörder.«

Hatte Zack es sich eingebildet, oder waren soeben drei trübe, durchsichtige Gesichter mit roten Augen hinter Meredith aufgetaucht? Grünlicher Nebel schien sich über ihr zu bilden, doch schon im nächsten Augenblick verschwand er wieder. Zack fühlte gleichzeitig ein Ziehen in der Brust. Eindeutig. Sie waren nicht mehr nur zu dritt in diesem Raum. Immer deutlicher spürte Zack die Präsenz von Wesen, die sich der üblichen menschlichen Wahrnehmung entzogen. Aber wie konnte das sein? Die Geister des exekutierten Ista-Stamms konnten den Graveyard Hill doch gar nicht in einem breiteren Radius als zum Parkplatz am Fuß des Hügels verlassen. Zumindest hatte er das angenommen.

»Sprichst du von dem Armeegeneral?«, fragte Zack. Mit einem Mal versiegte das Gefühl, von einer Präsenz heimgesucht zu werden, die sich im Diesseits bloß kaum merklich flackernd halten konnte.

Meredith blickte Lissy und Zack abwechselnd an, wobei ihr Kopf hin und her ruckte. Sie lachte gehässig. »Er ist auferstanden.«

»Es ist wirklich Dormwell, nicht wahr?«, fragte diesmal Lissy mit bebender Stimme.

»Der General hat sich erhoben, und sie werden diese Ungerechtigkeit nicht länger dulden. Solange er hier ist, werden sie wüten. Sie werden Sorrowville ins Verderben stürzen. Sie werden die Bewohner quälen, ihnen zeigen, worauf ihr Heim gebaut wurde. Mit welch blutigen Händen sie abends über das Gesicht ihrer Kinder streichen und …«

»Genug!«, unterbrach Zack sie. Meredith blickte ihn böse funkelnd an. Grüner Nebel umhüllte sie erneut. Diesmal waren die drei Gesichter über ihr deutlich auszumachen. Schwebende, durchsichtige Köpfe – einer davon mit einem Antlitz wie aus den schlimmsten Albträumen, zerfetzt und mit freiliegenden Knochen und Zahnreihen. Sie wiegten sich synchron mit jeder Bewegung der jungen Frau hin und her. Meredith, die gerade wieder breit grinste und den Kopf schieflegte, machte es vor – die Fratzen über ihr folgten ihr zeitgleich.

»Kannst du sie sehen?«, flüsterte Zack an Lissy gewandt.
»Wen?«
»Die Gesichter.«

Nun drehte sie sich aufgebracht zu Zack um. »Jetzt ist nicht die Zeit für Scherze.« Lissys Tonfall war streng, zeugte gleichzeitig jedoch von unterdrückter Nervosität. Sie konnte die Erscheinungen zwar nicht sehen, aber selbst sie spürte, dass hier etwas nicht stimmte.

Meredith bewegte ihren Kopf weiter von links nach rechts und grinste dabei ohne Unterlass. Speichel lief ihr Kinn hinab. Das war nicht länger die Frau, die sie vor zwei Tagen besucht hatten. Sie versprühte nun reinste Boshaftigkeit. Der fremde Einfluss hatte die Kontrolle über sie übernommen.

»Wir gehen«, entschied Zack und drehte sich um.

»Aber wir haben doch noch gar keine Ergebnisse?«, warf Lissy ein.

»Doch.« Er schritt zur Tür und klopfte, da es im Inneren keine Klinke gab. Meredith begann hinter ihnen lauthals loszulachen und sich wild in die Riemen zu lehnen, sich hin und her zu werfen. Sie schrie und brüllte. Darunter mischte sich ein dunkler, gutturaler Ton, der eindeutig nicht von ihr selbst stammte.

»Himmel!«, flüsterte Lissy, als Dorothea mit strafendem Blick die Tür öffnete. Zack brauchte sich nicht erst umzudrehen, um zu wissen, dass die Geister hinter Meredith die Grenze der Zwischenwelt überbrückt hatten und präsenter geworden waren. Er spürte es, hörte es – und es wäre ihm deutlich lieber gewesen, sich diesbezüglich zu irren.

Im Büro der Leiterin – diese hatte die beiden unter eisigem Schweigen dorthin geleitet – nahm Zack einen Schluck aus dem Flachmann, während er auf einem gepolsterten Stuhl vor Dorotheas Schreibtisch saß. Lissy stand am geöffneten Fenster und blies den Rauch hinaus.

Zacks Gedanken schweiften ab. Vielleicht sollte er heute Nacht wieder einmal im Wild Orchid vorbeischauen. Die Leiterin des illegalen Varietétheaters würde sich bestimmt freuen, ihn zu sehen. Allerdings würde Lucretia O'Brien – so gut kannte sie ihn schon, das musste er sich eingestehen – mit Sicherheit bereits nach einem einzigen Blick erkennen, wie sehr ihm die Ereignisse der letzten Zeit zusetzten. Doch das war nun einmal sein Job. Er war Privatermittler für übernatürliche Fälle. Geistige Gesundheit konnte man da nicht verlangen. Wenn er in einer Angelegenheit wie dieser als Einziger immun gegen die Übernahme durch Geister war und wie so oft ebenso als Einziger wahrnehmen konnte, was soeben in Merediths Zimmer passiert war, war es seine verdammte Pflicht, in Sorrowville für Ordnung zu sorgen.

Zack gönnte sich einen weiteren kräftigen Schluck, bevor er das Gefäß wieder in der Manteltasche verschwinden ließ.

Keine Minute später öffnete sich die Tür. Dorothea kam mit einer Akte herein, ging zum Schreibtisch und legte sie vor Zack ab. »Hier, bitte sehr. Ihnen ist aber klar, dass das gegen die Vorschriften verstößt?«, fragte sie.

Lissy drückte ihre Zigarette am Fenstersims aus, warf die Kippe nach draußen und kam zu ihnen. Stumm verfolgte sie das Geschehen. Zack hingegen lächelte Dorothea an, die nach der Sache mit Meredith sicherlich kein Interesse mehr daran hatte, ihre Affäre mit ihm wieder aufleben zu lassen. »Natürlich bin ich mir dessen bewusst. Sie verstehen jedoch hoffentlich ebenso, dass es sich hierbei um einen Ausnahmefall handelt?«

Dorothea stemmte eine Hand in die Hüfte und fixierte ihn mit kaltem Blick. Von ihrer anfänglichen Freundlichkeit war nichts mehr übrig. Ihr schien es sehr zu missfallen, dass Zack und Lissy allein durch ihre Anwesenheit bereits zweimal dafür gesorgt hatten, dass Meredith durchgedreht war. Er konnte sie verstehen.

»Ihr Ruf eilt Ihnen voraus, Mr. Zorn. Er allein ist der Grund dafür, dass ich Ihnen die Patientenakte gebe.«

»Wofür ich Ihnen sehr dankbar bin, Dorothea.«

Sie ließ bloß ein leises Schnauben hören, dann machte sie auf dem Absatz kehrt. »Die Pflicht ruft. Wenn Sie gehen, lassen Sie die Patientenakte einfach auf dem Schreibtisch zurück. Danke.« Ohne Zacks oder Lissys Antwort abzuwarten, verschwand die Leiterin des SMI aus ihrem eigenen Büro und schloss die Tür.

»Ein wahrer Sonnenschein«, kommentierte Lissy den Abgang der Frau und zog einen Stuhl heran, um sich neben Zack zu setzen.

»Es ehrt sie, das SMI zu leiten und dabei nicht selbst den Verstand zu verlieren«, antwortete er, während er seine Finger über Merediths Akte gleiten ließ.

»Stimmt wohl. Lieber unfreundlich als verrückt.«

»Dann auf einen neuen Versuch. Immerhin hat sich bestätigt, dass der tote Armeegeneral ebenso wie der Stamm der Ista zurückgekehrt ist. Wer auch immer Dormwell das ermöglicht hat.« Zack öffnete die Akte. Ein Bild von Meredith prangte ihnen entgegen, das sie mit gepflegtem Haar und freundlichem Lächeln zeigte. Der Blick aus ihren Augen wirkte einnehmend. Neben dem Foto fand sich eine ausführliche Liste mit Angaben über ihre Person.

»Ein Schande, was der Wahn aus dieser Schönheit gemacht hat«, seufzte Lissy. »Ansonsten nichts Ungewöhnliches.«

»Mit der Ausnahme, dass sie besessen ist.«

»Bist du dir sicher?«, fragte die Reporterin überrascht. »Ich dachte, die Geister können den Graveyard Hill nicht verlassen?«

»Offenbar haben einige von ihnen einen Weg gefunden, ihr Gebiet auszuweiten. Oder es handelt sich um eine andere Art der Besessenheit. Meredith hat immerhin auch von anderen gesprochen.« Zack blätterte weiter, fand allerdings lediglich Einträge und Auffälligkeiten, die von Merediths Aufenthalt im SMI handelten.

»Weitere Geister?«

»Du weißt so gut wie ich, dass alles möglich ist. Die Geister der Ureinwohner und der auferstandene Armeegeneral werden nicht die einzige Ausnahme sein.«

»Meinst du, das hat auch etwas mit Agon'i'Toth zu tun? Unterstützt er womöglich trotz ihres Hasses gegeneinander beide Seiten? Macht Mariah Burnhams Nachlass sowas wieder mal möglich?«

»Mag sein. Vielleicht unterstützt er wirklich beide Seiten – mächtig genug wäre er wohl, oder?« Zack seufzte und schlug die Seiten zurück, da er ans Ende gelangt war. »Es könnte aber auch etwas anderes, trivialeres dahinterstecken.«

Lissy entriss ihm die Unterlagen, als sei ihr plötzlich etwas eingefallen. Neugierig beobachtete Zack, was die Reporterin vorhatte. »Das ist mir vorhin schon aufgefallen«, murmelte sie und kratzte mit einem Fingernagel über den Rand von Merediths Bild.

»Was machst du da?«

»Seit wann sind Sie so unaufmerksam, Mr. Zorn?«, gab sie mit einem Zwinkern zurück. Dann fiel es ihm wie Schuppen von den Augen. Er hatte sich stärker auf andere, verborgenere Dinge konzentriert, sodass er das Offensichtliche nicht bemerkt hatte.

»Ihr Name ist unvollständig!« Tatsächlich war das Foto auf dem Datenblatt so aufgeklebt worden, dass es Merediths Familiennamen verdeckte.

Lissy schmunzelte. »Richtig. Aber nicht mehr lange.« Mit einer vorsichtigen Bewegung zupfte sie einen Teil des Bildes vom Papier ab. Es hörte sich an, als zerrisse sie dieses, doch es war nur eine hauchdünne Schicht, die am Datenblatt kleben blieb. Die Buchstaben darunter waren dick genug gedruckt, dass man sie noch deutlich lesen konnte. In dunklen Lettern war neben dem Vornamen Meredith nun auch der Nachname Dormwell zu erkennen.

»Das kann kein Zufall sein«, flüsterte Lissy schockiert.

Zack hatte kurzzeitig den Eindruck, als wäre noch eine weitere Person anwesend, doch er blendete diese Empfindung aus. »Mit Sicherheit nicht.« Entschlossen erhob er sich und klappte die Akte zu. Die Anstaltsleiterin wäre gewiss nicht erfreut, wenn sie entdeckte, dass sie das Bild auf dem Datenblatt beschädigt hatten. Doch das war nun ihre geringste Sorge.

»Wenn sie eine Dormwell ist, bedeutet das, dass sie wahrscheinlich eine direkte Nachfahrin des Armeegenerals ist. Die Geister suchen sie heim, weil dies bereits Teil ihrer Rache ist«, fasste Lissy das soeben Erfahrene zusammen.

»Vermutlich.«

»Was machen wir? Meredith ist kaum ansprechbar. Mehr als Wahnsinn ernten wir nicht von ihr.«

Zack setzte den Hut auf, der auf dem Schreibtisch gelegen hatte, und wandte sich an seine Gefährtin, über deren Gesellschaft er in Zeiten wie diesen noch dankbarer war. »Meredith ist nicht länger diejenige, mit der wir reden müssen.«

»Wer sonst?«

»Ihre Angehörigen.«

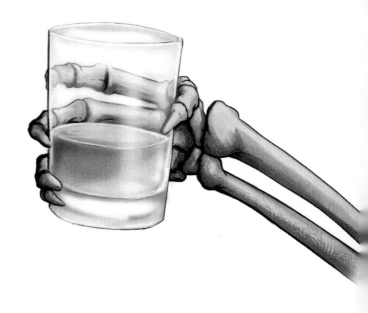

Kapitel 6

WENDUNGEN UND GEISTERHAFTER TERROR

Zack behielt recht. Nach Rücksprache mit Amanda Dorothea, die ihre Informationen mit immer offener gezeigtem Widerwillen weitergab, stellte sich heraus, dass Meredith zwar keine Eltern mehr hatte, dafür aber einen Bruder, Charles Dormwell. Dieser hatte sie als Geisteskranke ins SMI einliefern lassen. Zack vermutete aufgrund seines Bauchgefühls, das ihn selten trog, dass hinter Merediths Bruder weitaus mehr steckte als nur ein besorgter Verwandter, der seiner Schwester mit der Einweisung hatte helfen wollen.

Aus diesem Grund verloren sie keine Zeit, um Charles Dormwell einen Besuch abzustatten. Er residierte oben in den Granview Heights, ein Stück unterhalb des Green Wood. Es war noch nicht lange her, dass Zack und Lissy auf dem in der Nähe befindlichen Anwesen der de Witts mit nicht minder erschreckenden Begebenheiten zu kämpfen gehabt hatten.

Lissy stellte den Motor ihres Cadillacs ab und blickte zu dem Anwesen hinüber. Es war von Apfelbäumen umringt und präsentierte einen gepflegten Rasen. Die Villa selbst imponierte mit ihren weißen Mauern und den Säulen rundherum, die den ersten Stock stützten und gleichzeitig als protzige Verzierungen dienten. Ein kleiner Brunnen zu ihrer Linken plätscherte mit dem Regen um die Wette, und kunstvoll gefertigte Marmorstatuen säumten den gepflasterten Weg zum Eingang inmitten des Gartens.

»Schlecht situiert sind die Dormwells allem Anschein nach nicht«, kommentierte Lissy den Anblick.

»Macht nicht den Eindruck.« Zack stieg aus dem Auto und machte sich auf den Weg zum Anwesen, während ihm die Reporterin folgte. Ohne zu zögern betraten sie das Grundstück, schritten einen Kiesweg entlang und erklommen die Stufen, die auf eine breite Veranda führten. An der Tür ergriff Zack den vergoldeten Ring des Türklopfers und pochte dreimal gegen das hölzerne, weiß gestrichene Blatt. Ein Schild prangte in geschwungenen Lettern über ihren Köpfen auf dem Holz: Familie Dormwell.

»Ich bin mal gespannt, was wir herausbekommen«, meinte Lissy in die Stille hinein, bevor aus dem Inneren des Hauses Schritte ertönten.

»Ich auch. Er ist derzeit unser einziger Anhaltspunkt«, erwiderte Zack.

Nachdem vom Türspion Gebrauch gemacht worden war, schob jemand kurz darauf das Schloss zurück und öffnete die Tür. Ein junger blonder Mann blickte ihnen entgegen. Seine Augen waren so grün wie die von Meredith, und genau wie die ihren waren seine von Schatten unterlegt. Das Haar hing ihm in die Stirn. Sein mürrischer Gesichtsausdruck und das Fehlen einer Begrüßung teilten Zack sofort mit, dass es an ihnen war, den ersten Schritt zu machen.

Zack tippte sich an die Hutkrempe. »Guten Tag, Mr. Dormwell. Mein Name ist Zacharias Zorn. Ich bin Privatermittler.« Er deutete auf Lissy. »Dies hier ist meine reizende Begleitung Elizabeth Roberts, Reporterin der Sorrowville Gazette.«

Charles Dormwell blickte von einem zum anderen, danach taxierte er Zack mit ablehnendem Blick. »Ich weiß, wer Sie sind, Mr. Zorn. Und auch von Ihnen habe ich gehört, Ms. Roberts.« Seine Haltung wurde noch abweisender als zuvor, und er machte weiterhin keine Anstalten, einen Blick auf das Hausinnere freizugeben, da er die Tür gerade so weit geöffnet hatte, dass er durch den Spalt schauen konnte.

»Na gut«, versuchte Zack einen neutralen Tonfall anzuschlagen. »Dann muss ich mich ja nicht weiter erklären. Wir haben einige Fragen an Sie, Mr. Dormwell. Haben Sie kurz Zeit?«

Der Mann verschränkte die Arme vor der Brust. »Bedauerlicherweise bin ich gerade beschäftigt. Aber wir können gerne einen Termin für nächste Woche vereinbaren.« Mit einem falsch wirkenden Lächeln wandte er sich an Lissy. »Wären Sie so frei, Mr. Zorn dann nicht zu begleiten? Ich kann nämlich auf Klatsch und Tratsch über mich in der Zeitung verzichten. Danke.«

Noch bevor Zack etwas erwidern oder Lissy davon abhalten konnte, diesem unhöflichen Schnösel die Leviten zu lesen, trat die Reporterin einen Schritt nach vorne, zückte ihr Lederbuch samt Füller und setzte ihr charmantestes Lächeln auf.

Das war kein gutes Zeichen.

»Keine Sorge, Mr. Dormwell. Mehr als ein Nebensatz ließe sich über Sie in einem Artikel ohnehin nicht unterbringen. Dafür sind Sie nicht interessant genug.«

Dormwell sog hörbar die Luft in die Lungen, um eine vermutlich schroffe Erwiderung abzuliefern, aber Lissy ließ ihn nicht dazu kommen. »Ganz im Gegensatz zu Ihrer Schwester, versteht sich.«

»Was ist mit Meredith?«, fuhr Charles sie an und machte damit seine miserabel aufrechterhaltene Darstellung zunichte, er sei die Ruhe in Person. In seinen Augen funkelte es wild, und er ließ seine Arme an seinem Körper herabhängen. Seine Finger schlossen sich krampfhaft zu Fäusten. Lissy ließ sich davon nicht beeindrucken. Ohne ihn eines Blickes zu würdigen, kritzelte sie etwas in ihr Büchlein.

Zack, der schweigend abgewartet hatte, warf einen flüchtigen Blick auf das Papier, auf dem in Großbuchstaben UNFREUNDLICHES ARSCHLOCH zu lesen war, unterdrückte ein Schmunzeln und mischte sich wieder in das Gespräch ein, bevor die Situation eskalieren konnte. »Hören Sie, Mr. Dormwell. Wir möchten nicht viel Ihrer Zeit beanspruchen, sondern Ihnen lediglich einige Fragen zu Ihrer Schwester stellen.«

Charles schüttelte den Kopf. »Bedaure, ich habe heute keine Zeit.« Er wollte bereits die Tür vor ihrer Nase schließen, doch

Zack brachte einen Fuß zwischen Tür und Rahmen. Dormwell hob wieder den Kopf und funkelte Zack feindselig an.

»Glauben Sie mir, es dauert nicht lange. Sagen Sie mir bitte einfach, was Sie über Ihren Vorfahren, den Armeegeneral Eduard Gustave Dormwell, wissen. Ms. Roberts und ich waren gerade vorhin im SMI und haben Meredith einen Besuch abgestattet. Dabei hat sie ...«

»Ich kenne keinen Eduard Dormwell«, unterbrach ihn Dormwell. »Dass Meredith im SMI hockt, ist die einzige Lösung. Meine Schwester ist durchgedreht. Wenn Sie meinen, den Worten einer Verrückten Glauben schenken zu müssen, haben Sie mein Beileid. Dann sind Sie ein lausiger Privatdetektiv.« Er blickte zu Lissy hinüber. »Guten Tag.«

Diesmal nahm Zack seinen Fuß aus der Tür und ließ zu, dass Dormwell sie zuwarf.

»Das glaube ich ihm nicht«, bekundete Lissy und wandte sich an Zack. »Der will noch nie etwas von dem General gehört haben? Dieser verwöhnte Schnösel verbirgt doch etwas.«

Zack unterdrückte ein Seufzen und die beiden machten sich über den Pfad des Anwesens auf den Weg zurück zu Lissys Cadillac. Die Statuen um sie herum wirkten nun höhnisch und spöttisch auf ihn. »Vermutlich liegst du vollkommen richtig, Lissy.« Er vergrub die Hände in den feuchten Manteltaschen und ignorierte den Regen, der mittlerweile stärker geworden war. »Seine Reaktion in Bezug auf Meredith war völlig übertrieben und die Behauptung, von dem Armeegeneral nichts zu wissen, zu impulsiv. Der Bursche wirkte nervös auf mich, dabei hatte er ja eigentlich keinen Grund dazu.«

»Meinst du, er hat etwas mit den Geistererscheinungen zu tun?«

»Ich weiß es nicht. Aber da es auf mich wirkt, als wäre er alles andere als erfreut darüber gewesen, uns beide vor seiner Türschwelle anzutreffen, bin ich mir sicher, dass er derzeit unser wichtigster Anhaltspunkt ist, um der Sache auf den Grund zu gehen.«

Lissy zündete sich eine Zigarette an. Gierig sog sie den Qualm in ihre Lungen, hielt ihn dort einige Sekunden lang und blies ihn anschließend durch die Nase wieder heraus. Sie wirkte nun wesentlich entspannter. »Ist dir aufgefallen, wie sehr er darauf bedacht war, dass wir nur ja keinen Blick ins Innere des Hauses erhaschen können? Er hat ihn uns regelrecht versperrt.«

»Natürlich. Das wirkte fast schon paranoid.«

Bevor die beiden wieder in den Wagen der Reporterin stiegen, lehnte diese sich an die Karosserie und rauchte nachdenklich weiter. Zack wartete geduldig, bis sie fertig war. Noch hatte der Regen seinen Mantel nicht durchtränkt.

»Was machen wir jetzt, wenn er unser einziger Anhaltspunkt ist? Wir können die rachsüchtigen Geister nicht einfach ignorieren. Früher oder später werden sie Merediths Worte in die Tat umsetzen und die Einwohner der Stadt heimsuchen.«

Zack lächelte ihr aufmunternd zu. »Wir erhöhen den Druck. Da Charles Dormwell uns freiwillig keine Hilfe anbieten möchte, werde ich auf behördlichem Weg ein Treffen mit ihm einleiten. Noch habe ich nicht genug Beweismittel, um ihn zum Reden zu zwingen. Rudy hilft mir im Notfall aber bestimmt, einen Durchsuchungsbefehl zu bekommen.«

Lissy warf die Zigarette auf den Asphalt und drückte sie mit der Schuhsohle aus. »Könnte schwierig werden. Ohne triftigen Grund bekommt selbst der Inspector keinen Durchsuchungsbefehl für dich. Egal, welche seiner Kontakte er dafür um einen Gefallen bitten könnte.«

Zack nickte. »Ich weiß. Aber irgendwie habe ich das Gefühl, dass wir lediglich abzuwarten brauchen.«

»Und dann?«

»Dann wird mich Commissioner Westmore höchstpersönlich darum bitten, der Sache ein Ende zu bereiten.«

»Sofern er überhaupt darauf reagiert«, hielt Lissy dagegen und machte sich daran, in den Wagen zu steigen.

Zack tat es ihr gleich. »Du meinst, dass er sich erst die Erlaubnis der Mafia einholen muss?«

»Genau das«, antwortete sie in dunkler Stimmlage und startete den Motor.

»Die Mafia ist hierbei unser geringstes Problem. Denn eines ist sicher: Der alte Armeegeneral ist aus einem bestimmten Grund zurückgekehrt. Irgendetwas sagt mir, dass Charles Dormwell damit in Verbindung steht.«

Lissy fuhr los. »Das bedeutet, du willst erst einmal alles über ihn herausfinden?«

»Nicht nur das. Womöglich muss ich den Geistern am Graveyard Hill nochmal einen Besuch abstatten.«

Das Murren, das Lissy hören ließ, klang alles andere als überzeugt.

»Allein natürlich.«

Sie verkrampfte ihre Finger um das Lenkrad, wodurch die Knöchel weiß hervortraten. »Ich war von Anfang an dabei, also werde ich auch weiterhin mitmachen«, warf sie ein.

Zack schüttelte entschieden den Kopf. »Sei froh, dass du dich nicht mehr an alles erinnern kannst, Lissy. Noch einmal setze ich dich nicht dieser Gefahr aus.«

»Und was ist mit der Gefahr, der du dich aussetzt?«

»Ich bin doch offenbar gegen den Einfluss dieser Geister immun. Mich können sie nicht übernehmen.«

»Wie du meinst.«

»Wird schon alles gutgehen.« Zack blickte aus dem Fenster und beobachtete die an ihnen vorbeiziehenden Häuser. Zwar waren sie nicht gerade schnell unterwegs, aber allemal schneller als zu Fuß. »Setz mich bitte bei mir zu Hause ab. Ich gebe Mabel besser über unser weiteres Vorgehen Bescheid, bevor sie noch einen Tobsuchtsanfall bekommt, weil ich sie wieder bei ihrer Arbeit behindere. Sie soll sehen, dass ich was tue, um Geld hereinzubekommen. Außerdem treten bei solchen Gesprächen manchmal durchaus brauchbare Ratschläge zutage.«

»Ganz wie Sie wollen, Mr. Zorn.«

»Danke.«

Lissy saß an ihrem Schreibtisch und tippte emsig auf der Schreibmaschine. Zack hatte recht behalten. Keine zwei Tage nach ihrem Besuch bei Charles Dormwell nahmen die Meldungen darüber zu, dass immer mehr Menschen berichteten, ihre Angehörigen oder Freunde würden sich seltsam verhalten. Zwar hielten diese Akte der Besessenheit, wie das eigenartige Verhalten in der Öffentlichkeit bezeichnet wurde, nicht sonderlich lange an – und dabei half es kaum, dass sich mehr als die Hälfte der Betroffenen anschließend gar nicht mehr daran erinnern konnte –, dennoch traten die Fälle mittlerweile so häufig auf, dass sich die Einweisungen ins SMI auffällig erhöhten. Auch die Mordrate stieg drastisch an. Von einem auf den anderen Moment wurden Ehemänner, Ehefrauen, Kinder, Eltern, Geschwister oder gar das eigene Haustier getötet. Jedes Mal fand man die Mörder am Boden zerstört, in Blut gebadet und psychisch instabil.

Abwarten mochte vielleicht nicht der beste Weg sein – es würde in jedweder Hinsicht eine Menge Opfer fordern –, aber es war die einzige Möglichkeit, in der Sache voranzukommen und letztlich die gesamte Stadt zu retten.

Gerade als Lissy weiter über die aktuellen Ereignisse der Besessenheit durch rachsüchtige Geister berichtete, die ihren Aktionsradius wohl mittlerweile bis in die Außenbereiche Sorrowvilles ausgeweitet hatten, wobei ihr fingerfertiges Tippen die Schreibmaschine laut und fast ununterbrochen rattern ließ, fiel ein Schatten über sie. Im nächsten Moment wurde ein Konvolut an Papier auf ihren Schreibtisch geknallt. Lissy musste gar nicht erst aufblicken, um zu wissen, um wen es sich handelte.

»Ist das dein Ernst?«, erklang eine erboste Stimme.

Lissy tippte den Satz zu Ende, den sie gerade verfasste, ohne sich aus der Ruhe bringen zu lassen, setzte mit einem demonstrativen Tastendruck einen Punkt und hob erst dann den Kopf, um Ronan E. Doyle anzusehen. Der Chefredakteur der Sorrowville Gazette sah genauso übellaunig aus, wie er klang.

»Was ist los?«, fragte sie, während sie sich eine Zigarette drehte, über das Papier leckte und sie anschließend anzündete. Lissy nahm einen tiefen Atemzug und genoss den beruhigenden Effekt, der sie daraufhin erfüllte.

»Was los ist? Gute Frage! Vielleicht liest du dir mal die letzten Artikel durch, die du abgeliefert hast.« Doyle deutete auf den Stapel, den er auf den Tisch geknallt hatte. »Spuk in Sorrowville? Willst du mich verarschen? Ich hab dir schon einmal gesagt, dass wir nicht über Geistergeschichten berichten! Wer soll uns denn so noch ernst nehmen?«

Lissy rauchte in Ruhe weiter, blies den Rauch in seine Richtung aus und lehnte sich zurück. Zwar spürte sie, wie seine ständige Krittelei an ihren Nerven zu zerren begann, aber noch ließ sie sich davon nichts anmerken. »Ich hab das nicht an den Haaren herbeigezogen. Wir haben Beweise.«

»Ach, haben wir die?«

»Ja.« Lissy beugte sich vor, drückte ihre Zigarette im Aschenbecher aus und presste dann ihren Finger auf die Berichte. »Das SMI verzeichnet jeden Tag Zulauf an durchgedrehten Mördern, und die Fälle kurzzeitiger Besessenheit nehmen zu. Das haben wir schwarz auf weiß – belegt! Frag doch die Polizei.«

Doyle strich sich fahrig über seine Halbglatze, doch sein strubbeliger Haarkranz zeigte sich davon unbeeindruckt. »Das mag schon sein, aber in Zeiten wie diesen dreht jeder am Rad. Wenn wir als seriöse Zeitung behaupten, dass die Mehrheit der letzten Morde auf das angebliche Konto irgendwelcher Geister geht, kannst du dir sicher sein, dass schon morgen jeder Dahergelaufene seinen nächstbesten Konkurrenten tötet und sich damit herausredet, er sei von Indianergeistern besessen gewesen.«

»Amerikanische Ureinwohner!«, verbesserte ihn Lissy ungehalten.

»Indianer – amerikanische Ureinwohner: Ist mir vollkommen egal! Von mir aus kann es auch mein toter Urgroßvater sein, ein aufrechter Ire! Fakt ist, dass wir den ohnehin bereits angeschlagenen Menschen in Sorrowville einen Freibrief ausstellen, wenn wir so etwas publik machen.« Doyle schüttelte entschieden den Kopf. »So können deine Artikel nicht in den Druck gehen.«

»Es ist aber die Wahrheit! Wir müssen die Bürger vor der Gefahr durch die Geister warnen.«

»Gern extra nochmal für dich, damit du es auch begreifst: Wir sind ein seriöses Blatt. Wenn wir von Geistern berichten, nimmt uns morgen keiner mehr ernst – egal was gerade hinter vorgehaltener Hand darüber gelabert wird. Wenn dir das nicht passt, solltest du vielleicht lieber Schauerromane schreiben und als Journalistin nicht solch einen Unsinn verzapfen, Lissy. Was stimmt nicht mir dir? Bist du unausgelastet? Ist deine derzeitige Affäre nicht gut genug im Bett? Suchst du als Ausgleich Abenteuer im Schreiben?«

Nun reichte es ihr. Lissy unterdrückte den Impuls, sich eine weitere Zigarette zu drehen, und stand auf. Sie stützte sich mit den Händen auf dem Tisch ab und funkelte Doyle drohend an. »Der Radius wird immer größer. Wenn wir die Menschen in der Innenstadt nicht warnen, trifft es sie unverhofft. Die Einweisungen ins SMI und die vielen Verhaftungen derzeit – wir müssen darüber berichten! Du sagst es selbst: Wir sind ein ernstzunehmendes Blatt. Wenn wir darüber Stillschweigen bewahren, werden vielleicht sogar noch in Boston die Schlagzeilen gedruckt, die wir hätten drucken sollen. Dann wird der Verdacht laut, dass wir etwas verheimlichen wollten.«

Einen Augenblick schien Doyle über ihre Worte nachzudenken. Er suchte offensichtlich nach stichhaltigen Gegenargumenten. Da er jedoch keine fand, präsentierte er ihr seine übliche Reaktion, wenn er sich nicht mehr anders zu helfen wusste: Er ließ den befehlsgewohnten Chef heraushängen. »Was auch immer hinter dem aktuellen Wahnsinn steckt, wir werden ohne stichhaltige Beweise keine Gespenstergeschichten verbreiten. Schluss. Solange du mir keine Fotografien von toten Indianern präsentierst, nennst du einen anderen Grund für die Morde. Und zwar schleunigst, wir brauchen einen Artikel!«

Lissy malmte mit den Zähnen. »Was soll dann bitte der Grund für die Besessenheit und die Morde sein?«

»Alkohol, Drogen, Verzweiflung aus Existenzangst heraus – was weiß ich? Denk dir etwas aus. Du bist doch eine kreative Reporterin.« Doyle zuckte mit den Schultern. »Oder frag Mr. Zorn. Ihr beide seid ohnehin so ein herzallerliebstes Pärchen. Vielleicht ist er ja gerade in einer Opiumhöhle und dröhnt sich zu. Wer weiß? Wenn du schnell genug bist, kommt er eventuell auf die absurdesten Ideen, die du als Aufhänger für deinen Artikel verwenden kannst.«

Obwohl die Wut in ihr hochkochte, unterdrückte Lissy den Impuls, Doyle die Augen auszukratzen. Sie zwang sich, kräftig einzuatmen, um anschließend langsam wieder auszuatmen. Ihr Chef saß am längeren Hebel, und er würde nicht von seiner Meinung abweichen, das wusste sie. So wenig es ihr auch gefiel, sie musste sich fügen.

»Früher oder später müssen wir darüber schreiben, dass die Geister grauenvoll exekutierter amerikanischer Ureinwohner«, betonte Lissy extra, »Sorrowville heimsuchen.«

»Unsinn! Liefere mir Beweise, die glaubhafter sind als die Aussagen massenhaft eingelieferter SMI-Patienten, dann lasse ich vielleicht mit mir reden. Bis dahin«, Doyle tippte in einer höchst nervtötenden Geste einige Male auf seine Uhr, »erwarte ich einen brauchbaren Bericht für die Abendausgabe.« Damit war die Sache für ihn erledigt. Da er Lissy jedoch immer noch taxierte und erwartungsvoll eine Augenbraue hob, rang sie sich sämtliche Selbstbeherrschung ab, die sie aufbieten konnte, um dem Chefredakteur nicht an die Gurgel zu gehen.

»Ja«, presste sie hervor.

»Gut.« Doyle drehte sich um und ging zurück in sein Büro. Lissys Kollegen wandten sich ebenso wieder ihren eigenen Angelegenheiten zu und taten so, als hätten sie der Szene eben nicht beigewohnt.

Lissy richtete sich auf und machte sich daran, die nächste Zigarette zu drehen, um ihre Nerven zu beruhigen. Vielleicht würde sie sich nach Dienstschluss ein Glas guten Weins gönnen. Vielleicht auch eine ganze Flasche. Oder sie stattete Zack einen Besuch ab und erkundigte sich, ob er bereits mehr über Charles und Eduard Dormwell herausgefunden hatte. Oder beides.

Dennoch half es nichts. Sie musste zuerst ihren Bericht fertigstellen, der niemanden vor der drohenden Gefahr warnen würde, aber brauchbar genug sein sollte, damit Doyle ihr nicht den Hals umdrehte.

Sie brauchte dringend ein Ventil.

Vielleicht würde sie heute Abend auch einfach ihre derzeitige Liebschaft kontaktieren. Ja, das klang nach einem vernünftigen, brauchbaren Plan, um ihre aufgewühlte Gefühlswelt wieder etwas zur Ruhe kommen zu lassen.

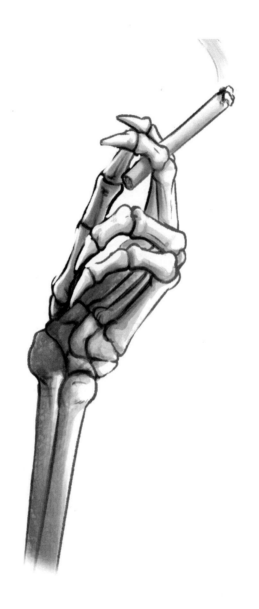

Kapitel 7

KONSEQUENZEN DER VERGANGENHEIT

Zack nahm gerade einen kräftigen Schluck aus seinem Flachmann, in den er diesmal Absinth gefüllt hatte, als oben am Hügel immer mehr Erscheinungen auftauchten. Sie schienen geradezu auf ihn zu warten. Ohne Eile steckte er den Behälter in den vom Nieselregen feuchten Mantel und bereitete sich innerlich auf das bevorstehende Treffen vor. So wenig es ihm gefiel, weder er noch Lissy konnten leugnen, dass sie anders nicht weiterkamen. Die Geister dehnten ihren Radius immer weiter aus – und es schien so, als versuchten sie, an ein bestimmtes Ziel zu gelangen. Dieses Ziel stellte Dormwell dar, davon war Zack überzeugt. Da sie jedoch weder den Aufenthaltsort des toten Armeegenerals herausgefunden noch bei Charles Dormwell weitergekommen waren, blieb Zack letztlich nichts anderes übrig, als sich erneut dieser erdrückenden, unheimlichen Präsenz der Toten auszusetzen. Und sie schienen bereits gierig darauf zu warten, dass er den Graveyard Hill endlich vollends erklomm und sich zu ihnen gesellte. Immer mehr neblige Gestalten tauchten am Rande des Hügels auf und starrten mit glühenden Augen zu ihm hinunter – ihre Leiber flackernd, sich kaum im Diesseits haltend.

Zack straffte seine Schultern und ließ den Rücken knacken. Er wollte und konnte keine weitere Zeit verschwenden. Wohl wissend, dass die Geister mittlerweile ohne Probleme zu ihm hätten kommen können, schritt er dennoch nach oben zu ihren Gräbern. Je näher er kam, desto mehr Bewegung kam in den toten Stamm. Sie wichen zur Seite, erzeugten eine

Schneise zwischen ihnen und stellten sich nebeneinander auf. Bald schon fand sich Zack inmitten von zwei Reihen zurückgekehrter Toter wieder. Sie waren Totengeister, die man nicht anfassen konnte, die dafür aber umso bereitwilliger Besitz von lebenden Menschen ergriffen.

»Was ist euer Ziel?«, fragte er, obwohl er die Antwort bereits kannte. Oder eher: den Grund für ihr Vorgehen.

Ein Geist hob sich daraufhin aus der Menge hervor und schwebte auf Zack zu. Da ihre Gestalten durchsichtig und an manchen Stellen neblig waren, stetig flackerten und allesamt glühende, grüne Augen hatten, waren sie nicht leicht voneinander zu unterscheiden. Dennoch spürte er deutlich, dass es sich um den bulligen Mann handelte, der von Lissy Besitz ergriffen hatte.

»Du solltest es besser als alle anderen begreifen«, erklang seine tiefe, akzentuierte Stimme. Er war nun auch deutlicher wahrzunehmen. Die Erscheinungen wirkten trotz der Schwierigkeit, sich im Diesseits zu halten, allgemein kräftiger. Die grünen Schlieren, die sich von ihnen absonderten, waren ebenso farbintensiver geworden.

»Warum ausgerechnet ich?«, fragte Zack.

»Weil du wie so viele andere mit uns verbunden bist.«

»Verbunden?« Zack sah sich um. Die Geister waren nähergekommen – und mit ihnen das Gefühl der Beklemmung. Sein Bauchgefühl warnte ihn. Sein Magen fühlte sich an, als würde er aus großer Höhe eine Klippe hinabstürzen. Sein Puls beschleunigte sich.

»Dich umgibt mehr, als du erahnen magst.«

Nun verstand Zack überhaupt nichts mehr. Da er allerdings nicht davon ausging, dass sie ihm eine brauchbare Antwort auf seine Verbindung zu ihnen geben würden, beschloss er, ihr enigmatisches Gebaren zu unterbinden. »Ihr wollt also Vergeltung. Vergeltung an Armeegeneral Eduard Dormwell.«

»Ja«, erklang die einsilbige Antwort seines geisterhaften Gegenübers. Zack hatte den Eindruck, dass es immer kälter wurde. Es roch nach weißem Räuchersalbei, und Schlieren spalteten sich intensiver von den Toten ab, fast wie Fäden aus Rauch. Das leuchtende Grün ihrer Augen pulsierte.

»Wie stellt ihr euch diese Vergeltung vor?«

»Grausam, aber gerecht.«

Zack ließ den Blick erneut über seine Umgebung schweifen. Angst schnürte ihm die Kehle zu. Das drohende Gefühl, er wäre hier nicht willkommen, nahm überhand. Wie eine fremde Anwesenheit, die ihn unsichtbar aus der Dunkelheit anstarrte – feindselig und jederzeit bereit, wütend zu fauchen. Er musste einen kühlen Kopf bewahren, durfte sich nicht von dem Einfluss der Geister gefangen nehmen lassen. Sollten sie näherkommen, würde er ihnen standhalten. Zack brauchte Antworten. Hier und jetzt.

»Indem ihr Unschuldige zu Taten treibt, für die sie gar nichts können? Indem ihr ihre Körper übernehmt und mordet? Ist das Gerechtigkeit?«, fragte er herausfordernd.

»Damals hat es auch niemanden gekümmert, als uns die weißen Siedler immer weiter verdrängten. Als uns Lebensraum sowie Lebensgrundlage genommen wurden. Als sie uns auch den letzten Rest unseres Seins nahmen. Als sie unser Leben beendeten – für ihr Wohl.«

Zack schluckte schwer. Schweiß trat ihm aus jeder Pore, obwohl ihm kalt war. Der Regen machte es auch nicht besser.

»Die Menschen der heutigen Zeit haben die Ungerechtigkeiten nicht verübt. Es gibt keine Rechtfertigung dafür, sie zu übernehmen und Terror zu verbreiten.«

Sein Gegenüber flackerte nun stetiger. Es hob die durchsichtigen Arme und legte den Kopf in den Nacken. Mehr grüner Rauch glitt von ihm gen Himmel und verdampfte im Nichts. »Solange er auferstanden ist, kennen wir keine Gnade.«

»Es geht um Dormwell, nicht wahr?«

»Ja.« Der Geist senkte wieder den Kopf und fixierte Zack aus schimmernden Augen, die immer wieder verschwammen und verblassten, um anschließend intensiver zurückzukehren. Der Detektiv bildete sich ein, aufgemalte Muster im

Gesicht seines Gegenübers zu erkennen, das immer wieder unkenntlich wurde, sich neu formte.

»Wo ist er? Sagt es mir, und ich helfe euch, für Gerechtigkeit zu sorgen. Ich gebe euch mein Wort«, unterbreitete Zack ihnen ein ernsthaft gemeintes Angebot. Er verstand sie und wollte die Geister nicht noch mehr reizen. Dennoch konnte es so nicht weitergehen, die Zahl der Opfer war bereits zu hoch. Das alles musste ein Ende haben.

Nun lachte der Geist, und mehr und mehr der Erscheinungen schlossen sich ihm an. Sie lachten so laut und intensiv, dass Zack ein Schauer über den Rücken lief. Sein Herz schlug schneller. Seine Kehle trocknete aus, aber er hielt ihnen stand.

Selbst jetzt noch, als sie ihn immer enger einkreisten, nur noch ihre Hände hätten auszustrecken brauchen, um ihn zu berühren.

»Was ist schon das Wort eines verlogenen weißen Siedlers wert?«

»Wer garantiert uns, dass du uns nicht hintergehst?«, fragte eine andere Stimme.

»Er weiß nichts. Er ist sich dessen nicht bewusst, was uns widerfahren ist. Er hält uns für böse.«

Zack konzentrierte sich auf die Sprecherin, bis ein weiterer Geist seine Aufmerksamkeit auf sich lenkte.

»Sorrowville und seine Bewohner sind verdorben. Alle miteinander.«

Zack blickte einen Moment lang auf seine Schuhspitzen, dann fasste er einen Entschluss. Er drehte sich einmal langsam im Kreis, um den Blick über sämtliche Geister gleiten zu lassen, und sprach zu allen. Den Schwindel, der ihn mittlerweile durch die Präsenz der Toten ergriff, ignorierte er. »Nicht alle. Selbst damals gab es genug Menschen, die Mitleid mit euch hatten und dagegen waren, dass ihr ermordet werdet. Der Graveyard Hill selbst – eure eigene Grabstätte – ist Beweis genug dafür. Man ehrt die Getöteten.«

Wenige Sekunden lang herrschte Stille, dann setzten unzählige Geister gleichzeitig zu sprechen an. Zack nahm nur noch Wortfetzen und Satzteile wahr.

»… Verräter.«

»Mörder …«

»Keine Gnade …«

»… muss Gerechtigkeit herrschen.«

»Er muss verstehen und …«

Dann fühlte er, wie ihn einer der Geister durchdrang, an seinem freien Willen zerrte und wieder aus ihm schlüpfte. Ein weiterer versuchte es. Zack wurde speiübel, aber seine Immunität hielt an. Selbst nach dem dritten Versuch – und dem Gefühl, sich jeden Moment vor Schwindel und Unwohlsein übergeben zu müssen – ging Zack zwar in die Knie, hielt sich die Brust und beugte sich vor, aber er war immer noch er selbst.

»Hört mich an!«, brüllte er, obwohl seine Stimme zitterte. »Ich helfe euch, für Gerechtigkeit zu sorgen, wenn ihr damit aufhört, Sorrowvilles Bürger zu töten. Ihr habt mein Versprechen!«

Plötzlich, wie aus dem Nichts, erschien die große Silhouette von zuvor. Zack wusste auch dieses Mal nicht, woher ihm klar war, dass es sich um denselben Mann handelte – er fühlte es einfach.

»Was ist schon das Versprechen eines Lebenden wert?«

Zack zögerte auf der Suche nach einer befriedigenden Antwort wohl zu lange. Sein Gegenüber hob die Hand und machte eine Bewegung mit unsichtbaren Fingern. »Du verstehst es nur, wenn wir es dir zeigen.«

Bevor er fragen konnte, was der Geist meinte, drangen plötzlich sämtliche Erscheinungen auf ihn ein. Sie durchfuhren ihn, rissen an seinem Selbst. Zack wehrte sich, schlug um sich, zerteilte jedoch nur Rauch und Nebel. Grüne Schlieren und leuchtende Augen umgaben ihn. Seine Kehle vibrierte, schmerzte – er merkte nur am Rande seines Bewusstseins, dass er schrie. Sein Innerstes wurde nach außen gestülpt, sein Wille zerrissen.

Er ging vollends auf die Knie, fing den Sturz mit den Händen in der nassen Wiese ab. Immer mehr Erscheinungen drangen auf ihn ein – so lange, bis Zack jegliches Gefühl für die Realität verlor. Er wusste nicht mehr, wer er als individuelle Person war, in welcher Zeit er sich befand – wo er sich befand. Er war einer. Und er war viele.

Die Umgebung löste sich in verpuffenden Rauch auf. Die Dimension zerriss, verblasste um ihn herum. Danach kam es ihm vor, als schwebe er knappe zwei Meter über dem Boden. Unter ihm tat sich ein neues Umfeld auf. Er schaute auf eine Ebene hinab, auf der sich Zelte und Behausungen verschiedenster Art befanden. Gut zwei Dutzend Menschen bewegten sich unter ihm und gingen ihren täglichen Aufgaben nach. Sie sprachen in einer ihm fremden Sprache, und doch verstand er sie. Eine Mutter zeigte auf einem freien Platz gerade ihrem Sohn und ihrer Tochter, wie man mit Pfeil und Bogen umging. Mehrere Meter entfernt spaltete ein Mann Holzscheite.

Zack wusste über jede Kleinigkeit Bescheid, die sie taten, auch als sein Blick auf einen großgewachsenen, kräftigen Ureinwohner fiel, der um die Schultern ein Wolfsfell trug und an den Füßen Stiefelmokassins aus Leder. Die freigebliebenen Bereiche seines Oberkörpers und sein Gesicht hatte der Mann mit den Stammesfarben bemalt. Der Wolfskopf lag als Kapuze in seinem Nacken, seine langen, schwarzen Haare waren zum Teil geflochten. Zwei auffällige Federn hingen vom Griff seines Tomahawks hinab, den er am Gürtel trug.

Das war der Stammesführer der Ista. Zack war sich zu hundert Prozent sicher. Es handelte sich um jenen Geist, mit dem er soeben und auch schon bei der ersten Kontaktaufnahme mit den Geistern des Graveyard Hills gesprochen hatte.

Wenig später überschlugen sich die Ereignisse wie auf ein Fingerschnippen hin. Das Bild veränderte sich, löste sich in einen Wirbel aus bunten Farben auf. Das Gesicht eines blonden Mannes in Uniform tauchte auf, der die Lippen zu einem sardonischen Grinsen verzogen hatte.

Schüsse, Schreie. Höllenqualen und Schmerzen.

»Erschießt sie! Treibt das wertlose Pack davon!«

»Jawohl, General!«

Weitere Schüsse, weitere Schreie. Das Weinen von Kindern.

»Was ist mit den Jüngeren? Mit den Frauen?«

»Tötet sie alle! Rottet sie aus!«, blaffte die Stimme des Generals, dessen Gesicht immer mehr verschwamm.

»Und die Kinder?«

»Keine Gnade! Jede einzelne dieser Ratten! Verschont nur Nahele. Der elende Häuptling soll sehen, wozu es führt, sich mir zu widersetzen.«

»Jawohl, General Dormwell.«

Das Bild löste sich abermals auf. Gestalten und Szenen verschwammen ineinander. Zack wurde Zeuge, wie Dutzende von Ureinwohnern in ihrem Blut lagen und die letzten Atemzüge aushauchten. Es herrschte in der Tat keine Gnade. Zwar wehrten sich selbst Frauen und Kinder aus Leibeskräften, aber mit ihren primitiven Waffen hatten sie gegen die Schießeisen keine Chance.

Mehr Schreie. Blut spritzte. Messer kamen zum Einsatz. Gedärme quollen durch verzweifelt darin verkrallte Finger.

Die Szene verblasste, glitt in einen wirbelnden Sturm aus bunten Farben über und formte sich schließlich zu einem neuen Ereignis. Nun befand sich Zack, von dem immer noch niemand Notiz nahm, in einem Lager. Eine Matratze war zu sehen, ebenso ein Tisch mit etlichen Papierrollen, Goldbarren und anderen Utensilien darauf. Inmitten des Lagers, das von einer Zeltplane überdacht war, befanden sich vier Männer. Zwei Soldaten, die einen Ureinwohner flankierten – nein, die Nahele flankierten, der auf die Knie gesunken war, die Arme hinter dem Rücken gefesselt, der Kopf kraftlos auf die Brust gesenkt. Armeegeneral Eduard Gustave Dormwell höchstpersönlich stand vor ihm.

Zack verfolgte als stummer Beobachter, der sich nicht bewegen konnte, was vor exakt hundertneunundvierzig Jahren – im Jahre 1777 – passiert war.

»Das hast du davon, dich gegen mich zur Wehr zu setzen, Indianer.«

Nahele atmete schwer. Überall auf seinem Körper ließen sich Blessuren und Schnittwunden erkennen.

»Sie sind alle tot. Dein ganzer Stamm. Wärst du nicht so stur gewesen, hätten wir das anders regeln können«, fuhr Dormwell ungerührt fort. »Jetzt darfst du trauern. Um deine Söhne und Töchter, um deine Frau, deine Schwestern und Brüder. War es das wert?«

Nun hob Nahele seinen Kopf. Sein Gesicht sah furchtbar aus. Es sprach Bände darüber, wie sehr sie den Stammesführer missbraucht und geschändet hatten. Ein Auge war komplett zugeschwollen, die Lippen waren aufgeplatzt, seine Nase offensichtlich gebrochen, sein gesamter Körper blutbefleckt.

»Lieber sterben wir im Kampf um unsere Freiheit und fallen, als uns von euch Eindringlingen versklaven zu lassen«, gab Nahele zur Antwort. Er zuckte vor Schmerzen zusammen, als einer der Soldaten ihm mit dem Gewehrkolben in die Rippen stieß. Dormwell hob jedoch eine behandschuhte Hand und bedeutete ihnen, von dem Stammesführer zurückzuweichen. Sie gehorchten und nahmen an den Seiten Aufstellung.

Dormwell sah abfällig auf den Ureinwohner hinab. »Genau das ist der Grund, wieso solche Primitiven wie ihr das neue Zeitalter nicht überleben werden.«

»Ihr werdet dafür bezahlen!«, knurrte Nahele kaum verständlich. Obwohl sein Körper derart geschunden war, sprühte pure Wut aus seinem unverletzten Auge.

Dormwell lachte und ging zu dem Stammesführer in die Hocke hinunter. Er vergrub die Finger grob in Naheles langem, verfilztem Haar und zwang den Mann dazu, ihn anzusehen. »Wie willst du dich denn an mir rächen, Wilder? Aus dem Jenseits?«

Nahele knurrte erneut und bleckte die Zähne. »Unsere Schicksale sind miteinander verbunden. Wir werden dir niemals verzeihen.«

Das brachte Dormwell zum Lachen. Der Armeegeneral wischte sich sogar mit der freien Hand eine Träne aus dem Augenwinkel. »Sowas von unzivilisiert.« Danach ließ er Nahele so ruckartig los, als berühre er ätzende Säure. Das war der Moment, in dem der Stammesführer zuschlug. Schneller als jeder Anwesende im Lager hätte reagieren können, sprang er auf und ließ die Fesseln um seine Handgelenke – aus denen er sich offensichtlich zuvor bereits befreit hatte – zu Boden fallen. Er rammte Dormwell mit der Schulter und griff gleichzeitig nach dem Dolch, der in der Scheide an seinem Gürtel steckte. Der General ächzte, stolperte und wirbelte herum. Die beiden Soldaten kamen ihm zu Hilfe, aber Nahele war schneller. Ohne zu zögern rammte er Dormwell die Spitze des Dolchs ins Auge. Mit einem ekelhaft klingenden Plop platzte es, und die Flüssigkeit, die austrat, vermengte sich mit einer Blutfontäne.

Diesmal bekam Nahele den Gewehrkolben über den Hinterkopf geschlagen, was den Häuptling taumeln ließ. Dann droschen die Soldaten weiter auf ihn ein, bis sich unter das dumpfe Geräusch das Brechen von Knochen mischte.

Sie hielten erst inne, als Dormwell brüllte: »Halt!«

Zack konzentrierte sich als unsichtbarer Beobachter aus der Zukunft wieder auf den General. Er hatte sich den Dolch aus dem Auge gerissen und stand zitternd und breitbeinig im Lager. Sein zerstörtes Antlitz glich einem Albtraum. Blut färbte die dunkle Uniform noch dunkler. Stolpernd schleppte er sich auf Nahele zu, der mittlerweile regungslos am Boden lag. Als er bemerkte, dass der General sich ihm näherte, richtete er den Oberkörper wenige Zentimeter auf. Zu mehr war er nicht fähig. Ihm versagte die Kraft.

»Das war nicht tief genug, um mich zu töten, Wilder«, keuchte Dormwell.

»Tief genug ... um dich für immer zu entstellen und dir das Augenlicht auf einer Seite zu nehmen«, erklang die keuchende Antwort. Nahele litt unsägliche Schmerzen und verzog das Gesicht.

»Mag sein.« Dormwell hielt vor ihm an, trat ihm gegen die Schulter und drehte Nahele mit seinen bereits gebrochenen Knochen auf den Rücken. Danach stieg er ihm mit dem schweren Stiefel auf die Brust. Der Stammesführer reagierte kaum mehr. Er befand sich bereits an der Grenze zum Tod – in einem Delirium aus Schmerzen.

»Jetzt gib mir die Genugtuung, deine hässliche Fratze vom Antlitz dieser Welt zu tilgen.«

Nahele spuckte Blut, hustete und lachte dann tatsächlich abgehackt. »Ich werde nicht ... der Letzte sein, der sich gegen euch wehrt.«

»Nein«, gestand ihm der General zu. »Aber du und deine Plage wart die Letzten, die dem Ausbau der Stadt im Weg standen.« Weniger elegant als zuvor stieg Dormwell wieder von ihm hinunter und ging in die Hocke. Der Blutverlust und die Schmerzen ließen ihn schwanken. Er stützte sich mit der freien Hand auf dem Boden ab. »Sei mir dankbar. Ich vereine dich wieder mit Deinesgleichen.«

»Jede Tat hat Konsequenzen«, sagte Nahele noch, ehe er die Augen schloss und selig lächelte. Danach bohrte Armeegeneral Eduard Gustave Dormwell ihm den Dolch mitten ins Herz.

Das Bild verschwamm. Von einem auf den anderen Augenblick kehrte Zack ins Hier und Jetzt zurück – ins Amerika des Jahres 1926, zu den Gebeinen der amerikanischen Ureinwohner im Graveyard Hill. Sein Bewusstsein gehörte wieder ihm selbst. Er war Zacharias Zorn, Privatermittler, soeben aus dem Jahr 1777 zurückgekehrt.

Mit einem Schwall erbrach Zack sich auf die Wiese. Doch der Einfluss der Geister nahm ab. Sie wichen vor ihm zurück, schwebten vereint Richtung Parkplatz. Nur einer verharrte vor Zack in der Luft und blickte auf ihn hinab.

Würgend, keuchend und mit rasendem Puls hob Zack den Kopf. Zwar waren die Umrisse und seine Gestalt immer noch verschwommen, neblig und durchsichtig, dennoch erkannte er ihn eindeutig wieder: Nahele.

»Verstehst du nun? Dormwell muss aufgehalten werden.«

Zack wischte sich über die Lippen und bemerkte dabei, wie heftig seine Hand zitterte. Er richtete sich so weit auf, dass er zumindest nicht mehr auf allen Vieren vor dem Geist hockte, sondern vor ihm kniete. Die Position erinnerte ihn erschreckend daran, wie Nahele im Lager gekauert hatte.

»Es tut mir leid, was dir und deinem Stamm angetan wurde, Nahele. Doch die Bewohner Sorrowvilles können nichts für die Grausamkeit eines längst verstorbenen Generals.«

»Selbst dann nicht, wenn manche von ihnen selbst dafür gesorgt haben, dass der mörderische Verbrecher zurückkehrt?«

»Wer?«

Nahele lächelte, obwohl Zack durch das stete Flackern nur Teile seines Mundes erkennen konnte, bevor sie wabernd verblassten. »Die Zeit ist gekommen.« Mehr gab er nicht preis. Stattdessen hob er einen Arm und stieß einen Schrei aus – oder ein Wort, das Zack nicht verstand. Anschließend wurde Zack Zeuge, wie sich der Geisterstamm zusammenrottete, den Graveyard Hill verließ und sich direkt auf Sorrowville zubewegte. Wenn einzelne Geister schon für Angst und Schrecken, für Morde und Blutrausch sorgen konnten, wollte er nicht wissen, was der gesamte Stamm gemeinsam in der Stadt auslöste.

Zack schloss die Augen. Wasser lief ihm über das Gesicht. Da sein Hut neben ihm im Gras lag, schützte er ihn nicht vor dem Regen. Die Tränen des Himmels fühlten sich tröstend an, streichelten ihn, brachten ihn zur Ruhe. Doch diese Ruhe war nichts weiter als jene vor dem Sturm. Das Schlimmste daran war, dass Zack die kommende Urgewalt nachvollziehen konnte. Ja, er verstand Nahele und seinen Stamm nur zu gut.

Der Privatermittler wünschte sich aus einem Gefühl heraus, das er sich nicht erklären konnte, dass die wiedergekehrten Toten siegreich sein und ihre Rache an Dormwell vollziehen würden.

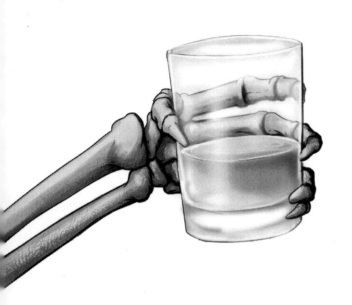

Kapitel 8
DUNKLE FAMILIEN-GEHEIMNISSE UND MACHENSCHAFTEN

Als Zack sein Oldsmobile inmitten der Main Street neben einem alten Pub parkte, war die Situation bereits außer Kontrolle geraten. Menschen liefen über die Straße, schrien und suchten das Weite. Manche von ihnen wurden von anderen verfolgt, die das Gesicht zu bösartigen Fratzen verzogen hatten. Gelegentlich schwirrte der eine oder andere Geist an ihnen vorbei – auf der Suche nach einem Opfer. Sie terrorisierten die Bürger nur aus einem Grund, und dieser machte Zack so wütend, dass er entschlossen wieder den Motor startete, um den Ort zu verlassen – als plötzlich jemand auf seine Motorhaube schlug. Erschrocken blickte er auf.

»Zack!« Lissy beugte sich zur Frontscheibe vor, umrundete das Auto und riss die Tür auf, noch ehe Zack es hätte tun können. Kurz darauf tauchte Rudy hinter ihr auf – zum Glück völlig normal.

»Wir müssen etwas unternehmen!«, drängte Lissy.

Der Inspector pflichtete ihr bei. »Die Situation gerät außer Kontrolle. Die Insassen des SMI toben und wüten, und auf den Straßen drehen die Menschen durch!«

»Ich weiß«, schaffte Zack gerade noch zu antworten, ehe Lissy ihm das Wort abschnitt. »Als ich davon hörte, fuhr ich sofort ins SMI. Dort habe ich den Inspector getroffen. Wir wollten uns auf den Weg zu dir machen, als wir deinen Wagen die Einfahrt hochfahren sahen.«

Zack verkrampfte die Finger um das Lenkrad, bis die Fingerknöchel ebenso weiß hervortraten, wie es vor wenigen Tagen bei Lissy der Fall gewesen war. Im Hintergrund kreischte eine Frau auf. Ein Hund bellte, und das Klirren umfallender Mülleimer war zu hören.

Er atmete angestrengt aus. »Rudy, sorg dafür, dass die Leute in ihren Häusern bleiben. Das wird sie zwar nicht auf Dauer schützen, aber zumindest erhöht es ihre Chance, nicht besessen zu werden. Jedenfalls dürfte die Gefahr geringer sein, als wenn sie auf offener Straße herumirren und einem der Geister in die Arme laufen.«

»In Ordnung. Ich hole Verstärkung.«

Nun wandte sich Zack an Lissy. »Ich weiß jetzt, wo wir suchen müssen, wenn wir das alles beenden wollen.«

Die Reporterin schaute sich beunruhigt das Chaos auf den Straßen an und richtete ihren Blick dann wieder auf Zack. »Charles Dormwell, nehme ich an?«

»Goldrichtig.«

Ohne etwas darauf zu erwidern, umrundete Lissy den Wagen und stieg ein. Rudy hatte sich bereits entfernt und versuchte, einige der aufgeregten Passanten zu beruhigen, andere dazu zu bewegen, nach Hause zu gehen. Gerade als einer der Geister um den Inspector schwirrte, befürchtete Zack bereits das Schlimmste, doch aus irgendeinem Grund interessierte sich die Erscheinung des toten Ureinwohners nicht für den Mann, sondern wandte sich genau in Zacks Richtung. Ihre Blicke trafen sich. Obwohl er optisch nicht erkennen konnte, um wen es sich handelte, fühlte er sofort, dass es Nahele war. Der Stammesführer drehte sich wieder von ihm weg und verblasste im Nichts.

»Hast du das gesehen?«, fragte Zack.

Lissy strich sich nervös eine Strähne aus dem Gesicht. »Was meinst du?«

Zack wartete nicht länger und schaute sich auch nicht um, ob ein anderes Auto in seiner Nähe war. Er fuhr sofort los – mit dem Glück auf seiner Seite: Sein Oldsmobile war momentan der einzige Wagen auf der Straße, und die Menschen kamen ihm nicht in die Quere.

»Hör zu, Lissy. Ich habe ein paar Dinge in Erfahrung gebracht. Alles begann im Jahre 1777.«

Als sie bei Charles Dormwell ankamen, beendete Zack gerade die Erzählung darüber, was ihm die Geister am Graveyard Hill gezeigt hatten. Lissy schlug die Wagentür zu und schüttelte heftig den Kopf. »Das schreit nahezu nach einer Story.«

»Ja, wir werden für Gerechtigkeit sorgen. Die Schattenseiten der Taten des Generals sollen nicht in Vergessenheit geraten. Zuerst müssen wir jedoch erreichen, dass Nahele und sein Stamm die Bewohner Sorrowvilles nicht länger terrorisieren.«

Gemeinsam betraten sie den gepflegten Garten von Dormwells Anwesen.

»Ich muss gestehen, dass ich den Hass der Ista gegenüber Dormwell durchaus nachvollziehen kann«, sagte Lissy.

»Ich auch. Aber die Menschen von heute können nichts für die vergangenen Taten eines boshaften Mörders, der seine Machtposition schamlos ausgenutzt hat.«

»Nein, das nicht, aber sie haben weiß Gott genug anderen Dreck am Stecken.« Sie seufzte. Kurz vor der Veranda fasste sie Zack am Unterarm, um ihn zurückzuhalten. »Zwei Fragen, bevor wir anklopfen: Hast du was Brauchbares über Charles Dormwell herausgefunden? Oder hat der Inspector mittlerweile einen Durchsuchungsbefehl für dich herausschlagen können, von dem du mir nichts erzählt hast?«

Er lächelte schief. »Nicht mehr, als ich dir bereits sagte. Charles Dormwell ist offiziell das reinste Unschuldslamm.«

»Also bekommt der Inspector keinen?«

»Nein.«

»Wie stellst du dir dann vor, dass wir auch nur ansatzweise etwas Brauchbares aus dem Schnösel herausbekommen?«

Zack grinste. »Lassen Sie das ganz meine Sorge sein, Ms. Roberts.« Er zwinkerte ihr zu und sah sie schmunzeln. Nach all der Zeit kannte sie ihn gut genug, um zu ahnen, dass Zack seinen Willen durchsetzen würde, wenn er sich einmal für einen Weg entschieden hatte, also stellte sie keine weiteren Fragen.

Beim Anwesen angekommen, wuchtete Zack den Türklopfer einige Male gegen das Holz. Diesmal dauerte es nicht so lange, bis Charles Dormwell an die Tür kam. Vermutlich hatte er sie bereits kommen sehen.

Mit genervtem Gesichtsausdruck öffnete er ihnen. »Mr. Zorn. Ms. Roberts«, brummte er unfreundlich. »Was wollen Sie schon wieder hier?«

»Fangen wir mal damit an, dass die halbe Stadt durchdreht, weil einer Ihrer Vorfahren wiederauferstanden ist. Haben Sie vielleicht eine Idee, woran das liegen könnte?«, fiel Zack mit der Tür ins Haus.

Dormwell wurde von einem auf den anderen Moment blass. »Ich weiß nicht, was ich mit dieser Sache zu tun …« Weiter kam er allerdings nicht, da Zack ohne Vorwarnung gegen die Tür trat, die ihn unsanft ins Innere des Hauses stieß. Sofort setzte er nach, dicht gefolgt von Lissy, die mit triumphierendem Blick die Tür hinter ihnen schloss.

Benommen hielt sich Dormwell die blutende Nase und blickte Zack aus weit aufgerissenen, schockierten Augen an. »Sind Sie irre?«

Zack verschränkte die Arme vor der Brust. Sie befanden sich inmitten eines kurzen Flurs, der den Blick auf ein helles, geräumiges Wohnzimmer freigab. Zwar konnte Zack nichts Ungewöhnliches wahrnehmen, keine Spur von paranormalen Energien, doch das bedeutete nichts. »Hören Sie mir gut zu, Dormwell. Ich sage es nur einmal.«

Der Nachfahre des Generals wischte sich das Blut aus dem Gesicht und machte keine Anstalten, ihm zu antworten, was Zack Zustimmung genug war. »Dort draußen«, er deutete aus dem Fenster in den Garten, »haben sich die Toten des Graveyard Hills erhoben und sinnen nach Rache. Sie drangsalieren Unschuldige dafür, was Ihr Vorfahr ihnen angetan hat.«

»Das habe ich verstanden. Was hat das mit mir zu tun?«, fragte Dormwell mürrisch.

Zack verengte seine Augen zu Schlitzen, während Lissy nur den Kopf schüttelte. Dann sagte er: »Hören Sie auf, uns etwas vorzumachen. Was dort draußen passiert, ist auf Ihrem Mist gewachsen, Sie Bastard!«

»Richtig!«, schloss sich Lissy Zacks Worten an. »Wäre es nicht ein Riesenzufall, wenn ausgerechnet der Nachfahre eines aus dem Jenseits zurückgekehrten Armeegenerals nichts darüber wüsste? Vor allem, wenn sich dieser so furchtbar unkooperativ zeigt und lügt, dass sich die Balken biegen. Und Sie sind – verzeihen Sie mir meine Direktheit – ein miserabler Lügner.«

Dormwell schien mit jedem von Lissys Worten kleiner zu werden. Zack nutzte diese Tatsache und machte weiter. »Ich kenne Ihre Akte, Mr. Dormwell. Sie und Ihre Schwester sind die einzigen noch lebenden Dormwells. Die Mutter starb bei der Geburt Ihrer Schwester, der Vater erst vor kurzem. Kurze Zeit später – ganz zufällig – taucht einer Ihrer Vorfahren auf, der mit seiner Wiederkehr dafür sorgt, dass sich seine Opfer von vor knapp hundertfünfzig Jahren erheben, um Rache an ihm zu üben! Für mich klingt das nach einem erheblichen Kollateralschaden.« Zack ließ ihn keine Sekunde lang aus den Augen. »Und dann ist da noch Ihre Schwester, die eine hervorragende Akte vorzuweisen hat und nie an psychischen Erkrankungen litt, jedoch plötzlich durchdrehte und von Ihnen ins SMI verfrachtet wurde. All das innerhalb weniger Wochen. Also erzählen Sie mir bloß nicht noch einmal, dass Sie nichts darüber wüssten. Ich warne Sie!« Zack ging einen Schritt auf Charles zu, der unwillkürlich zurückwich.

Lissy nickte bekräftigend, während der Mann nervös schluckte. »Das Spiel ist aus, Mr. Dormwell. Was sind Sie, ein Geisterbeschwörer? Ein Kultist von Mariah Burnham? Oder einfach nur ein Wahnsinniger, der sich mit einer zufällig gefundenen Beschwörungsformel in Träumen von Macht verliert? Rücken Sie endlich mit der Wahrheit heraus und entlasten Sie damit nicht nur sich selbst, sondern auch all die armen Seelen dort draußen, die Ihretwegen heimgesucht werden!«

Dormwell schien vor Entsetzen kaum Luft zu bekommen.

»Wo ist der General, Mr. Dormwell? Wir müssen ihn finden, um diese ganze Misere zu beenden«, drang Zack weiter auf ihn ein.

»Ich weiß wirklich nicht, was Sie von mir ...«

Zack reichte es. Er stürmte auf den Mann zu, packte ihn am Kragen und hob die Faust. »Wenn Sie uns noch einmal belügen, Mr. Dormwell, weiß ich nicht, wie lange ich mich noch zurückhalten kann.«

»Ich ... ich ...«, stotterte Dormwell und blickte gehetzt zwischen Lissy und Zack hin und her. »Ich kann doch nicht beeinflussen, was dieser verfluchte Geistergeneral treibt! Das ... das hat nichts mit mir zu tun! Sie beide sind doch vollkommen übergeschnappt!«

Ohne weitere Vorwarnung ließ Zack ihn los, nur um ihm keine Sekunde später einen deftigen Kinnhaken zu verpassen. Dormwell prallte ächzend gegen die Wand und hielt sich ungläubig das Kinn. Seine Augen füllten sich mit Tränen. Nichts war mehr von seiner selbstgefälligen und ablehnenden Art übrig.

»Reden Sie endlich, Sie verlogenes Arschloch!« Zack deutete aus dem Fenster. »Das Chaos dort draußen muss aufhören! Ich prügle Sie windelweich, wenn Sie sich weiterhin weigern, uns zu helfen! Und glauben Sie mir, ich kenne keine Skrupel, wenn es sein muss.«

Das war der Augenblick, in dem Dormwell brach. »Sie haben gewonnen!« Er schüttelte so heftig den Kopf, dass sein blondes Haar wild flatterte. »Ich halte das nicht länger aus! Jede Nacht erscheint einer dieser verdammten Ureinwohner in meinen Träumen und droht, dass seine Nachfahren dafür bezahlen werden, was er ihnen angetan hat. Jede verdammte Nacht dieselbe beschissene Botschaft!«

»Ihnen ist klar, was das bedeutet, nicht wahr?« Zacks Tonfall wurde etwas milder. Dormwells Zustand kannte er gut.

Das Fass war kurz vor dem Explodieren, und wenn der Mann vollends die Nerven verlor, konnte es gut passieren, dass sie nichts mehr aus ihm herausbekamen.

»Natürlich! Jetzt ist er hier, dieser Geist. Er will mich holen, nicht wahr?« Dormwell wirkte mit einem Mal fast wie ein Kind – zumindest mehr wie der junge Mann, der er noch war. Die Ereignisse der letzten Zeit hatten den Mittzwanziger erheblich altern lassen.

»Früher oder später sicher.«

»Heilige Maria, Mutter Gottes … steh mir bei!« Charles raufte sich die Haare und warf hektische Blicke durch den Raum.

Lissy trat einen Schritt auf ihn zu und legte ihre Hand auf seine Schulter. »Hören Sie zu, Mr. Dormwell. Sie haben selbst gesagt, dass Sie bereits von Mr. Zorn und mir gehört haben, nicht wahr?« Sie schaffte es tatsächlich, dass er sich ein wenig beruhigte und sie anschaute. Er nickte schuldbewusst. Lissy lächelte freundlich. Sie zog ihn offenbar in ihren Bann.

»Dann wissen Sie mit Sicherheit, dass wir bislang jeden Fall gelöst haben, ganz gleich, womit wir es zu tun hatten. Wenn Sie unsere Hilfe wollen, müssen Sie ehrlich zu uns sein. Was ist passiert? Wo ist Eduard Dormwell?«

Charles ließ die Schultern hängen, rieb sich noch einmal das Kinn und kämpfte weiter mit den Tränen. »Das alles ist mein Fehler. Alles.«

Zack unterdrückte ein tiefes Seufzen. So weit waren sie auch schon. Ungeduldig blaffte er: »Raus damit, Mann! Wie haben Sie Dormwell erweckt? Und warum?«

Der Nachfahre wandte sich von Lissy und Zack ab, bedeutete ihnen, ihm zu folgen, und ging ins Wohnzimmer. Dort ließen sie sich auf einer weichen Couch an einem Glastisch mit Keksen auf einem Teller nieder. Dann begann Dormwell endlich zu berichten.

»Meredith und ich hatten kein allzu gutes Verhältnis zu unserem Vater. Wir haben uns sozusagen selbst großgezogen. Hatten nur uns.« Er atmete laut aus. Zack und Lissy lauschten ihm schweigend. Zack wollte ihn auf keinen Fall unterbrechen, bevor der junge Mann es sich anders überlegte.

»Unser Vater war viel unterwegs, hat all seine Energie nur in die Karriere gesteckt. Vielleicht führte das auch schließlich zu seinem Herzinfarkt – wer weiß das schon.« Dormwell schüttelte den Kopf. »Jedenfalls erhielten wir kurz nach seinem Tod sein Testament. Darin stand etwas von einem alten Tagebuch geschrieben, das uns mehr Reichtum bringen würde, als er je für uns hätte erwirtschaften können.«

»Ein altes Tagebuch?«, hakte Lissy neugierig nach.

Dormwell nickte, ohne sie anzusehen. Er starrte abwesend auf seine ineinander verschränkten Finger, während er sich mit den Ellbogen auf den Oberschenkeln abstützte. »Das Tagebuch eines lange verstorbenen Vorfahren. Es soll General Eduard Gustave Dormwell gehört haben und bei der Beisetzung in seinen Sarg gelegt worden sein. Also habe ich Nachforschungen angestellt. Meredith und ich konnten das Geld gut gebrauchen – weil wir das Familienanwesen jetzt allein in Schuss halten müssen.« Er schluckte schwer und knetete nervös seine Finger. »Also fand ich heraus, dass Eduard Dormwell 1784 im Familienmausoleum auf dem Green Wood Cemetary beigesetzt wurde. Ich habe eine günstige Gelegenheit abgewartet und es betreten. Dort habe ich die alte Krypta aufgebrochen, den Sarg von Dormwell entweiht und tatsächlich das Tagebuch darin gefunden.«

Da er keine Anstalten machte, weiterzusprechen, beugte Zack sich vor und suchte seinen Blick. »Es scheint neuerdings in Sorrowville so eine Art Volkssport zu sein, die Ruhe der Toten zu stören. Ein Jammer, dass der alte Bernie White tot ist. Wäre er noch Friedhofswächter, hätten Sie dort nicht so einfach wüten können. Eine Straftat, die Sie allerdings vorerst nicht zu belasten braucht, Mr. Dormwell. Wichtiger ist jetzt, dass Sie uns dabei helfen, den Irrsinn in Sorrowville zu beenden.«

Dormwell strich sich fahrig durchs Haar. Sein Gesicht war totenbleich. »Jedenfalls habe ich das Tagebuch des Generals studiert und nach Hinweisen auf den angeblichen Reichtum gesucht. Dabei fand ich nicht nur heraus, dass es meinem Vorfahren Genugtuung verschafft hatte, die Indianer zu jagen, zu töten und Trophäen seiner Opfer zu sammeln, sondern auch, dass es ihn regelrecht freute, den Stamm der Ista zu foltern. Und ich fand darin die Formeln.«

Nun waren nicht nur Zacks, sondern auch Lissys Nerven zum Zerreißen gespannt.

»Welche Formeln?«, fragte sie ungeduldig.

»Formeln längst vergangener Zeit.« Der junge Dormwell runzelte nachdenklich die Stirn. »Dunkle Formeln, alte Runen – definitiv nicht aus Amerika. Da ich mir nicht anders zu helfen wusste und Meredith in diese abstruse Sache nicht mit hineinziehen wollte, begann ich abermals zu recherchieren und landete schließlich bei einer Wissenschaftlerin für Altertumskunde, die vielversprechend klang, um mir bei meinem Problem zu helfen: Blaire Brightcraft. Also kontaktierte ich sie und erzählte ihr von dem Tagebuch. Brightcraft war sofort daran interessiert, und so setzten wir uns in Verbindung. Das war jedoch ein Fehler ...«

Zack und Lissy warfen sich bedeutungsschwangere Blicke zu, die Dormwell nicht entgingen, so schuldbewusst, wie er nun dreinblickte.

»Nach einigen Gesprächen, während denen ich ihr das Tagebuch überließ, stand sie schließlich vor meiner Tür und meinte, das Rätsel geknackt zu haben. Sie war wie besessen von der Sache. Also ließ ich sie ein und klärte Meredith auf, die wenig begeistert darüber war. Dennoch beteiligte sie sich an der Suche nach dem verborgenen Reichtum – mit den Formeln, die laut Brightcraft genau zu diesem führen sollten. Dabei gab es allerdings einen Haken.«

»Wie immer, wenn man sich mit den Mächten der Finsternis einlässt«, meinte Lissy bedauernd.

Zack fuhr sich über die Stirn. Er war müde und ausgelaugt, immer noch beklommen und angeschlagen von seinem heutigen Erlebnis, denn so eine Zeitreise erlebte man nicht alle

Tage. Doch für Erholung war keine Zeit. Sie waren kurz davor, alledem ein Ende zu bereiten – das hoffte er jedenfalls.

»Brightcraft entpuppte sich als Anhängerin okkulter Machenschaften. Sie berichtete etwas von einem Herrn, dem sie sich verschrieben habe, und der die Macht besäße, sie als seine treue Dienerin dazu zu befähigen, den Aufenthaltsort zu entschlüsseln.«

»Agon'i'Toth«, seufzte Zack leise. Wie hätte es auch anders sein können? »Lassen Sie mich raten: Wir nähern uns Eduard Dormwells Beschwörung, nicht wahr?«

Der Mann blickte erst erschrocken auf, dann nickte er langsam. »Sie behauptete, die Formeln und Runen würden den Geist des toten Armeegenerals in einem Ritual beschwören, woraufhin wir ihn dann persönlich fragen könnten, wo sich der Familienreichtum befindet. Also willigten wir ein. Meredith war zwar anfangs dagegen, doch die Wissenschaftlerin versprach, dass dabei nichts Schlimmes passieren könnte.« Nun ballte er seine Rechte zur Faust und drückte sie in seine Handfläche, offenbar ohne sich dessen bewusst zu werden. »Wir führten das Ritual durch, wobei sich herausstellte, dass wir eine Art Gefäß für die Seele des Toten benötigten, das als Portal zwischen dem Jenseits und Diesseits dienen würde. Eduard Dormwell erschien anfangs in flimmernder Gestalt, zerriss ständig und konnte sich nicht halten. Ohne zu zögern missbrauchte Brightcraft meine Schwester schließlich als Mittel zum Zweck.«

Dormwells Nachfahre zitterte nun sichtbar. »Es geschah binnen Sekunden. Der einäugige General manifestierte sich in Meredith und offenbarte uns, dass es sich bei dem Familienschatz um seine ihm teuren Hinterlassenschaften und Ersparnisse handele, die er persönlich versteckt habe. Meredith war allerdings als Gefäß zu schwach. Eduard wurde zwanghaft aus ihrem Körper gerissen.« Seine Stimme brach, und er rang mittlerweile heftiger um Fassung.

»Was passierte dann?«, hakte Lissy vorsichtig nach.

»Blaire Brightcraft hat die Gunst der Stunde genutzt, um

ihrem Herrn zu dienen. Da Merediths Geist ohnehin geschwächt war, öffnete sie ein weiteres Portal aus dem Jenseits zum Diesseits. Dabei kehrte nicht nur Eduard Dormwell zurück, sondern mit ihm ein Dämon, wie Brightcraft mir anschließend offenbarte. Er unterwarf Meredith seinem Willen und machte sie zu seiner Dienerin. Seither ist sie Agon'i'Toths Marionette.« Dormwell wischte sich mit dem Handrücken über die nassen Augen, kämpfte weiter gegen die Tränen an. »Diese verdammte Wissenschaftlerin hatte von Anfang an nichts anderes vorgehabt. Sie nutzte Meredith als Objekt ihrer okkulten Machenschaften – ließ gleich zwei niedere Geister neben dem Dämon in sie fahren. Ich wusste mir nicht anders zu helfen, als Meredith in die Psychiatrie einliefern zu lassen.«

Gebrochen schaute er zunächst zu Zack, dann zu Lissy hinüber. »Was hätte ich denn tun sollen? Das SMI schien mir die einzige Lösung zu sein, ihrem fortan wahnhaften Verhalten, dieser neuen Persönlichkeitsstörung von einem Wir, hinter der so viel mehr steckt, ein Ende zu bereiten. Dort ist sie sicherer als hier. Ich kann nicht immer auf sie aufpassen. Und was hätte es mir gebracht, Blaire Brightcraft anzuzeigen? Niemand hätte mir geglaubt! Womöglich wäre ich gleich mit Meredith im SMI gelandet, hätte ich offen zugegeben, dass sie ein Gefäß für Höllenwesen ist.« Er bekreuzigte sich mehrmals hastig.

»Das ist schrecklich, Charles«, ging Lissy zu einer persönlicheren Anrede über. »Du hast mein Mitgefühl.«

»Danke.«

»Erlaube mir trotzdem eine Frage: Liest du keine Zeitung? Es stand in letzter Zeit doch häufiger etwas über Untote und Vampire darin. Wenn du dann noch von einem Geistergeneral berichtet hättest, dazu einer Okkultistin – es hätte dir durchaus jemand geglaubt.«

»Davon wusste ich nichts. Ich lese keine Zeitung«, gab Charles verlegen zu.

»Das wird noch einmal der Untergang der Menschheit sein, wenn man sich stattdessen obskuren Wissenschaftlern und ihren Beschwörungsriten andient.« Lissy runzelte ablehnend die Stirn. »Dennoch müssen wir uns auf das aktuelle Problem konzentrieren. Und das ist Dormwell. Wo ist er?«

Charles zuckte zusammen, als sie den Namen nannte. »Die Formeln des alten Tagebuchs sowie die fremden Runen, die Brightcraft mit ins Spiel brachte, verliehen Eduard die Fähigkeit, fortan ohne Wirt als zwischendimensionales Wesen zu überdauern. Bezüglich des Schatzstandortes ließ er jedoch nicht mit sich reden. Er wollte stattdessen selbst kontrollieren, ob er noch existiert. Ich weiß also nicht mit Sicherheit, wo er gerade ist.«

»Das ist nicht gut«, murmelte Zack und richtete seinen Kragen, der mittlerweile wieder trocken war. »Seine Rückkehr, sein eigenmächtiges Handeln und sein Hass auf den Ista-Stamm haben dazu geführt, dass dieser sich ebenfalls erhoben hat, um sich Dormwell ein ums andere Mal zu stellen. Dies alles wurde möglich durch die Macht des Agon'i''Toth, der sich an Chaos, Blut und Tod labt, ganz gleich, von welcher Seite sie herbeigeführt werden.«

»Es ist alles meine Schuld«, wimmerte Charles kaum verständlich. »Meine verdammte Gier. Und dann hat mir der General nicht einmal gesagt, wo sich der Schatz befindet. Ich möchte nichts mehr damit zu tun haben, nach allem, was deshalb geschehen ist ...«

»Zerbrich dir nicht den Kopf darüber, was geschehen ist, sondern konzentrier dich darauf, wie wir es wieder rückgängig machen können! Jammern bringt uns nicht weiter!«, fuhr Lissy ihn an. »Hast du eine Idee, wie wir Dormwell zurück ins Jenseits verbannen können, nachdem du dabei warst, wie er beschworen wurde?«

Charles hielt den Blick gesenkt. »Als ich mit Brightcraft, dieser elenden Hexe, gebrochen habe, habe ich in dem Tagebuch nach weiteren Informationen gesucht und dabei lediglich mehr über den Inhalt des Schatzes sowie seine nach den damaligen Massakern enthaltenen Erinnerungsstücke erfahren. Über ein Verbannungsritual oder dergleichen habe ich nichts gelesen. Vielleicht weiß diese Brightcraft mehr darüber.«

Gerade als Zack etwas darauf erwidern wollte, erklang ein Schrei im Garten, gefolgt von einem weiteren. Ein Poltern erklang. Charles zuckte hoch und sah sich gehetzt um. »Was war das?«, rief er panisch. »Ist er hier? Ist Dormwell zurückgekehrt? Oder ist es ein Indianer?«

Zack erhob sich, ohne auf die ängstlichen Fragen einzugehen, und ging zum Fenster, wo er den Vorhang beiseiteschob. Drei Erscheinungen befanden sich im Garten. Im Hintergrund lief eine Frau erneut schreiend die Straße entlang und schien von einem vierten Geist gejagt zu werden. »Bringst du mir bitte Dormwells Tagebuch, Charles? Ich möchte es auf brauchbare Hinweise untersuchen«, bat Zack, einer Eingebung folgend.

Charles und Lissy gesellten sich an seine Seite. »Ich fürchte, das kann ich nicht. Brightcraft hat es mir gestohlen. Aber wo das Tagebuch ist, wird auch der General nicht weit sein. Er scheint damit irgendwie in Verbindung zu stehen.« Er schluckte schwer und schien plötzlich etwas ganz anderes für wesentlich wichtiger zu halten. »Dormwell und Brightcraft sind also nicht dort draußen?« Seine Stimme wurde schrill. »Dann ist es der Indianer! Er will mich töten ... So wie er es gesagt hat!«

Unzufrieden brummte Zack. »Jetzt haben wir das nächste Schlamassel«, murmelte er, ohne auf Charles' Hysterie einzugehen.

»Was meinen Sie?«, hauchte der junge Mann erstickt.

Anstatt zu antworten, steuerte Zack auf die Tür zu und riss sie auf.

»Zack!« Lissy wollte ihm bereits nacheilen.

»Bleib bei Charles und aus der Reichweite der Geister!«, ordnete er an, hielt sie mit erhobener Hand zurück und trat schließlich hinaus. Zwischen den Statuen, die den Weg zur Straße flankierten, drehten sich die drei flimmernden Gestalten zu ihm um. Sie waren nun deutlicher auszumachen. Nahele schwebte in der Mitte und starrte mit bitterbösem Blick zu Zack.

»Wenn du Dormwell suchst: Er ist nicht hier«, versuchte er den Stammesführer zu beruhigen. Der jedoch ließ sich davon nicht überzeugen. »Ich kann seine verdorbene Präsenz spüren.«

»Dann suchst du den falschen Dormwell. Der Mann in diesem Haus ist nichts weiter als ein verängstigter Junge, der aus Unwissenheit heraus Dummheiten angestellt hat.«

Nahele legte den durchsichtig schimmernden Kopf in den Nacken und blickte stolz auf Zack hinab. Grüne Schlieren bildeten sich und lösten sich von seinem Körper. »Charles Dormwell trägt schwarzes Blut in sich. Ich werde nicht eher ruhen, bis die Lebenslichter jedes Nachfahren dieses Mörders erlöschen.«

»Dann bist du nicht besser als Eduard Dormwell«, hielt Zack dagegen, was Naheles Augen intensiver glühen ließ. Der Geist hob seine neblige Hand und deutete auf ihn. »Wage es nicht, mich mit dieser verabscheuungswürdigen Weißhaut zu vergleichen!« Sein Akzent wurde wieder ausgeprägter.

»Denk nach, Nahele. Dieser Mann dort«, Zack deutete auf Charles' Anwesen, »ist nichts weiter als ein Unschuldiger, der sich mit Dingen beschäftigt hat, die so weit über seinen Horizont hinausgehen, dass sie ihm schlicht aus den Fingern geglitten sind. Der wahre Feind ist der General.«

Nahele betrachtete Zack einige Momente lang, als plötzlich direkt aus dem Nichts hinter den anderen beiden Geistern jemand erschien.

»Nachdenken gehörte noch nie zu seinen Spezialitäten«, sagte Armeegeneral Eduard Gustave Dormwell höchstpersönlich. Zack und die drei übernatürlichen Erscheinungen fuhren beinahe zeitgleich zu ihm herum. Dormwell wirkte konturierter als Nahele und die anderen. Er trug eine Militäruniform, dazu eine Augenklappe, und grinste sardonisch.

»Dormwell!«, knurrte Nahele so intensiv, dass es Zack Gänsehaut verursachte. Erneut schien es kälter zu werden, und der Geruch nach Moder und Schießpulver sorgte dafür, dass Zack noch schwindeliger wurde, als es bereits durch die geisterhafte Präsenz der Fall war.

Der General lachte selbstgefällig. »Möchtest du noch einmal versuchen, mich zu töten, Wilder?«

»Dieses Mal werde ich nicht scheitern. Du kannst meinen Körper kein zweites Mal zerbrechen.«

»Welchen Körper?«, verhöhnte ihn Dormwell.

Zack hätte ihm das selbstgefällige Grinsen am liebsten aus dem Gesicht geschlagen, doch der General hatte recht. Obwohl er wesentlich manifestierter als die anderen wirkte, war er immer noch substanzlos. Zacks Schlag wäre vermutlich einfach durch ihn hindurchgegangen.

»Auf ihn!«, schrie Nahele und stürzte sich auf Dormwell. Dieser hob die Hand, schnippte mit den Fingern, und augenblicklich kristallisierten sich vier uniformierte Geistermänner aus dem Nichts, die mit den Ureinwohnern zusammenstießen. Nahele wurde zurückgedrängt, und Dormwell lachte schadenfroh.

Zack konnte hier nichts ausrichten. Angesichts dieser Erscheinungen war er machtlos, und Pedro hatte ihm bislang keine hilfreiche Erfindung zur Verfügung gestellt, mit der er in einen Kampf wie diesen hätte eingreifen können. Hastig drehte er sich um, während immer mehr Geister der Ureinwohner und Soldaten aus längst vergangener Zeit den Garten füllten und sich gegenseitig in einem nie enden wollenden Krieg bekämpften. Zack rannte auf Charles' Haus zu, betrat es und suchte nach Lissy und dem jungen Mann. Er fand sie in der Küche. Charles war leichenblass und hatte sich offensichtlich auf den Küchentisch übergeben. Er hielt ein Glas Wasser in den Fingern und stützte seine Stirn in der Hand ab.

Lissy saß neben ihm und sah besorgt auf. »Was machen wir jetzt?«

»Wir holen uns das Tagebuch!«, antwortete Zack.

»Meinst du, dass wir darin mehr finden als Charles?«

»Das, meine Liebe, werden wir sehen. Fakt ist, dass Eduard Dormwell daran gebunden ist, falls Charles' Angaben stimmen und der General meist dort anzutreffen ist, wo sich das Tagebuch befindet. Das bedeutet gleichzeitig, dass er auf Brightcrafts dunkle Künste angewiesen ist. Ich nehme an, dass sie seinen Entfernungsradius erweitert hat, wenn er ohne sie hier ist. Wenn sie also der Schlüssel zu dem Ganzen ist, wird uns Charles zu der Wissenschaftlerin führen müssen. Dormwell allein bringt uns nicht weiter.«

»Das kommt nicht in Frage!« Charles schüttelte entschieden den Kopf. »Keine zehn Pferde treiben mich da raus! Die irren Geister töten mich auf der Stelle!«

Zack bedachte ihn mit eisigen Blicken. »Wenn du willst, dass das alles endet, wirst du uns zu ihr führen. Jetzt! Sonst zerre ich dich höchstpersönlich raus und werfe dich Nahele vor die Füße. Viel Unterstützung kannst du von deinem toten Verwandten nicht erwarten – wie er schon einmal bewiesen hat.«

Charles wirkte, als würde er sich jeden Moment erneut übergeben. Dann nickte er mit jämmerlichem Gesichtsausdruck.

Kapitel 9

DAS LETZTE PUZZLETEIL

Das Anwesen zu verlassen, war anstrengender als erwartet. Zwar benutzten sie den Hinterausgang, um Dormwells und Naheles unmittelbarem Konflikt zu entgehen, doch dafür mussten sie Charles' Wagen nehmen, der noch schlechter beieinander war als Zacks Oldsmobile. Ganz davon abgesehen, dass die Straßen sich immer mehr mit Geistern füllten.

Zack, der ungefragt das Steuer übernommen hatte, musste ihnen nicht ausweichen, da er einfach durch die Erscheinungen hindurchfahren konnte – was allerdings für Übelkeit sorgte. Vor allem Charles beugte sich immer wieder aus dem Fenster und erbrach sich auf die Straße. Die ganze Sache setzte ihm sehr zu, da sein Körper derart heftig auf die Geister reagierte.

Während sie sich Blaire Brightcrafts Haus näherten, fiel Zack auf, dass immer mehr Geister erschienen – und alle hatten nur ein einziges Ziel: In Massen bewegten sie sich auf Dormwell und Nahele zu, um sich als Soldaten Dormwells ehemaliger Einheit gegen Naheles Stamm zu stellen. Ganze Kriegerscharen versammelten sich und zogen in die Schlacht.

Die Stadt geriet darüber immer mehr ins Chaos, doch Rudy schien seinen Job vorbildlich zu erledigen, denn überall waren Polizeistreifen und dafür nur noch wenige andere Menschen zu sehen.

»Wenn Doyle jetzt immer noch sagt, dass wir keine Spukgeschichten drucken, schlag ich ihm seine Visage aus dem Gesicht«, murmelte Lissy auf dem Rücksitz, während sie ihren Blick über die Straßen schweifen ließ. Charles gab Zack als Beifahrer weiterhin die Richtung an.

»Hat er wieder einen Artikel abgelehnt?«, fragte Zack, während er eine Einfahrt einbog. Er musste lauter sprechen, um den röhrenden Motor des Wracks, das Charles sein Auto nannte, zu übertönen.

»Einen?« Sie lachte abfällig. »Mehrere! Aber ich war so klug und habe diesmal gleich Fotos gemacht. Der Apparat steht derzeit im SMI. Doyle muss die Wahrheit akzeptieren. Mal ganz davon abgesehen, dass mir mittlerweile die halbe Stadt Berichte aus erster Hand darüber liefern kann, wie es ist, von einem Geist besessen zu sein.«

Zack brummte zustimmend. »Ist euch aufgefallen, dass die paar Menschen, die sich noch auf der Straße befinden, alle besessen sind?«

»Wie könnte es auch anders sein? Das ist alles meine Schuld!«, wimmerte Charles mit hoher Stimme. Er war abermals der Hysterie nahe. Zack konnte ihn verstehen. Es dürfte wahrlich kein erhebendes Gefühl sein, zu wissen, dass man für dieses Chaos verantwortlich war.

»Denkt nach«, sagte Zack. »Immer mehr von Naheles Stamm befinden sich an der Seite ihres Häuptlings. Die toten Ureinwohner bilden eine überschaubare Größe. Die Frage, die sich hier stellt, ist eher die, wer die anderen Geister sind.«

»Dormwells Soldaten?«, mutmaßte Lissy und beugte sich zu Zack vor. Ein feiner Hauch von ihrem Parfum und Puder stieg ihm angenehm in die Nase.

»Auch Dormwells Einheit dürfte eine überschaubare Größe darstellen und vor allem jetzt an seiner Seite kämpfen.

Nein. Ich glaube eher, dass hier jemand die Gunst der Stunde nutzt.«

»Brightcraft?«, fragte Lissy düster.

»Mit Sicherheit.«

»Wir sind da«, murmelte Charles nach der nächsten Einbahnstraße und deutete auf eine Häuserreihe. Zack parkte vor einem kleinen, alten Häuschen am Rand der Stadt. Danach stieg er zusammen mit Lissy aus.

»Ich bleibe im Wagen«, verkündete Charles.

Zack zog seinen Hut zurecht, damit der Regen ihm nicht ins Gesicht tropfte, zuckte mit den Schultern und meinte: »Ganz wie du willst. Wenn du einem Geist begegnest, der Besitz von dir ergreifen will, grüße ihn schön von mir.«

»Bis dann«, sagte Lissy gespielt heiter und winkte ihm zu, während sie zur Tür des Hauses gingen, in dem sie Brightcraft hoffentlich antreffen würden.

»Wartet!«, erklang es plötzlich hinter ihnen, als Charles die Wagentür zuschlug und zu ihnen aufschloss.

Zack und Lissy lächelten sich wissend zu, dann klopfte die Reporterin an die Tür. Nach einem Augenblick wiederholte Zack das Ganze. Dennoch mussten sie länger warten, bis ihnen endlich geöffnet wurde. Vor ihnen erschien eine Frau um die fünfzig mit wilden Locken, dicker Hornbrille und weiten Klamotten. Sie stand etwas vorgebeugt da und drehte den Kopf. Ihr Blick wanderte von Zack zu Lissy und schließlich hinter sie, wo sich Charles im Schatten der beiden aufhielt. Ein breites Lächeln stahl sich auf die schmalen Lippen der Frau.

»Mr. Dormwell, wie schön, Sie zu sehen«, flötete sie, Zack und Lissy ignorierend. Sie trat sogar zur Seite, um den jungen Mann besser betrachten zu können. »Ich hoffe, Sie sind nicht allzu nachtragend?«

Charles trat vor. »Geben Sie mir das Tagebuch zurück! Sofort.«

Brightcraft kicherte, deutete in das Haus und öffnete weit die Tür. »Kommen Sie doch rein. Es ist übrigens äußerst angenehm, Ihnen persönlich zu begegnen, Mr. Zorn.« Sie wandte sich an Lissy. »Ihre Berichte in der Gazette sind hervorragend, Ms. Roberts. Sie besitzen außerordentliches Talent.«

Zack runzelte die Stirn. Dass er und Lissy durchaus Ansehen – oder eher Bekanntheit – in Sorrowville genossen, war ihm nicht neu. Zu viel hatte sich in letzter Zeit getan, um nicht aufzufallen. Mit solch einer Begrüßung hatte er jedoch nicht gerechnet.

»Vielen Dank«, sagte Lissy schließlich und beschloss, sich auf die übertriebene Schleimerei einzulassen.

Zack folgte ihr zusammen mit Charles ins Haus. Weit waren sie allerdings noch nicht gekommen, als Brightcraft die Tür hinter ihnen zuschlug. Zack wirbelte geistesgegenwärtig herum, als ihn ein Schwall von Energie erfasste. Er wurde durch den Flur ins Wohnzimmer gegen ein Bücherregal geschleudert, das eine Flut aus Folianten auf ihn herabregnen ließ. Danach schrie Charles auf, und ein Poltern ertönte.

»Versuchen Sie es nicht noch einmal!«, drohte Lissy. Das Klicken, das beim Entsichern ihres Ladysmiths erklang, hätte Zack überall erkannt.

Schwerfällig stand er auf, ächzte und ignorierte den stechenden Schmerz in seinem Rücken, während Bücher von ihm herunterrutschten. Lissy bedrohte die Wissenschaftlerin, die die Hände gehoben hatte, mit ihrem Revolver. Ein grüner Schleier ging von Brightcrafts Fingern aus.

»Sie hat sich der Dunkelheit mit Leib und Seele verschrieben!«, knurrte Zack, der nun ebenfalls seinen Smith&Wesson zog, entsicherte und auf die Wissenschaftlerin zielte, die unterwürfig lächelte. Wie sie es geschafft hatte, einen Energieimpuls aus dem Nichts zu erzeugen, war ihm schleierhaft, doch Anhängern des Agon'i'Toth schien vieles möglich zu sein, das in der tristen Realität keinen Platz hätte finden dürfen.

»Verschrieben klingt so hart«, schnurrte Brightcraft und leckte sich gierig über die spröden Lippen. »Haben Sie nie die Verbindung gespürt, Mr. Zorn?«

Zack blickte rasch zur Seite, als er eine Bewegung wahrnahm, während Lissy Brightcraft nicht aus den Augen ließ.

Charles war gegen die Küchenstühle geworfen worden, hatte sie umgerissen und richtete sich keuchend wieder auf. Da er bei ihrem Anblick jedoch in eine Schockstarre zu verfallen drohte, wusste Zack, dass er es gar nicht so weit kommen lassen durfte. Um Charles vor dem drohenden Nervenzusammenbruch zu bewahren und davon abzulenken, brüllte er ihn an. »Was glotzt du so, Charles? Such gefälligst das Tagebuch und bring es her!«

Charles' Kopf zuckte in seine Richtung. Mit Erfolg – der Blick aus seinen Augen wurde fester, greifbarer. »Es ... es muss im Keller sein. Umgeben von Runen und ...«

»Dann hol es, verdammt!«, befahl Zack, während die Wissenschaftlerin erneut kicherte.

»Ihnen wird der Spaß schon noch vergehen«, meldete sich Lissy wieder zu Wort, als sich Charles mit hängenden Schultern auf den Weg machte, um nach dem Tagebuch des Armeegenerals zu suchen.

»Warum so pessimistisch, Herzchen? Der Spaß hat doch gerade erst begonnen«, erwiderte Brightcraft.

Zack konzentrierte sich intensiver auf sie, ließ den Revolver aber etwas sinken. Es reichte im Augenblick aus, dass Lissy die Frau in Schach hielt, bevor sie wieder auf die Idee kommen konnte, erneut ihre geliehene, dämonenhafte Magie zu wirken.

»Sie stecken hinter den Geisterscharen dort draußen, nicht wahr?«, fragte er.

Brightcraft nahm die Hände langsam hinunter. »Die junge Dormwell hat sich als hervorragendes Versuchsobjekt erwiesen. Nicht nur, dass sie nun eine Daimonide ist, nein – gleich drei Überwesen des All-Einen nutzen sie als Gefäß, um ins Diesseits zu treten.«

»Welchen Nutzen haben diese Wesen, wenn sie Merediths Körper nicht verlassen können?«

»Welch kluge Fragen Sie stellen, Mr. Zorn!«, begann Brightcraft mit süßlicher Stimme. »Seien Sie unbesorgt. Sie können ihn verlassen, glauben Sie mir. Vielleicht bislang nur in einem beschränkten Radius, aber ihre Macht wird wachsen.«

»Was wollen Sie dann von dem toten Armeegeneral?«, mischte sich Lissy ein, die ihren Revolver ebenfalls langsam sinken ließ.

»Ganz einfach, Herzchen. Ich habe einen Pakt mit ihm geschlossen. Dormwell wird mit jeder gerufenen Entität stärker. Er dient mir als wesentlich geeigneteres Portal, um weitere Kinder meines Herrn ins Diesseits zu rufen. Sie werden von den Menschen in Sorrowville Besitz ergreifen und sie für ihre Rückkehr fortan als Gefäß nutzen.«

»Als Gefäß?« Die Reporterin klang hörbar angewidert.

Brightcraft wandte sich langsam an sie – fast wie in Zeitlupe. »Nutzen Sie einfach Ihren klugen Kopf, Ms. Roberts. Können Geister Materialität annehmen?«

»Jedenfalls nicht so wie wir Menschen.«

»Sehen Sie? Wenn aber jemand von einem Toten besessen ist, kann dieser ihn steuern. Das Problem seiner Substanzlosigkeit hat sich erübrigt.«

Zack konnte an Lissys verkniffenem Gesichtsausdruck regelrecht ablesen, dass sie sich nicht erst vorzustellen brauchte, wie das ablief. Sie hatte es am eigenen Leib erfahren. Da sie deshalb wohl gerade nichts zu erwidern wusste, lenkte Zack die Aufmerksamkeit der okkulten Anhängerin wieder auf sich. »Versklavung auf der nächsten Stufe. Bald wird Sorrowville voll von Daimoniden sein. Und langsam reicht es mir, dass Menschen immerzu glauben, sich über das Dasein anderer stellen zu dürfen oder darüber zu entscheiden!«

Brightcraft gluckste. »So aufgebracht, Mr. Zorn?« Sie grinste breit. »Setzt Ihnen das zu? Spüren Sie allmählich, dass es auch eine Verbindung zu Ihnen gibt?«

Zack ließ den Revolver nun gänzlich sinken. »Unsinn! Es gibt keine Verbindung!« Auch Nahele hatte ihn so etwas bereits gefragt. »Ich habe lediglich die Gabe, all den Wahnsinn, der anderen verborgen bleibt, wahrzunehmen.«

»Sind Sie da sicher?«

»Sparen Sie sich Ihre Spielchen. Das rettet Sie auch nicht mehr.« Dass sie durchaus Zweifel in ihm erzeugte, würde er nicht zugeben. »Sagen Sie mir, was Eduard Dormwell davon hat, anderen den Übertritt ins Diesseits zu ermöglichen.«

»Alles, Mr. Zorn. Einfach alles.«

»Ach ja?«, fragte Zack, der immer mehr spürte, wie es in seiner Brust rumorte. Er hatte keine Ahnung, wieso, aber er wurde immer wütender. Es war, als ergriffe ein fremder Einfluss von ihm Besitz, der ihn dazu bringen wollte, auf Brightcraft loszugehen. Doch er wehrte sich dagegen, ließ die dunkle Kraft nicht Überhand gewinnen. »Ich glaube eher, dass Sie ihn – wie auch immer – in der Hand haben. Der General ist niemand, der aus reiner Selbstlosigkeit agieren würde. Entweder haben Sie ihm etwas versprochen, dem er nicht widerstehen kann, oder Sie erpressen ihn.«

Brightcraft strich sich eine krause Locke aus der Stirn. »Er ist eben kein Dämon und kein Daimonide. So mächtig diese Wesen zu sein scheinen, wir sind es, die in dieser Ebene existieren. Und wir sind es, die Macht über sie haben, Mr. Zorn.«

Zack lächelte triumphierend. »Sie haben Dormwell also in der Hand.«

»Das habe ich nicht gesagt!«

Lissy lachte. »Damit hat sie sich verraten.«

»Ja. Sobald Charles das Tagebuch gefunden hat, beenden wir diesen Albtraum.«

Das war der Moment, in dem Brightcraft zornerfüllt aufschrie. Nicht jeder konnte damit umgehen, an der Nase herumgeführt zu werden. Die Lage war angespannt genug gewesen, dass Zack Brightcrafts Größenwahn gegen sie ausspielen und sie überführen konnte. Jetzt wusste er endlich, was zu tun war. Gerade als er noch etwas hinzufügen wollte, wirbelte Brightcraft jedoch herum. Lissy hob die Waffe, doch die Energiewelle aus grüner Magie traf sie hart im Unterleib und schleuderte sie gegen die Wand. Sofort richtete sich der nächste Stoß von Brightcrafts hervorschnellenden Händen gegen Zack, der diesen allerdings kommen sah und zur Seite sprang.

»Ich werde es zu verhindern wissen, dass Sie meine Pläne durchkreuzen, Zorn!« Die Frau stieß eine weitere Welle aus, unter der sich Zack hinwegduckte. »Stoppen Sie diesen Wahnsinn, Brightcraft! Sie lassen sich auf Kräfte ein, die zu mächtig für Sie sind!«

»Sie haben ja keine Ahnung«, antwortete sie und schoss die nächste Welle auf ihn ab. Zack floh ächzend ins Wohnzimmer und suchte Deckung. Im selben Augenblick öffnete sich eine Tür, und Charles Dormwell stürmte von einem Treppenaufgang ins Zimmer. Er hob eine alte Handschrift hoch und rief: »Ich hab es!«

»Charles!«, versuchte ihn Zack zu warnen, doch Brightcraft stieß bereits ihre Hände in seine Richtung.

»Nein!«, kreischte sie wie wild.

Charles sah den magischen Angriff nicht kommen und wurde geradewegs zurück durch die Tür geschleudert. Ein Schrei erklang, lautes Poltern und das Knacken von Knochen. Brightcraft setzte ihm nach.

»Verfluchte Scheiße!«, knurrte Zack und warf noch im Laufen einen Blick zu Lissy zurück in den Flur, die sich gerade wieder aufrichtete und benommen ihren Kopf hielt. Danach stürmte er zum Kellereingang. Charles lag ganz unten vor den Stufen und regte sich nicht. Brightcraft fuhr mit ausgestreckten Fingern, zu Klauen geformt, auf ihn zu.

Zack blieb keine andere Wahl. Er hob den Revolver und drückte ab. Der Schuss peitschte ohrenbetäubend laut durch den Keller. Augenblicke später hielt Brightcraft inne. Eine rote Blüte breitete sich auf ihrem Rücken aus. Doch sie fiel nicht wie erhofft vornüber. Stattdessen drehte sie sich langsam um und grinste so abartig breit, dass es Zack einen Schauer über den Körper jagte. Brightcraft begann schallend zu lachen und schwebte – umhüllt von dämonischer Magie – plötzlich einen Meter über dem Boden.

Zack eilte die Treppe hinunter und analysierte sein Umfeld binnen Sekunden: Der Keller war von einem grünen Licht erfüllt, das von Runen in Form eines Pentagramms auf dem Boden ausging. Nebel wie jener, der sich von den Geistern absonderte, stieg von den Symbolen auf. Überall lagen

Bücher und Pergamente auf Tischen und Schränken verteilt. Massakrierte Leichen lagen im Raum verstreut, auch abgetrennte, in schwarzroten Blutlachen badende Körperteile entdeckte Zack. Ein Geruch von Schwefel, Moder und Verwesung erfüllte den Keller. Ihm wurde speiübel.

»Ihr seid unwürdig! Ahnungslos! Erbärmliche Maden, deren Schicksal es ist, zerquetscht zu werden!«, geiferte Brightcraft, die sich vor seinen Augen wandelte. Dunkle Magie umgab sie, ihre Knochen knackten, das Fleisch riss. Blut spritzte zu Boden, vermengte sich mit dem grünen Nebel der Symbole. Vier dicke Tentakelwülste brachen aus ihrem Körper hervor, ihr Kopf verformte sich zu einem pochenden Fleischsack mit spitzen Zähnen und zwei gigantischen Facettenaugen, die starr glänzten.

»Sterbt!«, schrie das Höllenwesen, das einst Brightcraft gewesen war, und stürzte auf Zack und Charles zu. Geistesgegenwärtig warf sich Zack vor den bewusstlosen Mann und schoss eine Salve von Schüssen ab. Er achtete jedoch darauf, das Magazin noch nicht gänzlich zu leeren. Die ersten Kugeln schlugen in den schleimigen, wulstigen Leib des fleischgewordenen Albtraums ein, rissen die gummiartige Haut auseinander. Dickflüssiger Eiter glitt einer Fontäne gleich zu Boden, vermengte sich mit den Runen. Das Monster schrie schmerzerfüllt auf und steuerte mit ausgestreckten Tentakel auf Zack zu. Zwar wich dieser zu Seite, doch er war nicht schnell genug. Ein Tentakelwulst bekam ihn zu fassen und schlang sich so fest um seinen Arm, dass es knackte.

Danach wurde Zack quer durch den Raum geschleudert. Stöhnend prallte er gegen die Wand und fiel mitsamt einer Flut von Schmerzen auf eine grausam zugerichtete, zerstückelte Frauenleiche.

»Sie haben sich lange genug gegen den Herrn gestellt!«, grollte das Brightcraft-Wesen mit gutturaler, verzerrter Stimme. »Das hat nun ein Ende.« Es schwebte auf ihn zu, grinste mit einem lippenlosen Mund.

»Komm nur her«, ächzte Zack und richtete sich auf. Er entfernte sich angewidert von der stinkenden Leiche und hob unter Schmerzen seinen Revolver. Voller Wut bewegte sich das Ungetüm weiterhin auf ihn zu, kreischte und schrie, wirbelte die Tentakel wild um sich. Zack schoss und traf es in die Schulter. Das Monster wurde zur Seite gerissen. Eiter und zähes Blut spritzten abermals davon. Sofort wirbelte es wieder herum, bleckte die spitzen Zahnreihen und schwebte fauchend auf Zack zu. Er zielte auf den wulstigen, mit Beulen übersäten Fleischsack, auf dem die zwei übergroßen Facettenaugen prangten – und drückte ab. Zacks letzte Kugel bohrte sich in die Stirn des Brightcraft-Wesens und drang auf der anderen Seite wieder hinaus, schlug in einen morschen Schrank ein.

Erst zuckte das Höllenmonster noch einige Male und stieß unirdische, laute Schreie aus – kreischte auf wie Kreide auf einer Schiefertafel, sodass sein Trommelfell klirrte –, dann erschlafften die Tentakel. Die riesigen Facettenaugen wurden weiß. Kurz darauf stürzte das Ungetüm mit einem dumpfen Klatschen zu Boden und rührte sich nicht mehr.

Zack stand mit zittrigen Knien auf, ging einen Schritt auf das glitschige, schleimige Etwas zu und verzog angewidert das Gesicht. »Ich hab kaum was Ekligeres in meinem Leben gesehen.« Schnaubend humpelte er auf Charles zu, der immer noch in verrenkter Haltung vor den Stufen lag. Sanft berührte er Charles an der Schulter.

Der riss nur wenige Momente später panisch die Augen auf und ächzte vor Schmerzen. »Ich … ich kann mich nicht bewegen«, stieß er hervor.

»Alles ist gut. Beruhige dich«, sagte Zack, obwohl er vermutete, dass Charles sich das Rückgrat gebrochen hatte, was auch mit der verdrehten Lage, in der er sich befand, zusammenpasste.

»Das Tagebuch!«

»Ja. Es ist hier.« Zack griff nach der Handschrift, die neben Charles lag.

»Mein Gott …«, flüsterte Lissy hinter ihnen, die gerade die Treppe hinunterstieg. »Was bitte ist hier gerade passiert?«

Zack richtete sich auf, warf einen mitleidigen Blick auf den jungen Dormwell, dessen Tränen von seinen Augenwinkeln in sein Haar und zu Boden tropften, presste das Tagebuch an seine Brust und wandte sich an seine Gefährtin. »Kümmere dich um ihn. Wir brauchen Sanitäter. Am besten verständigst du auch Rudy und informierst ihn über die ganze Sache. Außer ich begegne ihm zuerst. Wichtig ist jetzt, dass Charles ins Krankenhaus kommt.«

Lissy riss ihren angeekelten Blick mit Mühe von den Leichen und der toten, tentakeligen Obszönität los und ging wie Zack zuvor neben Charles in die Hocke. Sie ergriff seine Hand, lächelte ihm bedauernd zu, strich über seine Knöchel und nickte. »Mache ich.« Nun blickte sie zu Zack hoch. »Was hast du vor?«

Zack hielt einige Sekunden lang mit ihr Augenkontakt, dann sagte er: »Ich sorge dafür, dass dieser Wahnsinn ein Ende findet.«

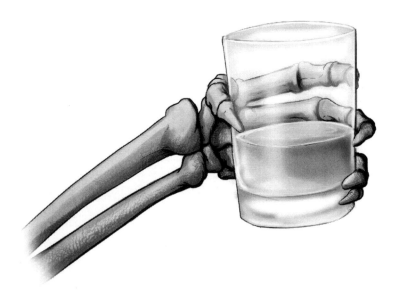

Kapitel 10
EXORZISMUS

Zack musste nicht weit gehen, bis er einem Polizeiwagen begegnete. Charles' Auto wollte er zur Sicherheit in Lissys Nähe lassen, damit sie schneller Hilfe holen konnte. Die Streife brachte ihn anschließend ins Stadtzentrum, wo sich herausstellte, dass es nicht mehr nötig war, zu Charles Dormwells Anwesen zu fahren. Der Krieg der Geisterarmeen hatte sich auf die offene Straße verlagert. Immer mehr Bewohner, obwohl sich die meisten in ihren Häusern befanden, scharten sich zu Ansammlungen zusammen, die eindeutig nicht aus freiem Antrieb entstanden. Sie nahmen hinter Eduard Dormwells Geistersoldaten Aufstellung und warteten ab. Gleichzeitig bekämpfte die tote Armeeeinheit weiterhin Naheles Stamm.

Mittlerweile war es dem Anführer der Ureinwohner jedoch gelungen, an Dormwell selbst heranzukommen. Immer wieder schlug er mit einem durchsichtigen Tomahawk auf den General ein, der ihm flink wie ein Wiesel auswich und nach ihm schoss. Nahele war jedoch wendiger. Und wenn einer von beiden doch traf, flackerten ihre Gestalten nur kurz auf und verblassten im Nichts, um wenige Sekunden später wieder zurückzukehren und ihren Angriff fortzusetzen. Von nachhaltigem Erfolg schien das alles nicht gekrönt zu sein.

Zack fragte sich, ob sie diesen aussichtslosen Kampf bis in die Unendlichkeit führen würden, getrieben von Hass, Rache und Vergeltung. Es war traurig.

»Danke für die Mitfahrgelegenheit«, sagte Zack, nickte dem Polizisten zu, stieg aus und lief die Main Street hinunter, die von den Geistern überfüllt war. Dormwells Tagebuch hielt er dabei fest umklammert.

»Ich dreh noch durch!«, hörte er plötzlich Rudys Stimme, der aus einer Seitengasse hinter einem Laden hervorkam, wo er sich offenbar mit vier Kollegen versteckt hatte.

Zack fuhr zu dem Inspector herum. »Ich weiß, wie ich das alles beenden kann.«

Rudy strich sich fahrig über die Stirn und starrte zu den tobenden Erscheinungen. Zack folgte seinem Blick und erkannte einige Polizisten unter den Menschen, die immer noch wie Schaufensterpuppen dastanden und auf die Ankunft eines höheren Befehls zu warten schienen. Erst jetzt bemerkte Zack, dass ihre Augen in einem glühenden Grün schimmerten.

»Dann – um Himmels willen – mach das endlich! Egal was wir tun, es hilft nichts. Die Menschen kommen mittlerweile sogar besessen aus ihren Häusern.« Rudy klang verzweifelt. Also richtete Zack die Aufmerksamkeit wieder auf den Inspector. »Hast du Streichhölzer dabei?«

»Willst du den Geistern Feuer unter dem Hinter machen? Das wird nicht funktionieren. Nichts funktioniert!«

Obwohl die Zeit drängte, ließ sich Zack sein Schmunzeln nicht nehmen. »So ähnlich.« Er lugte wieder zu Dormwell und Nahele, die wild umeinander wirbelten, verpufften, erneut auftauchten und sich ohne Ende mit unerschöpflichen Kräften bekämpften. Die Gesichter der beiden Toten waren vor Abscheu verzogen.

»Hast du nun welche dabei oder nicht?«

»Ja. Moment.« Rudy fischte in seiner Uniformtasche und zog eine Packung Streichhölzer hervor. »Nenn mich altmodisch, aber ich wusste, dass sie sich eines Tages als nützlich erweisen würden.«

»Wie recht du doch hast. Danke.« Zack nahm sie an sich, klemmte das Tagebuch unter den Arm und fummelte drei Hölzer heraus. Er entzündete sie gleichzeitig an der Reibefläche. Wortlos reichte er Rudy die Packung zurück, nahm das Tagebuch zur Hand – das von einem ehemals roten Umschlag ummantelt war, wie er erst jetzt bemerkte – und blickte zu Armeegeneral Eduard Gustave Dormwell hinüber. Danach hielt er das Feuer an die vergilbten Seiten der Handschrift. Es fraß sich gierig ins trockene Papier.

Woraufhin ... nichts geschah.

Zack biss die Zähne zusammen. Der General attackierte Nahele immer noch. Doch dann, wie von unsichtbarer Hand gesteuert, wandte er seinen Kopf in Zacks Richtung, einen Hieb von Nahele mit dem nebligen Unterarm parierend. Zack hob das Tagebuch hoch. Eine glühende Hitze ging davon aus. Die Flammen näherten sich seinen Fingern. Grüner Dampf stieg plötzlich inmitten der Feuerzungen empor. Und dann geschah alles binnen weniger Sekunden: Zack warf das lichterloh brennende Buch zu Boden, um sich nicht daran zu verbrennen, während es von den Flammen aufgefressen wurde.

Dormwell schwebte einige Meter über die Geistermassen empor. Er streckte die Arme von sich, legte den Kopf in den Nacken und stieß einen seltsam blechern und verzerrt klingenden Schrei aus. Grünes Licht schoss ihm aus Rachen und Augen, gefolgt von einem Strahlen. Danach zerriss es ihn in unzählige kleine, grüne Lichtpartikel.

Dormwell war verschwunden, dicht gefolgt von sämtlichen Einheiten seiner Armee und anderen Geistern, die Brightcraft mit ihm als Portal ins Diesseits gerufen hatte. Sie lösten sich einfach in Luft auf. Damit verfiel auch ihr Einfluss auf die Bewohner hinter dem abstrusen Szenario. Einige brachen zusammen, andere blickten sich hektisch um – als wären sie aus einem bösen Albtraum erwacht. Sie begannen wirr auseinanderzulaufen.

Eine seltsame Stille erfüllte schon bald die Straße, und jeder, der das Geschehen mitbekam, schien den Atem anzuhalten. Rudy und seine Kollegen wagten nicht die kleinste Bewegung. Die Anspannung, die die Main Street heimsuchte, war nahezu greifbar.

Zack begutachtete die Überreste des Tagebuchs. Es zerfiel nun endgültig zu einem schlichten Häufchen Asche – wenigstens ein magisches Artefakt, das nicht länger existierte. Erleichtert sah er wieder auf. Doch es waren noch nicht alle Geister verschwunden. Der Stamm der Ista war weiterhin anwesend. Mitten unter ihnen befand sich Nahele, der nun – wie zuvor Dormwell – höher schwebte und sich zu Zack umwandte. Der Stammesführer lächelte sanft, wie er erkennen konnte, obwohl immer wieder ein Teil seines Gesichts in die Unsichtbarkeit verschwand. Dann nickte er ihm dankbar zu, ehe er sich umdrehte und die Erscheinungen der Verstorbenen anführte. Zusammen zogen sie in Richtung Graveyard Hill ab.

Zack fühlte eine innere Ruhe in sich einkehren – begleitet von einer tiefen Erschöpfung und Müdigkeit, die ihn auslaugte und von jeder Faser seines Körpers Besitz ergriff.

Es war vorbei.

Viel zu viele unschuldige Menschen hatten unter dem Vergeltungsdrang der Ureinwohner leiden müssen, waren deshalb ermordet worden, oft sogar von ihren eigenen Angehörigen. Sie hatten den Preis für den Größenwahn einer irren Wissenschaftlerin und Anhängerin Agon'i'Toths gezahlt. Sie hatten unter den infantilen Entscheidungen eines unwissenden Mannes gelitten, der dem Testament seines toten Vaters gefolgt war, um Reichtum zu erlangen. Doch das alles hatte nun ein Ende. Der brutale Armeegeneral war endgültig Geschichte. Mit seinem Verschwinden gab es keinen Grund mehr für Nahele und seinen Stamm, im Diesseits zu verbleiben. Sollten die amerikanischen Ureinwohner eines Tages wiederkehren, dann wäre es aufgrund einer anderen Motivation.

Zack bemerkte erst jetzt, wie sehr ihn die Ereignisse mitnahmen. Er fühlte ein leichtes Zittern, das er unterband, indem er seine Hände in die Manteltaschen steckte, während langsam wieder Leben in die Main Street einkehrte und der Regen prasselnd auf sie hinabfiel.

»Beinahe wie das Ende einer Bilderbuchgeschichte«, murmelte Zack irgendwann.

»Eher wie eine Schauergeschichte!«, fügte Rudy schnaubend hinzu. »Das alles wird nun sehr viel Arbeit und Bürokratie mit sich bringen.«

Zack wandte sich lächelnd an ihn. »Nichts, was du nicht bewerkstelligt bekommst, mein Freund.« Er legte dem Inspector die Hand auf die Schulter, drückte sie und wandte sich anschließend ab. »Es wäre übrigens gut, wenn du mir morgen gleich den ausgestellten Scheck bringen könntest. Mabels Gezeter sorgt sonst dafür, dass mir noch die Ohren abfallen.«

»Natürlich.« Mehr sagte Rudy nicht.

Zack fühlte sich erleichtert. Mochten Nahele und sein Stamm endlich ihren wohlverdienten Frieden finden. Zack hingegen brauchte nun eine ordentliche Portion Schlaf.

EPILOG

Tatsächlich normalisierte sich das Leben in Sorrowville schneller als angenommen. Die aufgewühlte, verregnete Kleinstadt an der Küste von Maine mochte zwar regelmäßig von Katastrophen jedweder Art heimgesucht werden, für ihre Einwohner deprimierend anmuten und die Existenz eines friedlichen, ereignislosen Lebens infrage stellen, doch wenn man der Stadt eines nachsagen konnte, dann, dass sie hart im Nehmen war. Trotz Tod und Chaos ließ sich Sorrowville nicht unterkriegen und erholte sich immer wieder von traumatischen Ereignissen – jedenfalls so lange, bis sich die Pforten der Hölle erneut öffneten und neuer Horror die Stadt heimsuchte. Zack wollte sich allerdings erst wieder Gedanken über so etwas machen, wenn es soweit war. Wie lange das dauern würde, konnte niemand vorhersagen. Dass dieses Mal aber nicht das letzte Mal gewesen war, daran gab es für ihn keinen Zweifel.

Zack stand in seinem alten Gerätehaus neben dem Leuchtturm, das Pedro schon lange als Werkstatt nutzte, und rauchte. Der Argentinier bastelte währenddessen an einer seiner zahlreichen Erfindungen. Die Tatsache, dass er die Knochensäge überholte und verbesserte, ließ darauf schließen, dass dem jungen Mann die Ideen nie ausgingen – und dass er ebenfalls damit rechnete, dass die Waffe bald wieder zum Einsatz gebracht werden musste.

»Übrigens, Ms. Roberts wartet im Haus auf Sie, Mr. Zorn«, meinte Pedro nach einer Weile gut gelaunt.

Zack zog die Augenbrauen zusammen. »Das sagst du mir erst jetzt?«

»Bitte entschuldigen Sie, Mr. Zorn. Ich wollte Ihnen zuerst das hier zeigen!«, rechtfertigte sich Pedro und griff nach einem viereckigen Gerät neben all dem Werkzeug und den Behältern auf dem Arbeitstisch. Es war aus Aluminium gefertigt und mit blauen sowie roten Drähten versehen, die ins Leere abstanden, jedoch mit drei Knöpfen verbunden waren. »Zwar ist er noch nicht ganz fertig, aber mit diesem Protektor wird es Ihnen möglich sein, Geister in einem Radius von zwei bis drei Metern von Ihnen fernzuhalten. Wenn Sie auf diesen Knopf drücken«, Pedro demonstrierte Zack, wie er auf den mittleren drückte, »strömen elektromagnetische Impulse aus, die sich zu einem dichten Energieschild aufbauen und eine Kettenreaktion erzeugen. Die paranormalen Erscheinungen dürften dann nicht in der Lage sein, dieses Hindernis zu überwinden. Jedenfalls so lange, wie die Trockenbatterie hält. Das ist noch mein größtes Problem, wenn ich Sie nicht mit einem ganzen Koffer davon in den Einsatz schicken möchte.«

Zack blinzelte irritiert, blickte auf das Gerät und lauschte seinen weiteren Erklärungen. Zwar verstand er kaum ein Wort davon, wie das Teil nun genau funktionierte, doch Pedro hatte bereits genug Nützliches für ihn angefertigt, also vertraute er ihm.

»Klingt … interessant. Lissy hätte so einen Protektor vor einigen Tagen gut gebrauchen können.«

Der Argentinier schenkte ihm ein warmes Lächeln. »Wahrscheinlich die halbe Stadt.«

»So sehr würde ich jetzt nicht übertreiben, aber … du hast recht.« Auch Zack lächelte. »Ich bin gespannt, wann das Ding einsatzbereit ist.« Mit diesen Worten umrundete er den Tisch, um zum Ausgang zu gelangen, als Pedro wohl denselben Gedanken hatte und wieder einmal mit Zack zusammenstieß.

»Bitte entschuldigen Sie, Mr. Zorn!«

»Schon gut.«

»Das war keine Absicht.«

»Ich weiß.«

»Ich werde das nächste Mal achtsamer sein.«

Da Zack aus unzähligen Diskussionen mit dem fleißigen Mann bereits wusste, dass es keinen Sinn hatte und er sich ewig für alles entschuldigen würde, beließ er es bei einem Lächeln und verließ die Werkstatt. Er lief hinüber zum Haus, vor dem er Lissy bereits rauchend stehen sah.

Als sie ihn erblickte, lächelte sie ihn an. »Mr. Zorn«, begrüßte sie ihn und verbeugte sich spielerisch vor ihm.

Er tippte sich in gleicher Manier an den Hut, während leichter Nieselregen auf sie herniederfiel. »Ms. Roberts.«

Lissy nahm einen letzten Zug von ihrer Zigarette, warf sie zu Boden und trat sie aus. Danach verschränkte sie die Arme vor der Brust und kuschelte sich in ihren Mantel. »Wie ungewohnt ruhig es heute ist.«

Zack stellte sich neben sie und schob die Hände in seine Taschen. »Kaum zu glauben, dass wir es erst letzthin mit einer Geisterarmee zu tun hatten.«

»Stimmt.« Sie schwieg für einen kurzen Moment. »Der Inspector hat Blaire Brightcrafts Haus übrigens gründlich nach Hinweisen sämtlicher Art durchsuchen lassen. Charles wurde nach seinem Krankenhausaufenthalt sofort von ihm in die Mangel genommen und verhört. Ihm droht eine Haftstrafe aufgrund verbotener okkulter Machenschaften – und eine erhebliche Geldstrafe für die Grabschändung im Familienmausoleum. Außerdem will der Inspector über den jungen Dormwell, die paranormalen Ereignisse und alles, was dazugehört, mehr von uns erfahren.«

»Er wird nicht viel davon verstehen. Einiges ist mir ja selbst noch nicht klar«, erwiderte Zack.

»Es geht ihm vor allem um die Ereignisse der letzten Zeit. Ich habe mir erlaubt, ihn ein wenig zu verhören, damit mein Bericht authentisch ist.« Sie zwinkerte ihm zu.

»Rudy wird nicht weit kommen. Jedenfalls nicht bei Charles.«

»Das habe ich ihm auch gesagt. Charles ist vollkommen traumatisiert. Der Inspector meinte, er wird wohl ein paar

Jährchen ins Gefängnis müssen. Unwissenheit hin oder her, sein Zutun hat die Stadt ins Chaos gestürzt.«

Nachdenklich griff Zack in seine Brusttasche. Er zog den Flachmann hervor und nahm einen Schluck. Als er ihn Lissy anbot, lehnte sie überraschenderweise ab. Also ließ er ihn wieder verschwinden. »Wie geht es Charles derzeit? Mal abgesehen von seinem psychischen Zustand.«

Die Reporterin warf ihm einen flüchtigen, mitleidigen Blick zu. »Er sitzt im Rollstuhl. Als er die Treppe hinuntergefallen ist, hat er sich die Wirbelsäule gebrochen – und ein paar Rippen. Er ist gelähmt, und das wird sich auch nicht mehr ändern.«

»Er zahlt einen hohen Preis für seinen Pakt mit den Mächten des Abgrunds. Er dürfte für sein Leben gelernt haben, dass man von manchen Dingen besser die Finger lässt.«

»Auf die harte Tour. Immerhin hat er überlebt.« Lissy lehnte sich an die Hauswand und blickte die Klippen hinunter auf das Wasser der Black Hollow Bay. »Sie haben übrigens den Familienschatz ausfindig gemacht. Charles hatte nach dem Erstkontakt mit seinem Vorfahren Fotografien und Abschriften von dem alten Tagebuch erstellt, noch bevor Brightcraft es ihm entwendete. Dadurch konnte das Versteck ausfindig gemacht werden.«

»Und?«

»Wie erwartet handelt es sich um verschiedene Gegenstände, die Dormwell damals tatsächlich als Trophäen von mehreren Ureinwohnern an sich genommen hat. Goldverzierte Schüsseln, Ketten, Armbänder, Totems – alles Mögliche, was sich nun gut für das Museum als Andenken an sie eignet. Und eine Menge Goldbarren.«

»Die kann er nach seiner Haftstrafe zumindest verkaufen oder Meredith überlassen«, warf Zack ein. »Damit sich schließlich etwas nach der ganzen Misere lohnt.«

»Ja, er hat einen Großteil davon allerdings bereits der Lutheran Church gespendet, da diese neben weiteren Projekten für die Instandhaltung des Graveyard Hills zuständig ist.«

Zack lächelte. »Somit hat er als Dormwells Nachfahre zumindest einen Teil seiner Schuld wiedergutgemacht.«

»Nun, der Wille zählt, nicht wahr?«, fragte Lissy und blickte ihn dabei neugierig an.

»Natürlich.«

Sie schmunzelte, kramte in der Manteltasche, zog einen Lippenstift hervor und fuhr die Linien ihrer vollen Lippen blind nach. Kein Strich ging daneben. »Es gibt für die Familie aber auch etwas Erfreuliches: Meredith Dormwell wurde zusammen mit etlichen anderen kürzlich Eingewiesenen vor zwei Tagen aus dem SMI entlassen. Mit der Verbannung des Armeegenerals und seinen Schergen nahm der Einfluss der Dämonen ab, die Dormwell als Portal genutzt haben. Meredith war endlich stark genug, um sie zu verstoßen und wieder sie selbst zu werden. Eine völlig normale junge Frau.«

Das zu erfahren, freute Zack tatsächlich. »Also gibt es zumindest für eine Dormwell ein Happy End.«

Lissy hob den Zeigefinger und grinste charismatisch. »Nicht nur! Durch die Fotografien von Eduard Dormwells Tagebuch hatte ich – neben den aktuellen Beweisen – genug Material zusammen, um nicht nur einen Artikel abzuliefern, den Doyle wohlwollend abgesegnet hat, sondern auch, um die Wahrheit der Ereignisse über Naheles Stamm zu verbreiten. Um dem Graveyard Hill mehr Bedeutung beizumessen – wieso diese Menschen so grausam hatten sterben müssen. Wenngleich es ihnen nicht mehr viel hilft, der Armeegeneral dürfte in den Annalen der Stadt nicht länger als strahlender Held gelten.«

»Gut so.« Zack fühlte sich erleichtert und zufrieden. »Es ist immer gut zu wissen, was für die Annehmlichkeiten, die wir heute genießen dürfen, manchmal gegeben werden musste.«

Lissy lachte. »So weise Worte?«

»Es ist die Wahrheit. Unsere Existenz ist auf Blut gebaut. Auf Blut und Knochen.«

»Nahele sieht das sicher genauso«, stimmte Lissy zu.

»Möge er endlich in Frieden ruhen.« Zack streckte seinen

Rücken durch und ließ ihn knacken, dann wandte er sich zur Tür um. »Möchtest du mit reinkommen? Mabel hat mit Sicherheit Kaffee aufgesetzt. Genug Rum ist auch im Haus.« Nun zwinkerte er ihr zu.

»Nein, danke«, sagte Lissy und trat einen Schritt von ihm zurück. »Vielleicht ein anderes Mal. Ich habe noch einen weiteren Artikel für die morgige Ausgabe abzuliefern.«

Zack zuckte mit den Schultern. »Kein Problem. Gutes Gelingen.«

»Danke«, wiederholte die Reporterin, während Zack seine Hand auf die Türklinke legte.

»Moment, da fällt mir noch was ein!«

Er hielt inne und warf einen Blick zu ihr zurück.

»Von wegen Ruhe in Frieden und so …«

»Was ist passiert?«, fragte er argwöhnisch.

Lissy wirkte einen Augenblick lang betreten, ehe sie antwortete. »Sei vielleicht besonders nett zu Mabel. Connor ist heute Morgen gestorben.«

»Der Hund? Wie denn das?«, fragte Zack überrascht, obwohl es ihn eigentlich gar nicht mehr hätte überraschen sollen.

»Er hat den riesigen Knochen zerkaut, spitze Stücke davon geschluckt, und, nun ja … Die bekamen ihm nicht allzu gut. Ich hab nicht herausgefunden, ob er erstickt oder ein Teil davon in seinem Körper schließlich an Stellen gelandet ist, wo sie definitiv nicht hingehörten.«

Zack runzelte die Stirn. »Danke für die Warnung.« Danach wandte er sich ab – noch mit Lissys Lächeln in seinen Gedanken – und öffnete die Tür. Mabel würde ihn wohl gleich gehörig darüber volljammern, wie sehr sie den Shiba Inu vermisste. Er wappnete sich innerlich dagegen.

Zumindest brauchte sie sich derzeit keine Sorgen mehr um offene Rechnungen zu machen. Rudy hatte Wort gehalten und Zack so schnell wie möglich seinen Scheck gebracht. Und etwas Gutes hatte die bedauerliche Situation mit dem verstorbenen Hund obendrein: Jetzt musste Zack nicht länger das nervtötende Knacken des schrecklichen Kauknochens ertragen, während er nebenbei seinen Job zu erledigen hatte. Wenn man nur wollte, konnte man überall etwas Positives finden.

Er lächelte kurz und trat ins Haus.

ENDE

FORTSETZUNG FOLGT IN
SORROWVILLE
STAFFEL 2

Über *Sorrowville*

In der Novellenreihe *Sorrowville* tauchen fünf bekannte Autorinnen und Autoren in eine Welt voller merkwürdiger Begebenheiten, unerklärlicher Verbrechen und albtraumhafter Bedrohungen ein.

Sie stehen dabei in Tradition von Horror-Großmeistern wie H.P. Lovecraft, erschaffen ein düsteres und facettenreiches Bild des Amerikas der 1920er-Jahre und verbinden Elemente von Pulp Horror und Noir Crime miteinander.

Sorrowville: Die unheimlichen Fälle des Zacharias Zorn liefert geheimnisvolle Geschichten vor dem Hintergrund einer albtraumhaften Bedrohung.

Autor / Band 4: Jacqueline Mayerhofer alias Sheyla Blood

Jacqueline Mayerhofer, Autorin und Lektorin, ist 1992 in Wien geboren. Sie beendete ihre Schulausbildung 2012 mit der Matura an einer Schule mit Schwerpunkt für internationale Geschäftstätigkeit und Marketing. 2019 schloss sie ihr Studium der Deutschen Philologie mit dem Bachelor of Arts an der Universität Wien ab und befindet sich derzeit im dazugehörigen Masterstudiengang.

Neben Romanen und Novellen hat sie seit ihrem Debüt 2008 zahlreiche Kurzgeschichten in unterschiedlichen Anthologien veröffentlicht. Seit 2016 schreibt sie nebenbei auch unter einem Pseudonym. Zu den jüngsten Romanveröffentlichungen zählen der beim Verlag ohneohren erschienene Science-Fiction-Roman "Brüder der Finsternis" sowie die Novellenreihe "Hunting Hope" beim Verlag in Farbe und Bunt.

Freuen Sie sich auf weitere spannende Geschichten der Reihe!

Sorrowville ist als Print, Ebook und Hörbuch erhältlich.

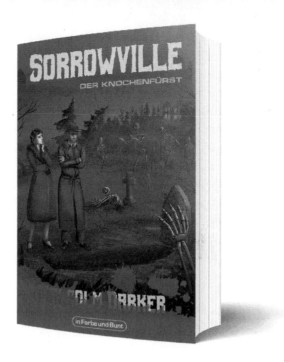

Henning Mützlitz alias Malcolm Darker

Sorrowville #1: Der Knochenfürst

Auf dem Green Wood Cemetary am Rande von Sorrowville wird der Friedhofswächter Bernard White auf grausame Weise getötet. Die Polizei tappt im Dunkeln, doch Zacharias Zorn und Elizabeth Roberts finden nach einem weiterem Massaker heraus, dass sich die Toten einer reichen Familie erhoben haben, um sich an ihrem jungen Erben zu rächen. Als sie sich auf die Spur eines nekrophilen Mörders setzen, erfahren sie vom ominösen „Knochenfürst" aus den Prophezeiungen einer Wahnsinnigen. Im Namen des finsteren All-Einen will er Sorrowville unter die Herrschaft des Untods zwingen.

(in Farbe und Bunt)

www.ifub-verlag.de
www.ifubshop.com

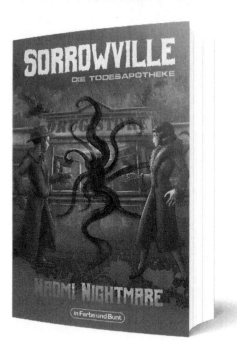

Michaela Harich alias Naomi Nightmare

Sorrowville #2: Die Todesapotheke

In Sorrowville kursieren seit einiger Zeit Ersatzdrogen aus naturbasierten Kräutermischungen, die der Mafia Konkurrenz machen. Doch bald sterben mehrere Abhängige auf unerklärliche Weise, grausam ihrer Seelen entraubt. Zacharias Zorn und Elizabeth Roberts glauben nicht an einen Zufall, und die Familie einer Apothekerin scheint mehr zu wissen, als sie zugibt. Bei ihren Nachforschungen stoßen der Privatermittler und die Reporterin auf Diener der Finsternis, deren Pläne weiter gediehen sind, als sich die beiden vorzustellen vermochten.

(in Farbe und Bunt)

www.ifub-verlag.de
www.ifubshop.com

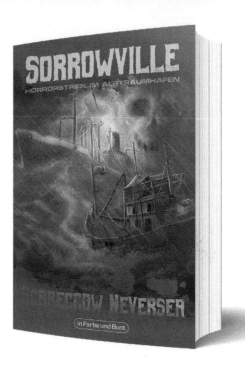

Mike Krzywik-Groß alias Scarecrow Neversea

Sorrowville #3: Horrorstreik im Albtraumhafen

Ein deutscher Frachter havariert im Devil's Riff unweit von Sorrowville, wo der Regen immer fällt und die Menschen kein freundliches Wort miteinander wechseln. Während ein Streik der Hafenarbeiter die Stadt in Atem hält, machen sich Elizabeth Roberts und Zacharias Zorn auf den Weg, um das gestrandete Geisterschiff zu untersuchen. Sie ahnen nicht, in welcher Gefahr Sorrowville schwebt: Eine dunkle Macht hat ihren hässlichen Schädel erhoben und zeichnet Bilder eines blutigen Untergangs der Stadt.

(in Farbe und Bunt)

www.ifub-verlag.de
www.ifubshop.com

Jacqueline Mayerhofer alias Sheyla Blood

Sorrowville #4: Blutrache der Geisterarmee

Die Nervenheilanstalt von Sorrowville beherbergt die verwirrtesten Geister der Stadt. Als eine Patientin von der Auferstehung der Toten am Graveyard Hill phantasiert, werden Zacharias Zorn und Elizabeth Roberts auf den Plan gerufen. Tatsächlich gehen auf dem Grabhügel die Geister ermordeter amerikanischer Ureinwohner um. Die Opfer eines grauenhaften Massakers aus dem Jahr 1777 haben Rache geschworen und ergreifen Besitz von unschuldigen Seelen. Während sie die Einwohner von Sorrowville zunehmend in den Wahnsinn treiben, offenbart sich, dass nicht allein die Ermordeten ins Diesseits zurückgekehrt sind. Schon bald entbrennt in den Straßen von Sorrowville ein Krieg der Geister, dem die Lebenden wenig entgegenzusetzen haben.

(in Farbe und Bunt)

www.ifub-verlag.de
www.ifubshop.com

ÜBER DEN

Verlag in Farbe und Bunt

Lesen ist wie Fernsehen im Kopf!

So lautet ein Slogan, den wir für uns aufgegriffen haben.

Seit fünf Jahren ist es unser Anliegen, Ihnen ein spannendes Programm in diesem "Kopf-Fernsehen" zu bieten, das im Gegensatz zu den schwarzen Zeichen auf weißem Grund in Ihrem Kopf gerne *in Farbe und* so *bunt* wie möglich ablaufen darf.

Richtig bunt sollen die Welten also sein, in die wir Sie mit unseren Büchern entführen wollen. Nicht beliebig, nicht von der Stange. Unsere Geschichten sind nicht durch die Marktforschung gegangen, aber kommen von Herzen.

Entdecken Sie unsere Visionen.
   Folgen Sie uns in fantastische Welten. In Farbe und Bunt.

Der V*erlag in Farbe und Bunt* bietet Romane, Biografien, Sachbücher, Comics, E-Books, Kinder-, Jugend- und Hörbücher aus allen Bereichen und für jedes Alter.

(in Farbe und Bunt)

www.ifub-verlag.de
www.ifubshop.com

BJÖRN SÜLTER

Beyond Berlin

Nominiert für den *Deutschen Phantastik Preis* 2019 als *Beste Serie!*

Mit **Beyond Berlin** tauchen Sie ein in eine erschreckende Dystopie, die unser Land in die Dunkelheit geführt hat. Zwar haben die Menschen die Sterne erreicht, ihre Heimat aber vernachlässigt.

Aus den Ruinen West-Berlins macht sich Yula in den blühenden Osten der Stadt auf, um ihre Familie zu vereinen, beginnt damit aber eine Reise, die ihr eigenes Schicksal und das der gesamten Menschheit beeinflussen könnte …

Teil 1+2 der Trilogie erschienen, Teil 3 folgt 2022.

(in Farbe und Bunt)

www.ifub-verlag.de
www.ifubshop.com

 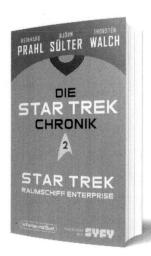

PRAHL, SÜLTER & WALCH

Die Star-Trek-Chronik

Star Trek: Enterprise & Raumschiff Enterprise

Die umfassende Sachbuchreihe zu jeder *Star Trek*-Serie startete 2020 mit dem ersten Prequel des Franchises und wurde 2021 mit der Originalserie fortgesetzt. 2022 geht es weiter!

Die Autoren Prahl, Sülter und Walch präsentieren darin alles Wissenswerte über die Serie, Episoden, Macher, Schauspieler und die deutsche Synchronisation.

(in Farbe und Bunt)

www.ifub-verlag.de
www.ifubshop.com